25 Jahre
Diogenes Taschenbuch

de
te
be

Das literarische Taschenbuch

Carson McCullers

Das Herz ist ein einsamer Jäger

Roman

Aus dem Amerikanischen von Susanna Rademacher

Diogenes

Einmalige Jubiläumsausgabe 1996

Titel der 1940 bei Houghton Mifflin, Boston, erschienenen
Originalausgabe: ›The Heart Is a Lonely Hunter‹
Die deutsche Erstausgabe erschien 1950
in der Übersetzung von Karl Heinrich
bei Kantorowicz, Berlin;
die deutsche Übersetzung von Susanna Rademacher
zuerst im Goverts Verlag, Stuttgart.
Susanna Rademacher hat ihre Übersetzung
für die Neuausgabe im Diogenes Verlag
1963 überarbeitet.
Umschlagillustration: Edward Hopper,
›Automat‹, 1927 (Ausschnitt)

Veröffentlicht als Diogenes Taschenbuch, 1974

140/96/43/1
ISBN 3 257 22913 5

Erster Teil

1

Es gab in der Stadt zwei Taubstumme, die man stets beisammen sah. Jeden Morgen traten sie zeitig aus dem Haus, in dem sie wohnten, um Arm in Arm die Straße hinunter zur Arbeit zu gehen. Zwei sehr ungleiche Freunde waren es. Der eine, der stets die Führung übernahm, war ein beleibter, verträumter Grieche. Im Sommer trug er ein gelbes oder grünes Polohemd, das vorn lässig in die Hose gestopft war und hinten lose herunterhing. Wenn es kälter war, trug er darüber einen weiten, grauen Sweater. Er hatte ein rundes, fettig glänzendes Gesicht mit halbgeschlossenen Augen und einem freundlich-blöden Lächeln um den Mund. Der andere Taubstumme war ein großer, schlanker Mann mit wachen, intelligenten Augen. Er war stets tadellos und sehr solide gekleidet.

Jeden Morgen gingen die beiden Freunde schweigend bis zur Hauptstraße. Wenn sie dann bei einem bestimmten Obst- und Süßwarenladen angelangt waren, blieben sie ein Weilchen davor stehen. Spiros Antonapoulos, der Grieche, arbeitete bei seinem Vetter, dem Besitzer des Ladens. Er hatte die Süßigkeiten herzustellen, das Obst auszupacken und den Laden sauberzuhalten. Bevor sie sich trennten, legte John Singer, der hagere Taubstumme, meistens die Hand auf den Arm des Freundes und sah ihm einen Augenblick ins Gesicht. Nach diesem Abschied ging Singer allein über die Straße und weiter zu dem Juwelierladen, in dem er als Silbergraveur tätig war.

Am Spätnachmittag trafen die Freunde sich wieder. Singer wartete vor dem Obstladen, bis Antonapoulos fertig war und nach Hause gehen konnte. Der Grieche packte ohne sonderliche Eile eine Kiste Pfirsiche oder Melonen aus oder saß hinter dem Laden in seiner Küche und sah sich ein Witzblatt an. Bevor sie gingen, pflegte Antonapoulos nach einer Tüte zu greifen, die er tagsüber auf einem Küchenregal versteckt hielt und in die er allerlei Eßbares gesammelt hatte – ein bißchen Obst, ein paar Süßigkeiten, oder einen Leberwurstzipfel. Für gewöhnlich watschelte Antonapoulos dann leise zum Schaukasten, in dem Fleischwaren und Käse ausgestellt waren. Er schob die rückwärtige Scheibe des Kastens auf, und seine fette Hand tastete liebevoll nach einem besonderen Leckerbissen, nach dem es ihn gelüstete. Manchmal merkte sein Vetter, der Besitzer des Ladens, nichts davon. Wenn er ihn aber erwischte, starrte er seinen Vetter mit einem warnenden Ausdruck in seinem blassen, verkniffenen Gesicht an. Dann schob Antonapoulos traurig den Leckerbissen von einer Ecke des Kastens in die andere. Singer stand indessen sehr gerade da, die Hände in den Taschen, und blickte in eine andere Richtung. Er sah diese kleine Szene zwischen den beiden Griechen nicht gern. Denn außer dem Trinken und einem gewissen in heimlicher Einsamkeit betriebenen Vergnügen gab es für Antonapoulos nichts Schöneres auf der Welt als Essen.

In der Dämmerung gingen die beiden Taubstummen langsam heimwärts. Zu Hause pflegte Singer zu Antonapoulos zu sprechen. Seine Hände formten die Worte in rascher Zeichenfolge. Die graugrünen Augen in seinem eifrigen Gesicht blitzten lebhaft. Mit seinen hageren, kräftigen Händen erzählte er Antonapoulos alles, was sich tagsüber ereignet hatte.

Antonapoulos saß faul zurückgelehnt da und sah Singer an. Er bewegte die Hände selten, um etwas zu sagen – und dann zu der Mitteilung, daß er essen, schlafen oder trinken wolle. Diese drei Dinge drückte er stets durch die gleichen, täppisch-verschwommenen Zeichen aus. Abends kniete er, wenn er nicht zu betrunken war, vor seinem Bett nieder und betete eine Weile. Dann formten seine dicken Finger die Worte ›Heiliger Jesus‹ oder ›Gott‹ oder ›Liebste Maria‹ – die einzigen Worte, die Antonapoulos überhaupt sagte. Singer wußte nie recht, wieviel sein Freund von all dem, was er ihm erzählte, verstand. Aber das war nicht so wichtig.

Sie bewohnten zwei Räume im oberen Stock eines kleinen Hauses, unweit des Geschäftsviertels. In der Küche, wo Antonapoulos auf dem Petroleumofen alle ihre Mahlzeiten kochte, standen einfache, geradlehnige Küchenstühle für Singer und ein schwellendes Sofa für Antonapoulos. Die Einrichtung des Schlafzimmers bestand hauptsächlich aus einem großen Doppelbett mit Daunendecke für den dicken Griechen und einer schmalen eisernen Bettstelle für Singer.

Das Abendessen nahm immer viel Zeit in Anspruch, weil Antonapoulos gerne und sehr langsam aß. Nach der Mahlzeit legte der dicke Grieche sich auf sein Sofa und schleckte langsam mit

der Zunge jeden einzelnen Zahn ab – entweder aus vermeintlicher Vornehmheit oder weil er den Nachgeschmack nicht entbehren wollte. Singer spülte inzwischen das Geschirr.
An manchen Abenden spielten die Taubstummen Schach. Singer hatte an diesem Spiel immer viel Freude gehabt und hatte es vor Jahren Antonapoulos beizubringen versucht. Anfangs hatte er seinen Freund nicht für die Regeln interessieren können, nach denen die verschiedenen Figuren auf dem Brett hin und her bewegt wurden. Dann verfiel er darauf, unter dem Tisch eine gute Flasche bereitzuhalten und sie am Ende jeder Lektion hervorzuholen. Der Grieche brachte es zwar nie so weit, die Zickzackbewegung der Springer und die weitreichende Beweglichkeit der Dame zu begreifen, lernte aber wenigstens ein paar feststehende Eröffnungszüge. Er hatte eine Vorliebe für die weißen Figuren und wollte nie mit den schwarzen spielen. Nach den ersten Zügen spielte Singer allein weiter, und sein Freund sah ihm schläfrig zu. Wenn Singer prachtvolle Angriffe gegen seine eigenen Figuren durchführte und der schwarze König schließlich mattgesetzt wurde, war Antonapoulos immer sehr stolz und hocherfreut.
Die beiden Taubstummen hatten sonst keine Freunde; bis auf die Arbeitsstunden waren sie immer miteinander allein. Ein Tag glich dem anderen, weil sie so zurückgezogen lebten, daß nichts ihre Zweisamkeit unterbrach. Einmal wöchentlich gingen sie zur Bibliothek, um für Singer einen Kriminalroman zu holen, und jeden Freitagabend sahen sie sich einen Film an. Am Zahltag gingen sie zu dem Paßfotografen im ersten Stock über dem Militärbekleidungsladen, und Antonapoulos ließ sich fotografieren. Sonst gingen sie nirgends hin. Viele Stadtteile hatten sie nie gesehen.
Die Stadt lag mitten im tiefen Süden. Die Sommer waren lang, und es gab nur wenige kalte Wintermonate. Fast immer erstrahlte der Himmel in glasklarem Blau, fast immer flammte die Sonne in zügelloser Glut. Dann kam der dünne, kühle Novemberregen; später gab es vielleicht Frost und ein paar kalte Monate. Die Winter fielen verschieden aus, aber die Sommer waren immer glühend heiß. Die Stadt war ziemlich groß. An der Hauptstraße lagen mehrere Blocks zwei- und dreistöckiger Läden und Bürohäuser. Die größten Gebäude aber waren die Fabriken, in denen ein hoher Prozentsatz der Bevölkerung beschäftigt war. Es waren gutgehende, reiche Baumwollspinne-

reien, aber die meisten Arbeiter der Stadt waren sehr arm. Auf der Straße begegnete man oft Gesichtern, aus denen die Verzweiflung des Hungers und der Einsamkeit sprach.
Die beiden Taubstummen fühlten sich durchaus nicht einsam. Sie waren es zufrieden, zu Hause zu sitzen, zu essen und zu trinken, und Singers eifrige Hände erzählten dem Freund alles, was ihm durch den Kopf ging. So gingen die Jahre still dahin, bis Singer zweiunddreißig Jahre alt war und nun schon zehn Jahre lang mit Antonapoulos in dieser Stadt lebte.
Da wurde der Grieche eines Tages krank. Er saß, die Hände auf dem dicken Bauch, im Bett, und große, ölige Tränen rollten ihm über die Backen. Singer sagte dem Vetter seines Freundes, dem Besitzer des Obstladens, Bescheid und nahm außerdem selber Urlaub. Der Arzt verordnete Antonapoulos eine Diät und sagte, er dürfe keinen Wein mehr trinken. Singer bestand streng darauf, daß die Anordnungen des Arztes befolgt wurden. Er saß den ganzen Tag am Bett des Freundes und tat alles Menschenmögliche, um ihm die Zeit zu vertreiben; Antonapoulos aber sah ihn nur böse von der Seite an und wollte sich nicht aufheitern lassen.
Der Grieche war sehr gereizt und hatte an den Fruchtsäften und Speisen, die Singer für ihn bereitete, immer etwas auszusetzen. Er ließ sich fortwährend von seinem Freund aus dem Bett helfen, um zu beten. Wenn er kniete, hing sein gewaltiges Hinterteil auf seine dicken kleinen Füße herab. Fahrig formten seine Hände die Worte ›Liebste Maria‹; dann berührte er das kleine Messingkreuz, das er an einer schmutzigen Schnur um den Hals trug, und seine großen Augen wanderten verängstigt zur Zimmerdecke hinauf. Hinterher war er sehr mürrisch und wollte sich von seinem Freund nichts erzählen lassen.
Singer war geduldig und tat, was er konnte. Er malte, um Antonapoulos aufzuheitern, kleine Bildchen und einmal sogar ein Konterfei des Freundes, das den dicken Griechen sehr kränkte; er ließ sich erst wieder versöhnen, als Singer sein Gesicht ganz jung und hübsch gemacht und sein Haar hellgelb und seine Augen porzellanblau koloriert hatte. Auch dann bemühte er sich noch, seine Freude nicht zu zeigen.
Singer pflegte seinen Freund so gewissenhaft, daß Antonapoulos nach einer Woche wieder zur Arbeit gehen konnte. Seit dieser Zeit aber war ihr Leben anders geworden. Unglück kam über die beiden Freunde.

Antonapoulos war zwar nicht mehr krank, aber er hatte sich verändert. Er war gereizt und nicht mehr damit zufrieden, die Abende still zu Hause zu verbringen. Wenn er auszugehen beschloß, folgte Singer ihm auf Schritt und Tritt. Antonapoulos pflegte dann in ein Restaurant zu gehen, und während sie am Tisch saßen, steckte er sich heimlich Zuckerstückchen, einen Pfefferstreuer oder Silberzeug ein. Singer zahlte immer dafür, so daß es keine Scherereien gab. Zu Hause schalt er Antonapoulos, aber der dicke Grieche sah ihn nur mild lächelnd an.

Die Monate gingen dahin, und Antonapoulos' Gewohnheiten wurden immer schlimmer. Eines Mittags ging er seelenruhig aus dem Obstladen seines Vetters über die Straße und pinkelte in aller Öffentlichkeit die Nationalbank an. Wenn er jemandem begegnete, dessen Gesicht ihm nicht gefiel, dann rempelte er ihn an und stieß ihn mit Bauch und Ellenbogen beiseite. Eines Tages ging er in einen Laden und schleppte, ohne zu bezahlen, eine Stehlampe heraus, und ein andermal versuchte er eine elektrische Eisenbahn mitzunehmen, die er im Schaufenster gesehen hatte.

Für Singer war das eine trübselige Zeit. Immer wieder mußte er in der Mittagspause mit Antonapoulos zum Gericht gehen, um diese Gesetzesübertretungen auszubügeln. Er wurde mit Gerichtsverfahren und dergleichen sehr vertraut und kam aus den Aufregungen nicht mehr heraus. Seine Bankersparnisse wurden von Bürgschaften und Geldstrafen aufgezehrt. All seine Bemühungen und Geldmittel wurden darauf verwandt, seinem Freunde Gefängnisstrafen für Diebstahl, Erregung öffentlichen Ärgernisses, Bedrohung oder tätliche Beleidigung zu ersparen.

Der griechische Vetter, bei dem Antonapoulos arbeitete, kümmerte sich gar nicht um diese Scherereien. Charles Parker (diesen Namen hatte der Vetter angenommen) ließ Antonapoulos zwar weiter bei sich arbeiten, beobachtete ihn aber ständig mit seinem blassen, verkniffenen Gesicht und dachte nicht daran, ihm zu helfen. Singer war dieser Charles Parker nicht recht geheuer. Er wurde ihm unsympathisch.

Singer lebte in ständiger Unruhe und Sorge, während Antonapoulos unverändert sanft und milde blieb; was auch geschah – sein Gesicht zeigte stets dasselbe freundlich-weiche Lächeln. In all den vergangenen Jahren hatte für Singer im Lächeln seines Freundes etwas sehr Feinsinniges und Weises gelegen. Er hatte nie recht gewußt, wieviel Antonapoulos verstand und was er dachte. Nun glaubte Singer in der Miene des dicken Griechen so etwas wie hinterhältigen Spott zu entdecken. Er schüttelte den Freund bei den Schultern und setzte ihm immer wieder mit den Händen alles auseinander, bis er davon ganz müde wurde. Aber er erreichte nichts.

Singers Geld war verbraucht, und er mußte bei dem Juwelier borgen, für den er arbeitete. Einmal konnte er die Kaution für seinen Freund nicht bezahlen, und Antonapoulos brachte die Nacht im Gefängnis zu. Als Singer ihn am nächsten Tag abholen wollte, war Antonapoulos sehr verdrießlich. Er wollte nicht heraus. Die Gefängniskost – Schweinebauch und Maisbrot mit Sirup – hatte ihm ausgezeichnet geschmeckt, und das Schlafen zu mehreren in einer Zelle gefiel ihm.

Sie hatten so zurückgezogen gelebt, daß Singer keinen Menschen hatte, der ihm in seinem Unglück beistehen konnte. Antonapoulos ließ sich durch nichts von seinen Gewohnheiten abbringen oder kurieren. Zu Hause kochte er manchmal das neue Gericht, das er im Gefängnis gegessen hatte, und auf der Straße war man nie sicher, was er nun wieder anstellen würde.

Und dann kam für Singer der endgültige Schlag.

Als er Antonapoulos eines Nachmittags in dem Obstladen abholen wollte, übergab Charles Parker ihm einen Brief. Darin stand, daß er, Charles Parker, die Aufnahme seines Vetters in das zweihundert Meilen entfernte staatliche Irrenhaus veranlaßt habe. Er hatte seinen Einfluß in der Stadt geltend gemacht, und alle Einzelheiten waren bereits geregelt. Antonapoulos sollte in der nächsten Woche in die Anstalt aufgenommen werden.

Singer las den Brief mehrmals und konnte lange keinen Gedanken fassen. Charles Parker redete über den Ladentisch weg auf ihn ein, aber er machte nicht einmal den Versuch, seine Worte von den Lippen abzulesen und zu verstehen. Schließlich schrieb er auf den kleinen Notizblock, den er immer in der Tasche trug:

Das können Sie nicht machen. Antonapoulos muß bei mir bleiben.

Charles Parker schüttelte aufgeregt den Kopf. Viel Amerikanisch konnte er nicht. »Geht Sie nichts an«, sagte er immer wieder.

Singer wußte, nun war alles zu Ende. Charles Parker fürchtete, eines Tages für seinen Vetter aufkommen zu müssen. Wenn er auch nicht viel von der amerikanischen Sprache wußte – auf den amerikanischen Dollar verstand er sich sehr gut; er hatte

sein Geld und seinen Einfluß dazu benutzt, seinen Vetter schleunigst in der Anstalt unterzubringen.
Singer konnte nichts dagegen machen.
Die nächste Woche verging in fieberhafter Tätigkeit. Singer redete und redete. Aber obwohl er seine Hände nie ruhen ließ, konnte er nicht alles erzählen, was er sagen wollte – alle Gedanken, die ihm je durch Kopf und Herz gegangen waren – die Zeit reichte nicht. Seine grauen Augen glitzerten, und sein lebhaftes, intelligentes Gesicht drückte höchste Anspannung aus. Antonapoulos beobachtete ihn schläfrig, und sein Freund wußte nicht recht, wieviel er tatsächlich verstand.
Dann kam der Tag, an dem Antonapoulos fort mußte. Singer holte seinen Koffer hervor und packte sehr sorgfältig die besten Stücke ihrer gemeinsamen Habe ein. Antonapoulos machte sich seinen Reiseproviant zurecht. Gegen Abend gingen sie zum letztenmal Arm in Arm die Straße hinunter. Es war ein feuchtkalter Spätnovembertag, und ihr Atem hing in kleinen Wölkchen vor ihnen in der Luft.
Charles Parker sollte seinen Vetter begleiten, hielt sich aber an der Haltestelle von ihnen fern. Antonapoulos drängelte sich in den Bus und nahm umständlich auf einem der Vordersitze Platz. Singer beobachtete ihn durchs Fenster, und seine Hände begannen zum letztenmal verzweifelt mit seinem Freunde zu reden. Aber Antonapoulos war mit den verschiedenen Bestandteilen seines Proviantpakets so beschäftigt, daß er eine Zeitlang gar nicht aufsah. Erst kurz bevor der Bus anfuhr, wandte er sich Singer zu, und sein Lächeln war sehr höflich und sehr fern – als lägen schon viele Meilen zwischen ihnen.
Die folgenden Wochen erschienen Singer ganz unwirklich. Tagsüber arbeitete er an seiner Werkbank hinter dem Juwelierladen, und abends kehrte er allein in die Wohnung zurück. Er hatte ein unwiderstehliches Schlafbedürfnis. Sobald er von der Arbeit heimgekehrt war, legte er sich aufs Bett und versuchte eine Weile zu dösen. Im Halbschlaf suchten ihn Träume heim, und in allen Träumen war Antonapoulos wieder da. Singers Hände zuckten nervös, denn im Traum redete er mit seinem Freund, und Antonapoulos sah ihm zu.
Singer versuchte an die Zeit zu denken, als er seinen Freund noch nicht gekannt hatte, sich an Ereignisse aus seiner Jugend zu erinnern. Aber nichts, worauf er sich zu besinnen suchte, schien wirklich zu sein.

Insbesondere fiel ihm eine Tatsache ein, die ihm jedoch völlig bedeutungslos erschien. Singer entsann sich, daß er zwar von Geburt an taub, aber nicht immer richtig taubstumm gewesen war. Frühzeitig verwaist, war er in einer Taubstummenanstalt untergebracht worden. Er hatte mit den Händen sprechen und lesen gelernt. Mit noch nicht neun Jahren konnte er nach amerikanischer Methode mit einer Hand, aber auch nach europäischer Methode mit beiden Händen reden. Er hatte gelernt, den Mundbewegungen anderer zu folgen und ihre Worte zu verstehen. Und schließlich hatte man ihn sprechen gelehrt.

In der Schule galt er als sehr intelligent. Er lernte schneller als seine Mitschüler. Aber er konnte sich nie daran gewöhnen, mit den Lippen zu sprechen. Es war für ihn etwas Unnatürliches, und die Zunge lag ihm schwer wie ein Walfisch im Mund. Aus den verwirrten Mienen der Leute, mit denen er redete, schloß er, daß seine Stimme irgendwie tierisch klingen, daß seine Sprache irgendwie abschreckend wirken müsse. Mit dem Mund zu sprechen, war eine Qual für ihn, während seine Hände stets willig die Worte formten, die er sagen wollte. Mit zweiundzwanzig war er aus Chicago in den Süden gekommen, und in dieser Stadt war er sofort Antonapoulos begegnet. Seitdem hatte er nie wieder mit dem Mund gesprochen, denn bei seinem Freund war das nicht notwendig.

Nichts schien wirklich zu sein – außer den zehn Jahren mit Antonapoulos. In seinen Halbschlafträumen sah er den Freund leibhaftig vor sich, und beim Erwachen war eine große, schmerzhafte Einsamkeit in ihm. Er packte hin und wieder ein Paket für Antonapoulos, erhielt aber nie eine Antwort. So gingen die Monate dahin, traumhaft und leer.

Im Frühling ging mit Singer eine Veränderung vor. Er konnte nicht schlafen, sein Körper fand keine Ruhe. Um sich zu ermüden, wanderte er abends in seinem Zimmer auf und ab, aber das neue Energiegefühl wollte nicht weichen. Er kam – wenn überhaupt – nur gegen Morgen für wenige Stunden zur Ruhe; dann fiel er in einen dumpfen Schlaf, bis er plötzlich im messerscharfen Morgenlicht die Augen aufschlug.

Er gewöhnte sich daran, abends in der Stadt umherzustreifen. Die Zimmer, in denen Antonapoulos gelebt hatte, wurden ihm unerträglich: er mietete ein Zimmer in einer schäbigen Pension, unweit des Stadtzentrums.

Seine Mahlzeiten nahm er im Café New York ein, das nur

zwei Straßenecken weiter am Ende der langen Hauptstraße lag. Am ersten Tag überflog er die Speisekarte, schrieb ein paar Zeilen und reichte sie dem Wirt:

Jeden Morgen zum Frühstück bitte ein Ei,
Toast und Kaffee *$ 0.15*
Zum Lunch bitte Suppe (irgendeine), ein
Sandwich mit Fleisch und Milch *$ 0.25*
Bitte bringen Sie mir zum Dinner dreierlei
Gemüse (egal welches, nur keinen Kohl),
Fisch oder Fleisch und ein Glas Bier *$ 0.35*
Danke sehr.

Der Wirt las den Zettel und warf Singer einen taktvoll-wachsamen Blick zu. Er war ein rauher Mann von mittlerer Größe mit einem so dunklen und dichten Bart, daß seine untere Gesichtshälfte wie aus Eisen gegossen wirkte. Er stand meistens, die Arme über der Brust verschränkt, in der Ecke bei der Registrierkasse und beobachtete ruhig alles, was um ihn vorging. Singer lernte das Gesicht dieses Mannes sehr gut kennen, denn er nahm täglich an einem seiner Tische drei Mahlzeiten ein.

Jeden Abend wanderte der Taubstumme stundenlang allein durch die Straßen. Manchmal waren die Nächte kalt vom scharfen, feuchten Märzwind und vom strömenden Regen. Aber das störte ihn nicht. Er schritt munter aus, die Hände stets tief in die Hosentaschen vergraben. Die Wochen vergingen, und es kamen drückend warme Tage. Seine Erregung wich allmählich einer Erschöpfung, eine tiefe Ruhe schien über ihn zu kommen. Sein Gesicht trug den Ausdruck grüblerischer Stille, wie man ihn oft bei sehr unglücklichen oder sehr weisen Menschen findet. Aber noch immer wanderte er durch die Straßen der Stadt, stumm und allein.

2

In einer dunklen, schwülen Frühsommernacht stand Biff Brannon hinter der Registrierkasse des Café New York. Es war zwölf Uhr. Die Straßenlaternen draußen waren schon abgedreht, so daß das Licht aus dem Café ein scharf gezeichnetes gelbes Rechteck auf den Gehsteig warf. Die Straße war menschenleer, aber im Café saßen noch ein paar Gäste, die Bier,

Santa-Lucia-Wein oder Whisky tranken. Biff wartete gleichmütig, den Ellenbogen auf die Theke gestützt, mit dem Daumen die Spitze seiner langen Nase knetend. Seine aufmerksamen Augen beobachteten vor allem einen kleinen, untersetzten Mann im Overall, der betrunken und laut geworden war. Dann und wann schweifte sein Blick zu dem Taubstummen, der allein an einem der Mitteltische saß, oder zu den anderen Gästen an der Theke, kehrte aber immer wieder zu dem Betrunkenen im Overall zurück. Später und später wurde es, und Biff wartete immer noch schweigend hinter der Theke. Schließlich warf er einen letzten prüfenden Blick über das Lokal und wandte sich zur Hintertür, die nach oben führte.

Er trat leise in das Zimmer am oberen Treppenabsatz. Drin war es dunkel, und er ging behutsam weiter. Nach einigen Schritten stieß er mit dem Fuß gegen etwas Hartes; er langte hinunter und tastete nach dem Griff des Koffers, der auf dem Fußboden stand. Er war nur wenige Sekunden im Zimmer und wollte schon wieder gehen, als das Licht angedreht wurde.

Alice setzte sich im zerwühlten Bett auf und sah ihn an. »Was machst du da mit dem Koffer?« fragte sie. »Kannst du diesen Irren nicht loswerden, ohne ihm wiederzugeben, was er längst vertrunken hat?«

»Steh auf und geh selber runter. Ruf die Polente und laß ihn in Ketten legen bei Erbsen und Maisbrot. Los, mach schon, Misses Brannon.«

»Mach ich auch, wenn er morgen noch unten ist. Laß nur den Koffer stehn. Der gehört dem Schnorrer sowieso nicht mehr.«

»Mit Schnorrern kenn ich mich aus, der Blount ist kein Schnorrer«, sagte Biff. »Ich – ich weiß nicht recht. Diese Art Klauerei mag ich nicht.«

Biff stellte ruhig den Koffer auf die Treppe hinaus. Die Luft hier im Zimmer war nicht so verbraucht und schwül wie unten. Er beschloß, ein Weilchen oben zu bleiben und, ehe er wieder hinunterging, sein Gesicht kalt zu waschen.

»Ich habe dir doch gesagt, was ich tu, wenn du den Kerl heute nacht nicht endgültig rausschmeißt. Tagsüber sitzt er hinten und pennt, und abends fütterst du ihn mit Essen und Bier. Seit einer Woche hat er keinen Cent bezahlt. Und dann dieses wilde Gerede und Getue – das ruiniert ja jedes anständige Geschäft.«

»Du verstehst nichts von Leuten, und du verstehst nichts Richtiges vom Geschäft«, sagte Biff. »Der Bursche kam vor zwölf

Tagen zum erstenmal ins Lokal und war hier fremd in der Stadt. In der ersten Woche haben wir zwanzig Dollar an ihm verdient. Mindestens zwanzig.«

»Und dann alles auf Pump«, sagte Alice, »fünf Tage auf Pump, und so besoffen, daß es fürs Geschäft 'ne Schande ist. Außerdem ist er nichts wie'n Pennbruder und 'ne Mißgeburt.«

»Ich mag Mißgeburten«, sagte Biff.

»Kann ich mir denken! Kann ich mir haargenau denken, Mister Brannon – bist ja selber eine.«

Er rieb sich sein bläuliches Kinn und achtete nicht weiter auf sie. In den ersten fünfzehn Jahren ihrer Ehe hatten sie einfach Biff und Alice zueinander gesagt. Dann hatten sie sich bei einer Zankerei plötzlich Mister und Misses genannt, und dabei war es geblieben, weil sie sich seitdem nie wieder recht vertrugen.

»Das laß dir gesagt sein: wenn ich morgen runterkomme, ist der besser nicht mehr da.«

Biff ging ins Badezimmer, und nachdem er sich das Gesicht gewaschen hatte, fand er, daß er noch Zeit zum Rasieren habe. Sein Bart war so schwarz und dicht, als wäre er drei Tage alt. Er stand vor dem Spiegel und rieb sich nachdenklich die Wange. Schade, daß er mit Alice geredet hatte. Bei ihr schwieg man besser. Wenn er mit dieser Frau zusammen war, wurde er immer ganz anders, als er in Wirklichkeit war; genau so hart, kleinlich und gewöhnlich wie sie. Biffs Augen unter den zynisch gesenkten Lidern waren kalt und starr. Am kleinen Finger seiner schwieligen Hand steckte der Trauring einer Frau. Die Tür hinter ihm stand offen, er konnte im Spiegel Alice im Bett liegen sehen.

»Hör mal«, sagte er. »Das Schlimme bei dir ist, daß du keine richtige Güte hast. Eine einzige Frau habe ich gekannt, die hatte diese richtige Güte, die ich meine.«

»Na, dich hab ich Sachen machen sehn, auf die kein Mensch in der Welt stolz wär. Ich hab's erlebt, wie du . . .«

»Vielleicht mein ich auch Neugier. Du siehst nichts, dir fällt nie was Wichtiges auf. Du beobachtest nie, denkst nie über was nach und versuchst auch nie was rauszukriegen. Vielleicht ist das im Grunde der größte Unterschied zwischen dir und mir.«

Alice war fast wieder eingeschlafen; er betrachtete sie im Spiegel wie eine Fremde. Sie hatte nichts, worauf er seine besondere Aufmerksamkeit hätte lenken können; sein Blick wanderte von ihrem hellbraunen Haar hinunter zu dem stumpfen Hügel der

Bettdecke über ihren Füßen. Die weichen Rundungen ihres Gesichts gingen in die Wölbungen ihrer Hüften und Schenkel über. Wenn er von ihr fort war, fiel ihm nichts Charakteristisches an ihr ein; dann war sie für ihn einfach ein Ganzes ohne einzelne Züge.

»Die Freude an einem Schauspiel hast du auch nie gekannt«, sagte er.

Ihre Stimme klang müde: »Der Kerl unten ist ein Schauspiel, ganz richtig, und ein Zirkus dazu. Ich hab aber genug davon, jetzt ist Schluß damit.«

»Teufel nochmal, mir liegt doch gar nichts an dem Mann. Ich bin mit ihm weder verwandt noch befreundet. Aber das verstehst du eben nicht – 'ne Unmasse von Einzelheiten zusammenzutragen, bis man was ganz Wirkliches bekommt.« Er drehte den Warmwasserhahn auf und begann sich rasch zu rasieren.

Am Morgen des 15. Mai war es gewesen, jawohl, da war Jake Blount reingekommen. Er war ihm gleich aufgefallen, und er hatte ihn genau beobachtet. Der Mann war klein, und seine Schultern waren schwer wie Hebebäume. Er hatte einen kleinen, zottigen Schnurrbart, und seine Unterlippe sah so aus, als hätte ihn eine Wespe gestochen. Der ganze Bursche schien aus Widersprüchen zu bestehen. Sein Kopf war sehr groß und wohlgeformt, aber sein Hals war zart und schlank wie der Hals eines Knaben. Der Schnurrbart wirkte so künstlich, als wäre er für ein Kostümfest angeklebt und als würde er ihm bei zu schnellem Sprechen abfallen. Mit dem Schnurrbart sah er fast wie ein Mann in mittleren Jahren aus, obwohl sein Gesicht mit der hohen, glatten Stirn und den weitgeöffneten Augen noch jung wirkte. Er hatte schmutzige, schwielige Riesenpranken und trug einen billigen weißen Leinenanzug. Der Mann hatte zwar unbedingt etwas Komisches an sich, gleichzeitig aber verbot ein anderes Gefühl, über ihn zu lachen.

Er bestellte eine Flasche Schnaps und trank sie binnen einer halben Stunde aus. Dann setzte er sich in eine Nische, um eine große Portion Huhn zu verzehren. Später las er in einem Buch und trank Bier. So hatte es angefangen. Obwohl Biff sich diesen Blount sehr genau angesehen hatte, wäre er nie auf die verrückten Dinge gekommen, die später passierten. Er hatte noch nie einen Menschen erlebt, der sich in zwölf Tagen so oft veränderte. Er hatte noch nie einen Kerl gesehen, der so viel trank und so lange betrunken blieb.

Biff drückte mit dem Daumen die Nasenspitze hoch und rasierte sich die Oberlippe. Fertig; sein Gesicht fühlte sich kühler an. Alice schlief, als er durchs Schlafzimmer wieder hinunterging.
Der Koffer war schwer. Er brachte ihn nach vorn ins Lokal und stellte ihn hinter die Registrierkasse, wo er auch die Abende vorher gestanden hatte. Er überblickte sorgfältig den Raum: einige Gäste waren gegangen; das Lokal war nicht mehr ganz so voll, bot aber das gleiche Bild. Der Taubstumme saß immer noch an einem Mitteltisch allein bei seinem Kaffee. Der Betrunkene hatte immer noch nicht aufgehört zu reden. Er wandte sich an keinen direkt, und es hörte ihm auch keiner zu. Als er heute abend ins Lokal kam, trug er nicht mehr den dreckigen Leinenanzug, den er die letzten zwölf Tage angehabt hatte, sondern diesen blauen Overall. Er trug auch keine Socken mehr, und seine Knöchel waren zerkratzt und starrten von Schmutz.
Biff fing einige Bruchstücke seines Selbstgesprächs auf. Der Kerl schien wieder mal sein verrücktes politisches Zeug zu reden. Gestern abend hatte er erzählt, wo er überall gewesen war – Texas, Oklahoma und Nord- und Süd-Carolina. Einmal war er auf Puffs zu sprechen gekommen, und seine Witze waren so derb geworden, daß man ihn mit Bier zum Schweigen bringen mußte. Aber meistens wußte keiner recht, was er eigentlich sagte. Er redete und redete. Die Worte sprudelten aus ihm heraus wie ein Wasserfall. Und dann wechselte er immerfort den Dialekt, auch die Redeweise. Einmal redete er wie ein Faselhans, ein andermal wie ein Professor. Manchmal gebrauchte er meterlange Wörter, und dann haperte es wieder mit der Grammatik. Schwer zu sagen, was für eine Kinderstube er hatte oder aus welchem Teil des Landes er stammte. Er war immer wieder anders. Biff streichelte gedankenvoll seine Nasenspitze. Nein, da paßte eines nicht zum andern, und das hatte gewöhnlich was mit dem Kopf zu tun. Gewiß, der Mann da hatte Verstand, aber er sprang von einer Sache zur andern, und alles zusammen ergab keinen Sinn. Er war wie einer, den irgendwas aus der Bahn geworfen hatte.
Biff lehnte sich mit seinem ganzen Gewicht auf die Theke und begann die Abendzeitung durchzulesen. Die Schlagzeilen berichteten von einem Beschluß, den der Stadtrat nach viermonatiger Beratung gefaßt hatte: die Anbringung von Verkehrsampeln an gewissen gefährlichen Straßenkreuzungen übersteige das Budget der Stadtverwaltung. In der linken Spalte wurde über

den Krieg im Orient berichtet. Biff las eins so aufmerksam wie das andere. Während seine Augen den Druckzeilen folgten, achteten seine übrigen Sinne auf das Treiben ringsum. Als er mit den Artikeln fertig war, starrte er immer noch mit halbgeschlossenen Augen auf die Zeitung. Er war nervös. Der Bursche da war ein Problem, und bis morgen früh mußte er mit ihm irgendwie ins reine kommen. Außerdem hatte er, ohne zu wissen warum, das Gefühl, daß heute nacht irgend etwas Bedeutsames geschehen würde. Der Kerl konnte schließlich nicht ewig so weitermachen.

Biff spürte, daß jemand in der Tür stand, und blickte rasch auf. Ein hochaufgeschossenes, blondhaariges Mädchen von etwa zwölf Jahren sah zur Tür herein. Sie trug Khaki-Shorts, ein blaues Hemd und Tennisschuhe, so daß sie auf den ersten Blick wie ein Knabe wirkte. Biff schob die Zeitung beiseite und lächelte, während sie auf ihn zukam.

»'n Abend,Mick. Kommst du von den Pfadfinderinnen?«

»Nein«, sagte sie. »Bei denen bin ich nicht.«

Mit halbem Auge bemerkte er, daß der Betrunkene mit der Faust auf den Tisch schlug und sich von dem Mann, auf den er eingeredet hatte, abwandte. Biffs Stimme klang leiser, als er das Mädchen fragte:

»Wissen deine Leute, daß du nach Mitternacht noch unterwegs bist?«

»Ist schon in Ordnung. Heute spielt noch 'n ganzer Haufen Kinder um unsern Block.«

Er hatte sie nie mit einem Gleichaltrigen ins Lokal kommen sehen. Vor ein paar Jahren war sie immer hinter ihrem großen Bruder hergezottelt. Die Kellys waren zahlenmäßig eine ansehnliche Familie. Später pflegte sie mit zwei kleinen Rotznasen im Handwagen anzukommen. Aber wenn sie sich nicht mit den Kleinen abgab oder hinter den Größeren herlief, war sie allein. Nun stand sie da und schien sich nicht entschließen zu können. Sie strich sich immer wieder mit der flachen Hand das feuchte, weißblonde Haar zurück.

»Ein Päckchen Zigaretten, bitte. Die billigsten.«

Biff wollte etwas sagen, zögerte aber und langte unter die Theke. Mick zog ein Taschentuch heraus und begann den verknoteten Zipfel aufzuknüpfen, in dem sie ihr Geld aufbewahrte. Als sie dem Knoten einen Ruck gab, klimperte das Kleingeld auf den Boden und rollte zu Blount hin, der stehend vor sich

hinbrummelte. Einen Augenblick starrte er geistesabwesend auf die Münzen, aber noch ehe die Kleine ihnen nachlaufen konnte, riß er sich zusammen, kauerte sich nieder und las das Geld auf. Er ging schwerfällig zur Theke, blieb dort stehen und schob die zwei Pennies, das Fünfcentstück und das Zehncentstück auf seiner Handfläche hin und her:
»Siebzehn Cent die Zigaretten jetzt?«
Biff wartete, und Mick sah von einem zum andern. Der Betrunkene baute die Geldstücke auf der Theke auf und legte schützend seine schmutzige Pranke darum. Dann hob er bedächtig einen Penny auf und knallte ihn auf die Theke.
»'n halben Cent für die armen weißen Schlucker, die das Kraut anbauen«, sagte er, »und 'n halben Cent für die Trottel, die die Zigaretten drehn. Und 'n ganzen Cent für dich, Biff.« Dann bemühte er sich, die Aufschrift auf den beiden anderen Münzen zu fixieren; dabei spielte er immer noch mit ihnen, indem er sie im Kreise herumschob. Schließlich stieß er sie beiseite. »'ne armselige Huldigung für die Freiheit ist das. Für Demokratie und Tyrannei. Für Bürgerrechte und Ausbeuterei!«
Biff nahm ruhig das Geld und ließ es in die Kasse klingeln. Mick schien noch ein Weilchen hier herumstehen zu wollen. Sie musterte mit einem langen Blick den Betrunkenen, dann wanderten ihre Augen zur Mitte des Raumes, wo der Taubstumme allein an seinem Tisch saß. Bald darauf blickte auch Blount ab und zu dorthin. Der Taubstumme saß still bei seinem Glas Bier und malte träge mit einem abgebrannten Streichholz auf der Tischplatte herum.
Wieder brach Jake Blount das Schweigen: »Komisch, den Kerl da hab ich die letzten drei, vier Nächte im Schlaf gesehn. Der will und will mich nicht in Ruh lassen. Ist's dir vielleicht auch aufgefallen: er scheint nie ein Wort zu reden.«
Biff unterhielt sich selten mit einem Gast über einen anderen. »Scheint so«, antwortete er zurückhaltend.
»Komisch.«
Mick trat von einem Fuß auf den anderen und stopfte sich das Zigarettenpäckchen in die Hosentasche. »Gar nicht komisch, wenn man ihn näher kennt«, sagte sie. »Mister Singer wohnt bei uns. Er hat bei uns ein Zimmer.«
»Tatsächlich?« fragte Biff. »So, so – das wußte ich nicht.«
Mick ging zur Tür und antwortete, ohne sich umzusehen: »Klar. Schon drei Monate.«

Biff rollte seine Hemdsärmel herunter und krempelte sie sorgfältig wieder auf. Er blickte unverwandt Mick nach; auch als sie längst verschwunden war, fummelte er immer noch an seinen Hemdsärmeln herum und starrte die leere Tür an. Dann verschränkte er die Arme über der Brust und wandte sich wieder dem Betrunkenen zu.

Blount lehnte schwer an der Theke. Mit seinen weit offenen, feuchten braunen Augen starrte er benommen vor sich hin. Er hatte lange nicht gebadet und stank wie ein Bock. Auf seinem verschwitzten Hals perlten schmutzige Tropfen, und in seinem Gesicht war ein Ölfleck. Seine Lippen waren rot und verschwollen, und sein verfilztes braunes Haar klebte ihm an der Stirn. Da sein Overall im Schritt zu eng war, zupfte er dauernd daran herum.

»Mann, komm doch zur Vernunft«, sagte Biff endlich. »So kannst du nicht länger rumlaufen. Ist ja 'n Wunder, daß sie dich nicht längst wegen Landstreicherei aufgegriffen haben. Hör doch mit dem Saufen auf. Mußt dich mal waschen und dir das Haar schneiden lassen. Heilige Mutter Gottes! So kannst du einfach nicht unter die Leute gehn.«

Blount warf ihm einen finsteren Blick zu und biß sich auf die Unterlippe.

»Also, nimm mir's nicht übel und geh nicht gleich auf die Palme. Tu, was ich dir sage. Geh in die Küche und sag dem Negerjungen, er soll dir 'ne große Schüssel heißes Wasser geben. Sag Willie, er soll dir 'n Handtuch und 'n großes Stück Seife geben, und wasch dich ordentlich. Dann ißt du 'ne Schüssel heiße Milch mit Weißbrot, nimmst dir 'n frisches Hemd aus dem Koffer und ziehst Hosen an, die dir richtig passen. Dann kannst du morgen anfangen, was du willst, kannst arbeiten, wo's dir gefällt, und kommst wieder in die Reihe.«

»Du weißt ja, was du mich kannst«, sagte der betrunkene Blount. »Du kannst mich . . .«

»Schon gut«, sagte Biff seelenruhig. »Nein, kann ich nicht. Und nun benimm dich mal.«

Biff ging ans Ende der Theke und kam mit zwei Glas Bier zurück. Der Betrunkene packte sein Glas so ungeschickt an, daß das Bier über seine Hände und auf die Theke schwappte. Biff schlürfte sein Bier mit genießerischem Behagen und hielt seine halbgeschlossenen Augen unverwandt auf Blount gerichtet. Nein, dieser Blount war keine Mißgeburt, obwohl er auf den

ersten Blick so wirkte. Irgend etwas an ihm schien zwar mißgestaltet zu sein, aber wenn man näher hinsah, war jeder Körperteil normal und so wie er sein sollte. Wenn er sich also nicht im Körperlichen von den anderen unterschied, dann wahrscheinlich im Geistigen. Er war wie einer, der mal im Gefängnis gesessen oder in Harvard studiert oder lange Zeit unter Fremden in Südamerika gelebt hatte. Als wenn er irgendwo gewesen wäre, wo andere nicht so leicht hinkommen, oder als wenn er was getan hätte, wozu andere nicht imstande sind.
Biff legte den Kopf auf die Seite und fragte: »Wo bist du her?«
»Von nirgendwo.«
»Na, irgendwo mußt du doch geboren sein. Nord-Carolina – Tennessee – Alabama – irgendwo.«
»Carolina«, sagte Blount mit träumerisch-verschwommenem Blick.
»Kann mir schon denken, daß du weit rumgekommen bist«, bemerkte Biff taktvoll.
Aber der Betrunkene hörte gar nicht zu. Er hatte sich von der Theke abgewandt und starrte auf die dunkle, leere Straße hinaus. Gleich darauf ging er mit latschigen, unsicheren Schritten zur Tür.
»Adios«, rief er zurück.
Biff war wieder allein und unterzog das Restaurant noch einmal einer gründlichen Musterung: ein Uhr vorbei; nur vier oder fünf Gäste waren noch im Lokal. Der Taubstumme saß immer noch allein am Mitteltisch. Biff betrachtete ihn träge und schwenkte den kleinen Rest Bier in seinem Glase. Dann leerte er das Glas mit einem bedächtigen Schluck und kehrte wieder zu der Zeitung zurück, die aufgeschlagen auf der Theke lag.
Diesmal konnte er sich nicht auf die Worte konzentrieren. Er mußte an Mick denken. Ob es wohl richtig gewesen war, ihr das Päckchen Zigaretten zu verkaufen? Ob Rauchen für Kinder wirklich schädlich war? Er dachte an die Art, wie Mick die Augen einkniff und die Ponyfransen ihres Haars mit der Handfläche zurückstrich. Er dachte an ihre heisere Jungenstimme und an ihre Angewohnheit, die Khaki-Shorts hochzuziehen und wie ein Cowboy im Film einherzustelzen. Ein Gefühl von Zärtlichkeit überkam ihn. Ihm wurde unbehaglich zumute.
In seiner Ruhelosigkeit wandte Biff seine Aufmerksamkeit Singer zu. Der Taubstumme saß mit den Händen in den Taschen da; sein Bier in dem halbleeren Glas war warm und schal

geworden. Bevor Singer ging, würde er ihn zu einem Gläschen Whisky einladen. Was er zu Alice gesagt hatte, stimmte: er hatte was für Mißgeburten übrig. Zu Kranken und Verkrüppelten fühlte er sich besonders hingezogen. Wenn jemand mit einer Hasenscharte oder mit Tb ins Lokal kam, spendierte er ihm stets ein Bier. Hatte der Gast gar einen Buckel oder sonst ein schweres Gebrechen, dann wurde er zu einem Whisky eingeladen. Einem armen Kerl waren bei einer Kesselexplosion das Ding und das linke Bein abgerissen worden; wenn er in die Stadt kam, fand er hier stets ein Gratisfläschchen vor. Wenn Singer sich aus Trinken etwas machte, dann sollte er den Schnaps zum halben Preis bekommen, sooft er nur welchen wollte. Biff nickte vor sich hin. Dann faltete er sorgfältig die Zeitung zusammen und legte sie zu den anderen unter die Theke. Wenn die Woche um war, kamen sie alle in den Vorratsraum hinter der Küche, wo er schon einundzwanzig vollständige Jahrgänge der Abendzeitung aufbewahrte.
Um zwei Uhr kam Blount wieder ins Lokal. Er brachte einen hochgewachsenen Neger mit, der eine schwarze Handtasche trug. Der Betrunkene versuchte ihn an die Theke zu lotsen, aber sobald der Neger merkte, wozu man ihn hierher geschleppt hatte, ging er hinaus. Biff erkannte in ihm einen Negerarzt, der, so lange er denken konnte, hier in der Stadt praktizierte. Irgendwie war er mit dem jungen Willie hinten in der Küche verwandt. Biff bemerkte, daß er im Hinausgehen Blount einen haßerfüllten Blick zuwarf.
Der Betrunkene stand regungslos da.
»Weißt du nicht, daß du in ein Lokal für Weiße keine Nigger bringen darfst?« fragte jemand.
Biff verfolgte alles aus der Entfernung. Blount war sehr böse, und nun sah man deutlich, wie betrunken er war.
»Bin selbst 'n halber Nigger«, rief er herausfordernd.
Biff ließ ihn nicht aus den Augen; im Lokal war es ganz still geworden. Mit seinen dicken Nasenflügeln und dem Weiß seiner rollenden Augen sah Blount ein bißchen so aus, als hätte er die Wahrheit gesprochen.
»Halber Nigger und Makkaronifresser und Böhmiake und Chinese. Von jedem was.«
Die Leute lachten.
»Und Holländer und Türke und Japs und Amerikaner.« Er ging im Zickzack um den Tisch, an dem der Taubstumme seinen

Kaffee trank. Seine Stimme war laut und brüchig. »Ich bin ein Wissender. Ich bin ein Fremdling in einem fremden Land.«
»Gib doch Ruhe«, sagte Biff.
Blount kümmerte sich um niemanden im Lokal, nur um den Taubstummen. Sie sahen einander an. Die Augen des Taubstummen waren kalt und sanft wie Katzenaugen, sein ganzer Körper schien zu lauschen. Der Betrunkene wurde wütend:
»Du bist der einzige in dieser Stadt, der kapiert, was ich meine. Zwei Tage lang hab ich jetzt in Gedanken mit dir geredet; denn ich weiß, du verstehst, was ich meine.«
Einige Leute in einer Nische lachten, weil der Betrunkene sich ahnungslos mit einem Taubstummen zu unterhalten suchte. Biff warf den beiden Männern kleine, scharfe Blicke zu und lauschte aufmerksam.
Blount setzte sich an den Tisch und beugte sich dicht zu Singer hinüber. »Wissende und Unwissende gibt es, und auf tausend Unwissende kommt bloß ein Wissender. Das eben ist das ewige Wunder: daß all diese Millionen so vieles wissen, nur dieses eine nicht. Wie im fünfzehnten Jahrhundert, wo sie alle glaubten, die Welt wäre flach, und nur Columbus und ein paar andre Burschen kannten die Wahrheit. Der Unterschied ist bloß der: man muß begabt sein, um sich die Erde rund vorzustellen. Meine Wahrheit ist aber so naheliegend, daß es geradezu ein Weltwunder ist, daß die Leute sie nicht kennen. Verstandez–vous?«
Biff stützte die Ellenbogen auf die Theke und sah Blount neugierig an. »Was für 'ne Wahrheit?« fragte er.
»Hör nicht auf den«, sagte Blount. »Kümm're dich nicht um diesen plattfüßigen Blaubart, um diesen naseweisen Hurensohn. Sieh mal, wenn zwei Wissende wie wir aufeinanderstoßen, das ist ein Ereignis. Das kommt so gut wie niemals vor. Manchmal begegnen wir einander, aber keiner ahnt, daß der andre ein Wissender ist. Schlimme Sache das. Ist mir x-mal passiert. Aber weißt du, von unsrer Sorte gibt's eben so wenig.«
»Wohl Freimaurer?« sagte Biff.
»Halt's Maul, du! Sonst reiß ich dir den Arm aus und schlag dich windelweich damit«, brüllte Blount. Er beugte sich dicht zu dem Taubstummen hinüber, und seine Stimme sank zu einem trunkenen Flüstern herab. »Und wie kommt das? Warum hat sich dieses Wunder an Unwissenheit so lange gehalten? Ein einziger Grund: eine Verschwörung. Eine weitverzweigte, heimtückische Verschwörung. Ob-sku-ran-tis-mus.«

Die Männer in der Nische lachten immer noch über den Betrunkenen, der sich ausgerechnet mit dem Taubstummen unterhalten wollte. Nur Biff blieb ernst. Ihn interessierte es, ob der Taubstumme wirklich verstand, was man zu ihm sagte. Der Bursche nickte häufig und machte ein nachdenkliches Gesicht. Es ging nur langsam bei ihm – das war's. Jetzt riß Blount mitten in seinem Gerede über das Wissen ein paar Witze. Der Taubstumme lächelte immer erst mehrere Sekunden nach der Pointe; wenn der Betrunkene schon wieder bei seinen dunklen Geschichten war, hing immer noch ein verspätetes Lächeln in dem Gesicht des Taubstummen. Geradezu unheimlich war der Bursche. Unwillkürlich beobachtete man ihn, auch wenn man noch nicht wußte, daß er irgendwie anders war. Wenn man seine Augen sah, konnte man meinen, er hörte Dinge, die nie ein anderer gehört, er wüßte Dinge, die vor ihm nie ein anderer geahnt hatte. Irgend etwas an ihm war nicht ganz menschlich.
Jake Blount lehnte sich über den Tisch, und die Worte sprudelten aus ihm heraus, als wäre in ihm ein Damm geborsten. Biff konnte ihn nicht mehr verstehen. Blount hatte die schwere Zunge des Betrunkenen, und seine Worte überstürzten sich derart, daß alles durcheinander geriet. Biff fragte sich, wo er wohl hingehen würde, wenn Alice ihn aus dem Lokal wies. Und genau das würde sie morgen früh tun – wie sie's gesagt hatte.
Biff gähnte verhalten und klopfte mit den Fingerspitzen auf den offenen Mund, bis seine Kinnbacken sich wieder entspannten. Fast drei Uhr war es, die flaueste Stunde bei Tag wie bei Nacht.
Der Taubstumme war geduldig. Er hatte Blount nahezu eine Stunde lang zugehört. Nun sah er ab und zu auf die Uhr. Blount merkte es nicht und redete unentwegt weiter. Als er schließlich eine Pause machte, um sich eine Zigarette zu drehen, deutete der Taubstumme mit dem Kopf auf die Uhr, lächelte in seiner versteckten Art und stand auf. Seine Hände steckten wie immer tief in den Taschen. Er ging rasch hinaus.
Blount war so betrunken, daß er nichts davon bemerkte. Es war ihm auch gar nicht aufgefallen, daß der Taubstumme nie eine Antwort gegeben hatte. Nun sah er sich mit offenem Mund und verschwiemelt rollenden Augen im Lokal um. Auf seiner Stirn schwoll eine rote Ader, und er begann wütend mit den Fäusten auf den Tisch zu schlagen. Lange konnte der Krakeel nun nicht mehr dauern.

»Komm mal her«, sagte Biff freundlich. »Dein Freund ist weg.«
Der Kerl sah sich immer noch nach Singer um. So richtig betrunken wie jetzt schien er noch nie gewesen zu sein. Er sah häßlich aus.
»Hier hab ich was für dich«, lockte Biff. »Ich möchte dich mal 'ne Minute sprechen.«
Blount rappelte sich hoch und ging mit großen, latschigen Schritten wieder auf die Straße hinaus.
Biff lehnte an der Wand. Rein, raus – rein, raus. Na, ihm konnte es ja egal sein. Der Raum wirkte ganz leer und still. Die Minuten wurden immer länger. Müde ließ er den Kopf vornüber sinken. Allmählich schien jede Bewegung hier im Raume abzusterben. Die Theke, die Gesichter, die Nischen und die Tische, das Radio in der Ecke, die surrenden Ventilatoren an der Decke – alles schien ganz leise und still zu werden.
Er mußte gedöst haben. Eine Hand schüttelte ihn am Ellenbogen. Er kam langsam wieder zu sich und hob den Kopf, um zu sehen, was man von ihm wollte. Vor ihm stand der farbige Küchenjunge Willie mit seiner Kochmütze und in seiner langen weißen Schürze. Vor lauter Aufregung über das, was er zu erzählen suchte, stotterte er.
»Und dann hat er immer mit den F-F-Fäusten so gegen die Mauer da g-g-gedroschen.«
»Was ist los?«
»Gleich da unten in der Straße, zwei H-H-Häuser weiter.«
Biff reckte seine eingesunkenen Schultern auf und zog sich den Schlips zurecht. »Was?«
»Und sie wollen ihn hier reinbringen, und sie können jede Minute hier sein ...«
»Willie«, sagte Biff geduldig, »nun erzähl mal von Anfang an und richtig der Reihe nach.«
»Hier der kleine weiße Herr mit dem Sch-Schnurrbart.«
»Mr. Blount. Ja.«
»Also – ich hab nicht gesehen, wie's angefangen hat. Ich steh an der Hintertür, und auf einmal hör ich Radau da. Klang wie 'ne Riesenprügelei auf der Straße. Ich also hingerannt und g-g-geguckt. Und da hat doch der weiße Herr 'ne Sauwut. Immer mit dem Kopf gegen die Mauer gebumst und mit den Fäusten. Und geflucht und geschlagen – noch nie hab ich das bei 'nem Weißen gesehn. Immerzu gegen die Mauer da. Hätt sich leicht den Kopf einschlagen können, so wie er's getrieben hat.

Dann haben zwei weiße Männer Radau gehört und sind gekommen und haben dabeigestanden und geguckt ...«
»Na – und?«
»Also – Sie wissen, hier der taubstumme Herr – Hände in Taschen – der hier ...«
»Mr. Singer.«
»Und der kommt da vorbei und steht so rum und will wissen, was da los ist. Und Mr. B-B-Blount sieht ihn und fängt an zu reden und zu schreien. Und dann auf einmal fällt er hin auf die Erde. Kann sein, er hat sich wirklich den Kopf eingeschlagen. Ein P-P-Polizist kommt vorbei, und jemand sagt zu ihm, Mr. Blount wohnt hier.«
Biff senkte den Kopf und versuchte sich aus dieser Geschichte ein einigermaßen klares Bild zu machen. Er rieb sich die Nase und dachte eine Weile nach.
»Jede Minute können sie hier sein.« Willie lief zur Tür und spähte die Straße hinunter. »Da kommen sie schon. Sie müssen ihn schleppen.«
Ein Dutzend Zuschauer und ein Polizist versuchten sich gleichzeitig in das Restaurant zu drängen. Zwei Huren sahen von draußen zum Fenster herein. Komisch, wieviel Leute immer von wer weiß woher zusammmenliefen, wenn etwas Außergewöhnliches geschah.
»Hat keinen Zweck, mehr Wind als nötig zu machen«, sagte Biff und sah den Polizisten an, der den Betrunkenen stützte. »Die andern könnten eigentlich rausgehn.«
Der Polizist setzte den Betrunkenen auf einen Stuhl und scheuchte die kleine Schar wieder auf die Straße hinaus. Dann wandte er sich an Biff: »Jemand sagte, der wohnt hier bei Ihnen.«
»Nein. Wär aber gut möglich«, sagte Biff.
»Soll ich ihn mitnehmen?«
Biff überlegte. »Der macht heute nacht keine Scherereien mehr. Natürlich kann ich keine Verantwortung übernehmen – aber er wird sich jetzt wohl beruhigen.«
»Na schön. Ich komm nochmal vorbei, eh ich Feierabend mach.«
Biff, Singer und Jake Blount blieben allein. Zum erstenmal, seit sie ihn hereingebracht hatten, sah Biff sich den Betrunkenen genauer an. Blount schien eine schwere Kinnverletzung zu haben. Er saß, die große Hand vor dem Mund, zusammengesackt an einem Tisch und schwankte hin und her. Aus einer

klaffenden Kopfwunde rann ihm Blut über die Schläfe. Seine Handgelenke waren zerschunden, und er war so verdreckt, als hätte man ihn am Kragen aus einer Kloake gezogen. Keinerlei Kraft war mehr in ihm, er war völlig zusammengebrochen. Der Taubstumme saß ihm am Tisch gegenüber und verfolgte alles mit seinen grauen Augen.

Dann merkte Biff, daß Blount sich das Kinn gar nicht verletzt hatte; er hielt sich die Hand vor den Mund, weil seine Lippen zitterten. Tränen rollten über sein verschmiertes Gesicht. Dann und wann warf er einen Seitenblick auf Biff und Singer; es ärgerte ihn, daß sie ihn weinen sahen. Eine peinliche Situation. Biff sah achselzuckend den Taubstummen an und hob zum Zeichen seiner Ratlosigkeit die Augenbrauen. Singer legte den Kopf auf die Seite.

Biff war in einer verzwickten Lage. Er grübelte, wie er damit fertig werden sollte. Er war noch zu keinem Entschluß gekommen, als der Taubstumme sich über die Speisekarte beugte und etwas aufschrieb:

Wenn Sie nicht wissen, wo er hingehn soll, kann er zu mir nach Hause kommen.
Zunächst täten ihm etwas Suppe und Kaffee gut.

Biff nickte sichtlich erleichtert.

Er tischte drei Spezialplatten vom letzten Abendessen auf, dazu zwei Terrinen Suppe, Kaffee und Nachtisch. Aber Blount wollte nicht essen. Er wollte die Hand nicht vom Mund nehmen, als wären seine Lippen ein geheimer Körperteil, der nicht entblößt werden dürfte. Sein Atem ging in schluchzenden Stößen, und seine breiten Schultern zuckten nervös. Singer deutete auf ein Gericht nach dem anderen, aber Blount hielt nur immer die Hand vor den Mund und schüttelte den Kopf.

Biff sprach langsam, damit der Taubstumme seine Worte ablesen konnte.

»Die Nerven . . .«, sagte er, um überhaupt etwas zu sagen.

Der Suppendampf stieg Blount in die Nase, und nach einem Weilchen langte er zittrig nach dem Löffel. Er aß die Suppe und etwas vom Nachtisch. Seine dicken, geschwollenen Lippen zitterten immer noch, und er beugte sich tief über den Teller.

Biff entging das nicht. Fast jeder Mensch, dachte er, hat einen bestimmten Körperteil, auf den er besonders achtet. Bei dem

Taubstummen waren es die Hände. Die kleine Mick zupfte vorn an ihrer Bluse, damit der Stoff nicht die zart sprossenden Brüste scheuerte. Bei Alice war es das Haar; er durfte nie bei ihr schlafen, wenn er sich die Kopfhaut mit Öl eingerieben hatte. Und bei ihm selbst?

Spielerisch drehte Biff den Ring an seinem kleinen Finger. Jedenfalls wußte er, was es *nicht* war. Nicht mehr. Eine scharfe Falte grub sich in seine Stirn. Seine Hand in der Hosentasche tastete nervös nach seinem Glied. Er begann ein Lied zu pfeifen und stand vom Tisch auf. Komisch war's nur, wenn man das bei anderen Leuten rauskriegte.

Sie halfen Blount auf die Beine. Er zitterte vor Schwäche. Er weinte nicht mehr, schien aber in schamvolles, finsteres Grübeln versunken zu sein. Er ließ sich gehorsam führen. Biff holte den Koffer hinter der Theke hervor und erklärte dem Taubstummen, was es damit für eine Bewandtnis habe. Singer machte ein Gesicht, als könnte ihn nichts überraschen.

Biff begleitete sie zur Tür. »Reiß dich zusammen und halt die Ohren steif«, sagte er zu Blount.

Der schwarze Nachthimmel lichtete sich schon und nahm mit dem anbrechenden Morgen eine dunkelblaue Färbung an. Nur noch wenige mattsilbrige Sterne standen am Himmel. Auf der Straße war es leer und still, beinahe kühl. Singer trug links den Koffer und stützte mit der freien Hand Blount. Er nickte Biff zum Abschied zu. Die beiden machten sich auf den Weg, und Biff sah ihnen nach. Als sie einen halben Block entfernt waren, konnte man in der bläulichen Dunkelheit nur noch ihre schwarzen Gestalten erkennen: den aufrecht und sicher vorwärtsschreitenden Taubstummen und neben ihm stolpernd den breitschultrigen Blount. Als Biff sie nicht mehr sehen konnte, wartete er noch eine Weile und blickte nachdenklich zum Himmel auf. Die unausdenkbare Tiefe faszinierte und bedrückte ihn. Er rieb sich die Stirn und ging wieder in das grell beleuchtete Restaurant.

Er stand hinter der Registrierkasse, und sein Gesicht wurde hart und verkniffen, als er alle Geschehnisse der Nacht noch einmal zu überdenken suchte. Er hatte das Gefühl, als sei er sich selber eine Erklärung schuldig. Er rief sich haargenau die einzelnen Vorgänge ins Gedächtnis zurück und kam doch zu keiner Klarheit.

Die Tür ging mehrmals auf und zu: plötzlich kam ein neuer Gästeschwarm. Die Nacht war vorbei. Willie stellte einige Stühle auf die Tische und fegte den Fußboden. Er dachte schon ans Nachhausegehen und sang. Willie war faul. In der Küche unterbrach er sich oft, um ein Weilchen auf der Mundharmonika zu spielen, die er immer bei sich trug. Nun fegte er schläfrig den Fußboden und summte ununterbrochen seine eintönige, traurige Negermelodie.

Das Lokal war noch nicht voll – es war die Stunde, in der die Nachtbummler mit den Frühaufstehern zusammentrafen. Die schläfrige Kellnerin servierte Bier und Kaffee. Die Leute lärmten nicht, sie unterhielten sich auch nicht – so als wäre jeder ganz allein. Das gegenseitige Mißtrauen zwischen den Frühaufstehern und denen, für die eine lange Nacht zu Ende ging, schuf eine allgemeine Atmosphäre der Entfremdung.

Das Bankhaus auf der gegenüberliegenden Straßenseite stand fahl in der Dämmerung. Allmählich traten seine weißen Mauern deutlicher hervor. Als endlich die ersten scharfen Strahlen der aufgehenden Sonne die Straße erhellten, warf Biff einen letzten Blick durch das Lokal und ging nach oben.

Beim Eintreten rüttelte er an der Türklinke, um Alice zu wecken. »Heilige Mutter Gottes!« sagte er. »Das war vielleicht eine Nacht!«

Alice ließ sich Zeit mit dem Aufwachen. Sie lag wie eine schmollende Katze im zerwühlten Bett und räkelte sich. In der frischen, heißen Morgensonne sah das Zimmer schmutzfarben aus; an der Jalousieschnur baumelten schlaff und welk ein Paar Seidenstrümpfe.

»Sitzt der betrunkene Narr immer noch unten rum?« fragte sie.

Biff zog das Hemd aus und sah nach, ob der Kragen sauber genug sei, um es noch einmal anziehen zu können. »Geh runter und sieh selber nach. Ich sagte ja: keiner wird dich hindern, ihn rauszuschmeißen.«

Alice langte verschlafen neben das Bett und nahm vom Fußboden eine Bibel, eine unbeschriebene Speisekarte und ein Sonntagsschulbuch auf. Sie raschelte mit den dünnen Blättern der Bibel, bis sie eine bestimmte Stelle gefunden hatte, und begann, mühsam konzentriert, laut zu lesen. Es war Sonntag, und sie präparierte sich für den allwöchentlichen Unterricht in der Knabenklasse der Sonntagsschule. »Als nun Jesus an dem Galiläischen Meer ging, sah er zween Brüder, Simon, der da heißt Petrus, und Andreas, seinen Bruder, die warfen ihre Netze ins Meer; denn sie waren Fischer. Und er sprach zu ihnen: ›Folget

mir nach; ich will euch zu Menschenfischern machen!‹ Alsbald verließen sie ihre Netze und folgten ihm nach.«
Biff ging ins Badezimmer, um sich zu waschen. Alice lernte unter seidigem Gemurmel weiter. Er lauschte: »... Und des Morgens vor Tage stund er auf und ging hinaus. Und Jesus ging in eine wüste Stätte und betete daselbst. Und Petrus mit denen, die bei ihm waren, eileten ihm nach. Und da sie ihn fanden, sprachen sie zu ihm: ›Jedermann suchet dich.‹«
Sie war fertig. Biff bewegte die Worte andächtig in seinem Herzen. Er versuchte, die eigentlichen Worte von Alices Stimme zu trennen. Er wollte sich diese Stelle so ins Gedächtnis zurückrufen, wie seine Mutter sie zu lesen pflegte, als er noch klein war. Wehmütig betrachtete er den Trauring an seinem kleinen Finger, der einst ihr gehört hatte. Wieder fragte er sich, was sie wohl dazu gesagt haben würde, daß er mit Kirche und Religion nichts mehr zu tun haben wollte.
»Das Thema der heutigen Stunde ist die Berufung der Jünger«, präparierte Alice vor sich hin. »Und der Text lautet: ›Jedermann suchet dich‹.«
Kurz entschlossen riß Biff sich aus seiner Versunkenheit und drehte den Wasserhahn zu voller Stärke auf. Er streifte sein Unterhemd ab und begann sich zu waschen. Vom Gürtel an aufwärts war er immer peinlich sauber. Jeden Morgen seifte er sich Brust und Arme, Hals und Füße ab – und etwa zweimal im Vierteljahr wusch er sich in der Badewanne den ganzen Körper.
Biff stand vor dem Bett und wartete ungeduldig, daß Alice aufstünde. Durchs Fenster sah er, daß es ein windstiller, glühendheißer Tag werden würde. Alice hatte ihre Lektion zwar durchgelesen, lag aber immer noch faul auf dem Bett, obwohl sie wußte, daß er wartete. Er fühlte einen stillen Groll in sich aufsteigen. Er lachte ironisch. Dann sagte er in bitterem Ton: »Wenn du willst, setz ich mich hin und les so lange Zeitung. Lieber wär's mir allerdings, du läßt mich jetzt schlafen.«
Alice begann sich anzuziehen, und Biff machte das Bett. Sachkundig kehrte er die Bettücher um, vom Kopf- zum Fußende und von unten nach oben. Als das Bett gemacht war, wartete er, bis Alice das Zimmer verlassen hatte; dann erst stieg er aus den Hosen und kroch ins Bett. Seine Füße ragten unter der Bettdecke hervor, und seine stark behaarte Brust nahm sich auf dem Kopfkissen ganz dunkel aus. Er freute sich, daß er Alice nicht erzählt hatte, was mit dem Betrunkenen geschehen war.

Er hätte gern mit jemandem darüber geredet; wenn er den ganzen Hergang laut erzählt hätte, wäre ihm vielleicht aufgegangen, was ihn daran so verwirrte. Der arme Hurensohn – immer reden und reden und nie einen Menschen finden, der ihn verstand. Höchstwahrscheinlich verstand er sich selber nicht. Und wie er von dem Taubstummen nicht loskam und ausgerechnet ihm sein Herz ausschütten wollte.
Warum?
Weil manche Menschen es so an sich haben, daß sie irgendwann einmal alles Persönliche aufgeben müssen, ehe es ganz hart und giftig wird – daß sie es irgendeinem menschlichen Wesen oder für irgendeine menschliche Idee hinschmeißen. Sie müssen einfach. Manche haben das eben so an sich ... Der Text lautet: ›Jedermann suchet dich.‹ Deshalb vielleicht – vielleicht ... Ein Chinese wär er, hatte der Kerl gesagt. Und ein Nigger und ein Makkaronifresser und ein Jude. Und wenn er fest genug dran glaubte, war's vielleicht so. Jeder und jedes wär er, hatte er gesagt ...
Biff streckte die Arme und legte die nackten Füße übereinander. Sein Gesicht war älter im Morgenlicht, mit den geschlossenen, eingesunkenen Augen und mit der dichten, stahlblauen Rasur auf Wangen und Kinn. Allmählich entspannte sich sein Mund und wurde weich. Die grellen gelben Sonnenstrahlen fielen durchs Fenster und machten das Zimmer heiß und hell. Biff drehte sich müde um und legte die Hände über die Augen. Und er war niemand mehr – nur noch Bartholomew – der alte Biff, zwei Fäuste und eine fixe Zunge – Mister Brannon – ganz allein.

3

Mick wurde früh von der Sonne geweckt, obwohl sie gestern abend mächtig spät nach Hause gekommen war. Es war zu heiß, um zum Frühstück Kaffee zu trinken; also trank sie Eiswasser, mit Sirup gesüßt, und aß Biskuits dazu. Eine Weile lungerte sie in der Küche herum, dann ging sie auf die Vorderveranda, um in den Witzblättern zu lesen. Sie hatte gedacht, Mister Singer würde vielleicht, wie meistens Sonntagvormittag, auf der Veranda sitzen und Zeitung lesen. Aber Mister Singer war nicht da, und später hörte sie von Paps, er sei gestern abend sehr spät heimgekommen und habe Besuch mitgebracht.

Sie wartete lange auf Mister Singer. Alle anderen Untermieter kamen herunter, nur er nicht. Schließlich ging sie wieder in die Küche, nahm Ralph aus seinem hohen Kinderstühlchen, zog ihm ein sauberes Kleid an und wischte ihm das Gesicht ab. Als dann Bubber aus der Sonntagsschule kam, war sie soweit, um mit den Kindern auszugehen. Sie setzte Bubber zu Ralph in den Wagen, denn er war barfuß und das heiße Pflaster verbrannte ihm die Füße. Sie zog den Wagen etwa acht Block weit, bis zu dem großen neuen Haus, das dort gebaut wurde. Die Leiter lehnte noch an der Dachkante; sie nahm allen Mut zusammen und begann hinaufzuklettern.

»Paß auf Ralph auf«, rief sie Bubber zu. »Paß auf, daß sich keine Mücken auf seine Augenlider setzen.«

Fünf Minuten später war Mick oben und richtete sich kerzengerade auf. Sie breitete die Arme aus wie Flügel. Hier oben stehen – das wünschten sie sich alle. Ganz hoch oben. Aber nicht viele Kinder brachten das fertig. Die meisten hatten Angst, denn wenn man den Halt verlor und über die Dachkante abrutschte, würde man sich zu Tode fallen. Ringsum sah man die Dächer anderer Häuser und die grünen Wipfel der Bäume. Am anderen Ende der Stadt lagen die Kirchtürme und die Fabrikschornsteine. Der Himmel war strahlend blau und brannte wie Feuer. Unten auf der Erde sah in der Sonne alles schwindelerregend weiß oder schwarz aus.

Sie wollte singen. Alle Lieder, die sie kannte, stiegen ihr in die Kehle; es kam aber kein Ton heraus. Vorige Woche war ein großer Junge auf die höchste Stelle des Daches geklettert; der hatte einen Schrei ausgestoßen und dann eine Rede rausgebrüllt, die er in der höheren Schule gelernt hatte: »Mitbürger! Freunde! Römer! Hört mich an!« Es war schon was, da ganz oben zu stehen; das gab einem so ein wildes Gefühl; man hätte am liebsten geschrien oder gesungen oder die Arme hochgeworfen, um wegzufliegen.

Sie spürte, daß die Sohlen ihrer Tennisschuhe rutschten; sie ließ sich nieder, so daß sie rittlings auf dem Dachfirst saß. Das Haus war fast fertig. Es wurde eines der höchsten Gebäude hier in der Gegend – zwei Stockwerke, sehr hohe Zimmer und das steilste Dach, das sie je an einem Haus gesehen hatte. Aber bald würde nichts mehr daran zu tun sein. Die Zimmerleute würden weggehen, und die Kinder würden sich einen anderen Spielplatz suchen müssen.

Sie war allein. Kein Mensch weit und breit. Es war ganz still, und sie konnte eine Weile nachdenken. Sie nahm aus der Hosentasche das Zigarettenpäckchen, das sie gestern abend gekauft hatte. Langsam zog sie den Rauch ein. Die Zigarette machte sie wie betrunken; ihr Kopf schien schwer und schlaff auf den Schultern zu sitzen; trotzdem mußte sie zu Ende rauchen.

M. K. – Das würde sie auf alles und jedes draufschreiben lassen, wenn sie erst siebzehn Jahre alt und sehr berühmt war. Sie würde zu Hause in einem rotweißen Packard mit ihrem Monogramm an den Türen vorfahren. In Taschentücher und Unterwäsche würde sie rote M. K.'s sticken lassen. Vielleicht würde sie eine große Erfinderin werden. Sie würde winzig kleine Radioapparate, nicht größer als eine grüne Erbse, erfinden; die könnte man mit sich herumtragen und ins Ohr stecken. Dann Flugmaschinen, die man wie Rucksäcke auf den Rücken schnallte und mit denen man durch die weite Welt surren könnte. Später würde sie als erste einen riesigen Tunnel durch die Welt graben, bis nach China; durch den könnte man mit großen Ballons hinunterfahren. Das waren so die Sachen, die sie zuerst erfinden wollte. Entworfen hatte sie sie schon.

Mick drückte die halbgerauchte Zigarette aus und warf den Stummel die Dachschräge hinunter. Dann beugte sie sich vor, legte den Kopf auf die Arme und begann leise vor sich hinzusummen.

Komisch: fast die ganze Zeit ging ihr irgendein Klavierstück oder eine andere Musik im Kopf herum. Was sie auch tat oder dachte – es war fast immer da. Miss Brown, die bei ihnen wohnte, hatte ein Radio im Zimmer; da hatte sie den ganzen letzten Winter hindurch jeden Sonntagnachmittag auf der Treppe gesessen und das Programm mitgehört. Wahrscheinlich waren es klassische Stücke gewesen, aber gerade die hatte sie am besten behalten. Vor allem die Musik von einem Mann – wenn sie die hörte, zog es ihr jedesmal das Herz zusammen. Manchmal war die Musik von diesem Mann wie bunte kleine Bonbons, und dann war sie wieder das Sanfteste und Traurigste, das sie sich vorstellen konnte.

Plötzlich hörte sie Weinen. Mick richtete sich auf und lauschte. Der Wind zauste die Haartolle an ihrer Stirn, und ihr Gesicht wurde von der prallen Sonne blaß und feucht. Unten greinte es immer noch. Mick kroch langsam auf allen vieren die scharfe Dachkante entlang. Am Giebel legte sie sich auf den Bauch, den

Kopf über das Dach hinausgestreckt, und sah auf die Erde hinunter.
Die Kinder waren noch dort, wo sie sie zurückgelassen hatte. Bubber kauerte, in irgend etwas versunken, an der Erde, und neben ihm zeichnete sich schwarz sein kleiner Zwergschatten ab. Ralph saß noch angebunden in seinem Wagen. Er war gerade alt genug, um sitzen zu können; er hielt sich an den Seitenwänden des Wagens fest, sein Mützchen war verrutscht, und er weinte.
»Bubber!« rief Mick hinunter. »Sieh mal nach, was Ralph will, und gib's ihm.«
Bubber stand auf und musterte streng das Gesicht des Babys. »Der will ja gar nichts.«
»Na, dann schüttle ihn mal tüchtig.«
Mick kletterte zurück zu der Stelle, an der sie vorhin gesessen hatte. Sie wollte lange über zwei oder drei bestimmte Menschen nachdenken, wollte vor sich hinsingen und Pläne schmieden. Aber dieser Ralph brüllte immer noch; sie würde überhaupt nicht zur Ruhe kommen.
Mutig begann sie zur Leiter herunterzuklettern, die an der Dachkante lehnte. An der sehr steilen Schräge waren nur wenige sehr weit voneinander entfernte Holzklötze festgenagelt, die den Arbeitern als Fußstützen dienten. Mick wurde schwindlig; ihr Herz klopfte so stark, daß sie zitterte. Laut befahl sie sich selber: »Hier mit den Händen ganz fest halten, dann runterlassen, bis die rechte Fußspitze einen Halt hat, dann ganz vorsichtig den linken Fuß nachziehen. Nimm dich zusammen, Mick, du mußt dich zusammennehmen.«
Runterkommen war immer das Schwerste beim Klettern. Sie brauchte lange, bis sie die Leiter erreicht hatte und sich wieder sicher fühlte. Als sie endlich auf der Erde stand, kam sie sich viel kleiner und kürzer vor, und ihre Beine fühlten sich eine Minute lang so an, als wollten sie mit ihr zusammenbrechen. Sie zog die Shorts hoch und schnallte den Gürtel ein Loch enger. Ralph weinte immer noch, aber sie kümmerte sich nicht darum und ging in das neue, leere Haus.
Vorigen Monat hatten sie draußen eine Tafel aufgestellt, auf der stand, Kindern sei das Betreten des Grundstücks verboten. Eines Abends hatte sich ein Haufen Kinder im dem Haus herumgebalgt, und ein Mädchen war im Dunkeln in ein Zimmer ohne Fußboden gerannt, war abgestürzt und hatte sich ein Bein

gebrochen. Sie lag immer noch mit einem Gipsverband im Krankenhaus. Ein andermal hatten ein paar rüde Bengels eine Wand vollgepinkelt und allerlei sehr häßliche Wörter angeschrieben. Aber wie viele Verbotstafeln sie auch aufstellen mochten – sie konnten die Kinder nicht vertreiben, ehe das Haus fix und fertig bezogen war.

Die Räume rochen nach frischem Holz, und Micks Tennisschuhe machten beim Gehen ein dumpf-schlappendes Geräusch, das im ganzen Haus widerhallte. Heiß und still war es hier. Sie blieb eine Weile mitten im Vorderzimmer stehen, und dann fiel ihr plötzlich etwas ein. Sie kramte in ihrer Tasche und zog zwei Kreidestückchen heraus, ein grünes und ein rotes.

Ganz langsam malte Mick die großen Blockbuchstaben. Obenan schrieb sie EDISON, darunter malte sie die Namen DICK TRACY und MUSSOLINI. Dann schrieb sie in noch größeren Buchstaben, grün mit rotem Rand, in alle vier Ecken ihre Initialen M. K. Als das erledigt war, ging sie zur gegenüberliegenden Wand und schrieb dort ein sehr häßliches Wort an – VOTZE, und auch da setzte sie ihre Initialen darunter.

Sie stand mitten in dem leeren Raum und starrte ihr Werk an. Sie hielt die Kreide in den Händen und war eigentlich nicht recht befriedigt. Sie bemühte sich auf den Namen des Mannes zu kommen, von dem die Musik war, die sie vorigen Winter im Radio gehört hatte. Sie hatte in der Schule ein Mädchen nach ihm gefragt, die ein Klavier hatte und Musikstunden nahm, und das Mädchen hatte ihre Lehrerin gefragt. Dieser Mann schien ein kleiner Junge gewesen zu sein, der vor ziemlich langer Zeit in irgendeinem Lande Europas gelebt hatte. Aber wenn er auch bloß ein kleiner Junge war – er hatte doch all die schönen Stücke für Klavier und für Geige, auch für Orchester zustande gebracht. Sie konnte sich aus den Stücken, die sie gehört hatte, auf etwa sechs verschiedene Melodien besinnen. Einige davon waren irgendwie schnell und wie Glöckchen, und eine andere war so, wie es im Frühling nach einem Regen duftet. Aber alle diese Melodien machten sie gleichzeitig irgendwie traurig und erregt.

Sie summte eine der Melodien, und als sie eine Weile so allein in dem heißen, leeren Haus gewesen war, kamen ihr die Tränen. Die Kehle wurde ihr eng und rauh, sie konnte nicht weitersingen. Rasch schrieb sie den Namen des Mannes oben an den Anfang der Liste: MOTSART.

Ralph saß festgebunden im Wagen, so wie sie ihn verlassen hatte. Er saß still da und hielt sich seitlich mit seinen dicken Händchen fest. Ralph sah mit dem eckig geschnittenen schwarzen Haar und mit seinen schwarzen Augen wie ein kleines Chinesenbaby aus. Die Sonne schien ihm ins Gesicht; deshalb hatte er gebrüllt. Bubber war nirgends zu sehen. Als Ralph sie kommen sah, heulte er wieder los. Sie zog den Wagen in den Schatten des neuen Hauses und holte aus ihrer Brusttasche eine blaugefärbte Zuckerstange, die sie dem Baby in den warmen, weichen Mund steckte.
»Da hast du was zu rauchen«, sagte sie zu ihm. Eigentlich war es Verschwendung, denn Ralph war noch zu klein, um richtig zu merken, wie gut Süßigkeiten schmecken. Ein sauberer Kieselstein würde für ihn ungefähr das gleiche bedeuten, nur würde der kleine Dummkopf ihn verschlucken. Er verstand vom Schmecken ebensowenig wie von dem, was man ihm erzählte. Sagte man zu ihm, man habe es derart satt, ihn herumzuschleppen, daß man ihn am liebsten in den Fluß werfen würde, dann war das für ihn das gleiche, als wenn man ihm allerlei Kosenamen gab. Genau das gleiche war das für ihn. Deshalb war es auch so schrecklich langweilig, mit ihm herumzuziehen.
Mick legte die hohlen Hände fest aneinander und blies durch den Spalt ihrer Daumen. Sie pustete die Backen auf, und man hörte zuerst nur ein Sausen in ihren Händen. Dann ertönte ein hoher, schriller Pfiff, und einige Sekunden später kam Bubber um die Hausecke.
Sie rubbelte die Sägespäne aus Bubbers Haar und setzte Ralphs Mütze gerade. Diese Mütze war Ralphs schönstes Stück. Sie bestand aus lauter Spitzen und war über und über bestickt. Das Band unter seinem Kinn war auf der einen Seite blau und auf der anderen weiß, und an beiden Ohren saßen große Rosetten. Sein Kopf war zwar schon zu groß für die Mütze, außerdem kratzte ihn die Stickerei, aber wenn sie mit ihm ausging, setzte sie sie ihm immer auf. Ralph hatte keinen richtigen Kinderwagen wie die Babies der meisten anderen Leute, und Sommerschuhchen hatte er auch keine. Sie mußte ihn in dem schäbigen, alten Handwagen ziehen, den sie vor drei Jahren zu Weihnachten bekommen hatte. Aber in der schönen Mütze sah er doch nach etwas aus.
Kein Mensch war auf der Straße, denn es war Sonntagvormittag und sehr heiß. Der Handwagen quietschte und ratterte.

Bubber war barfuß, und das Pflaster war so heiß, das es ihm die Füße verbrannte. Die dunklen Schatten der grünen Eichen muteten kühl an, waren aber nicht schattig genug.
»Steig in den Wagen«, sagte sie zu Bubber. »Nimm Ralph auf den Schoß.«
»Ich kann schon gehn.«
In den langen Sommermonaten bekam Bubber immer Darmkatarrh. Da er kein Hemd anhatte, sah man seine spitzen, weißen Rippen. Die Sonne machte ihn nicht braun, sondern blaß, und die kleinen Wärzchen auf seiner Brust sahen wie Korinthen aus.
»Ich zieh dich gern«, sagte Mick. »Los, steig ein.«
»O. K.«
Mick zog den Wagen langsam, denn sie hatte es nicht eilig, nach Hause zu kommen. Sie begann mit den Kindern zu reden. Eigentlich aber sagte sie alles mehr zu sich selber als zu ihnen.
»Komische Sache – die Träume, die ich in letzter Zeit hatte. Als ob ich schwimme. Aber statt durch Wasser stoße und schwimme ich durch riesengroße Menschenmengen. Hundertmal so viel Menschen wie in Kresses Laden Samstag nachmittags. Die größte Menschenmenge der Welt. Manchmal schrei ich und schwimm zwischen den Leuten durch, und wo ich hinkomm, schlag ich alle nieder – und dann lieg ich wieder am Boden, und die Leute trampeln über mich weg, und meine Eingeweide liegen zermatscht auf dem Pflaster. Ist wohl mehr ein Alpdruck als ein richtiger Traum ...«
Sonntags war das Haus immer voller Leute, weil die Untermieter Besuch bekamen. Überall raschelten Zeitungen, alles war voller Zigarrenrauch, und andauernd ging jemand die Treppe rauf und runter.
»Manche Sachen möchte man doch natürlich für sich behalten. Nicht weil sie was Schlimmes sind, sondern weil man sie eben verheimlichen will. Von zwei oder drei Sachen braucht nicht mal ihr was zu wissen.«
An der Ecke stieg Bubber aus und half ihr, den Wagen die Bordschwelle hinunter- und auf der anderen Seite hinaufzuheben.
»Aber für eine Sache würd ich wer weiß was geben: für ein Klavier. Wenn wir ein Klavier hätten, würd ich jeden geschlagenen Abend üben und jedes Musikstück lernen, das es gibt. Das wünsch ich mir mehr als alles andere.«

Sie waren nun bei ihrem Block angelangt. Noch ein paar Türen weiter, und sie waren an ihrem Haus. Es war eins der größten Häuser im Norden der Stadt – drei Stock hoch. Aber es wohnten auch vierzehn Menschen drin. Die gehörten zwar nicht alle richtig zur Familie Kelly – aber sie aßen und schliefen im Haus, jeder für fünf Dollar; da konnte man sie immerhin dazurechnen. Mr. Singer zählte nicht mit; der hatte nur ein Zimmer gemietet, das er selber in Ordnung hielt.
Das Haus war eng und seit vielen Jahren nicht mehr gestrichen. Für seine drei Stockwerke schien es nicht stabil genug gebaut zu sein; es hing nach einer Seite etwas über.
Mick band Ralph los und hob ihn aus dem Wagen. Sie flitzte rasch durch die Diele und sah mit halbem Auge, daß das Wohnzimmer voller Mieter saß. Auch Paps war dort. Mama würde wohl in der Küche sein. Alle saßen herum und warteten aufs Essen.
Sie ging in das erste der drei Zimmer, welche die Familie für sich behalten hatte. Sie setzte Ralph auf das Bett, in dem Paps und Mama schliefen, und gab ihm eine Perlenschnur zum Spielen. Hinter der geschlossenen Tür zum nächsten Zimmer hörte sie Stimmen; sie beschloß hineinzugehen.
Hazel und Etta hörten mit Reden auf, als sie sie sahen. Etta saß auf dem Stuhl am Fenster und bemalte sich die Fußnägel mit rotem Lack. Ihr Haar war mit Metallwickeln aufgedreht, und unter dem Kinn hatte sie sich einen Pickel mit weißer Gesichtskrem überkleckst. Hazel räkelte sich wie gewöhnlich faul auf dem Bett.
»Worüber habt ihr denn gerade geklatscht?«
»Geht dich nichts an, Naseweis«, sagte Etta. »Halt den Mund und laß uns in Ruhe.«
»Das ist genauso mein Zimmer wie eures. Ich habe genauso das Recht hier zu sein wie ihr.« Mick spazierte von einer Ecke zur andern, bis sie das ganze Zimmer abgeschritten hatte. »Aber mir liegt nichts dran, Streit anzufangen. Ich will nur mein Recht.«
Mick strich sich mit der Handfläche die Haarzotteln zurück. Sie tat das so oft und so gewohnheitsmäßig, daß ihre Stirnlöckchen widerspenstig in die Höhe standen. Sie krauste die Nase und schnitt vor dem Spiegel Grimassen. Dann begann sie wieder im Zimmer herumzuwandern.
Hazel und Etta waren als Schwestern eigentlich ganz in Ord-

nung. Aber Etta hatte lauter Flausen im Kopf; sie dachte nur immer daran, wie sie zum Film kommen könnte. Einmal hatte sie an Jeanette MacDonald geschrieben und eine maschinengeschriebene Antwort bekommen: wenn sie einmal nach Hollywood käme, könne sie bei ihr vorbeikommen und in ihrem Schwimmbassin schwimmen. Seitdem war Etta von diesem Schwimmbassin wie besessen. Sie dachte nur daran, das Fahrgeld für den Autobus nach Hollywood zusammenzubekommen, dort eine Stellung als Sekretärin zu suchen, sich mit Jeanette MacDonald anzufreunden und selber zum Film zu gehen.

Den ganzen Tag war sie mit ihrer Toilette beschäftigt. Und das eben war der Haken. Etta war nicht hübsch wie Hazel. Vor allem hatte sie kein Kinn. Immerfort zog sie an ihrem Kiefer und machte allerlei Kinnübungen, die in einem Filmbuch beschrieben waren. Fortwährend stand sie vor dem Spiegel und betrachtete ihr Profil oder probierte eine bestimmte Mundstellung aus. Aber das nützte alles nichts. Manchmal drückte Etta nachts das Gesicht in die Hände und weinte deswegen.

Hazel war einfach faul. Sie sah gut aus, war aber nicht gerade gescheit. Sie war achtzehn Jahre alt und nächst Bill das älteste Kind. Vielleicht tat ihr das nicht gut. Sie bekam von allem zuerst und am meisten – immer zuerst etwas Neues anzuziehen und von jeder Extrawurst den Löwenanteil. Hazel brauchte sich nie für etwas anzustrengen.

»Willst du eigentlich den ganzen Tag hier im Zimmer rumtrampeln? Mir wird ganz schlecht, wenn ich dich in dem albernen Jungenzeug seh. Dich sollte mal jemand in die Finger kriegen und dir Benimm beibringen, Miss Kelly«, sagte Etta.

»Halt den Mund«, sagte Mick. »Ich trag Shorts, weil ich euer altes abgelegtes Zeug nicht anziehen will. Ich will nicht so sein wie ihr und will auch nicht so aussehn wie ihr. Tu ich einfach nicht. Drum trag ich Shorts. Ich möchte viel lieber 'n Junge sein und mit Bill zusammenwohnen.«

Mick kroch unters Bett und holte eine große Hutschachtel hervor. Während sie damit zur Tür ging, riefen die beiden ihr nach: »Na, Gott sei Dank – endlich!«

Bill hatte das netteste Zimmer der Familie. Eine richtige Bude – und ganz für sich allein, nur Bubber schlief noch dort. Bill hatte ausgeschnittene Zeitschriftenbilder an die Wand geheftet, lauter schöne Damen, und in einer Ecke hingen ein paar Bilder, die Mick voriges Jahr im kostenlosen Zeichenkurs gemalt hatte.

Sonst standen nur ein Bett und ein Arbeitstisch im Zimmer.
Bill saß über den Tisch gebeugt und las im *Popular Mechanics*.
Sie trat hinter ihn und legte den Arm um seine Schultern. »Na, du alter Schurke?«
Er wollte nicht wie sonst mit ihr raufen. Er sagte nur »Hallo«, und schüttelte sich ein wenig in den Schultern.
»Stört's dich, wenn ich ein bißchen hierbleib?«
»Ach wo – bleib nur, wenn du willst.«
Mick kniete auf den Boden nieder und knüpperte die Schnur auf, mit der die große Hutschachtel zugebunden war. Zögernd tastete sie den Rand des Deckels ab, konnte sich aber aus irgendeinem Grunde nicht entschließen, ihn abzuheben.
»Ich hab mir überlegt, wieviel ich schon hier dran gemacht hab«, sagte sie. »Entweder wird's was, oder es wird nichts.«
Bill las weiter. Sie kniete immer noch vor der Schachtel, ohne sie zu öffnen. Ihr Blick wanderte zu Bill hinüber; er kehrte ihr den Rücken zu und hatte beim Lesen einen Fuß auf den anderen gestellt. Seine Schuhe waren abgeschabt. Paps hatte einmal gesagt, bei Bill ginge das Frühstück ins eine und das Abendbrot ins andere Ohr, und das Mittagessen ginge bei ihm in die Füße. Eigentlich gemein, so was zu sagen; Bill war deswegen auch einen Monat lang beleidigt gewesen, aber komisch war es doch. Er hatte sehr rote, abstehende Ohren, und obwohl er gerade erst mit der höheren Schule fertig war, trug er Schuhgröße sechsundvierzig. Beim Stehen versuchte er seine Füße zu verstecken, indem er mit einem Fuß am anderen schuffelte; aber das machte die Sache nur noch schlimmer.
Mick öffnete die Hutschachtel ein paar Zentimeter weit und schloß sie wieder. Sie war jetzt zu aufgeregt, um hineinzusehen. Um sich ein bißchen zu beruhigen, stand sie auf und wanderte im Zimmer herum. Nach ein paar Minuten blieb sie vor den Bildern stehen, die sie vorigen Winter im kostenlosen Zeichenkurs gemalt hatte. Ein Bild stellte ein stürmisches Seestück dar mit einer Möwe, die vom Wind durch die Luft geschleudert wurde. Es hieß ›Seemöwe mit gebrochenem Rücken im Sturm‹. Der Lehrer hatte ihnen in den ersten zwei oder drei Stunden das Meer beschrieben, und mit dem Meer hatten auch fast alle angefangen. Aber den meisten Kindern ging es wie ihr: sie hatten den Ozean in Wirklichkeit nie gesehen.
Das war ihr erstes Bild, und Bill hatte sich's an die Wand geheftet. All ihre übrigen Bilder waren voller Menschen. Zuerst hatte

sie noch weitere Seestürme gezeichnet – einen mit einem abstürzenden Flugzeug, von dem die Leute sich durch Absprung retteten, und einen mit einem untergehenden Überseedampfer, auf dem alle unter Stoßen und Drängen ein einziges kleines Rettungsboot zu erreichen suchten.

Mick ging an den Wandschrank von Bills Zimmer und holte ein paar andere Bilder heraus, die sie in der Zeichenklasse gemacht hatte – einige Bleistiftzeichnungen, ein paar Aquarelle und ein richtiges Ölbild. Alle diese Bilder waren voller Menschen. Sie hatte sich einen großen Brand in der Broad Street vorgestellt und hatte ihn so gemalt, wie sie ihn sich dachte. Die Flammen waren hellgrün und orange, und außer Mr. Brannons Restaurant und der Nationalbank stand kaum noch ein Gebäude. Manche Menschen lagen tot auf der Straße, andere rannten um ihr Leben. Ein Mann war im Nachthemd, und eine Dame schleppte sich mit einem Bündel Bananen ab. Ein anderes Bild hieß ›Kesselexplosion in der Fabrik‹; da sprangen die Männer aus den Fenstern und rannten weg, während einige zusammengedrängte Kinder die Eßgeschirre in der Hand hielten, in denen sie ihren Vätern das Mittagessen gebracht hatten. Auf dem Ölgemälde war die ganze Stadt auf der Broad Street in eine Prügelei verwickelt. Sie wußte nicht, warum sie dieses Bild gemalt hatte, sie konnte sich auch keinen richtigen Namen dafür ausdenken. Auf dem Bild war kein Sturm, kein Feuer, überhaupt nichts zu sehen, was diese Schlacht gerechtfertigt hätte. Aber es war ein größeres Menschengewühl darauf als auf allen anderen Bildern, und es war ihr bestes Bild. Zu dumm, daß sie nicht auf den richtigen Namen kommen konnte. Irgendwo im Unterbewußtsein kannte sie ihn.

Mick legte die Bilder in den Wandschrank zurück. Sie waren alle nicht viel wert. Die Menschen hatten keine Finger, und bei manchen waren die Arme länger als die Beine. Trotzdem – der Kursus hatte Spaß gemacht. Aber sie hatte einfach gezeichnet, was ihr gerade eingefallen war – im Herzen hatte man dabei nicht annähernd so ein Gefühl wie bei Musik. So gut wie Musik war wirklich nichts.

Mick kniete auf den Boden nieder und hob rasch den Deckel der großen Hutschachtel ab. Darin lag eine zerbrochene Ukulele, die mit zwei Violinsaiten, einer Gitarren- und einer Banjosaite bespannt war. Der Sprung im Boden der Ukelele war sauber mit Leukoplast verklebt, und das runde Loch in der Mitte war mit einem Stück Holz verdeckt. Die Saiten waren oben an einer Violinbrücke befestigt, und rechts und links waren ein paar Schallöcher eingeschnitten. Mick wollte sich eine Geige machen. Sie hielt die Geige auf dem Schoß und hatte das Gefühl, als hätte sie sie noch nie richtig angesehen. Vor einiger Zeit hatte sie für Bubber aus einer Zigarrenkiste und Gummibändern eine kleine Spielgeige gemacht; das hatte sie auf diesen Gedanken gebracht. Seitdem hatte sie sich die einzelnen Teile überall zusammengesucht und jeden Tag ein bißchen was dazugetan. Jetzt kam es ihr so vor, als hätte sie alles mögliche dabei benutzt, nur nicht ihren Verstand.

»Bill, das sieht im Leben nicht wie 'ne richtige Geige aus.«

Er las immer noch. »Ja-a?«

»Es sieht einfach nicht richtig aus. Es sieht einfach nicht ...«

Heute hatte sie die Wirbel einschrauben und die Geige stimmen wollen. Aber plötzlich war ihr klargeworden, was bei aller Arbeit herausgekommen war; sie mochte sie gar nicht ansehen. Langsam zupfte sie an den einzelnen Saiten. Alle gaben den gleichen, hohl schwingenden Ton.

»Und wo krieg ich überhaupt einen Bogen her? Glaubst du wirklich, daß er aus Pferdehaar sein muß?«

»Ja doch«, sagte Bill ungeduldig.

»Ob's nicht auch geht, wenn man so was wie dünnen Draht oder Menschenhaar über einen biegsamen Stock spannt?«

Bill rieb die Füße aneinander und antwortete nicht.

Vor Ärger traten ihr Schweißperlen auf die Stirn. Ihre Stimme klang heiser. »Ist gar nicht mal so 'ne schlechte Geige. Bloß so 'n Mittelding zwischen Mandoline und Ukulele. Und das kann ich nicht leiden. Ich kann das nicht leiden ...«

Bill drehte sich um.

»Alles schiefgegangen. Das wird nichts. Hat keinen Zweck.«

»Reg dich ab«, sagte Bill. »Murkst du immer noch an der alten kaputten Ukulele rum und machst dich damit zum Narren? Hätt ich dir gleich sagen können: verrückte Idee – du und 'ne Geige machen. Für so was setzt man sich nicht hin und macht's – so was kriegt man zu kaufen. Ich dachte, das wüßte jeder. Aber ich hab mir vorgestellt: könnte gar nichts schaden, wenn du selber drauf kommst.«

Manchmal haßte sie Bill mehr als irgendeinen anderen Menschen. Früher war er ganz anders gewesen. Sie wollte die Geige schon auf den Boden werfen und darauf herumtrampeln, statt dessen legte sie sie unsanft in die Hutschachtel zurück. Die Tränen brannten in ihren Augen wie Feuer. Sie gab der Schachtel einen Tritt und rannte, ohne Bill anzusehen, aus dem Zimmer. Als sie sich durch die Diele zum Hinterhof hinausstehlen wollte, lief sie Mama in die Arme.

»Was ist los mit dir? Was hat's nun wieder gegeben?«

Mick versuchte sich loszureißen, aber Mama hielt sie am Arm fest. Mürrisch wischte sie sich mit dem Handrücken die Tränen vom Gesicht. Mama kam gerade aus der Küche und war in Schürze und Hausschuhen. Wie gewöhnlich sah sie so aus, als hätte sie eine Menge im Kopf und keine Zeit, weitere Fragen zu stellen.

»Mr. Jackson hat zwei Schwestern zum Essen mitgebracht, und wir haben einfach nicht genug Stühle; du mußt heute mit Bubber in der Küche essen.«

»Na, großartig«, sagte Mick.

Mama ließ sie los und band die Schürze ab. Aus dem Eßzimmer hörte man die Glocke, die zum Essen rief, und gleich darauf erhob sich ein fröhliches Stimmengewirr. Sie hörte Papa sagen, was für einen Verlust er erlitten habe, weil er damals, als er sich den Hüftknochen brach, nicht mehr unfallversichert gewesen war. Das war eins von den Dingen, von denen Paps nie loskam: wie er hätte zu Gelde kommen können und wie er doch nicht dazu gekommen war. Man hörte Geschirr klappern, und nach einer Weile verstummten die Gespräche.

Mick lehnte am Treppengeländer. Vom plötzlichen Weinen hatte sie den Schluckauf bekommen. Während sie den letzten Monat überdachte, schien es ihr, als habe sie mit dem Verstand nie recht dran geglaubt, daß aus der Geige etwas werden könnte. Aber in ihrem Herzen hatte sie daran glauben wollen. Selbst jetzt war es noch schwer, nicht ein bißchen daran zu glauben. Sie war todmüde. Bill war auch gar keine Hilfe mehr. Früher hatte sie Bill für den großartigsten Menschen der Welt gehalten. Sie war ihm überallhin nachgelaufen – in den Wald zum Fischen, zu den Höhlen und Hütten, die er mit anderen Jungens baute, zum Automaten hinten in Mr. Brannons Restaurant – überallhin. Vielleicht war es gar nicht seine Absicht, sie so im Stich zu lassen. Aber irgendwie konnten sie nie wieder gute Kameraden werden.

In der Diele roch es nach Zigaretten und nach Sonntagsessen. Mick atmete tief und ging nach hinten, in die Küche. Das Essen roch gut, und sie war hungrig. Sie hörte, wie Portia mit Bubber redete; es klang wie ein halber Singsang oder als würde eine Geschichte erzählt.

»Und das ist einer von vielen Gründen, wieso ich eine ganze Masse mehr Glück habe als die meisten farbigen Mädchen«, sagte Portia, als Mick die Tür aufmachte.

»Wieso denn?« fragte Mick.

Portia und Bubber saßen am Küchentisch beim Essen. Portias grünbedrucktes Kleid wirkte kühl gegen ihre dunkelbraune Haut. Sie hatte grüne Ohrringe angelegt, und ihr Haar war ordentlich glatt gekämmt.

»Immer kommst du grade beim Schwanzende reingestürzt, wenn einer was sagt, und willst dann alles wissen«, sagte Portia. Sie stand auf, ging an den heißen Herd und tat Micks Essen auf den Teller. »Bubber und ich haben grad von Großpapas Haus geredet, draußen an der Old Sardis Road. Ich hab Bubber erzählt, daß ihm und meinen Onkels das Grundstück ganz allein gehört. Fünfzehneinhalb Morgen. Sie pflanzen immer auf vier davon Baumwolle, manche Jahre zur Abwechslung Erbsen, daß die Erde gut bleibt, und ein Morgen auf einem Hügel ist bloß für Pfirsiche. Sie haben einen Maulesel und einen Wurf Schweine und immer zwanzig bis fünfundzwanzig Leghühner und Küken. Sie haben ein Gemüsestück und zwei Pecan-Bäume und viel, viel Feigen und Pflaumen und Beeren. Das ist die reine Wahrheit. Nicht viel weiße Farmer holen aus ihrem Land so viel raus wie mein Großpapa.«

Mick legte die Ellenbogen auf den Tisch und beugte sich über ihren Teller. Portia redete, abgesehen von ihrem Mann und ihrem Bruder, am liebsten von der Farm. Wenn man sie so reden hörte, hätte man meinen können, diese farbige Farm wäre mindestens das Weiße Haus.

»Im Anfang war bloß ein kleines Zimmer da. Und durch alle Jahre haben sie weitergebaut, und jetzt ist Platz genug für meinen Großpapa, seine vier Söhne und Frauen und Kinder und meinen Bruder Hamilton. In der guten Stube haben sie ein richtiges Harmonium und Grammophon. Und an der Wand haben sie großes Bild von Großpapa in seiner Logenuniform. Sie machen alles Obst und Gemüse ein, und egal, wie kalt und naß der Winter ist, sie haben fast immer viel, viel zu essen.«

»Wie kommt's denn, daß du nicht zu ihnen ziehst?« fragte Mick.

Portia unterbrach sich im Kartoffelpellen und klopfte auf dem Tisch mit ihren langen braunen Fingern den Takt zu ihren Worten: »Das ist nämlich so. Siehst du – jeder hat sein Zimmerchen für seine Familie gebaut. Sie alle haben schwer gearbeitet all die Jahre. Und natürlich sind jetzt schwere Zeiten für jeden. Aber siehst du – ich hab bei Großpapa gewohnt, wie ich kleines Mädchen war. Aber seitdem hab ich nie eine Arbeit gemacht da draußen. Trotzdem, jederzeit – wenn ich und Willie und Highboy in schlimme Not kommen, können wir immer zurückgehen.«
»Hat dein Vater kein Zimmer gebaut?«
Portia hörte auf zu kauen. »Welcher Vater? Du meinst *mein* Vater?«
»Klar«, sagte Mick.
»Du weißt ganz genau, mein Vater ist ein farbiger Doktor hier in der Stadt.«
Mick hatte Portia das schon öfter sagen hören, hatte es aber immer für ein Märchen gehalten. Wie konnte ein Farbiger Doktor sein?
»Das ist nämlich so. Vor der Zeit, wie meine Mama meinen Vater heiratete, kannte sie nichts wie richtige Güte. Mein Großpapa ist die Güte selbst. Aber mein Vater und er – das ist ein Unterschied wie Tag und Nacht.«
»Ist er gemein?« fragte Mick.
»Nein, gemein ist er nicht«, sagte Portia langsam. »Aber irgendwas ist mit ihm los. Mein Vater kann andere Farbige nicht leiden. Das ist schwer zu erklären. Mein Vater studiert immer für sich allein. Und vor langer Zeit hat er alle diese Ideen aufgeschnappt, wie eine Familie sein muß. Er kümmert sich um jede winzigkleinste Sache im Haus, und abends wollte er uns Kindern Unterricht geben.«
»Das klingt mir gar nicht so schlimm«, sagte Mick.
»Hör zu. Siehst du, die meiste Zeit war er ganz ruhig. Aber dann, manchen Abend hatte er richtige Wutanfälle. Er konnte so verrückt werden, wie ich nie jemand gesehen hab. Jeder, der Vater kennt, sagt, daß er ganz bestimmt ein Verrückter ist. Er hat wilde, wahnsinnige Sachen gemacht, und unsere Mama hat ihn verlassen. Ich war zehn Jahre alt zu der Zeit. Unsere Mama hat uns Kinder mitgenommen auf Großpapas Farm, und wir sind da draußen groß geworden. Unser Vater wollte die ganze Zeit, wir sollen zurückkommen. Aber auch als unsere Mama

starb, sind wir Kinder nie wieder ganz nach Hause gezogen. Und nun lebt mein Vater ganz allein.«
Mick ging zum Herd und füllte sich eine zweite Portion auf. Portias Stimme stieg und fiel wie ein Lied, nichts konnte sie jetzt aufhalten.
»Ich seh Vater nicht viel – vielleicht einmal die Woche – aber ich hab eine Menge an ihn gedacht. Er tut mir mehr leid als irgendwer. Ich glaub, er hat mehr Bücher gelesen als irgendein Weißer in der Stadt. Er hat mehr Bücher gelesen und hat sich über mehr Sachen Sorge gemacht. Er hat nichts wie Bücher und Sorgen im Kopf. Er hat Gott verloren und sich von der Religion abgekehrt. All sein Unglück kommt nur davon.«
Portia war ganz aufgeregt. Immer, wenn sie auf Gott zu sprechen kam oder auf ihren Bruder Willie oder auf ihren Mann Highboy, wurde sie aufgeregt.
»Also, ich hab nichts zu tun mit diesen Sekten. Ich gehör zur Presbyterianischen Kirche, und wir machen so was nicht mit, dieses Wälzen auf der Erde und in Zungen reden. Wir machen nicht jede Woche dieses Bekehrungstheater und diese Rumwälzerei. In unserer Kirche singen wir und lassen den Prediger predigen. Und ehrlich gesagt, Mick, ein bißchen Singen und ein bißchen Predigen würde dir auch nicht schaden. Du solltest mit deinem kleinen Bruder in die Sonntagsschule gehn, und außerdem bist du jetzt groß genug, um mit in der Kirche zu sitzen. So verdreht, wie du's in letzter Zeit treibst – mir kommt vor, als ob du schon mit einem Fuß in der Hölle stehst.«
»Du hast ja 'n Knall«, sagte Mick.
»Also – Highboy, der war so heilig, eh wir geheiratet haben. Er fand's herrlich, wenn jeden Sonntag der Geist über ihn kam mit Geschrei und Bekehrung. Aber dann nach unserer Heirat hab ich ihn in meine Kirche gelotst, und wenn's manchmal auch bißchen schwerfällt, ihn ruhig zu halten, glaub ich doch, es ist gut für ihn.«
»Ich glaub an Gott genausowenig wie an den Weihnachtsmann«, sagte Mick.
»Warte, du, warte! Drum kommt's mir manchmal so vor, daß du meinem Vater ähnlicher bist als sonst jemand.«
»*Ich? Ich* bin ihm ähnlich, sagst du?«
»Ich meine nicht das Gesicht oder irgendwie das Aussehen. Ich sprach von der Form und Farbe von euren Seelen.«
Bubber saß da und blickte von einer zur anderen. Er hatte die

Serviette um den Hals gebunden und hielt seinen leeren Löffel in der Hand. »Was ißt denn der liebe Gott?« fragte er.
Mick stand vom Tisch auf und blieb, schon im Begriff hinauszugehen, in der Tür stehen. Manchmal machte es Spaß, Portia zu piesacken. Immer fing sie mit derselben Leier an und sagte hundertmal dasselbe – als wüßte sie nichts anderes.
»Leute wie du und mein Vater, die nicht in die Kirche gehn, können überhaupt keinen Frieden haben. Sieh mich doch an – ich hab meinen Glauben und meinen Frieden. Und Bubber, der hat auch seinen Frieden. Und mein Highboy und mein Willie genauso. Und mir scheint bloß so vom Ansehn, dieser Mr. Singer da hat auch seinen Frieden. Das hab ich gespürt, wie ich ihn das erste Mal gesehen hab.«
»Mach, was du willst«, sagte Mick. »Du bist noch verrückter als irgendein Vater von dir sein kann.«
»Aber du hast nie Gott geliebt und auch keinen Menschen. Du bist hart und zäh wie Rindsleder. Aber trotzdem – ich kenne dich. Heut nachmittag treibst du dich überall rum, als ob du was Verlorenes wiederfinden mußt. Du machst dich ganz kaputt vor lauter Aufregung. Du wirst noch vor Herzklopfen sterben, weil du niemand liebst und keinen Frieden hast. Und eines Tags wirst du zerplatzen und kaputt sein. Und dann hilft dir nichts mehr.«
»Sag doch mal, Portia«, fragte Bubber. »Was für Sachen ißt denn der liebe Gott?«
Lachend stapfte Mick aus der Küche.
Sie trieb sich wirklich den ganzen Nachmittag über in der Nähe des Hauses herum, weil sie sich zu nichts entschließen konnte. Manche Tage waren eben so. Erstens quälte sie immer noch der Gedanke an die Geige. Nie hätte sie eine richtige Geige zustande gebracht – nach all den Wochen voller Pläne wurde ihr beim bloßen Gedanken daran übel. Aber wieso war sie so sicher gewesen, daß aus dieser Idee etwas werden könnte? War sie so dumm? Wenn man sich so schrecklich nach etwas sehnte, griff man vielleicht vor lauter Sehnsucht nach jeder Möglichkeit, nur um sich's zu verschaffen.
Mick hatte keine Lust, wieder zur Familie hineinzugehen. Sie hatte auch keine Lust, sich mit einem Untermieter zu unterhalten. Also blieb ihr nur die Straße – und dort brannte die Sonne zu heiß. Sie wanderte ziellos in der Diele auf und ab und strich sich immer wieder mit der flachen Hand das zerzauste

Haar zurück. »Teufel«, sagte sie laut vor sich hin, »außer einem richtigen Klavier wär mein größter Wunsch ein Plätzchen, wo ich ganz allein sein kann.«
Diese Portia war in gewisser Weise verrückt wie alle Neger, sonst aber war sie in Ordnung. Nie würde sie mit Bubber oder Ralph hinterrücks was Geheimes machen wie manche farbigen Mädchen. Aber Portia hatte gesagt, sie, Mick, liebte keinen Menschen. Mick hielt im Gehen inne, stand ganz still und rieb sich mit der Faust den Kopf. Was würde Portia denken, wenn sie wirklich wüßte? Was würde sie bloß denken?
Sie hatte immer alles für sich behalten. Das war die reine Wahrheit.
Mick ging langsam die Treppe hinauf. Sie ging über den ersten Treppenabsatz weiter zum zweiten Stock. Einige Türen standen, des Durchzugs wegen, offen; das Haus war voller Geräusche. Mick hielt auf der obersten Treppe an und setzte sich. Falls Miss Brown ihr Radio andrehte, konnte sie die Musik hören. Vielleicht gab es ein gutes Programm.
Sie legte den Kopf auf die Knie und machte Knoten in die Schnürsenkel ihrer Tennisschuhe. Was würde Portia sagen, wenn sie wüßte, daß bei ihr immer einer den anderen abgelöst hatte? Und jedesmal war es so, als wollte irgend etwas in ihr in hundert Stücke springen.
Aber sie hatte es immer für sich behalten; nie hatte einer was davon gemerkt.
Mick saß lange auf den Stufen. Miss Brown stellte ihr Radio nicht an; nur die Geräusche der Leute im Haus waren zu hören. Sie dachte lange nach und bearbeitete dabei ihre Schenkel mit den Fäusten. Ihr Gesicht fühlte sich an wie lauter einzelne Stücke, sie konnte es nicht zusammenhalten. Dieses Gefühl war viel schlimmer als Hunger auf Mittagessen; es war aber so ähnlich. Ich möchte – ich möchte – war alles, was sie denken konnte; aber was sie eigentlich wollte, das wußte sie nicht.
Nach etwa einer Stunde hörte Mick, daß auf dem oberen Treppenabsatz eine Tür geöffnet wurde. Sie blickte hastig auf: Mister Singer. Er stand ein paar Minuten in der Diele, und sein Gesicht war traurig und still. Dann ging er ins Badezimmer hinüber. Sein Besuch war nicht mit herausgekommen. Von ihrem Platz aus konnte sie einen Teil des Zimmers sehen: der Besuch lag schlafend auf dem Bett und hatte ein Bettuch über sich gezogen. Sie wartete, daß Mister Singer aus dem Badezimmer käme. Ihre

Wangen waren sehr heiß, sie befühlte sie mit den Händen. Vielleicht stimmte es, daß sie manchmal hier heraufkam, um Mister Singer zu sehen, während sie auf Miss Browns Radio im zweiten Stock lauschte. Sie fragte sich, was für eine Musik er wohl in Gedanken hören mochte – eine Musik, die seine Ohren nicht vernahmen. Keiner wußte das. Und was für Dinge er wohl sagen würde, wenn er sprechen könnte. Auch das wußte keiner. Mick wartete, und nach einer Weile kam er wieder auf die Diele heraus. Sie hoffte, er würde einen Blick hinunterwerfen und ihr zulächeln. Als er an seiner Tür war, blickte er wirklich herunter und nickte ihr zu. Mick lächelte übers ganze Gesicht – ein bebendes Lächeln. Er ging in sein Zimmer und schloß die Tür. Es hätte doch sein können, daß er sie zu sich einladen wollte. Mick wünschte sich plötzlich, in sein Zimmer zu gehen. Bald einmal, wenn er keinen Besuch hatte, würde sie wirklich hineingehen und Mister Singer besuchen. Sie würde es wirklich tun. Langsam verstrich der heiße Nachmittag, und Mick saß immer noch allein auf der Treppe. Die Musik von diesem Motsart ging ihr wieder durch den Kopf. Komisch – Mister Singer erinnerte sie an diese Musik. Sie wünschte sich ein Plätzchen, wo sie die Musik laut summen könnte. Manche Musik war so persönliches Eigentum, daß man sie in einem Haus voller Leute unmöglich singen konnte. Komisch übrigens, wie einsam man in einem so vollen Haus sein konnte. Mick versuchte sich ein gutes Plätzchen auszudenken, wo sie hingehen und allein sein und sich in diese Musik vertiefen könnte. Aber wie lange sie darüber auch nachdachte – sie wußte natürlich ganz genau, daß es dieses gute Plätzchen nicht gab.

4

Am Spätnachmittag wachte Jake Blount mit dem Gefühl auf, er habe nun genug geschlafen. Das Zimmer, in dem er lag, war klein und sauber; eine Kommode, ein Tisch, ein Bett und einige Stühle. Ein elektrischer Ventilator auf der Kommode drehte sich langsam hin und her; als Jake den Luftzug im Gesicht spürte, mußte er an kühles Wasser denken. Am Fenster saß ein Mann in ein Schachspiel vertieft, das auf dem Tisch vor ihm aufgestellt war. Bei Tageslicht kam Jake das Zimmer fremd vor, aber das Gesicht des Mannes erkannte er sofort; ihm war, als kenne er ihn schon lange Zeit.

Auf die letzten Geschehnisse konnte sich Jake nicht mehr recht besinnen. Er lag reglos mit offenen Augen, die Handflächen nach oben gekehrt. Seine riesigen Hände nahmen sich auf dem weißen Laken dunkelbraun aus. Als er sie aufhob, sah er, wie zerkratzt und zerschunden sie waren; die Adern waren geschwollen, als ob er sich lange irgendwo festgeklammert hätte. Sein Gesicht sah müde und verkommen aus. Das braune Haar fiel ihm in die Stirn, der Schnurrbart war zerzaust. Selbst seine schön geschwungenen Augenbrauen sahen wild und struppig aus. Ein- oder zweimal zuckten seine Lippen, und sein Bart zitterte nervös.

Nach einer Weile setzte er sich auf; er schlug sich mit der Faust gegen die Schläfe, um zur Besinnung zu kommen. Sobald er sich rührte, blickte der Schachspieler auf und lächelte ihm zu.

»Gott, bin ich durstig«, sagte Jake. »Als wär mir die ganze russische Armee auf Strümpfen durchs Maul gelatscht.«

Der Mann sah ihn immer noch lächelnd an, und plötzlich langte er unter den Tisch und holte ein Glas und einen beschlagenen Krug mit Eiswasser hervor. Jake trank in langen, keuchenden Zügen; dabei stand er halb nackt im Zimmer, den Kopf zurückgeworfen und eine Hand krampfhaft zur Faust geballt. Erst nachdem er vier Glas Wasser getrunken hatte, holte er tief Atem und entspannte sich ein wenig.

Sogleich besann er sich auch auf gewisse Dinge. Er erinnerte sich nicht, wie er mit diesem Mann hierher gekommen war, aber die späteren Geschehnisse wurden ihm allmählich klar. In einer Wanne mit kalten Wasser war er zu sich gekommen; dann hatten sie Kaffee getrunken und geredet. Er hatte sich allerlei vom Herzen geredet, und der Mann hatte ihm zugehört. Er hatte sich heiser geredet, aber er erinnerte sich weniger an das, was er gesagt hatte, als an den Gesichtsausdruck des Mannes. Morgens hatten sie die Jalousie heruntergelassen, damit das Tageslicht sie nicht störte, und waren zu Bett gegangen. Zunächst war er immer wieder aus Angstträumen aufgeschreckt und hatte Licht gemacht, um wieder klar zu werden. Der andere war von dem Licht auch aufgewacht, hatte sich aber nie darüber beklagt.

»Wieso hast du mich nachts nicht rausgeschmissen?«

Der Mann lächelte nur. Jake fragte sich, warum er so still war. Er sah sich nach seinen Kleidern um und fand seinen Koffer neben dem Bett. Er hatte keine Ahnung, wieso das Restaurant,

dem er so viel schuldete, den Koffer rausgerückt hatte. Seine Bücher, ein weißer Anzug und ein paar Hemden lagen genauso darin, wie er sie eingepackt hatte. Rasch begann er sich anzuziehen.
Als er fertig war, stand eine elektrische Kaffeemaschine auf dem Tisch. Der Mann langte nach seiner Weste, die über einer Stuhllehne hing, und zog aus der Westentasche eine Karte, die Jake mit fragendem Blick entgegennahm. Auf der Karte stand der Name des Mannes – John Singer – und darunter in Tinte, aber ebenso sauber wie der gestochene Name:

Ich bin taubstumm, kann aber von den Lippen ablesen und alles verstehen. Bitte nicht schreien.

Vor Schreck wurde es Jake ganz leicht und leer im Kopf. Sie sahen einander an.
»Wie lange ich wohl gebraucht hätte, um das rauszukriegen«, sagte er.
Singer sah ihm, wenn er sprach, sehr aufmerksam auf die Lippen – das war ihm bereits aufgefallen. Aber daß er taubstumm war!
Sie setzten sich an den Tisch und tranken den heißen Kaffee aus blauen Tassen. Im Zimmer war es kühl; die halbgeschlossenen Jalousien dämpften das blendende Licht, das durchs Fenster fiel. Singer holte aus seinem Wandschrank eine Blechbüchse mit einem Laib Brot, einigen Orangen und Käse. Er aß nicht viel und lehnte sich, eine Hand in der Tasche, in seinen Stuhl zurück. Jake aß gierig. Er würde dann gleich weggehen und über alles nachdenken müssen. Solange er so auf dem trockenen saß, mußte er sich möglichst schnell nach einer Arbeit umsehen. In diesem stillen Zimmer war es zu friedlich und zu behaglich, um sich irgendwelche Sorgen zu machen – er würde weggehen und eine Weile allein spazierengehen.
»Gibt's hier noch mehr Taubstumme?« fragte er. »Hast du viele Freunde?«
Singer lächelte. Er hatte nicht verstanden, und Jake mußte seine Worte wiederholen. Singer hob die schmalen, dunklen Augenbrauen und schüttelte den Kopf.
»Ist das nicht sehr einsam?«
Der Mann schüttelte den Kopf – man wußte nicht, ob es ja oder nein heißen sollte. Ein Weilchen saßen sie sich schweigend

gegenüber; dann stand Jake auf, um zu gehen. Er dankte Singer mehrmals für das Nachtquartier, indem er sorgfältig jedes Wort artikulierte, damit der andere ihn auch bestimmt verstehe. Wieder lächelte der Taubstumme und zuckte die Achseln. Als Jake ihn fragte, ob er seinen Koffer ein paar Tage unter dem Bett stehen lassen könne, nickte der Taubstumme.
Dann nahm Singer die Hände aus den Taschen, schrieb sorgfältig mit einem silbernen Bleistift etwas auf einen Schreibblock und schob ihn Jake hin.

Ich kann eine Matratze auf den Boden legen. Du kannst hierbleiben, bis Du ein Zimmer gefunden hast. Ich bin fast den ganzen Tag weg. Es macht gar keine Umstände.

Jake fühlte, wie seine Lippen plötzlich vor Dankbarkeit zitterten. Das konnte er unmöglich annehmen. »Vielen Dank«, sagte er. »Ich hab schon ein Zimmer.«
Als er ging, überreichte der Taubstumme ihm seinen fest zusammengerollten Overall und fünfundsiebzig Cent. Der Overall war ganz verdreckt; bei seinem Anblick bestürmten Jake plötzlich die Erinnerungen an die vergangene Woche. Das Geld, gab Singer ihm zu verstehen, hatte in den Taschen gesteckt.
»Adios«, sagte Jake. »Bin bald wieder da.«
Der Taubstumme blieb, die Hände in den Taschen, mit seinem halben Lächeln in der Tür stehen. Als Jake ein paar Stufen hinabgegangen war, drehte er sich um und winkte. Der Taubstumme winkte zurück und schloß die Tür.
Die plötzliche Helligkeit draußen blendete ihn. Auf dem Gehsteig vor dem Haus konnte er in dem grellen Sonnenlicht zunächst nichts richtig erkennen. Auf der Brüstung vor dem Haus saß ein kleines Mädchen. Die hatte er irgendwo schon mal gesehen. Die Jungenshosen, die sie anhatte, und die Art, wie sie die Augen einkniff, kamen ihm bekannt vor.
Er hielt ihr den zusammengerollten, schmutzigen Overall hin. »Ich will das wegwerfen. Weißt du, wo hier ein Mülleimer ist?«
Die Kleine sprang von der Brüstung. »Im Hinterhof. Ich zeig's Ihnen.«
Er folgte ihr über den feuchten, schmalen Gang, der am Haus entlangführte. Auf dem Hinterhof sah Jake auf den Stufen zur Hintertür zwei Neger sitzen. Beide trugen weiße Anzüge und weiße Schuhe. Der eine Neger war sehr groß; sein Schlips und

seine Socken waren knallgrün. Der andere war ein mittelgroßer, heller Mulatte. Er rieb eine blecherne Mundharmonika auf seinen Knien blank. Im Gegensatz zu seinem großen Gefährten trug er grellrote Socken und einen gleichfarbigen Schlips.
Das Mädchen deutete auf den Mülleimer am Hinterzaun und trat ans Küchenfenster. »Portia!« rief sie. »Highboy und Willie warten auf dich.«
Aus der Küche antwortete eine weiche Stimme: »Brauchst nicht so schreien. Ich weiß ja schon. Setz bloß eben meinen Hut auf.«
Jake entrollte den Overall, bevor er ihn wegwarf. Er starrte vor Schmutz. Ein Hosenbein war zerrissen und hatte vorn ein paar Blutflecken. Er warf das Zeug in den Mülleimer. Eine junge Negerin kam aus dem Haus und gesellte sich zu den beiden weißgekleideten Burschen auf den Stufen. Jake bemerkte, daß das Mädchen in den Shorts ihn sehr eingehend musterte. Sie trat von einem Fuß auf den anderen und schien aufgeregt zu sein.
»Sind Sie mit Mister Singer verwandt?« fragte sie.
»Kein bißchen.«
»Gut befreundet?«
»Gut genug, um bei ihm zu übernachten.«
»Ich hab mir grad überlegt . . .«
»Wo geht's zur Hauptstraße?«
Sie deutete nach rechts. »Da, zwei Blocks weiter.«
Jake glättete mit den Fingern seinen Schnurrbart und machte sich auf den Weg. Er klimperte mit den fünfundsiebzig Cent in der Hand und biß sich auf die Unterlippe, bis sie ganz rot und wund war. Die drei Neger gingen langsam im Gespräch vor ihm her. Weil er sich in der unbekannten Stadt allein fühlte, ging er dicht hinterdrein, um ihnen zuzuhören. Das Mädchen hatte die beiden Männer untergehakt. Sie trug ein grünes Kleid, dazu einen roten Hut und rote Schuhe. Die Burschen drückten sich an sie.
»Was machen wir heut abend?« fragte sie.
»Hängt ganz von dir ab, Süße«, sagte der Große. »Willie und ich, wir haben nichts Besondres vor.«
Sie blickte von einem zum andern. »Ihr müßt alles bestimmen.«
»Gut . . .«, sagte der Kleinere mit den roten Socken. »Highboy und ich dachten, v-vielleicht können wir alle drei in die Kirche gehn.«
»O. K.«, sang das Mädchen in drei verschiedenen Tönen. »Und nach der Kirche hab ich die Idee, ich sollte gehn und ein Weil-

chen bei Vater sitzen – nur ein kurzes Weilchen.« Sie bogen um die nächste Ecke. Jake blieb einen Augenblick stehen und sah ihnen nach; dann ging er weiter.
Die stille, heiße Hauptstraße war fast menschenleer. Es fiel ihm jetzt erst ein, daß heute Sonntag war – ein deprimierender Gedanke. Die Markisen vor den geschlossenen Läden waren hochgezogen, und die Häuser standen kahl im grellen Sonnenlicht. Er kam am Café New York vorbei. Die Tür stand offen, drinnen aber sah es leer und dunkel aus. Er hatte heute früh keine Socken gefunden; das heiße Pflaster brannte durch seine dünnen Schuhsohlen. Die Sonne drückte wie glühendes Eisen auf den Schädel. Diese Stadt schien die trostloseste aller ihm bekannten Städte zu sein. Sehr sonderbar – diese Stille auf den Straßen. In der Betrunkenheit war ihm alles heftig lärmend vorgekommen. Nun schien plötzlich alles zur Regungslosigkeit erstarrt zu sein.
Er ging in einen Obst- und Süßwarenladen, um eine Zeitung zu kaufen. Die Spalte mit den Stellenangeboten war sehr kurz: mehrfach wurden junge Leute zwischen fünfundzwanzig und vierzig gesucht, Leute mit Auto, für den Kommissionshandel mit verschiedenen Artikeln. Diese Anzeigen übersprang er rasch. Einige Minuten lang brütete er über einer Anzeige, in der ein Lastwagenfahrer gesucht wurde. Aber die letzte Anzeige interessierte ihn am meisten:

Erfahrener Mechaniker gesucht. Bewerbungen bei Sunny Dixie Show, Ecke Weavers Lane und 15th Street.

Unwillkürlich war er wieder zu dem Restaurant zurückgegangen, in dem er sich während der letzten vierzehn Tage aufgehalten hatte. Außer dem Obstladen war es das einzige Geschäft im Block, das nicht geschlossen hatte. Jake beschloß plötzlich, Biff Brannon aufzusuchen.
Nach der Helligkeit draußen wirkte das Café sehr dunkel. Alles sah schäbiger und ruhiger aus, als er es in Erinnerung hatte. Brannon stand wie üblich, die Arme über der Brust verschränkt, hinter der Registrierkasse. Seine gutaussehende, rundliche Frau saß am anderen Ende der Theke und feilte sich die Nägel. Jake entging es nicht, daß die beiden sich bei seinem Eintreten einen Blick zuwarfen.
»Tag«, sagte Brannon.

Jake fühlte, daß etwas in der Luft lag. Vielleicht lachte der Kerl, weil er an irgendwas dachte, was während seiner Betrunkenheit passiert war. Jake stand mürrisch und hölzern herum. »Päckchen Target, bitte.« Als Brannon den Tabak unter der Theke hervorholte, stellte Jake fest, daß er nicht lachte. Am Tage hatte der Kerl kein so verkniffenes Gesicht wie abends. Er war blaß, als hätte er nicht geschlafen, und seine Augen hatten den Ausdruck eines müden Raubvogels.

»Na, sprich dich aus«, sagte Jake. »Wieviel schuld ich dir?«

Brannon öffnete eine Schublade und legte ein Schreibheft auf die Theke. Langsam blätterte er darin; Jake sah ihm zu. Das Heft sah mehr nach einem persönlichen Notizbuch aus als nach einem regelrechten Kontobuch. Lange Zahlenreihen, Additionen, Divisionen, Subtraktionen, und dazwischen kleine Zeichnungen. Brannon hielt bei einer bestimmten Seite, in deren Ecke Jake seinen Namen erkannte. Auf dieser Seite standen keine Zahlen – nur Kästchen und Kreuze. Dazwischen waren überall kleine, rundliche, sitzende Katzen mit langen, geschweiften Schwänzen gezeichnet. Jake starrte die Gesichter der kleinen Katzen an; sie hatten etwas Menschlich-Weibliches. Die kleinen Katzen sahen alle wie Mrs. Brannon aus.

»Ich hab Kästchen fürs Bier gemacht, Kreuze fürs Essen und Striche für den Whisky. Mal sehn ...«, sagte Brannon. Er rieb sich die Nase und senkte die Lider. Dann klappte er das Heft zu. »An die zwanzig Dollar.«

»Wird bei mir ziemlich lange dauern«, sagte Jake. »Aber vielleicht kriegst du's doch.«

»Ist nicht so eilig.«

Jake lehnte sich an die Theke. »Sag mal, was ist das hier eigentlich für 'ne Stadt?«

»Nichts Besonderes«, sagte Brannon. »Ungefähr so wie alle Städte in der Größe.«

»Wieviel Einwohner?«

»An die dreißigtausend.«

Jake machte das Tabakpäckchen auf und drehte sich eine Zigarette. Seine Hände zitterten. »Meist Fabriken?«

»Richtig. Vier große Baumwollspinnereien – das sind die größten. Eine Strumpffabrik und 'n paar Egrenierwerke und Sägemühlen.«

»Was für Löhne?«

»Durchschnittlich so zehn bis elf die Woche. Natürlich werden immer wieder welche entlassen. Wieso? Willst du versuchen, in 'ner Fabrik unterzukommen?«

Jake rieb sich schläfrig ein Auge mit der Faust. »Weiß nicht. Vielleicht, vielleicht auch nicht.« Er legte die Zeitung auf die Theke und deutete auf die Anzeige, die er eben gelesen hatte. »Ich glaub, ich geh da mal rüber und seh mir das an.«

Brannon las und überlegte. »Tja«, sagte er endlich. »Ich hab diesen Rummel gesehn. Nicht viel dran – bloß zwei lumpige Attraktionen, Karussell und Luftschaukel. Was für Farbige und für Fabrikarbeiter und Kinder. Sie ziehn hier von einem freien Platz zum andern.«

»Zeig mir mal, wie ich da hinkomm.«

Brannon ging mit zur Tür und zeigte ihm den Weg. »Bist du heut früh mit zu Singer gegangen?«

Jake nickte.

»Was hältst du von dem?«

Jake biß sich auf die Lippen. Er sah das Gesicht des Taubstummen ganz deutlich vor sich. Wie das Gesicht eines Freundes, den er schon lange kannte. Seit er aus Singers Zimmer gegangen war, hatte er immerfort an ihn gedacht. »Ich hab gar nicht gewußt, daß er taubstumm ist«, sagte er schließlich.

Er ging wieder die heiße, ausgestorbene Straße hinunter – nicht mehr wie ein Fremder in einer fremden Stadt; nun schien er jemanden zu suchen. Bald kam er in ein Fabrikviertel unten am Fluß. Die Straßen wurden schmal und ungepflastert und waren nun auch nicht mehr ausgestorben. Verwahrloste, unterernährte Kinder trieben sich johlend und spielend herum. Überall die gleichen baufälligen und ungestrichenen Zweizimmerbaracken. Der Gestank von Speiseresten und Abwässern dünstete in der staubigen Luft. Dazu das schwache Rauschen der Wasserfälle weiter oben am Fluß. Die Leute standen schweigend in den Türen oder lungerten auf den Stufen herum. Sie wandten Jake ihre gelblichen, ausdruckslosen Gesichter zu. Er starrte sie mit seinen großen braunen Augen an. Sein Gang war verkrampft; hin und wieder wischte er sich mit seinem behaarten Handrücken über den Mund.

Am Ende der Weavers Lane lag ein unbebautes Grundstück, früher ein Autofriedhof. Noch immer lagen hier verrostete Motorteile und kaputte Reifen herum. In einer Ecke parkte ein Wohnwagen, und daneben stand ein halb mit Leinwand zugedecktes Karussell.

Jake ging langsam darauf zu. Zwei kleine Bengels in Overalls standen vor dem Karussell. Nicht weit davon hockte auf einer Kiste ein Neger und döste in der Nachmittagssonne. Er hielt in einer Hand eine Tüte mit geschmolzener Schokolade. Jake sah zu, wie er mit den Fingern in die süße Schmiere fuhr und sie bedächtig schleckte.
»Wer ist hier der Chef vom Betrieb?«
Der Neger steckte seine zwei süßen Finger in den Mund und bearbeitete sie mit der Zunge. »Ist 'n Rothaariger«, sagte er, als er fertig war. »Weiter weiß ich nichts, Käpt'n.«
»Wo ist er jetzt?«
»Da drüben, hinter dem größten Wagen.«
Jake band, während er über den Rasen ging, seinen Schlips ab und stopfte ihn in die Tasche. Die Sonne sank schon im Westen. Über den dunklen Dächern hatte der Himmel ein sattes Karminrot angenommen. Der Unternehmer des Rummelplatzes war allein und rauchte eine Zigarette. Sein rotes Haar stand von seinem Schädel ab wie ein Schwamm; er starrte Jake aus schläfrigen grauen Augen an.
»Sind Sie der Chef?«
»Hm – m. Patterson ist mein Name.«
»Ich komme wegen der Anzeige in der Morgenzeitung.«
»Aha. Anfänger kann ich nicht brauchen. Ich brauch 'nen erfahrenen Mechaniker.«
»Ich hab 'ne Menge Erfahrung.«
»Was haben Sie denn gemacht?«
»Ich hab gewebt und Webstühle eingerichtet. Ich hab in verschiedenen Garagen gearbeitet und in 'ner Autowerkstatt. Alles mögliche.«
Patterson führte ihn zu dem halbverdeckten Karussell. Die reglosen Holzpferde sahen in der Spätnachmittagssonne phantastisch aus. Starr aufgebäumt waren sie auf mattglänzende Goldstangen aufgespießt. Das Pferd neben Jake hatte einen splittrigen Sprung im schäbigen Rumpf, die Augen glotzten blind-erschreckt, und in den Augenhöhlen war die Farbe abgeblättert. Das stillstehende Karussell kam Jake so vor, als wäre es einem seiner Schnapsträume entsprungen.
»Ich brauch einen erfahrenen Mechaniker, der das hier bedient und in Schuß hält«, sagte Patterson.
»Kann ich machen.«
»Es handelt sich um zweierlei«, erklärte Patterson. »Sie sind für

die ganze Chose verantwortlich. Erstens haben Sie dafür zu sorgen, daß der Apparat läuft, außerdem haben Sie auf die Leute aufzupassen. Sie müssen dafür sorgen, daß keiner fährt, ohne zu zahlen. Sie müssen sehn, daß sie richtige Billetts haben und nicht irgend 'n alten Wisch vom letzten Tanzvergnügen. Die sind auf die Pferde wie versessen; Sie werden staunen, was die Nigger Ihnen da alles statt Geld in die Hand drücken. Sie müssen aufpassen wie'n Luchs.«

Patterson führte ihn zu der Maschinerie in der Mitte des Karussells und zeigte ihm die verschiedenen Teile. Er stellte einen Hebel an, und die mechanische Musik setzte mit dünnem Geklingel ein. Durch die hölzerne Kavalkade ringsum waren sie von der übrigen Welt wie abgeschnitten. Als die Pferde wieder stillstanden, stellte Jake noch einige Fragen, dann bediente er selber den Mechanismus.

»Der Mann, den ich hatte, hat mich im Stich gelassen«, sagte Patterson, als sie wieder auf dem freien Platz standen. »Gräßlich, immer wieder jemand anzulernen.«

»Wann soll ich anfangen?«

»Morgen nachmittag. Wir arbeiten sechs Nachmittage und Abende in der Woche, von vier bis zwölf. Sie kommen gegen drei und helfen alles in Gang bringen. Und abends dauert's dann ungefähr noch 'ne Stunde, bis alles für die Nacht gerichtet ist.«

»Was zahlen Sie?«

»Zwölf Dollar.«

Es war spät, als er den freien Platz verließ. Der stahlblaue Himmel war verblaßt, und im Osten stand ein bleicher Mond. In der staubigen Luft verschwammen die Umrisse der Häuser. Jake ging nicht gleich durch die Weavers Lane zurück, sondern wanderte noch etwas in der näheren Umgebung herum. Bestimmte Gerüche und ferne Stimmen ließen ihn ab und zu auf der staubigen Straße kurz verweilen. Er ging ohne Ziel, bald hierhin, bald dorthin. Sein Kopf fühlte sich ganz leicht an, als wäre er aus dünnem Glas. In ihm vollzog sich ein chemischer Prozeß. All die Biere und Whiskys, die er unaufhörlich in sich hineingekippt hatte, taten nun ihre Wirkung. Er wankte in dieser Trunkenheit von einer Seite zur anderen. Die Straßen, die vorhin so tot erschienen, waren nun voller Leben. Ein struppiger Grasstreifen am Straßenrand schien Jakes Gesicht immer näher zu kommen. Er setzte sich ins Gras und lehnte sich an einen

Telefonmast. Er machte sich's bequem, kreuzte die Beine zum Türkensitz und strich seine Schnurrbartenden glatt. Worte kamen angeschwommen, die er verträumt vor sich hinsprach.
»Empörung ist die köstlichste Blüte der Armut. Jaja.«
Es tat gut, so zu reden. Der Klang seiner Stimme machte ihm Spaß. Die Töne schienen wie ein Echo in der Luft hängenzubleiben, so daß er jedes Wort doppelt hörte. Er schluckte und sammelte Speichel, um weiterzusprechen. Plötzlich wünschte er sich, wieder bei dem Taubstummen in dem stillen Zimmer zu sein und ihm von den Gedanken in seinem Kopf zu erzählen. Schnurrige Sache, daß man sich's wünschte, mit einem Taubstummen zu reden. Aber er war sehr allein.
Mit dem hereinbrechenden Abend wurde es dunkel. Hin und wieder gingen auf der schmalen Straße Männer dicht an ihm vorbei; sie redeten eintönig miteinander und wirbelten mit jedem Schritt eine Staubwolke auf. Oder ein paar Mädchen gingen vorüber, oder eine Mutter mit einem Kind auf dem Arm. Jake saß eine Zeitlang wie betäubt; schließlich kam er wieder auf die Beine und ging weiter.
Die Weavers Lane war dunkel. Durch Türen und Fenster sah man die gelben, flackernden Lichtkreise der Petroleumlampen. Manche Häuser waren ganz dunkel, und die Bewohner saßen, nur vom Widerschein eines Nachbarhauses beleuchtet, auf den Türstufen. Eine Frau beugte sich aus dem Fenster und goß einen Eimer Schmutzwasser auf die Straße. Ein paar Tropfen spritzten Jake ins Gesicht. Aus einigen Hinterfenstern schrillten ärgerliche Stimmen. Aus anderen war das friedlich wiegende Geräusch eines Schaukelstuhls zu hören.
Jake blieb bei einem Haus stehen, vor dem im blaßgelben Lichtschein drei Männer auf den Stufen saßen. Zwei waren barfuß und trugen Overalls, aber keine Hemden – groß und schlaksig der eine, der zweite klein, mit einer nässenden Wunde am Mundwinkel. Der dritte trug Hemd und Hosen. Er hielt einen Strohhut auf den Knien.
»'n Abend«, sagte Jake.
Die drei Männer starrten ihn aus ihren grauen, ausdruckslosen Fabrikgesichtern an. Sie murmelten etwas, rührten sich aber nicht. Jake zog das Päckchen Target aus der Tasche und ließ es herumgehen. Er setzte sich auf die unterste Stufe und zog sich die Schuhe aus. Der kühle, feuchte Boden tat seinen Füßen gut.
»Habt ihr Arbeit?«

»Ja-a«, sagte der Mann mit dem Strohhut. »Meistens.«
Jake polkte zwischen seinen Zehen herum. »Ich hab 'ne Erleuchtung gehabt«, sagte er. »Die möcht ich jemand verkünden.«
Die Männer grinsten. Von der anderen Straßenseite hörte man eine Frau singen. Der Zigarettenrauch blieb dicht bei ihnen in der regungslosen Luft hängen. Ein kleiner Bengel kam die Straße herunter, blieb stehen und öffnete seinen Hosenschlitz, um Wasser zu lassen.
»Gleich um die Ecke ist ein Zelt, und heut ist Sonntag«, sagte endlich der Kleine. »Da kannst du hingehn und all deine Erleuchtungen verkünden.«
»So was ist es nicht. Was viel Besseres. Die Wahrheit.«
»Was für 'ne Wahrheit?«
Jake sog an seinem Schnurrbart und antwortete nicht. Nach einer Weile fragte er: »Habt ihr hier mal gestreikt?«
»Einmal«, sagte der Große. »Vor ungefähr sechs Jahren haben sie hier mal gestreikt.«
»Und wie war das?«
Der Mann mit der Wunde am Mund rieb seine Füße aneinander und warf seinen Zigarettenstummel auf die Erde. »Na ja – sie stellten einfach die Arbeit ein, weil sie zwanzig Cent die Stunde haben wollten. Waren so ungefähr dreihundert, die mitgemacht haben. Sie standen den ganzen Tag auf der Straße rum. Da hat die Fabrik Lastwagen rausgeschickt, und nach einer Woche wimmelte die ganze Stadt von Leuten, die hier arbeiten wollten.«
Jake drehte sich um, so daß er ihnen ins Gesicht sehen konnte. Die Männer saßen zwei Stufen über ihm; er mußte den Kopf in den Nacken legen, um ihnen in die Augen zu sehen. »Soll man da nicht die Wut kriegen?« fragte er.
»Wie meinst du das – die Wut?«
Die Ader auf Jakes Stirn war dunkelrot angeschwollen. »Himmelherrgott – Mann! Wut mein ich – Wut – *Wut*!« Er blickte finster in ihre fahlen, verdutzten Gesichter. Hinter ihnen konnte er durch die offene Tür ins Haus sehen. Im Vorderzimmer standen drei Betten und ein Waschständer. Im Hinterzimmer schlief auf einem Stuhl eine barfüßige Frau. Auf einer der dunklen Veranden nebenan wurde Gitarre gespielt.
»Ich bin auch mit so 'nem Lastwagen gekommen«, sagte der Große.
»Ist ja ganz egal. Ich will euch was sagen, 'ne ganz klare, einfache

Sache: die Hunde, denen die Fabriken gehören, sind Millionäre, aber die Spinnereiarbeiter und die Wollkämmer und alle, die an den Maschinen stehn und das Zeug spinnen und weben, die verdienen nicht mal genug, um ihren Kohldampf zu befriedigen. Verstanden? Also – wenn ihr auf der Straße die hungrigen, abgerackerten Leute seht und die rachitischen Kinder, kriegt ihr da nicht die Wut? Wirklich nicht?«

Jakes Gesicht war dunkelrot, seine Lippen zitterten. Die drei Männer sahen ihn lauernd an. Dann begann der mit dem Strohhut zu lachen.

»Lacht nur, lacht nur. Sitzt nur da und lacht, bis ihr platzt.«

Die Männer lachten bedächtig und sorglos, wie eben drei Männer einen vierten auslachen. Jake wischte sich den Staub von den Fußsohlen und zog die Schuhe wieder an. Er hatte die Fäuste geballt und den Mund böse und hämisch zusammengepreßt. »Lachen – das ist alles, was ihr könnt. Meinetwegen, sitzt hier und lacht, bis ihr verfault!« Während er steifbeinig die Straße hinunterging, tönten ihr Gelächter und ihre schrillen Pfiffe hinter ihm her.

Die Hauptstraße war hell erleuchtet. Jake stand an einer Ecke und spielte mit dem Kleingeld in der Tasche. In seinem Kopf hämmerte es, und trotz der heißen Nacht lief ihm ein Frösteln durch den Körper. Er dachte an den Taubstummen und wünschte sich sehnlich, zu ihm zu gehen und eine Weile bei ihm zu sitzen. In dem Obst- und Süßwarenladen, in dem er nachmittags die Zeitung gekauft hatte, wählte er einen in Cellophan verpackten Korb mit Obst aus. Der Grieche hinter dem Ladentisch nannte den Preis: sechzig Cent. Blieben ihm also noch fünf Cent. Draußen fand er, Früchte seien eigentlich ein komisches Geschenk für einen gesunden Menschen. Ein paar Trauben hingen unter dem Cellophan hervor; er pflückte sie hungrig ab.

Singer war zu Hause. Er saß am Fenster und hatte das Schachspiel vor sich auf dem Tisch. Das Zimmer war genau so, wie Jake es verlassen hatte; der Ventilator war angestellt, der Krug mit Eiswasser stand neben dem Tisch. Auf dem Bett lagen ein Panamahut und ein Paket; demnach schien der Taubstumme gerade nach Hause gekommen zu sein. Mit einer Kopfbewegung deutete er auf den gegenüberstehenden Stuhl. Er schob das Schachbrett beiseite und lehnte sich, die Hände in den Taschen, zurück. In seiner Miene lag die Frage, was Jake inzwischen erreicht habe.

Jake stellte das Obst auf den Tisch. »Zur Feier des Tages«, sagte er. »Motto: besser den Spatz in der Hand als die Taube auf dem Dach.«
Der Taubstumme lächelte, aber Jake wußte nicht, ob er ihn verstanden hatte. Singer blickte überrascht auf das Obst und entfernte die Cellophanhülle. Während er mit den Früchten hantierte, lag etwas ganz Eigentümliches in seinem Gesicht. Jake suchte diese Miene zu verstehen, kam aber nicht dahinter. Dann lächelte Singer ihn strahlend an.
»Ich hab heut nachmittag Arbeit gefunden, auf so 'nem Rummelplatz. Ich soll das Karussell bedienen.«
Der Taubstumme schien keineswegs überrascht zu sein. Er ging zum Wandschrank und holte eine Flasche Wein und zwei Gläser. Sie tranken schweigend. Jake fand, er sei noch nie in einem so stillen Zimmer gewesen. Im Lampenlicht sah ihn sein Gesicht aus dem rotglühenden Wein in seinem Glase wie ein drolliges Spiegelbild an – ebenso verzerrt, wie er es öfter auf der gewölbten Oberfläche von Krügen und Zinnbechern gesehen hatte: ein eiförmig zusammengedrücktes Gesicht und ein bis zu den Ohren reichender Schnurrbart. Der Taubstumme ihm gegenüber hatte beide Hände um sein Glas gelegt. Der Wein in Jakes Adern begann zu brausen, und er fühlte, wie er wieder in das Kaleidoskop der Trunkenheit hinüberglitt. Vor Erregung begann sein Schnurrbart krampfhaft zu zittern. Er beugte sich, die Ellenbogen auf den Knien, vor und starrte Singer groß und forschend an.
»Wetten, daß ich hier in der Stadt der einzige bin, der seit gut zehn Jahren 'ne Wut im Bauch hat – ich meine 'ne richtige Stinkwut. Grade vorhin war ich verdammt nah an 'ner Prügelei. Manchmal kommt's mir so vor, als wär ich richtig verrückt. Ich weiß nicht recht.«
Singer schob seinem Gast den Wein hin. Jake trank aus der Flasche und rieb sich den Schädel.
»Weißt du, das ist, als ob ich zwei Menschen wäre. Der eine ist ein gebildeter Mann. Ich hab in einer der größten Bibliotheken des Landes gesessen. Gelesen hab ich. Die ganze Zeit gelesen. Ich hab Bücher gelesen, in denen die reine, unverfälschte Wahrheit steht. In meinem Koffer da hab ich Bücher von Karl Marx und von Thorstein Veblen und von andern solchen Schriftstellern. Ich hab sie immer wieder gelesen, und je mehr ich studiere, um so wütender werd ich. Ich kenn jedes Wort auf jeder Seite.

Erstens mal – ich hab was übrig für diese Wörter.« Jake ließ die Silben liebevoll und feierlich in seinem Mund rollen: »Dialektischer Materialismus – jesuitische Mentalreservation – teleologische Propensität.«
Der Taubstumme wischte sich mit einem sauber zusammengelegten Taschentuch über die Stirn.
»Aber worauf ich hinaus will, ist folgendes: wenn einer *weiß* und wenn er's den andern nicht begreiflich machen kann – was soll er dann machen?«
Singer langte nach einem Weinglas, füllte es randvoll und drückte es Jake in die schwielige Hand. »Betrunken, was?« fragte Jake und ruckte mit dem Arm, so daß etwas Wein auf seine weißen Hosen schwappte. »Hör zu. Wohin man sieht – nichts wie Gemeinheit und Korruption. Dieses Zimmer, diese Flasche Wein, diese Früchte im Korb – das alles setzt sich aus Profit und Verlust zusammen. Wenn du leben willst, mußt du diese Gemeinheit dulden. Für jeden Bissen, den wir essen, für jeden Faden, den wir am Leib haben, schindet sich einer bis aufs Blut – und alle tun so, als wüßten sie's nicht. Alle sind sie blind, taub und vernagelt – dumm und gemein.«
Jake preßte die Fäuste gegen die Schläfen. Seine Gedanken waren nach verschiedenen Seiten abgekippt; er kriegte sie nicht wieder zusammen. Er hätte gerne getobt. Er wäre gerne hinausgelaufen, um sich auf einer belebten Straße mit dem erstbesten zu prügeln. Der Taubstumme sah ihn noch immer mit geduldigem Interesse an, zog seinen silbernen Bleistift heraus und schrieb sehr sorgfältig auf ein Stück Papier: *Bist du Demokrat oder Republikaner?* Er reichte ihm den Zettel über den Tisch. Jake zerknüllte ihn in der Hand. Das Zimmer drehte sich wieder; er konnte nicht einmal mehr lesen.
Er heftete den Blick auf den Taubstummen, um so sein Gleichgewicht wiederzufinden. Singers Augen schienen das einzig Feststehende im Zimmer zu sein. Verschiedene Farben waren darin, bernsteingelbe, graue und hellbraune Pünktchen. Er starrte sie so lange an, bis er fast in Hypnose verfiel. Sein rebellisches Aufbegehren legte sich, er wurde wieder ruhig. Diese Augen schienen alles zu verstehen, was er hatte sagen wollen; außerdem schienen sie eine Botschaft für ihn zu enthalten. Nach einer Weile drehte sich das Zimmer nicht mehr.
»Du verstehst das«, sagte er mit belegter Stimme. »Du weißt, was ich meine.«

Von weither tönte das sanfte, silberne Geläut von Kirchenglocken. Das Mondlicht lag weiß auf dem Dach des Nebenhauses, und der Himmel war freundlich sommernachtsblau. Es verstand sich von selbst, daß Jake, bis er ein Zimmer fände, einige Tage bei Singer blieb. Als der Wein ausgetrunken war, breitete der Taubstumme neben dem Bett eine Matratze auf den Fußboden. Ohne sich auszuziehen, legte Jake sich hin und schlief sofort ein.

5

Weit weg von der Hauptstraße, in einem Negerviertel der Stadt, saß Doktor Benedict Mady Copeland allein in seiner dunklen Küche. Es war neun Uhr vorbei; die Sonntagsglocken schwiegen nun. Obwohl die Nacht sehr heiß war, brannte im Herd ein kleines Holzfeuer. Doktor Copeland saß vorgebeugt dicht davor auf einem geradlehnigen Küchenstuhl und hielt den Kopf in seine langen, schmalen Hände gestützt. Rotglühender Feuerschein fiel durch die Ritzen auf sein Gesicht, so daß seine vollen Lippen sich fast purpurrot von der dunklen Haut abhoben und sein graues, wie eine Lammfellmütze dicht anliegendes Haar bläulich wirkte. So saß er eine ganze Weile unbeweglich da; auch seine Augen hinter der silbergefaßten Brille blieben starr und schwermütig auf einen Punkt gerichtet. Endlich räusperte er sich kräftig und griff nach einem Buch, das neben dem Stuhl am Boden lag. Da das Zimmer ganz dunkel war, mußte er das Buch, um die Druckschrift zu erkennen, dicht an den Herd halten. Heute abend las er Spinoza. Obwohl er die komplizierten Sätze und das knifflige Spiel mit den Begriffen nicht recht verstand, spürte er doch hinter den Worten eine gewaltige Wahrheit, zu deren Verständnis er nur noch eines kleinen Schritts bedurfte.

Oft riß ihn abends das Schrillen der Türklingel aus seiner Ruhe, und im Vorderzimmer wartete auf ihn ein Patient mit einem Knochenbruch oder mit einem Messerstich. Heute abend wurde er nicht gestört, und es geschah, wie so oft nach langen, einsamen Stunden hier in der dunklen Küche, daß er sich langsam hin- und herzuwiegen begann, und daß sich seiner Kehle eine Art Klagegesang entrang. Gerade in diesem Augenblick kam Portia.

Doktor Copeland hatte sie schon erwartet. Von der Straße her hörte er eine Mundharmonika, eine melancholische Negermelodie, an der er seinen Sohn William erkannte. Ohne das Licht anzudrehen, ging er durch die Diele und öffnete die Haustür. Er trat nicht auf die Veranda hinaus, er blieb im Dunkeln hinter der Gittertür stehen. Im hellen Mondlicht zeichneten sich die schwarzen Schatten von Portia, William und Highboy scharf auf der staubigen Straße ab. Doktor Copelands Haus war keine Elendsbaracke wie die anderen Häuser dieser Gegend. Es war ein solide verputzter Ziegelbau, und der kleine Vorgarten war von einem Holzzaun umgeben. Portia verabschiedete sich am Gartentor von Mann und Bruder und klopfte an die Gittertür.

»Wie kommt's, daß du hier so im Dunkeln sitzt?«

Sie gingen durch die dunkle Diele zur Küche.

»Hast doch schöne elektrische Lichter. Ist doch nicht natürlich, die ganze Zeit so im Dunkeln sitzen.«

Doktor Copeland schraubte die Birne fest, die über dem Tisch hing, und plötzlich war der Raum strahlend hell. »Ich sitze gern im Dunkeln«, sagte er.

Die Küche war sauber und schmucklos. Die eine Hälfte des Küchentisches wurde von Büchern und Schreibzeug eingenommen, die andere von Teller, Löffel und Gabel. Doktor Copeland saß kerzengerade mit übergeschlagenen Beinen, und auch Portia saß zunächst steif auf ihrem Stuhl. Vater und Tochter hatten viel miteinander gemein: den Mund, die Stirn und die breite, flache Nase. Nur hatte Portia im Gegensatz zu ihrem Vater eine sehr helle Haut.

»Mächtig heiß hier«, sagte sie. »Mir scheint, du solltest das Feuer da ausgehn lassen, wenn du nicht kochst.«

»Wenn du willst, können wir in mein Sprechzimmer hinaufgehen«, sagte Doktor Copeland.

»Ich glaube, es geht schon. Bleiben wir hier.«

Doktor Copeland rückte seine silbergefaßte Brille zurecht und legte die gefalteten Hände in den Schoß. »Wie ist es dir ergangen, seit wir uns das letztemal gesehen haben? Dir und deinem Mann und – deinem Bruder?«

Portia setzte sich bequemer und streifte ihre Pumps ab. »Highboy und Willie und mir geht's großartig.«

»William wohnt immer noch bei euch?«

»Natürlich«, sagte Portia. »Weißt du – wir haben unsre eigene Lebensweise und unsern eigenen Plan. Highboy – der zahlt die Miete. Ich kauf von meinem Geld alles Essen. Und Willie – der sorgt für Kirchengeld, Versicherung, Licht- und Wassergeld und für den Samstagabend. Wir drei haben unsern eignen Plan, und jeder tut sein Teil dazu.«

Doktor Copeland hatte den Kopf gesenkt und zog an seinen langen Fingern, bis alle Gelenke geknackt hatten. Die sauberen Hemdmanschetten bedeckten seine Handgelenke; seine mageren Hände wirkten heller als sein übriger Körper, und seine Handflächen hatten einen gelblichen Ton. Er hatte immer tadellos saubere und etwas schrumpelige Hände, als hätte er sie lange in Wasser geweicht und gebürstet.

»Hier, beinah hab ich vergessen, ich hab was mitgebracht«, sagte Portia. »Hast du schon Abendbrot gegessen?«

Doktor Copeland befleißigte sich einer derart sorgfältigen Aussprache, daß jede Silbe von seinen mürrisch aufgeworfenen Lippen gleichsam gefiltert wurde. »Nein, ich habe noch nicht gegessen.«

Portia machte eine Tüte auf, die sie auf den Küchentisch gelegt hatte. »Ich hab eine schöne Portion Kohl gebracht, ich dachte, wir essen vielleicht zusammen. Ich hab auch ein Stück Rippenfleisch gebracht. Das Gemüse schmeckt dann würziger. Macht dir doch nichts aus, wenn ich den Kohl mit Fleisch koche?«

»Nein, das macht nichts.«

»Ißt du immer noch kein Fleisch?«

»Nein. Ich lebe aus rein persönlichen Gründen vegetarisch; es macht mir aber nichts, wenn du das Gemüse lieber mit Fleisch kochst.«

Ohne die Schuhe anzuziehen, ging Portia zum Tisch, um das Gemüse zu verlesen. »Der Boden hier tut wahrhaftig gut für meine Füße. Stört's dich, wenn ich hier so ohne die engen, drückenden Pumps rumlaufe?«

»Nein«, sagte Doktor Copeland. »Bleib nur so.«

»Also – dann werden wir den schönen Kohl essen und Maiskuchen und Kaffee. Und ich werd mir ein paar Scheiben von dem zarten Fleisch hier schneiden und für mich braten.«

Doktor Copeland folgte Portia mit den Augen. Sie ging ohne Hast auf Strümpfen hin und her, nahm die gescheuerten Tiegel von der Wand, schürte das Feuer und wusch den Sand aus dem Kohl. Er setzte einmal zum Sprechen an, schloß aber gleich wieder die Lippen. »Also du, dein Mann und dein Bruder – ihr habt euer eigenes kooperatives System«, sagte er endlich.

»Richtig.«

Doktor Copeland zerrte an seinen Fingern und versuchte wieder mit den Gelenken zu knacken. »Habt ihr in eurem Plan auch Kinder vorgesehen?«
Portia sah ihren Vater nicht an. Sie goß ärgerlich das Kohlwasser ab. »Es gibt einige Dinge, die hängen ganz und gar von Gott ab«, sagte sie.
Sie sprachen nicht weiter davon. Portia setzte das Essen auf; dann saß sie schweigend da, die langen Hände schlaff zwischen den Knien hängend. Doktor Copelands Kopf war auf die Brust gesunken, als schliefe er. Er schlief aber nicht; von Zeit zu Zeit lief ein nervöses Zucken über sein Gesicht. Er holte tief Atem, und seine Züge glätteten sich wieder. Der Geruch des Essens erfüllte allmählich den stickigen Raum. Laut tickte in der Stille die Uhr auf dem Küchenschrank; nach ihren letzten Worten hörte sich das eintönige Ticktack immerfort wie ›Kin – der, Kin – der‹ an.
Fortwährend stieß er auf Kinder: sie krabbelten nackt am Fußboden herum, waren ins Murmelspiel vertieft oder standen, ein Mädchen im Arm, auf einer dunklen Straße. Benedict Copeland – so hießen alle Jungen, während die Mädchen Namen wie Benny Mae, Madyben oder Benedine Madine trugen. Er hatte sie einmal gezählt: mehr als ein Dutzend trugen seinen Namen.
Dabei hatte er sein Leben lang geredet, aufgeklärt und gemahnt. Ihr dürft es nicht tun, pflegte er zu sagen. Gegen dieses sechste, fünfte oder neunte Kind sprechen so viele Gründe. Nicht mehr Kinder müssen wir haben, sondern bessere Chancen für die bereits lebenden. Rassenhygiene, predigte er, das ist es, was die Negerrasse braucht. Er ermahnte sie mit leichtverständlichen, stets gleichbleibenden Worten, die ihm mit den Jahren wie ein Zorngedicht vorkamen, das er schon immer auswendig gekonnt hatte.
Er kannte und studierte jede neue Theorie. Er bezahlte die Schutzmittel, die er seinen Patienten gab, aus eigener Tasche. Außer ihm dachte hier in der Stadt kein Arzt daran. Er gab und klärte auf, gab und redete. Trotzdem: an die vierzig Entbindungen in der Woche. Madyben und Benny Mae.
Das war nur ein Punkt. Nur einer.
Nie in seinem Leben hatte er an dem Sinn seiner Arbeit gezweifelt. Er hatte immer gewußt, daß er dazu berufen sei, sein Volk aufzuklären. Den ganzen Tag über ging er mit seiner Tasche

von Haus zu Haus, und es gab nichts, worüber er nicht mit ihnen redete.
Am Ende eines solchen Tages überkam ihn eine tiefe Müdigkeit, die aber sofort verflog, wenn er abends seine Haustür aufschloß. Da waren Hamilton und Karl Marx, Portia und der kleine William. Auch Daisy.
Portia hob den Deckel von dem Tiegel auf dem Herd und rührte mit einer Gabel den Kohl um. »Vater ...«, sagte sie nach einer Weile.
Doktor Copeland räusperte sich und spuckte ins Taschentuch. Seine Stimme klang bitter und rauh: »Ja?«
»Laß uns aufhören mit dieser Streiterei.«
»Wir haben nicht gestritten«, sagte Doktor Copeland.
»Man braucht keine Worte für eine Streiterei«, sagte Portia. »Sieht mir aus, als wenn wir immer streiten, auch wenn wir ganz still dasitzen wie jetzt. Ich hab eben das Gefühl. Ich sag dir die Wahrheit – jedesmal, wenn ich zu dir komm, bin ich hinterher ganz kaputt. Können wir nicht versuchen, gar nicht mehr zu streiten?«
»Mir liegt bestimmt nichts an einem Streit. Es tut mir leid, meine Tochter, wenn du dieses Gefühl hast.«
Sie goß Kaffee ein und reichte ihrem Vater eine Tasse ohne Zucker. In ihre eigene Tasse tat sie mehrere Löffel voll. »Ich werde hungrig, und das wird uns gut schmecken. Trink deinen Kaffee, und ich will dir erzählen, was uns vor einer Weile passiert ist. Jetzt, wo alles vorbei ist, klingt's ein bißchen komisch, aber wir hatten nicht viel Grund zum Lachen.«
»Erzähl nur«, sagte Doktor Copeland.
»Also – vor einiger Zeit kommt hier in die Stadt ein wirklich gut aussehender, fein angezogener Farbiger. Er nannte sich Mr. B. F. Mason und sagte, er kommt aus Washington. Tag für Tag geht er in den Straßen auf und ab, Spazierstöckchen und hübsches buntes Hemd. Abends hat er immer im Café Society gesessen. Und essen tat er feiner als irgendein Mensch hier. Jeden Abend eine Flasche Gin und zwei Schweinskoteletts. Immer alle Leute angelächelt, immer vor allen Mädchen verbeugt und Tür aufgehalten, wenn man rein- oder rausgeht. Nach einer Woche hat er sich überall mächtig beliebt gemacht. Die Leute begannen zu fragen und zu wundern über den reichen Mr. Mason. Dann ziemlich bald, nachdem er sich bekannt gemacht hat, fing er mit Geschäften an.«

Portia spitzte die Lippen und blies in ihre Untertasse. »Vielleicht hast du in der Zeitung gelesen von dieser Regierungssache für alte Leute?«

Doktor Copeland nickte. »Eine Art Pension«, sagte er.

»Gut – damit hatte er was zu tun. Er war von der Regierung. Er war hergekommen vom Präsident in Washington und sollte alle aufrufen für diese Regierungssache. Er geht von einer Tür zur andern und erklärt, daß man einen Dollar Beitritt bezahlen muß und dann diese 25 Cent in der Woche – und wenn man fünfundvierzig Jahre alt ist, zahlt die Regierung fünfzig Dollar im Monat, das ganze Leben lang. Alle Leute, die ich kenne, waren ganz aufgeregt drüber. Jeder, der beitritt, kriegt ein Bild vom Präsidenten mit Unterschrift. Und nach sechs Monaten sollen alle Mitglieder umsonst Uniformen kriegen. Allgemeiner Hilfsverband für Farbige heißt das – und nach zwei Monaten soll jeder ein orangefarbenes Band mit den Anfangsbuchstaben bekommen. Weißt du – so wie all die anderen Buchstabensachen bei der Regierung. Er geht also mit seinem kleinen Buch von Haus zu Haus, und alle traten bei. Er schreibt ihre Namen auf und nimmt ihr Geld. Jeden Samstag hat er gesammelt. In drei Wochen hat dieser Mr. B. F. Mason so viele Leute beisammen, daß er am Samstag gar nicht mehr rum kommt. Nun muß er Leute bezahlen, die für ihn sammeln, immer drei bis vier Blocks. Ich hab jeden Samstag früh in unsrer Gegend gesammelt und bekam einen Viertel Dollar dafür. Natürlich hat Willie gleich für ihn und Highboy und mich den Beitritt erklärt.«

»Ich habe in eurer Gegend in verschiedenen Häusern Bilder vom Präsidenten gesehen; ich erinnere mich auch, daß der Name Mason erwähnt wurde«, sagte Doktor Copeland. »Er war ein Schwindler?«

»War er«, sagte Portia. »Irgendeiner ist dahinter gekommen, und dieser Mr. B. F. Mason wurde verhaftet. Sie kamen dahinter, daß er bloß aus Atlanta war und Washington und den Präsidenten nicht mal von weitem gesehen hat. Das ganze Geld war versteckt oder ausgegeben. Willie hat sieben Dollar und fünfzig Cent einfach zum Fenster rausgeworfen.«

»Das meine ich ja mit . . .«, sagte Doktor Copeland erregt.

»Im Jenseits«, sagte Portia, »wird dieser Mann sicher mit 'ner glühenden Ofengabel in seinen Eingeweiden aufwachen. Jetzt, wo alles vorbei ist, klingt's wirklich bißchen komisch, aber natürlich hatten wir nicht viel Grund zum Lachen.«

»Die Negerrasse läßt sich jeden Freitag freiwillig ans Kreuz schlagen«, sagte Doktor Copeland.
Portias Hände zitterten, und von ihrer Untertasse tropfte etwas Kaffee auf ihren Arm. Sie leckte ihn ab. »Wie meinst du das?«
»Ich meine, daß ich immer auf der Suche bin. Ich meine: wenn ich nur zehn Neger finden könnte – nur zehn von meinem eigenen Volk –, die Rückgrat, Verstand und Mut haben und bereit sind, alles hinzugeben ...«
Portia setzte die Kaffeetasse ab: »Wir haben nicht von so was geredet.«
»Nur vier Neger«, sagte Doktor Copeland. »Nur so viele wie Hamilton und Karl Marx und William und du. Nur vier Neger mit diesen echten Tugenden und mit Rückgrat ...«
»Willie und Highboy und ich haben Rückgrat«, sagte Portia gereizt. »Diese Welt ist hart, und mir scheint, wir drei kämpfen uns ganz gut durch.«
Eine Minute lang schwiegen sie. Doktor Copeland legte seine Brille auf den Tisch und drückte seine schrumpeligen Finger gegen die Augen.
»Die ganze Zeit brauchst du dieses Wort – ›Neger‹«, sagte Portia. »Das ist so ein Wort, das die Leute verletzt. Sogar das alte einfache ›Nigger‹ ist besser als dieses Wort. Aber höfliche Leute – ganz gleich, von welcher Hautfarbe – sagen immer ›Farbige‹.«
Doktor Copeland antwortete nicht.
»Nimm Willie und mich. Wir sind nicht ganz und gar farbig. Unsere Mama war richtig hell; wir haben alle beide viel weißes Blut. Und Highboy – der ist Indianer. Der hat ganz viel Indianisches in sich. Keiner von uns ist richtig farbig, und das Wort, das du die ganze Zeit brauchst, das verletzt die Leute.«
»Mir geht es nicht um Ausflüchte«, sagte Doktor Copeland. »Mir geht es um echte Wahrheiten.«
»Gut, hier hast du eine Wahrheit: jeder hat Angst vor dir. Hamilton oder Buddy oder Willie oder mein Highboy; die brauchen erst 'ne ganze Menge Gin, ehe sie hier ins Haus kommen und bei dir sitzen wie ich. Willie sagt, er weiß noch, daß er sich vor seinem eigenen Vater gefürchtet hat, wie er klein war.«
Doktor Copeland hustete heftig und räusperte sich.
»Jeder hat seine Gefühle – wer es auch ist –, und keiner geht

in ein Haus, wo er weiß, daß seine Gefühle verletzt werden. Du auch. Ich hab zu viele Male gesehen, wie weiße Leute dich verletzt haben, ich weiß das.«
»Nein«, sagte Doktor Copeland. »Das hast du nie erlebt.«
»Natürlich, ich weiß, daß Willie oder mein Highboy oder ich – daß keiner von uns ein Gelehrter ist. Aber Highboy und Willie sind beide gut wie Gold. Sie sind einfach nur anders wie du.«
»Ja«, sagte Doktor Copeland.
»Hamilton oder Buddy oder Willie oder ich – wir wollen gar nicht so reden wie du, wir reden wie unsre Mama und ihre Leute und die Leute vor ihnen. Du denkst dir alles aus in deinem Verstand. Aber wir reden lieber so, wie's schon lange in unserm Herzen ist. Darum sind wir anders wie du.«
»Ja«, sagte Doktor Copeland.
»Man kann nicht einfach seine Kinder nehmen und sie so zurechtquetschen, wie man sie haben will. Ob's ihnen weh tut oder nicht. Ob's richtig ist oder falsch. Du hast dir so viel Mühe gegeben, wie man nur kann. Und nun bin ich von uns die einzige, die hier ins Haus kommt und bei dir sitzt.«
Das Licht blendete Doktor Copelands Augen, und ihre Stimme klang laut und hart. Er hustete, und sein Gesicht zitterte. Er wollte die Tasse mit dem kalten Kaffee zum Munde führen, aber seine Hand vermochte sie nicht zu halten. Tränen traten ihm in die Augen; er langte nach der Brille, um sie dahinter zu verbergen.
Portia sah es und ging rasch zu ihm hinüber. Sie legte die Arme um seinen Kopf und drückte die Wange an seine Stirn. »Jetzt hab ich meinen Vater verletzt«, sagte sie leise.
»Nein«, sagte er mit harter Stimme. »Es ist töricht und primitiv, immer wieder von verletzten Gefühlen zu sprechen.«
Die Tränen rollten ihm langsam über die Wangen und glitzerten im Feuerschein in allen Regenbogenfarben. »Tut mir leid, wirklich und wahrhaftig«, sagte Portia.
Doktor Copeland wischte sich mit seinem Baumwolltaschentuch das Gesicht ab. »Ist schon gut.«
»Wir wollen nie wieder streiten. Ich kann dieses Kämpfen zwischen uns nicht ertragen. Mir scheint, jedesmal, wenn wir zusammen sind, kommt was richtig Schlechtes in uns hoch. Wir wollen nie wieder so streiten.«
»Nein«, sagte Doktor Copeland. »Wir wollen nicht mehr streiten.«

Portia schnuffelte und wischte sich mit dem Handrücken die Nase. Ein paar Minuten blieb sie, die Arme um ihres Vaters Kopf gelegt, stehen. Dann wischte sie sich das Gesicht endgültig ab und ging zum Ofen hinüber, um nach dem Gemüse zu sehen.

»Nun wird es gleich gar sein«, sagte sie vergnügt. »Nun werd ich mit den guten Maisküchlein anfangen, die wir dazu essen wollen.«

Portia ging langsam auf bestrumpften Füßen in der Küche umher, und ihr Vater folgte ihr mit den Augen. Wieder schwiegen sie eine Weile.

Mit seinen nassen Augen gesehen, vor denen alle Umrisse verschwammen, glich Portia aufs Haar ihrer Mutter. Vor Jahren war Daisy so in der Küche umhergegangen, schweigend und geschäftig. Daisy war nicht so schwarz wie er – ihre Haut hatte die schöne Farbe dunklen Honigs gehabt. Sie war immer sehr still und freundlich gewesen. Aber unter dieser freundlichen Sanftmut verbarg sich ein Eigensinn, und wie gewissenhaft er auch daran herumstudierte – diesen freundlichen Eigensinn seiner Frau konnte er nicht verstehen.

Er ermahnte sie und sagte ihr alles, was er auf dem Herzen hatte. Sie blieb immer freundlich, hörte aber nicht auf, sondern ging ihren eigenen Weg.

Später kamen dann Hamilton, Karl Marx, William und Portia. Und das Gefühl, daß sie alle etwas Richtiges werden sollten, war so stark in ihm, daß er ihre Ziele genau vor Augen hatte. Hamilton würde ein großer Gelehrter werden und Karl Marx ein Lehrer für die Neger; William sollte als Rechtsanwalt alle Ungerechtigkeiten bekämpfen, und Portia würde Frauen- und Kinderärztin werden.

Als sie noch klein waren, erzählte er ihnen, daß sie das Joch abwerfen müßten – das Joch der Unterwürfigkeit und der Trägheit. Als sie ein bißchen älter waren, hämmerte er ihnen ein, es gebe keinen Gott, aber ihr Leben sei etwas Heiliges, und für jeden von ihnen gebe es dieses eigentliche, wahre Ziel. Davon sprach er immer wieder zu ihnen; sie drängten sich, möglichst weit weg von ihm, zusammen und sahen mit ihren großen Negerkinderaugen die Mutter an. Und Daisy saß freundlich und eigensinnig da und hörte gar nicht zu.

Da für Hamilton, Karl Marx, William und Portia der Werdegang feststand, hatte er jede Einzelheit bedacht. Alljährlich im

Herbst ging er mit allen vier Kindern in die Stadt und kaufte ihnen gute schwarze Schuhe und schwarze Strümpfe. Für Portia kaufte er schwarzen Kleiderstoff und weißes Leinen für Kragen und Aufschläge. Die Jungen bekamen schwarzen Wollstoff für Hosen und feines weißes Leinen für Hemden. Er wollte sie nicht in schreienden Farben oder in fluddrigen Stoffen sehen. Aber als sie zur Schule gingen, wünschten sie sich gerade solche Kleider, und Daisy sagte, sie müßten sich genieren, und er wäre ein harter Vater. Er hatte auch eine genaue Vorstellung davon, wie es im Hause aussehen sollte: kein phantastischer Krimskrams – keine kitschigen Kalender, keine Spitzenkissen oder andere Kinkerlitzchen – in seinem Hause mußte es schlicht, dunkel und arbeitsam aussehen – alles im Hinblick auf das eigentliche, wahre Ziel.

Eines Abends stellte er fest, daß Daisy in Portias Ohren kleine Löcher für Ohrringe gebohrt hatte. Als er ein andermal nach Hause kam, entdeckte er auf dem Kaminsims eine Babypuppe mit einem Federröckchen; Daisy war freundlich, blieb aber hart und wollte sie nicht entfernen. Er wußte auch, daß Daisy ihre Kinder die Religion der Demut lehrte. Sie erzählte ihnen von Himmel und Hölle. Sie brachte ihnen den Glauben an Geister und an verwunschene Orte bei. Daisy ging jeden Sonntag zur Kirche und beklagte sich beim Priester über den eigenen Mann. In ihrem Eigensinn nahm sie die Kinder stets zur Kirche mit, und die hörten aufmerksam zu.

Da die ganze Negerrasse krank war, hatte er tagsüber, manchmal auch die halbe Nacht zu tun. Nach dem langen Tag überkam ihn eine große Müdigkeit, die aber sofort verging, wenn er seine Haustür aufschloß. Kam er aber ins Haus, dann blies William auf einem in Toilettenpapier gewickelten Kamm, Hamilton und Karl Marx würfelten um ihr Taschengeld, und Portia unterhielt sich lachend mit der Mutter.

Er versuchte es noch einmal mit ihnen, diesmal auf andere Art: er ließ sich ihre Schulaufgaben zeigen und besprach sie mit ihnen. Sie drängten sich dicht aneinander und sahen die Mutter an. Er redete, aber nicht einer der vier wollte ihn verstehen.

Dann spürte er, wie es ihn überkam – das düstere, schreckensvolle Negergefühl. Er setzte sich in scin Sprechzimmer, las und meditierte, um wieder ruhig zu werden und von vorn anfangen zu können. Er ließ die Jalousien herunter, um im hellen elektrischen Licht mit seinen Büchern und Meditationen allein zu sein. Aber manchmal stellte die Ruhe sich nicht ein. Er war jung, und das schreckliche Gefühl ließ sich durch Gelehrsamkeit nicht verscheuchen.

Hamilton, Karl Marx, William und Portia hatten Angst vor ihm und sahen die Mutter an; wenn ihm das bewußt wurde, war das düstere Gefühl manchmal stärker als er, und er wußte nicht mehr, was er tat. Er konnte all das Fürchterliche nicht aufhalten und verstand hinterher sich selber nicht.

»Unser Essen riecht mir bestimmt gut«, sagte Portia. »Jetzt sollten wir lieber essen, denn Highboy und Willie können jede Minute anmarschieren.«

Doktor Copeland setzte die Brille auf und zog seinen Stuhl an den Tisch. »Wo haben denn dein Mann und William den Abend verbracht?«

»Die spielen Hufeisenwerfen. Dieser Raymond Jones hat einen Spielplatz auf seinem Hinterhof. Raymond und seine Schwester Love Jones, die spielen jeden Abend. Love ist so ein häßliches Mädchen, da hab ich nichts dagegen, wenn Highboy und Willie in ihr Haus gehen, so oft sie wollen. Aber sie sagten, sie wollen mich um dreiviertel zehn abholen, sie müssen jede Minute kommen.«

»Ehe ich's vergesse«, sagte Doktor Copeland, »du hörst wohl öfter von Hamilton und Karl Marx?«

»Von Hamilton – ja. Er hat praktisch die ganze Arbeit auf Großpapas Farm übernommen. Aber Buddy ist ja in Mobile – und du weißt, er war nie groß im Briefeschreiben. Aber Buddy hat immer so eine reizende Art mit Leuten, daß ich mir um ihn keine Sorge mache. Er ist so einer, der immer gut durchkommt.«

Schweigend saßen sie am Tisch und aßen. Portia sah immer wieder nach der Uhr auf dem Küchenschrank: Highboy und Willie hätten jetzt kommen müssen. Doktor Copeland beugte sich über seinen Teller. Die Gabel schien für seine Hand zu schwer zu sein: seine Finger zitterten. Er kostete nur etwas und würgte an jedem Bissen. Beide fühlten die Spannung und hätten gern ein Gespräch begonnen.

Doktor Copeland fand keinen Anfang. Manchmal hatte er das Gefühl, er habe in all den Jahren so viel zu seinen Kinder gesprochen und sei so wenig von ihnen verstanden worden, daß es nun überhaupt nichts mehr zu sagen gebe. Nach einer Weile wischte er sich den Mund mit dem Taschentuch und begann mit unsicherer Stimme:

»Du hast fast nichts von dir erzählt. Wie steht es mit deiner Arbeit? Was hast du in letzter Zeit gemacht?«

»Natürlich bin ich noch bei Kellys«, sagte Portia. »Aber ich sag dir, Vater, ich weiß nicht, wie lang ich's bei denen noch aushalte. Schwere Arbeit und kein Fertigwerden. Trotzdem – das stört mich nicht. Die Bezahlung macht mir Sorge. Ich soll drei Dollar die Woche kriegen, aber manchmal hat Mrs. Kelly einen Dollar oder fünfzig Cent zu wenig und kann mir nicht das Ganze geben. Natürlich zahlt sie immer nach, sobald sie kann. Aber so kommt es, daß ich manchmal knapp bei Kasse bin.«

»Das ist nicht richtig«, sagte Dokter Copeland. »Warum läßt du dir das gefallen?«

»Es ist nicht ihre Schuld. Sie kann nichts dafür«, sagte Portia. »Die Hälfte der Leute im Haus zahlen die Miete nicht, und es macht Riesenkosten, das alles in Gang zu halten. Ehrlich gesagt: die Kellys stehen immer mit einem Fuß im Gefängnis. Sie haben es mächtig schwer.«

»Es muß sich doch eine andere Arbeit für dich finden lassen.«

»Weiß ich. Aber die Kellys sind wirklich die großartigsten weißen Leute, für die man arbeiten kann. Ich hab sie richtig lieb. Die drei Kleinen sind für mich so, als wären's meine eigenen, als hätte ich Bubber und das Baby selber aufgezogen. Und mit Mick komm ich zwar immer irgendwie in Streit, aber sie ist mir trotzdem ans Herz gewachsen.«

»Du mußt aber auch an dich selber denken«, sagte Doktor Copeland.

»Also, diese Mick ...«, sagte Portia. »Die ist wirklich ein Fall für sich. Keine Menschenseele kann mit dem Kind fertig werden. So verdreht und halsstarrig wie sie ist. Irgendwas geht in ihr vor die ganze Zeit. Ich hab ein komisches Gefühl bei dem Kind. Mir scheint, eines Tages wird man wirklich Überraschungen mit ihr erleben. Aber ob das gute oder schlechte Überraschungen werden – ich weiß nicht. Manchmal werde ich gar nicht klug aus Mick. Dabei hab ich sie wirklich lieb.«

»Aber in erster Linie mußt du für deine eigene Existenz sorgen.«

»Wie gesagt: es ist nicht Mrs. Kellys Schuld. Dieses große, alte Haus kostet so viel, und die Miete wird einfach nicht bezahlt. Bloß ein Mensch im Haus, der anständig für sein Zimmer zahlt, und immer pünktlich. Und der Mann wohnt noch gar nicht lange da. Einer von diesen Taubstummen. Der erste Taub-

stumme, den ich aus der Nähe gesehen hab – aber ein mächtig feiner weißer Mann.«
»Groß, hager, mit graugrünen Augen?« fragte Doktor Copeland plötzlich. »Und immer höflich zu jedermann und sehr gut gekleidet? Nicht wie einer aus der Stadt hier – mehr wie einer aus dem Norden oder vielleicht ein Jude?«
»Das ist er«, sagte Portia.
Doktor Copelands Miene war nun sehr interessiert. Er brockte seinen Maiskuchen in die Kohlbrühe auf seinem Teller und begann mit neuem Appetit zu essen. »Ich habe einen taubstummen Patienten«, sagte er.
»Woher kennst du Mr. Singer?« fragte Portia.
Doktor Copeland hustete und hielt sich das Taschentuch vor den Mund. »Ich habe ihn nur mehrmals gesehn.«
»Ich räum jetzt lieber weg«, sagte Portia. »Höchste Zeit für Willie und meinen Highboy. Aber mit dem richtigen Spülstein und dem großartigen fließend Wasser bin ich mit dem bißchen Geschirr im Nu fertig.«
Die stillschweigende Unverschämtheit der weißen Rasse war etwas, was er seit Jahren aus seinen Gedanken zu verbannen suchte. Wollte die Empörung in ihm aufsteigen, dann vertiefte er sich in seine Gedanken und in sein Studium. Auf der Straße und in Gegenwart von Weißen bewahrte er stets sein Schweigen und seine würdige Miene. Als er noch jung war, riefen sie ihn ›boy‹ – jetzt aber hieß es ›Onkelchen‹. »Onkelchen, lauf mal zur Tankstelle an der Ecke und schick mir einen Mechaniker.« Das hatte ihm kürzlich ein Weißer in einem Wagen zugerufen. »Boy, faß mal hier an.« »Onkelchen, mach mal das.« Er hörte nicht hin, er ging schweigend und würdevoll weiter.
An einem der letzten Abende war ein betrunkener Weißer auf ihn zugekommen und hatte ihn die Straße langgezerrt. Er hatte seine Tasche bei sich und nahm an, es handle sich um einen Unfall. Der Betrunkene hatte ihn aber in das Restaurant eines Weißen gezerrt, und die Weißen an der Theke hatten ihr unverschämtes Gejohle angestimmt. Er wußte, daß der Betrunkene sich einen Spaß mit ihm machte. Selbst da hatte er seine Würde bewahrt.
Aber mit diesem großen, hageren Weißen mit den graugrünen Augen hatte er etwas erlebt, was ihm noch nie bei einem Weißen begegnet war.
An einem dunklen, regnerischen Abend vor mehreren Wochen

war es gewesen. Er kam von einer Entbindung und stand im Regen an einer Straßenecke. Er hatte sich eine Zigarette anzünden wollen, und ihm war ein Streichholz nach dem andern ausgegangen. Während er noch mit der kalten Zigarette im Mund dastand, trat der Weiße auf ihn zu und hielt ihm ein brennendes Streichholz hin. Über das Flämmchen hinweg sahen sie einander in die Augen. Der Weiße lächelte ihm zu und zündete ihm die Zigarette an. Er wußte nicht, was er sagen sollte; noch nie war ihm etwas Ähnliches begegnet. Sie hatten einige Minuten zusammen an der Straßenecke gestanden, dann hatte der Weiße ihm seine Karte gegeben. Er hätte gerne mit dem Weißen geredet und ihn einiges gefragt, aber er war nicht sicher, ob der andere das richtig auffassen würde. Die übliche Unverschämtheit der weißen Rasse ließ ihn befürchten, daß jede Freundlichkeit seiner Würde Abbruch tun könnte.
Trotzdem: der Weiße hatte ihm Feuer gegeben, er hatte gelächelt und schien gern mit ihm zusammen zu sein. Seit jenem Abend hatte er viel darüber nachgedacht.
»Ich habe einen taubstummen Patienten«, sagte Doktor Copeland zu Portia. »Einen fünfjährigen Jungen. Irgendwie komme ich nicht darüber hinweg, daß ich sein Gebrechen mit verschuldet habe. Ich habe ihn mit zur Welt gebracht, und nach zwei Besuchen bei der Wöchnerin habe ich natürlich nicht mehr an ihn gedacht. Er bekam Ohrenschmerzen, aber die Mutter nahm den eitrigen Ausfluß nicht so wichtig und kam nicht mit dem Jungen in die Sprechstunde. Als ich schließlich davon erfuhr, war es zu spät: er hat sein Gehör verloren und kann infolgedessen auch nicht sprechen. Aber ich habe ihn eingehend beobachtet, und mir scheint, unter normalen Umständen wäre er ein sehr intelligentes Kind.«
»Du hast immer viel Interesse für kleine Kinder gehabt«, sagte Portia. »Dir liegt sehr viel mehr an ihnen als an den Erwachsenen, nicht wahr?«
»In einem kleinen Kind ist mehr Hoffnung«, sagte Doktor Copeland. »Aber dieser taube Junge – ich hatte die Absicht, mich nach einer Anstalt zu erkundigen, die ihn vielleicht nehmen würde.«
»Mr. Singer kann dir das sagen. Er ist ein wirklich gütiger weißer Mann und nicht ein bißchen verdreht.«
»Ich weiß nicht ...«, sagte Doktor Copeland. »Ich habe schon daran gedacht, ihm ein paar Zeilen zu schreiben und ihn um Auskunft zu bitten.«

»Sicher, das tät ich, wenn ich du wär. Du bist ein großartiger Briefschreiber, und ich bringe Mr. Singer den Brief für dich. Vor zwei – drei Wochen kommt er in die Küche und brachte mir ein paar Hemden zum Auswaschen. Diese Hemden waren so sauber, als hätte Sankt Johannes der Täufer selber sie getragen. Ich brauchte sie bloß in warmes Wasser zu tauchen, am Kragen bißchen reiben und bügeln. Aber dann abends, wie ich die fünf sauberen Hemden auf sein Zimmer bring – was glaubst du, wieviel er mir gibt?«

»Wieviel denn?«

»Er lächelt wie immer und reicht mir einen Dollar. Einen ganzen Dollar für das bißchen Hemdenwaschen. Wirklich ein gütiger, freundlicher Weißer, und ich würde keine Angst haben, ihn was zu fragen. Ich würde diesem netten weißen Mann sogar selber einen Brief schrieben. Tu's nur gleich, wenn du möchtest.«

»Vielleicht tu ich's«, sagte Doktor Copeland.

Portia richtete sich plötzlich auf und ordnete ihr glattes, geöltes Haar. Man hörte erst schwach, dann allmählich lauter, den Klang einer Mundharmonika. »Da kommen Willie und Highboy«, sagte Portia. »Ich muß jetzt zu ihnen raus. Nun paß schön auf dich auf, und laß mich hören, wenn du mich für irgendwas brauchst. War sehr schön, mit dir zu essen und zu reden.«

Die Mundharmonika war nun ganz deutlich zu hören; offenbar wartete Willie bereits an der Gartentür.

»Eine Minute«, sagte Doktor Copeland. »Ich habe deinen Mann nur zweimal bei dir gesehn, ich glaube, wir haben uns nie richtig kennengelernt. Und William ist seit drei Jahren nicht bei seinem Vater gewesen. Willst du sie nicht bitten, für ein Weilchen hereinzukommen?«

Portia stand in der Tür und machte sich an ihrem Haar und an ihren Ohrringen zu schaffen. »Letztes Mal, als Willie reinkam, hast du ihn verletzt. Siehst du, du verstehst einfach nicht ...«

»Schon gut«, sagte Doktor Copeland. »Es war nur ein Vorschlag.«

»Warte«, sagte Portia. »Ich geh sie rufen. Ich sag ihnen gleich, sie sollen reinkommen.«

Doktor Copeland zündete sich eine Zigarette an und ging in der Küche auf und ab. Seine Brille wollte nicht richtig sitzen, und seine Finger zitterten fortwährend. Er hörte im Vorgarten gedämpfte Stimmen, dann schwere Schritte in der Diele; Portia, William und Highboy traten in die Küche.

»Hier sind wir«, sagte Portia. »Highboy, ich glaub, ich hab dich meinem Vater nie richtig vorgestellt. Aber ihr wißt ja beide, wer der andere ist.«
Doktor Copeland schüttelte beiden die Hand. Willie drückte sich schüchtern an die Wand, aber Highboy trat vor und verbeugte sich förmlich. »Ich habe immer so viel von Ihnen gehört«, sagte er. »Sehr erfreut, Ihre Bekanntschaft zu machen.«
Portia und Doktor Copeland holten Stühle aus der Diele, und alle vier setzten sich an den Herd. Alle schwiegen und fühlten sich unbehaglich. Willie sah sich nervös im Zimmer um – die Bücher auf dem Küchentisch, der Ausguß, die Bettstelle an der Wand, der Vater. Highboy zupfte grinsend an seinem Schlips. Doktor Copeland schien etwas sagen zu wollen, dann fuhr er sich mit der Zunge über die Lippen und versank wieder in Schweigen.
»Willie, du hast sehr schön auf deiner Maultrommel gespielt«, sagte Portia endlich. »Sieht mir aus, als wenn du und Highboy bei jemand in die Ginflasche gefallen seid.«
»Nein, Ma'am«, sagte Highboy sehr höflich. »Wir haben nichts getrunken seit Samstag. Wir haben nur beim Hufeisenwerfen so viel Spaß gehabt.«
Doktor Copeland sagte immer noch nichts; alle fuhren fort, ihn erwartungsvoll anzusehen. Die Küche war eng, und die Stille machte alle nervös.
»Ich hab es wirklich schwer mit den Anzügen von den beiden da«, sagte Portia. »Ich wasch die weißen Anzüge jeden Samstag, und ich bügle sie zweimal die Woche. Und jetzt – sieh sie dir an! Natürlich, sie tragen sie nur, wenn sie von der Arbeit nach Hause kommen. Aber nach zwei Tagen sehn sie wieder pechrabenschwarz aus. Ich hab die Hosen erst gestern abend geplättet, und jetzt – keine Spur von Bügelfalte!«
Doktor Copeland schwieg immer noch. Er hielt den Blick auf das Gesicht seines Sohnes geheftet; als Willie das merkte, biß er sich in die plumpen, aufgesprungenen Hände und starrte seine Füße an. Doktor Copeland fühlte seinen Puls in Handgelenken und Schläfen hämmern. Er hustete und preßte die Faust an die Brust. Er wollte zu seinem Sohn sprechen, aber es fiel ihm nichts ein. Die alte Bitterkeit stieg in ihm auf, aber er hatte jetzt keine Zeit, sie zu unterdrücken. Sein Puls hämmerte, er konnte keinen Gedanken fassen. Alle sahen ihn an; die Stille wurde unerträglich: er mußte sprechen.

Seine Stimme klang sehr hoch und fremd: »William, ich wüßte gern, wieviel du von dem behalten hast, was ich dir als Kind gesagt habe.«
»Ich weiß nicht, was du m-m-meinst«, sagte Willie.
Ehe Doktor Copeland wußte, was er sagen wollte, war es schon heraus: »Ich meine, daß ich dir, Hamilton und Karl Marx alles gegeben habe, was in mir war. Mein ganzes Vertrauen und meine ganze Hoffnung habe ich in euch gesetzt. Und dafür ernte ich nichts als Mißverstehen, Indolenz und Gleichgültigkeit. Von allem, was ich gesät habe, ist nichts aufgegangen. Alles ist mir genommen worden. Alles, worum ich mich bemüht habe . . .«
»Scht!« sagte Portia. »Vater, du hast versprochen, nicht mehr zu streiten. Das ist ja verrückt. Wir können's uns nicht leisten zu streiten.«
Portia stand auf und ging zur Haustür. Willie und Highboy folgten ihr rasch. Doktor Copeland ging als letzter hinaus.
Sie standen im Dunkeln vor der Haustür. Doktor Copeland versuchte zu sprechen, aber seine Stimme schien sich tief in sein Inneres verloren zu haben. Willie, Portia und Highboy standen dicht beieinander.
Portia hielt sich mit einer Hand an ihrem Mann und an ihrem Bruder fest, die andere streckte sie nach Doktor Copeland aus. »Wir wollen uns jetzt wieder vertragen, eh wir gehn. Ich kann diese Streiterei zwischen uns nicht aushalten. Wir wollen uns nie wieder streiten.«
Wortlos reichte Doktor Copeland den beiden Männern die Hand. »Es tut mir leid«, sagte er.
»Von mir aus keine Ursache«, sagte Highboy höflich.
»Von mir aus auch«, brummte Willie.
Portia hielt die drei Hände fest. »Wir können's uns einfach nicht leisten zu streiten.«
Sie verabschiedeten sich, und Doktor Copeland blickte ihnen nach, wie sie zusammen die Straße hinuntergingen. Ihre sich entfernenden Schritte klangen einsam; er fühlte sich müde und matt. Als sie einen Block weit fort waren, begann Willie wieder Mundharmonika zu spielen. Eine leere, traurige Musik.
Doktor Copeland blieb auf der Vorveranda stehen, bis nichts mehr von ihnen zu sehen und zu hören war. Dann löschte er alles Licht im Hause und setzte sich im Dunkeln an den Herd. Aber der Friede wollte nicht kommen. Er mochte nicht mehr an Hamilton, Karl Marx und William denken. Jedes Wort, das

Portia zu ihm gesagt hatte, schrillte laut und hart in ihm wider. Plötzlich stand er auf und drehte das Licht an. Er setzte sich an den Tisch, zu den Büchern von Spinoza, William Shakespeare und Karl Marx. Er las laut im Spinoza, und die Worte hatten einen vollen, dunklen Klang.

Er dachte an den weißen Mann, von dem sie gesprochen hatten. Er dachte: es wäre gut, wenn der weiße Mann ihm bei seinem tauben Patienten Augustus Benedict Mady Lewis helfen könnte. Es wäre gut, einmal an diesen weißen Mann zu schreiben, auch ohne diesen Anlaß und ohne die Fragen, die er an ihn richten wollte. Doktor Copeland stützte den Kopf in die Hände, und seiner Kehle entrang sich ein seltsamer Ton, wie ein Klagegesang. Er sah das Gesicht des weißen Mannes vor sich, das ihm in der Regennacht hinter der gelben Streichholzflamme zugelächelt hatte – und Friede war in ihm.

6

Im Laufe des Hochsommers bekam Singer öfter Besuch als alle andern Leute im Haus. Fast jeden Abend war in seinem Zimmer eine Stimme zu hören. Nach dem Essen im Café New York badete er, zog sich einen Anzug aus kühlem Waschstoff an und ging in der Regel nicht mehr aus. Das Zimmer war angenehm kühl. In seinem Wandschrank hatte er einen Eiskasten mit Flaschenbier und Fruchtsäften. Er war nie beschäftigt oder in Eile. Er begrüßte seine Gäste stets schon an der Tür mit einem Lächeln.

Mick ging leidenschaftlich gern zu Mister Singer hinauf. Er war zwar stocktaub und stumm wie ein Fisch, verstand aber jedes Wort, das sie zu ihm sagte. Mit ihm zu reden war gleichsam ein Spiel. Nur daß sehr viel mehr daran war als an irgendeinem Spiel – so, als ginge einem in der Musik etwas Neues auf. Sie erzählte ihm, was sie sonst keinem Menschen erzählt hätte: von ihren Plänen. Sie durfte mit seinen niedlichen kleinen Schachfiguren herumspielen. Als sie einmal vor lauter Aufregung mit dem Hemdzipfel im elektrischen Ventilator hängenblieb, benahm er sich so gütig, daß sie gar nicht verlegen wurde. Außer Paps war Mister Singer der netteste Mann, den sie kannte.

Als Doktor Copeland John Singer ein paar Zeilen wegen Augustus Benedict Mady Lewis schrieb, erhielt er eine höfliche Antwort und die Aufforderung, ihn bei nächster Gelegenheit zu besuchen. Doktor Copeland ging zuerst nach hinten in die Küche und saß eine Weile bei Portia. Dann stieg er die Treppe zum Zimmer des weißen Mannes hinauf. Wahrhaftig, dieser Mann hatte nichts von jener stillschweigenden Unverschämtheit. Sie tranken zusammen eine Limonade, und der Taubstumme antwortete schriftlich auf Doktor Copelands Fragen. Dieser Mann war anders als alle Menschen der weißen Rasse, denen Doktor Copeland je begegnet war. Später grübelte er lange über diesen Weißen nach. Und da Singer ihn herzlich aufgefordert hatte, wiederzukommen, machte er ihm nach einiger Zeit einen zweiten Besuch.

Jake Blount kam jede Woche. Wenn er zu Singers Zimmer hinaufstieg, wackelte die ganze Treppe. Meistens brachte er in einem Papierbeutel ein paar Flaschen Bier mit. Oft hörte man seine Stimme im Zimmer laut und böse werden. Aber vor dem Weggehen wurde sie allmählich wieder ruhiger, und wenn er die Treppe hinunterging, hatte er keinen Beutel mit Bierflaschen mehr; ohne auf den Weg zu achten, ging er gedankenverloren davon.

Sogar Biff Brannon kam eines Abends zu dem Taubstummen. Aber da er dem Restaurant nie lange fernbleiben konnte, ging er nach einer halben Stunde wieder fort.

Singer war jedermann gegenüber der gleiche. Er saß, die Hände tief in die Taschen vergraben, auf einem geradlehnigen Stuhl am Fenster und nickte oder lächelte, zum Zeichen, daß er seine Gäste verstand.

Wenn Singer abends keinen Gast hatte, besuchte er eine späte Kinovorstellung. Er sah gerne, bequem zurückgelehnt, den Schauspielern zu, die auf der Leinwand miteinander redeten und herumagierten. Er kümmerte sich nie um den Titel des Films; er sah sich jede Szene mit dem gleichen Interesse an.

Eines Julitages war Singer ganz unerwartet fort. Seine Zimmertür stand offen, und auf dem Tisch lag ein an Mrs. Kelly adressierter Umschlag mit vier Dollar für die Miete der letzten Woche. Seine wenigen, bescheidenen Habseligkeiten waren verschwunden; das Zimmer sah sehr ordentlich und kahl aus. Als seine Besucher das Zimmer leer fanden, gingen sie enttäuscht wieder fort. Alle fragten sich, warum er so wortlos verschwunden sei.

Singer verbrachte seinen ganzen Sommerurlaub in der Stadt, in der Antonapoulos in der Anstalt war. Er hatte diese Reise seit

Monaten geplant und sich jeden Augenblick ihres Zusammenseins ausgemalt. Er hatte das Hotelzimmer vierzehn Tage vorher bestellt und schon lange seine Eisenbahnfahrkarte in einem Umschlag in der Tasche gehabt.

Antonapoulos war völlig unverändert. Als Singer sein Zimmer betrat, kam er dem Freund gelassen entgegen. Er war noch dicker geworden, hatte aber immer noch das alte träumerische Lächeln. Singer hatte ein paar Päckchen im Arm, und der erste Blick des dicken Griechen galt ihnen. Singer hatte ihm einen scharlachroten Hausmantel, weiße Hausschuhe und zwei Nachthemden mit gesticktem Monogramm mitgebracht. Antonapoulos drehte das Seidenpapier in den Schachteln sorgfältig um und um. Als er darunter keinen Leckerbissen versteckt fand, warf er die Geschenke verächtlich aufs Bett und sah sie nicht weiter an.

Das Zimmer war groß und sonnig. Mehrere Betten standen nebeneinander. In einer Ecke spielten drei alte Männer ›Tod und Leben‹. Sie nahmen von Singer und Antonapoulos keinerlei Notiz; die beiden Freunde saßen allein am unteren Ende des Zimmers.

Singer kam es so vor, als wären seit ihrem letzten Beisammensein Jahre vergangen. Es gab so viel zu erzählen, daß seine Hände nicht schnell genug die Zeichen formen konnten. Seine grünen Augen funkelten, seine Stirn glänzte von Schweiß. Das alte, heitere Glück wurde in ihm wieder so lebendig, daß er sich nicht zu lassen wußte.

Antonapoulos sah den Freund mit seinen dunklen Samtaugen an und rührte sich nicht. Seine Hände fummelten träg am Hosenschlitz herum. Singer erzählte ihm unter anderem von den Leuten, die ihn zu besuchen pflegten. Er sagte seinem Freund, sie trügen dazu bei, ihn von seiner Einsamkeit abzulenken. Merkwürdige Menschen seien es, so erzählte er, immerfort redeten sie – aber er freue sich, wenn sie kämen. Er skizzierte mit ein paar Strichen Jake Blount, Mick und Doktor Copeland. Sobald er aber merkte, daß Antonapoulos sich nicht dafür interessierte, zerknüllte er die Skizzen und vergaß sie. Als der Wärter hereinkam und das Ende der Besuchszeit verkündete, hatte Singer nicht die Hälfte von dem erzählt, was er eigentlich sagen wollte. Er ging müde aber sehr glücklich fort.

Die Patienten durften nur donnerstags und sonntags Besuch empfangen. An den Tagen, an denen er nicht bei Antonapoulos sein konnte, wanderte Singer in seinem Hotelzimmer auf und ab. Sein zweiter Besuch bei dem Freund verlief wie der erste,

nur daß die alten Männer im Zimmer diesmal nicht ›Tod und Leben‹ spielten, sondern ihnen gelangweilt zusahen.
Nach vieler Mühe erreichte Singer es, daß Antonapoulos für ein paar Stunden Ausgangserlaubnis erhielt. Er setzte das Programm für den kleinen Ausflug vorher bis ins einzelne fest. Zuerst fuhren sie im Taxi aufs Land; um halb fünf gingen sie dann in den Speisesaal von Singers Hotel. Antonapoulos genoß diese Extramahlzeit sehr. Er bestellte die Hälfte der auf der Speisekarte bezeichneten Gerichte und fiel gierig über das Essen her. Nach dem Essen wollte er nicht fortgehen, sondern am Tisch sitzen bleiben. Singer redete ihm gut zu, und der Taxifahrer wollte sogar Gewalt anwenden – Antonapoulos blieb stur sitzen und machte, sobald sie ihm nahe kamen, unanständige Gesten. Schließlich kaufte Singer eine Flasche Whisky und lockte ihn damit wieder ins Taxi. Als er die Flasche dann ungebrochen aus dem Fenster warf, weinte Antonapoulos vor Ärger und Enttäuschung. Der Abschluß ihres kleinen Ausflugs machte Singer sehr traurig.
Sein nächster Besuch war der letzte, denn sein vierzehntägiger Urlaub ging zu Ende. Antonapoulos hatte den Vorfall schon wieder vergessen. Sie saßen in derselben Zimmerecke. Die Minuten verrannen rasch. Singers Hände redeten verzweifelt, und sein schmales Gesicht war sehr blaß. Schließlich war es Zeit zum Gehen. Er ergriff den Arm seines Freundes und sah ihm ins Gesicht, so wie er es früher täglich getan hatte, wenn sie sich vor der Arbeit trennten. Antonapoulos starrte ihn schläfrig an und rührte sich nicht. Singer ging, die Hände fest in die Taschen gebohrt, aus dem Zimmer.
Bald nach Singers Rückkehr stellten sich Mick, Jake Blount und Doktor Copeland wieder bei ihm ein. Jeder wollte wissen, wo er gewesen sei und warum er ihnen nichts von seinen Plänen verraten habe. Aber Singer tat so, als verstünde er ihre Fragen nicht; sein Lächeln blieb unergründlich.
Einer nach dem andern kamen sie zu Singer und saßen den Abend über in seinem Zimmer. Der Taubstumme war stets nachdenklich und gelassen. Seine sanften Augen mit den farbigen Pünktchen waren ernst wie die eines Zauberers. Mick Kelly, Jake Blount und Doktor Copeland saßen in dem stillen Zimmer und erzählten – denn sie spürten, daß der Taubstumme sie immer verstehen würde, was sie ihm auch sagen wollten. Vielleicht verstand er sogar noch mehr.

Zweiter Teil

1

Dieser Sommer war anders als jeder andere, auf den Mick sich besann. Nicht daß viel geschehen wäre, was sie hätte in Gedanken oder Worte fassen können – sie spürte nur, daß eine Veränderung vor sich ging. Sie kam aus der Aufregung nicht heraus. Morgens konnte sie es nicht erwarten, aus dem Bett zu kommen und den Tag zu beginnen. Und abends war es ihr widerwärtig, wieder schlafen zu müssen.

Gleich nach dem Frühstück zog sie mit den Kindern los; sie waren fast den ganzen Tag unterwegs und kamen nur zu den Mahlzeiten nach Hause. Meist trieben sie sich einfach in der Stadt herum: sie zog den Wagen mit Ralph, und Bubber trottete hinterdrein. Immerfort war sie in Gedanken und Pläne vertieft. Manchmal, wenn sie plötzlich aufblickte, fand sie sich in einem völlig entlegenen Stadtteil, den sie nicht einmal erkannte. Ein- oder zweimal trafen sie Bill auf der Straße, und sie war derart in Nachdenken versunken, daß sie ihn erst bemerkte, als er sie beim Arm packte.

Frühmorgens war es etwas frisch, und die Schatten vor ihnen auf dem Gehsteig waren lang. Um die Mitte des Tages aber war der Himmel immer glühend heiß. In dem blendenden Licht tat es weh, die Augen offenzuhalten. Sehr oft spielte Eis und Schnee in ihre Zukunftspläne herein. Manchmal war sie weit weg in der Schweiz, alle Berge waren mit Schnee bedeckt, und sie lief auf kaltem, grünlich schimmerndem Eise Schlittschuh. Mister Singer lief mit ihr Schlittschuh. Vielleicht auch Carol Lombard oder Arturo Toscanini, die immer im Radio spielten. Sie liefen alle zusammen Schlittschuh, und Mister Singer brach dann auf dem Eise ein, und sie stürzte, ungeachtet der Lebensgefahr, ihm nach, schwamm unter dem Eise zu ihm und rettete ihm das Leben. Das war so einer von den Plänen, die ihr durch den Kopf gingen.

Wenn sie eine Weile herumgelaufen waren, stellte sie gewöhnlich Bubber und Ralph irgendwo in den Schatten. Bubber war ein Prachtskerl, sie hatte ihn ganz gut erzogen. Wenn sie ihm sagte, er dürfe nur so weit weggehen, daß er Ralph noch brüllen hörte, dann kam es niemals vor, daß sie ihn zwei oder drei Blocks weiter mit andern Kindern beim Murmelspiel antraf. Er spielte immer still für sich in der Nähe des Wagens, so daß sie die beiden unbesorgt allein lassen konnte. Sie ging entweder in die Bibliothek, um sich das *National Geographic* anzusehen, oder sie bummelte herum und dachte weiter nach. Wenn sie etwas Geld hatte, kaufte sie sich bei Mister Brannon ein Coca-Cola oder eine Stange Milchschokolade. Kinder bekamen bei ihm Rabatt. Was sonst fünf Cent kostete, gab er ihnen für drei Cent.

Aber was sie auch tat – immer war Musik dabei. Manchmal summte sie beim Gehen vor sich hin, und manchmal lauschte sie still in sich hinein. Sie hatte alle mögliche Musik in sich. Manches hatte sie im Radio gehört, und manches steckte einfach in ihr, ohne daß sie es jemals gehört hatte.

Abends, wenn die Kleinen im Bett lagen, war sie frei. Das war ihre allerwichtigste Zeit. Im Dunkeln, wenn sie ganz allein war, geschah so vieles. Gleich nach dem Abendbrot lief sie wieder aus dem Haus. Sie konnte über das, was sie abends tat, mit keinem Menschen sprechen; wenn Mama sie ausfragen wollte, erzählte sie ihr irgendein kleines, einigermaßen plausibles Märchen. Meistens aber rannte sie, wenn sie gerufen wurde, einfach weg, als hätte sie nichts gehört. Das ging bei allen, nur nicht bei Paps. Paps' Stimme hatte etwas, wovor sie nicht weglaufen konnte. Er war einer der größten und kräftigsten Männer der Stadt. Aber er hatte eine so sanfte und gütige Stimme, daß man überrascht war, sobald er zu sprechen begann. Sie mochte es noch so eilig haben – wenn Paps rief, mußte sie gehorchen.

In diesem Sommer entdeckte sie bei Paps etwas, was sie bis dahin nicht gewußt hatte. Sie hatte ihn nie recht als eine selbständige Persönlichkeit gesehen. Er rief sie wer weiß wie oft. Sie ging dann ins Vorderzimmer, in dem er arbeitete, und stand ein paar Minuten bei ihm herum – aber ihre Gedanken waren, während sie ihm zuhörte, ganz woanders. Bis sie eines Abends plötzlich merkte, was mit Paps los war. Es geschah an diesem Abend nichts Außergewöhnliches, und sie wußte auch nicht, wieso sie es auf einmal begriff. Nur fühlte sie sich hinterher älter und glaubte ihn nun so gut zu kennen, wie das bei einem Menschen überhaupt möglich war.

Gegen Ende August geschah das, an einem Abend, an dem sie es mächtig eilig hatte. Sie mußte unbedingt um neun bei einem bestimmten Hause sein. Paps rief, und sie ging ins Vorderzimmer. Er saß zusammengesunken an seiner Werkbank. Aus irgendeinem Grunde war es immer etwas verwunderlich, ihn dort sitzen zu sehen. Bis zu seinem Unfall im vorigen Jahr war er Maler und Tischler gewesen. Er war jeden Morgen vor Tagesanbruch im Overall aus dem Hause gegangen und den ganzen Tag über fortgeblieben. Abends bastelte er manchmal noch an Uhren herum. Er hatte sich lange Zeit um eine Anstellung bei einem Juwelier bemüht, wo er den ganzen Tag über mit sauberem Hemd und Schlips ungestört am Arbeitstisch sitzen könnte. Als er nun nicht mehr tischlern konnte, hatte er am Haus eine Tafel angebracht: ›Hier werden Taschen- und andere Uhren billig repariert.‹

Er sah aber gar nicht wie ein Juwelier aus – die in der Stadt waren fixe, dunkle kleine Juden. Für den großen Paps mit seinen starken, schlaksigen Knochen war die Werkbank viel zu klein.

Paps starrte sie an. Sie wußte genau, daß er sie ohne Grund gerufen hatte. Er wollte sich nur unbedingt mit ihr unterhalten. Nun wußte er nicht, wie er anfangen sollte. Seine braunen Augen waren für sein langes, hageres Gesicht zu groß, und da er kein einziges Haar mehr hatte, wirkte sein bleicher, kahler Schädel irgendwie nackt. Er sah sie immer noch wortlos an, während sie es doch so eilig hatte. Sie mußte Punkt neun bei dem bestimmten Haus sein und hatte keine Zeit zu verlieren. Paps merkte, daß sie es eilig hatte, und räusperte sich.

»Hier hab ich was für dich«, sagte er. »Nicht viel, aber vielleicht kannst du dir was zum Naschen kaufen.«

Es war gar nicht nötig, daß er ihr fünf oder zehn Cent gab, bloß weil er sich einsam fühlte und reden wollte. Von seinem Verdienst behielt er gerade so viel, daß er sich zweimal wöchentlich Bier leisten konnte. Auch jetzt standen auf dem Boden neben seinem Stuhl zwei Flaschen – eine leere und eine angebrochene. Wenn er Bier trank, unterhielt er sich immer gern. Paps fummelte an seinem Gürtel herum, und sie blickte weg. Er war in diesem Sommer geradezu kindisch geworden mit dieser Versteckerei seiner Fünf- und Zehncentstücke. Er steckte sie in die Schuhe oder auch in den Gürtel, in den er einen kleinen Schlitz gemacht hatte. Eigentlich war es ihr nicht recht, die zehn Cents von ihm anzunehmen; aber als er ihr das Geldstück reichte, hielt sie auch schon bereitwillig die Hand auf.

»Ich hab so viel Arbeit, daß ich gar nicht weiß, wo ich anfangen soll«, sagte er.
Genau das Gegenteil war der Fall, das wußte er genauso gut wie sie. Er bekam nie viel Uhren zu reparieren; wenn er nichts mehr zu tun hatte, trieb er sich im Hause herum und versuchte sich irgendwie nützlich zu machen. Abends saß er dann an seiner Werkbank, reinigte alte Federn und Rädchen und suchte die Arbeit so lange auszudehnen, bis es Zeit zum Schlafengehen war. Seit er den Hüftknochen gebrochen hatte und nicht mehr im Stehen arbeiten konnte, mußte er sich fortwährend etwas zu schaffen machen.
»Ich hab heut abend über allerlei nachgedacht«, sagte Paps. Er goß sich Bier ein und streute sich ein paar Körnchen Salz auf den Handrücken. Dann leckte er das Salz auf und nahm einen Schluck.
Sie hatte es so eilig, daß sie kaum stillstehen konnte. Paps merkte das. Er bemühte sich, etwas zu sagen – aber er hatte sie ja aus keinem bestimmten Grunde gerufen. Er wollte nur ein Weilchen mit ihr plaudern. Er setzte zum Sprechen an und schluckte. Sie sahen einander an. Die Stille zog sich hin, und keiner brachte ein Wort heraus.
Da wurde ihr auf einmal klar, was mit Paps los war. Eigentlich erfuhr sie damit nichts Neues – sie hatte es schon die ganze Zeit gewußt, nur nicht mit dem Verstand. Nun plötzlich *wußte* sie, daß sie über Paps Bescheid wußte. Er war einsam, er war ein alter Mann. Er fühlte sich von der Familie ausgeschlossen, weil keines der Kinder mit irgend etwas zu ihm kam und weil er nicht viel Geld verdiente. In seiner Einsamkeit wollte er sich einem seiner Kinder nahefühlen – aber alle waren so beschäftigt, daß sie es nicht merkten. Er hatte das Gefühl, keinem etwas nütze zu sein.
Das alles wurde ihr klar, während sie einander ansahen. Ein sonderbares Gefühl. Paps nahm eine Uhrfeder in die Hand, tauchte einen Pinsel in Benzin und begann sie zu säubern.
»Ich weiß, du hast's eilig. Ich wollte dir bloß mal guten Abend sagen.«
»Ach wo, ich hab's gar nicht eilig«, sagte sie. »Ehrenwort.«
An diesem Abend setzte sie sich auf den Stuhl neben seiner Werkbank, und sie unterhielten sich eine Weile. Er redete von Rechnungen und Ausgaben und davon, wie alles geworden wäre, wenn er's anders angefangen hätte. Er trank Bier, und einmal

traten ihm die Tränen in die Augen, und er wischte sich mit dem Hemdärmel über die Nase. Sie blieb an diesem Abend ziemlich lange bei ihm. Obgleich sie es eigentlich so schrecklich eilig hatte. Aber von dem, was sie im Kopf hatte – von den heißen, dunklen Nächten – konnte sie ihm aus irgendeinem Grunde nichts erzählen.

Diese Nächte waren ein Geheimnis; sie waren die wichtigsten Stunden dieses Sommers. Sie ging allein durch das Dunkel, und es war, als wäre sie der einzige Mensch in der Stadt. Bei Nacht waren ihr fast alle Straßen so vertraut wie der Block, in dem sie wohnte. Manche Kinder hatten Angst, im Dunkeln durch fremde Straßen zu gehen; sie nicht. Die Mädchen fürchteten sich, irgendwoher könnte ein Mann kommen und sein Dings in sie reinstecken, als ob sie verheiratet wären. Die meisten Mädchen waren zu blöde. Wenn einer sie plötzlich überfallen und sich mit ihr prügeln wollte, einer, der so groß wie Joe Louis oder wie Mountain Man Dean – dann würde sie wegrennen. Wenn es aber einer wäre, der höchstens zwanzig Pfund schwerer war als sie – den würde sie verdreschen und würde dann weitergehen.

Die Nächte waren wunderbar; sie hatte gar keine Zeit, an Angst oder so etwas zu denken. Wenn es dunkel um sie war, dachte sie immer an Musik. Während sie durch die Straßen ging, sang sie vor sich hin. Und sie spürte es, wie die ganze Stadt ihr zuhörte, und keiner wußte, daß es Mick Kelly war.

Sie lernte allerlei Musik in diesen freien Sommernächten. Draußen in den reichen Stadtteilen war in jedem Haus ein Radio. Alle Fenster standen offen, so daß sie die Musik großartig hören konnte. Nach einiger Zeit wußte sie, in welchen Häusern die Programme eingestellt wurden, die sie hören wollte. Besonders in einem Hause hörten sie alle guten Orchesterkonzerte. Zu diesem Haus ging sie abends, sie stahl sich in den dunklen Garten und hörte zu. Das Haus war schön mit Gebüsch umgeben, und sie saß unter einem Strauch, dicht am Fenster. Wenn dann alles vorbei war, stand sie, die Hände in den Taschen, in dem dunklen Garten und dachte lange nach. Das war das Eigentliche dieses Sommers – das Hören der Radiomusik und das Nachdenken darüber.

»*Cierra la puerta, señor*«, sagte Mick.

Bubber ließ sich nicht verblüffen. »*Hagame usted el favor, señorita*«, antwortete er wie aus der Pistole geschossen.

Die Spanischstunden in der höheren Schule waren eine ganz große Sache. Eine fremde Sprache sprechen – das war ein bißchen so, als wäre man weit herumgekommen. Seit dem Schulbeginn machte er ihr jeden Nachmittag wieder einen Heidenspaß, diese neuen spanischen Wörter und Sätze zu sprechen. Zuerst war Bubber ganz verdutzt – zu komisch sein Gesicht, wenn sie in der fremden Sprache redete. Aber er kam blitzschnell dahinter, und bald konnte er ihr alles nachplappern. Er behielt auch die Wörter, die er gelernt hatte. Natürlich wußte er nicht von allen Sätzen, was sie bedeuteten, aber auf die Bedeutung kam es ihr sowieso nicht an. Nach einiger Zeit lernte der Kleine so schnell, daß sie es aufgab, ihm Spanisch beizubringen; sie plapperte ihm einfach erfundene Laute vor. Das bekam er allerdings sehr schnell heraus – Bubber Kelly ließ sich nichts vormachen.

»Ich werde so tun, als käme ich zum erstenmal in dieses Haus«, sagte Mick. »Dann seh ich besser, ob die Ausschmückung so gut ist.« Sie ging auf die Vorveranda, kam wieder zurück und stellte sich in die Diele. Den ganzen Tag hatten sie, Bubber, Portia und Paps, Diele und Eßzimmer für das Fest hergerichtet. Die Dekoration bestand aus Herbstblättern, Weinranken und rotem Kreppapier. Der Kaminsims im Eßzimmer und die Garderobe waren mit leuchtend gelbem Herbstlaub geschmückt. An den Wänden lang und über den Tisch, auf dem die Bowle stehen sollte, hatten sie Weinranken gezogen. Lange, rote Kreppapierschlangen rankten sich um die Stuhllehnen und hingen vom Kamin herunter. Eine sehr üppige Dekoration. Sie war O. K.

Mick rieb sich die Stirn und kniff die Augen zusammen. Bubber stand neben ihr und machte ihr jede Bewegung nach. »Wenn's doch eine richtig gelungene Gesellschaft würde! Ich wünsch mir's so.«

Die erste Gesellschaft ihres Lebens. Sie war erst vier- oder fünfmal zu solchen Festen eingeladen worden. Vorigen Sommer war sie auf einem Promenadenfest gewesen. Aber kein Junge hatte sie zum Tanzen geholt oder zur Promenade aufgefordert; sie hatte die ganze Zeit bei der Bowle herumgestanden, bis alles aufgegessen und ausgetrunken war; dann war sie nach Hause gegangen. Das heutige Fest würde ganz etwas anderes werden. Nur noch ein paar Stunden – dann kamen die Gäste, und der Betrieb ging los.

Sie wußte kaum noch, wie sie auf die Idee mit der Gesellschaft gekommen war. Bald nach ihrem Eintritt in die höhere Schule war es gewesen. Schick war es auf der höheren Schule. Dort war alles ganz anders als in der Grundschule. Es würde ihr nicht so gut gefallen haben, hätte sie – wie Hazel und Etta – Stenographie lernen müssen; aber sie bekam die besondere Erlaubnis, am Werkunterricht teilzunehmen wie ein Junge. Werkunterricht, Algebra und Spanisch waren ganz groß. Englisch war mächtig schwer. Ihre Englischlehrerin war Miss Minner, von der es hieß, sie hätte ihr Gehirn für zehntausend Dollar an einen berühmten Arzt verkauft; der würde es dann, wenn sie tot war, aufschneiden und nachsehen, warum sie so gescheit gewesen war. Bei Klassenarbeiten knallte sie einem Aufgaben hin wie »Nenne acht berühmte Zeitgenossen von Doktor Johnson«, oder »Zitiere zehn Zeilen aus dem ›Vikar von Wakefield‹«. Sie rief die Schüler alphabetisch auf und hatte die ganze Stunde über das Zensurenbuch offen vor sich liegen. Trotzdem, mochte sie noch so gescheit sein – eine alte Essigpflaume war sie doch. Die Spanischlehrerin war mal in Europa gewesen. Sie sagte, in Frankreich trügen die Leute das Brot uneingewickelt nach Hause. Sie stünden auf der Straße und unterhielten sich und trommelten mit dem Brot gegen einen Laternenpfahl. Außerdem gab es in Frankreich überhaupt kein Wasser – bloß Wein.

Fast alles war wunderbar in der höheren Schule. In den Pausen ging man auf dem Korridor auf und ab, und während der großen Frühstückspause lungerten die Schüler in der Turnhalle herum. Aber gerade mit den Pausen hing das zusammen, was sie allmählich störte. Auf dem Korridor gingen sie alle auf und ab, und jeder schien zu einer bestimmten Clique zu gehören. Nach ein bis zwei Wochen hatte sie im Unterricht und in den Pausen alle Kinder kennengelernt und mit ihnen gesprochen – aber das war auch alles. Sie gehörte zu keiner Clique. In der Grundschule wäre sie einfach zu irgendeiner Clique gegangen, mit der sie zusammensein wollte, und damit basta. Hier war das anders.

Während der ersten Woche ging sie allein auf dem Korridor auf und ab und dachte darüber nach. Ihre Pläne, wie sie in eine Clique hineinkommen könnte, nahmen fast ebenso viel Raum in ihr ein wie ihre Gedanken über Musik. Diese beiden Dinge gingen ihr nie aus dem Kopf. Und schließlich kam sie auf die Idee mit der Gesellschaft.

Sie nahm es mit den Einladungen sehr genau. Keine Kinder aus der Grundschule und keine unter zwölf. Nur Kinder zwischen dreizehn und fünfzehn wurden aufgefordert. Sie kannte alle, die sie einladen wollte, gut genug, um sie in der Pause ansprechen zu können – und wenn sie die Namen nicht wußte, erkundigte sie sich danach. Wer Telefon hatte, den rief sie an; die übrigen lud sie in der Schule ein.

Am Telefon sagte sie immer dasselbe. Sie ließ Bubber mithören. »Hier ist Mick Kelly«, sagte sie. Wenn der andere den Namen nicht verstand, wiederholte sie ihn so lange, bis er ihn begriffen hatte. »Ich gebe Samstag abend um acht Uhr ein Promenadenfest und lade dich hiermit ein. Ich wohne Fourth Street 103, Wohnung A.« »Wohnung A« klang schick am Telefon. Fast alle sagten, sie freuten sich sehr und würden gerne kommen. Ein paar rüde Bengels wollten frech werden und fragten immer wieder nach dem Namen. Einer tat ganz neunmalklug und sagte: »Ich kenn dich ja gar nicht.« Sie gab ihm gleich eins drauf: »Von mir aus bleib, wo du bist.« Außer diesem Frechdachs waren zehn Jungen und zehn Mädchen eingeladen, und alle würden kommen, das wußte sie. Ein richtiges Fest sollte es werden, ganz anders und viel schöner als alle Gesellschaften, die sie mitgemacht oder von denen sie gehört hatte.

Mick überblickte zum letztenmal die Diele und das Eßzimmer. An der Garderobe blieb sie vor dem Bild des alten Schmierfinken stehen. Es war eine Fotografie von Mamas Großvater. Der hatte vor langer Zeit als Major im Bürgerkrieg teilgenommen und war in irgendeiner Schlacht gefallen. Einmal hatte eins der Kinder ihm eine Brille und einen Bart angemalt, und als die Bleistiftkrakelei ausradiert war, blieben lauter Schmutzflecke auf seinem Gesicht. Darum nannte Mick ihn alter Schmierfink. Das Bild nahm die Mitte eines dreiteiligen Rahmens ein. Rechts und links waren die Bilder seiner Söhne. Die wirkten so alt wie Bubber, sie hatten Uniformen an und machten erstaunte Gesichter. Auch sie waren in irgendeiner Schlacht gefallen. Das war alles schon lange her.

»Für das Fest nehm ich das runter. Das sieht so gewöhnlich aus. Findest du nicht?«

»Ich weiß nicht«, sagte Bubber. »Sind wir gewöhnlich, Mick?«

»*Ich* nicht.«

Sie versteckte das Bild hinter der Garderobe. Die Dekoration war in Ordnung. Mister Singer würde sich freuen, wenn er nach Hause kam. Die Zimmer wirkten ganz leer und still. Der Tisch war zum Abendessen gedeckt. Nach dem Abendbrot begann

dann die Gesellschaft. Sie ging in die Küche, um sich die Erfrischungen anzusehen.
»Glaubst du, daß alles klappen wird?« fragte sie Portia.
Portia war beim Plätzchenbacken. Die Erfrischungen standen oben auf dem Herd. Es gab Brötchen mit Erdnußbutter oder Gelee, Schokoladenhäppchen und Bowle. Die Brötchen waren mit einem feuchten Geschirrtuch zugedeckt. Sie warf einen Blick darunter, nahm aber keins.
»Ich hab dir vierzigmal gesagt, alles wird richtig klappen«, sagte Portia. »Gleich wenn ich zurückkomm vom Abendbrotmachen zu Hause, bind ich die weiße Schürze um und servier das ganze Essen richtig, wie sich gehört. Aber um halb zehn muß ich spätestens weg. Heut ist Samstag, und ich und Highboy und Willie haben auch was vor.«
»Klar«, sagte Mick. »Ich möchte bloß, daß du so lange hilfst, bis alles einigermaßen in Gang ist – weißt du.«
Sie konnte sich nicht bezähmen und nahm ein Brötchen. Dann ließ sie Bubber bei Portia und ging ins Mittelzimmer. Das Kleid, das sie tragen sollte, lag ausgebreitet auf dem Bett. Hazel und Etta waren so nett gewesen und hatten ihr ihre besten Sachen geborgt, da sie selber nicht zu dem Fest kamen: Ettas langes blaues Abendkleid aus Crêpe de Chine, ein Paar weiße Pumps und ein Straßdiadem für das Haar. Wirklich blendende Sachen. Sie konnte sich's kaum vorstellen, wie sie darin aussehen würde.
Es war Spätnachmittag geworden; durchs Fenster fielen lange, schräge Sonnenstreifen. Zwei Stunden brauchte sie zum Ankleiden – also mußte sie jetzt damit anfangen. Mit der Aussicht, die schönen Kleider anziehen zu dürfen, konnte sie sowieso nicht einfach herumsitzen und warten. Sie ging ganz langsam ins Badezimmer, warf ihre alten Shorts und das Hemd ab und drehte das Wasser auf. Sie schrubbte die rauhen Stellen: Fersen, Knie und vor allem die Ellenbogen. Sie dehnte das Bad möglichst lange aus.
Sie lief nackt ins Mittelzimmer und begann sich anzukleiden. Zuerst die seidenen Hemdhosen und die Seidenstrümpfe, sogar einen von Ettnas Büstenhaltern – nur so, aus Angabe. Dann zog sie ganz vorsichtig das Kleid an und die Pumps. Das erste Mal in ihrem Leben, daß sie ein Abendkleid anhatte. Lange stand sie vor dem Spiegel. Sie war so groß, daß das Kleid ihr nicht einmal bis zu den Knöcheln reichte – und die Schuhe

drückten, so kurz waren sie. Sie stand lange vor dem Spiegel und stellte schließlich fest, daß sie entweder wie eine blöde Gans oder wunderschön aussähe. Eines oder das andere.
Sie probierte sechs verschiedene Haarfrisuren aus. Die widerspenstigen Löckchen machten ihr Kopfzerbrechen; sie feuchtete also die Stirnhaare an und klebte sich drei Spucklocken. Zu guter Letzt befestigte sie das Straßdiadem und legte tüchtig Lippenrot und Schminke auf. Als sie fertig war, stellte sie sich mit hochgerecktem Kinn und halbgeschlossenen Augen wie ein Filmstar in Positur. Langsam wendete sie das Gesicht hin und her. Schön sah sie aus – einfach schön.
Sie war sich selber ganz fremd. Sie war gar nicht Mick Kelly, sondern ganz jemand anders. Noch zwei Stunden bis zum Fest; sie würde sich genieren, wenn jemand von der Familie sie so lange vorher fertig angezogen sähe. Sie ging wieder ins Badezimmer und schloß die Tür ab. Wenn sie sich hinsetzte, würde sie das Kleid zerdrücken; also blieb sie mitten im Badezimmer stehen. In dem engen Raum schien sich die ganze Erregung zusammenzuballen. Sie fühlte sich gar nicht mehr wie die alte Mick Kelly und wußte: dies würde schöner werden als alles andere in ihrem Leben – dieses Fest.

»Au, fein! Bowle!«
»So ein schickes Kleid ...«
»Sag mal, hast du das schon raus, ein Dreieck sechsundvierzig zu zwanzig ...«
»Laß mich mal durch! Geh mal aus dem Weg!«
Ununterbrochen klappte die Haustür, während die Kinder ins Haus strömten. Schrille und weiche Stimmen schwirrten durcheinander, bis überall nur noch lärmendes Gebrüll herrschte. Die Mädchen in ihren feinen langen Abendkleidern standen grüppchenweise beieinander, während die Jungen in frischen Leinenhosen oder in neuen dunklen Herbstanzügen herumschlenderten. Es gab ein derartiges Hin und Her, daß Mick kein einziges Gesicht und keinen einzelnen Menschen in sich aufnahm. Sie stand an der Garderobe und betrachtete sich das Fest als Ganzes.
»Jeder bekommt seine Promenadenkarte und läßt einzeichnen.«
Keiner hörte es oder achtete darauf; es war zu laut im Zimmer. Die Jungen drängten sich derart um die Bowle, daß man überhaupt nichts mehr vom Tisch und von den Weinranken sah. Nur Paps' lächelndes Gesicht überragte die Jungenköpfe, während er

die Bowle in kleine Pappbecher füllte. Neben ihr auf dem Garderobensitz lagen eine Schachtel Konfekt und zwei Taschentücher. Einige Mädchen hatten geglaubt, sie hätte Geburtstag; sie hatte sich bedankt und die Geschenke ausgewickelt und hatte ihnen nicht gesagt, daß sie erst in acht Monaten vierzehn wurde. Alle waren so sauber, frisch und festlich angezogen wie sie selber. Sie rochen gut. Die Jungen hatten ihr Haar naß gemacht und glatt gebürstet. Die Mädchen nahmen sich in ihren verschiedenfarbigen langen Kleidern wie ein bunter Blumenstrauß aus. Bis jetzt ging alles großartig. Der Anfang dieses Festes war O. K.

»Ich bin teils schottisch-irisch und französisch, teils ...«

»Ich hab deutsches Blut ...«

Bevor sie ins Eßzimmer ging, kündigte sie noch einmal mit lauter Stimme die Promenadenkarten an. Bald begannen sie von der Diele hereinzudrängen. Jeder nahm sich eine Karte, und alle stellten sich in kleinen Gruppen an den Zimmerwänden auf. Nun ging es also richtig los.

Ganz plötzlich und ganz merkwürdig kam es – die Stille. Die Jungen standen alle auf der einen Seite des Zimmers, die Mädchen auf der anderen. Aus irgendeinem Grunde verstummte auf einmal jeglicher Lärm. Die Jungen hielten ihre Karten in der Hand und sahen die Mädchen an; es war ganz still im Zimmer. Keiner der Jungen machte Miene, zur Promenade zu engagieren, wie es von ihnen erwartet wurde. Die fürchterliche Stille wurde immer schlimmer. Sie war noch nicht oft genug auf Gesellschaften gewesen, um zu wissen, was sie zu tun hatte. Dann stießen die Jungen einander an und begannen zu reden. Die Mädchen kicherten – aber auch wenn sie nicht nach den Jungen schielten, merkte man genau, daß sie nur daran dachten, ob sie auch Erfolg haben würden. Die fürchterliche Stille war nun vorbei, aber im Zimmer herrschte eine gewisse Spannung.

Nach einer Weile ging ein Junge zu einem Mädchen, das Delores Brown hieß. Sobald er sich bei ihr eingeschrieben hatte, stürzten alle anderen Jungen gleichzeitig zu Delores. Als deren Karte voll war, stürzten sie sich auf ein anderes Mädchen namens Mary. Dann stockte plötzlich wieder alles. Ein oder zwei Mädchen wurden noch zur Promenade engagiert; auch zu ihr kamen drei Jungen, weil sie die Gastgeberin war.

Alle taten nichts weiter, als im Eßzimmer und in der Diele herumstehen. Die Jungen belagerten meistens die Bowle und bemühten sich, voreinander groß zu tun. Die Mädchen klebten aneinander, lachten viel und taten so, als amüsierten sie sich köstlich. Die Jungen dachten an die Mädchen, und die Mädchen dachten an die Jungen. Aber alles, was dabei herauskam, war ein albernes Getue.

Da bemerkte sie Harry Minowitz. Er wohnte nebenan, und sie kannte ihn schon von klein auf. Obgleich er zwei Jahre älter war als sie, hatte sie ihn im Wachstum überholt. Früher hatten sie im Sommer auf dem Rasenplatz an der Straße miteinander gerauft. Harry war ein Judenjunge, aber man sah es ihm nicht sonderlich an. Er hatte hellbraunes, glattes Haar und war heute abend sehr adrett angezogen; als er kam, hatte er einen ganz erwachsenen Panamahut mit einer Feder an den Garderobenständer gehängt.

Nicht seine Kleidung fiel ihr auf. Sein Gesicht war verändert, weil er nicht, wie gewöhnlich, seine Hornbrille aufhatte. Er hatte an einem Auge ein rotes, vorstehendes Gerstenkorn und konnte nur sehen, wenn er den Kopf wie ein Vogel auf die Seite legte. Ununterbrochen betastete er das Gerstenkorn mit seinen langen, hageren Händen, als täte es ihm weh. Als er um Bowle bat, stieß er mit dem Pappbecher direkt in Paps' Gesicht. Es war bestimmt ganz scheußlich für ihn, so ohne Brille. Er war nervös und stieß dauernd mit jemandem zusammen. Er forderte kein Mädchen auf außer ihr – und das auch nur, weil es ihre Gesellschaft war.

Die Bowle war ausgetrunken. Paps fürchtete, ihr könnte das peinlich sein; er war mit Mama nach hinten in die Küche gegangen, um Limonade zu machen. Einige Gäste waren jetzt auf der Vorveranda oder auf der Straße. Sie war froh, in die kühle Nachtluft hinauszukommen. Nach der Hitze und Helligkeit drinnen schnupperte sie im Dunkeln den ersten Duft des Herbstes.

Dann bemerkte sie etwas Verblüffendes: den Gehsteig entlang hatte sich auf der dunklen Straße eine Horde Nachbarskinder angesammelt. Pete und Sucker Wells und Baby und Spareribs – die ganze Bande, von der die kleinsten jünger als Bubber und die Ältesten über zwölf waren. Manche Kinder kannte sie überhaupt nicht; die hatten irgendwie das Fest gewittert und lungerten nun hier herum. Auch Kinder ihres Alters waren dabei und ältere, die sie nicht eingeladen hatte, weil sie entweder gemein zu ihr gewesen waren oder sie zu ihnen. Alle waren

schmutzig und hatten gewöhnliche Shorts, schlampige Kniehosen oder abgetragene Alltagskleider an. Sie standen einfach im Dunkeln und wollten etwas von dem Fest ergattern.
Als Mick diese Kinder sah, wurde sie traurig; gleichzeitig aber spürte sie etwas wie eine warnende Stimme.
»Diese Promenade hab ich mit dir«, sagte Harry Minowitz und tat so, als läse er es von seiner Karte ab; sie konnte aber sehen, daß nichts darauf stand. Paps war auf die Veranda herausgekommen und pfiff zum Zeichen, daß die erste Promenade ihren Anfang nahm.
»Ja-a«, sagte sie. »Dann wollen wir mal gehn.«
Sie machten sich auf den Weg, um den Block herum. Sie kam sich immer noch todschick vor in dem langen Kleid. »Guck mal da, die Mick Kelly!« schrie eines der Kinder aus dem Dunkel. »Guck mal bloß!« Sie ging einfach weiter, als hätte sie nichts gehört; aber das war dieser Spareribs gewesen; sie würde es ihm nächstens mal heimzahlen. Sie ging schnell mit Harry den dunklen Gehsteig hinunter; am Ende der Straße bogen sie zu einem anderen Block ein.
»Wie alt bist du jetzt, Mick – dreizehn?«
»Ich werd vierzehn.«
Sie wußte, was er dachte. Es war ihr ewiger Kummer. Ein Meter siebenundsechzig groß, dreiundneunzig Pfund schwer und erst dreizehn Jahre alt. Alle anderen Kinder auf dem Fest waren Zwerge gegen sie, außer Harry, der nur ein paar Zentimeter kleiner war als sie. Kein Junge ging gern mit einem soviel größeren Mädchen. Vielleicht konnte sie es durch Rauchen erreichen, daß sie nicht weiter wuchs.
»Ich bin im letzten Jahr fast zehn Zentimeter gewachsen«, sagte sie.
»Ich hab mal auf dem Jahrmarkt eine Dame gesehn, die war zwei Meter sechzig. Aber wahrscheinlich wirst du nicht so groß.«
Harry blieb an einem dunklen Myrtenstrauch stehen. Niemand war in der Nähe. Er nahm etwas aus der Tasche und machte sich damit zu schaffen. Sie beugte sich vor und sah seine Brille, die er am Taschentuch abputzte.
»Entschuldige bitte«, sagte er. Dann setzte er die Brille auf, und sie hörte, wie er erleichtert aufatmete.
»Du solltest deine Brille immer tragen.«
»Ja-a.«
»Wieso gehst du denn ohne?«

»Ach, ich weiß nicht ...«
Die Nacht war sehr still und dunkel. Als sie über die Straße gingen, führte Harry sie höflich am Ellenbogen.
»Da ist eine gewisse junge Dame auf dem Fest, die findet Jungens mit Brille albern. Diese gewisse Dame – na ja, vielleicht bin ich ein ...«
Er sprach nicht zu Ende. Plötzlich straffte er sich, rannte ein paar Schritte und sprang nach einem Blatt, das über einen Meter hoch über seinem Kopf hing. Er hatte einen guten Anlauf genommen und kriegte das Blatt gleich beim ersten Mal. Dann nahm er das Blatt in den Mund und boxte im Dunkeln gegen einen unsichtbaren Gegner. Sie holte ihn ein.
Wie meistens ging ihr ein Lied durch den Kopf. Sie summte vor sich hin.
»Was singst du da?«
»Ein Stück von einem, der Mozart heißt.«
Harry war prächtiger Laune. Er tänzelte hin und her wie ein flinker Boxer. »Klingt wie'n deutscher Name.«
»Wird's wohl auch sein.«
»Faschist?«
»Was?«
»Ich meine, ist dieser Mozart Faschist oder Nazi?«
Mick überlegte ein Weilchen. »Nein. Die sind was Neues, und der Mozart ist schon eine Zeitlang tot.«
»Dann ist's ja gut.« Er begann wieder im Dunkeln Püffe auszuteilen. Sie sollte fragen, warum er das gut fände.
»Ich sage: dann ist's ja gut«, wiederholte er.
»Warum?«
»Weil ich die Faschisten hasse. Wenn ich einen auf der Straße träfe, ich würd ihn umbringen.«
Sie sah Harry an. Das Laub im Laternenlicht warf wechselnde Schatten auf sein Gesicht. Er war ganz aufgeregt.
»Wieso denn?« fragte sie.
»Herrgott! Liest du denn keine Zeitung? Siehst du, das ist doch so ...«
Sie waren jetzt um den Block herumgelaufen. Vor ihrem Haus schien etwas los zu sein. Die Gäste rannten schreiend auf dem Gehsteig herum. Ihr wurde plötzlich ganz übel.
»Ich kann das nicht so schnell erklären, dazu müßten wir nochmal um den Block gehn. Ist kein Geheimnis, warum ich die Faschisten hasse. Ich würde sogar gern darüber reden.«

Wahrscheinlich war das die erste Gelegenheit für ihn, einem andern diese Gedanken anzuvertrauen. Aber sie hatte keine Zeit zum Zuhören. Sie hatte genug zu tun; sie mußte nachsehen, was bei ihrem Haus vor sich ging. »Ist gut. Wir sehn uns nachher noch.« Die Promenade war jetzt aus, sie konnte sich also mit der Bescherung hier abgeben.

Was war geschehen, während sie fort war? Als sie ging, stand alles fein angezogen herum, wie auf einer richtigen Gesellschaft. Jetzt – keine fünf Minuten später – sah es hier eher wie in einem Irrenhaus aus. Während ihrer Abwesenheit hatten diese Kinder sich aus dem Dunkel gewagt und waren direkt in die Gesellschaft hereingeplatzt. So eine Frechheit! Eben stürzte Pete Wells mit einem Glas Bowle in der Hand aus der Haustür. Sie johlten, rannten herum und mischten sich unter die Gäste – in ihren alten, verschlampten Hosen und Alltagskleidern.

Baby Wilson trieb sich auf der Veranda herum – und Baby war erst vier. Jeder wußte doch, daß sie jetzt wie Bubber zu Hause sein und im Bett zu liegen hatte. Sie ging vorsichtig, jede Stufe einzeln hinunter und hielt ihre Bowle hoch über den Kopf. Wieso war die überhaupt hier? Mister Brannon war ihr Onkel, und in seinem Lokal konnte sie jederzeit Süßigkeiten und Getränke umsonst haben. Sobald sie unten auf dem Gehsteig angekommen war, packte Mick sie beim Arm. »Du gehst jetzt nach Hause, Baby Wilson. Los, hau ab.« Mick sah sich um, was sie sonst noch tun könne, um alles wieder ins Lot zu bringen. Sie ging zu Sucker Wells, der, seinen Pappbecher in der Hand, weiter unten auf dem dunklen Gehsteig stand und jeden verträumt ansah. Sucker war sieben; er hatte Shorts an, Brust und Füße waren bloß. Er war keiner von den Radaubrüdern, aber sie hatte eine Stinkwut über die ganze Sache.

Sie packte Sucker bei den Schultern und schüttelte ihn. Zuerst hielt er sich ganz tapfer, aber bald schlugen ihm die Zähne aufeinander. »Du gehst jetzt nach Hause, Sucker Wells. Schluß jetzt mit der Rumsteherei, wo du gar nicht eingeladen bist.« Als sie ihn losließ, ging Sucker langsam mit eingezogenem Schwanz die Straße hinunter. Aber er ging nicht nach Hause. Sie sah, daß er sich an der nächsten Ecke auf die Bordschwelle setzte, um von dort aus ungesehen das Fest zu beobachten.

Einen Augenblick tat es ihr wohl, daß sie diesen Sucker in Grund und Boden geschüttelt hatte. Aber gleich darauf tat es ihr schrecklich leid, und sie holte ihn wieder zurück. Die großen

Kinder waren an allem schuld. Richtige Rangen waren das, so eine Unverschämtheit hatte sie noch nicht erlebt. Alles auszutrinken und die richtige Gesellschaft derart zu verderben. Sie rannten zur Haustür rein und wieder hinaus, johlten und knufften sich. Sie ging zu Pete Wells, der war der Schlimmste von allen. Er hatte seinen Fußballhelm auf und rannte jeden damit an. Pete war bald vierzehn, klebte aber immer noch in der siebenten Klasse. Sie ging auf ihn zu, aber er war zu groß; sie konnte ihn nicht so schütteln wie Sucker. Als sie ihm sagte, er solle nach Hause gehen, führte er einen Veitstanz auf und stieß mit dem Kopf nach ihr.

»Ich war in sechs verschiedenen Staaten. Florida, Alabama ...«

»Aus Silberstoff mit 'ner Schärpe ...«

Das Fest war verdorben. Alle redeten gleichzeitig. Die Gäste aus der höheren Schule hatten sich unter die Nachbarsbande gemischt. Trotzdem hielten sich Jungen und Mädchen noch getrennt – von Promenade war keine Rede. Drin im Haus war die Limonade fast alle. Auf dem Boden der Bowle war nur noch eine kleine Lache, in der Zitronenschalen schwammen. Paps war immer viel zu nett zu Kindern. Er hatte jedem Bowle gegeben, der ihm den Becher hinhielt. Im Eßzimmer servierte Portia gerade die Brötchen. Nach fünf Minuten war alles aufgegessen. Sie erwischte nur eins – ein Geleebrötchen, das schon aufgeweicht war.

Portia blieb im Eßzimmer und sah zu. »Ich geh nicht weg, macht mir zuviel Spaß«, sagte sie. »Ich hab Highboy und Willie sagen lassen, sie sollen sich heute ohne mich amüsieren. Alle sind so aufgeregt, da will ich warten, bis das Fest zu Ende ist.«

Aufgeregt – das war das richtige Wort. Sie spürte es im ganzen Zimmer, auf der Veranda und auf der Straße. Sie selber war auch aufgeregt. Es war nicht nur das Kleid und ihr schön zurechtgemachtes Gesicht, wenn sie am Garderobespiegel vorbeiging und sich mit den rotgeschminkten Backen und dem Straßdiadem im Haar sah. Vielleicht war es die Dekoration und dieses Durcheinander, die aus der höheren Schule und die Nachbarskinder.

»Sieh mal, wie die rennt!«

»Halt! Aufhören!«

»Laßt doch den Quatsch!«

Eine Gruppe von Mädchen rannte mit fliegenden Haaren, die Kleider hochgerafft, die Straße hinunter. Ein paar Jungen hat-

ten die scharfen, lanzenförmigen Blätter des spanischen Bajonettbaumes abgeschnitten und trieben die Mädchen damit vor sich her. Kaum in die höhere Schule gekommen, fein angezogen für eine richtige Gesellschaft – und sie benahmen sich wie die kleinen Kinder. Es war zur Hälfte Spiel und zur Hälfte ganz etwas anderes. Ein Junge kam mit einem Stock auf sie zu, da begann auch sie zu rennen.
Von einem Fest konnte nun keine Rede mehr sein. Es war einfach ein Spiel auf der Straße wie sonst auch. Aber es war die wildeste Nacht, die sie je erlebt hatte. Daran waren die Nachbarskinder schuld. Sie waren wie eine ansteckende Krankheit; durch ihr Einbrechen in das Fest hatten alle anderen vergessen, daß sie auf die höhere Schule gingen und fast erwachsen waren. Wie wenn man nachmittags baden sollte und sich vorher hinten im Garten herumsielte und ganz dreckig machte, bloß weil es ein so schönes Gefühl war, eh man in die Wanne stieg. Alle waren nur noch wilde Kinder, die Samstagabend draußen herumtobten – und sie war das wildeste von allen.
Sie schrie und knuffte und war für jeden neuen Streich als erste zu haben. Sie lärmte und tobte so, daß sie gar nicht merkte, was die anderen machten. Sie konnte nicht schnell genug Luft holen, um so wild zu toben, wie sie es eigentlich wollte.
»Zum Graben unten an der Straße! Zum Graben! Zum Graben!«
Sie rannte als erste los. Beim nächsten Block wurden neue Röhren gelegt; da war ein schicker, tiefer Graben ausgehoben. Die Markierungslichter leuchteten rot im Dunkel. Sie nahm sich keine Zeit zum Klettern. Sie rannte zu den flackernden Lichtern und sprang.
In Tennisschuhen wäre sie wie eine Katze hinübergekommen – aber mit den Stöckelschuhen rutschte sie aus und landete bäuchlings auf der Röhre unten. Die Luft blieb ihr weg. Sie lag still mit geschlossenen Augen da.
Das Fest ... Lange dachte sie daran, wie sie sich dieses Fest ausgemalt und was sie sich unter den neuen Kindern in der höheren Schule vorgestellt hatte. An die Clique dachte sie, mit der sie jeden Tag hatte zusammensein wollen. Nun würde es anders sein, wenn sie im Korridor auf und ab gingen; nun wußte sie, daß die nichts Besonderes waren, sondern genau so wie andere Kinder. War schon O. K., das verdorbene Fest. Aber nun war alles vorbei. Jetzt war Schluß.

Mick kletterte aus dem Graben. Ein paar Kinder spielten bei den kleinen Warnlichtern. Ihre Schatten huschten in dem roten Lichtschein hin und her. Ein Junge war zu Hause gewesen und hatte sich eine Maske geholt, die er schon für Allerheiligen gekauft hatte. Nichts an dem Fest hatte sich geändert – nur sie.

Sie ging langsam nach Hause. Sie sah die Kinder nicht an, an denen sie vorbeikam; sie sprach auch nicht mit ihnen. Die Dekoration in der Diele war heruntergerissen, und das ganze Haus wirkte leer, weil alle draußen waren. Im Badezimmer zog sie das blaue Abendkleid aus. Der Saum war abgerissen. Sie legte das Kleid so zusammen, daß die schadhafte Stelle nicht zu sehen war. Das Straßdiadem hatte sie irgendwo verloren. Ihre alten Shorts und das Hemd lagen noch genau so am Boden, wie sie sie liegengelassen hatte. Sie zog sie an. Nun war sie zu groß, um Shorts zu tragen. Nach diesem Abend ging das nicht mehr. Niemals mehr.

Mick stellte sich auf die Vorveranda. Ihr Gesicht war sehr blaß ohne Schminke. Sie legte die Hände trichterförmig vor den Mund und holte tief Luft. »Alles nach Hause gehn! Die Tür ist geschlossen! Das Fest ist aus!«

In der stillen geheimnisvollen Nacht war sie nun wieder allein. Es war noch nicht spät – die Fenster an der Straße zeigten noch gelb leuchtende Rechtecke. Sie ging langsam, die Hände in den Taschen, den Kopf auf die Seite gelegt. Lange Zeit ging sie, ohne zu wissen wohin.

Dann wurden die Abstände zwischen den Häusern größer; Gärten kamen mit hohen Bäumen und dunklem Gebüsch. Sie sah sich um: sie war nicht weit von dem Haus, zu dem sie diesen Sommer so viele Male gegangen war. Ohne daß sie es wußte, hatten ihre Füße sie hierher getragen. Vor dem Haus wartete sie, um sich zu vergewissern, daß niemand sie sähe. Dann ging sie von der Seite her in den Garten.

Das Radio war wie üblich angestellt. Eine Weile stand sie vor dem Fenster und beobachtete die Leute im Zimmer. Der kahlköpfige Mann und die grauhaarige Dame saßen am Tisch und spielten Karten. Mick setzte sich auf die Erde. Ein sehr schönes, verborgenes Plätzchen war das hier. Rings um sie standen starke Zedern, so daß sie ganz abgeschlossen für sich alleine saß. Heute abend war das Radio nicht gut – jemand sang Volkslieder, die alle ganz ähnlich endeten. Ihr war so, als wäre sie innen ganz

leer. Sie durchsuchte ihre Taschen: ein paar Rosinen, ein Dollar, eine Perlenschnur und – eine Zigarette und Streichhölzer. Sie zündete die Zigarette an und legte ihre Arme um die Knie. Ihr war, als wäre sie so leer, daß sie nicht einmal ein Gefühl oder einen Gedanken in sich hatte.
Ein Programm nach dem anderen – lauter Quatsch. Es machte ihr nicht besonders viel aus. Sie rauchte und zupfte ein Büschel Grashalme aus. Nach einer Weile kam ein neuer Ansager. Er redete etwas von Beethoven. Über diesen Musiker hatte sie in der Bibliothek gelesen. Ein Deutscher wie Mozart. Zu seinen Lebzeiten hatte er eine fremde Sprache gesprochen und in einer fremden Stadt gewohnt – so wie sie es gerne tun würde. Der Ansager kündigte die Dritte Sinfonie von Beethoven an. Sie hörte nur halb hin, weil sie lieber noch etwas gehen wollte und weil es ihr ziemlich gleichgültig war, was sie da spielten. Dann setzte die Musik ein. Mick hob den Kopf und fuhr sich mit der Faust an die Kehle.
Was war das? Im Anfang verlagerte die Musik sich eine Minute lang von einer Seite zur anderen. Wie ein Gehen war es oder wie ein Marsch. Als ginge Gott durch die Nacht. Sie war außen plötzlich eiskalt; nur die ersten Takte der Musik brannten in ihrem Herzen. Sie konnte nicht einmal hören, was dann weiter kam; sie saß nur erstarrt, mit geballten Fäusten da und wartete. Nach einer Weile kam die erste Musik wieder, härter und laut. Das hatte nichts mit Gott zu tun. Das war sie, Mick Kelly, wie sie tagsüber oder nachts mutterseelenallein herumging. In der heißen Sonne und in der Dunkelheit mit all ihren Plänen und Gefühlen. Diese Musik war sie – ganz einfach und richtig sie.
Sie konnte nicht so gut zuhören, daß sie alles erfaßte. Die Musik brodelte in ihr. Was tun? Sollte sie bei gewissen, wundervollen Stellen verweilen und darüber nachdenken, damit sie sie nicht vergaß – oder sollte sie das lassen und ohne Nachdenken und ohne Behaltenwollen jeder Stelle lauschen? Herrgott! Diese Musik war die ganze Welt, sie konnte nicht genau genug hinhören. Dann kam zum Schluß die Anfangsmusik wieder, diesmal alle Instrumente zusammen, so daß ihr jede Note wie eine harte, geballte Faust gegen das Herz schlug. Der erste Satz war aus.
Diese Musik dauerte nicht lange oder kurz. Sie hatte überhaupt nichts mit der verrinnenden Zeit zu tun. Mick saß da, die Arme fest um die Beine geschlungen, und biß sich heftig in ihre salzig

schmeckenden Knie. Vielleicht hörte sie seit fünf Minuten zu, vielleicht schon die halbe Nacht. Der zweite Satz war düster – ein langsamer Marsch. Nicht traurig, aber so, als wäre die ganze Welt tot und schwarz und als hätte es keinen Sinn, daran zurückzudenken, wie's früher war. Eins von diesen hornartigen Instrumenten spielte eine traurige, silbrige Melodie. Dann stieg darunter die Musik erregt und böse auf. Und zum Schluß wieder der düstere Marsch.

Aber vielleicht war der letzte Satz der Sinfonie das Allerschönste – fröhlich und so, als ob die größten Leute der Welt kühn und frei herumliefen. Eine so wunderbare Musik wie diese war der schlimmste Schmerz, den es geben konnte. Diese Sinfonie war die ganze Welt, und sie war viel zu klein, um sie richtig zu hören.

Es war zu Ende. Sie blieb ganz steif, die Arme um die Knie gelegt, sitzen. Im Radio kam ein anderes Programm, und sie steckte die Finger in die Ohren. Die Musik hinterließ in ihr nur diesen schlimmen Schmerz und eine Leere. Sie konnte sich auf keinen Takt mehr besinnen, nicht einmal auf die letzten paar Noten. Sie versuchte sich zu erinnern, aber kein Ton fiel ihr ein. Es war aus; nur ihr Herz war noch da, wie ein Kaninchen, und dieser fürchterliche Schmerz.

Das Radio und die Lichter im Haus wurden abgedreht. Die Nacht war sehr dunkel. Plötzlich begann Mick sich mit den Fäusten auf den Schenkel zu schlagen. Sie trommelte mit aller Kraft immer auf denselben Muskel, bis ihr die Tränen übers Gesicht liefen. Es tat aber immer noch nicht weh genug. Unter dem Busch lagen spitze Steine. Sie nahm eine Handvoll auf und kratzte damit immer auf derselben Stelle herum, bis ihre Hand blutete. Dann fiel sie zurück, lag auf der Erde und sah zum Nachthimmel auf. Mit dem brennenden Schmerz am Bein wurde ihr besser. Sie lag schlaff im nassen Gras, und nach einer Weile ging ihr Atem wieder langsam und leicht.

Wieso hatten die Forscher, wenn sie den Himmel ansahen, nicht gemerkt, daß die Erde rund ist? Der Himmel wölbte sich wie eine ungeheure Glaskugel, ganz dunkelblau mit hellen Sternen gesprenkelt. Die Nacht war still. Es roch nach den warmen Zedern. Als sie überhaupt nicht mehr an die Musik zu denken versuchte – da fiel sie ihr wieder ein. Der erste Satz lief in ihrem Kopf genau so ab, wie er gespielt worden war. Sie lauschte still und bedächtig und rechnete sich die Noten, um sie

zu behalten, wie eine Geometrieaufgabe aus. Sie sah die Töne als ganz deutliche Formen und würde sie nie mehr vergessen.
Jetzt war ihr wohl. Sie flüsterte ein paar Worte vor sich hin: »Herr, vergib mir, denn ich weiß nicht, was ich tue.« Warum dachte sie daran? Seit ein paar Jahren wußte jeder Mensch, daß es in Wirklichkeit keinen Gott gab. Wenn sie sich überlegte, was sie sich gewöhnlich unter Gott vorstellte, dann sah sie nur Mister Singer in einem langen, weißen Laken vor sich. Gott war stumm – vielleicht erinnerte Mister Singer sie deshalb an ihn. Sie sagte den Satz noch einmal so, wie sie ihn zu Mister Singer sagen würde: »Herr, vergib mir, denn ich weiß nicht, was ich tue.«
Dieser Teil der Musik war schön und klar. Sie konnte ihn nun immer singen, wenn sie wollte. Vielleicht kam später, eines Morgens beim Aufwachen, mehr von der Musik zu ihr zurück. Wenn sie die Sinfonie je wieder hören sollte, mußte sie zu dem, was sie schon im Kopf hatte, noch mehr hinzulernen. Und vielleicht – wenn sie die Musik noch viermal hören konnte, nur noch viermal, würde sie alles auswendig können. Vielleicht.
Noch einmal lauschte sie auf den Anfangssatz. Dann wurden die Töne langsamer und leise, als sänke sie selber langsam in die dunkle Erde hinab.
Mick wachte mit einem Ruck auf. Die Luft hatte sich abgekühlt und im Aufwachen hatte ihr geträumt, die dumme Etta Kelly hätte ihr die Bettdecke weggezogen. »Gib mir was von der Decke ...«, wollte sie sagen. Dann schlug sie die Augen auf. Der Himmel war ganz schwarz, kein Stern war mehr zu sehen. Das Gras war feucht. Sie stand hastig auf, Paps würde sich Sorgen machen. Dann fiel ihr die Musik ein. Sie hatte keine Ahnung, ob es Mitternacht oder drei Uhr morgens war; höchste Zeit, nach Hause zu gehn; sie setzte sich in Trab. Die Luft roch schon nach Herbst. In ihrem Kopf tönte laut und rasch die Musik, und sie rannte schneller und schneller die Straßen hinunter, die nach Hause führten.

2

Der Oktober brachte blaue, kühle Tage. Biff Brannon vertauschte seine dünnen, blauweißgestreiften Leinenhosen mit den dunkelblauen Sergehosen. Hinter der Theke des Cafés stellte er eine Maschine zum Aufbrühen heißer Schokolade auf. Mick hatte eine besondere Vorliebe für heiße Schokolade und kam in der Woche drei- bis viermal, um eine Tasse zu trinken. Er ließ sie ihr für fünf Cent anstatt für zehn; am liebsten hätte er sie ihr umsonst gegeben. Während sie vor der Theke stand, betrachtete er sie traurig und verwirrt. Er hätte gerne die Hand ausgestreckt und ihr über das sonnengebleichte, verwuschelte Haar gestrichen – aber nicht so, wie er es bei einer Frau getan hätte. Irgendwie fühlte er sich unbehaglich, und wenn er sprach, klang seine Stimme rauh und fremd.

Er hatte mancherlei Sorgen. Vor allem um Alice, die sich gar nicht wohl fühlte. Zwar ging sie wie stets von sieben Uhr früh bis zehn Uhr abends ihrer Arbeit im Lokal und in der Küche nach, aber sie kam sehr langsam von der Stelle und hatte braune Ringe unter den Augen. Im Geschäft merkte man es am deutlichsten, daß sie krank war. Als sie eines Sonntags die Speisekarte tippte, zeichnete sie das Spezialmenü, Huhn à la König, mit zwanzig Cent anstatt mit fünfzig aus, und sie bemerkte ihr Versehen erst, als bereits mehrere Gäste bestellt hatten und zahlen wollten. Ein andermal wechselte sie einen Zehndollarschein in zwei Fünfdollar- und drei Eindollarstücke. Biff rieb sich nachdenklich die Nase und sah sie lange mit halbgeschlossenen Augen an.

Sie sprachen nicht darüber. Nachts, während sie schlief, arbeitete er unten, und vormittags führte sie das Restaurant allein. Wenn sie zusammen arbeiteten, blieb er wie üblich hinter der Registrierkasse, von wo aus er Küche und Lokal übersehen konnte. Sie redeten nur über geschäftliche Dinge, aber Biff sah sie immer wieder mit fragender Miene an.

Am Nachmittag des achten Oktober drang plötzlich aus ihrem gemeinsamen Schlafzimmer ein Schmerzensschrei. Biff stürzte nach oben. Innerhalb einer Stunde war Alice im Krankenhaus, wo der Arzt ihr einen fast kindergroßen Tumor herausnahm. Nach einer weiteren Stunde war Alice tot.

Biff saß niedergeschmettert an ihrem Krankenbett. Er war dabei gewesen, als sie starb. Ihre Augen waren vom Äther trübe und benommen gewesen, dann waren sie hart geworden wie Glas. Die Schwester und der Arzt gingen aus dem Zimmer. Er blieb sitzen und betrachtete ihr Gesicht. Abgesehen von der bläulichen Blässe hatte sie sich kaum verändert. Er bemerkte jeden einzelnen Zug an ihr, als hätte er sie nicht einundzwanzig Jahre lang tagtäglich vor Augen gehabt. Während er so bei ihr

saß, wandten seine Gedanken sich allmählich einem Bilde zu, das schon lange in ihm schlummerte:
Der kalte, grüne Ozean und der heiße, goldgelbe Strand. Kleine Kinder spielten vor den seidigen Schaumkämmen. Das kräftige, braune kleine Mädchen; die mageren, nackten kleinen Jungen; halbwüchsige Kinder rannten herum und riefen einander mit süßen, schrillen Stimmchen. Manche Kinder kannte er – Mick und seine Nichte Baby –, andere junge Gesichter waren ihm fremd, er hatte sie noch nie gesehen. Biff ließ den Kopf sinken.
Nach langer Zeit stand er auf und blieb mitten im Zimmer stehen. Draußen im Flur hörte er seine Schwägerin Lucile auf und ab gehen.
Eine dicke Biene kroch über die Platte des Ankleidetisches; Biff fing sie mit geschickter Hand und warf sie zum offenen Fenster hinaus. Er blickte noch einmal auf das tote Gesicht, dann trat er mit der Würde des Witwers auf den Krankenhausflur hinaus.
Am Spätvormittag des nächsten Tages saß er im oberen Zimmer und nähte. Warum? Wenn zwei Menschen sich wirklich liebten, warum geschah es dann nicht häufiger, daß der Hinterbliebene dem Geliebten durch Selbstmord nachfolgte? Nur weil die Lebenden die Toten begraben müssen? Nur wegen des feststehenden Ritus, der nach einem Todesfall zu befolgen ist? Weil der Hinterbliebene für ein paar Tage gleichsam auf einer Bühne steht, wo viele Augen ihn beobachten und jede Sekunde zu einer Ewigkeit wird? Weil er diese Funktion ausüben muß? Oder muß vielleicht der Verwitwete zurückbleiben, damit der geliebte Verstorbene wieder auferstehe, damit der Abgeschiedene nicht wirklich tot sei, sondern in der Seele des Lebenden wachse und neu geboren werde? Warum?
Biff beugte sich über seine Näharbeit und dachte über vielerlei nach. Er nähte recht geschickt; die Schwielen an seinen Fingerspitzen waren so hart, daß er keinen Fingerhut brauchte. Er hatte bereits um die Ärmel von zwei grauen Anzügen einen Trauerflor genäht und hatte nun den letzten Anzug vor.
Der Tag war hell und heiß; auf den Gehsteigen raschelten die ersten abgefallenen Herbstblätter. Er war frühzeitig aus dem Haus gegangen. Jede Minute war sehr lang. Unendlich viel müßige Zeit lag vor ihm. Er hatte die Tür des Restaurants abgeschlossen und einen weißen Lilienkranz darangehängt. Zuerst ging er zum Bestattungsinstitut; dort wählte er sorgfältig

unter den verfügbaren Särgen. Er befühlte die Stoffe, mit denen sie ausgelegt waren, und prüfte die Stärke der Holzteile.

»Wie heißt doch dieser Krepp – Georgette?«

Der Unternehmer beantwortete seine Fragen in ölig-salbungsvollem Ton.

»Und wieviel Verbrennungen haben Sie durchschnittlich?«

Wieder auf der Straße, ging Biff steif-gemessen weiter. Ein warmer Westwind wehte, und die Sonne war sehr hell. Seine Uhr war stehengeblieben; er schlug den Weg zu der Straße ein, in der Wilbur Kelly neuerdings sein Uhrmacherschild hängen hatte. Kelly saß in einem geflickten Bademantel an seiner Werkbank. Seine Werkstatt wurde auch als Schlafzimmer benutzt; das Baby, das Mick gewöhnlich im Wagen hinter sich herzog, saß ruhig auf einer Matratze am Boden. Jede Minute war so lang, daß er mehr als genug Zeit hatte, sich etwas anzusehen und Fragen zu stellen. Er ließ sich von Kelly genau erklären, wozu die Steine in einer Uhr dienten. Er bemerkte, wie verzerrt Kellys Augen durch seine Uhrmacherlupe hindurch sahen. Sie unterhielten sich eine Weile über Chamberlain und München. Da es noch früh am Tage war, entschloß er sich, zu dem Taubstummen hinaufzugehen.

Singer war dabei, sich für die Arbeit anzuziehen. Gestern abend hatte Biff ein Beileidsschreiben von ihm bekommen. Er sollte bei der Trauerfeier einer der Bahrtuchhalter sein. Biff setzte sich aufs Bett, und sie rauchten eine Zigarette. Singer sah ihn hin und wieder mit seinen forschenden grünen Augen an. Er bot ihm eine Tasse Kaffee an. Biff redete nicht, und einmal blieb der Taubstumme vor ihm stehen, klopfte ihm auf die Schulter und sah ihm einen Augenblick ins Gesicht. Als Singer fertig angezogen war, gingen sie zusammen fort.

Biff kaufte sich im Kaufhaus schwarzes Band und besuchte den Prediger von Alices Kirche. Als alles arrangiert war, ging er wieder nach Hause. Alles in Ordnung bringen – dieser Gedanke ließ ihn nicht los. Er packte Alices Kleidung und ihre persönlichen Besitztümer zusammen, um sie Lucile zu geben. Er räumte gründlich in den Kommodenschubladen auf und säuberte sie. Sogar die Küchenregale ordnete er neu, und von den Ventilatoren entfernte er die Fähnchen aus buntem Kreppapier. Als das erledigt war, setzte er sich in die Badewanne und seifte sich gründlich ab. Der Vormittag war um.

Biff biß den Faden ab und strich das schwarze Band auf seinem

Jackettärmel glatt. Lucile würde wohl schon auf ihn warten. Er, Lucile und Baby sollten im Trauerwagen fahren. Er stellte den Nähkorb fort und zog das Jackett mit dem Trauerflor sehr sorgfältig auf den Schultern zurecht. Bevor er wieder fortging, stellte er mit einem prüfenden Blick fest, daß das Zimmer in Ordnung war.

Eine Stunde später saß er in Luciles kleiner Küche. Er saß mit übergeschlagenen Beinen und trank, eine Serviette auf den Knien, eine Tasse Tee. Lucile und Alice waren so grundverschieden, daß man sie schwerlich für Schwestern gehalten hätte. Lucile war hager und dunkel, und heute war sie ganz in Schwarz.

Sie war dabei, Baby zu frisieren. Die Kleine saß geduldig, die Hände im Schoß gefaltet, auf dem Küchentisch, während die Mutter sich an ihr zu schaffen machte. In der Küche herrschte stilles, gedämpftes Sonnenlicht.

»Bartholomew . . .«, sagte Lucile.

»Was denn?«

»Mußt du nicht manchmal an die Vergangenheit denken?«

»Nein«, sagte Biff.

»Weißt du, bei mir ist das so, als könnt ich nur mit Scheuklappen leben, damit ich nie zur Seite seh oder rückwärts. Ich darf weiter nichts denken als: jeden Tag zur Arbeit gehn, Essen kochen, Babys Zukunft.«

»Ist auch ganz richtig so.«

»Ich habe Baby im Laden unten Wasserwellen gelegt. Aber sie gehn so schnell wieder raus, ich hab schon gedacht, ich laß 'ne Dauerwelle machen. Ich will sie ihr nicht selber machen – vielleicht nehm ich sie mit nach Atlanta, wenn ich zur Kosmetikertagung fahre, und laß sie ihr dort machen.«

»Heilige Mutter Gottes! Sie ist ja grad erst vier. Bestimmt hat sie Angst davor. Außerdem wird das Haar von Dauerwellen leicht spröde.«

Lucile tauchte den Kamm in ein Glas Wasser und rollte die Locken über Babys Ohren ein. »Ach wo, stimmt nicht. Und sie möcht so gern Dauerwellen. Baby ist zwar noch klein, aber schon genauso ehrgeizig wie ich. Und das will was heißen.«

Biff polierte sich die Nägel an der Handfläche und schüttelte den Kopf.

»Wenn ich mit Baby im Kino bin, und wir sehn die kleinen Kinder in all den großen Rollen, dann geht's ihr genau wie mir, das schwör ich dir, Bartholomew. Ich krieg sie hinterher nicht mal dazu, ihr Abendbrot zu essen.«

»Du meine Güte«, sagte Biff.

»Im Ballett und im Ausdruckstanz kommt sie so schön vorwärts. Nächstes Jahr soll sie mit Klavier anfangen, ich denk, das kann ihr nur nützlich sein, wenn sie ein bißchen spielen kann. Ihr Tanzlehrer will sie beim Schülerabend ein Solo tanzen lassen. Ich finde, ich muß Baby vorwärtsbringen, wo ich nur kann. Je früher sie mit ihrer Karriere anfängt, um so besser für uns beide.«

»Heilige Mutter Gottes!«

»Du verstehst das nicht. Ein begabtes Kind kann man nicht so behandeln wie gewöhnliche Kinder. Drum möcht ich auch, daß Baby aus dieser gewöhnlichen Gegend rauskommt. Ich kann's nicht zulassen, daß sie so ordinär zu reden anfängt und so rumtobt wie die Rangen hier.«

»Ich kenn die Kinder aus unserm Block«, sagte Biff. »Die sind in Ordnung. Die Kinder von Kellys gegenüber – der Junge von Cranes . . .«

»Du weißt ganz genau, daß keins von denen an Baby ranreicht.«

Lucile legte die letzte Welle in Babys Haar. Sie kniff das Kind in die Bäckchen, damit sie mehr Farbe bekämen. Dann hob sie sie vom Tisch. Baby hatte für die Trauerfeier ein weißes Kleid an, dazu weiße Schuhe und Strümpfe, sogar weiße Handschuhchen. Wenn Baby sich beobachtet fühlte, hatte sie eine bestimmte Kopfhaltung, und eben nahm sie diese Kopfhaltung ein.

Eine Weile saßen sie, ohne etwas zu sagen, in der heißen, kleinen Küche. Dann mußte Lucile plötzlich weinen. »Wir haben uns ja als Schwestern nie sehr nahegestanden. Wir waren in vielem verschiedener Meinung und haben nicht viel Gebrauch voneinander gemacht. Vielleicht weil ich so viel jünger bin. Immerhin – ist doch das eigene Fleisch und Blut, und wenn dann so was passiert . . .«

Biff gluckste beschwichtigend.

»Ich weiß, wie's bei euch war«, sagte sie. »War auch nicht alles rosig zwischen dir und ihr. Aber vielleicht macht's das sozusagen noch schlimmer für dich.«

Biff faßte Baby unter die Arme und setzte sie mit einem Schwung auf seine Schulter. Das Kind war schwerer geworden. Er hielt sie vorsichtig fest, während er mit ihr ins Wohnzimmer

ging. Baby fühlte sich warm und vertraut auf seiner Schulter, und ihr seidenes Röckchen hob sich weiß von seinem dunklen Anzug ab. Sie klammerte sich mit ihren Händchen fest an sein Ohr.
»Onkel Biff! Paß mal auf, wie ich Spagat kann!«
Sanft stellte er Baby wieder auf die Füße. Sie bog die Arme über den Kopf, und ihre Füße auf dem gebohnerten gelben Fußboden glitten langsam auseinander. Im nächsten Augenblick saß sie, ein Bein nach vorn, das andere nach hinten gegrätscht, auf dem Boden. Die Arme noch theatralisch über dem Kopf gewölbt, blickte sie mit schwermütiger Miene seitlich zur Wand hinüber.
Dann krabbelte sie wieder hoch. »Paß mal auf, wie ich Rad schlagen kann. Paß mal auf, wie ich . . .«
»Nicht so laut, Süßes«, sagte Lucile. Sie setzte sich zu Biff auf das Plüschsofa. »Erinnert sie dich nicht 'n bißchen an ihn – irgendwas in den Augen und im Gesicht?«
»Nein, weiß Gott nicht. Ich kann nicht die geringste Ähnlichkeit zwischen Baby und Leroy Wilson entdecken.«
Lucile sah für ihr Alter zu mager und zu abgearbeitet aus. Vielleicht kam das von dem schwarzen Kleid, oder vom Weinen.
»Schließlich läßt sich nicht leugnen, daß er Babys Vater ist«, sagte sie.
»Kannst du den Mann denn nicht vergessen?«
»Ich weiß nicht. Wahrscheinlich bin ich mit zwei Dingen immer närrisch gewesen: mit Leroy und mit Baby.«
Biffs Bartstoppeln schimmerten blau auf seiner blassen Gesichtshaut; seine Stimme klang müde. »Denkst du denn nie eine Sache zu Ende? Machst du dir nicht klar, was geschehn ist und was draus folgen sollte? Denkst du nie logisch: die und die Tatsachen sind gegeben, also folgt daraus das und das?«
»Bei ihm tu ich das wohl nicht.«
Biff fuhr müde, mit fast geschlossenen Augen fort: »Du hast besagten Herrn mit siebzehn geheiratet, und von da ab hat's einen Krach nach dem andern zwischen euch gegeben. Du hast dich scheiden lassen. Nach zwei Jahren hast du ihn zum zweitenmal geheiratet. Und jetzt ist er wieder auf und davon, und du weißt nicht, wo er steckt. Mir scheint, diese Tatsachen sprechen deutlich dafür, daß ihr beide nicht zueinander paßt. Und das ist noch nicht mal so entscheidend wie die Persönlichkeit des besagten Herrn – die Sorte Mensch, die er zweifellos ist.«

»Weiß der Himmel, ich bin mir immer drüber klar gewesen, daß er nichts taugt. Ich hoffe nur, daß er nie wieder an diese Tür klopft.«

»Guck mal, Baby«, sagte Biff hastig. Er verschränkte die Finger und hielt die Hände hoch. »Das ist die Kirche, und das ist der Kirchturm. Jetzt geht die Tür auf, und drin sind lauter fromme Leute.«

Lucile schüttelte den Kopf. »Vor Baby kannst du ruhig reden. Ihr erzähl ich alles. Sie kennt das ganze Theater von A bis Z.«

»Du würdest ihn also aufnehmen, wenn er wiederkommen sollte? Würdest ihn bei dir schmarotzen lassen, solang es ihm Spaß macht – wie bisher?«

»Ja-a. Würd ich wohl. Jedesmal, wenn die Türklingel geht oder das Telephon, jedesmal, wenn jemand die Verandastufen raufkommt, dann denkt irgend was in mir: er ist's.«

Biff kehrte die Handflächen nach außen: »Na also.«

Die Uhr schlug zwei. Das Zimmer war sehr eng und heiß. Baby schlug noch einmal das Rad auf dem gebohnerten Fußboden und führte noch einen Spagat vor. Dann nahm Biff sie auf den Schoß. Ihre baumelnden Beinchen schlugen an sein Schienbein. Sie knöpfte seine Weste auf und kuschelte sich mit dem Gesicht an ihn.

»Hör mal«, sagte Lucile. »Ich möchte dich was fragen – versprichst du mir, ehrlich drauf zu antworten?«

»Natürlich.«

»Ganz egal, was es ist?«

Biff strich über Babys weiches Goldhaar und legte sanft die Hand an ihre kleine Schläfe. »Selbstverständlich.«

»Das war vor sieben Jahren. Bald nachdem wir das erste Mal geheiratet hatten. Da kam er abends aus deinem Lokal, den ganzen Kopf voll dicker Beulen, und erzählte, du hättest ihn beim Kragen gepackt und mit dem Kopf gegen die Wand gebumst. Er erzählte irgendwas, weshalb, aber ich möcht den wahren Grund wissen.«

Biff drehte den Trauring an seinem Finger. »Ich hab Leroy nie leiden können, da haben wir uns eben geprügelt. Damals war ich noch anders als heute.«

»Nein. Du hast das wegen einer bestimmten Sache getan. Wir kennen uns schon 'ne ganz hübsche Zeit, da weiß ich allmählich, daß du für alles deinen richtigen Grund hast. Du richtest dich nach Gründen und nicht einfach nach deinen Wünschen. Also, du hast versprochen, mir zu sagen, was es war, und ich will's wissen.«

»Das ist doch jetzt ganz belanglos.«

»Ich sag dir doch, ich muß es wissen.«

»Na gut«, sagte Biff. » Er kam abends ins Lokal und fing an zu trinken, und als er betrunken war, hielt er große Reden über dich: alle Monate oder so prügle er dich beim Nachhausekommen windelweich, und du liessest dir das gefallen. Aber hinterher gingst du auf den Flur und lachtest ein paarmal laut, damit die Nachbarn draußen dächten, ihr beide hättet bloß so rumgetobt, und alles wäre Spaß gewesen. Das war's, und nun denk nicht mehr daran.«

Lucile saß sehr gerade da, und auf ihren Wangen zeigten sich zwei rote Flecke. »Siehst du, Bartholomew, darum muß ich die ganze Zeit mit Scheuklappen leben und darf nicht rückwärts sehn oder zur Seite. Ich darf nichts weiter im Kopf haben, als daß ich jeden Tag zur Arbeit gehn und hier zu Hause drei Mahlzeiten richten muß, und Babys Karriere.«

»Ja.«

»Ich hoffe, du machst das auch so und fängst nicht an, zurückzudenken.«

Biff ließ den Kopf auf die Brust sinken und schloß die Augen. Während des ganzen langen Tages hatte er nicht an Alice denken können. Wenn er sich auf ihr Gesicht zu besinnen suchte, war eine merkwürdige Leere in ihm. Das einzige an ihr, das ihm deutlich vor Augen stand, waren ihre Füße: rundlich, sehr weich und weiß, mit molligen kleinen Zehen. Die Fußsohlen waren rosa, und an der linken Ferse hatte sie einen winzigen braunen Leberfleck. In ihrer Hochzeitsnacht hatte er ihr Schuhe und Strümpfe ausgezogen und ihre Füße geküßt. Und das war, so fiel ihm ein, recht bemerkenswert, denn die Japaner glauben, der edelste Körperteil der Frau ...

Biff schreckte auf und sah auf die Uhr. Bald würden sie zur Kirche müssen, wo die Trauerfeier stattfinden sollte. In Gedanken ließ er die ganze Zeremonie ablaufen. Die Kirche – die Fahrt mit Lucile und Baby im Begräbnistempo hinter dem Leichenwagen – die Gruppe der Leidtragenden, die mit gesenkten Köpfen im Septembersonnenschein standen. Sonne auf den weißen Grabsteinen, auf den welkenden Blumen und auf der Leinwand über dem frisch ausgehobenen Grab. Dann wieder nach Hause – und was dann?

»Wenn man sich auch oft gezankt hat – ist doch was Eigenes um die leibliche Schwester«, sagte Lucile.

Biff hob den Kopf. »Warum heiratest du nicht wieder? Einen netten jungen Mann, der noch nicht verheiratet war und für dich und Baby sorgen würde? Wenn du nur diesen Leroy vergessen könntest, du würdest eine prächtige Frau für einen guten Mann abgeben.«

Lucile zögerte mit der Antwort. Endlich sagte sie: »Du weißt ja, wie wir beide miteinander stehn – wir verstehn uns fast immer recht gut, ohne daß man irgendwie Herzklopfen dabei kriegt. Darüber hinaus möcht ich nie wieder mit einem Mann was zu tun haben.«

»Geht mir auch so«, sagte Biff.

Eine halbe Stunde später klopfte es: der Wagen für die Trauerfeier war vorgefahren. Biff und Lucile standen langsam auf. Dann gingen sie zu dritt, Baby im weißen Seidenkleid voran, in feierlichem Schweigen hinaus.

Biffs Restaurant blieb noch den nächsten Tag über geschlossen. Gegen Abend nahm er den verwelkten Lilienkranz von der Tür und machte das Lokal wieder auf. Die Stammgäste kamen mit Trauermienen zur Registrierkasse und unterhielten sich ein paar Minuten mit ihm, bevor sie bestellten. Es war die übliche Besetzung: Singer, Blount, verschiedene Leute, die in nahe gelegenen Läden oder in den Fabriken unten am Fluß arbeiteten.

Nach dem Abendessen tauchte Mick Kelly mit ihrem kleinen Bruder auf und steckte ein Fünfcentstück in den Automaten. Als sie die erste Münze verspielt hatte, hämmerte sie mit den Fäusten gegen den Automaten und sah immer wieder hinter der Klappe nach, ob auch wirklich nichts heruntergefallen sei. Dann steckte sie noch ein Fünfcentstück hinein und gewann beinahe die ganze Kasse. Die Münzen klackerten heraus und rollten über den Fußboden. Das Mädchen und ihr kleiner Bruder sahen sich beim Aufheben scharf um, ob auch kein anderer Gast ihnen zuvorkam und den Fuß auf eine Münze stellte. Der Taubstumme saß am Mitteltisch beim Essen; ihm gegenüber saß Jake Blount im Sonntagsanzug, trank Bier und redete. Alles war so, wie es immer gewesen war. Nach einer Weile wurde die Luft grau von Zigarettenrauch, und der Lärm nahm zu. Biff war wachsam, kein Geräusch und keine Bewegung entgingen ihm.

»Ich geh von einem zum andern«, sagte Blount. Er beugte sich ernst vor und sah den Taubstummen unverwandt an. »Ich geh von einem zum andern und versuch's ihnen klarzumachen. Und sie lachen. Ich kann ihnen nichts begreiflich machen. Was ich auch sage, ich kann sie anscheinend nicht dazu bringen, die Wahrheit zu sehn.«

Singer nickte und wischte mit der Serviette über den Mund. Sein Essen war kalt geworden, denn er kam nicht dazu, auf seinen Teller zu sehen; er war aber zu höflich, um Blount zu unterbrechen.

Das Schwatzen der beiden Kinder am Automaten schrillte hoch und deutlich aus dem rauhen Stimmengewirr der Männer. Mick steckte ihre Fünfcentstücke wieder in den Schlitz. Hin und wieder sah sie sich nach dem Mitteltisch um, aber der Taubstumme kehrte ihr den Rücken zu und bemerkte sie nicht.

»Mister Singer kriegt Brathuhn zum Abendbrot und hat noch keinen Bissen gegessen«, sagte der kleine Junge.

Mick zog langsam am Handgriff des Automaten. »Kümmre dich um deine Angelegenheiten.«

»Immer gehst du hierher oder sonstwohin, wo du weißt, er ist auch da.«

»Ich hab gesagt, du sollst den Mund halten, Bubber Kelly.«

»Halt du doch den Mund.«

Mick schüttelte ihn, bis ihm die Zähne klapperten, und schob ihn zur Tür. »Geh jetzt nach Hause und ins Bett. Ich hab dir schon gesagt: ich hab tagsüber mehr als genug von dir und Ralph; du brauchst nicht auch noch abends hinter mir herzotteln, wenn ich endlich mal frei hab.«

Bubber streckte seine schmierige kleine Hand aus: »Gut, dann gib mir fünf Cent.«

Als er das Geld in seine Brusttasche gesteckt hatte, ging er nach Hause.

Biff zog sich sein Jackett zurecht und strich sich über das Haar. Er trug einen ungemusterten schwarzen Schlips und um den Ärmel des grauen Jacketts den Trauerflor, den er gestern angenäht hatte. Er wäre gern zum Automaten gegangen, um sich mit Mick zu unterhalten, aber irgend etwas hielt ihn zurück. Er zog die Luft heftig ein und trank ein Glas Wasser. Im Radio spielte jetzt ein Tanzorchester, aber er mochte nicht zuhören. Alle Schlager der letzten zehn Jahre waren einander so ähnlich, daß er sie nicht auseinanderhalten konnte. Seit 1928 machte ihm Musik keinen Spaß mehr. Als junger Mensch hatte er Mandoline

gespielt und Texte und Melodien aller Modeschlager auswendig gekonnt.
Er legte den Kopf zur Seite und rieb sich die Nase. Mick war im letzten Jahr so in die Höhe geschossen, daß sie bald größer sein würde als er. Sie hatte, wie täglich seit Schulbeginn, den roten Sweater und den blauen Faltenrock an. Die Falten waren inzwischen ausgegangen, und der Rocksaum schlotterte um ihre spitzen Knie. Sie war in dem Alter, in dem die Mädchen wie schlaksige Jungen aussehen. Was das betraf – wieso übersahen die gescheitesten Leute meistens diesen Punkt? Von Natur aus sind alle Menschen zweigeschlechtig. Darum kommt es durchaus nicht nur auf das Bett und die Ehe an. Zum Beweis braucht man nur die richtige Jugend und das Greisenalter zu vergleichen: alte Männer bekommen oft hohe, piepsige Stimmen und einen trippelnden Gang; alte Frauen dagegen werden häufig dick und bekommen rauhe, tiefe Stimmen und kleine, dunkle Schnurrbärte. Er selber war auch ein Beweis: die fast mütterliche Sehnsucht in ihm, Kinder zu haben wie Mick und Baby. Mit einer plötzlichen Bewegung wandte Biff sich von der Registrierkasse ab.
Die Zeitungen waren in Unordnung geraten. Seit zwei Wochen hatte er sie nicht mehr geordnet. Er zog einen Stapel unter der Theke hervor. Mit geschultem Blick überflog er die Blätter von der Schlagzeile bis unten hin. Morgen würde er diese Zeitungen im Hinterzimmer durchsehen und vielleicht nach einem anderen System ordnen. Man könnte Regale aufstellen und alte Konservenkisten als Fächer einbauen. In Mappen geheftet, chronologisch vom 27. Oktober 1918 bis zum heutigen Datum, die historischen Ereignisse durch kleine Reiter markiert. Nach drei Gesichtspunkten geordnet: erstens internationale Ereignisse vom Waffenstillstand bis zu den Nachwirkungen von München; zweitens Ereignisse von nationaler Bedeutung; drittens die Lokalnachrichten, angefangen damit, wie Bürgermeister Lester seine Frau erschoß, bis zu dem Brand der Hudson-Werke. Alle Ereignisse der letzten zwanzig Jahre vollständig beisammen, schön geordnet und mit Aufschriften versehen. Biff rieb sich das Kinn und strahlte hinter seiner Hand in stiller Freude. Alice hatte allerdings gewollt, er solle die Zeitungen hinausbefördern, weil sie aus dem Raum eine Damentoilette machen wollte. Immerfort hatte sie deswegen gequengelt, aber diesmal hatte er sie untergekriegt. Dieses eine Mal.

Biff vertiefte sich friedlich in die Einzelheiten der Zeitung vor ihm. Er las beharrlich und konzentriert, aber nebenher blieb er gewohnheitsmäßig wachsam für alles, was um ihn geschah. Jake Blount redete immer noch und schlug ab und zu mit der Faust auf den Tisch. Der Taubstumme schlürfte langsam sein Bier. Mick strich rastlos um das Radio herum und starrte die Gäste an. Biff las das Hauptblatt Wort für Wort und machte sich am Rande Notizen.

Plötzlich hob er überrascht den Kopf. Sein Mund war zum Gähnen geöffnet und schnappte plötzlich zu. Im Radio ertönte ein altes Lied aus seiner und Alices Brautzeit. ›Kindergebet in der Dämmerung.‹ Sie waren eines Sonntags mit der Straßenbahn zum Old Sardis Lake hinausgefahren und hatten ein Ruderboot gemietet. Beim Sonnenuntergang hatte er gespielt, und als er den Arm um sie legte, hatte sie – Alice . . .

Ein Köder für abgestorbene Gefühle. Biff faltete die Zeitung zusammen und legte sie wieder unter die Theke. Er trat von einem Fuß auf den anderen. Schließlich rief er zu Mick hinüber: »Hörst du denn nicht zu?«

Mick stellte das Radio ab. »Nein. Heute abend ist nichts los.«

Er mußte sich all das aus dem Kopf schlagen und sich auf etwas anderes konzentrieren. Er lehnte sich über die Theke und beobachtete der Reihe nach die Gäste. Schließlich blieb seine Aufmerksamkeit an dem Taubstummen am Mitteltisch haften. Er sah, wie Mick sich nach und nach an ihn heranmachte und wie er sie aufforderte, sich zu ihm zu setzen. Singer zeigte auf die Speisekarte, und die Kellnerin brachte ein Coca-Cola für Mick. Nur so eine Mißgeburt wie ein Taubstummer brachte es fertig, ein anständiges junges Mädchen an seinen Tisch zu bitten, wo er mit einem andern Mann zusammensaß und trank. Blount und Mick sahen Singer an. Sie redeten, und der Taubstumme beobachtete sie mit wechselndem Mienenspiel. Komische Sache. Lag das nun an ihnen oder an ihm? Er saß ganz ruhig, die Hände in den Taschen; dadurch, daß er nicht sprach, schien er überlegen zu sein. Was für Gedanken und Erkenntnisse hatte dieser Bursche? Was wußte er?

Zweimal im Laufe des Abends wollte Biff zum Mitteltisch hinübergehen, aber jedesmal besann er sich anders. Als sie weg waren, überlegte er immer noch, was wohl mit diesem Taubstummen sei. Als er bei Tagesgrauen im Bett lag, wälzte er Fragen und Antworten in seinem Kopf, ohne zu einer befriedigenden Lösung zu kommen. Das Problem hatte sich in ihm festgesetzt. Es machte ihm innerlich zu schaffen und ließ ein ständiges Unbehagen in ihm zurück. Irgend etwas stimmte da nicht.

3

Oft saß Doktor Copeland bei Mister Singer und unterhielt sich mit ihm. Wahrhaftig, der war nicht wie die anderen Weißen. Er war ein weißer Mensch und verstand das große, wahre Ziel so, wie andere Weiße es nicht begreifen konnten. Er hörte zu, und aus seinem Gesicht sprach dabei die Sanftmut der Juden, das Wissen eines Menschen, der einer unterdrückten Rasse angehört. Einmal nahm er Mister Singer bei seinen Krankenbesuchen mit. Er führte ihn durch kalte, enge Gäßchen, in denen es nach Schmutz und Krankheit und nach ausgelassenem Rückenfett roch. Er zeigte ihm eine gut gelungene Hautübertragung im Gesicht einer Patientin, die eine schwere Verbrennung davongetragen hatte. Er behandelte ein syphilitisches Kind und zeigte Mister Singer den schuppigen Hautausschlag auf den Handflächen, den trübe verschleierten Augapfel und die schrägstehenden oberen Schneidezähne. Sie besuchten Zweizimmerbaracken, in denen zwölf bis vierzehn Personen hausten. In einem Zimmer, in dem das niedrige Herdfeuer rötlich glühte, erstickte ein alter Mann an Lungenentzündung und sie standen machtlos daneben. Mister Singer folgte ihm überallhin, machte seine Beobachtungen und verstand. Er gab den Kindern Fünfcentstücke, und da er so ruhig und taktvoll war, fühlten die Patienten sich durch ihn nicht so gestört wie vielleicht durch andere Besucher.

Das Wetter war kühl und heimtückisch. In der Stadt grassierte die Influenza, so daß Doktor Copeland fast zu jeder Tages- und Nachtzeit beschäftigt war. In seinem hohen Dodge-Automobil, das er schon seit neun Jahren in Gebrauch hatte, fuhr er durch die Negerviertel der Stadt. Er hielt die Marienglas-Fenster gegen den Zugwind geschlossen und hatte seinen grauen Wollschal fest um den Hals gewickelt. In dieser Zeit sah er Portia, William und Highboy nicht, er dachte aber oft an sie. Portia kam einmal bei ihm vorbei, als er nicht zu Hause war, hinterließ einen Zettel und borgte sich eine halbe Tüte Mehl.

Eines Abends war er schließlich so erschöpft, daß er heiße Milch trank und zu Bette ging, obwohl er noch hätte Besuche machen müssen. Er fröstelte und fühlte sich fiebrig, so daß er zunächst keine Ruhe fand. Als er gerade im Einschlafen war, hörte er jemand rufen. Müde stand er auf, ging in seinem langen Flanellnachthemd hinunter und machte auf: Portia.

»Unser Herr Jesus steh uns bei, Vater«, sagte sie.

Doktor Copeland stand fröstelnd da, das Nachthemd eng um den Körper gezogen. Die Hand an der Kehle, sah er sie an und wartete.

»Ist wegen unserem Willie. Er hat Unfug angestellt und sich in mächtig schlimme Unannehmlichkeiten gebracht. Wir müssen irgendwas tun.«

Doktor Copeland ging steifbeinig ins Schlafzimmer, holte sich Bademantel, Schal und Pantoffeln und ging wieder in die Küche, wo Portia auf ihn wartete. Der Raum war kalt und ohne Leben.

»Nun also: was hat er gemacht? Was ist los?«

»Wart bloß eine Minute. Muß mich bloß zurechtfinden und mir alles überlegen, daß ich dir's richtig erzählen kann.«

Er knüllte etwas Zeitungspapier zusammen, das auf dem Herd lag, und nahm Kleinholz auf.

»Laß mich Feuer machen«, sagte Portia. »Setz dich nur an den Tisch, und wenn der Herd heiß ist, machen wir eine Tasse Kaffee. Vielleicht sieht dann alles nicht so schlimm aus.«

»Es ist kein Kaffee da. Ich habe gestern den letzten verbraucht.«

Als er das sagte, brach Portia in Tränen aus. Wütend stopfte sie Papier und Holz in den Herd und zündete mit zitternder Hand das Feuer an. »Also das war so«, sagte sie. »Willie und Highboy haben sich abends in einem Lokal rumgetrieben, wo sie nichts zu suchen haben. Du weißt, ich hab Willie und Highboy immer am liebsten in meiner Nähe. Das ganze Unglück wäre nicht passiert, wenn ich dagewesen wäre. Aber ich war zur Frauenversammlung in der Kirche. Da hat es die zwei gejuckt, und sie sind in Madame Rebas Vergnügungspalast gegangen. Vater, das ist wirklich ein schlechtes, sündiges Lokal. Da sitzt ein Mann und verkauft verbotene Lotterielose – aber da sind auch diese schlechtrassigen Niggermädchen, die so rumstolzieren und mit dem Hintern wackeln, und da sind rote Seidenvorhänge und ...«

»Ich kenne das Lokal, meine Tochter«, sagte Doktor Copeland gereizt. Er preßte die Hände an die Schläfen. »Komm zur Sache.«

»Love Jones war da – und sie ist ein schlechtes farbiges Frauenzimmer. Willie hat Schnaps getrunken und mit ihr getanzt, und im Handumdrehen war er mitten in 'ner Prügelei. Hat sich mit einem geprügelt, der Junebug heißt – alles wegen Love. Und eine Weile haben sie mit den Händen gekämpft, und dann zieht dieser Junebug sein Messer. Unser Willie hatte kein Messer, also rennt er brüllend im Salon herum. Und schließlich gibt Highboy ihm ein Rasiermesser, und Willie geht auf diesen Junebug los und schneidet ihm beinah den Kopf ab.«

Doktor Copeland zog seinen Schal fester um sich. »Ist er tot?«

»So'n Dreckskerl stirbt nicht. Ist im Krankenhaus, wird aber bald wieder raus sein und Ärger machen.«

»Und William?«

»Die Polizei ist gekommen und hat ihn mit der schwarzen Marie ins Gefängnis gefahren. Da ist er noch eingesperrt.«

»Und er ist nicht verletzt?«

»Oh, er hat ein blaues Auge und 'ne Schnittwunde am Hintern. Aber das ist weiter nicht schlimm. Ich versteh bloß nicht, wie er sich mit dieser Love rumtreiben kann. Mindestens zehnmal schwärzer wie ich, das häßlichste Niggermädchen, das ich kenne. Sie läuft, als hätt sie ein Ei zwischen den Beinen, das sie nicht kaputt machen will. Nicht mal sauber ist sie. Und da geht dieser Willie hin und schneidet dem Kerl den Hals ab wegen ihr.«

Doktor Copeland lehnte sich an den Herd und stöhnte. Er mußte husten, und sein Gesicht verzerrte sich. Er drückte sein Papiertaschentuch an den Mund; einige Blutflecken erschienen darauf. Sein dunkles Gesicht nahm eine grünlich-blasse Färbung an.

»Natürlich ist Highboy gleich gekommen und hat mir alles erzählt. Verstehst du, mein Highboy hat mit den schlechten Mädchen da nichts zu tun gehabt. Er hat bloß Willie Gesellschaft geleistet. Er grämt sich so um Willie, daß er seitdem die ganze Zeit vor dem Gefängnis auf der Bordkante sitzt.« Die Tränen rollten über Portias Gesicht und glitzerten im Feuerschein. »Du weißt, wie es immer mit uns drei war. Wir haben unsern eigenen Plan, und nichts ist bis jetzt damit schiefgegangen. Nicht mal mit Geld haben wir Ärger gehabt. Highboy zahlt die Miete und ich kauf das Essen – und Willie sorgt für den Samstagabend. Wir waren immer wie Drillinge.«

Endlich wurde es Morgen. Die Fabriksirenen pfiffen zur ersten Schicht. Die Sonne ging auf und ließ die blanken Tiegel an der

Herdwand aufblitzen. Lange saßen sie so. Portia zerrte an ihren Ohrringen, bis ihre Ohrläppchen rot und entzündet waren. Doktor Copeland hielt noch immer den Kopf in die Hände gestützt.

»Mir scheint«, sagte Portia schließlich, »wenn wir nur recht viel weiße Leute kriegen können, die Briefe schreiben wegen Willie, das kann vielleicht helfen. Ich bin schon bei Mr. Brannon gewesen. Er hat genau geschrieben, was ich ihm sagte. Er war in seinem Café wie jeden Abend, als das passierte. Da bin ich einfach hingelaufen und hab ihm alles erklärt. Ich hab den Brief mit nach Haus genommen. Ich hab ihn in die Bibel gelegt, daß er nicht verlorengeht oder schmutzig wird.«

»Was steht in dem Brief?«

»Mr. Brannon hat genauso geschrieben, wie ich ihn gebeten hab. In dem Brief steht, daß Willie drei Jahre hintereinander für Mr. Brannon gearbeitet hat. Dann steht drin, daß Willie ein prächtiger, ehrlicher farbiger Junge ist und bis jetzt nie in Ungelegenheiten war. Dann steht drin, daß er immer Gelegenheit hat, in dem Café was wegzunehmen, wenn er wär wie mancher andere farbige Junge, und daß . . .«

»Pah«, sagte Doktor Copeland. »Das nützt alles gar nichts.«

»Aber wir können nicht einfach rumsitzen und warten. Wo Willie im Gefängnis sitzt. Mein Willie, so ein lieber Junge, wenn er auch gestern abend unrecht getan hat. Wir können nicht einfach rumsitzen und warten.«

»Wir werden es müssen. Es ist das einzige, was wir tun können.«

»Also ich weiß, ich tu's nicht.«

Portia stand auf. Wie von Sinnen sah sie sich im Raum um, als suchte sie etwas. Dann ging sie plötzlich zur Tür.

»Warte einen Augenblick«, sagte Doktor Copeland. »Wo willst du jetzt hingehen?«

»Ich muß zur Arbeit. Ich muß doch meine Stellung behalten. Ich muß doch bei Mrs. Kelly bleiben, daß ich meinen Lohn krieg.«

»Ich will zum Gefängnis gehen«, sagte Doktor Copeland. »Vielleicht kann ich William sprechen.«

»Ich geh auf meinem Weg zur Arbeit am Gefängnis vorbei. Ich muß Highboy auch zur Arbeit schicken – sonst sitzt er vielleicht den ganzen Vormittag da und grämt sich um Willie.«

Doktor Copeland zog sich hastig an und ging zusammen mit Portia in den kühlen, blauen Herbstmorgen hinaus. Im Gefängnis wurden sie grob abgefertigt; sie konnten nur sehr wenig in Erfahrung bringen. Doktor Copeland ging dann zu einem Rechtsanwalt, mit dem er schon früher zu tun gehabt hatte. Die nächsten Tage waren sehr lang und sorgenvoll. Nach drei Wochen kam Williams Fall zur Verhandlung. Er wurde des tätlichen Angriffs mit einer lebensgefährlichen Waffe für schuldig befunden, zu neun Monaten Zwangsarbeit verurteilt und unmittelbar darauf in ein Gefängnis im Norden des Staates übergeführt.

Auch jetzt war das starke, wahre Ziel immer in ihm; nur hatte er keine Zeit, darüber nachzudenken. Er ging von Haus zu Haus und wurde doch nie fertig. Morgens fuhr er sehr zeitig mit dem Auto fort, und um elf Uhr kamen die Patienten zur Sprechstunde. Nach der scharfen Herbstluft reizte ihn der heiße, abgestandene Dunst im Hause zum Husten. Die Bänke in der Diele waren voll kranker, geduldiger Neger, die auf ihn warteten; manchmal waren sogar die Vorderveranda und sein Schlafzimmer überfüllt. Er arbeitete den ganzen Tag und häufig die halbe Nacht. Er war so übermüdet, daß er sich zuweilen am liebsten auf den Boden geworfen, mit den Fäusten um sich geschlagen und geweint hätte. Wenn er sich hätte schonen können, wäre er gesund geworden. Er hatte Lungentuberkulose; viermal am Tag maß er seine Temperatur, und einmal im Monat wurde er geröntgt. Aber er konnte sich nicht schonen; denn etwas anderes war größer als die Müdigkeit: das starke, wahre Ziel.
An dieses Ziel dachte er, aber manchmal, nach einem langen Tag und nach einer arbeitsreichen Nacht wurde er innerlich ganz leer, so daß er sich eine Minute lang nicht darauf besinnen konnte, was dieses Ziel eigentlich sei. Dann aber fiel es ihm wieder ein; er gönnte sich keine Ruhe und fieberte immerfort nach neuen Aufgaben. Oft wollten ihm die Worte nicht von den Lippen, und seine Stimme klang heiser und nicht so laut wie sonst. Dann schleuderte er die Worte den kranken, geduldigen Negern – seinem Volk – förmlich ins Gesicht.
Er unterhielt sich oft mit Mister Singer. Mit ihm sprach er über Chemie und über Rätsel des Weltalls. Über den unendlich kleinen Samen und über die Spaltung der reifen Eizelle. Über die Zellteilung in ihrer millionenfachen Mannigfaltigkeit. Über das Geheimnis der lebendigen Materie und über die Einfachheit des Todes. Auch über die Rasse sprach er mit ihm.

»Mein Volk wurde von den weiten Ebenen und aus den dunklen, grünen Urwäldern weggeholt«, sagte er einmal zu Mister Singer. »Aneinandergekettet starben sie zu Tausenden auf dem langen Weg zur Küste. Nur die Starken blieben am Leben. Angekettet auf stinkenden Schiffen wurden sie hierher gebracht, und wieder starben sie. Nur wer abgehärtet und willensstark war, überstand die Reise. Eine Herde Angeketteter und Verprügelter, die en bloc verkauft wurden und von denen wieder die Schwächeren zugrunde gingen. So sind schließlich, durch all die bitteren Jahre hindurch, die Stärksten meines Volkes übriggeblieben. Ihre Söhne und Töchter, ihre Enkel und Urenkel.«

»Ich komm, um zu borgen und dich um einen Gefallen zu bitten.« Mit diesen Worten kam Portia von der Diele her in die Küche, in der Doktor Copeland allein gesessen hatte.
Zwei Wochen waren seit Williams Verschickung vergangen. Portia hatte sich verändert. Ihr Haar war nicht eingeölt und gekämmt wie früher, und ihre Augen waren blutunterlaufen, als hätte sie viel getrunken. Mit den eingefallenen Wangen und dem besorgten Ausdruck auf ihrem honigfarbenen Gesicht glich sie jetzt wirklich ihrer Mutter.
»Du hast doch die hübschen weißen Teller und Tassen?«
»Du kannst sie nehmen und behalten.«
»Nein, ich will sie bloß borgen. Und dann wollte ich dich noch um einen Gefallen bitten.«
»Alles, was du willst«, sagte Doktor Copeland.
Portia setzte sich ihrem Vater gegenüber an den Tisch. »Zuerst will ich lieber erzählen. Gestern kriege ich diesen Brief von Großpapa, daß sie alle morgen in die Stadt kommen und die Nacht und den halben Sonntag bei uns bleiben. Natürlich sorgen sie sich mächtig wegen Willie, und Großpapa findet, wir alle sollen wieder mal zusammen sein. Er hat auch recht. Ich möchte bestimmt all unsre Leute wiedersehen. Ich hab mächtig Heimweh, seit Willie weg ist.«
»Du kannst die Teller haben und alles andere, was du hier findest«, sagte Doktor Copeland. »Aber nimm die Schultern zurück, meine Tochter. Du hältst dich sehr schlecht.«
»Wird ein richtiger Familientag. Das ist das erste Mal seit zwanzig Jahren, daß Großpapa über Nacht in der Stadt ist, weißt du. Er hat in seinem ganzen Leben bloß zweimal nicht zu Haus geschlafen. Und er ist nachts sowieso schon nervös. Wenn's

dunkel ist, muß er immerzu aufstehn und Wasser trinken und sehn, daß die Kinder zugedeckt sind und alles in Ordnung ist. Ich hab ein bißchen Sorge, ob Großpapa sich hier wohl fühlt.«

»Wenn du irgend etwas von meinen Sachen brauchen kannst ...«

»Natürlich kommen sie mit Lee Jackson«, sagte Portia. »Und Lee Jackson braucht den ganzen Tag, bis er hier ist. Ich glaub nicht, daß sie viel früher kommen als ungefähr zum Abendessen. Großpapa hat immer so viel Geduld mit Lee Jackson, daß er ihn nie antreibt.«

»Meiner Seel! Lebt der alte Maulesel immer noch? Er muß mindestens achtzehn Jahre alt sein.«

»Sogar noch älter. Großpapa hat ihn jetzt zwanzig Jahre. Er hat ihn schon so lange, daß er immer sagt, Lee Jackson ist genau wie einer von der Familie. Er versteht und liebt Lee Jackson wie seine richtigen Enkel. Ich kenne keinen Menschen, der so gut die Gedanken von einem Tier versteht wie Großpapa. Er fühlt sich zu allem hingezogen, was kreucht und fleucht.«

»Zwanzig Jahre ist lange für einen Maulesel.«

»Aber bestimmt. Jetzt ist Lee Jackson richtig schwach. Aber Großpapa sorgt bestimmt gut für ihn. Wenn sie draußen in der heißen Sonne pflügen, hat Lee Jackson einen großen, breiten Strohhut auf, genau wie Großpapa – mit Löchern für seine Ohren. Dieser Strohhut ist ein richtiger Witz, und Lee Jackson geht keinen Schritt zum Pflügen ohne den Hut auf dem Kopf.«

Doktor Copeland nahm das weiße Porzellangeschirr vom Regal und begann die einzelnen Teile in Zeitungspapier zu wickeln. »Hast du genügend Töpfe und Pfannen, um so viel Essen zu kochen?«

»Massenhaft«, sagte Portia. »Das macht mir kein Kopfzerbrechen. Großpapa denkt an alles – er bringt immer was mit, wenn die Familie zum Essen kommt. Ich muß nur viel Mehl haben und Kohl und zwei Pfund schöne Fische.«

»Dann ist es ja gut.«

Portia verschränkte ihre nervösen gelben Finger. »Da ist noch etwas, das hab ich noch nicht erzählt. Eine Überraschung. Buddy wird auch hier sein und Hamilton auch. Buddy ist grad aus Mobile zurück. Er hilft jetzt auf der Farm.«

»Fünf Jahre lang habe ich Karl Marx nicht gesehen.«

»Und deswegen wollte ich dich fragen«, sagte Portia. »Weißt du noch: wie ich zur Tür reinkam, sagte ich, ich will was borgen und dich um einen Gefallen bitten.«

Doktor Copeland knackte mit seinen Fingergelenken. »Ja.«

»Also, ich wollte fragen, ob du nicht auch morgen zum Familientag kommen willst. All deine Kinder außer Willie sind da. Mir scheint, du solltest auch kommen. Ich freu mich bestimmt, wenn du kommst.«

Hamilton, Karl Marx und Portia – und William. Doktor Copeland nahm die Brille ab und preßte die Finger an die Augenlider. Eine Minute lang sah er die vier ganz deutlich vor sich, so wie sie vor langer Zeit gewesen waren. Dann hob er den Kopf und setzte sich die Brille wieder auf. »Ich danke dir«, sagte er. »Ich werde kommen.«

An diesem Abend saß er allein, in Erinnerungen versunken, am Herd in der dunklen Küche. Er dachte an die Zeit seiner Kindheit zurück. Seine Mutter war als Sklavin geboren; nach der Befreiung wurde sie Wäscherin. Sein Vater war Prediger gewesen und hatte noch John Brown gekannt. Sie hatten dafür gesorgt, daß er etwas lernte, und hatten von ihren zwei oder drei Dollar Wochenlohn immer etwas zurückgelegt. Als er siebzehn war, hatten sie ihn mit achtzig Dollar, die er in einem Schuh versteckte, nach Norden geschickt. Er hatte bei einem Grobschmied und später als Kellner und als Hotelpage gearbeitet. Während dieser ganzen Zeit ging er zur Schule, las und studierte. Der Vater war dann gestorben, und die Mutter hatte ihn nicht lange überlebt. Er aber hatte es nach zehn schweren Jahren zum Arzt gebracht; er kannte seine Berufung und kehrte in den Süden zurück.

Er heiratete und gründete einen Hausstand. Unaufhörlich ging er von Haus zu Haus, seine Mission zu erfüllen und die Wahrheit zu verkünden. Das hoffnungslose Leiden seines Volkes weckte in ihm eine Wut, eine wilde, böse Zerstörungswut. Es gab Zeiten, da trank er starken Schnaps und schlug mit dem Kopf auf den Fußboden. In seinem Herzen war eine wilde Gewalttätigkeit; einmal nahm er den Schürhaken vom Herd und schlug damit seine Frau nieder. Sie ging mit Hamilton, Karl Marx, William und Portia zu ihrem Vater. Er rang mit sich und kämpfte das böse Schwarze in seinem Innern nieder. Aber Daisy kam nicht zurück. Als sie acht Jahre später starb, waren seine Söhne keine Kinder mehr; auch sie kehrten nicht zu ihm zurück. Er blieb als alter Mann allein in einem leeren Haus.

Am nächsten Nachmittag stand er pünktlich um fünf Uhr vor dem Haus, in dem Portia und Highboy wohnten. Es lag im

Stadtteil Sugar Hill und war ein enges Häuschen mit zwei Zimmern und einer Veranda. Drin hörte man viele Stimmen durcheinander plappern. Doktor Copeland trat steifbeinig näher und blieb, den schäbigen Filzhut in der Hand, in der Tür stehen.

Das Zimmer war voll von Menschen, die ihn zunächst nicht bemerkten. Er suchte nach den Gesichtern von Karl Marx und Hamilton. Großpapa war auch da, und zwei Kinder saßen nebeneinander auf dem Fußboden. Er stand immer noch in der Tür und musterte die Gesichter seiner Söhne, als Portia ihn bemerkte.

»Da ist ja Vater«, sagte sie.

Das Geplapper verstummte. Großpapa drehte sich in seinem Stuhl um. Er war hager und gebeugt und hatte viele Runzeln. Er hatte denselben grünlich schimmernden schwarzen Anzug an, den er vor dreißig Jahren bei der Hochzeit seiner Tochter getragen hatte. Über seine Weste spannte sich eine Uhrkette aus blindgewordenem Messing. Karl Marx und Hamilton warfen sich einen Blick zu, schlugen die Augen nieder und sahen schließlich ihren Vater an.

»Benedict Mady ...«, sagte der alte Mann. »Es ist lange her. Wirklich – lange her.«

»Aber wirklich!« sagte Portia. »Der erste Familientag seit vielen, vielen Jahren. Highboy, hol einen Stuhl aus der Küche. Vater, hier ist Buddy und Hamilton.«

Doktor Copeland reichte seinen Söhnen die Hand. Beide waren groß, kräftig und linkisch. Ihre Gesichter über den blauen Hemden und Overalls waren von dem gleichen warmen Braun wie Portias Haut. Sie sahen ihm nicht in die Augen; in ihren Mienen lag weder Liebe noch Haß.

»Zu schade, daß nicht alle kommen können – Tante Sara und Jim und die andern alle«, sagte Highboy. »Aber das ist uns wirklich eine Freude.«

»Wagen zu voll«, sagte eins der Kinder. »Wir mußten ganzes Stück gehen, weil der Wagen sowieso zu voll war.«

Großpapa kratzte sich mit einem Streichholz am Ohr. »Fehlt sowieso schon einer.«

Portia fuhr sich nervös mit der Zunge über die dunklen, schmalen Lippen. »Unser Willie – ich muß an ihn denken. Er war immer ganz groß, wenn Gesellschaft oder sonst was los war. Will mir nicht aus dem Kopf – unser Willie.«

Im Zimmer war ein leises Murmeln der Zustimmung zu hören. Der alte Mann lehnte sich kopfwackelnd im Stuhl zurück. »Portia, mein Kind, willst du uns nicht ein bißchen vorlesen? Das Wort Gottes kann uns viel sagen in Zeiten der Not.«
Portia nahm die Bibel vom Tisch, der in der Mitte des Zimmers stand. »Welches Kapitel willst du hören, Großpapa?«
»Ist alles das Buch des Herrn. Irgendeine Stelle, auf die dein Blick fällt.«
Portia las aus dem Lukas-Evangelium. Sie las langsam und verfolgte die Zeilen mit ihrem langen, biegsamen Finger. Im Zimmer war es still. Doktor Copeland saß etwas abseits, knackte mit den Fingern und ließ den Blick umherschweifen. Die Luft in dem kleinen Zimmer war stickig. Die vier Wände waren mit Kalendern und grellbunten Zeitschriften-Inseraten bepflastert. Auf dem Kaminsims stand eine Vase mit roten Papierrosen. Im Herd brannte ein schwaches Feuer, und das Licht der Petroleumlampe warf flackernde Schatten an die Wände. Portia las so gleichmäßig schleppend, daß die Worte einschläfernd in Doktor Copelands Ohren tröpfelten; er fing an zu dösen. Karl Marx hatte sich neben die Kinder auf den Fußboden gestreckt. Auch Hamilton und Highboy dösten vor sich hin. Nur der alte Mann schien über den Sinn der Worte nachzudenken.
Als das Kapitel zu Ende war, klappte Portia das Buch zu.
»Ich hab über diese Sache oft gegrübelt«, sagte Großpapa.
Die Anwesenden erwachten aus ihrem Dösen. »Was?« fragte Portia.
»Das ist so. Du erinnerst dich an die Stellen, wo Jesus die Toten erweckt und die Kranken heilt?«
»Natürlich erinnern wir uns, Sir«, sagte Highboy ehrerbietig.
»Manchen Tag beim Pflügen oder Arbeiten«, sagte Großpapa langsam, »hab ich nachgedacht und gegrübelt über die Zeit, wenn Jesus wieder herabsteigt auf diese Erde. Ich hab mir das immer so sehr gewünscht, daß mir scheint, es wird geschehen, wenn ich noch lebe. Ich hab so manches Mal drüber nachgedacht, und ich stell mir das so vor: Ich werde vor Jesus stehen mit all meinen Kindern und Enkeln und Urenkeln und Verwandten und Freunden und werde zu Ihm sagen: ›Jesus Christus, wir alle sind traurige Farbige.‹ Und dann wird Er Seine heilige Hand auf unsere Köpfe legen, und gleich werden wir weiß sein wie Baumwolle. So hab ich mir das viele, viele Male in meinem Herzen vorgestellt.«

Im Zimmer war es still geworden. Doktor Copeland stieß seine Manschetten zurück und räusperte sich. Sein Puls ging zu schnell und die Kehle wurde ihm eng. Auf seinem Platz in der Ecke fühlte er sich ärgerlich vereinsamt.

»Hat jemand von euch mal ein Zeichen vom Himmel empfangen?« fragte Großpapa.

»Ja, Sir, ich«, sagte Highboy. »Einmal, wie ich krank war mit Lungenentzündung, da hat Gottes Antlitz mich aus dem Kamin angesehen. Ein großes weißes Gesicht mit einem weißen Bart und blauen Augen.«

»Ich hab mal einen Geist gesehn«, sagte eines der Kinder – das Mädchen.

»Ich hab mal . . .«, fing der kleine Junge an.

Großpapa hob die Hand. »Ihr Kinder seid still. Du, Delia – und du, Whitman – jetzt ist Zeit für euch zu hören und nicht zu sprechen. Nur einmal hab ich ein richtiges Zeichen gesehen. Und das kam so: Es war letztes Jahr im Sommer und sehr heiß. Ich wollte die Wurzeln von dem dicken Eichenstumpf am Schweinepferch ausgraben, und wie ich mich bück, da fühl ich plötzlich in meinem Kreuz wie einen Stoß, einen Schmerz. Ich richte mich auf, und dann wird alles dunkel um mich. Ich halte meine Hand auf dem Rücken und sehe zum Himmel auf – und da seh ich auf einmal das Engelchen. Ein Engelchen – ein weißes kleines Mädchen – sah mir nicht größer aus wie 'ne Felderbse – mit gelbem Haar und weißem Gewand. Flog immer so um die Sonne rum. Dann bin ich ins Haus gegangen und hab gebetet. Ich hab drei Tage in der Bibel gelesen, eh ich wieder aufs Feld gegangen bin.«

Doktor Copeland fühlte wieder den alten schlimmen Groll in sich. Unfertige Worte stiegen ihm in die Kehle, er konnte sie nicht aussprechen. Sie würden auf den alten Mann hören, aber nicht auf die Stimme der Vernunft. Sie sind mein Volk – versuchte er sich zu sagen; aber er war jetzt taub dafür, dieser Gedanke half ihm nichts. Verstimmt und angespannt saß er da.

»Ist doch verrückt«, sagte Großpapa plötzlich. »Benedict Mady, du bist ein guter Doktor. Wie kommt's, daß ich manchmal diese elenden Schmerzen im Kreuz hab, wenn ich lange grabe oder pflanze? Woher kommt diese Plage?«

»Wie alt bist du jetzt?«

»So zwischen siebzig und achtzig!«

Der alte Mann schwärmte für Medikamente und ärztliche Behandlung. Wenn er früher mit der Familie in die Stadt gekommen war, um Daisy zu besuchen, hatte er sich immer von Doktor Copeland untersuchen lassen und dann für die ganze Familie Medizinen und Salben mitgenommen. Aber seit Daisy ihn verlassen hatte, kam der alte Mann nicht mehr zu ihm und mußte sich nun mit Abführmitteln und Nierenpillen begnügen, die in der Zeitung angezeigt wurden. Nun sah der Alte ihn schüchtern bittend an.

»Trink recht viel Wasser«, sagte Doktor Copeland. »Und schone dich, soviel du kannst.«

Portia ging in die Küche, um das Abendessen zu richten. Warmer Speisendunst drang ins Zimmer. Die anderen plauderten, aber Doktor Copeland hörte nicht zu und beteiligte sich auch nicht am Gespräch. Dann und wann sah er Karl Marx oder Hamilton an. Karl Marx erzählte von Joe Louis. Hamilton redete hauptsächlich über den Hagel, der einen Teil der Ernte vernichtet hatte. Wenn sie dem Blick ihres Vaters begegneten, lächelten sie und scharrten mit den Füßen. Er fuhr fort, sie schmerzlich verärgert anzustarren.

Doktor Copeland biß die Zähne fest zusammen. Er hatte so viel über Hamilton und Karl Marx nachgedacht, über William und Portia und über das eigentliche, wahre Ziel, das er ihnen gesetzt hatte – und drohte ihn beim Anblick ihrer Gesichter ein düsteres Gefühl zu sprengen. Könnte er ihnen doch einmal alles sagen, angefangen von damals bis zu diesem Abend – das würde den brennenden Schmerz in seinem Herzen lindern. Aber sie würden nicht zuhören, sie würden ihn nicht verstehen.

Er machte sich so hart, daß sich alle seine Muskeln verkrampften. Er hörte und sah nichts, was um ihn war. Er saß in seiner Ecke, als wäre er blind oder taub. Bald gingen sie zum Essen hinein, und der alte Mann sprach das Tischgebet. Aber Doktor Copeland aß nichts. Als Highboy eine Flasche Gin holte und sie unter Gelächter herumgehen ließ, lehnte er ebenfalls ab. Er saß in starrem Schweigen da; schließlich nahm er seinen Hut und ging, ohne sich zu verabschieden. Die ganze, reine Wahrheit hätte er ihnen sagen können – etwas anderes brachte er nicht über die Lippen.

Die ganze Nacht lag er in ruheloser Spannung. Der nächste Tag war ein Sonntag. Er machte ein halbes Dutzend Besuche und ging im Laufe des Vormittags zu Mister Singer. Der Besuch beschwichtigte sein Einsamkeitsgefühl; als er sich verabschiedete, war er mit sich selbst wieder im reinen.

Aber noch ehe er das Haus verlassen hatte, wurde dieser Friede wieder gestört. Im Begriff, die Treppe hinunterzugehen, sah er einen Weißen mit einer großen Tüte heraufkommen; er drückte sich ans Geländer, um ihn vorbei zu lassen. Der weiße Mann sah jedoch weder rechts noch links und rannte die Treppe, immer zwei Stufen auf einmal nehmend, herauf; sie stießen so heftig zusammen, daß es Doktor Copeland schlecht wurde und er nach Luft ringend stehen blieb.

»Ach, herrje! Hab Sie gar nicht gesehn.«

Doktor Copeland antwortete nicht, betrachtete den weißen Mann aber aufmerksam. Den hatte er doch schon einmal gesehen. Der untersetzte, brutal wirkende Körper und die ungeschlachten Pranken kamen ihm bekannt vor. Plötzlich sah er das Gesicht des weißen Mannes mit den Augen des Arztes und entdeckte in den Augen den merkwürdig starren, scheuen Blick eines Wahnsinnigen.

»Verzeihung«, sagte der weiße Mann.

Doktor Copeland stützte sich aufs Geländer und ging weiter.

4

»Wer war das?« fragte Jake Blount. »Wer war der lange, dünne Farbige, der eben hier rauskam?«

Das kleine Zimmer war blitzblank und aufgeräumt. Auf dem Tisch stand, von der Sonne beschienen, eine Schale mit purpurnen Trauben. Singer saß, die Hände in den Taschen, auf dem hintübergekippten Stuhl und sah zum Fenster hinaus.

»Ich rannte auf der Treppe mit ihm zusammen, und er sah mich so an . . . also, noch nie hat mich einer so dreckig angesehn.«

Jake stellte den Papierbeutel mit Bierflaschen auf den Tisch. Er erschrak: Singer hatte gar nicht gemerkt, daß er im Zimmer war. Er ging zum Fenster und tippte Singer auf die Schultern.

»Ich hab ihn nicht mit Absicht angerannt. War gar kein Grund, sich so aufzuspielen.«

Jake fröstelte. Trotz der strahlenden Sonne war es kühl im Zimmer. Singer hob den Zeigefinger, ging in die Diele hinaus, und kehrte mit einem Eimer Kohlen und etwas Kleinholz zurück. Jake sah ihm zu: Singer kniete vor dem Ofen, zerbrach die

Holzstücke säuberlich über dem Knie und stapelte sie auf die Papierschicht. Dann schüttete er nach einem bewährten System Kohlen auf. Zunächst wollte das Feuer nicht ziehen. Die schwächlich flackernden Flämmchen wurden von einer schwarzen Qualmwolke erstickt. Singer legte eine doppelte Schicht Zeitungspapier auf den Rost, so daß das Feuer wieder auflebte. Mit einem heulenden Ton wurde das glühende Papier in den Kamin gesogen. Im Ofenloch knisterten nun gelbrote Flammen.

Das erste Bier am Vormitttag schmeckte so schön milde. Jake leerte rasch sein Glas und wischte sich mit dem Handrücken über den Mund.

»Da hab ich mal 'ne Dame gekannt, ist schon lange her«, sagte er. »Irgendwie erinnerst du mich an die. Miss Clara hieß sie. Hatte 'ne kleine Farm in Texas und machte Pralinés, die sie in der Stadt verkaufte. Sah gut aus – 'ne große, stattliche Dame. Trug immer so lange, bauschige Sweater und richtige Bauernschuhe und 'n Männerhut. Ihr Mann war schon tot, als ich sie kennenlernte. Aber was ich sagen wollte: wenn die nicht gewesen wär, vielleicht wär ich dann nie ein Wissender geworden. Vielleicht wäre ich durchs Leben gegangen wie Millionen andre, die nicht wissen. Vielleicht wär ich einfach Pastor geworden oder Arbeiter oder Kaufmann. Mein ganzes Leben wär umsonst gewesen.«

Jake schüttelte sinnend den Kopf.

»Wenn du das richtig verstehn willst, mußt du wissen, wie's dazu kam. Sieh mal, als Junge lebte ich in Gastonia. Ich war 'n x-beiniger Zwerg, zu klein für die Fabrikarbeit. Da verdiente ich mir mein Essen als Balljunge auf einem Bowlingplatz. Dann hörte ich, wenn man fix und gescheit war, konnte man irgendwo in der Nähe mit Tabakblätter-Auffädeln dreißig Cent am Tag verdienen. Ich also hin und täglich dreißig Cent verdient. Da war ich zehn. Ich lief einfach von zu Hause weg. Geschrieben hab ich auch nicht. Die waren froh, daß ich weg war. Du weißt ja, wie das ist. Außerdem konnte bei uns zu Hause keiner lesen, bloß meine Schwester.«

Er fuhr mit der Hand durch die Luft, als wollte er von seinem Gesicht etwas fortwischen. »Aber was ich sagen wollte: zuerst glaubte ich an Jesus. Da war einer, der arbeitete mit mir im selben Schuppen. Der hatte so 'ne Art Zelt und hielt jeden Abend 'ne Predigt. Da ging ich hin und hörte zu und glaubte dran. Den ganzen Tag hatt ich nichts wie Jesus im Kopf. In meiner Frei-

zeit las ich in der Bibel und betete. Eines Abends nahm ich 'nen Hammer und legte meine Hand auf den Tisch. Ich hatte 'ne Wut im Bauch, ich trieb den Nagel durch und durch und nagelte meine Hand am Tisch fest; ich sah mir das an, wie die Finger zitterten und blau wurden.«
Jake hielt seine Handfläche hin und deutete auf die gezackte, schneeweiße Narbe.
»Ich wollte 'n Heiliger werden. Ich wollte rumreisen und predigen und Leute bekehren. Inzwischen zog ich von einem Ort zum andern, und als ich so zwanzig war, kam ich nach Texas. Ich arbeitete in einer Pecan-Pflanzung ganz dicht bei Miss Claras Farm. Da lernte ich sie kennen und ging abends manchmal zu ihr. Sie redete mit mir. Verstehst du, das Wissen kam nicht mit einem Schlag. So kommt's nämlich bei keinem von uns. So nach und nach kam's. Ich fing an zu lesen. Ich arbeitete grad so viel, daß ich mir was beiseite legen konnte und 'ne Weile blau machen und studieren. Das war, als wenn man neu geboren würde. Nur wir Wissenden verstehn, was das bedeutet. Die Augen gehn einem auf, und man wird sehend. Als käm man von weither aus dem Jenseits.«
Singer nickte bestätigend. Im Zimmer war es anheimelnd gemütlich. Singer holte aus dem Wandschrank die Blechbüchse mit Keksen, Obst und Käse. Er wählte eine Orange aus und schälte sie langsam. Er zog jedes Hautfetzchen ab, bis die Frucht in der Sonne ganz durchsichtig war. Dann zerlegte er sie und teilte die Scheiben aus. Jake aß immer zwei Scheiben auf einmal und spuckte die Kerne geräuschvoll ins Feuer. Singer verzehrte seinen Anteil langsam und tat die Kerne ordentlich in die Hand. Sie machten noch zwei Flaschen Bier auf.
»Wie viele von uns gibt's wohl hier im Land? Vielleicht zehntausend. Vielleicht zwanzigtausend. Vielleicht noch mehr. Ich bin in so vielen Orten gewesen, aber immer hab ich bloß wenig von den Unsern getroffen. Aber nehmen wir mal an, einer ist ein Wissender. Dann sieht er die Welt wie sie ist, und wenn er auf die Jahrtausende zurückblickt, dann sieht er, wie's zu alledem gekommen ist. Er sieht, wie Kapital und Macht langsam eins wurden und heute auf ihrem Höhepunkt sind. Er sieht, was für ein Irrenhaus ganz Amerika ist. Er sieht, wie die Menschen an ihren Mitmenschen zu Räubern werden müssen, bloß um zu leben. Er sieht Kinder verhungern und Frauen sechzig Stunden die Woche arbeiten, bloß um was zu fressen zu

haben. Er sieht das ganze gottverdammte Heer von Arbeitslosen und sieht, wie Milliarden von Dollars und Tausende von Meilen Land vergeudet werden. Er sieht den Krieg kommen. Er sieht, daß die Menschen vor lauter Not gemein und häßlich werden, und daß irgendwas in ihnen abstirbt. Vor allen Dingen aber sieht er, daß unser ganzes Weltsystem auf Lüge aufgebaut ist. Das ist doch alles sonnenklar – aber die Unwissenden haben so lange in dieser Lüge gelebt, daß sie sie einfach nicht mehr sehn.«

Die rote Ader auf Jakes Stirn schwoll an vor Wut. Er griff nach dem Kohleneimer und ließ eine Kohlenlawine ins Feuer prasseln. Der eine Fuß war ihm eingeschlafen, und er stampfte so fest auf, daß die Dielenbretter bebten.

»Ich bin hier überall gewesen. Ich laufe rum. Ich rede. Ich versuch's ihnen klarzumachen. Aber was hat das alles für 'nen Zweck? Herrgott nochmal!«

Er starrte ins Feuer; sein Gesicht war von Bier und Hitze gerötet. Das Kribbeln in dem eingeschlafenen Fuß zog sich jetzt ins Bein hinauf. Dösend betrachtete er das Farbenspiel des Feuers: grüne, blaue und gelbe Flammen. »Du bist der Einzige«, sagte er träumerisch. »Der Einzige.«

Er war nun kein Fremder mehr in der Stadt. Er kannte jetzt in den ausgedehnten Elendsvierteln jede Straße, jedes Gäßchen und jeden Zaun. Er arbeitete immer noch bei der Sunny Dixie Show. Im Herbst zog der Rummel von einem freien Platz am Stadtrand zum anderen, bis die ganze Peripherie abgegrast war. Die Plätze wechselten, aber im Grunde war es überall das gleiche: ein von baufälligen Hütten umstandener Streifen Ödland, irgendwo in der Nähe eine Fabrik, ein Baumwoll-Egrenierwerk oder eine Flaschenfabrik. Auch die Leute waren überall die gleichen: größtenteils Fabrikarbeiter und Neger. Abends war der Rummelplatz mit bunten Lämpchen illuminiert. Die Holzpferde auf dem Karussell drehten sich beim Klang des Orchestrions im Kreise, die Luftschaukeln flogen, und vor der Schranke des Wurfspiels drängte sich die Menge. In zwei Buden gab es Getränke, saftig braune Bouletten und gesponnenen Zucker.

Er war als Mechaniker eingestellt worden, aber sein Aufgabenkreis hatte sich nach und nach erweitert. Mit heiser bellender Stimme überschrie er den Lärm und tauchte bald bei dieser, bald bei jener Attraktion auf. Schweißperlen standen auf seiner

Stirn, und nicht selten triefte sein Schnurrbart von Bier. Vor allem samstags mußte er für Ordnung sorgen. Mit unwiderstehlicher Kraft schob er seinen festen, gedrungenen Körper durch die Menschenmassen. Nur seine Augen widersprachen seinem rücksichtslosen Gebaren. Mit in sich gekehrtem, abwesendem Ausdruck blickten sie weit aufgerissen unter seiner mächtigen, finsteren Stirn hervor.

Zwischen zwölf und ein Uhr nachts kam er nach Hause. Das Haus, in dem er wohnte, bestand aus vier Zimmern, und jedes Zimmer kostete einen Dollar fünfzig Miete. Hinten auf dem Gang war ein Abort und auf dem Vorplatz ein Wasserhahn. Wände und Fußboden seines Zimmers rochen feucht und säuerlich. Vor dem Fenster hingen billige, verschmutzte Spitzenvorhänge. Er bewahrte seinen guten Anzug im Koffer auf und hatte seinen Overall an einen Nagel gehängt. Es gab weder Heizung noch elektrisches Licht im Zimmer, aber eine Straßenlaterne vor dem Fenster warf ein grünlich-bleiches Licht herein. Die Petroleumlampe an seinem Bett zündete er nur an, wenn er lesen wollte. Von dem beizenden Geruch des verbrennenden Öls in dem kalten Zimmer wurde ihm übel.

Wenn er zu Hause war, ging er ruhelos im Zimmer auf und ab. Er setzte sich auf den Rand des ungemachten Bettes und kaute wütend an seinen abgebrochenen, schmutzigen Fingernägeln. Der scharfe Geschmack des Schmutzes haftete in seinem Munde. Die Einsamkeit in seinem Innern tat so weh, daß sie ihn mit Entsetzen erfüllte. Meistens hatte er eine Flasche geschmuggelten Gin da. Er trank den scharfen Schnaps, und gegen Morgen wurde ihm warm, und er kam zur Ruhe. Um fünf Uhr pfiffen die Fabriksirenen zur ersten Schicht. Die Sirenen hatten etwas Einsam-Unheimliches; er konnte immer erst einschlafen, wenn sie verklungen waren.

Für gewöhnlich blieb er jedoch nicht zu Hause. Er ging auf die engen, menschenleeren Straßen hinaus. In den ersten dunklen Morgenstunden war der Himmel schwarz und mit hart und grell blitzenden Sternen besät. Manchmal wurde in den Fabriken gearbeitet. Aus den hell erleuchteten Gebäuden tönte das Stampfen der Maschinen. Er wartete vor den Toren, bis die Frühschicht zu Ende war. Junge Mädchen in Sweatern oder bedruckten Kleidern traten auf die dunkle Straße heraus. Die Männer kamen mit ihren Eßgeschirren. Manche gingen vor dem Heimweg in die Imbißstube, die in einem ausrangierten Straßenbahnwagen untergebracht war, um Coca-Cola oder Kaffee zu trinken, und Jake schloß sich ihnen an. Drinnen, im Lärm der Fabrik, verstanden die Männer jedes Wort, das gesprochen wurde, aber draußen waren sie zunächst eine Stunde lang wie taub.

In der Imbißstube trank Jake Coca-Cola mit einem Schuß Whisky. Er redete. Draußen dämmerte der weiße, dunstige kalte Wintermorgen. Mit der Eindringlichkeit des Betrunkenen blickte er den Männern in die verkrampften, gelblichen Gesichter. Oft wurde er ausgelacht, dann reckte er seinen zu kurz geratenen Körper und hielt verächtliche, mit vielsilbigen Wörtern gespickte Reden. Er spreizte den kleinen Finger beim Trinken und zwirbelte hochmütig am Schnurrbart. Wenn sie ihn weiter auslachten, fing er manchmal eine Prügelei an. Wie ein Verrückter fuhrwerkte er laut schluchzend mit seinen großen, braunen Fäusten herum.

Nach solchen Morgenstunden war es eine Erleichterung, wieder auf dem Rummelplatz zu sein. In dem Gedränge der Menschenmassen fühlte er sich wohl. Der Lärm, der durchdringende Gestank, das Gefühl menschlicher Körper an seinen Schultern beruhigten seine überreizten Nerven.

Sonntags blieb der Rummelplatz, der vorgeschriebenen Feiertagsruhe wegen, geschlossen. Dann stand Jake morgens zeitig auf und nahm seinen Serge-Anzug aus dem Koffer. Er ging zur Hauptstraße, schaute ins Café New York hinein und kaufte dort ein paar Flaschen Bier. Dann besuchte er Singer. Obgleich er viele Leute in der Stadt vom Sehen oder dem Namen nach kannte, hatte er außer dem Taubstummen keinen Freund. Sie saßen müßig in dem stillen Zimmer und tranken Bier. Er redete, und die Worte entwuchsen ganz von selbst den dunklen Morgenstunden, die er auf der Straße oder allein in seinem Zimmer verbracht hatte. Diese Worte nun formen und aussprechen zu können, war wie eine Erlösung.

Das Feuer war niedergebrannt. Singer saß am Tisch und spielte mit sich selber Schach. Jake hatte geschlafen. Er erwachte mit einem nervösen Ruck. Er hob den Kopf und drehte sich zu Singer um. »Doch«, sagte er, als hätte man ihn eben etwas gefragt. »Manche von uns sind Kommunisten. Aber nicht alle ... Ich selber bin auch nicht in der Kommunistischen Partei. Vor allem darum, weil ich bisher bloß einen einzigen von der Partei kennengelernt hab. Du kannst dich jahrelang rumtreiben und begegnest doch keinem Kommunisten. Hier gibt's kein Büro, wo man hingehn und sich einschreiben kann, wenigstens hab ich noch nie von einem gehört. Und man fährt ja nicht einfach nach New York, um sich einzuschreiben. Wie gesagt: Ich hab bloß einen einzigen kennengelernt – so'n schäbiger kleiner Enthaltsamkeitsapostel war das, und aus dem Mund stinken tat er auch. Mit dem hab ich mich geprügelt. Nicht daß ich darum was gegen die Kommunisten hätte. Die Hauptsache ist: ich halte nicht viel von Stalin und von Rußland. Ich hasse all die verdammten Staaten und Regierungen. Trotzdem – vielleicht sollte ich doch erst mal bei den Kommunisten eintreten. Ich kann mich nicht entschließen. Was meinst du?«

Singer runzelte die Stirn und überlegte. Er griff nach seinem silbernen Bleistift und schrieb auf seinen Block, er wisse es auch nicht.

»Aber sieh mal, das ist doch so: wir können's doch nicht einfach dabei lassen, daß wir Wissende sind; handeln müssen wir. Manche von uns treibt das zum Wahnsinn. Es ist zu viel zu tun; man weiß gar nicht, wo man anfangen soll. Das macht einen ganz verrückt. Sogar ich – wenn ich an manches denke, was ich so gemacht hab, dann versteh ich's heut nicht mehr. Einmal hab ich selber 'ne Organisation gegründet. Ich hab mir zwanzig Arbeiter rausgesucht, auf die hab ich so lang eingeredet, bis ich dachte, nun *wüßten* sie! ›Aktion‹ war unser Losungswort. Hach! Wir wollten Aufstände machen, wollten all die großen Mißstände aufdecken. Unser Endziel war die Freiheit – aber die wahre Freiheit, eine große Freiheit, die's nur geben kann, wenn der Mensch in seiner Seele spürt, daß Gerechtigkeit herrscht. Unser Losungswort ›Aktion‹ – das hieß Ausrottung des Kapitalismus. In unsern Satzungen (ich hatte sie selber verfaßt) hieß es in bestimmten Paragraphen, sobald wir's geschafft hätten, sollte unser Losungswort nicht mehr ›Aktion‹ heißen, sondern ›Freiheit‹.«

Jake spitzte ein Streichholz an und stocherte damit in einem schmerzenden hohlen Zahn. Dann fuhr er fort:

»Als die Satzungen niedergeschrieben und die ersten Anhänger gewonnen waren – da fuhr ich per Anhalter los, um noch mehr Ortsgruppen zu organisieren. Nach drei Monaten kam ich zurück, und was meinst du, was ich da vorfand? Was war ihre erste Heldentat? Hatte ihre gerechte Wut das Aktionsprogramm über den Haufen geschmissen? Hatten sie ohne mich losgeschlagen? Fand ich Zerstörung vor, Mord, Revolution?«

Jake beugte sich auf seinem Stuhl vor. Nach einer Pause sagte er düster:

»Mein Freund, sie hatten die Kasse von siebenundfünfzig Dollar und dreißig Cent geklaut, um sich Uniformmützen zu kaufen und jeden Samstagabend fein zu essen. Als ich ankam, saßen sie um den Verhandlungstisch, die Mützen auf dem Kopf, bei Schinken und 'ner Gallone Gin und würfelten.«

Jakes Lachanfall beantwortete Singer mit einem schüchternen Lächeln. Nach einer Weile wurde dieses Lächeln gezwungen und erstarb. Jake lachte immer weiter. Die Ader auf seiner Stirn schwoll an, sein Gesicht war dunkelrot. Er lachte zu lange.

Singer warf einen Blick auf die Uhr: halb eins. Er nahm seine Taschenuhr, den silbernen Bleistift und den Block, zehn Zigaretten und Streichhölzer vom Kamin und verteilte alles in seinen Taschen. Es war Essenszeit.

Aber Jake lachte immer noch. Dieses Lachen hatte etwas Irrsinniges. Er ging im Zimmer herum und klimperte mit dem Kleingeld in den Taschen. Er schwenkte krampfig und unbeholfen seine langen, mächtigen Arme. Er begann die einzelnen Gänge der bevorstehenden Mahlzeit aufzuzählen. Wenn er vom Essen sprach, bekam sein Gesicht einen leidenschaftlich-genießerischen Ausdruck. Bei jedem Wort zog er die Oberlippe hoch wie ein gieriges Raubtier.

»Saftiges Roastbeef. Reis. Kohl und Weißbrot. Und ein dickes Stück Apfelkuchen. Ich bin am Verhungern. Oh, Johnny, ich bin geradezu ausgehungert. Und wenn wir schon vom Essen reden, mein Freund: hab ich dir mal von Clark Patterson erzählt, dem Besitzer der Sunny Dixie Show? Der ist so dick, daß er sein Ding seit zwanzig Jahren nicht gesehen hat; den ganzen Tag sitzt er in seinem Wohnwagen, legt Patiencen und kokst. Das Essen läßt er sich immer von 'nem Schnellrestaurant in der Nähe holen, und zum Frühstück ißt er täglich . . .«

Jake trat zurück, um Singer durch die Tür zu lassen. Er ließ dem Taubstummen stets den Vortritt. Während sie die Treppe hinuntergingen, redete er nervös-geschwätzig weiter, die großen, braunen Augen auf Singers Gesicht geheftet.

Nachmittags war es warm und mild. Sie blieben im Zimmer. Jake hatte einen Liter Whisky mitgebracht. Schweigsam und grübelnd saß er am Fußende des Bettes; hin und wieder beugte er sich vor, um sich aus der Flasche auf dem Fußboden einzuschenken. Singer saß am Fenstertisch und spielte Schach. Jake war jetzt etwas ruhiger. Er sah seinem Freund beim Spiel zu und fühlte, wie der milde, ruhige Nachmittag in die Dunkelheit des Abends überging. Die Ofenglut warf dunkle, lautlose Schatten an die Zimmerwände.

Aber abends überkam ihn wieder diese Spannung. Singer hatte seine Schachfiguren fortgepackt; sie saßen einander gegenüber. Jake fühlte seine Lippen krampfhaft zucken; er trank, um sich zu beruhigen. Noch einmal überflutete ihn eine Welle von Unruhe und Gier. Er goß den Whisky hinunter und begann wieder zu sprechen. Die Worte quollen in ihm hoch und strömten aus seinem Munde. Er ging vom Fenster zum Bett und wieder zurück – immer wieder hin und zurück. Schließlich formte sich die Flut der aufquellenden Worte, und er redete mit trunkenem Pathos zu dem Taubstummen:

»Was die uns alles angetan haben! Alle Wahrheiten haben sie zu Lügen verwandelt! Alle Ideale haben sie besudelt und gemein gemacht. Nimm zum Beispiel Jesus. Der war einer von uns. Der war ein Wissender. Er hat gesagt, es wär leichter, daß ein Kamel durch ein Nadelöhr geht als ein Reicher ins Himmelreich – und da hat er verdammt genau gewußt, was er sagte. Aber sieh dir bloß an, was in den letzten zweitausend Jahren die Kirche mit Jesus gemacht hat. Was die aus ihm gemacht haben! Jedes Wort, das er gesprochen hat, haben sie für ihre gemeinen Zwecke verdreht. Wenn Jesus heute lebte – er wäre verfemt und säße im Gefängnis. Jesus – das wär wirklich ein Wissender. Ich und Jesus, wir würden uns an einen Tisch setzen, ich würde ihn ansehn, er würde mich ansehn, und wir würden beide wissen, daß der andere ein Wissender ist. Ich und Jesus und Karl Marx, wir könnten alle an einem Tisch sitzen und ...

Und sieh dir an, was aus unserer Freiheit geworden ist. Die Männer, die die amerikanische Revolution gemacht haben, die hatten mit den Tanten vom Vaterländischen Frauenverein genau so viel zu tun wie ich mit einem vollgefressenen, parfümierten Schoßhündchen. Wenn die Freiheit sagten, meinten sie's auch. Die haben richtig Revolution gemacht. Die haben's so richtig gemacht, daß in diesem Lande Freiheit und Gleichheit für alle Menschen herrschen könnten. Hach! Das heißt nämlich, daß von Natur aus alle Menschen gleich sind – daß alle die gleiche Chance haben. Das heißt nicht, daß zwanzig Prozent der Bevölkerung die Freiheit haben, den andern achtzig Prozent die lebensnotwendigsten Dinge wegzunehmen. Das heißt nicht, daß ein Reicher aus zehntausend Armen den letzten Schweißtropfen rauspressen darf, um noch reicher zu werden. Das heißt nicht, daß die Tyrannen ungestraft ein Land so auspowern dürfen, daß Millionen Menschen bereitwillig alles tun – lügen und betrügen oder sich den rechten Arm abhacken lassen –, bloß damit sie für einen Hungerlohn schuften dürfen. Sie haben das Wort Freiheit zur Blasphemie gemacht. Verstehst du? Sie haben's erreicht, daß für alle Wissenden das Wort Freiheit stinkt!«

In der Ader auf Jakes Stirn klopfte es wild. Sein Mund arbeitete krampfhaft. Singer richtete sich beunruhigt auf. Jake wollte weitersprechen, aber die Worte erstickten ihm im Munde. Ein Schauer überlief seinen Körper. Er setzte sich auf den Stuhl und preßte die Finger gegen die zitternden Lippen. Dann sagte er heiser:

»So steht's, Singer. Die Wut hat keinen Zweck. Nichts, was man tun könnte, hat Zweck. So kommt's mir wenigstens vor. Wir können nichts weiter tun, als von einem zum andern gehn und die Wahrheit sagen. Und wenn genügend Unwissende diese Wahrheit begriffen haben, dann braucht's gar keinen Kampf mehr. Wir haben nichts weiter zu tun, als es ihnen beizubringen. Weiter nichts. Aber wie? Hm?«

Die Schatten züngelten an den Wänden hoch. Immer höher stiegen die dunklen Schattenwogen, und das Zimmer begann zu schwanken. Es stieg und fiel, alles geriet aus dem Gleichgewicht. Jake fühlte, wie er mutterseelenallein hinuntersank, langsam immer tiefer in ein wogendes Schwanken, abwärts, in einen Ozean von Schatten. In hilflosem Entsetzen riß er die Augen auf, aber er konnte nichts sehen, nur die dunklen Glutwellen, die gierig über ihm züngelten. Schließlich fand sein Blick das, was er gesucht hatte: ganz weit weg das verschwimmende Gesicht des Taubstummen. Jake schloß die Augen.

Am nächsten Morgen erwachte er sehr spät. Singer war schon vor Stunden fortgegangen. Auf dem Tisch fand er Brot, Käse, eine Orange und eine Kanne Kaffee. Als er gefrühstückt hatte, war es Zeit, zur Arbeit zu gehen. Mit trübsinnig gesenktem Kopf ging er durch die Stadt, zu seinem Zimmer. Nicht weit von seinem Hause kam er durch eine enge Straße, in der ein Lagerhaus aus rauchgeschwärzten Ziegeln stand. An der Mauer dieses Gebäudes bemerkte er etwas, das ihm irgendwie auffiel. Er wollte weitergehen, aber plötzlich wurde seine Aufmerksamkeit geweckt. An der Mauer stand in dicken, merkwürdig geformten Buchstaben, mit roter Kreide geschrieben:

Ihr sollt das Fleisch der Mächtigen essen und das Blut
der Fürsten dieser Erde trinken.

Er las zweimal und sah sich ängstlich nach allen Seiten um. Niemand war zu sehen. Nach einigen Minuten verwirrten Nachdenkens zog er einen dicken Rotstift aus der Tasche und schrieb sorgfältig darunter:

Wer Obiges geschrieben hat, trifft mich morgen mittag,
Donnerstag, den 29. November, hier an dieser Stelle.
Oder übermorgen.

Am nächsten Tag war er um zwölf Uhr an der Mauer und wartete. Ab und zu ging er ungeduldig bis zur Ecke, um nach beiden Seiten die Straße hinunterzublicken. Niemand kam. Nach einer Stunde mußte er wieder zum Rummelplatz.
Auch am nächsten Tag wartete er dort.
Am Freitag regnete es – ein gleichmäßig-eintöniger Winterregen. Die Mauer war schon ganz naß, und die Schrift lief aus, so daß kein Wort mehr lesbar war. Es regnete weiter – grau, kalt und trostlos.

5

»Mick«, sagte Bubber, »ich glaub, allmählich ersaufen wir alle.«
Wirklich – es sah so aus, als wollte es nie wieder aufhören zu regnen. Mrs. Wells fuhr sie in ihrem Wagen zur Schule und wieder zurück, und nachmittags mußten sie auf der Vorderveranda bleiben. Mick und Bubber beschäftigten sich mit Brett- oder Kartenspielen, oder sie spielten Murmeln auf dem Teppich im Wohnzimmer. Weihnachten rückte näher, und Bubber phantasierte bereits vom lieben Jesuskind und von dem roten Fahrrad, das ihm der Weihnachtsmann bringen sollte. Der Regen rann silbern die Fensterscheiben lang und der Himmel war naßkalt und grau. Der Fluß stieg derart, daß manche Fabrikarbeiter ihre Häuser räumen mußten. Dann – als es scheinbar immer und ewig so weiterregnen wollte, hörte es plötzlich auf. Eines Morgens erwachten sie bei strahlendem Sonnenschein. Nachmittags war es fast

sommerlich warm. Mick kam spät aus der Schule heim und traf Bubber, Ralph und Spareribs vor dem Haus. Die Kinder sahen heiß und verschwitzt aus, und ihre Wintersachen rochen säuerlich. Bubber hatte seine Schleuder bei sich und die Tasche voller Kieselsteine. Ralph saß mit verrutschter Mütze und verdrießlicher Miene in seinem Wagen. Spareribs hatte sein neues Gewehr mitgebracht. Der Himmel war wunderbar blau.
»Wir haben lang auf dich gewartet, Mick«, sagte Bubber. »Wo warst du denn?«
Sie sprang, drei Stufen auf einmal nehmend, die Vordertreppe hinauf und warf ihren Sweater auf den Garderobenständer. »In der Turnhalle, Klavier geübt.«
Sie blieb jetzt immer nachmittags, im Anschluß an die Schule, eine Stunde dort, um Klavier zu spielen. Die Turnhalle war besetzt und voller Lärm, weil die Mädchen-Riege Basketball spielte. Heute hatte sie zweimal den Ball an den Kopf bekommen. Aber dafür, daß man am Klavier sitzen durfte, nahm man gern allerlei Püffe und andere Unannehmlichkeiten in Kauf. Sie fügte die Töne zu Akkorden, bis es so klang, wie sie wollte. Es war leichter, als sie gedacht hatte. Nach den ersten zwei oder drei Stunden gelangen ihr zu der Melodie, die sie mit der rechten Hand spielte, ein paar passende Baßakkorde. Sie konnte jetzt fast alle Stücke nachspielen. Außerdem machte sie neue Musik. Das war besser als das einfache Nachspielen von Melodien. Wenn ihre Hände nach diesen schönen, neuen Klängen suchten – das war das herrlichste Gefühl, das man sich denken konnte.
Sie wollte die Musik, die schon aufgeschrieben war, lesen lernen. Delores Brown hatte seit fünf Jahren Musikunterricht. Sie gab Delores ihr wöchentliches Frühstücksgeld von fünfzig Cent, und Delores gab ihr dafür Stunden. Infolgedessen hatte sie den ganzen Tag über Hunger. Delores spielte geläufig viele schnelle Stücke – aber das, was sie wissen wollte, konnte sie ihr nicht beantworten. Delores brachte ihr nur die verschiedenen Tonarten bei, die Dur- und Mollakkorde, die Notenwerte und andere Elementarregeln.
Mick knallte in der Küche die Ofenröhre zu. »Weiter gibt's nichts zu essen?«
»Süße, mehr kann ich nicht für dich tun«, sagte Portia.
Maiskuchen und Margarine – weiter nichts. Sie trank ein Glas Wasser dazu, um die Bissen hinunterzuspülen.

»Sei doch nicht so gierig. Wird dir schon niemand wegschnappen.«
Die Kleinen lungerten noch vor dem Hause herum. Bubber hatte seine Schleuder in die Tasche gesteckt und spielte nun mit dem Gewehr. Spareribs war zehn Jahre alt; sein Vater, dem das Gewehr gehört hatte, war vor einem Monat gestorben. Die Kleinen rissen sich darum. Alle paar Minuten legte Bubber das Gewehr an die Schulter, zielte und schrie: »Puh!«
»Du sollst nicht immer am Abzug rumfummeln«, sagte Spareribs. »Das Gewehr ist geladen.«
Mick aß ihren Maiskuchen auf und überlegte, was sie tun könnte. Harry Minowitz saß mit der Zeitung auf der Verandabrüstung. Sie freute sich, daß er da war. Aus Spaß hob sie den Arm und rief »Heil!« zu ihm hinüber.
Harry verstand aber diesmal keinen Spaß. Er ging in die Diele und schloß die Tür hinter sich. Er war leicht verletzt. Es tat ihr leid, denn bis vor kurzem waren sie und Harry richtig gute Freunde gewesen. Als Kinder hatten sie immer zu derselben Bande gehört, aber seit drei Jahren ging er auf die höhere Schule, während sie noch in der Grundschule gewesen war. Außerdem verdiente er nebenher Geld. Er wurde auf einmal erwachsen und trieb sich nicht mehr mit den Kindern in den Gärten herum. Manchmal sah sie ihn spät abends in seinem Schlafzimmer Zeitung lesen oder sich ausziehen. In Mathematik und Geschichte war er der Beste. Seitdem sie auch in der höheren Schule war, gingen sie öfter zusammen nach Hause. Sie waren in derselben Handwerksklasse, und einmal hatte der Lehrer sie zusammen einen Motor bauen lassen. Er las Bücher und außerdem täglich die Zeitung. Immerfort hatte er die Weltpolitik im Kopf. Er sprach langsam, und wenn ihm eine Sache sehr am Herzen lag, trat ihm der Schweiß auf die Stirn. Und nun hatte sie ihn beleidigt.
»Ob Harry wohl noch sein Goldstück hat?« fragte Spareribs.
»Was für'n Goldstück?«
»Wenn ein Judenjunge geboren wird, legen sie für ihn ein Goldstück auf die Bank. Das ist so bei den Juden.«
»Quatsch mit Soße! Das verwechselst du«, sagte sie. »Du meinst die Katholiken. Die kaufen für jedes Baby, das geboren wird, 'ne Pistole. Denn die Katholiken wollen eines Tages Krieg machen und alle andern umbringen.«
»Bei Nonnen hab ich immer so'n komisches Gefühl«, sagte Spa-

reribs. »Ich krieg's mit der Angst, wenn ich eine auf der Straße seh.« Sie setzte sich auf die Stufen und legte den Kopf auf die Knie. Sie ging jetzt in die ›innere Welt‹. Für sie gab es gleichsam zwei Welten – die innere und die äußere. Schule und Familie und alles, was so täglich passierte, gehörten zur Außenwelt. Mister Singer war in beiden Welten. Fremde Länder, Pläne und Musik waren in der inneren Welt. Auch die Lieder, die sie im Kopf hatte, gehörten dorthin. Und die Symphonie. Wenn sie allein in der inneren Welt war, kam die Musik, die sie in der Nacht nach dem Fest gehört hatte, wieder zu ihr. Diese Symphonie blühte langsam wie eine große Blume in ihr auf. Manchmal fiel ihr plötzlich mitten am Tage oder morgens beim Aufstehen ein neues Stück der Symphonie ein. Dann mußte sie in die innere Welt gehen, mußte viele Male lauschen und versuchen, das Neue mit den Teilen der Symphonie zusammenzufügen, die sie behalten hatte. Die innere Welt war etwas ganz Privates. Sie konnte im Haus unter lauter Menschen sein und sich doch ganz abgeschlossen fühlen.
Spareribs hielt ihr seine schmutzige Hand vor die Augen, weil sie ein Loch in die Luft gestarrt hatte. Sie gab ihm eins hinter die Ohren.
»Was ist eine Nonne?« fragte Bubber.
»'ne katholische Dame«, sagte Spareribs. »'ne katholische Dame mit einem weiten, schwarzen Kleid, das ihr bis über den Kopf reicht.«
Sie hatte es satt, bei den Kindern herumzusitzen. Sie wollte in die Bibliothek gehen und Bilder im *National Geographic* besehen. Photographien von all den fremden Gegenden – von Paris und Frankreich. Und große Eisgletscher. Und die wilden Dschungel in Afrika.
»Paßt auf, daß Ralph nicht auf die Straße fällt«, sagte sie.
Bubber schulterte das große Gewehr. »Bring mir 'ne Geschichte mit.«
Dieser Junge war zum Lesen geradezu geboren. Er war erst in der zweiten Klasse, las aber brennend gern Geschichten und bat nie einen anderen, ihm etwas vorzulesen. »Was für eine willst du denn?«
»Such ein paar raus, wo was zu essen vorkommt. Ich hab die so gern, wo die deutschen Kinder in den Wald gehn und an das Haus von der Hexe kommen, das aus lauter Zuckerzeug gemacht ist. Geschichten mit Essen mag ich gern.«

»Mal sehn, ob ich so eine finde«, sagte Mick.
»Aber von Zuckerzeug hab ich jetzt eigentlich genug«, sagte Bubber. »Vielleicht findest du 'ne Geschichte mit 'nem Schinkenbrot. Aber wenn du so eine nicht findest, dann möcht ich 'ne Wildwestgeschichte.«
Als sie gerade gehen wollte, blieb sie plötzlich stehen und starrte auf die Straße. Auch die Kinder standen da und starrten. Sie standen alle ganz still und starrten Baby Wilson an, die auf der anderen Straßenseite die Stufen ihres Hauses herunterkam.
»Sieht Baby nicht süß aus!« sagte Bubber leise.
Vielleicht lag es an dem heißen Sonnentag nach all den Regenwochen, vielleicht auch daran, daß ihnen an einem derart schönen Nachmittag ihre dunklen Wintersachen so häßlich vorkamen. Jedenfalls wirkte Baby wie eine Elfe oder wie eine Erscheinung aus dem Film. Sie hatte das Kostüm an, das sie voriges Jahr zum Schülerabend getragen hatte: ein kurzes, starr abstehendes, rosafarbenes Gazeröckchen, dazu ein rosa Mieder, rosa Ballettschuhe und sogar ein rosa Handtäschchen. Mit ihrem blonden Haar war sie von oben bis unten rosa, weiß und golden – und so sauber und zierlich, daß es beinahe weh tat, sie anzusehen. Sie trippelte zierlich die Straße hinunter, ohne sich nach ihnen umzusehen.
»Komm doch her«, sagte Bubber. »Zeig doch mal dein rosa Handtäschchen ...«
Baby ging mit abgewandtem Kopf an ihnen vorbei. Sie hatte sich's vorgenommen, nicht mit ihnen zu reden.
Zwischen dem Gehsteig und dem Fahrdamm lag ein Grünstreifen; als Baby dort angelangt war, blieb sie einen Augenblick stehen, um einen Handstand und einen Salto vorzuführen.
»Sieh bloß nicht hin«, sagte Spareribs. »Die spielt sich immer so auf. Jetzt geht sie ins Café zu Mister Brannon und holt sich Zuckerzeug. Ist ja ihr Onkel, da kriegt sie's umsonst.«
Bubber stützte das Gewehr auf den Boden. Die große Waffe wurde ihm zu schwer. Während er der weitergehenden Baby nachsah, zerrte er fortwährend an seinen zerzausten Haarsträhnen. »So'n süßes rosa Handtäschchen«, sagte er.
»Ihre Mama redet immerzu von ihrem Talent«, sagte Spareribs. »Die will, daß Baby zum Film geht.«
Es war nun zu spät, um in die Bibliothek zu gehen. Das Abendessen mußte bald fertig sein. Ralph fing an zu brüllen; sie nahm ihn aus dem Wagen und setzte ihn auf die Erde. Jetzt

war Dezember, und für einen Jungen in Bubbers Alter lag der Sommer schon weit zurück. Letzten Sommer war Baby fast jeden Tag in ihrem rosa Tanzkostüm auf die Straße gekommen und hatte getanzt. Zuerst hatten die Kinder sie umdrängt und angestaunt, dann aber hatten sie es bald satt bekommen. Nun sah nur noch Bubber zu, wenn sie auf der Straße tanzte. Er setzte sich auf die Bordkante, und wenn ein Auto kam, stieß er einen Warnungsruf aus. Er hatte Baby hundertmal tanzen sehen – aber seit dem Sommer waren drei Monate vergangen, und jetzt war es wieder etwas ganz Neues für ihn.

»Wenn ich doch bloß ein Kostüm hätte«, sagte Bubber.

»Was denn für eins?«

»So'n ganz duftiges. Ein richtig hübsches in allen Farben. Wie'n Schmetterling. Das wünsch ich mir zu Weihnachten. Das und ein Fahrrad!«

»So was Affiges«, sagte Spareribs.

Bubber legte wieder das große Gewehr an und zielte auf ein Haus auf der anderen Straßenseite. »Wenn ich so'n Kostüm hab, dann tanz ich immer damit rum. Das zieh ich dann alle Tage zur Schule an.«

Mick setzte sich auf die Verandastufen und behielt Ralph im Auge. Bubber war gar nicht affig, wie Spareribs gesagt hatte. Er schwärmte eben für hübsche Sachen. Eigentlich hätte sie dem dummen Spareribs eins draufgeben sollen.

»Man muß sich alles erkämpfen«, sagte sie langsam. »Ich hab sehr oft festgestellt, daß grade die jüngeren Kinder in einer Familie am besten geraten. Die jüngsten Kinder sind immer die widerstandsfähigsten. Ich bin ganz schön zäh, weil ich ziemlich viel über mir hab. Bubber – der sieht kränklich aus und schwärmt für hübsche Sachen, aber im Grunde ist er sehr kräftig. Wenn das alles stimmt, dann wird Ralph sicher 'n richtiger Kraftprotz, wenn er erst laufen kann. Er ist zwar grad erst anderthalb, aber ich seh's ihm schon jetzt an, daß er was Hartes und Zähes in sich hat.«

Ralph sah sich um, weil er merkte, daß von ihm gesprochen wurde. Spareribs setzte sich auf die Erde, riß Ralph die Mütze vom Kopf und fuchtelte ihm damit vor dem Gesicht herum, um ihn zu necken.

»Nimm dich in acht!« rief Mick. »Du weißt doch, was dir blüht, wenn du ihn zum Heulen bringst. Laß das lieber.«

Alles war ruhig. Die Sonne war hinter den Hausdächern ver-

schwunden, und der Himmel hatte sich im Westen purpurn und rosa gefärbt. In der Nachbarschaft hörte man Kinder Rollschuh laufen. Bubber lehnte sich an einen Baum und versank in Träumerei. Aus dem Hause kam der Duft des Abendbrots; bald war es wohl Zeit zum Essen.
»Guck mal«, sagte Bubber unvermittelt. »Da kommt Baby zurück. Zu hübsch sieht sie aus in dem rosa Kostüm.«
Baby kam langsam anstolziert. Sie hatte eine Schachtel Puffmais in der Hand, in der eine Überraschung versteckt war, nach der sie nun suchte. Sie kam ebenso zierlich angetrippelt wie vorhin. Man sah: sie wußte genau, daß alle sie beobachteten.
»Bitte, Baby ...«, sagte Bubber, als sie an ihnen vorübergehen wollte. »Ich möcht so gern mal dein rosa Handtäschchen sehn und dein rosa Kostüm anfassen.«
Baby trällerte vor sich hin und tat, als hörte sie nicht. Sie ging vorüber, und Bubber durfte nicht mit ihr spielen. Sie zog nur den Kopf ein bißchen ein und lächelte ihm zu.
Bubber hatte immer noch das große Gewehr angelegt. Er rief laut »Puh!« und tat, als schösse er. Dann rief er noch einmal – mit sanfter, trauriger Stimme, als locke er ein Kätzchen: »Bitte, Baby ... Komm doch her, Baby ...«
Es ging zu rasch – Mick konnte es nicht aufhalten. Sie sah seine Hand am Abzug des Gewehrs; und schon hörte man das schreckliche ›Peng!‹ Baby brach auf dem Gehsteig zusammen. Sie lag dort wie angenagelt, unfähig zu schreien oder sich zu rühren. Spareribs hielt den Arm vors Gesicht.
Nur Bubber hatte nichts begriffen. »Steh auf, Baby«, rief er. »Ich bin dir nicht böse.«
Alles geschah in Sekundenschnelle. Sie kamen alle drei gleichzeitig bei Baby an. Sie lag zusammengebrochen auf dem Gehsteig. Der Rock war ihr über den Kopf geflogen, so daß man ihre rosa Schlüpfer und ihre weißen Beinchen sah. Sie hielt die Hände geöffnet: in der einen lag die Überraschung aus der Puffmaisschachtel, mit der anderen hielt sie die Handtasche. Ihre Haarschleife und ihre blonden Locken waren blutüberströmt. Der Schuß war in den Kopf gegangen; sie lag mit dem Gesicht nach unten.
So vieles geschah in dieser einen Sekunde. Bubber schrie auf, ließ das Gewehr fallen und rannte davon. Sie stand, die Hände vors Gesicht geschlagen, und schrie. Dann kamen viele Leute. Paps war als erster da. Er trug Baby ins Haus.

»Die ist tot«, sagte Spareribs. »Er hat sie durch die Augen geschossen. Ich habe ihr Gesicht gesehn.«

Mick wanderte auf dem Gehsteig auf und ab; sie wollte fragen, ob Baby tot sei, aber sie brachte kein Wort heraus. Mrs. Wilson wurde aus ihrem Schönheitssalon gerufen und kam über die Straße gestürzt. Sie ging ins Haus und kam dann wieder heraus. Sie lief auf der Straße hin und her, weinte und schob immerfort ihren Ring am Finger hin und her, hin und her. Dann kam der Unfallwagen, und der Arzt ging zu Baby hinein. Mick folgte ihm. Baby lag im Vorderzimmer auf dem Bett. Im Haus war es still wie in einer Kirche.

Baby lag wie eine hübsche kleine Puppe auf dem Bett. Außer der blutenden Stelle schien sie keine Verletzung zu haben. Der Arzt beugte sich über sie und untersuchte ihren Kopf. Als er fertig war, wurde Baby auf einer Bahre hinausgetragen. Mrs. Wilson und Paps fuhren im Unfallwagen mit.

Im Hause war es noch ganz still. Keiner dachte an Bubber. Der war nirgends zu sehen. Eine Stunde verging, Mama, Hazel, Etta und alle Mieter saßen wartend im Vorderzimmer. Mister Singer stand an der Haustür. Nach einer langen Zeit kam Paps zurück. Er sagte, Baby werde nicht sterben, sie habe aber einen Schädelbruch. Er fragte nach Bubber. Keiner wußte, wo er war. Draußen war es dunkel geworden. Sie riefen im Hinterhof und auf der Straße nach Bubber. Mick schickte Spareribs und ein paar andere Jungen auf die Suche. Aber Bubber schien aus der Nachbarschaft verschwunden zu sein. Harry ging zu einer Familie, zu der er vielleicht gegangen sein konnte.

Paps wanderte auf der Vorveranda auf und ab. »Noch nie hab ich eins von meinen Kindern geschlagen«, sagte er immer wieder. »Ich hab das nie für richtig gehalten. Aber diesen Bengel verhau ich, sobald ich ihn in die Finger krieg.«

Mick saß auf der Brüstung und blickte die dunkle Straße hinunter.

»Ich werd mit Bubber fertig. Wenn er wieder da ist, nehm ich ihn mir vor.«

»Such ihn. Du findest ihn eher als alle andern.«

Kaum hatte Paps das gesagt, da wußte sie auf einmal, wo Bubber war. Im Hinterhof stand eine dicke Eiche, auf der sie sich im Sommer hoch oben eine Hütte gebaut hatten. Sie hatten eine große Kiste hinaufgezogen, und diese Baumhütte war immer Bubbers Lieblingsplatz gewesen. Mick ließ die Familie

und die Mieter auf der Veranda und ging durch das Seitengäßchen in den dunklen Hof.
Sie blieb eine Weile unter dem Baum stehen. »Bubber ...«, rief sie leise. »Ich bin's, Mick.«
Er antwortete nicht, aber sie wußte: er war oben. Sie konnte ihn geradezu riechen. Sie schwang sich auf den untersten Ast und kletterte langsam hinauf. Sie hatte wahrhaftig eine Wut auf den Bengel, sie wollte ihm schon den Kopf waschen. Als sie die Baumhütte erreicht hatte, rief sie ihn noch einmal – wieder keine Antwort. Sie kroch in die große Kiste hinein und tastete die Wände ab. Schließlich fühlte sie ihn. Er kauerte in einer Ecke; seine Beine schlotterten. Er hatte die Luft angehalten, und als sie ihn anrührte, brachen Atem und Schluchzen gleichzeitig aus ihm hervor.
»Ich ... ich wollte Baby nicht umlegen. Sie war bloß so klein und niedlich – da mußt ich einfach auf sie schießen.«
Mick setzte sich auf den Boden der Hütte. »Baby ist tot«, sagte sie. »Ein Haufen Leute ist auf der Suche nach dir.«
Bubber hörte auf zu weinen. Er war ganz still.
»Weißt du, was Paps jetzt zu Hause macht?«
Man konnte geradezu hören, wie Bubber lauschte.
»Du weißt doch, wer Direktor Lawes ist – du hast ihn im Radio gehört. Der Direktor von Sing-Sing. Und was Sing-Sing ist, weißt du auch. Also – Paps schreibt grad einen Brief an Direktor Lawes, er möchte dich ein bißchen sanft behandeln, wenn du verhaftet wirst und nach Sing-Sing kommst.«
Das alles klang im Dunkeln so fürchterlich, daß es sie selber grauste. Sie fühlte, wie Bubber zitterte.
»Da haben sie kleine elektrische Stühle – grade passend für dich. Und wenn der Strom eingeschaltet wird, dann schrumpelst du zusammen wie verbrannter Speck. Und dann fährst du zur Hölle.«
Bubber drückte sich in seine Ecke und gab keinen Laut. Sie kroch wieder aus der Kiste, um hinunterzusteigen. »Bleib lieber hier oben, die Polizei hat nämlich den Hof umstellt. Vielleicht kann ich dir in ein paar Tagen was zu essen bringen.«
Mick lehnte sich an den Eichenstamm. Das würde für Bubber eine Lehre sein. Sie war noch immer mit ihm fertig geworden, sie kannte den Jungen besser als alle anderen. Einmal, vor ein oder zwei Jahren, wollte er sich immer ins Gebüsch verdrücken, um zu pinkeln und ein Weilchen an sich rumzuspielen. Das hatte

sie rasch spitzgekriegt. Sie gab ihm jedesmal eins hinter die Ohren, und nach drei Tagen war er kuriert. Von da an pinkelte er nie mehr normal wie andere Jungen, sondern hielt dabei die Hände auf den Rücken. Sie hatte sich immer um Bubber kümmern müssen, sie wurde schon fertig mit ihm. Nach einer Weile wollte sie wieder zur Baumhütte hinaufklettern und ihn holen. Der würde wohl in seinem ganzen Leben kein Gewehr mehr anfassen.

Im Hause herrschte immer noch Totenstille. Die Mieter saßen alle auf der Vorveranda; sie unterhielten sich nicht, auch die Schaukelstühle standen still. Paps und Mama waren im Vorderzimmer. Paps trank Bier aus der Flasche und wanderte dabei auf und ab. Baby würde wieder gesund werden, um die brauchte man sich also nicht zu sorgen. Auch um Bubber schien sich niemand zu ängstigen. Irgend etwas anderes war es.

»Dieser Bubber!« sagte Etta.

»Ich schäm mich, vor die Tür zu gehn, nachdem so was passiert ist«, sagte Hazel.

Etta und Hazel gingen ins Mittelzimmer und schlossen die Tür hinter sich. Bill war hinten in seinem Zimmer. Sie hatte keine Lust, mit ihnen zu reden. Sie stand in der Diele herum und dachte nach.

Paps blieb stehen. »Es war Absicht«, sagte er. »Es war nicht so, daß der Bengel einfach mit dem Gewehr gespielt hat und daß es zufällig losging. Alle die's gesehn haben, sagen, er hat absichtlich auf sie gezielt.«

»Wann wir wohl von Mrs. Wilson hören werden«, sagte Mama.

»Wir werden noch mehr als genug von ihr hören.«

»Das werden wir bestimmt.«

Jetzt nach Sonnenuntergang war es wieder kalt wie im November. Die Leute kamen von der Veranda herein und setzten sich ins Wohnzimmer – aber niemand machte Feuer. Micks Sweater hing an der Garderobe; sie schlüpfte hinein und zog die Schultern an, um es wärmer zu haben. Sie dachte an Bubber, der draußen in der kalten, dunklen Baumhütte saß. Er hatte ihr wahrhaftig jedes Wort geglaubt. Aber er verdiente es auch, daß er etwas Angst ausstand. Um ein Haar hätte er Baby getötet.

»Mick, kannst du dir gar nicht denken, wo Bubber sein könnte?« fragte Paps.

»Wahrscheinlich nicht weit weg.«

Paps wanderte auf und ab, die leere Bierflasche in der Hand. Er

ging wie ein Blinder, und sein Gesicht war schweißüberströmt. »Der arme Junge hat Angst, nach Hause zu kommen. Mir wär wohler, wenn wir ihn fänden. Ich hab Bubber noch nie angerührt. Er braucht keine Angst vor mir zu haben.«
Sie wollte ihn anderthalb Stunden warten lassen. In der Zeit würde er mächtig bereuen, was er angestellt hatte. Sie war noch immer mit Bubber fertig geworden, sie würde es ihm schon beibringen.
Nach einer Weile gab es große Aufregung im Haus. Paps telefonierte noch einmal mit dem Krankenhaus und fragte, wie es Baby ginge, und einige Minuten später rief Mrs. Wilson an: sie wolle die Eltern sprechen und werde zu ihnen kommen.
Paps wanderte immer noch wie ein Blinder im Vorderzimmer auf und ab. Er trank noch drei Flaschen Bier. »So wie die Dinge liegen, kann sie mein letztes Hemd verlangen. Bis auf die Hypothek könnte sie das Haus kriegen. Aber wie sollen wir wieder von vorn anfangen – so wie die Dinge liegen?«
Plötzlich fiel Mick etwas ein. Vielleicht wollte man Bubber wirklich vor Gericht stellen und in ein Jugendgefängnis bringen. Vielleicht wollte Mrs. Wilson ihn in die Besserungsanstalt schikken. Vielleicht wollten sie wirklich irgendwas Schreckliches mit Bubber machen. Sie mußte gleich hinaus zur Baumhütte, mußte sich zu ihm setzen und ihm sagen, daß er keine Angst haben solle. Bubber war so schmächtig und klein und so gescheit. Sie hätte jeden umgebracht, der diesen Jungen aus der Familie herausreißen wollte. Sie wollte ihn küssen und beißen, so sehr liebte sie ihn. Aber sie durfte nichts versäumen. In wenigen Minuten würde Mrs. Wilson da sein, und sie mußte wissen, was daraus wurde. Dann würde sie zu Bubber laufen und ihm sagen, daß alles logen war, was sie vorhin gesagt hatte. Dann hatte er wahrhaftig seine Lehre gehabt.
Ein Taxi fuhr vor. Alle standen regungslos und ängstlich auf der Vorveranda und warteten. Mrs. Wilson und Mister Brannon stiegen aus dem Taxi. Als sie die Stufen heraufkamen, hörte sie, wie Paps vor Nervosität mit den Zähnen knirschte. Sie gingen ins Vorderzimmer; sie folgte ihnen und blieb an der Tür stehen. Etta, Hazel, Bill und die Mieter blieben draußen.
»Ich bin gekommen, um alles mit Ihnen zu besprechen«, sagte Mrs. Wilson.
Im Vorderzimmer war es unordentlich und schmutzig, und sie merkte, daß das Mister Brannon nicht entging. Die eingedrückte

Zelluloidpuppe, Perlen und anderer Kram, mit dem Ralph gespielt hatte, lagen auf dem Fußboden. Auf Paps' Werkbank war eine Bierlache, und die Kissen auf Paps' und Mamas Bett sahen richtig grau aus.
Mrs. Wilson schob immerfort ihren Trauring hin und her. Mister Brannon saß ganz gelassen neben ihr. Er hatte die Beine übereinandergeschlagen. Seine Kinnbacken sahen bläulichschwarz aus, wie bei den Gangstern im Film. Der hatte immer etwas gegen sie gehabt. Immer sprach er mit einer ganz rauhen Stimme zu ihr, ganz anders als zu andern Leuten. Vielleicht wußte er, daß sie und Bubber einmal ein Päckchen Kaugummi von seiner Theke stibitzt hatten. Sie haßte ihn.
»Der Tatbestand ist kurz gesagt der«, sagte Mrs. Wilson, »Ihr Junge hat mein Baby absichtlich in den Kopf geschossen.«
Mick trat in die Mitte des Zimmer. »Nein, das hat er nicht getan«, sagte sie. »Ich war dabei. Bubber hat mit dem Gewehr auf mich und Ralph und überhaupt auf alles gezielt. Sein Finger ist zufällig abgerutscht, als er auf Baby zielte. Ich war dabei.«
Mister Brannon rieb sich die Nase und sah sie traurig an. Wie sie ihn haßte!
»Ich kann mir denken, wie das für Sie alle ist – also möchte ich gleich zur Sache kommen.«
Mama klimperte mit dem Schlüsselbund; Paps saß unbeweglich und ließ seine großen Hände über die Knie hängen.
»Bubber hat das nicht gewollt«, sagte Mick. »Er hat bloß ...«
Mrs. Wilson schob den Ring an ihrem Finger hin und her. »Einen Augenblick! Ich weiß Bescheid. Ich könnte Sie verklagen und Sie um Ihren letzten Cent bringen.«
Paps hatte ein völlig leeres Gesicht. »Ich will Ihnen was sagen«, erklärte er. »Wir haben nicht viel, worum Sie uns bringen können. Alles, was wir haben ...«
»Hören Sie zu«, sagte Mrs. Wilson. »Ich bin mit keinem Rechtsanwalt gekommen, und ich will Sie nicht ausnehmen. Bartholomew – Mister Brannon – und ich, wir haben das unterwegs besprochen und sind uns über die Hauptpunkte einig. Erstens möchte ich anständig und ehrlich handeln, und zweitens will ich nicht, daß Baby in ihrem Alter in ein öffentliches Gerichtsverfahren verwickelt wird.«
Im Zimmer herrschte lautlose Stille: alle saßen steif auf ihren Stühlen. Nur Mister Brannon lächelte Mick verstohlen zu, aber sie sah ihn frech mit zusammengekniffenen Augen an.

Mrs. Wilson war sehr nervös; ihre Hand zitterte, als sie sich eine Zigarette anzündete. »Ich will Sie nicht ausnehmen oder so. Ich verlange von Ihnen bloß, was recht und billig ist. Ich verlange nicht, daß Sie all die Schmerzen und Tränen bezahlen, durch die Baby hindurch mußte, bis sie ihr was zum Schlafen gegeben haben. Das ist mit Geld nicht zu bezahlen. Ich verlange auch nicht, daß Sie den Schaden für ihre Karriere und unsere ganzen Pläne bezahlen. Sie wird monatelang mit verbundenem Kopf rumlaufen müssen. Sie wird beim Schülerabend nicht tanzen können – vielleicht wird sogar eine kleine kahle Stelle am Kopf bleiben.«

Mrs. Wilson und Paps starrten sich an wie Hypnotisierte. Dann griff Mrs. Wilson nach ihrer Handtasche und holte einen Zettel heraus.

»Sie sollen uns nur die tatsächlichen Unkosten erstatten. Das wär Babys Einzelzimmer im Krankenhaus und eine Privatpflegerin, solange sie dort liegt. Ferner Operationssaal und Arztrechnung – ich will, daß der Arzt sein Geld gleich kriegt. Außerdem haben sie Baby das ganze Haar abrasiert; Sie müßten also die Dauerwelle bezahlen, die ich ihr in Atlanta habe machen lassen, damit sie eine neue bekommen kann, wenn ihr Haar wieder gewachsen ist. Dann wäre da noch ihr Kostüm und andere kleine Unkosten. Ich werde alles aufschreiben, sobald ich weiß, wieviel das macht. Ich bemühe mich, so anständig und so ehrlich wie möglich zu sein, aber diese Unkosten müssen Sie mir bezahlen, wenn ich Ihnen die Rechnung vorlege.«

Mama strich ihr Kleid über den Knien glatt und atmete einmal rasch und kurz ein. »Wäre denn die Kinderabteilung nicht viel besser als ein Einzelzimmer? Als Mick Lungenentzündung hatte . . .«

»Ich habe Einzelzimmer gesagt.«

Mister Brannon hielt seine weißen, kurzen Hände vor sich hin und balancierte sie, als lägen sie auf einer Waage. »Vielleicht könnte Baby in ein oder zwei Tagen in ein Doppelzimmer umziehen, zusammen mit einem andern Kind.«

Mrs. Wilson war unerbittlich. »Sie haben gehört, was ich gesagt hab. Ihr Junge hat mein Baby angeschossen, und ich will, daß sie es so gut wie möglich hat, bis sie wieder gesund ist.«

»Das ist Ihr gutes Recht«, sagte Paps. »Weiß der Himmel – wir sind mittellos; aber vielleicht kann ich's irgendwie aufbringen.

Ich sehe, daß Sie uns nicht übervorteilen wollen, und das erkenne ich an. Wir werden tun, was wir können.«
Sie wäre gern geblieben und hätte weiter alles mitangehört, aber der Gedanke an Bubber ließ ihr keine Ruhe. Wenn sie sich ausmalte, wie er da in der dunklen, kalten Baumhütte saß und an Sing-Sing dachte, wurde ihr unbehaglich zumute. Sie ging hinaus, durch die Diele zur Hintertür. Draußen blies der Wind, und der Hof war ganz dunkel – bis auf das gelbe Rechteck des erleuchteten Küchenfensters. Als sie einen Blick hineinwarf, sah sie Portia, die langen, mageren Hände vor dem Gesicht, regungslos am Küchentisch sitzen. Im Hof war es einsam, der Wind klagte in der Finsternis, und überall huschten unheimliche Schatten.
Sie stand unter der Eiche. Als sie den untersten Ast ergreifen wollte, kam ihr plötzlich ein furchtbarer Gedanke: sie wußte, daß Bubber nicht mehr da war. Sie rief nach ihm – er antwortete nicht. Rasch und lautlos wie eine Katze kletterte sie hinauf.
»Du! Bubber!«
Auch ohne in der Kiste herumzufühlen, wußte sie, daß er nicht dort war. Um sich zu vergewissern, kroch sie hinein und tastete alle Ecken ab. Der Junge war fort. Gleich nachdem sie fortgegangen war, mußte er hinuntergestiegen sein. Bestimmt war der jetzt ausgekniffen, und bei einem so findigen Jungen wie Bubber konnte man nicht wissen, wo sie ihn einfangen würden.
Sie ließ sich wieder am Baum hinunter und lief auf die Vorderveranda. Mrs. Wilson wollte gerade gehen, und die anderen hatten sie zur Haustür begleitet.
»Paps!« sagte sie. »Wir müssen was wegen Bubber tun. Der ist ausgekniffen. Der ist bestimmt nicht mehr in unserm Block. Wir müssen alle losgehn und ihn suchen.«
Keiner wußte, wohin man gehen oder was man unternehmen sollte. Paps wanderte auf der Straße auf und ab und blickte in alle Seitenstraßen. Mister Brannon telefonierte nach einem Taxi für Mrs. Wilson und blieb dann bei ihnen, um sich an der Suche zu beteiligen. Mister Singer saß auf der Verandabrüstung; er bewahrte als einziger die Ruhe. Alle erwarteten von Mick, daß sie einen Plan machte, wo man Bubber suchen solle. Aber die Stadt war so groß, und der kleine Junge war so gerissen – sie wußte auch nicht, was hier zu tun war. Vielleicht war er zu Portias Wohnung in Sugar Hill gegangen. Sie ging wieder in

die Küche, wo Portia, die Hände vor dem Gesicht, am Tisch saß.
»Mir ist plötzlich eingefallen, vielleicht ist er in deine Wohnung gegangen. Hilf uns suchen!«
»Wieso hab ich bloß daran nicht gedacht! Wetten, mein armer, kleiner Angsthase sitzt die ganze Zeit bei mir zu Hause.«
Mister Brannon hatte sich ein Auto geliehen. Er, Mister Singer und Paps stiegen mit ihr und Portia in den Wagen. Keiner außer ihr wußte, wie es in Bubber aussah. Keiner wußte, daß er wirklich um sein Leben rannte.
In Portias Haus war es dunkel bis auf die hellen Vierecke, die das Mondlicht auf den Fußboden warf. Schon beim Eintreten spürten sie, daß die beiden Zimmer leer waren. Portia drehte das Licht im Vorderzimmer an. Die Wohnung roch nach Farbigen und war voll von ausgeschnittenen Bildern an den Wänden, von Spitzendecken und Spitzenkissen auf den Betten. Bubber war nicht da.
»Er war hier«, sagte Portia auf einmal. »Ich fühl ganz sicher, hier war einer drin.«
Mister Singer fand den Bleistift und das Stück Papier auf dem Küchentisch. Er las rasch; dann ging der Zettel von Hand zu Hand. Die Schrift war dünn und geschwungen, und der kluge Bengel hatte nur ein einziges Wort falsch geschrieben. Die Nachricht lautete:

Liebe Portia,
ich bin nach Florada. Sag's allen andern.

Dein Bubber Kelly.

Alle standen überrascht und verdutzt da. Paps blickte zur Haustür hinaus und rieb sich sorgenvoll die Nase. Sie wollten sich gerade wieder in den Wagen zwängen, um auf die südwärts führende Straße hinauszufahren, als Mick sagte:
»Halt – wartet mal. Bubber ist zwar erst sieben, aber soviel Grips hat er doch, daß er uns nicht erzählt, wohin er auskneifen will. Mit Florida will er uns bloß anführen.«
»Anführen?« fragte Paps.
»Klar. Es gibt nur zwei Gegenden, wo Bubber einigermaßen Bescheid weiß: die eine ist Florida, und die andre ist Atlanta. Ich bin mit Bubber und Ralph schon oft auf der Straße nach Atlanta gewesen. Er weiß, wie man dahin kommt, bestimmt ist

er in der Richtung gelaufen. Er hat schon immer davon geredet, was er alles machen will, wenn er mal nach Atlanta kommt.«
Sie gingen wieder zum Auto hinaus. Beim Einsteigen kniff Portia sie in den Ellenbogen. »Weißt du, was Bubber gemacht hat?« fragte sie leise. »Sag es niemand, aber mein Bubber hat auch meine goldenen Ohrringe vom Ankleidetisch genommen. Nie hätt ich gedacht, daß mein Bubber mir so was antun wird.«
Mister Brannon fuhr los. Sie fuhren langsam und suchten alle Straßen ab, die zur Landstraße nach Atlanta hinausführten.
Wahrhaftig: dieser Bubber hatte eine ganz rüde und gemeine Strähne. So hatte er sich noch nie benommen. Er war bisher immer ein artiger kleiner Junge gewesen und hatte nie etwas Gemeines getan. Wenn er jemanden kränkte, schämte er sich stets und wurde ganz nervös. Wie kam er nur dazu, heute solche Sachen anzustellen?
Sie fuhren ganz langsam die Straße nach Atlanta hinunter. Die letzten Häuser lagen hinter ihnen; sie kamen nun in die dunklen Felder und Wälder. Unterwegs hatten sie mehrmals gehalten und gefragt, ob jemand Bubber gesehen habe. »Ist hier ein kleiner Junge vorbeigekommen, barfuß und in Kordhosen?« Aber niemand hatte ihn gesehen oder wußte etwas von ihm, auch als sie schon mehr als fünfzehn Kilometer gefahren waren. Der Wind blies kalt und heftig durch die offenen Wagenfenster, und es war spät in der Nacht.
Sie fuhren noch etwas weiter und dann wieder zurück zur Stadt. Paps und Mister Brannon wollten bei allen Kindern aus der zweiten Klasse nachfragen, aber sie sagte, sie sollten umkehren und noch einmal die Straße nach Atlanta langfahren. Die ganze Zeit mußte sie daran denken, was sie zu Bubber gesagt hatte. Daß Baby tot wäre, und die Sache mit Sing-Sing und Direktor Lawes, mit den kleinen elektrischen Stühlen, die gerade für ihn paßten, und daß er in die Hölle käme. In der Finsternis hatte das alles so grausig geklungen.
Sie fuhren ganz langsam einen knappen Kilometer aus der Stadt hinaus, da sah sie plötzlich Bubber. Im Scheinwerferlicht des Wagens vor ihnen war er ganz deutlich zu erkennen. Komisch war das. Er ging am Straßenrand, streckte den Daumen aus und wollte mitgenommen werden. Er hatte Portias Tranchiermesser im Gürtel stecken und sah auf der breiten, dunklen Straße so klein aus, als wäre er fünf und nicht sieben Jahre alt.
Als sie hielten, kam er angelaufen, um einzusteigen. Er konnte

sie nicht erkennen und hatte ein so verkniffenes Gesicht, wie wenn er beim Murmelspiel zielte. Paps packte ihn beim Kragen. Bubber trat und schlug mit den Fäusten um sich. Dann hatte er das Tranchiermesser in der Hand. Paps entriß es ihm gerade noch rechtzeitig. Er wehrte sich wie ein kleiner Tiger in der Falle, schließlich aber bugsierten sie ihn in den Wagen. Paps hatte ihn während der Rückfahrt auf dem Schoß; Bubber saß ganz steif da und lehnte sich nirgends an.

Sie mußten ihn ins Haus zerren, und alle Nachbarn und Mieter kamen heraus und sahen zu. Sie schleppten ihn ins Vorderzimmer; dort verkroch er sich in eine Ecke und sah mit geballten Fäusten und eingekniffenen Augen von einem zum anderen, als wollte er sich gegen alle wehren.

Seitdem sie im Haus waren, hatte er kein Wort gesprochen; plötzlich fing er an zu schreien: »Mick war's! Ich war's nicht! Mick war's!«

Noch nie hatte sie so etwas gehört wie dieses Schreien von Bubber. Seine Halsadern traten hervor, und seine Fäuste waren hart wie Steine.

»Ihr kriegt mich nicht! Keiner kriegt mich!« schrie er immer wieder.

Mick schüttelte ihn bei den Schultern. Sie sagte ihm, daß alles, was sie ihm erzählt hatte, nicht wahr sei. Schließlich begriff er das, wollte sich aber nicht beruhigen. Dieses Geschrei war anscheinend durch nichts zu beschwichtigen.

»Ich hasse alle! Ich hasse alle!«

Sie standen um ihn herum. Mister Brannon rieb sich die Nase und sah vor sich hin. Schließlich ging er ganz leise hinaus. Nur Mister Singer schien zu wissen, worauf es ankam. Vielleicht, weil er dieses furchtbare Geschrei nicht hörte. Sein Gesicht war so gelassen wie immer, und wenn Bubber ihn ansah, schien er auch ruhiger zu werden. Mister Singer war anders als alle anderen Menschen; wenn so etwas los war, sollten die anderen ihn einfach machen lassen. Er hatte ein feines Gefühl und wußte vieles, was gewöhnliche Menschen nicht wissen konnten. Er sah Bubber nur an, und nach einer Weile hatte der Junge sich so weit beruhigt, daß Paps ihn zu Bett bringen konnte.

Im Bett vergrub er das Gesicht ins Kissen und weinte. Er schluchzte in langen, heftigen Stößen, die seinen ganzen Körper erschütterten. Er weinte eine Stunde lang, so daß niemand in den drei Zimmern schlafen konnte. Bill zog aufs Wohnzimmersofa um, und Mick legte sich zu Bubber ins Bett. Sie durfte ihn nicht anrühren oder sich an ihn kuscheln. Nachdem er noch eine Stunde geweint und geschluckt hatte, schlief er ein.

Sie lag lange wach. Im Dunkeln legte sie die Arme um ihn und zog ihn fest an sich. Sie streichelte und küßte ihn am ganzen Körper. Er war so weich und hatte so einen salzigen Jungensgeruch. Ihr Liebesgefühl für ihn war so heftig, daß sie ihn an sich drücken mußte, bis ihr die Arme erlahmten. In ihrem Kopf verschmolz Bubber mit der Musik. Ihr war, als könnte sie ihm nie genug Gutes antun. Sie wollte ihn nie wieder schlagen oder auch nur necken. Die ganze Nacht hielt sie im Schlaf seinen Kopf in ihren Händen. Als sie morgens aufwachte, war er fort.

Aber nach dieser Nacht gab es nicht mehr viel Gelegenheit, ihn zu necken – weder für sie noch für sonst jemand. Nach dem Schuß auf Baby wurde der Junge nie wieder der kleine Bubber. Immer hielt er den Mund fest verschlossen und war für keinerlei Dummheiten zu haben. Meistens saß er allein im Hinterhof oder auf dem Kohlenschuppen. Weihnachten rückte immer näher. Weiß Gott – sie wünschte sich ein Klavier, aber davon sagte sie natürlich nichts. Sie erzählte allen, sie wünsche sich eine Micky-Maus-Uhr. Als Bubber gefragt wurde, was er sich vom Weihnachtsmann wünsche, sagte er, nichts wünsche er sich. Er versteckte seine Murmeln und sein Klappmesser, und niemand durfte seine Geschichtenbücher anrühren.

Nach jener Nacht nannte ihn keiner mehr Bubber. Die größeren Nachbarskinder hatten ihn ›Baby-Killer Kelly‹ getauft. Aber er redete kaum mit jemand und schien sich um nichts zu kümmern. Die Familie rief ihn bei seinem richtigen Namen – George. Mick nannte ihn zunächst weiter Bubber und wollte ihn auch nicht anders nennen. Aber es war komisch – etwa nach einer Woche rief sie ihn ganz von selber George wie die anderen. Er war nicht mehr derselbe Junge – dieser George; er hielt sich stets abseits, als wäre er viel älter, und niemand, nicht einmal sie, wußte, was wirklich in ihm vorging.

In der Weihnachtszeit schlief sie mit ihm zusammen. Er lag im Dunkeln und sagte nichts. »Nun mach doch Schluß mit deinem verdrehten Benehmen«, sagte sie zu ihm. »Komm, wir wollen uns was erzählen: von den Weisen aus dem Morgenland, oder wie die Kinder in Holland ihre Holzschuhe rausstellen.«

George antwortete nicht. Er war eingeschlafen.

Um vier Uhr morgens stand sie auf und weckte die ganze

Familie. Paps machte im Vorderzimmer Feuer, und dann durften sie hineingehen und den Weihnachtsbaum und ihre Geschenke ansehen. George bekam einen Indianeranzug und Ralph eine Gummipuppe. Die übrigen Familienmitglieder bekamen nur etwas zum Anziehen. Sie durchsuchte ihren Strumpf nach der Micky-Maus-Uhr, aber es war keine darin. Sie bekam ein Paar braune Halbschuhe und eine Schachtel kandierte Kirschen. Noch im Dunkeln ging sie mit George auf die Straße hinaus; sie knackten Nüsse, ließen Knallfrösche springen und aßen die ganze Schachtel kandierter Kirschen leer. Als es hell war, hatten sie einen verdorbenen Magen und waren todmüde. Sie legte sich aufs Sofa, schloß die Augen und ging in ihre innere Welt.

6

Doktor Copeland saß an seinem Schreibtisch und las in einem Stoß von Papieren; es war acht Uhr, durchs Fenster fiel fahles Morgenlicht. Neben ihm stand der Baum: eine zimmerhohe Zeder mit dicken Nadeln. Seit Beginn seiner Praxis hatte er alljährlich am Weihnachtstag ein Fest gegeben; nun war alles soweit vorbereitet. An den Wänden der Vorderzimmer standen Bänke und Stühle. Im ganzen Hause roch es würzig-süß nach frischgebackenem Kuchen und dampfendem Kaffee. Portia saß bei ihm im Sprechzimmer auf einer Bank, weit vornüber gebeugt, das Kinn in die Hände gestützt.

»Vater, seit fünf hockst du an diesem Schreibtisch. Du brauchst doch nicht auf zu sein. Du hättest im Bett bleiben sollen, bis der Betrieb losgeht.«

Doktor Copeland fuhr sich mit der Zunge über die dicken Lippen. Er hatte so viel im Kopf, er konnte sich jetzt nicht mit Portia befassen. Ihre Anwesenheit machte ihn nervös.

Schließlich wandte er sich gereizt zu ihr um. »Warum sitzt du herum und bläst Trübsal?«

»Ich hab eben Sorgen«, sagte sie. »Vor allem gräme ich mich um unsern Willie.«

»William?«

»Siehst du, er hat mir regelmäßig jeden Sonntag geschrieben. Der Brief ist Montag oder Dienstag hier. Aber letzte Woche hat er nicht geschrieben. Natürlich hab ich eigentlich keine Angst. Willie ist immer so gutmütig und lieb, es wird schon in Ordnung sein. Er ist weggekommen vom Gefängnis zur Zwangsarbeit, sie arbeiten irgendwo im Norden von Atlanta. Vor zwei Wochen hat er den Brief hier geschrieben; sie gehn heute zum Gottesdienst, und ich sollte ihm seinen Anzug schicken und den roten Schlips.«

»Hat William sonst noch etwas geschrieben?«

»Er hat geschrieben, daß dieser Mr. B. F. Mason auch im Gefängnis ist. Und er hat Buster Johnson getroffen – ein Junge, den Willie von früher kennt. Und dann soll ich ihm seine Mundharmonika schicken, er ist nicht glücklich, wenn er nicht Mundharmonika spielen kann. Ich hab alles geschickt. Auch ein Schachspiel und Kuchen mit Zuckerguß. Ach, hoffentlich hör ich von ihm in den nächsten Tagen.«

Doktor Copelands Augen glänzten fiebrig; er konnte seine Hände nicht ruhig halten. »Wir sprechen später darüber, meine Tochter. Es ist schon spät, und ich muß das hier noch fertig machen. Geh wieder in die Küche und sieh zu, daß alles bereit ist.«

Portia stand auf und bemühte sich, ein heiteres, freudiges Gesicht zu machen. »Was hast du entschieden wegen diesem Fünf-Dollar-Preis?«

»Bis jetzt weiß ich noch nicht recht, was das klügste ist«, sagte er vorsichtig.

Einer seiner Freunde, ein Neger-Apotheker, stiftete jedes Jahr einen Preis von fünf Dollar für einen Schüler der höheren Schule, der über ein bestimmtes Thema den besten Aufsatz schrieb. Der Apotheker ließ stets Doktor Copeland allein über die eingereichten Aufsätze entscheiden, und der Preisträger wurde beim Weihnachtsfest bekanntgegeben. Diesmal lautete das Thema: ›Mein höchstes Streben: die Verbesserung der Stellung der Negerrasse innerhalb der menschlichen Gesellschaft.‹ Unter den eingereichten Aufsätzen kam nur einer ernstlich für die Prämiierung in Betracht. Der aber war so kindlich und unreif, daß es kaum zu verantworten war, ihm den Preis zuzuerkennen. Doktor Copeland setzte seine Brille auf und las den Aufsatz noch einmal sehr aufmerksam durch.

Dieses ist mein höchstes Streben: Erstens möchte ich das Tuskegee-College besuchen, aber ich will nicht so was werden wie Booker Washington oder Doktor Carver. Wenn ich dann glaube, daß meine Ausbildung beendet ist, will ich anfangen, ein guter

Rechtsanwalt zu werden, so wie der Mann, der die Jungens von Scottsboro verteidigt hat. Ich würde nur die Verteidigung von Farbigen gegen Weiße übernehmen. Täglich läßt man in jeder Weise und mit allen Mitteln unsre Leute fühlen, daß sie minderwertig sind. Das ist nicht so. Wir sind eine aufsteigende Rasse. Und wir wollen nicht ewig unter der Last schwitzen, die der weiße Mann uns aufpackt. Wir wollen nicht, daß immer andere ernten, was wir gesät haben.

Ich möchte wie Moses werden, der die Kinder Israels aus dem Land der Unterdrücker führte. Ich möchte eine Geheimorganisation farbiger Führer und Gelehrter gründen. Dann werden alle Farbigen sich unter der Leitung dieser auserwählten Führer organisieren und einen Aufstand vorbereiten. Andere Nationen der Welt, die am Aufstieg unserer Rasse interessiert sind und eine Aufteilung der Vereinigten Staaten wollen, werden uns zu Hilfe kommen. Alle Farbigen werden sich organisieren, und es wird Revolution geben, und zum Schluß werden die Farbigen das ganze Gebiet östlich des Mississippi und südlich des Potomac einnehmen. Ich werde einen mächtigen Staat gründen, der von der Organisation farbiger Führer und Gelehrter regiert wird. Kein Weißer wird einen Paß bekommen – und wenn sie in unseren Staat kommen, werden sie keine Bürgerrechte haben.

Ich hasse die ganze weiße Rasse und werde immer dafür arbeiten, daß die farbige Rasse sich für alle ihre Leiden rächen kann. Das ist mein höchstes Streben.

Doktor Copeland spürte die Hitze des Fiebers in seinen Adern. Das laute Ticken der Uhr auf seinem Schreibtisch ging ihm auf die Nerven. Durfte er einem Jungen mit so wilden Ideen den Preis geben? Wie sollte er sich entscheiden?

Die anderen Aufsätze hatten überhaupt keinen soliden Inhalt. Diese jungen Leute hatten nicht nachgedacht. Sie schrieben nur von ihrem persönlichen Ehrgeiz und befaßten sich überhaupt nicht mit dem zweiten Teil des Themas. Eines allerdings war bemerkenswert: neun von den eingereichten fünfundzwanzig Aufsätzen begannen mit dem Satz: »Ich will kein Dienstbote sein.« Dann folgten die verschiedenen Wünsche: Flieger, Preisboxer, Geistlicher oder Tänzer. Ein Mädchen hatte nur das Bestreben, den Armen Gutes zu tun.

Der Verfasser des Aufsatzes, über den er sich so viele Gedanken machte, hieß Lancy Davis. Bereits ehe er die letzte Seite umblätterte und die Unterschrift sah, hatte er gewußt, daß der Aufsatz von ihm stammte. Lancy hatte ihm schon manche Sorgen bereitet. Seine ältere Schwester hatte im Alter von elf Jahren eine Stellung als Dienstmädchen angenommen und war von ihrem Arbeitgeber, einem Weißen in mittleren Jahren, vergewaltigt worden. Etwa ein Jahr später war Doktor Copeland dringend zu Lancy gerufen worden.

Er ging zu dem Aktenschrank in seinem Schlafzimmer, der die Patientenkartei enthielt. Er zog die Karte ›Mrs. Dan Davis und Familie‹ heraus und überflog die Eintragungen, bis er auf Lancys Namen stieß. Das Datum lag vier Jahre zurück. Die Eintragungen über Lancy waren sorgfältiger als die anderen und mit Tinte geschrieben: ›Dreizehn Jahre alt - Pubertät überstanden. Mißlungener Selbstentmannungs-Versuch. Sexuell übersteigert. Schilddrüsenvergrößerung. Bei zwei Besuchen heftiges Weinen trotz geringer Schmerzen. Redselig – erzählt sehr gern, aber verworren. Häusliche Umgebung gut bis auf eine Ausnahme: siehe Lucy Davis. Mutter Waschfrau. Intelligent und jeder Beobachtung und möglichen Hilfe wert. Verbindung aufrechterhalten. Rechnung: $ 1.- (?)‹

»Diesmal fällt mir die Entscheidung sehr schwer«, sagte er zu Portia. »Aber wahrscheinlich werde ich Lancy Davis den Preis geben müssen.«

»Wenn du entschieden hast, dann komm und sag mir wegen diesen Geschenken Bescheid.«

In der Küche lagen die Gaben, die zum Fest verteilt werden sollten – Papierbeutel mit Lebensmitteln und Kleidung – alle mit einer roten Weihnachtskarte versehen. Jeder, der kommen wollte, war eingeladen, aber er mußte vorher vorbeikommen und sich in das Gästebuch auf dem Tisch in der Diele eintragen oder durch einen Freund eintragen lassen. Die Beutel lagen in einem großen Haufen auf dem Fußboden: etwa vierzig Packungen verschiedener Größe, den Bedürfnissen des Empfängers entsprechend. Da gab es kleine Päckchen mit Nüssen und Rosinen, aber auch schwere Pakete, die ein einzelner kaum anheben konnte. Die ganze Küche war voll guter Dinge. Doktor Copeland stand an der Tür, und seine Nasenflügel bebten vor Stolz.

»Ich finde, dies Jahr hast du viel zusammengebracht. Die Leute waren wirklich freigebig.«

»Pah«, sagte er. »Das ist noch nicht ein Hundertstel von dem, was notwendig wäre.«

»Ach, Vater, ich kenn dich schon. Ich weiß genau, wie du dich selber freust. Aber du willst es nicht zeigen. Mußt immer was zum Brummen finden. Hier haben wir vier große Beutel Erbsen, zwanzig Sack Mehl, ungefähr fünfzehn Pfund Rippenfleisch, Fische, sechs Dutzend Eier, massenhaft Hafergrütze und Dosen mit Tomaten und Pfirsichen. Dann die Äpfel und zwei Dutzend Orangen. Außerdem die Kleidungsstücke. Und zwei Matratzen und vier Wolldecken. Das ist doch was!«
»Ein Tropfen auf den heißen Stein.«
Portia deutete auf einen großen Karton in der Ecke. »Das da – was willst du damit machen?«
Der Karton enthielt nur alten Trödel: eine Puppe ohne Kopf, ein Stück schmuddelige Spitze, ein Kaninchenfell. Doktor Copeland musterte jeden Gegenstand. »Wirf nichts davon weg. Wir können alles gebrauchen. Das sind die Gaben derjenigen Gäste, die nichts Besseres beisteuern können. Ich werde schon Verwendung dafür finden.«
»Dann siehst du vielleicht die Kartons und Tüten durch, daß ich mit Zubinden anfangen kann. Ist bald kein Platz mehr hier in der Küche. Gleich werden sie alle kommen und essen und trinken wollen. Ich leg die Geschenke einfach auf die Hintertreppe und in den Hof.«
Die Morgensonne war aufgegangen. Es versprach ein klarer, kalter Tag zu werden. In der Küche duftete es köstlich. Auf dem Herd stand ein Topf mit Kaffee, und ein Fach des Küchenschrankes war ganz voll mit Zuckerkuchen.
»Und nichts kommt von weißen Leuten. Alles von Farbigen.«
»Nein«, sagte Doktor Copeland. »Das stimmt nicht ganz. Mr. Singer hat zur Anschaffung von Kohlen einen Scheck über zwölf Dollar gestiftet. Ich habe ihn eingeladen, heute dabeizusein.«
»Jesus Maria!« sagte Portia. »Zwölf Dollar!«
»Ich hielt es für richtig, ihn aufzufordern. Er ist nicht wie die anderen Menschen der kaukasischen Rasse.«
»Hast recht«, sagte Portia. »Aber ich muß immer noch an meinen Willie denken. Wenn er doch bei dem Fest dabeisein könnte! Und wenn ich doch einen Brief von ihm bekäme! Das nagt richtig an meiner Seele. Aber jetzt müssen wir aufhören zu reden und fertig werden. Die Leute können jeden Augenblick kommen.«
Sie hatten noch reichlich Zeit. Doktor Copeland wusch sich und kleidete sich sorgfältig an. Eine Zeitlang versuchte er die Rede

zu memorieren, die er vor den Gästen halten wollte. Aber die erwartungsvolle Unruhe machte eine Konzentration unmöglich. Um zehn Uhr kamen die ersten Gäste, und eine halbe Stunde später war alles versammelt.
»Alles Gute und frohes Fest!« sagte der Briefträger John Roberts. Die eine Schulter etwas hochgezogen, schob er glückselig durch das überfüllte Zimmer und wischte sich das Gesicht mit einem weißen Seidentaschentuch.
»Gesegnete Weihnacht!«
Vor dem Hause drängten sich die Gäste. Sie verstopften die Tür und standen gruppenweise auf der Vorveranda und im Hof. Es gab keine Drängelei, keine Grobheiten; bei allem Durcheinander ging es gesittet zu. Freunde begrüßten einander, Fremde wurden miteinander bekannt gemacht und tauschten einen Händedruck. Die Kinder und jungen Leute gesellten sich zueinander und zogen sich in die Küche zurück.
»Alles Gute zum Fest!«
Doktor Copeland stand mitten im Vorderzimmer neben dem Weihnachtsbaum. Ihm war schwindlig. Verwirrt schüttelte er Hände und erwiderte Begrüßungen. Persönliche Geschenke – manche säuberlich mit Bändchen verschnürt, andere in Zeitungspapier gewickelt – wurden ihm in die Hand gedrückt. Er fand keinen Platz, um sie abzulegen. Die Luft wurde immer dicker, die Stimmen immer lauter. Die Gesichter drehten sich um ihn, so daß er niemanden erkannte. Nach und nach gewann er seine Fassung wieder. Er fand einen Platz, wo er die Geschenke in seinem Arm ablegen konnte. Der Schwindel ließ nach, das Zimmer wurde wieder klarer. Er rückte seine Brille zurecht und sah sich um.
»Fröhliche Weihnachten! Fröhliche Weihnachten!«
Der Apotheker Marshall Nicolls stand im Gehrock da und sprach mit seinem Schwiegersohn, der bei der Müllabfuhr arbeitete. Der Pfarrer von der Himmelfahrtskirche war gekommen, außerdem zwei Geistliche anderer Kirchen. Highboy im bunt karierten Anzug schlenderte ungezwungen durch die Menge. Kräftige, nach der neuesten Mode gekleidete junge Herren begrüßten junge Damen in grellfarbigen, langen Kleidern. Mütter mit Kinder waren gekommen und betuliche alte Männer, die in ihre bunten Taschentücher spuckten. Im Zimmer war es heiß und laut.
Mister Singer stand an der Tür. Viele starrten ihn an. Doktor

Copeland war sich nicht klar darüber, ob er ihn begrüßt hatte. Der Taubstumme stand allein. Irgendwie ähnelte sein Gesicht einem Bild von Spinoza. Ein jüdisches Gesicht. Schön, daß er da war.

Alle Türen und Fenster standen offen. Der Zugwind fuhr durchs Zimmer und ließ das Feuer aufheulen. Allmählich verstummte der Lärm. Alle Bänke und Stühle waren besetzt, auf dem Fußboden saßen reihenweise die jungen Leute. In der Diele, auf der Veranda, sogar im Hof standen die Gäste in erwartungsvollem Schweigen. Nun war es soweit: er mußte reden. Aber was sollte er sagen? Vor panischer Angst war ihm die Kehle wie zugeschnürt. Das ganze Zimmer wartete auf ihn. Auf ein Zeichen von John Roberts erstarb jedes Geräusch.

»Meine Brüder«, begann Doktor Copeland verwirrt und stockte. Plötzlich aber waren die Worte da:

»Zum neunzehnten Male versammeln wir uns hier in diesem Raum, um miteinander Weihnachten zu feiern. Es war eine finstere Zeit, als unser Volk zum erstenmal von Christi Geburt vernahm. Damals wurden unsere Leute in dieser Stadt auf dem Gerichtsplatz als Sklaven verkauft. Seitdem haben wir die Geschichte Seines Lebens unzählige Male gehört und weitererzählt. Darum wollen wir heute von etwas anderem sprechen.

Vor hundertundzwanzig Jahren wurde in einem Lande, weit jenseits des Atlantischen Ozeans – in Deutschland – ein anderer Mann geboren. Dieser Mann erkannte, was not tut, genau wie Jesus. Aber seine Gedanken befaßten sich nicht mit dem Himmel oder mit dem Leben nach dem Tode. Seine Botschaft galt den Lebenden: der großen Masse derer, die arbeiten und leiden und wieder arbeiten – bis zu ihrer Todesstunde; den Menschen, die am Waschtrog oder am Kochherd stehen, die Baumwolle pflücken oder an heißen Bottichen der Färbereien arbeiten. Seine Botschaft galt uns, und er hieß Karl Marx.

Karl Marx war ein kluger Mann. Er studierte und arbeitete, und er verstand die Welt, in der er lebte. Er hat gesagt: es gibt zwei Klassen auf der Welt – die Armen und die Reichen. Jeder Reiche läßt ein paar tausend Arme für sich arbeiten, damit er noch reicher wird. Karl Marx teilte die Menschen nicht ein in Neger und Weiße oder Chinesen, denn ob ein Mensch zu den Millionen Armen oder aber zu den wenigen Reichen gehört, war für ihn wichtiger als die Farbe seiner Haut. Karl Marx verkündete in der großen Botschaft seines Lebens die Gleichheit aller Menschen und forderte, daß der Reichtum der Welt so verteilt werde, daß es nicht mehr Arme und Reiche gebe, sondern daß jeder einzelne seinen Anteil erhält. Eines der Gebote, die Karl Marx uns hinterlassen hat, heißt: ›Jeder nach seinen Fähigkeiten und jedem nach seinen Bedürfnissen.‹«

In der Diele hob sich schüchtern eine runzlige, gelbe Hand: »War das der Markus aus der Bibel?«

Doktor Copeland gab die entsprechende Erklärung, buchstabierte die beiden Namen und nannte Jahreszahlen. »Hat noch jemand eine Frage? Ich möchte, daß jeder ohne Scheu Fragen stellt oder seine Meinung äußert.«

»Vermutlich war dieser Marx ein Angehöriger der christlichen Kirche?« fragte der Pfarrer.

»Er glaubte an die Heiligkeit des menschlichen Geistes.«

»War er ein Weißer?«

»Ja. Aber er fühlte sich nicht als Weißer. Er hat gesagt: ›Mir ist nichts Menschliches fremd.‹ Er fühlte sich allen Menschen brüderlich verbunden.«

Doktor Copeland machte eine etwas längere Pause. Alle Gesichter waren erwartungsvoll ihm zugewandt.

»Worin besteht der Wert jedes Besitzes, jeder Ware, die wir im Laden kaufen? Dieser Wert hängt nur davon ab, wieviel Arbeit es gekostet hat, um einen Gegenstand zu fabrizieren oder zu schaffen. Warum ist ein Steinhaus teurer als eine Bretterbude? Weil für den Bau eines Steinhauses viele Menschen arbeiten müssen: Leute, die Mauersteine und Mörtel herstellen, und andere, die Bäume für die Dielenbretter fällen; diese Leute machen den Bau des Steinhauses überhaupt erst möglich. Dann die Männer, die das Material dorthin schaffen, wo das Haus gebaut werden soll, außerdem die Handwerker, die Schiebkarren und Lastwagen herstellen, in denen das Material zum Bauplatz gefahren wird. Schließlich die Arbeiter, die das Haus bauen. In einem Steinhaus steckt die Arbeit vieler, vieler Menschen, eine Bretterbude dagegen kann jeder von uns allein in seinem Hinterhof zusammenbauen. Ein Steinhaus ist deshalb teurer, weil es mehr Arbeit kostet. Wenn also jemand dieses Steinhaus kauft, bezahlt er die Arbeit, die darin steckt. Wer aber bekommt nun das Geld – den Profit? Etwa die vielen Leute, die daran gearbeitet haben? Nein, die Unternehmer, von denen sie abhängig sind! Und wenn wir das weiter verfolgen, dann sehen wir, daß diese Unternehmer andere Unternehmer über sich haben, und die haben wieder noch höhere Unternehmer über sich – und schließlich sehen wir: diese ganze Arbeit, die jedem Artikel seinen Geldwert verleiht, wird von einigen wenigen beherrscht. Ist das soweit klar?«

»Ja, das verstehn wir.«

Verstanden sie's auch wirklich? Er fing noch einmal von vorne an und wiederholte alles. Diesmal stellten sie Fragen.

»Aber der Lehm für die Mauersteine da – kostet der kein Geld? Und Land pachten und davon ernten – kostet das nichts?«

»Ein guter Einwand«, sagte Doktor Copeland. »Grund und Boden, Lehm und Holz – das alles nennt man die natürlichen Hilfsquellen. Diese natürlichen Hilfsquellen werden nicht vom Menschen gemacht – der Mensch erschließt sie nur und macht sie für seine Arbeit nutzbar. Ich frage also: dürfen solche Dinge Besitz eines einzelnen oder einer kleinen Gruppe von Menschen sein? Darf ein Mensch Grund und Boden, Raum, Sonne und Regen für die Saat besitzen? Darf ein Mensch von solchen Dingen sagen: ›Das gehört mir?‹ Darf er sich weigern, sie mit anderen zu teilen? Marx hat gesagt: diese natürlichen Hilfsquellen müssen allen gehören; sie sollen nicht in kleine Stücke aufgeteilt, sondern von allen gemeinsam, je nach ihrer Fähigkeit, für ihre Arbeit nutzbar gemacht werden. Das ist genau so, wie wenn ein Mann stirbt und seinen vier Söhnen einen Maulesel hinterläßt. Da werden die Söhne auch nicht den Maulesel in vier Teile schneiden, damit jeder seinen Anteil bekommt. Der Maulesel wird ihnen gemeinsam gehören, und sie werden ihn gemeinsam für ihre Arbeit benutzen. Dasselbe, sagt Marx, muß auch mit den natürlichen Hilfsquellen geschehen: nicht einer Gruppe von Reichen dürfen sie gehören, sondern gemeinsam den Arbeitern der ganzen Welt.

Wir, die wir heute hier zusammen sind, haben keinen Privatbesitz. Dem einen oder anderen von uns gehört vielleicht das Haus, in dem er wohnt, oder er hat sich ein oder zwei Dollar zurückgelegt. Aber wir besitzen nichts, was nicht unmittelbar lebensnotwendig wäre. Unser einziger Besitz ist unser Körper. Und den verkaufen wir tagtäglich, unser ganzes Leben lang. Wir verkaufen unseren Körper, wenn wir frühmorgens zur Arbeit gehen und uns den ganzen Tag über plagen müssen. Man zwingt uns, ihn um jeden Preis, zu jeder Zeit, für jeden Zweck zu verkaufen. Wir sind gezwungen, unseren Körper zu ver-

kaufen, damit wir etwas zu essen und zu leben haben. Und der Preis, den wir dafür bekommen, reicht gerade aus, um unsere Kräfte zu erhalten, um weiter für den Profit der anderen zu arbeiten. Wir werden heuzutage nicht mehr auf dem Gerichtsplatz feilgeboten und als Sklaven verkauft. Aber man zwingt uns dazu, unsere Körperkraft, unsere Zeit und unsere Seele unser Leben lang fast stündlich zu verkaufen. Man hat uns aus der alten Sklaverei befreit, um uns in eine neue Sklaverei zu zwingen. Heißt das Freiheit? Sind wir noch freie Menschen?«
Eine tiefe Stimme auf dem Hof rief: »Das ist die reine Wahrheit!«
»Ganz richtig – so ist es!«
»Und nicht allein wir leben in dieser Sklaverei. Auf der ganzen Welt gibt es Millionen Sklaven aller Hautfarben, aller Rassen und aller Glaubensbekenntnisse. Das dürfen wir nicht vergessen. Es gibt viele unter uns, die hassen die Armen der weißen Rasse, und jene hassen uns. Wie die Spinnereiarbeiter hier in der Stadt, die unten am Fluß wohnen. Die Not dieser Leute ist fast so groß wie die unsere. Dieser Haß ist vom Übel, er kann niemals zu etwas Gutem führen. Wir müssen immer an die Worte von Karl Marx denken und die Wahrheit erkennen, so wie er sie uns gelehrt hat. Die Ungerechtigkeit der Not sollte uns nicht trennen, sondern uns alle zusammenführen. Wir müssen daran denken, daß alle Dinge auf Erden ihren Wert erst durch unserer Hände Arbeit erhalten. Diese Wahrheit von Karl Marx müssen wir immer im Herzen tragen; die dürfen wir nie vergessen.
Wir aber, meine Brüder hier in diesem Raum – wir Neger haben noch eine andere Sendung, die uns allein vorbehalten ist. In uns lebt das starke, wahre Ziel, und wenn wir das nicht erreichen, dann sind wir für immer verloren. Wir wollen also einmal sehen, wie diese besondere Sendung beschaffen ist.«
Doktor Copeland lockerte seinen Hemdkragen, denn die Kehle wurde ihm eng. Die sorgenschwere Liebe in seinem Herzen überwältigte ihn. Er warf einen Blick über seine schweigenden Gäste. Sie warteten. Die Gruppen im Hof und auf der Veranda lauschten ebenso regungslos-aufmerksam wie die Menschen im Zimmer. Ein schwerhöriger alter Mann beugte sich vor und hielt die Hand ans Ohr. Eine Frau beschwichtigte ihr quengelndes Kind mit einem Schnuller. Mister Singer stand gespannt lauschend an der Tür. Die meisten jungen Leute saßen auf dem Fußboden, unter ihnen auch Lancy Davis. Seine Lippen waren

blaß und zuckten nervös. Er hatte die Knie ganz fest mit den Armen umfaßt; sein junges Gesicht hatte einen mürrischen Ausdruck. Alle Augen waren auf den Sprecher gerichtet, und aus ihnen sprach der Hunger nach Wahrheit.
»Heute soll der Fünf-Dollar-Preis an denjenigen Schüler der höheren Schule verliehen werden, der den besten Aufsatz über das Thema: ›Mein höchstes Streben: die Verbesserung der Stellung der Negerrasse in der menschlichen Gesellschaft‹ geschrieben hat. Den Preis erhält in diesem Jahr Lancy Davis.« Doktor Copeland zog einen Briefumschlag aus der Tasche. »Ich brauche euch nicht zu sagen, daß der eigentliche Wert dieses Preises nicht in der Geldsumme liegt, sondern in dem heiligen Glauben und in dem Vertrauen, die ihn begleiten.«
Lancy stand unbeholfen da. Seine mürrisch aufgeworfenen Lippen zitterten. Mit einer Verbeugung nahm er den Preis entgegen. »Wünschen Sie, daß ich meinen Aufsatz vorlese?«
»Nein«, sagte Doktor Copeland. »Aber komm bitte in dieser Woche einmal zu mir, dann wollen wir uns darüber unterhalten.«
»Ja, Sir.« Wieder wurde es still im Zimmer.
»›Ich will kein Dienstbote sein!‹ Diesen Wunsch habe ich immer wieder in den eingereichten Aufsätzen gelesen. Dienen? Unter tausend von uns ist es nur einem erlaubt, wirklich zu dienen. Wir arbeiten ja nicht! Wir dienen ja nicht!«
Im Zimmer erhob sich ein verlegenes Lachen.
»Hört zu! Auf fünf von uns kommt einer, der schwere Arbeit beim Straßenbau oder bei der Kanalisation der Stadt verrichtet, der in einem Sägewerk oder auf einer Farm arbeitet. Ein zweiter von diesen fünfen findet überhaupt keine Arbeit. Was aber tun die restlichen drei von diesen fünfen – die Mehrzahl unseres Volkes? Viele von uns kochen für Leute, die nicht imstande sind, sich ihr Essen selber zuzubereiten. Viele tun ihr Leben lang nichts, als zum Privatvergnügen von ein oder zwei Menschen einen Blumengarten zu pflegen. Andre polieren die glattgebohnerten Fußböden eleganter Häuser, oder sie fahren die Autos reicher Leute, die zum Selbstfahren zu faul sind. Wir verbringen unser Leben damit, tausenderlei Dinge zu tun, die für keinen Menschen von wirklichem Nutzen sind. Wir mühen und plagen uns, und alle unsere Mühe und Plage ist vergeudet. Heißt das Dienen? Nein, das nenne ich Sklaverei.
Wir arbeiten wohl, aber wir vergeuden unsere Arbeit. Man

erlaubt uns nicht, zu dienen. Ihr Schüler, die ihr jetzt hier sitzt, ihr seid die wenigen vom Glück Begünstigten unserer Rasse. Die meisten von uns können überhaupt keine Schule besuchen. Jedem von euch steht ein Dutzend junger Menschen gegenüber, die kaum ihre Namen schreiben können. Man hält uns nicht für würdig, zu lernen und Wissen zu erwerben.

›Jeder nach seinen Fähigkeiten und jedem nach seinen Bedürfnissen.‹ Wir alle hier wissen, was es heißt, wirklich Not zu leiden. Das ist eine große Ungerechtigkeit. Aber es gibt eine noch schreiendere Ungerechtigkeit: wenn einem das Recht, nach seinen Fähigkeiten zu arbeiten, verweigert wird. Wenn man ein Leben lang nutzlose Arbeit verrichten muß. Wenn einem die Möglichkeit zum Dienen genommen wird. Wenn die Reichen uns unseren Geist und unsere Seele rauben; das ist viel schlimmer, als wenn sie uns das Geld nehmen.

Einige von euch jungen Menschen, die heute hier sind, fühlen sich vielleicht dazu berufen, Lehrer, Krankenschwester oder Führer unserer Rasse zu werden. Den meisten unter euch wird das verwehrt. Ihr werdet euch, um euch am Leben zu erhalten, für irgend etwas Nutzloses verkaufen müssen. Sie werden euch abweisen, und ihr werdet es aufgeben. Der junge Chemiker pflückt Baumwolle. Der junge Schriftsteller hat nicht die Möglichkeit, lesen zu lernen. Der Lehrer steht in sinnloser Sklaverei am Bügelbrett. Wir haben keine Vertreter bei der Regierung. Wir haben kein Stimmrecht. Unter allen Menschen dieses großen Landes sind wir die unterdrücktesten. Wir können unsere Stimme nicht erheben. Die Zunge verfault uns im Munde, weil wir sie nicht gebrauchen dürfen. Unsere Herzen werden leer und verlieren die Kraft, für unser Ziel zu wirken.

Menschen der Negerrasse! Wir tragen alle Reichtümer des Menschengeistes und der Menschenseele in uns. Wir haben die kostbarste aller Gaben zu bieten. Aber das, was wir bieten, wird verächtlich zurückgestoßen. Unsere Gaben werden in den Schmutz getreten und zur Nutzlosigkeit verdammt. Wir werden für sinnlosere Arbeiten angestellt als die Tiere. Neger! Wir müssen uns erheben und wieder vollwertige Menschen werden! Wir müssen frei werden!«

Ein Murmeln lief durch das Zimmer. Die Zuhörer begannen hysterisch zu werden. Doktor Copeland ballte die Fäuste; ihm war, als müßte er ersticken. Er fühlte sich zu gigantischer Größe emporgewachsen. Die Liebe in seiner Brust trieb ihn an wie ein

Dynamo, er hätte gern laut geschrien, damit die ganze Stadt ihn hörte. Am liebsten hätte er sich auf den Boden geworfen und mit Donnerstimme gebrüllt. Überall im Zimmer wurden stöhnende Rufe laut.

»Rette uns!«

»Allmächtiger Gott! Führe uns aus der Wüste des Todes!«

»Halleluja, Herr errette uns!«

Er rang nach Fassung. Er rang und hatte sich schließlich wieder in der Hand. Er erstickte das Brüllen in sich und suchte seine eigentliche, starke Stimme wiederzugewinnen.

»Aufgemerkt!« rief er. »Wir wollen uns selbst erretten. Aber nicht durch Klagegebete. Nicht durch Trägheit oder Schnaps. Nicht durch fleischliche Lust oder durch Unwissenheit. Nicht durch Unterwerfung und Demut. Nein – durch Stolz. Durch Würde. Dadurch, daß wir hart und stark werden. Wir müssen Kräfte sammeln für unser eigentliches, wahres Ziel.«

Er brach plötzlich ab und stand sehr aufrecht da. »Jedes Jahr um diese Zeit befolgen wir auf unsere Weise im kleinen das erste Gebot von Karl Marx. Jeder von euch hat vor dieser Zusammenkunft ein Geschenk gebracht. Viele haben sich Bequemlichkeit versagt, um die Not anderer zu lindern. Jeder von euch hat nach bestem Vermögen gegeben, ohne daran zu denken, was er dafür erhalten wird. Für uns ist es selbstverständlich, miteinander zu teilen. Wir haben längst erkannt, daß Geben seliger ist denn Nehmen. Die Worte von Karl Marx sind uns schon lange ins Herz geschrieben: ›Jeder nach seinen Fähigkeiten und jedem nach seinen Bedürfnissen.‹«

Doktor Copeland schwieg lange, als wäre seine Rede beendet. Dann begann er wieder zu sprechen:

»Wir haben die Aufgabe, die Zeit unserer Demütigung mit Kraft und Würde zu überstehen. Wir können nicht stolz genug sein, denn wir wissen, wie kostbar der Geist und die Seele des Menschen sind. Wir müssen für die Ausbildung unserer Kinder sorgen. Wir müssen Opfer bringen, damit sie des Studiums und des Wissens würdig werden. Denn die Zeit wird kommen. Die Zeit wird kommen, da unser innerer Reichtum nicht mehr verächtlich zurückgestoßen wird. Die Zeit wird kommen, da wir dienen dürfen. Dann werden wir arbeiten, und unsere Arbeit wird nicht vergeudet sein. Unsere Aufgabe ist es, mit Kraft und Glauben diese Zeit zu erwarten.«

Er war zu Ende. Man klatschte und stampfte mit den Füßen

auf den Boden und draußen auf die harte Wintererde. Von der Küche wehte der Duft heißen, starken Kaffees herein. John Roberts übernahm die Verteilung der Geschenke und rief die auf den Karten geschriebenen Namen aus. Portia stand am Herd und schöpfte den Kaffee aus dem Topf, während Marshall Nicolls den Kuchen herumreichte. Doktor Copeland ging zwischen seinen Gästen hin und her, und immer wieder bildete sich eine kleine Gruppe um ihn.

Jemand zupfte ihn am Ellenbogen: »Ist das der, nach dem dein Buddy genannt ist?« Er bestätigte es. Lancy Davis verfolgte ihn mit Fragen; er antwortete auf alles mit Ja. Er war trunken vor Freude. Sein Volk aufklären und ermahnen, ihm den Weg weisen und fühlen, daß er verstanden wurde. Das war das Schönste von allem: die Wahrheit zu verkünden und gehört zu werden.

»Wir haben uns so gut unterhalten bei Ihrem Fest.«

Er stand auf dem Vorplatz und verabschiedete sich. Immer wieder mußte er Hände schütteln. Er lehnte sich schwer gegen die Wand, nur seine Augen schweiften umher; er war müde.

»War mir eine Ehre.«

Mister Singer ging zuletzt. Ein wahrhaft guter Mensch. Ein Weißer mit Verstand und echtem Wissen. Er hatte nichts von jener gemeinen Unverschämtheit an sich. Als alle gegangen waren, blieb er allein zurück. Er schien ein abschließendes Wort zu erwarten.

Doktor Copeland strich sich mit der Hand über den Hals; der Kehlkopf tat ihm weh. »Lehrer«, sagte er heiser. »Die brauchen wir am nötigsten. Führer. Jemanden, der uns eint und führt.«

Die Zimmer sahen nach all dem Weihnachtstrubel kahl und wüst aus. Es war kalt im Hause. Portia spülte in der Küche die Tassen. Der Silberschnee vom Weihnachtsbaum war auf dem Fußboden herumgetreten, und vom Christbaumschmuck waren zwei Stücke zerbrochen.

Er war müde, aber Freude und Fieber ließen ihn nicht zur Ruhe kommen. Er machte sich daran, das Haus in Ordnung zu bringen, und fing im Schlafzimmer damit an. Auf dem Aktenschrank lag eine einzelne Karte: die Krankengeschichte von Lancy Davis. In seinem Kopf formten sich bereits die Worte, die er ihm sagen wollte, und es machte ihn ruhelos, sie nicht gleich aussprechen zu können. Das mürrische Gesicht des Jungen hatte Charakter; es wollte ihm nicht aus dem Kopf. Er zog das oberste Schubfach heraus, um die Karte wieder hineinzutun.

A, B, C – nervös blätterte er weiter. Da fiel sein Blick auf seinen eigenen Namen: Copeland, Benedict Mady.
Die Mappe enthielt mehrere Röntgenaufnahmen und eine kurze Krankengeschichte. Er hielt ein Röntgenbild ans Licht. An der linken Lunge war oben ein heller Fleck – wie ein erstarrter Stern – zu erkennen. Weiter unten ein großer wolkiger Fleck, desgleichen auf der rechten Lunge weiter oben. Doktor Copeland legte die Röntgenaufnahmen rasch wieder in die Mappe. Nur die kurzen Notizen, die er über sich selbst geschrieben hatte, hielt er noch in der Hand. Die Wörter dehnten sich und verschwammen, er konnte sie kaum lesen. ›1920 – Verhärtung der Lymphgefäße – ausgesprochene Verdickung der Hilusdrüse. Prozeß zum Stillstand gekommen – Arbeit wieder aufgenommen. 1937 – Prozeß wieder aktiv – Röntgenbild zeigt …‹ Er vermochte nicht weiterzulesen. Zuerst konnte er die Wörter nicht erkennen, und als er sie lesen konnte, ergaben sie keinen Sinn. Am Schluß standen drei Wörter: ›Prognose: weiß nicht.‹
Das alte düstere, gewalttätige Gefühl stieg in ihm hoch. Er bückte sich und zerrte weiter unten ein Schubfach heraus. Ein ungeordneter Stoß Briefe. Zuschriften von der Vereinigung für den Aufstieg der Farbigen. Ein vergilbter Brief von Daisy. Ein Zettel von Hamilton mit der Bitte um anderthalb Dollar. Wonach suchte er? Seine Hände durchwühlten die Lade, schließlich richtete er sich steif wieder auf.
Vergeudete Zeit. Eine Stunde unwiederbringlich dahin.
Portia saß zusammengesunken am Küchentisch und schälte Kartoffeln; ihr Gesicht sah traurig aus.
»Halt dich gerade«, sagte er ärgerlich. »Und hör jetzt auf, Trübsal zu blasen. Immer dieses Trübsalblasen und dieses Herumfaseln, ich kann das nicht mehr mit ansehen.«
»Ich hab grad an Willie gedacht«, sagte sie. »Natürlich, der Brief ist ja erst drei Tage verspätet. Aber er dürfte mich nicht so warten lassen. Ist doch sonst nicht seine Art. Und ich hab so ein komisches Gefühl.«
»Hab Geduld, meine Tochter.«
»Muß ich wohl.«
»Ich muß ein paar Besuche machen, aber ich bin bald zurück.«
»O. K.«
»Wird schon alles gut werden«, sagte er.
Von seiner Freude blieb in der hellen, kühlen Mittagssonne nicht

viel übrig. Die Krankheiten seiner Patienten gingen ihm in wirrem Durcheinander durch den Kopf. Ein Nierenabszeß, Hirnhautentzündung. Ein Fall von Pottscher Krankheit. Er nahm die Kurbel vom Rücksitz des Wagens. Meistens rief er sich irgendeinen Neger von der Straße, der ihm den Wagen ankurbelte. Seine Leute freuten sich immer, wenn sie helfen und dienen konnten. Heute aber kurbelte er selber aus Leibeskräften. Er wischte sich mit dem Mantelärmel den Schweiß vom Gesicht, setzte sich rasch ans Steuer und fuhr los.

Wieviel von dem, was er heut gesagt hatte, war verstanden worden? Wieviel davon würde einen Wert für sie haben? Er rief sich seine Worte ins Gedächtnis zurück; sie schienen ihm immer blasser und kraftloser zu werden. Die ungesprochenen Worte lasteten immer schwerer auf seiner Seele. Sie stiegen quälend zu seinen Lippen auf. Er sah die Gesichter seines leidgeprüften Volkes vor sich, eine drängende Masse. Während er langsam das Auto die Straße hinuntersteuerte, zog ihm die wütende, ruhelose Liebe das Herz zusammen.

7

Die Stadt hatte seit Jahren keinen so kalten Winter erlebt. Der Frost überzog die Fensterscheiben mit Eisblumen, und die Hausdächer waren weiß bereift. Die Winternachmittage erglühten in einem dunstig-zitronengelben Licht, und die Schatten waren zartblau. Die Pfützen auf der Straße waren dünn überfroren, und am Tag nach Weihnachten erzählte man sich, daß nur sechzehn Kilometer weiter nördlich ein wenig Schnee gefallen sei.

Mit Singer ging eine Veränderung vor. Er unternahm oft lange Spaziergänge wie in jenen ersten Monaten nach Antonapoulos' Abreise, kilometerweite Spaziergänge in alle Richtungen, auf denen er die ganze Stadt durchstreifte. Er ging durch die übervölkerten Viertel am Fluß, in denen mehr Elend herrschte denn je, weil in diesem Winter die Fabriken stillgelegt waren. Man begegnete vielen finster-einsamen Blicken. Unter den unfreiwilligen Müßiggängern wurde eine gewisse Unruhe spürbar. Neu auftauchende Sekten fanden inbrünstigen Zulauf. Ein junger Mann, der bisher Färber in einer Spinnerei gewesen war, behauptete plötzlich, eine große, heilige Kraft sei über ihn

gekommen, und er fühlte sich dazu berufen, eine Reihe neuer göttlicher Gebote zu verkünden. Er errichtete ein Zelt, darin strömten allabendlich Hunderte von Menschen zusammen, die sich im Glauben an eine göttliche Gegenwart auf dem Boden wälzten und einander schüttelten. Auch Morde kamen vor. Eine Frau, die um einen Hungerlohn arbeitete, bezichtigte den Vorarbeiter, sie bei der Lohnauszahlung betrogen zu haben, und brachte ihm einen tödlichen Messerstich in den Hals bei. Eine Negerfamilie zog in das letzte Haus einer der armseligen Straßen und rief damit eine solche Empörung hervor, daß die Nachbarn das Haus niederbrannten und den Schwarzen erschlugen. Aber das waren nur Zwischenfälle. Im Grunde hatte sich nichts geändert. Es wurde viel von Streik geredet. Da man sich jedoch nicht einig werden konnte, kam er nie zustande. Alles blieb beim alten. Auch an den kältesten Abenden war die Sunny Dixie Show in Betrieb. Die Menschen schliefen, träumten und prügelten sich – genau wie sonst. Sie gewöhnten sich daran, nur bis zum morgigen Tag, nicht an die düstere Zukunft zu denken.
Singer ging durch die ausgedehnten, stinkigen, dichtbevölkerten Negerviertel. Hier ging es fröhlicher und hitziger zu. In vielen Gassen roch es gut und scharf nach Gin. Schläfrig-warmer Feuerschein fiel durch die Fenster. In den Kirchen wurde fast jeden Abend Gottesdienst gehalten. Dann gab es wieder behaglich anmutende Häuschen auf braunen Rasenflächen – auch in solche Stadtteile kam Singer. Hier waren die Kinder gesünder und zutraulicher. Singer durchstreifte die Wohnviertel der Reichen und kam an pompösen, alten Häusern mit weißen Säulen und reichverzierten schmiedeeisernen Gittern vorbei oder auch an großen Backsteinvillen, vor denen hupende Autos warteten und deren Schornsteine üppig qualmten. Er ging bis an den Stadtrand hinaus, wo Samstag abends die Farmer in den Kramläden um den Ofen saßen. Auch die vier hellerleuchteten Geschäftsblocks mit ihren finsteren, menschenleeren Hintergäßchen durchwanderte er oft. Kein Stadtteil blieb ihm unbekannt. Er betrachtete die gelben Lichtervierecke, die aus tausend Fenstern fielen. Schön waren diese Winternächte. Der Himmel wölbte sich in kaltem Blau, und die Sterne glitzerten sehr hell.
Nun geschah es oft, daß Singer angesprochen wurde und seinen Spaziergang unterbrach. Er lernte alle möglichen Leute kennen. Wenn ein Fremder ihn ansprach, überreichte er ihm seine Karte, um sein Schweigen zu erklären. Nach und nach kannte man ihn

in der ganzen Stadt. Er ging sehr aufrecht, die Hände stets in den Taschen. Seinen grauen Augen schien nichts zu entgehen, und sein Gesicht trug immer noch den friedlichen Ausdruck, den man meistens bei sehr weisen oder sehr bekümmerten Menschen findet. Er ließ sich gern von jemand aufhalten, dem an seiner Gesellschaft gelegen war. Denn letzten Endes hatte all sein Gehen und Wandern keinerlei Ziel.

In dieser Zeit kamen in der Stadt manche Gerüchte über den Taubstummen auf. In früheren Jahren war er mit Antonapoulos nur zur Arbeit und wieder nach Hause gegangen, sonst aber immer mit seinem Freund zu Hause geblieben. Damals hatte sich niemand um sie gekümmert – es sei denn, daß man wegen des dicken Griechen auf sie aufmerksam wurde. Der Singer jener Jahre war in Vergessenheit geraten.

Nun gingen allerlei phantastische Gerüchte über den Taubstummen um. Die Juden hielten ihn für einen Juden. Die Geschäftsleute von der Hauptstraße behaupteten, er hätte eine Erbschaft gemacht und wäre sehr reich. In einer Textil-Gewerkschaft raunte man sich ehrfürchtig zu, er wäre ein Beauftragter des Gewerkschaftsbundes. Ein einsamer Türke, der vor Jahren irgendwie in die Stadt geraten war und mit seiner Familie im Hinterzimmer seines kleinen Wäschegeschäftes ein trauriges Leben fristete, wollte seiner Frau einreden, der Taubstumme wäre ein Türke. Wenn er türkisch spräche, verstünde ihn der Taubstumme, so meinte er. Bei solchen Beteuerungen erwärmte sich seine Stimme, er vergaß, mit den Kindern zu zanken, und war voller Pläne und Tatendrang. Ein alter Mann vom Lande wußte zu erzählen, der Taubstumme stamme aus seiner Heimat, und sein Vater hätte die beste Tabakernte in der Gegend. All dieses erzählte man sich von Singer.

Antonapoulos! Ständig dachte Singer an seinen Freund zurück. Nachts im Dunkeln sah er mit geschlossenen Augen das Gesicht des Griechen: rund, fettig glänzend und weise und gütig lächelnd. Im Traum waren sie immer beieinander.

Antonapoulos war nun schon über ein Jahr fort. Dieses Jahr war dahingegangen – weder schnell noch langsam. Es war dem normalen Zeitgefühl entrückt – ähnlich wie in der Trunkenheit oder wie im Halbschlaf. Täglich und stündlich fühlte er sich von seinem Freund begleitet. Dieses untergründige Leben mit Antonapoulos war den gleichen Veränderungen und

Entwicklungen unterworfen wie alles, was rings um ihn geschah. In den ersten Monaten hatte er meist an die schrecklichen Wochen gedacht, ehe Antonapoulos fortgeschafft worden war: an all den Kummer, der auf seine Krankheit gefolgt war, an die Haftbefehle und an seine jammervollen Bemühungen, der unberechenbaren Launen seines Freundes Herr zu werden. Er dachte nur an jene Zeit der Vergangenheit, in der sie miteinander unglücklich gewesen waren. Vor allem suchte ihn mehrmals die Erinnerung an ein weit zurückliegendes Erlebnis heim.
Sie hatten nie irgendeinen Freund gehabt. Von Zeit zu Zeit lernten sie andere Taubstumme kennen – im Laufe von zehn Jahren wurden sie mit dreien bekannt. Immer aber kam irgend etwas dazwischen. Der eine zog eine Woche, nachdem sie ihn kennengelernt hatten, in einen anderen Staat. Ein anderer war verheiratet, hatte sechs Kinder und machte von der Zeichensprache keinen Gebrauch. Doch die dritte Bekanntschaft war Singer wieder eingefallen, als sein Freund fort war.
Dieser Taubstumme hieß Carl, war ein farbloser junger Mann und arbeitete in einer Spinnerei. Seine Augen waren blaßgelb, und seine Zähne waren so brüchig und durchscheinend, daß sie ebenfalls blaßgelb wirkten. In seinem blauen Overall, der ihm um den mageren, kleinen Körper schlotterte, sah er wie eine blau-gelbe Flickenpuppe aus.
Sie forderten ihn zum Essen auf und richteten es so ein, daß sie sich vorher in dem Laden trafen, in dem Antonapoulos arbeitete. Als sie dort ankamen, war der Grieche noch beschäftigt. Er stand in der Küche hinter dem Laden und machte Karamelbonbons. Die Bonbons lagen goldglänzend auf dem langen Marmortisch. Die Luft war warm und von süßen Düften erfüllt. Antonapoulos schien es Spaß zu machen, das Carl ihm dabei zusah, wie er mit dem Messer die warme Zuckermasse in kleine Würfel schnitt. Er bot dem neuen Freund auf der Spitze seines eingefetteten Messers ein Stückchen Zuckerwerk an und führte ihm das Kunststück vor, das er jedem zeigte, bei dem er sich beliebt machen wollte. Er deutete auf den Herd, auf einen Kessel mit kochendem Sirup, fächelte sich das Gesicht und kniff die Augen ein, um zu zeigen, wie heiß es war. Dann tauchte er die Hand zuerst in einen Topf mit kaltem Wasser, dann in den kochenden Sirup, zog sie schnell heraus und steckte sie wieder ins kalte Wasser. Die Augen quollen ihm aus dem Kopf, er streckte die Zunge heraus und tat, als litte er fürchterliche

Qualen. Er drückte sogar seine Hand und hüpfte auf einem Bein, daß das Haus wackelte. Dann lächelte er unvermittelt, demonstrierte an seiner unverletzten Hand, daß alles nur Scherz gewesen war, und schlug Carl auf die Schultern.

Es war ein fahler Winterabend, und ihr Atem wölkte in der kalten Luft, als sie Arm in Arm, Singer in der Mitte, die Straße hinuntergingen. Zweimal ging er in einen Laden, um Einkäufe zu machen, und die beiden anderen warteten draußen auf ihn. Carl und Antonapoulos trugen die Lebensmittelpakete. Während des ganzen Heimwegs hielt Singer die Arme der beiden fest an sich gedrückt und lächelte. In ihrer Wohnung war es gemütlich; er ging vergnügt hin und her und unterhielt sich mit Carl. Nach dem Essen redeten sie weiter, während Antonapoulos ihnen stumpfsinnig lächelnd zusah. Der dicke Grieche watschelte mehrmals zum Wandschrank und goß ihnen Gin ein. Carl saß am Fenster, trank nur, wenn Antonapoulos ihm das Glas geradezu aufdrängte, und auch dann nur in feierlichen Schlückchen. Singer hatte noch nie erlebt, daß sein Freund zu einem Fremden derart herzlich war; er freute sich schon darauf, daß Carl sie nun öfter besuchen würde.

Mitternacht war vorüber, als das geschah, wodurch das festliche Zusammensein verdorben wurde. Antonapoulos kam wieder einmal vom Wandschrank zurück, diesmal mit finsterer Miene. Er setzte sich auf sein Bett und warf fortwährend gekränkte und höchst angewiderte Blicke auf den neuen Freund. Um dieses seltsame Gebaren zu vertuschen, machte Singer eifrig Konversation, aber der Grieche war nicht davon abzubringen. Carl saß zusammengekauert auf einem Stuhl, rieb sich die spitzen Knie und schien von den Grimassen, die der dicke Grieche schnitt, ebenso fasziniert wie verwirrt zu sein. Er errötete und schluckte ängstlich. Schließlich konnte Singer die peinliche Situation nicht länger übersehen; er fragte Antonapoulos, ob er Magenschmerzen habe oder sich vielleicht nicht wohl fühle und schlafen gehen wolle. Antonapoulos schüttelte den Kopf. Er deutete auf Carl und vollführte alle unanständigen Gebärden, die ihm zur Verfügung standen. Der angeekelte Ausdruck seines Gesichts war gräßlich anzusehen. Carl kroch vor Angst in sich zusammen. Schließlich knirschte der dicke Grieche mit den Zähnen und stand auf. Carl griff nach seiner Mütze und stürzte aus dem Zimmer. Singer ging ihm nach. Wie sollte er diesem Fremden das Benehmen seines Freundes erklären? Carl stand schlotternd zusammengekrümmt, die Schirmmütze ins Gesicht gezogen, unten an der Haustür. Nach einer Weile gaben sie sich die Hand, und Carl ging.

Antonapoulos erklärte dann, der Gast hätte sich unbemerkt zum Wandschrank geschlichen und den ganzen Gin ausgetrunken. Er war durchaus nicht davon zu überzeugen, daß er selber die Flasche geleert hatte. Der dicke Grieche saß mit traurig-vorwurfsvoller Miene im Bett. Große Tränen rannen langsam über seine runden Wangen in den Halsausschnitt seines Unterhemdes; er war untröstlich. Schließlich schlief er ein, während Singer noch lange im Dunkeln wachlag. Carl sahen sie nie wieder.

Einige Jahre später kam dann die Zeit, in der Antonapoulos das zurückgelegte Mietgeld aus der Vase auf dem Kaminsims nahm und für Spielautomaten verbrauchte. Der Sommernachmittag, an dem Antonapoulos splitternackt auf die Straße ging, um die Zeitung zu holen. Er litt arg unter der Sommerhitze. Sie kauften auf Abzahlung einen elektrischen Kühlschrank, und Antonapoulos lutschte ununterbrochen Eiswürfel und nahm sogar beim Schlafengehen ein paar davon mit ins Bett. Dann der Tag, an dem Antonapoulos sich betrank und ihm eine Schüssel Makkaroni ins Gesicht warf.

Diese häßlichen Erinnerungen durchzogen in den ersten Monaten seine Gedanken wie minderwertige Fäden einen Teppich. Dann aber war es aus damit. Alle unglücklichen Stunden ihres Zusammenlebens waren vergessen. Je weiter das Jahr fortschritt, um so tiefer schürften seine Gedanken, bis er bei dem Antonapoulos angelangt war, den nur er kannte.

Dieser Antonapoulos war der Freund, dem er alles sagte, was er auf dem Herzen hatte. Der Antonapoulos, von dem er allein wußte, wie weise er war. Von Monat zu Monat gewann der Freund in seiner Vorstellung an Größe, und im Dunkel der Nacht erschien ihm sein ernstes, kluges Gesicht. Das Bild des Freundes in seinem Herzen veränderte sich derart, daß er sich auf nichts Verkehrtes oder Albernes mehr besann – nur noch auf alles Kluge und Gute.

Er sah Antonapoulos vor sich in einem großen Sessel sitzen. Gelassen und regungslos saß er da. Sein rundes Gesicht trug einen rätselhaften Ausdruck, um seinen Mund spielte ein weises Lächeln, und seine Augen waren unergründlich. Er sah alles, was Singer ihm erzählte, und verstand ihn kraft seiner Weisheit.

So sah der Antonapoulos aus, der sein ganzes Denken ausfüllte. Diesem Freund wollte er alles erzählen, was sich zugetragen hatte. Denn in diesem Jahr war etwas geschehen. Er war wie ausgesetzt in einem fremden Land, war mutterseelenallein. Die Augen waren ihm aufgegangen, und er sah vieles, was er nicht verstehen konnte. Er war sehr verwirrt.

Er sah, wie die Wörter sich auf ihren Lippen formten.
Wir Neger brauchen eine Chance, um uns endlich zu befreien. Und Freiheit ist nur das Recht auf Mitarbeit. Wir wollen dienen und teilhaben, wollen arbeiten und dafür das erhalten, was uns zusteht. Aber unter allen Weißen, denen ich begegnet bin, sind Sie der einzige, der diese schreckliche Not meines Volkes erkennt.
Verstehn Sie, Mister Singer? Ich hab diese Musik immerzu in mir. Ich möcht eine richtige Musikerin werden. Vielleicht versteh ich jetzt noch nichts davon, aber ich werd schon, wenn ich zwanzig bin. Haben Sie verstanden, Mister Singer? Und dann will ich in ein fremdes Land reisen, wo's Schnee gibt.
Komm, machen wir die Flasche leer. Ich muß was trinken. Wo waren wir doch grade? Bei der Freiheit, richtig. Das Wort sitzt mir wie ein Wurm im Hirn. Freiheit oder keine Freiheit – wieviel oder wie wenig? Das Wort ist ein Signal für Ausbeutung, Diebstahl und Hinterlist. Wir werden frei sein, und die Gerissensten werden die andern unterjochen. Aber! Aber dieses Wort hat auch noch eine andere Bedeutung. Es gibt kein gefährlicheres Wort. Wir Wissenden müssen auf der Hut sein. Uns wird so wohl bei diesem Wort – es ist ja auch das höchste Ideal. Aber grade dieses Ideal benutzen sie, um uns in ihren abscheulichen Netzen zu fangen.
Der vierte Besucher rieb sich die Nase. Er kam selten und sagte nicht viel. Er fragte.
Seit mehr als sieben Monaten kamen diese vier Menschen nun zu ihm. Sie kamen nie zu gleicher Zeit – stets jeder für sich. Und stets begrüßte er sie an der Tür mit dem gleichen herzlichen Lächeln. Das Verlangen nach Antonapoulos begleitete ihn wie in den ersten Monaten nach dessen Abreise auf Schritt und Tritt; jedwede Gesellschaft war besser als allzu langes Alleinsein. Es war wie damals vor Jahren, als er Antonapoulos ein Versprechen gegeben hatte (er hatte es sogar aufgeschrieben und über seinem Bett an die Wand geheftet), das Versprechen,

einen Monat lang auf Zigaretten, Bier und Fleisch zu verzichten. Die ersten Tage waren sehr schlimm gewesen. Er fand keine Ruhe und konnte nicht stillsitzen. Er besuchte Antonapoulos derart oft in seinem Obstladen, daß Charles Parker eklig zu ihm wurde. Wenn er die vorliegenden Gravierarbeiten erledigt hatte, stand er müßig mit dem Uhrmacher und mit der Verkäuferin vor dem Laden, oder er ging ein Coca-Cola trinken. Auch damals war die Gesellschaft irgendeines Fremden erträglicher gewesen, als allein seiner Gier nach Zigaretten, Bier oder Fleisch nachzuhängen.

Anfangs hatte er seine vier Besucher überhaupt nicht verstanden. Sie redeten und redeten – und von Monat zu Monat redeten sie mehr. Er gewöhnte sich so an ihre Lippen, daß er jedes ihrer Worte verstand. Und nach einiger Zeit wußte er von vornherein, was jeder sagen wollte, denn der Sinn war immer derselbe.

Seine Hände wurden ihm zur Qual. Sie ließen ihm keine Ruhe. Sie zuckten im Schlaf, und manchmal fand er beim Aufwachen, daß er sie im Traum vor sich hingehalten und die Zeichen geformt hatte. Er mochte seine Hände nicht sehen, mochte auch nicht an sie denken. Es waren schlanke, braune, sehr kräftige Hände. In früheren Jahren hatte er sie stets sorgsam gepflegt. Im Winter rieb er sie, um das Aufspringen zu verhüten, mit Öl ein, er schob die Nagelhaut regelmäßig zurück und feilte die Nägel nach der Rundung seiner Fingerkuppen. Es hatte ihm Freude gemacht, seine Hände sauber und gepflegt zu halten. Nun schrubbte er sie nur zweimal täglich mit einer Bürste und bohrte sie dann wieder in die Taschen.

Wenn er in seinem Zimmer auf und ab ging, knackte er mit den Fingergelenken und zerrte daran, bis sie schmerzten. Oder er schlug mit der Faust in die andere Handfläche. Manchmal, wenn er allein war und seine Gedanken bei seinem Freunde weilten, begannen seine Hände, ihm selber unbewußt, Worte zu formen. Wenn er das merkte, war ihm zumute wie jemandem, der sich bei einem lauten Selbstgespräch ertappt, fast, als hätte er ein Unrecht begangen. Scham und Kummer wurden eins, er schloß die Hände und legte sie auf den Rücken. Aber sie ließen ihm keine Ruhe.

Singer stand auf der Straße vor dem Haus, in dem er mit Antonapoulos gewohnt hatte. Es war ein grauer, dunstiger

Spätnachmittag. Im Westen standen helle Streifen am Himmel: Rosa und ein kaltes Gelb. Ein struppiger Wintersperling zog am dunstigen Himmel seine Kurven und wurde schließlich an einer Giebelwand des Hauses sichtbar. Die Straße war menschenleer.
Er starrte zu einem Fenster auf der rechten Seite des zweiten Stockwerks hinauf. Das war ihr Vorderzimmer gewesen; dahinter lag die große Küche, in der Antonapoulos gekocht hatte. Durch das erleuchtete Fenster sah er eine Frau im Zimmer hin- und hergehen. Groß und verschwommen stand sie vor dem Licht; sie trug eine Schürze. Ein Mann saß da und las die Abendzeitung. Ein Kind mit einem Stück Brot in der Hand kam ans Fenster und drückte die Nase an die Scheibe. Singer sah das Zimmer so, wie er es verlassen hatte; mit dem breiten Bett für Antonapoulos und der eisernen Bettstelle für ihn selber; das große, schwellende Sofa und den Klappstuhl. Die angestoßene Zuckerdose, die sie als Aschbecher benutzten, den feuchten Fleck an der Decke, wo das Dach undicht war, die Wäschekiste in der Ecke. An solchen Spätnachmittagen hatten sie kein Licht angezündet, nur den großen Petroleumofen. Antonapoulos hatte die Dochte so niedrig geschraubt, daß von jedem Flämmchen nur ein gezackter, blau-goldener Rand zu sehen war. Das Zimmer war warm und von den köstlichen Düften des Abendessens erfüllt. Während Antonapoulos die Speisen mit seinem Holzlöffel abschmeckte, tranken sie ein Glas Rotwein nach dem anderen. Auf dem Linoleumteppich vor dem Ofen spiegelten sich die Flämmchen – fünf goldene Laternchen. Je dunkler das milchige Zwielicht wurde, um so intensiver schimmerten die Laternchen, und wenn es völlig Nacht war, brannten sie ganz rein und hell. Dann war auch das Abendbrot fertig, sie drehten das Licht an und rückten ihre Stühle an den Tisch.
Singers Blick wanderte zur dunklen Haustür. Er dachte daran, wie sie morgens da heraustraten und abends wieder heimkamen. Da war das Loch im Pflaster, wo Antonapoulos einmal gestolpert war und sich den Ellenbogen gestoßen hatte. Dort der Briefkasten, in dem jeden Monat die Rechnung von der Elektrizitäts-Gesellschaft lag. Er konnte es fühlen, wie warm der Arm seines Freundes in seiner Hand lag.
Auf der Straße war es dunkel. Er blickte noch einmal zu dem Fenster hinauf und sah die fremde Frau, den Mann und das Kind beisammensitzen. Er fühlte wieder die Leere in sich. Alles war vorbei. Antonapoulos war fort, war nicht hier, um die

Erinnerungen mit ihm zu teilen. Die Gedanken seines Freundes waren irgendwo anders. Singer schloß die Augen und versuchte an die Anstalt und an das Zimmer zu denken, in dem Antonapoulos heute abend war. Er besann sich auf die schmalen, weißen Betten und auf die alten Männer, die in der Ecke ›Tod und Leben‹ gespielt hatten. Er hielt die Augen fest geschlossen, aber das Bild des Zimmers wollte nicht deutlich werden. Ganz tief in seinem Innern saß die Leere; nach einer Weile warf er einen letzten Blick zu dem Fenster hinauf, dann entfernte er sich auf dem dunklen Gehsteig, den sie so oft zusammen entlanggegangen waren.

Samstag abend war es. Die Hauptstraße wimmelte von Menschen. Neger in Overalls lungerten fröstelnd vor den Schaufenstern von Woolworth herum. Familien standen an der Kinokasse Schlange, während junge Burschen und Mädchen draußen die Plakate bestaunten. Der Autoverkehr war so gefährlich, daß er lange warten mußte, bis er die Straße überqueren konnte.

Er kam an dem Obstladen vorbei. Schöne Früchte lagen im Schaufenster: Bananen, Orangen, Avocados, leuchtende Mandarinen und sogar einige Ananas. Aber drin bediente Charles Parker einen Kunden. Charles Parkers Gesicht stieß ihn geradezu ab. Er war mehrmals in Parkers Abwesenheit in den Laden gegangen und hatte lange dort herumgestanden. Sogar in die Küche war er gegangen, in der Antonapoulos das Konfekt zuzubereiten pflegte. Aber wenn Charles Parker da war, betrat er den Laden nicht. Seit jenem Tage, an dem Antonapoulos im Autobus fortgefahren war, gingen sie einander aus dem Wege. Wenn sie sich auf der Straße begegneten, wandten sie sich ab, ohne einander zu grüßen. Als er seinem Freund einmal eine Büchse seines Lieblingshonigs schicken wollte, hatte er sie von Parker per Post schicken lassen, um ihm nicht begegnen zu müssen.

Singer stand vor dem Schaufenster und beobachtete den Vetter seines Freundes, der einige Kunden bediente. Samstag abends ging das Geschäft immer gut. Antonapoulos hatte manchmal bis zehn Uhr abends zu tun gehabt. Der große elektrische Röster für den Puffmais stand gleich neben der Tür. Ein Angestellter schüttete eine Portion Mais hinein, und die Körner wirbelten wie riesige Schneeflocken in der Trommel. Ein warmer, vertrauter Duft wehte aus dem Laden. Auf dem Boden lagen zertretene Erdnußschalen.

Singer ging weiter. Er mußte sich behutsam durch die Menge schlängeln, um nicht angerempelt zu werden. Jetzt in der Weihnachtszeit waren die Straßen mit roten und grünen Lämpchen illuminiert. Die Leute standen Arm in Arm in fröhlichen Gruppen beisammen. Junge Väter suchten ihre schreienden Kinder zu beschwichtigen, die frierend auf ihren Schultern saßen. An der Ecke stand ein Mädchen von der Heilsarmee mit ihrem blau-roten Kapotthut und schwang eine Glocke; als sie Singer ansah, fühlte er sich verpflichtet, eine Münze in ihre Büchse zu werfen. Weiße und schwarze Bettler hielten die Mütze oder ihre schmutzstarrenden Hände hin. Die Lichtreklamen tauchten alle Gesichter in einen rotgelben Schimmer.
Er kam an die Ecke, wo er und Antonapoulos einmal an einem Augustnachmittag einen tollen Hund gesehen hatten. Dann ging er an dem Fotografenladen vorbei, in dem Antonapoulos sich jeden Zahltag hatte fotografieren lassen. Viele dieser Fotografien trug er mit sich herum. Er wandte sich nach Westen, dem Flusse zu. Einmal hatten sie ihr Essen mitgenommen, waren über die Brücke gegangen und hatten auf einer Wiese am anderen Ufer Picknick gehalten.
Singer ging etwa eine Stunde lang auf der Hauptstraße hin und her. Unter diesen vielen Menschen schien er der einzig Einsame zu sein. Endlich zog er die Uhr und schlug den Heimweg ein. Vielleicht – hoffentlich! – würde einer von den vieren ihn heute abend besuchen.

Zu Weihnachten schickte er Antonapoulos ein großes Paket mit Geschenken. Er beschenkte auch seine vier Besucher und Mrs. Kelly. Für alle zusammen hatte er einen Radioapparat gekauft, den er auf den Fenstertisch stellte. Doktor Copeland nahm keine Notiz davon. Biff Brannon bemerkte ihn sofort und zog die Augenbrauen hoch. Jake Blount ließ, wenn er da war, das Radio ununterbrochen laufen, immer denselben Sender; beim Reden schien er die Musik zu überschreien, denn die Adern auf seiner Stirn traten hervor. Mick Kelly schien ihren Augen nicht zu trauen, als sie das Radio sah. Mit hochrotem Gesicht fragte sie immer wieder, ob es wirklich ihm gehöre und ob sie hören dürfe. Sie drehte mehrere Minuten lang daran herum, bis sie das Programm gefunden hatte, das ihr zusagte. Mit offenem Mund, die Hände auf den Knien, saß sie vorgebeugt auf ihrem Stuhl, und in ihrer Schläfe sah man es ganz schnell klopfen. Was

sie auch hören mochte – sie schien immer mit der gleichen Hingabe zu lauschen. Sie blieb den ganzen Nachmittag, und als sie ihm einmal zulächelte, waren ihre Augen voller Tränen, die sie mit den Fäusten fortwischte. Sie fragte, ob sie manchmal hereinkommen und hören dürfe, wenn er auf Arbeit war; er nickte. Wenn er in den nächsten Tagen nach Hause kam, fand er sie stets am Radio sitzen. Sie wühlte in ihrem kurzen Strubbelhaar, und in ihrem Gesicht lag ein Ausdruck, den er noch nie gesehen hatte.
Kurz nach Weihnachten besuchten ihn eines Abends alle vier zugleich. Das war bisher noch nie vorgekommen. Singer ging lächelnd im Zimmer hin und her, bewirtete seine Gäste und bemühte sich mit aller ihm zu Gebote stehenden Höflichkeit, es ihnen behaglich zu machen. Aber irgend etwas stimmte nicht. Doktor Copeland wollte sich nicht setzen. Er blieb, den Hut in der Hand, an der Tür stehen und begrüßte die anderen nur mit einer kühlen Verbeugung. Die sahen ihn an, als fragten sie sich, was er hier zu suchen habe. Jake Blount machte die von ihm mitgebrachten Bierflaschen auf und bespritzte sich das Hemd mit Schaum. Mick Kelly lauschte der Radiomusik. Biff Brannon saß mit übergeschlagenen Beinen auf dem Bett, musterte kritisch einen nach dem andern und wurde dann steif und zugeknöpft.
Singer wußte nicht, was er davon halten sollte. Jeder einzelne von ihnen hatte sonst so viel zu sagen. Jetzt, da sie alle zusammen waren, schwiegen sie. Als sie hereinkamen, hatte er erwartet, daß irgend etwas zum Ausbruch käme. Er hatte das unbestimmte Gefühl gehabt, damit würde etwas zu Ende gehen. Aber nun herrschte nur diese Spannung im Zimmer. Seine Hände bewegten sich fahrig, als holten sie aus der Luft etwas Unsichtbares, das sie zusammenknüpfen müßten.
Jake Blount stand neben Doktor Copeland. »Ich hab Sie schon mal gesehn. Wir sind mal zusammengerannt – draußen auf der Treppe.«
Doktor Copeland sagte so präzise, als schnitte er jedes einzelne Wort mit einer Schere ab: »Ich wüßte nicht, daß wir uns kennen.« Dann schien sein steifer Körper zusammenzuschrumpfen. Er trat so weit zurück, daß er jenseits der Schwelle stand.
Biff Brannon rauchte gelassen seine Zigarette. Der Rauch stand in dünnen, blauen Schwaden im Zimmer. Er wandte sich zu Mick und errötete, als er sie ansah. Er senkte die Lider, und das Blut wich wieder aus seinem Gesicht. »Wie kommst du denn jetzt mit deinen Sachen vorwärts?«

»Mit was für Sachen,« fragte Mick argwöhnisch.
»Na – so im täglichen Leben«, meinte er. »In der Schule und so.«
»Danke, es geht«, sagte sie.
Alle blickten auf Singer, als erwarteten sie etwas von ihm. Er war verwirrt, lächelte und bot ihnen Erfrischungen an.
Jake rieb sich die Lippen mit der Handfläche. Er gab den Versuch, mit Doktor Copeland in ein Gespräch zu kommen, auf und setzte sich neben Biff aufs Bett. »Weißt du, wer neulich bei den Spinnereien diese blöden Aufrufe mit roter Kreide an Zäune und Mauern geschmiert hat?«
»Nein, was für blöde Aufrufe?« fragte Biff.
»Meist aus dem Alten Testament. Ich frag mich schon die ganze Zeit, wer das war.«
Alle redeten hauptsächlich für den Taubstummen. Ihre Gedanken schienen bei ihm zusammenzulaufen wie die Radspeichen einer Nabe.
»Eine ganz ungewöhnliche Kälte«, sagte Biff schließlich. »Neulich hab ich ein paar alte Wetterberichte durchgesehn: im Winter 1919 ist das Thermometer mal auf zehn Grad Fahrenheit gesunken. Heute früh waren es bloß sechzehn Grad, die tiefste Temperatur seit dem strengen Frost damals.«
»Heut früh waren Eiszapfen am Kohlenschuppen«, sagte Mick.
»Letzte Woche haben wir so wenig verdient, daß wir nicht mal die Löhne zahlen konnten«, sagte Jake.
Sie sprachen noch eine Zeitlang über das Wetter. Jeder schien darauf zu warten, daß die anderen gingen. Dann standen sie wie auf Verabredung alle gleichzeitig auf und verabschiedeten sich. Doktor Copeland ging zuerst, die anderen folgten unmittelbar. Als sie fort waren, stand Singer allein im Zimmer; er verstand nicht, was los war, und suchte es zu vergessen. Er beschloß, heute abend an Antonapoulos zu schreiben.

Antonapoulos konnte zwar nicht lesen, aber das hinderte Singer nicht, ihm zu schreiben. Er hatte immer gewußt, daß sein Freund nichts Geschriebenes entziffern konnte, aber im Lauf der Monate setzte sich die Vorstellung in ihm fest, vielleicht irre er sich, vielleicht könne Antonapoulos doch lesen und habe es nur verheimlicht. Außerdem gab es möglicherweise in der Anstalt einen Taubstummen, der seine Briefe lesen und sie dem Freund verdolmetschen konnte. Er dachte sich mehrere Rechtfertigungen für seine Briefe aus, denn immer, wenn er verwirrt oder traurig war, drängte es ihn, an seinen Freund zu schreiben. Diese Briefe wurden jedoch nie abgeschickt. Er schnitt die Witzseiten der Morgen- und Abendzeitungen aus und schickte sie jeden Sonntag an den Freund. Außerdem überwies er ihm jeden Monat etwas Geld. Aber seine langen Briefe an Antonapoulos sammelten sich in seinen Taschen an, bis er sie eines Tages vernichtete.

Als die vier Besucher gegangen waren, zog Singer seinen warmen grauen Mantel an, setzte seinen grauen Filzhut auf und verließ das Zimmer. Seine Briefe schrieb er stets im Geschäft. Außerdem hatte er versprochen, bis zum nächsten Montag eine bestimmte Arbeit fertigzustellen; das sollte jetzt geschehen, damit keine Verzögerung einträte. Die Nachtluft war scharf und kalt. Der Vollmond schien, von einem goldenen Hof umgeben. Die Dachfirste ragten schwarz in den ausgestirnten Himmel. Unterwegs überlegte er sich den Anfang des Briefes, aber noch ehe er sich über den ersten Satz klargeworden war, hatte er den Juwelierladen schon erreicht. Er schloß den dunklen Laden auf und knipste das Licht im Vorderraum an.

Sein Arbeitsplatz befand sich im hinteren Teil des Ladens und war durch einen Vorhang abgetrennt, so daß er gleichsam ein kleines Zimmer für sich hatte. Außer Werkbank und Stuhl gab es hier einen schweren Stahlschrank in der Ecke und an der Wand ein Waschbecken mit einem grünlich schimmernden Spiegel, dann einige Regale mit Schachteln und reparaturbedürftigen Uhren. Singer schob die Platte seines Arbeitstisches zurück und entnahm dem mit Filz ausgelegten Fach die Silberschale, die er fertigmachen wollte. Obgleich es im Laden kalt war, zog er das Jackett aus; er krempelte auch die blaugestreiften Hemdärmel auf, um unbehindert zu sein.

Er arbeitete lange an dem Monogramm in der Mitte der Schale. Mit zarten, sicheren Strichen führte er die Graviernadel über das Silber. Dabei hatten seine Augen einen merkwürdig eindringlichen, hungrigen Ausdruck. Er dachte an den Brief, den er seinem Freund Antonapoulos schreiben wollte. Erst nach Mitternacht war die Arbeit vollendet. Als er die Silberschale fortpackte, war seine Stirn feucht vor Erregung. Er schuf Ordnung auf seiner Werkbank und begann zu schreiben. Er genoß es, unter der Feder Wörter auf dem Papier entstehen zu sehen, und malte die Buchstaben so liebevoll, als wäre das Papier eine silberne Schale.

Mein einziggeliebter Freund!

In unserer Zeitschrift habe ich gelesen, daß der Verein dieses Jahr eine Tagung in Macon abhält. Auf dem Programm stehen Vorträge und ein Bankett mit vier Gängen. Ich kann es mir gut vorstellen. Erinnerst Du Dich: wir hatten immer vor, zu so einer Tagung zu fahren, aber wir haben es nie getan. Jetzt wollte ich, wir wären hingefahren. Ich wollte, wir könnten zu dieser Tagung fahren; ich habe mir ausgemalt, wie das sein würde. Aber natürlich würde ich nie ohne Dich fahren. Sie werden aus vielen Staaten zusammenkommen, und alle werden von den Worten und Träumen ihrer Herzen erfüllt sein. In einer der Kirchen wird ein besonderer Gottesdienst stattfinden, außerdem wird eine Art Wettbewerb veranstaltet, mit einer goldenen Medaille als Preis. Ich schrieb, daß ich mir das alles ausmale. Das tue ich und tue es auch wieder nicht. Meine Hände sind schon so lange stumm, daß ich kaum noch weiß, wie das ist. Und wenn ich mir die Tagung vorstelle, dann sehen für mich alle Teilnehmer so aus wie Du, mein Freund.
Neulich stand ich vor unserer alten Wohnung. Jetzt wohnen andere Leute drin. Erinnerst Du Dich an die große Eiche vor dem Haus? Die Äste wurden verschnitten, weil sie an die Telefondrähte stießen, und nun ist der Baum eingegangen. Die Äste sind verdorrt, und der Stamm ist hohl. Außerdem hat die Katze hier im Laden (Du hast sie so oft gestreichelt und geliebkost) irgendwas Vergiftetes gefressen und ist gestorben. Das war sehr traurig.

Singer hielt die Feder schwebend über dem Papier. Lange saß er aufrecht und angespannt, ohne den Brief fortzusetzen. Dann stand er auf und zündete sich eine Zigarette an. Im Laden war es kalt; die Luft roch schal und abgestanden – eine Mischung aus Brennöl, Silberputzzeug und Tabak. Er zog den Mantel an, legte seinen Schal um und schrieb langsam und entschlossen weiter.

Du erinnerst Dich wohl an die vier Menschen, von denen ich Dir erzählte, als ich bei Dir war. Ich zeichnete ihre Gesichter für Dich: den Schwarzen, das junge Mädchen, den mit dem Schnurrbart und den Besitzer des Café New York. Da ist so manches, was ich Dir von ihnen erzählen möchte, aber ich weiß nicht recht, wie ich es in Worte fassen soll.

Alle vier sind sehr beschäftigt. Tatsächlich, sie sind so beschäftigt, wie Du Dir's kaum vorstellen kannst. Ich meine nicht, daß sie Tag und Nacht beruflich arbeiten; sie beschäftigen sich in Gedanken mit so vielen Dingen, daß sie nicht zur Ruhe kommen. Sie kommen zu mir herauf und erzählen mir so viel, daß es mir schließlich unbegreiflich ist, wie ein Mensch den Mund so oft auf- und zumachen kann, ohne müde zu werden. (Der Besitzer vom Café New York ist allerdings nicht so – der ist ganz anders. Er hat einen kohlschwarzen Bart, so daß er sich täglich zweimal rasieren muß, er hat einen von diesen elektrischen Rasierapparaten. Der also ist ein Beobachter. Und alle haben irgendwas, was sie mehr lieben als Essen und Schlafen oder Wein und nette Gesellschaft. Daher sind sie auch immer so beschäftigt.)
Der mit dem Schnurrbart ist, glaube ich, verrückt. Manchmal drückt er sich ganz klar aus wie der Lehrer in meiner Schule damals. Ein andermal wieder redet er in einer Sprache, der ich nicht folgen kann. Manchmal hat er einen richtigen Anzug an, das nächste Mal kommt er in seinem schmutzstarrenden, stinkenden Overall, den er bei der Arbeit trägt. Er droht mit der Faust und gebraucht in seiner Trunkenheit häßliche Ausdrücke, die ich Dir lieber nicht schreiben will. Er glaubt, wir beide, er und ich, hätten ein Geheimnis miteinander, aber ich weiß nicht, was das ist. Und dann muß ich Dir noch etwas ganz Unglaubliches schreiben. Er kann anderthalb Liter Whisky trinken und trotzdem reden und sich auf den Beinen halten und will nicht ins Bett gehen. Du wirst das nicht glauben, aber es ist wahr.
Ich wohne bei der Mutter des jungen Mädchens zur Miete, 16 Dollar monatlich. Früher ging das Mädchen immer wie ein Junge in kurzen Hosen, aber jetzt trägt sie einen blauen Rock mit Bluse. Sie ist noch keine junge Dame. Ich mag es gern, wenn sie mich besuchen kommt. Sie kommt jetzt immerfort, seitdem ich ein Radio für sie alle angeschafft habe. Sie liebt Musik. Ich wüßte gern, was sie hört. Sie weiß, daß ich taub bin, aber sie glaubt, ich verstehe was von Musik.
Der Schwarze ist krank; er hat die Schwindsucht, aber es gibt kein gutes Krankenhaus, wo er hingehen könnte, weil er ein Schwarzer ist. Er ist Arzt und arbeitet mehr, als ich je bei einem Menschen erlebt habe. Er redet gar nicht wie ein Schwarzer. Andere Neger kann ich schwer verstehen, weil sie die Zunge beim Sprechen nicht richtig bewegen. Dieser Schwarze

macht mir manchmal angst. Er hat heiße, glänzende Augen. Er lud mich zu einem Fest ein, und ich ging hin. Er hat viele Bücher. Allerdings keine Kriminalromane. Er trinkt nicht, ißt kein Fleisch und geht nicht ins Kino.
Jawohl, Freiheit und Ausbeuter, jawohl, Kapital und Demokraten, sagt der Häßliche mit dem Schnurrbart. Dann widerspricht er sich selber und sagt, Freiheit ist das höchste Ideal. Wenn ich bloß eine Chance hätte, Musiker zu werden und diese Musik in mir aufzuschreiben. Ich muß nur die Chance haben, sagt das Mädchen. Man erlaubt uns ja nicht zu dienen, sagt der Schwarze. Das ist es, was mein Volk braucht. Aha, sagt der Besitzer des Café New York. Er ist einer von den Nachdenklichen.
So reden sie, wenn sie in meinem Zimmer sitzen. Diese Worte in ihren Herzen lassen ihnen keine Ruhe, daher sind sie immer so beschäftigt. Du denkst nun vielleicht, wenn sie alle zusammen sind, dann sind sie so wie die von unserem Verein, die in dieser Woche zu der Tagung in Macon kommen werden. Aber nein. Heute kamen sie alle gleichzeitig zu mir. Sie saßen da, als wäre jeder von ihnen aus einer andern Stadt. Sie waren sogar unhöflich, und Du weißt, ich habe immer gesagt, daß es nicht recht ist, gegen andere unhöflich oder rücksichtslos zu sein. Das war also so ein Fall. Ich begreife es nicht, deshalb schreibe ich es Dir, denn ich glaube, Du wirst es verstehen. Mir ist ganz sonderbar zumute. Aber nun genug davon, sicher hängt es Dir schon zum Halse heraus. Mir auch.
Fünf Monate und einundzwanzig Tage sind nun vergangen. Die ganze Zeit war ich allein, ohne Dich. Ich kann nur an eins denken: wie es sein wird, wenn ich wieder bei Dir bin. Ich weiß nicht, was werden soll, wenn ich nicht bald zu Dir fahren kann.

Singer legte erschöpft den Kopf auf die Werkbank. Der Geruch und das Gefühl des glatten Holzes an seiner Wange erinnerten ihn an seine Schulzeit. Die Augen fielen ihm zu, ihm war elend zumute. Antonapoulos' Gesicht verfolgte ihn, und der Atem stockte ihm vor bitterer Sehnsucht nach dem Freund. Nach einer Weile richtete Singer sich wieder auf und griff nach der Feder.

Das Geschenk, das ich für Dich bestellt habe, kam nicht mehr rechtzeitig für das Weihnachtspaket. Ich erwarte es in Kürze. Ich glaube, es wird Dir gefallen und Spaß machen. Ich denke immer an uns und weiß noch alles. Ich habe solche Sehnsucht nach dem Essen, das Du immer gekocht hast. Kürzlich war in meiner Suppe eine Fliege mitgekocht. Sie schwamm zwischen dem Suppengrün und den Buchstaben-Nudeln. Aber das ist nicht so schlimm. Ich habe solches Verlangen nach Dir, daß ich diese Einsamkeit nicht mehr ertrage. Bald komme ich wieder zu Dir. Ich habe erst in sechs Monaten wieder Urlaub, aber vielleicht kann ich es schon vorher einrichten. Ja, das muß ich wohl. Ich kann einfach nicht mehr so allein sein ohne Dich, der Du mich verstehst.

Immer Dein

John Singer.

Es war zwei Uhr morgens, als er nach Hause kam. Das große Haus voller Menschen war stockfinster, aber er tastete sich vorsichtig, ohne zu stolpern, die drei Treppen hinauf. Er nahm die Uhr, den Füllfederhalter und seine Mitteilungskarten aus den Taschen. Dann hängte er seine Kleidungsstücke ordentlich über die Stuhllehne. Der Schlafanzug aus grauem Flanell fühlte sich warm und mollig an. Er hatte kaum die Decke bis ans Kinn gezogen, da schlief er auch schon.

Aus dem schwarzen Nichts des Schlafs löste sich ein Traumbild: eine düstere, von trübe brennenden Laternen beleuchtete Steintreppe. Oben kniete Antonapoulos. Er war nackt und hielt über seinem Kopf irgend etwas, zu dem er wie anbetend aufsah. Er selber kniete einige Stufen tiefer, ebenfalls nackt und frierend, und konnte den Blick nicht von Antonapoulos und von dem Gegenstand über seinem Kopfe wenden. Hinter sich am Fuße der Treppe spürte er den mit dem Schnurrbart, das Mädchen, den Schwarzen und den vierten. Auch sie knieten nackt dort unten, und er fühlte ihre Blicke in seinem Rücken. Und hinter ihnen im Dunkel knieten unabsehbare Menschenmassen. Seine Hände waren riesige Windmühlenflügel geworden; er starrte fasziniert auf das Unbekannte, das Antonapoulos in Händen hielt. Nichts regte sich außer den gelben Laternen, die im Finstern hin und her schwangen. Dann plötzlich spürte er ein unterirdisches Brodeln. Bei dem vulkanischen Ausbruch stürzte die Treppe ein, und er fühlte sich in die Tiefe fallen. Da erwachte er ruckartig. Das Fenster schimmerte weiß im ersten Morgenlicht. Er fürchtete sich.

Eine so lange Zeit war vergangen – seinem Freund konnte

etwas zugestoßen sein. Da Antonapoulos ihm nicht schrieb, würde er nichts davon erfahren. Vielleicht war sein Freund gestürzt und hatte sich verletzt. Es zog ihn so übermächtig zu ihm, daß er um jeden Preis hinfahren mußte – und zwar sofort.
An diesem Morgen fand er in seinem Postschließfach die Benachrichtigung vor, daß ein Paket für ihn gekommen sei. Es war das bestellte und nicht rechtzeitig eingetroffene Weihnachtsgeschenk. Ein prachtvolles Geschenk, das er auf Ratenzahlung gekauft hatte und im Laufe von zwei Jahren abzahlen wollte: ein Heimkino mit einem halben Dutzend Micky-Maus- und anderen Lustspielfilmen, die Antonapoulos Spaß machen würden.
Singer kam an diesem Morgen als letzter zur Arbeit. Er überreichte seinem Arbeitgeber ein formelles Gesuch um Urlaub für Freitag und Samstag. Obgleich in dieser Woche die Aussteuer für vier Hochzeiten fertig werden mußte, gab der Juwelier nickend sein Einverständnis.
Er sagte niemandem etwas von seiner Reise, heftete aber beim Fortgehen einen Zettel an seine Tür: er werde mehrere Tage geschäftlich unterwegs sein. Er nahm den Nachtzug und kam beim ersten winterlichen Morgenrot am Bestimmungsort an.

Nachmittags ging er wenig früher als zur offiziellen Besuchszeit zur Anstalt hinaus, bepackt mit den Mitbringseln für seinen Freund: einem Korb Obst und den verschiedenen Teilen des Heimkinos. Er suchte unverzüglich den Krankensaal auf, in dem er Antonapoulos das letzte Mal besucht hatte.
Der Korridor, die Tür, die Bettenreihen – alles war genau so, wie er es in Erinnerung hatte. Er stand auf der Schwelle und suchte sehnsüchtig nach seinem Freund. Aber er sah sofort: alle Stühle waren besetzt, und Antonapoulos war nicht hier.
Singer legte seine Pakete ab und schrieb auf eine seiner Karten: »Wo ist Spiros Antonapoulos?« Eine Schwester kam herein, er reichte ihr die Karte. Sie verstand ihn nicht, schüttelte den Kopf und hob fragend die Schultern. Er ging wieder auf den Korridor und zeigte jedem, der ihm begegnete, seine Karte. Keiner wußte etwas. Eine rasende Angst befiel ihn, so daß er in der Zeichensprache zu reden begann. Schließlich traf er einen Assistenzarzt im weißen Mantel. Den hielt er am Ellenbogen fest und gab ihm die Karte. Der Assistent las aufmerksam und führte ihn durch mehrere Korridore. Sie kamen in ein kleines Zimmer, in dem eine junge Frau an einem mit Papier bedeckten Schreibtisch

saß. Auch sie las die Karte, nahm dann einige Akten aus einem Schubfach und blätterte darin.
Vor Nervosität und Angst traten Singer die Tränen in die Augen. Die junge Frau schrieb bedächtig etwas auf einen Notizblock; er konnte sich nicht beherrschen: er mußte zu ihr herumgehen und sehen, was da über seinen Freund geschrieben wurde.

Mr. Antonapoulos ist in die Krankenabteilung übergeführt worden. Er ist an Nierenentzündung erkrankt. Ich lasse Sie hinführen.

Auf dem Weg durch die Korridore nahm er die Pakete mit, die er vor der Tür des Krankensaales liegengelassen hatte. Der Obstkorb war gestohlen, aber die anderen Pakete waren unberührt. Er folgte dem Assistenten aus dem Gebäude hinaus, über einen Rasenplatz zur Krankenabteilung.
Antonapoulos: Als sie in den richtigen Krankensaal kamen, sah er ihn auf den ersten Blick. Er saß, von Kissen gestützt, in seinem Bett, das in der Mitte des Raumes stand. Er trug einen roten Hausmantel, einen grünseidenen Schlafanzug und an der Hand einen Türkisring. Seine Haut sah wächsern aus, seine Augen waren ganz dunkel und verträumt. Sein schwarzes Haar hatte an den Schläfen einen silbrigen Schimmer. Er strickte. Seine dicken Finger hantierten sehr langsam mit den langen Elfenbeinnadeln. Zunächst bemerkte er seinen Freund nicht. Als Singer dann vor ihm stand, lächelte er heiter und keineswegs überrascht und reichte ihm seine ringgeschmückte Hand.
Singer hatte ein Gefühl verlegener Scheu, wie er es noch nie erlebt hatte. Er setzte sich ans Bett und legte seine gefalteten Hände auf den Rand der Bettdecke. Er war leichenblaß und wandte den Blick nicht vom Gesicht des Freundes. Antonapoulos' prächtige Aufmachung verblüffte ihn. Er hatte ihm die einzelnen Sachen nach und nach geschickt, hatte sich aber nie vorgestellt, wie sie sich zusammen ausnehmen würden. Antonapoulos war viel kolossaler, als er ihn in Erinnerung gehabt hatte. Unter dem seidenen Schlafanzug sah man die riesigen Wülste seiner Bauchfalten. Vor dem weißen Kissen wirkte sein Kopf ungeheuer groß. Seine Miene blieb unerschütterlich gelassen; er schien Singers Anwesenheit kaum zu bemerken.
Singer hob schüchtern die Hände und begann zu sprechen. Seine geübten, kräftigen Finger formten die Zeichen mit liebevoller

Genauigkeit. Er sprach von der Kälte und von den langen, einsamen Monaten. Er spielte auf alte Erinnerungen an, erwähnte die verstorbene Katze, den Laden, seine Wohnung. Wenn er eine Pause machte, nickte ihm Antonapoulos herablassend zu. Er sprach von den vier Menschen, die so viel in seinem Zimmer saßen. Die dunklen Augen seines Freundes hatten einen feuchten Glanz und spiegelten ihn selber verkleinert wider, so wie er es tausendmal gesehen hatte. Das Blut strömte ihm wieder warm ins Gesicht; seine Hände bewegten sich schneller. Zuletzt sprach er von dem Schwarzen, von dem Mann mit dem zuckenden Schnurrbart und von dem Mädchen. Immer rascher wurde die Zeichensprache seiner Hände. Antonapoulos nickte langsam und gravitätisch. In seinem Eifer rückte Singer näher; sein Atem ging in langen, tiefen Zügen, und in seinen Augen glitzerten Tränen.

Auf einmal hob Antonapoulos seinen dicken Zeigefinger und ließ ihn langsam in der Luft kreisen, kam damit immer näher auf Singer zu und pikte ihn schließlich in den Bauch. Ein breites Lächeln verklärte das Gesicht des dicken Griechen; dann streckte er dem Freund seine dicke, rote Zunge heraus. Singer lachte und ließ seine Hände in wilder Hast reden. Er warf den Kopf zurück, und seine Schultern schütterten vor Lachen. Warum er lachte, wußte er nicht. Antonapoulos rollte die Augen. Singer wurde von unbändigem Lachen geschüttelt, bis er atemlos, mit zitternden Fingern dasaß. Er packte seinen Freund beim Arm und versuchte sich zu beruhigen. Sein Gelächter kam jetzt langsam und mühselig wie ein Schluckauf.

Antonapoulos beruhigte sich als erster wieder. Seine fetten, kleinen Füße hatten das untere Ende der Bettdecke verschoben. Er lächelte nicht mehr und trat verächtlich nach der Decke. Singer beeilte sich, sie wieder zu glätten, aber Antonapoulos runzelte die Stirn und winkte gebieterisch eine Schwester herbei, die durch den Saal ging. Als sie sein Bett nach seinem Geschmack in Ordnung gebracht hatte, dankte ihr der dicke Grieche mit einem würdevollen Kopfnicken, das mehr einer segnenden Gebärde als einer einfachen Dankesbezeugung glich. Dann wandte er sich mit ernster Miene wieder seinem Freunde zu.

Singer hatte vor lauter Reden nicht gemerkt, wie die Zeit verging. Erst als eine Schwester auf einem Tablett das Abendessen für Antonapoulos brachte, wurde ihm klar, wie spät es war. Im Krankensaal hatte man das Licht angedreht, und draußen vor den Fenstern war es fast dunkel. Auch die anderen Patienten hatten Tabletts mit ihrem Abendessen vor sich stehen. Sie hatten ihre Arbeit beiseite gelegt (manche flochten Körbe, andere machten Lederarbeiten oder strickten) und begannen lustlos zu essen. Neben Antonapoulos wirkten alle sehr bleich und elend. Die meisten bedurften dringend des Haarschneidens; alle trugen im Rücken geschlitzte Nachthemden aus grobem, grauem Stoff. Sie starrten die beiden Taubstummen verwundert an. Antonapoulos nahm den Deckel von seinem Essen und inspizierte es gründlich. Es gab Fisch mit Gemüsebeilage. Er pickte den Fisch heraus, legte ihn auf seine Handfläche und hielt ihn zwecks genauer Untersuchung ans Licht. Dann machte er sich mit Wohlbehagen an seine Mahlzeit. Während des Essens zeigte er Singer die verschiedenen Leute im Saal. Er deutete auf einen Mann in der Ecke und schnitt angeekelte Grimassen dazu. Der Mann knurrte ihn an. Dann wies er lächelnd auf einen jungen Burschen, nickte und winkte ihm mit der fetten Hand zu. Singer war zu glücklich, um das alles peinlich zu finden. Um seinen Feund abzulenken, nahm er die Pakete vom Fußboden und legte sie aufs Bett. Antonapoulos wickelte sie aus, interessierte sich aber nicht im geringsten für den Apparat und wandte sich wieder seinem Essen zu.

Singer gab der Schwester einen Zettel mit einer Erklärung für das Heimkino. Sie rief einen Assistenzarzt, und dann holten sie einen Arzt. Während sie sich zu dritt berieten, blickten sie neugierig zu Singer hinüber. Als die Patienten von der Neuigkeit erfuhren, stützen sie sich aufgeregt auf die Ellenbogen. Nur Antonapoulos ließ sich nicht stören.

Singer hatte das Heimkino schon ausprobiert. Er hängte die Leinwand so, daß alle Patienten sie sehen konnten. Dann stellte er den Vorführapparat auf und setzte den Film ein. Die Schwester trug die abgegessenen Tabletts hinaus, und das Licht im Krankensaal wurde ausgedreht. Ein Micky-Maus-Film erschien auf der Leinwand.

Singer beobachtete seinen Freund. Zuerst war Antonapoulos sprachlos. Er wuchtete sich hoch, um besser sehen zu können, und wäre aus dem Bett gestiegen, wenn die Schwester ihn nicht zurückgehalten hätte. Dann sah er mit strahlendem Lächeln zu. Singer sah, wie die anderen Patienten sich Bemerkungen zuriefen und lachten. Schwestern und Wärter kamen vom Korridor herein, der ganze Krankensaal war in heller Aufregung.

Als der Micky-Maus-Film abgelaufen war, setzte Singer einen anderen komischen Film ein. Als dieser zu Ende war, fand er, daß es fürs erste genug sei. Er knipste das Licht an, und der Saal beruhigte sich wieder. Als der Assistenzarzt den Apparat unter das Bett seines Freundes stellte, bemerkte er, daß Antonapoulos sich listig blinzelnd nach allen Seiten umsah, als wollte er jedem zu verstehen geben, daß der Apparat ihm gehöre.
Singer ließ wieder seine Hände reden. Er wußte: bald würde man ihn fortschicken, und für die vielen Gedanken, die sich in ihm gestaut hatten, war die Zeit zu kurz. So redete er in rasender Hast weiter. Unter den Patienten war ein alter Mann mit Schüttellähmung; er wackelte mit dem Kopf und zupfte fahrig an seinen Augenbrauen. Diesen alten Mann beneidete Singer, denn er konnte täglich mit Antonapoulos zusammen sein. Er hätte gerne mit ihm getauscht.
Antonapoulos suchte an seiner Brust nach irgend etwas und brachte das kleine Messingkreuz zum Vorschein, das er immer getragen hatte. Die schmutzige Schnur war jetzt durch ein rotes Band ersetzt. Singer fiel sein Traum ein, und er erzählte seinem Freund davon. In seiner Hast verwischte er manche Zeichen, mußte die Hände schütteln und wieder von vorne anfangen. Antonapoulos beobachtete ihn schläfrig mit seinen dunklen Augen. Wie er so unbeweglich in seinen prächtigen, bunten Kleidern dasaß, gemahnte er an einen weisen Märchenkönig.
Der diensttuende Assistenzarzt erlaubte Singer, nach der Besuchszeit noch eine Stunde zu bleiben. Schließlich hielt er ihm sein mageres, behaartes Handgelenk hin und deutete auf seine Uhr. Die Patienten waren schon zum Schlafen gebettet. Singers Hand stockte. Er ergriff den Arm seines Freundes und sah ihm eindringlich in die Augen, so wie früher jeden Morgen, wenn sie sich vor der Arbeit getrennt hatten. Schließlich ging er. An der Tür beschrieben seine Hände ein stammelndes Lebewohl; dann verkrampften sie sich zu Fäusten.

In den mondhellen Januarnächten ging Singer, wenn er nichts anderes vorhatte, wieder allabendlich durch die Straßen der Stadt. Die Gerüchte über ihn wurden immer abenteuerlicher. Eine alte Negerin erzählte Hunderten von Menschen, er könne die Geister der Verstorbenen zitieren. Ein Akkordarbeiter behauptete, er hätte in einer Spinnerei, irgendwo anders im Staate, mit dem Taubstummen zusammen gearbeitet – der wußte geradezu einzigartige Geschichten über ihn zu erzählen. Die Reichen meinten, er wäre reich, und die Armen hielten ihn für ihresgleichen. Da diese Gerüchte nie widerlegt wurden, trieben sie wunderbare und ganz wahrscheinlich anmutende Blüten. Jeder schilderte den Taubstummen so, wie er ihn sich wünschte.

8

Warum?
Unablässig flutete die Frage durch Biff, unmerklich wie das Blut in seinen Adern. Seine Gedanken beschäftigten sich mit Menschen, mit Dingen oder mit Ideen, immer aber war diese Frage in ihm. Mitten in der Nacht, wenn es noch dunkel war, am hellichten Tage. Hitler und die Kriegsgerüchte. Schweinefleischpreise und Biersteuer. Vor allem aber der rätselhafte Taubstumme. Warum zum Beispiel fuhr Singer mit der Bahn fort, und wenn man ihn dann fragte, wo er gewesen sei, tat er so, als hätte er die Frage nicht verstanden? Und warum hatten sich's alle in den Kopf gesetzt, der Taubstumme wäre gerade so, wie sie ihn sich wünschten – während das doch ganz offensichtlich auf einem merkwürdigen Trugschluß beruhte? Dreimal täglich saß Singer bei ihm am Mitteltisch. Er aß, was man ihm vorsetzte – außer Kohl und Austern. In dem lärmenden Stimmengewirr war er der einzig Schweigsame. Am liebsten aß er die kleinen, zarten Butterbohnen, die er mit seiner Gabelspitze zu einem säuberlichen Häufchen aufspießte und deren Saft er mit Biskuit aufstippte.
Biff dachte auch an den Tod. Eines Tages passierte ihm etwas Merkwürdiges: er fand beim Herumstöbern im Badezimmerschrank eine Flasche Agua Florida, die er übersehen haben mußte, als er die von Alice hinterlassenen Toilettenartikel zu Lucile gebracht hatte. Grübelnd hielt er die Parfumflasche in den Händen. Vier Monate waren nun seit ihrem Tode verstrichen – und jeder Monat erschien ihm so lang und so reich an Mußestunden wie ein ganzes Jahr. Er dachte nicht oft an sie.
Biff zog den Stöpsel aus der Flasche. Er stand ohne Hemd vor dem Spiegel und betupfte seine dunkel behaarten Achselhöhlen mit ein wenig Parfum. Bei dem Duft erstarrte er. Er warf einen verstohlenen Blick auf sein Spiegelbild und blieb regungslos stehen. Er war wie betäubt von den Erinnerungen, die mit dem

Parfum über ihn kamen, nicht weil sie so lebendig waren, sondern weil er auf einmal die lange Spanne von Jahren als ein abgeschlossenes Ganzes sah. Biff rieb sich die Nase und sah sich von der Seite her an. Die Grenze des Todes. Er spürte jede Minute, die er mit ihr zusammen verlebt hatte. Und nun war ihr gemeinsames Leben so abgeschlossen, wie nur etwas Vergangenes abgeschlossen sein kann. Mit einem Ruck wandte Biff sich ab.

Das Schlafzimmer war renoviert worden. Nun ganz und gar sein Zimmer. Früher hatte es unordentlich, schmuddelig und irgendwie frech gewirkt. Ewig hatten Strümpfe und zerrissene rosa Kunstseidenschlüpfer mitten im Zimmer auf einer Leine zum Trocknen gehangen. Das Metallbett hatte abgeblätterte Roststellen gehabt, und fleckige Spitzenkissen hatten darauf herumgelegen. Am Toiletteneimer pflegte die magere Katze aus dem Erdgeschoß traurig ihren Buckel zu reiben.

Er hatte das Zimmer von Grund auf umgestaltet. Aus dem Metallbett ließ er eine Atelier-Couch machen. Den Fußboden bedeckte ein dicker, roter Teppich, und die schlimmsten Risse in der Wand hatte er mit schönem porzellanblauem Stoff verkleidet. Der Kamin wurde wieder benutzt, und immer waren Kiefernscheite darin aufgeschichtet. Über dem Kaminsims hingen ein kleines Foto von Baby und das bunte Bild eines kleinen Jungen im Samtanzug, der einen Ball in Händen hielt. Eine Eckvitrine enthielt die von Biff gesammelten Kuriositäten: einige seltene Schmetterlinge, eine Pfeilspitze, einen merkwürdigen, wie ein menschliches Profil geformten Stein. Auf der Couch lagen blauseidene Kissen; außerdem hatte er sich Luciles Nähmaschine ausgeliehen und selber dunkelrote Fenstervorhänge genäht. Er liebte dieses Zimmer. Es wirkte luxuriös und beruhigend. Auf dem Tisch stand eine kleine japanische Pagode, deren Glasbehang bei jedem Luftzug seltsam melodiös klingelte. In diesem Zimmer war nichts, was ihn an sie erinnerte. Aber oft zog er den Stöpsel aus der Parfumflasche, um sich Ohrläppchen oder Handgelenke mit Agua Florida zu betupfen. Der Duft verschmolz mit den allmählich auftauchenden Erinnerungen. Die Vergangenheit wurde immer stärker in ihm. Mit geradezu architektonischer Ordnung fügten die Erinnerungen sich von selber zueinander. In einem Kasten mit Andenken stieß er auf alte Bilder aus der Zeit vor ihrer Hochzeit. Alice auf einer mit Gänseblümchen übersäten Wiese. Alice und er in einem Kanu auf

dem Fluß. Unter den Andenken fand sich auch ein großer, beinerner Haarpfeil, der seiner Mutter gehört hatte. Als kleiner Junge hatte er besonders gern zugesehen, wenn sie sich kämmte und ihr langes, schwarzes Haar aufsteckte. Solche Haarpfeile, meinte er damals, hatten die gleichen Kurven wie die Figur einer Dame, und manchmal hatte er mit ihnen gespielt wie mit Puppen. Damals hatte er auch eine Zigarrenkiste voller Stoffreste gehabt. Er liebte es, schöne bunte Stoffe anzufühlen und zu betrachten, und er saß oft stundenlang mit seinen Flicken unter dem Küchentisch. Als er sechs wurde, nahm die Mutter sie ihm fort. Sie war eine große, kräftige Frau mit einem männlich anmutenden Pflichtbewußtsein. Er war ihr Liebling gewesen. Noch jetzt träumte er manchmal von ihr, und ihren abgewetzten alten Trauring nahm er nicht vom Finger.
Außer dem Agua Florida fand er im Badezimmerschrank eine Flasche Zitronenwasser, mit dem Alice ihr Haar zu behandeln pflegte. Eines Tages probierte er es selber aus. Das Zitronenwasser gab seinem dunklen, mit weißen Strähnen durchzogenen Haar ein volles, lockeres Aussehen. Es gefiel ihm. Statt des Öls, das er gegen drohende Kahlheit benutzt hatte, verwendete er nun das Zitronenpräparat, mit dem er sich regelmäßig das Haar einrieb. Er übernahm gewisse Eigenheiten, die er bei Alice lächerlich gefunden hatte. Warum?
Jeden Morgen brachte ihm der farbige Küchenjunge Louis eine Tasse Kaffee ans Bett. Oft saß er vor dem Aufstehen und Anziehen noch eine Stunde im Bett, den Rücken durch Kissen gestützt, rauchte eine Zigarre und betrachtete die Sonnenflecken an der Wand. In tiefes Grübeln versunken, kratzte er sich mit dem Zeigefinger zwischen den langen, gekrümmten Fußzehen und gab sich seinen Erinnerungen hin.
Von mittags bis fünf Uhr morgens arbeitete er dann unten im Restaurant, und sonntags den ganzen Tag über. Das Geschäft ließ nach. Es gab viele tote Stunden. Nur zu den Mahlzeiten war das Lokal so voll wie immer; von seinem Wachtposten hinter der Registrierkasse aus sah er täglich Hunderte von Bekannten.
»Wie kannst du bloß immer so rumstehen und sinnieren?« fragte Jake Blount. »Siehst aus wie'n Jude in Deutschland.«
»Hab ja auch ein Achtel jüdisches Blut«, antwortete Biff. »Der Großvater meiner Mutter war ein Amsterdamer Jude. Sonst aber ist meine ganze Familie schottisch-irisch, soviel ich weiß.«

Es war Sonntag morgen. Die Gäste saßen auf ihre Stühle geflätzt; die Zeitungen raschelten, und es roch nach Tabak. In einer Ecknische wurde gewürfelt, aber es war ein ruhiges Spiel.
»Wo steckt denn Singer?« fragte Biff. »Gehst du heut vormittag zu ihm rauf?«
Blounts Miene wurde finster und mürrisch. Mit einem Ruck stieß er den Kopf vor. Hatten sie sich gezankt? Konnte sich ein Taubstummer überhaupt zanken? Doch, das war schon öfter vorgekommen. Dieser Blount hatte manchmal so eine Art, herumzulungern und sich so zu benehmen, als läge er mit sich selber in Streit. Aber nun würde er wohl bald gehen – wie immer –, und später würde er, auf Singer einredend, wiederkommen.
»Hast doch 'n schönes Leben. Bloß hinter der Registrierkasse stehn und die Hand aufhalten.«
Biff nahm das nicht weiter krumm. Er stützte die Ellenbogen auf und sah Blount mit zusammengekniffenen Augen an. »Wollen mal 'n ernstes Wort miteinander reden. Was willst du eigentlich?«
Blount ließ seine Hände auf die Theke klatschen. Sie waren warm, fleischig und aufgesprungen. »Bier. Und ein Päckchen Käsekeks mit Erdnußbutter gefüllt.«
»Das mein ich nicht«, sagte Biff. »Na, wir kommen später darauf zurück.«
Der Mann war ihm ein Rätsel. Immer wieder war er anders. Trinken tat er immer noch wie ein Stint, aber der Schnaps brachte ihn nicht so herunter wie andere Leute. Oft waren seine Augenlider rot entzündet, und er hatte so eine komische Art, nervös erschreckt hinter sich zu sehen. Sein Kopf war für den mageren Hals zu schwer und zu groß.
Er war so einer, über den die Kinder lachen und den die Hunde gerne beißen. Aber er fühlte sich tief gekränkt, wenn man ihn auslachte; dann wurde er grob und laut, wie manche Clowns. Und er argwöhnte auch immer, daß jemand über ihn lachte.
Biff schüttelte nachdenklich den Kopf. »Hör zu«, sagte er. »Was hält dich eigentlich auf dem Rummelplatz? Könntest doch was Besseres finden. Könntest sogar hier bei mir halbtags arbeiten.«
»Gott soll mich bewahren! Vielleicht da hinter der Kasse hocken? Das tu ich nicht – und wenn du mir das ganze verdammte Lokal mit allem Drum und Dran schenkst.«
So war er nun. Es war um aus der Haut zu fahren. So einer

konnte ja keinen Freund haben, nicht einmal mit den Leuten auskommen konnte der.
»Im Ernst«, sagte Biff, »nimm doch Vernunft an.«
Ein Gast mußte mit seinem Bon an die Kasse; Biff mußte herausgeben. Im Lokal war noch nicht viel los. Blount hatte keine Ruhe. Biff spürte, wie es ihn fortzog. Er hätte ihn gern gehalten. Er nahm zwei gute Zigarren aus dem Regal hinter der Theke und bot Blount eine an. Nachdem er in Gedanken mehrere Gesprächsthemen vorsichtshalber wieder fallengelassen hatte, fragte er schließlich:
»Wenn du dir's aussuchen könntest, in welchem historischen Zeitalter du leben möchtest – welches würdest du wählen?«
Blount fuhr sich mit seiner breiten, feuchten Zunge über den Schnurrbart. »Wenn du dir's aussuchen könntest, ob du nie wieder was fragen darfst oder auf der Stelle tot umfällst – was würdest du wählen?«
»Richtig – aber denk doch mal drüber nach«, beharrte Biff.
Den Kopf zur Seite gelegt, schielte er über seine lange Nase weg. Von solchen Sachen hörte er andere zu gern reden. Er würde sich das alte Griechenland aussuchen. In Sandalen am Ufer der blauen Ägäis wandeln. Lockere, um die Hüften gegürtete Gewänder. Kinder. Marmorbäder. Besinnliche Stunden im Tempel.
»Vielleicht bei den Inkas. In Peru.«
Biff musterte Blount von oben bis unten; in Gedanken sah er ihn nackt: die Haut rotbraun gebrannt, das Gesicht glatt und bartlos, einen juwelenbesetzten Goldreif am Unterarm. Wenn er sich den Mann mit geschlossenen Augen so vorstellte – keinen schlechten Inka würde er abgeben. Aber das Bild zerfiel, als er ihn dann wieder ansah. Der nervöse Schnurrbart stimmte nicht zu dem Gesicht, auch seine Art, mit der Schulter zu rucken, dann der Adamsapfel an seinem mageren Hals und die ausgebeulten Hosen. Auch anderes stimmte nicht.
»Oder vielleicht so um 1775.«
»Das war 'ne Zeit, da ließ sich's leben«, gab Biff zu.
Blount schuffelte verlegen mit den Füßen. Sein Gesicht sah abweisend und unfroh aus. Gleich würde er gehen. Munter versuchte Biff, ihn noch ein wenig aufzuhalten. »Sag mal, wieso bist du eigentlich hier in die Stadt gekommen?« Er merkte es gleich: das war keine diplomatische Frage; er war sehr unzufrieden mit sich. Aber es war wirklich sonderbar, daß dieser Mann ausgerechnet hierher verschlagen worden war.

»Weiß der Himmel – ich weiß es nicht.«
Ein Weilchen standen sie an die Theke gelehnt und sagten nichts. Die Männer in der Ecke hatten aufgehört zu würfeln. Das erste Mittagessen – Spezialplatte mit Long-Island-Ente – war dem Geschäftsführer von Woolworth serviert worden. Aus dem Radio drangen gleichzeitig Swing-Musik und eine Sonntagspredigt.
Plötzlich beugte Blount sich vor und schnupperte an Biffs Gesicht.
»Parfum?«
»Rasierwasser«, sagte Biff schlagfertig.
Blount war nun nicht länger zu halten. Der Mann wollte gehen. Später würde er mit Singer wiederkommen. So war es immer. Er hätte Blount gern einmal wirklich ausgeholt, um sich über gewisse Dinge bei ihm klarzuwerden. Aber Blount würde nie richtig den Mund aufmachen – es sei denn bei dem Taubstummen. Verrückte Sache.
»Danke auch für die Zigarre«, sagte Blount. »Bis nachher.«
»Wiedersehn.«
Biff sah Blount mit seinem wiegenden Seemannsgang zur Tür gehen. Dann wandte er sich seinen nächsten Pflichten zu. Er inspizierte die Auslage im Fenster. Die Speisekarte war ausgehängt, und zum Anreiz war ein Spezialessen mit allen Beilagen ausgestellt. Es sah nicht schön aus. Geradezu unappetitlich. Die Entensauce war in die Preißelbeeren gelaufen, und in der Nachspeise schwamm eine Fliege.
»He, Louis!« rief er. »Nimm das Zeug aus dem Fenster. Und bring mir die rote Tonschale und ein paar Früchte.«
Geschmackvoll nach Form und Farbe arrangierte er die Früchte. Endlich fand die Fensterdekoration seinen Beifall. Er warf einen Blick in die Küche und plauderte mit dem Koch. Er lüftete die Topfdeckel und schnupperte an jedem Gericht, aber ohne Liebe. Das war immer Alices Arbeit gewesen. Ihm war so etwas lästig. Beim Anblick des fettigen Spülsteins, der voller Speisereste lag, zog sich ihm die Nase zusammen. Er schrieb die Speisekarte für den nächsten Tag und notierte die notwendigen Einkäufe. Er war froh, die Küche wieder verlassen und seinen Posten an der Registrierkasse einnehmen zu können.
Lucile und Baby kamen zum Sonntagsessen. Die Kleine sah jetzt nicht so niedlich aus. Sie trug immer noch den Kopfverband, den der Arzt erst im nächsten Monat abnehmen wollte.

Unter den Mullbinden an Stelle der blonden Locken wirkte das Köpfchen ganz nackt.
»Sag Onkel Biff guten Tag, Süßes«, drängte Lucile.
Baby fügte sich maulend. »Onkel Biff guten Tag Süßes«, sagte sie frech.
Als Lucile ihr den Sonntagsmantel ausziehen wollte, gab es einen Kampf. »Also, jetzt benimm dich«, sagte Lucile immer wieder. »Du ziehst ihn aus, sonst kriegst du Lungenentzündung, wenn wir wieder rausgehn. Also, jetzt benimm dich.«
Biff rettete die Situation. Er stopfte Baby mit einem Gummibonbon den Mund, so daß sie sich ohne Widerrede den Mantel abnehmen ließ. Bei dem Kampf mit Lucile war ihr Kleidchen verrutscht. Biff zog es glatt, so daß die Passe wieder gerade über der Brust saß. Er band ihr die Schärpe und zupfte den Knoten schön zurecht. Dann gab er Baby einen Klaps auf ihr kleines Hinterteil. »Heute gibt's Erdbeereis«, verkündete er.
»Bartholomew, du hätt'st doch 'ne mächtig gute Mutter abgegeben.«
»Danke«, sagte Biff. »Sehr schmeichelhaft.«
»Wir kommen grad aus der Sonntagsschule. Baby, sag den Bibelvers auf, den du für Onkel Biff gelernt hast.«
Die Kleine räkelte sich auf ihrem Stuhl zurecht und maulte. »Jesus hat geweint«, sagte sie schließlich. Sie legte eine solche Verachtung in die Worte, daß sie sich ganz schrecklich anhörten.
»Willst du Louis guten Tag sagen?« fragte Biff. »Er ist hinten in der Küche.«
»Ich will Willie guten Tag sagen. Willie soll Mundharmonika spielen.«
»Also, Baby, du bist wirklich unausstehlich«, sagte Lucile ungeduldig. »Du weißt doch genau, daß Willie nicht da ist. Willie ist im Gefängnis.«
»Aber Louis kann auch Mundharmonika spielen«, sagte Biff. »Geh, sag ihm, er soll das Erdbeereis fertigmachen, und dann kann er dir was vorspielen.«
Baby ging, mit einem Absatz den Boden schurrend, zur Küche. Lucile legte ihren Hut auf die Theke. In ihren Augen standen Tränen. »Weißt du, ich hab immer gesagt: wenn ein Kind sauber und gepflegt und hübsch aussieht, dann ist es gewöhnlich auch artig und gescheit. Aber von einem schmutzigen und häßlichen Kind ist meistens nicht viel zu erwarten. Damit will ich sagen: Baby geniert sich so wegen ihres kahlen, verbundenen

Kopfes, daß sie deswegen die ganze Zeit so bockig ist. Sie will nichts aufsagen – nichts will sie. Sie ist in einem Zustand, daß ich einfach nicht mehr mit ihr fertig werde.«
»Du solltest nicht so viel an ihr rumnörgeln, dann wär sie ganz in Ordnung.«
Schließlich brachte er die beiden in einer Fensternische unter. Lucile aß eine Spezialplatte, und Baby bekam feingeschnittene Hühnerbrust, Weizenbrot und Karotten. Sie stocherte im Essen herum und verschüttete Milch auf ihr Röckchen. Er saß bei ihnen, bis der Hochbetrieb einsetzte. Dann mußte er auf den Beinen sein, damit alles reibungslos ging.
Lauter essende Leute. Weit aufgerissene Münder, in die das Essen hineingestopft wurde. Wie hieß es doch gleich? Er hatte es erst vor kurzem gelesen: Leben heißt nichts wie Essen und Trinken und Fortpflanzung. Das Lokal war jetzt voll. Im Radio spielte eine Swing-Kapelle.
Dann kamen die beiden Erwarteten. Singer trat als erster ein, sehr aufrecht und elegant in seinem sonntäglichen Maßanzug. Blount folgte ihm auf den Fersen. Irgend etwas an ihrer Art zu gehen fiel Biff auf. Sie setzten sich an ihren Tisch; Blount redete und aß mit Behagen, während Singer ihm höflich zusah. Nach dem Essen standen sie noch ein paar Minuten an der Registrierkasse. Als sie dann gingen, machte ihn wieder etwas an ihrem Zusammengehen stutzig. Woran lag das? Plötzlich tat sich tief in seinem Unterbewußtsein eine erschreckende Erinnerung auf: der dicke, schwachsinnige Taubstumme, den er manchmal mit Singer auf dem Weg zur Arbeit gesehen hatte. Der schwabbelige Grieche, der bei Charles Parker Süßigkeiten fabrizierte. Immer war der Grieche vorangegangen und Singer hinterher. Er hatte nie besonders auf sie geachtet, denn sie kamen nie in sein Lokal. Aber warum war ihm das nicht schon längst eingefallen? Sooft er über den Taubstummen nachgegrübelt hatte – unter diesem Gesichtspunkt hatte er es nicht getan. Er hatte den Wald vor Bäumen nicht gesehen. Aber schließlich – was machte das schon?
Biff kniff die Augen ein. Es war ganz unwichtig, wie Singer früher gewesen war. Wichtig war, daß Blount und Mick ihn zu einer Art Hausgott gemacht hatten. In ihm, dem Taubstummen, konnten sie alles sehen, was sie sich wünschten. Ja, so war das. Aber wie kam so etwas Seltsames zustande? Und warum?
Ein Einarmiger kam herein; Biff spendierte ihm einen Whisky.

Aber er hatte keine Lust, mit jemandem zu reden. Das Sonntagsessen war eine Familienangelegenheit. In der Woche tranken die Männer abends allein ihr Bier, aber sonntags brachten sie Frauen und Kinder mit. Das hohe Kinderstühlchen, das im Hintergrund bereitstand, wurde häufig verlangt. Es war halb drei; viele Tische waren besetzt, aber die Mahlzeit war fast vorüber. Biff war nun vier Stunden auf den Beinen und fühlte sich müde. Früher hatte er vierzehn oder sechzehn Stunden lang stehen können, ohne das geringste zu spüren. Er war alt geworden. Sehr alt. Da gab's keinen Zweifel. Oder vielleicht besser gesagt: gereift. Nicht gealtert – bestimmt nicht – noch nicht. Die Geräusche im Raum brandeten an- und abschwellend an sein Ohr. Gereift. Seine Augen schmerzten; ihm war, als sähe er wie im Fieber alles zu hell und zu scharf.

Er rief der Kellnerin zu: »Vertreten Sie mich bitte so lange. Ich geh weg.«

Auf der Straße herrschte sonntägliche Leere. Die Sonne schien hell und klar, ohne zu wärmen. Biff hielt den Mantelkragen fest am Hals zusammen. So allein auf der Straße kam er sich wie ausgesetzt vor. Vom Flusse her wehte ein kalter Wind. Er sollte lieber umkehren und wieder in sein Restaurant gehen, wo er hingehörte. Dort, wohin er jetzt wollte, hatte er nichts zu suchen. Seit vier Wochen tat er das nun jeden Sonntag: in der Hoffnung, Mick zu sehen, strich er um das Kellysche Haus herum. Und daran war etwas, das – nicht ganz in Ordnung war. Es war etwas Unrechtes.

Langsam ging er auf der anderen Straßenseite an ihrem Haus vorbei. Vorigen Sonntag hatte sie auf den Verandastufen gesessen und Witzblätter besehen. Heute stellte er mit einem raschen Blick auf das Haus fest, daß sie nicht da war. Biff zog sich den Filzhut tief ins Gesicht. Vielleicht kam sie später ins Lokal. Sonntags kam sie öfter nach dem Abendessen, trank eine Tasse heißen Kakao und setzte sich ein Weilchen zu Singer. Sie hatte dann nicht ihren blauen Alltagsrock und den Sweater an, sondern ein Sonntagskleid aus weinroter Seide mit einem dürftigen Spitzenkrägelchen. Einmal hatte sie sogar Strümpfe angehabt – mit vielen Laufmaschen. Er wünschte sich immer, ihr irgendwie helfen, ihr etwas schenken zu können. Nicht nur ein Eis oder Süßigkeiten – nein, ein richtiges Geschenk. Das war sein größter Wunsch: ihr etwas schenken zu dürfen. Biffs Mund wurde hart. Er hatte nichts Unrechtes getan und fühlte sich doch

seltsam schuldig. Warum? Die dunkle Schuld aller Menschen – die unermeßliche, namenlose Schuld.
Auf seinem Heimweg fand Biff zwischen den Abfällen im Rinnstein ein Fünfcentstück. Als sparsamer Mann hob er es auf, reinigte es mit dem Taschentuch und steckte es in sein schwarzes Portemonnaie. Um vier Uhr war er wieder im Restaurant. Das Geschäft ruhte völlig. Nicht ein Gast war im Lokal.
Gegen fünf belebte es sich. Der Junge, den er neuerdings halbtags beschäftigte, war frühzeitig zur Stelle. Er hieß Harry Minowitz und wohnte in derselben Straße wie Mick und Baby. Auf Biffs Zeitungsannonce hatten sich elf Bewerber gemeldet, unter denen Harry der geeignetste zu sein schien. Ein ordentlicher Junge und für sein Alter recht weit. Biff waren bei der ersten Unterredung die Zähne des Jungen aufgefallen. An den Zähnen konnte man den Menschen erkennen. Harry hatte große, schneeweiß gepflegte Zähne. Er trug eine Brille, aber das machte bei dieser Arbeit nichts aus. Seine Mutter nähte für einen Schneider weiter unten in der Straße und verdiente sich damit wöchentlich zehn Dollar; Harry war ihr einziges Kind.
»Na, Harry«, sagte Biff, »du bist nun eine Woche bei mir. Was meinst du – gefällt's dir?«
»Na, klar, Sir. Klar gefällt's mir.«
Biff drehte an seinem Fingerring. »Laß mal sehen: um wieviel Uhr kommst du aus der Schule?«
»Um drei, Sir.«
»Aha. Dann hast du 'n paar Stunden zum Ausruhn und für die Schularbeiten. Von sechs bis zehn bist du dann hier. Bleibt dir denn noch genug Zeit zum Schlafen?«
»Massenhaft. Ich brauch nicht soviel.«
»In deinem Alter brauchst du neuneinhalb Stunden, mein Sohn. Neuneinhalb Stunden ruhigen, gesunden Schlaf.«
Er wurde plötzlich verlegen. Vielleicht meinte Harry, das ginge ihn nichts an. Tat es ja auch nicht. Er wollte sich schon abwenden, als ihm etwas einfiel.
»Gehst du in die höhere Schule?«
Harry nickte, während er seine Brille am Hemdärmel putzte.
»Soso. Ich kenn da viele von den Jungens und Mädels. Alva Richards – bin mit seinem Vater gut bekannt. Dann Maggie Henry. Und dann diese Kleine – Mick Kelly ...« Seine Ohren brannten wie Feuer. Er machte sich ja zum Narren. Er wollte sich abwenden und gehen, blieb aber lächelnd stehen und rieb

sich mit dem Daumen die Nase. »Kennst du die?« brachte er mühsam hervor.
»Klar, wir wohnen ja nebeneinander. Aber wir gehn nicht in dieselbe Klasse, ich bin ja schon Oberstufe.«
Biff merkte sich diese magere Auskunft genau, um später allein darüber nachzudenken. »Wird wohl noch 'ne Weile ruhig bleiben«, sagte er hastig. »Kannst mich vertreten. Du weißt ja jetzt, wie's gemacht wird. Wenn Bier getrunken wird, paß gut auf und merk dir, wieviel du ausgeschenkt hast, damit du nicht auf das angewiesen bist, was die Gäste sagen. Laß dir beim Geldwechseln Zeit und paß auf alles richtig auf.«
Biff schloß sich in dem unteren Zimmer ein, in dem er seine Akten aufbewahrte. Das Zimmer hatte nur ein kleines Fenster zum Seitengäßchen hinaus; muffig und kalt war es hier. Die aufgestapelten Zeitungen türmten sich bis zur Decke. Die eine Wand war von einem selbstgemachten Aktenregal verstellt. In der Nähe der Tür standen ein altmodischer Schaukelstuhl und ein kleiner Tisch mit Schere, Lexikon und Mandoline. Der Zeitungsstapel wegen konnte man sich kaum zwei Schritte weit bewegen. Biff schaukelte in seinem Stuhl und klimperte träge auf der Mandoline. Dann schloß er die Augen und sang in schwermütigem Ton:

Zum Viehmarkt ging ich schnelle.
Die Tiere war'n zur Stelle,
Und auch der alte Pavian
– der schwärmte still den Vollmond an
Und kämmte sich sein Felle.

Der abschließende Mandolinenakkord verklang zittrig in der kalten Luft.
Zwei kleine Kinder adoptieren. Einen Jungen und ein Mädchen. Drei oder vier müßten sie sein, dann hätten sie immer das Gefühl, er wär ihr richtiger Vater. Ihr Paps. Vater unser. Das kleine Mädchen so wie Mick (oder wie Baby?). Runde Bäckchen, graue Augen, flachsblondes Haar. Die Kleider würde er selber nähen; Kleidchen aus rosa Crêpe de Chine mit zierlichen Fältchen an Passe und Ärmeln. Seidene Söckchen, weiße Wildlederschuhe. Und ein rotes Samtmäntelchen mit Mützchen und Muff für den Winter. Der Junge würde dunkelhäutig und schwarzhaarig sein und immer hinter ihm herlaufen und alles machen

wollen, was er machte. Im Sommer würden sie alle drei an den Golf fahren und dort ein Häuschen mieten; er würde den Kindern ihre Luftanzüge anziehen und sie behutsam in die grünen Meereswogen führen – dort, wo es ganz flach ist. Wenn er dann alt würde, wären sie blühende junge Menschen. Vater unser. Sie würden mit allerlei Fragen zu ihm kommen, und er würde alles beantworten.

Warum nicht?

Biff nahm wieder die Mandoline zur Hand. »*Tum*-ti-*tim*-ti-*tie*, ti-*tie*. Ein *Püpp*chen wollte *Hoch*zeit machen.« Der Kehrreim wurde von der Mandoline wiederholt. Er sang alle Strophen durch und wippte mit dem Fuß den Takt. Dann spielte er ›K-K-K-Katie‹ und ›O süßes, altes Liebeslied‹. Diese Melodien weckten alte Erinnerungen, ähnlich wie Agua Florida. Alles. Das erste, glückliche Jahr, als auch sie glücklich zu sein schien. Als das Bett zweimal in drei Monaten unter ihnen zusammenkrachte. Er hatte keine Ahnung gehabt, daß ihre Gedanken sich die ganze Zeit damit beschäftigen, wo sie zehn Cent einsparen oder fünf Cent abknapsen könnte. Dann Rios Etablissement und die Mädchen dort. Gyp und Madeline und Lou. Dann später, als er plötzlich nicht mehr konnte. Als er nicht mehr bei einer Frau schlafen konnte. Heilige Muttergottes! Zuerst war ihm, als wäre nun alles aus.

Lucile hatte immer begriffen, wie es bei ihnen stand. Sie kannte ihre Schwester Alice. Vielleicht wußte sie auch über ihn Bescheid. Lucile hatte ihnen immer zugeredet, sich scheiden zu lassen, und hatte nach besten Kräften zwischen ihnen auszugleichen versucht.

Biff schreckte zusammen. Seine Hände ließen die Mandoline so plötzlich los, daß die Melodie abriß. Er richtete sich straff im Stuhl auf. Auf einmal lachte er leise vor sich hin. Wie kam er bloß darauf? Ach du liebes Gottchen! Am Tage seines neunundzwanzigsten Geburtstags, da hatte Lucile gesagt, er möge doch bei ihr hereinschauen, wenn er vom Zahnarzt käme. Er hatte sich auf eine kleine Aufmerksamkeit gefaßt gemacht: eine Platte Kirschtorteletts oder ein hübsches Hemd. Sie empfing ihn an der Tür und verband ihm vor dem Eintreten die Augen. Dann sagte sie, sie käme gleich wieder. Er stand in dem stillen Zimmer, lauschte ihren Schritten, wie sie zur Küche ging, und ihm war nicht geheuer zumute. Mit verbundenen Augen mitten im Zimmer stehend, ließ er einen fahren – und merkte plötzlich zu seinem Schrecken, daß er nicht allein war. Er hörte Gekicher und gleich darauf ohrenbetäubendes, schallendes Gelächter. In diesem Augenblick kam Lucile zurück und nahm ihm die Augenbinde ab. In der Hand hielt sie eine Platte mit einem Karamelkuchen. Das Zimmer war voller Leute: Leroy mit der ganzen Clique und natürlich Alice. Er hätte die Wände hochgehen können. Schutzlos stand er da, das Gesicht von brennender Röte übergossen. Sie zogen ihn auf, und er nahm sich's so zu Herzen, daß ihm eine Stunde lang fast so elend zumute war wie beim Tode seiner Mutter. Im Lauf des Abends trank er dann einen halben Liter Whisky. Aber noch wochenlang ... Heilige Muttergottes!

Biff lachte fröstelnd vor sich hin. Er zupfte ein paar Akkorde auf der Mandoline und intonierte ein forsches Cowboylied. Er sang mit weicher Tenorstimme und schloß beim Singen die Augen. Im Zimmer war es fast dunkel. Er spürte die feuchte Kälte in allen Knochen, und seine Beine schmerzten vor Rheumatismus.

Schließlich legte er die Mandoline fort und blieb langsam schaukelnd im Dunkeln sitzen. Der Tod. Manchmal glaubte er zu spüren, daß er bei ihm im Zimmer war. Der Stuhl schaukelte hin und her. Was wußte er? Nichts. Was war sein Ziel? Es gab keines. Was wollte er? Erkennen. Was erkennen? Einen Sinn. Warum? Ein Rätsel.

Wie die verstreuten Teile eines Puzzle-Spiels lagen die Bilder in seinem Kopf. Alice, sich in der Badewanne abseifend. Die Fratze von Mussolini. Mick, das Baby im Handwagen ziehend. Ein gebratener Truthahn im Schaufenster. Blounts Mund. Singers Gesicht. Er wartete auf irgend etwas. Im Zimmer war es nun ganz dunkel. Aus der Küche hörte er Louis singen.

Biff stand auf und hielt den Schaukelstuhl an. Er öffnete die Tür und fand es draußen in der Diele sehr warm und hell. Vielleicht, fiel ihm ein, würde Mick kommen. Er zog seinen Anzug glatt und strich sich das Haar zurück. Er fühlte sich wieder warm und munter. Im Restaurant herrschte Hochbetrieb. Die Zeit für den Stammtisch und das Sonntagabendessen. Er lächelte dem jungen Harry freundlich zu und nahm seinen Posten hinter der Registrierkasse ein. Mit einem Blick fing er den ganzen Raum wie mit einem Lasso ein. Das Lokal war voller Menschen, voll summender Stimmen. Die Obstschale im Fenster nahm sich sehr vornehm und künstlerisch aus. Biff behielt die Tür im

Auge und musterte weiter den Raum mit seinem geschulten Blick, immer wachsam, immer gespannt wartend. Endlich kam Singer und schrieb mit seinem silbernen Bleistift, er sei erkältet und wolle nur Suppe und Whisky. Mick kam nicht.

9

Sie hatte nun für sich selber keine fünf Cent mehr – so arm waren sie geworden. Alles drehte sich um Geld. Den ganzen Tag über: Geld, Geld, Geld! Das Einzelzimmer und die Privatpflegerin für Baby hatten sie völlig ruiniert. Und das war nur eine Rechnung von vielen. Sobald eine Sache bezahlt war, tauchte gleich eine neue auf. Sie hatten rund zweihundert Dollar Schulden, die umgehend beglichen werden mußten. Sie verkauften das Haus; davon blieben Paps hundert Dollar, und die Hypothek wurde von der Bank übernommen. Dann borgte Paps noch fünfzig Dollar, für die Mister Singer die Bürgschaft übernahm, und nun mußten sie sich jeden Ersten wegen der Miete den Kopf zerbrechen wie früher wegen der Grundsteuer. Es fehlte nicht viel, und sie waren genauso arm wie Fabrikarbeiter. Nur daß niemand auf sie herabsehen konnte.
Bill hatte eine Stellung in einer Flaschenfabrik angenommen und verdiente zehn Dollar die Woche. Hazel arbeitete für acht Dollar als Gehilfin in einem Schönheitssalon. Etta saß an der Kasse eines Kinos und bekam dafür fünf Dollar. Alle drei gaben die Hälfte ihres Lohnes zu Hause ab. Außerdem wohnten im Haus sechs Pensionsgäste, die je fünf Dollar die Woche bezahlten. Dazu kam Mister Singer, ein sehr pünktlich zahlender Mieter. Mit dem wenigen, was Paps gelegentlich verdiente, kamen sie auf etwa zweihundert Dollar monatlich; davon mußten die sechs Mieter ordentlich verköstigt, die Familie ernährt, die Miete für das Haus und die Raten für die Möbel gezahlt werden.
Nun gab es für sie und George kein Frühstücksgeld mehr, und mit den Klavierstunden war es aus. Portia hob ihnen beiden die Reste vom Mittagessen auf, die sie nachmittags nach der Schule verzehrten. Sie aßen jetzt immer in der Küche. Bill, Hazel und Etta aßen nur mit den Mietern, wenn genug Essen da war, sonst ebenfalls in der Küche. Das Küchenfrühstück bestand aus Grütze mit Fett, Rippenfleisch und Kaffee. Zum Abendessen gab es das

gleiche, dazu die Reste aus dem Speisezimmer. Die drei Älteren beklagten sich bitter, wenn sie in der Küche essen mußten. Mick und George wurden manchmal tagelang nicht satt.
Das alles aber gehörte der äußeren Welt an. Mit Musik, mit fremden Ländern und mit all ihren Plänen hatte das nicht das geringste zu tun. Es war ein kalter Winter. Die Fensterscheiben waren befroren. Abends knisterte im Wohnzimmer ein warmes Feuer, und die Familie saß mit allen Mietern um den Kamin, so daß sie das mittlere Schlafzimmer für sich allein hatte.
Sie zog ein paar ausgewaschene Kordhosen von Bill an, dazu zwei Sweater übereinander. Vor lauter Aufregung spürte sie keine Kälte. Sie setzte sich auf die Erde, holte ihre Privatschachtel unter dem Bett hervor und begann zu arbeiten.
In der großen Schachtel lagen die Bilder, die sie im Zeichenkurs gemalt und nun aus Bills Zimmer entfernt hatte. Außerdem enthielt die Schachtel drei von Paps geerbte Kriminalschmöker, eine Puderdose, ein Kästchen mit allerlei Uhrenteilen, eine Halskette aus Straß, einen Hammer und einige Notenhefte. Ein Notenheft war verschnürt und trug in Rotstift die Aufschrift: STRENG PRIVAT! ANSEHEN VERBOTEN! PRIVAT!
Den ganzen Winter über schrieb sie in dieses Heft ihre Kompositionen. Sie machte abends keine Schularbeiten, um mehr Zeit für die Musik zu haben. Meist waren es nur kleine Melodien – Lieder ohne Worte und sogar ohne Baßnoten. Ganz kurze Melodien, die oft nur eine halbe Seite lang waren, stets aber einen Titel hatten und mit ihren Anfangsbuchstaben gezeichnet waren. Nichts in diesem Heft war als richtiges Stück oder als Komposition zu bezeichnen. Es waren einfach Lieder, die ihr durch den Kopf gingen und die sie behalten wollte. Der Titel entsprach dem, was ihr dabei einfiel: ›Afrika‹ oder ›Große Schlägerei‹ oder ›Schneesturm‹.
Sie konnte die Musik nicht genau so aufschreiben, wie sie in ihrem Kopf klang. Sie mußte sie auf wenige Noten reduzieren, weil ihr sonst alles durcheinander geriet und sie überhaupt nicht weiterkam. So vieles, was für das Aufschreiben von Musik notwendig war, wußte sie nicht. Aber wenn sie es lernte, diese einfachen Melodien recht schnell aufzuschreiben, dann konnte sie vielleicht damit anfangen, die ganze Musik in ihrem Kopf zu Papier zu bringen.
Im Januar machte sie sich an ein ganz wundervolles Stück: ›Was ich mir wünsche, ich weiß es nicht.‹ Ein schönes, herrliches Lied

– ganz weich und getragen. Zuerst hatte sie auch einen poetischen Text dazu schreiben wollen, aber ihr fiel nichts ein, was zu dieser Musik paßte. Außerdem war es schwer, für die dritte Zeile einen Reim auf ›nicht‹ zu finden. Sie fand dieses neue Lied traurig, erregend und beglückend. Schwer war es, eine derart schöne Musik aufzuschreiben. Eigentlich waren alle Lieder schwer zu schreiben. Vor sich hinsummen konnte sie so was in zwei Minuten, aber bis es im Notenheft fertig aufgeschrieben war, bis sie die Tonart, den Takt und jede einzelne Note heraus hatte – das konnte eine Woche dauern.

Sie mußte es ganz konzentriert mehrmals vor sich hinsingen. Ihre Stimme war immer heiser – weil sie als Baby so viel gebrüllt hatte, meinte Paps; als sie so alt wie Ralph war, habe er Nacht für Nacht aufstehen und sie herumtragen müssen; nur wenn er mit dem Schürhaken gegen den Kohleneimer schlug und dazu ›Dixie‹ sang, habe sie Ruhe gegeben.

Sie lag bäuchlings auf dem kalten Fußboden und dachte nach. Wenn sie erst einmal zwanzig war, würde sie eine weltberühmte Komponistin werden. Sie würde ein großes Sinfonieorchester unter sich haben und ihre Werke immer selber dirigieren. Sie sah sich vor einem überfüllten Saal auf dem Podium stehen: zum Dirigieren trug sie entweder einen richtigen dunklen Herrenanzug oder ein rotes, straßglitzerndes Kleid. Auf dem roten Samtvorhang stand in goldenen Lettern: M. K. Mister Singer war da, und nach dem Konzert gingen sie zusammen aus und aßen Brathühnchen. Er bewunderte sie und erklärte sie zu seiner besten Freundin, und George brachte ihr große Blumensträuße auf die Bühne. In New York würde das sein, oder auch im Ausland. Lauter berühmte Leute würden sich nach ihr umsehen – Carol Lombard und Arturo Toscanini und Admiral Byrd.

Dann konnte sie auch die Beethoven-Sinfonie so oft spielen, wie sie wollte. Mit dieser Musik, die sie im letzten Herbst gehört hatte, ging es ihr merkwürdig: sie war ihr immer gegenwärtig und fügte sich nach und nach zu einem Ganzen. Das war nämlich so: sie hatte die ganze Sinfonie im Kopf. Anders konnte es gar nicht sein. Sie hatte sie ja Ton für Ton gehört und irgendwo in ihrem Unterbewußtsein genauso aufbewahrt, wie sie damals gespielt worden war. Aber das Ganze wieder hervorzuholen – das lag nicht bei ihr. Sie konnte nur warten und dafür bereit sein, wenn plötzlich wieder ein neues Stück der Sinfonie in ihr auftauchte. Sie mußte warten, sie mußte es wachsen lassen, so wie im Frühling die Blätter der Eiche sich langsam entrollen.

Neben der Musik lebte auch Mister Singer in ihrer inneren Welt. Wenn sie nachmittags in der Turnhalle Klavier gespielt hatte, ging sie die Hauptstraße hinunter zu dem Laden, in dem er arbeitete. Durch das Schaufenster war Mister Singer nicht zu sehen. Er arbeitete im Hintergrund, hinter einem Vorhang. Aber den Laden, in dem er täglich aus- und einging, konnte sie betrachten, auch die Leute, mit denen er zu tun hatte.

Abends wartete sie auf der Vorderveranda, bis er heimkam. Manchmal ging sie mit ihm nach oben. Sie setzte sich aufs Bett und sah zu, wie er den Hut abnahm, seinen Kragen lüftete und das Haar bürstete. Sie wußte nicht warum – aber das war so, als hätten sie ein Geheimnis miteinander. Oder als würden sie einander bald Dinge sagen, die noch nie ein Mund ausgesprochen hatte.

Er hatte als einziger Zugang zu ihrer inneren Welt. Vor langer Zeit hatten auch andere darin gelebt. Sie dachte an die Zeit zurück, bevor er zu ihnen gekommen war. Da hatte es einmal ein Mädchen in der sechsten Klasse gegeben – Celeste. Die hatte glattes blondes Haar, eine Stupsnase und Sommersprossen und ging ein bißchen einwärts. Die hatte alle Tage eine Orange für die kleine Pause und eine blaue Blechbüchse mit Frühstück für die große Pause. Die anderen Kinder verschlangen ihr ganzes Frühstück in der kleinen Pause und waren nachher hungrig. Celeste tat das nicht. Sie machte die Rinde von ihren Schnitten ab und aß nur die weiche Krume. Immer hatte sie ein hartgekochtes Ei mit, das hielt sie in der Hand, und das Gelbe drückte sie mit dem Daumen, so daß man darauf ihren Fingerabdruck sah.

Celeste redete nie mit ihr, und sie redete nie mit Celeste. Dabei wünschte sie sich nichts sehnlicher. Nachts lag sie wach und dachte an Celeste. Sie malte sich aus, sie wäre ihre beste Freundin und käme einmal zu ihr zum Abendessen und bliebe über Nacht. Aber dazu kam es nie. Ihr Gefühl für Celeste ließ es einfach nicht zu, einfach hinzugehen und sich mit ihr anzufreunden, wie sie es bei jeder anderen getan hätte. Nach einem Jahr zog Celeste in einen anderen Stadtteil und ging in eine andere Schule.

Dann hatte es einen Jungen namens Buck gegeben, einen großen Jungen mit verpickeltem Gesicht. Wenn morgens um halb neun die Schultür geöffnet wurde und sie in der Reihe der wartenden Kinder neben ihm stand, konnte sie seine üble Ausdünstung nach ungelüfteten Hosen riechen. Einmal machte Buck dem Schuldirektor eine lange Nase und wurde geschaßt. Beim Lachen pflegte er die Oberlippe zu schürzen und sich richtig zu schütteln. Er beschäftigte ihre Gedanken so wie vorher Celeste. Dann war da noch die Dame gewesen, die Lotterielose für die Truthahn-Verlosung verkaufte. Dann Miss Anglin, die Lehrerin in der siebenten Klasse. Und Carol Lombard im Film. Die alle hatte es einmal gegeben.

Mit Mister Singer war es anders. Das Gefühl, das sie für ihn hegte, war erst ganz allmählich gekommen; so weit sie auch zurückdachte – sie konnte nicht sagen, wie das eigentlich zugegangen war. Die anderen waren gewöhnliche Menschen gewesen, aber das war Mister Singer nicht. Als er zum erstenmal bei ihnen klingelte und nach einem Zimmer fragte, hatte sie ihn lange angestarrt. Sie hatte ihm aufgemacht und die Karte gelesen, die er ihr reichte. Dann rief sie ihre Mama und ging in die Küche, um Portia und Bubber von ihm zu erzählen. Sie folgte ihm und Mama die Treppe hinauf und sah zu, wie er die Matratze befühlte und die Jalousien aufzog, um zu kontrollieren, ob sie funktionierten. Als er einzog, saß sie vorn auf der Verandabrüstung und sah ihn mit seinem Koffer und mit dem Schachbrett aus dem Taxi steigen. Später hörte sie ihn in seinem Zimmer rumoren, und sie versuchte ihn sich vorzustellen. Das andere kam ganz allmählich. Nun hatte sie das Gefühl, daß zwischen ihnen ein Geheimnis sei. So viel wie mit ihm hatte sie noch nie mit einem Menschen geredet. Und wenn er hätte sprechen können – wieviel würde er ihr zu erzählen haben! Als wäre er ein großer Lehrer, der nur deshalb nicht lehren konnte, weil er stumm war. Abends im Bett malte sie sich aus, sie wäre verwaist und lebte mit Mister Singer zusammen – sie lebten beide ganz allein in einem Haus im Ausland, wo es im Winter schneite. Vielleicht in einem Schweizer Städtchen zwischen Bergen und hohen Gletschern. Wo auf den steilen, spitzgiebligen Hausdächern lauter Steine lagen. Oder in Frankreich, wo die Leute das Brot uneingewickelt nach Hause trugen. Oder am winterlich grauen Meer im fernen Norwegen.

Morgens war er ihr erster Gedanke. Er und die Musik. Beim Anziehen überlegte sie, wo sie ihn heute wohl sehen werde. Sie nahm von Ettas Parfum oder einen Tropfen Vanille, um gut zu riechen, falls sie ihm in der Diele begegnete. Sie ging möglichst spät zur Schule, damit sie ihn auf seinem Weg zur Arbeit noch die Treppe herunterkommen sähe. Und wenn er nachmittags oder abends daheim war, ging sie nicht aus dem Haus.

Jede Einzelheit an ihm war ihr wichtig. Er bewahrte Zahnbürste und Zahnpasta in einem Glas auf, das auf seinem Tisch stand. Also ließ auch sie ihre Zahnbürste nicht mehr auf dem Badezimmerregal liegen; sie tat sie in ein Glas. Er mochte keinen Kohl, wie Harry, der bei Mister Brannon arbeitete, ihr gelegentlich erzählt hatte. Von nun an konnte auch sie keinen Kohl mehr essen. Wenn sie etwas Neues über ihn erfuhr oder wenn er ein paar Worte mit seinem silbernen Bleistift aufschrieb, mußte sie lange allein sein und darüber nachdenken. Wenn sie bei ihm war, richtete sie ihr ganzes Denken darauf, alles in sich zu bewahren, um sich später darauf besinnen und alles noch einmal durchleben zu können.

Aber nicht alles trug sich in der inneren Welt, bei der Musik und bei Mister Singer, zu. Vielerlei geschah auch in der äußeren Welt. Sie fiel die Treppe herunter und schlug sich einen Vorderzahn aus. Miss Minner gab ihr in Englisch zweimal eine schlechte Note. Sie verlor auf einem Bauplatz einen Vierteldollar und fand ihn nicht wieder, obwohl sie mit George drei Tage lang suchte. Und dann geschah noch dieses:

Eines Nachmittags saß sie draußen auf der Hintertreppe, um sich auf eine englische Klassenarbeit vorzubereiten. Drüben, jenseits des Zaunes, begann Harry Holz zu hacken, und sie rief ihn an. Er kam herüber und half ihr ein paar Sätze zergliedern. Seine Augen blitzten munter hinter der Hornbrille. Nachdem er ihr den englischen Text erklärt hatte, stand er auf und fummelte nervös in den Taschen seines Lumberjacks herum. Harry war immer so zappelig und voll überschüssiger Kraft; jeden Augenblick hatte er was anderes zu erzählen oder zu tun.

»Weißt du, heutzutag gibt's einfach bloß zwei Möglichkeiten«, sagte er.

Das tat er mit Vorliebe: die Leute verblüffen; manchmal wußte sie nicht, was sie ihm antworten sollte.

»Wirklich wahr: heutzutage hat man bloß diese zwei Möglichkeiten.«

»Welche denn?«

»Für die Demokratie kämpfen oder Faschist sein.«

»Und die Republikaner – magst du die nicht?«

»Quatsch«, sagte Harry. »Ich mein was ganz andres.«
Er hatte ihr eines Nachmittags genau erklärt, wie das mit den Faschisten war: daß die Nazis kleine Judenkinder zwangen, auf allen vieren zu kriechen und Gras zu fressen, und daß er sich's fest vorgenommen habe, Hitler zu ermorden. Er hatte in Gedanken schon alles fix und fertig. Unter dem Faschismus gebe es weder Gerechtigkeit noch Freiheit, und die Zeitungen führten die Leute absichtlich irre, so daß kein Mensch wisse, was in der Welt wirklich vorging. Daß die Nazis etwas Fürchterliches waren, wisse doch jedes Kind. Sie machte ein Komplott mit ihm, um Hitler zu beseitigen. Am besten war's, noch vier oder fünf in die Verschwörung einzuweihen, dann konnten andere einspringen und ihn umlegen, falls einer ihn verfehlte. Sie würden alle Helden sein – und mußten sie's mit dem Leben bezahlen. Und ein Held war beinahe ebensoviel wie ein großer Musiker.
»Entweder – oder. Ich bin zwar gegen den Krieg, aber ich bin bereit, für die gerechte Sache zu kämpfen.«
»Ich auch«, sagte sie. »Gegen die Faschisten würd ich gern kämpfen. Ich könnt mich als Junge verkleiden, das würde keiner merken. Ich könnt mir das Haar abschneiden und so.«
Es war ein klarer Winternachmittag. Die Äste der Eichen im Hinterhof ragten schwarz und kahl in den grünlich-blauen Himmel. Die Sonne schien warm. Dieses Wetter gab ihr ein Gefühl von Lebenskraft. Ihr Kopf war voller Musik. Nur um irgend etwas zu tun, suchte sie sich einen großen Nagel, den sie mit ein paar gutgezielten Schlägen in eine Stufe trieb. Paps hörte die Hammerschläge, kam im Bademantel heraus und stand eine Weile herum. Unter dem Baum standen zwei Sägeböcke, und der kleine Ralph legte eifrig einen Stein bald auf diesen, bald auf jenen Sägebock. Immer hin und her. Er hielt beim Gehen die Arme ausgestreckt, um im Gleichgewicht zu bleiben. Seine Windeln waren verrutscht und hingen ihm an den O-Beinen herunter. George spielte mit seinen Murmeln. Unter dem langen Haarschopf wirkte sein Gesichtchen ganz spitz. Er hatte schon ein paar neue Zähne – aber die waren klein und bläulich, als hätte er Blaubeeren gegessen. Er zog einen Strich und legte sich auf den Bauch, um auf das erste Loch zu zielen. Als Paps wieder an seine Uhrmacherarbeit ging, nahm er Ralph mit hinein. Nach einer Weile verschwand George im Seitengäßchen. Seit er Baby angeschossen hatte, wollte er sich niemandem mehr anschließen.

»Ich muß gehn«, sagte Harry. »Ich muß vor sechs im Dienst sein.«
»Gefällt's dir im Café? Kriegst du was Gutes umsonst zu essen?«
»Klar. Und was da alles für Leute hinkommen! Mir gefällt's da besser als überall, wo ich sonst gearbeitet hab. Springt auch mehr raus dabei.«
»Ich hasse Mister Brannon«, sagte Mick. Wirklich: er hatte zwar nie etwas Gemeines zu ihr gesagt, aber er war immer so komisch kurz angebunden. Er mußte wohl die ganze Zeit gewußt haben, daß sie und George damals das Päckchen Kaugummi geklaut hatten. Außerdem: wie kam er darauf, sie zu fragen, ob sie mit ihren Sachen vorankäme – damals bei Mister Singer? Vielleicht meinte er, sie machten sich ein Gewerbe daraus? Das taten sie ja nun nicht. Ganz bestimmt nicht. Bloß einmal im Warenhaus 'nen kleinen Tuschkasten. Und einen Bleistiftspitzer für fünf Cent. »Ich finde Mister Brannon unausstehlich.«
»Der ist in Ordnung«, sagte Harry. »Manchmal kommt er einem ziemlich sonderbar vor, aber der ist gar nicht so muffelig, wie er tut. Wenn man ihn näher kennenlernt.«
»Ich hab schon oft gedacht, Jungens haben's doch viel leichter als Mädchen«, sagte Mick. »Ich meine: ein Junge findet meist 'ne Halbtagsarbeit und hat noch Zeit für Schule und andere Sachen. Für Mädchen gibt's so was nicht. Wenn man als Mädchen arbeiten will, muß man's ganztags machen und von der Schule abgehn. Ich würd wahrhaftig gern ein paar Dollar in der Woche verdienen wie du, aber so was gibt's einfach nicht.«
Harry saß auf den Stufen und knüpperte seine Schuhbänder auf. Er zerrte so lange, bis ein Senkel riß. »Da kommt einer ins Café, Mr. Blount. Mr. Jake Blount. Den hör ich gern reden. Wenn der so beim Biertrinken erzählt, da kann man 'ne Masse lernen. Von dem hab ich 'n paar ganz neue Ideen.«
»Den kenn ich gut. Der kommt sonntags immer her.«
Harry schnürte seinen Schuh auf und zog an den Enden des gerissenen Senkels, bis sie gleich lang waren und er wieder eine Schleife binden konnte. »Hör mal«, sagte er und rieb nervös seine Brille am Lumberjack, »ist nicht nötig, daß du ihm das wiedererzählst, was ich eben gesagt hab. Ich meine, der weiß wahrscheinlich gar nicht, wer ich bin. Mit mir redet er nicht. Bloß mit Mister Singer. Vielleicht findet er's komisch, wenn du . . . na, du verstehst schon.«

»O. K.« Sie entnahm seinen Worten, daß er für Mister Blount schwärmte; sie wußte, wie ihm zumute war. »Ich sag kein Wort.«
Es wurde dunkel. Der Mond stand milchig-weiß am blauen Himmel; die Luft war kalt. Aus der Küche hörte sie Portia mit Ralph und George. Der Schein des Herdfeuers tauchte das Küchenfenster in ein warmes, rötliches Gelb. Es roch nach Rauch und Abendessen.
»Weißt du, ich hab das noch nie einem erzählt«, sagte er. »Ich mach's mir selber nicht gerne klar.«
»Was denn?«
»Weißt du noch, wie du zum erstenmal Zeitung gelesen und angefangen hast, über das, was da drin steht, nachzudenken?«
»Klar.«
»Früher war ich Faschist. Wenigstens glaubte ich früher, ich wär einer. Das kam so: du kennst ja all die Bilder von den europäischen Kindern in unserm Alter, wie sie singen und im Gleichschritt marschieren. Früher fand ich das wunderbar. Eine große Blutsbrüderschaft unter einem Führer. Alle mit den gleichen Idealen und im gleichen Schritt und Tritt. Was aus der jüdischen Minderheit wurde, darüber zerbrach ich mir nicht den Kopf – darüber wollte ich nicht nachdenken. Ich wollte damals auch nicht darüber nachdenken, daß ich selber Jude bin. Ich wußte eben zu wenig. Ich sah bloß die Bilder und las die Unterschriften und begriff nicht, was da los war. Ich wußte ja nicht, was für eine schreckliche Sache das ist. Ich hielt mich für 'nen Faschisten. Später ging mir natürlich ein Licht auf.«
Seine brüchige Stimme klang bitter.
»Na ja, du konntest ja damals nicht wissen ... «
»Es war ein fürchterliches Vergehen. Es war unmoralisch.«
So war er nun. Entweder war alles ganz recht oder ganz unrecht – ein Mittelding gab es nicht. Es war ein Unrecht, wenn jemand vor seinem zwanzigsten Lebensjahr ein Schluck Bier oder Wein trank oder eine Zigarette rauchte. Es war eine entsetzliche Sünde, bei einer Klassenarbeit zu mogeln, aber wenn man zu Hause bei den Schularbeiten abschrieb – das war keine Sünde. Mädchen, die sich die Lippen malten oder im Sommer rückenfreie Kleider trugen, waren unmoralisch. Man beging eine schreckliche Sünde, wenn man etwas mit einem deutschen oder japanischen Warenzeichen kaufte, und wenn es auch nur fünf Cent wert war.

Sie stellte sich den Harry von damals vor, als sie noch klein waren. Einmal hatte er angefangen zu schielen, und das war ein Jahr lang so geblieben. Damals pflegte er, die Hände zwischen den Knien, auf den Stufen vor seinem Haus zu sitzen und seine Beobachtungen zu machen. Ganz ruhig saß er da und schielte. In der Grundschule übersprang er zwei Klassen und kam schon mit elf in die höhere Schule. Aber als sie in der Klasse ›Ivanhoe‹ lasen und an die Stelle mit dem Juden kamen, da drehten sich alle Kinder nach ihm um, und er hatte zu Hause geweint. Da nahm seine Mutter ihn aus der Schule. Ein ganzes Jahr ging er nicht zur Schule. Inzwischen wuchs er und wurde sehr dick. Wenn sie über den Zaun kletterte, sah sie in jedesmal in der Küche, wo er sich etwas zu essen machte. Sie spielten zusammen auf der Straße, und manchmal rangen sie miteinander. Sie hatte sich gern mit Jungens geprügelt, als sie noch klein war – nicht richtig, nur zum Spaß. Bei ihr war es halb Jiu-Jitsu und halb Boxen. Manchmal kriegte er sie unter, manchmal sie ihn. Harry war nie sehr grob. Die Kleinen gingen immer mit ihren kaputten Spielsachen zu ihm, und er nahm sich stets die Zeit, sie wieder heil zu machen. Er konnte alles wieder heil machen. Die Nachbarsfrauen holten ihn, wenn an der elektrischen Leitung oder an einer Nähmaschine irgendwas nicht funktionierte, und er brachte es in Ordnung. Mit dreizehn wurde er wieder in die höhere Schule geschickt, und er begann mächtig zu arbeiten. Er trug Zeitungen aus, nahm eine Samstagarbeit an und las. Eine Zeitlang sah sie ihn kaum – bis zu ihrem Fest damals. Er hatte sich sehr verändert.
»Das ist nämlich so«, sagte Harry. »Früher hatte ich immer 'n Mordsehrgeiz für mich selber. Ich wollte was Großes werden – Ingenieur oder Arzt oder Rechtsanwalt. Jetzt hab ich das nicht mehr. Ich muß immer bloß daran denken, was jetzt in der Welt vorgeht. Faschismus und die schrecklichen Sachen in Europa – und auf der anderen Seite die Demokratie. Ich meine: ich kann gar nicht dran denken und dafür arbeiten, was ich mal im Leben werden will, weil ich viel zuviel an das andre denke. Jede Nacht träum ich, daß ich Hitler umbringe. Dann wach ich im Dunkeln auf und bin furchtbar durstig und fürchte mich – ich weiß nicht, wovor.«
Sie betrachtete Harrys Gesicht und wurde traurig – es war ein tiefes, ernstes Gefühl. Das Haar hing ihm in die Stirn. Seine Oberlippe war schmal und gespannt, aber seine dicke Unterlippe

zitterte. Harry wirkte jünger als seine fünfzehn Jahre. Mit der einbrechenden Dunkelheit kam ein kalter Wind auf. Er sang in den Wipfeln der Eichen ringsum und schlug die Jalousien gegen die Hauswände. Weiter unten auf der Straße rief Mrs. Wells ihren Sucker, der nach Hause kommen sollte. Der düstere Spätnachmittag machte ihr Herz ganz schwer vor Trauer. Ich möcht ein Klavier – ich möcht Musikstunden nehmen, sagte sie zu sich. Sie sah Harry an, der seine hageren Finger verschränkte – einmal so und einmal so. Er hatte einen warmen Jungensgeruch an sich.

Was trieb sie zu dem plötzlichen Überfall? Die Erinnerungen an die gemeinsame Kinderzeit? Oder hatte die Traurigkeit sie in diese sonderbare Stimmung gebracht? Jedenfalls versetzte sie ihm ganz unvermittelt einen Stoß, so daß Harry beinahe die Stufen hinunterpurzelte. »Deine Großmutter kann mich mal ...«, schrie sie und rannte weg. Das hatten sie immer als Kinder hier in der Straße gesagt, wenn sie eine Prügelei anfangen wollten. Harry stand verdattert da. Er rückte seine Brille zurecht, warf ihr einen Blick zu und rannte in das Seitengäßchen.

Die kalte Luft machte sie stark wie Samson. Ihr Lachen gab einen raschen, kurzen Widerhall. Als sie Harry mit der Schulter anrempelte, bekam er sie zu packen. Lachend begannen sie verbissen miteinander zu ringen. Sie war größer als er, aber er hatte starke Hände. Er gab sich keine allzu große Mühe: sie kriegte ihn unter. Da hörte er plötzlich auf zu kämpfen, und auch sie rührte sich nicht mehr. Sein Atem ging warm an ihrem Hals, er lag ganz still. Sie saß auf seiner Brust, spürte seinen schweren Atem und fühlte seine Rippen an ihren Knien. Sie standen gleichzeitig auf. Sie lachten nicht mehr; in dem Gäßchen war es ganz still. Während sie aufs Geratewohl über den dunklen Hinterhof gingen, war ihr komisch zumute. Eigentlich gab es keinen Grund für dieses sonderbare Gefühl, es war nur einfach plötzlich da. Sie gab ihm einen kleinen Schubs, und er schubste sie wieder. Dann lachte sie, und alles war wieder in Ordnung.

»Wiedersehn«, sagte Harry. Er war schon zu groß, um über den Zaun zu klettern; er lief durch das Seitengäßchen zu seiner Haustür.

»Himmel, ist hier 'ne Hitze!« sagte sie. »Zum Ersticken!«

Portia stand am Herd und wärmte ihr Essen. Ralph trommelte

mit dem Löffel auf sein Kinderstühlchen. Georges schmutzige kleine Hand stippte die Grütze mit einem Stück Brot auf; seine eingekniffenen Augen blickten abwesend drein. Sie nahm sich Polenta mit Sauce, Grütze und ein paar Rosinen und mengte auf dem Teller alles durcheinander. Sie aß drei Teller voll. Sie aß, bis keine Grütze mehr da war, und wurde doch nicht satt.
Den ganzen Tag über hatte sie an Mister Singer gedacht; sobald sie fertiggegessen hatte, ging sie zu ihm hinauf. Aber als sie ins dritte Stockwerk kam, sah sie, daß seine Tür offenstand; in seinem Zimmer war es dunkel. Da erschien ihr alles auf einmal ganz leer.
Als sie wieder unten war, konnte sie nicht stillsitzen und sich für die englische Arbeit vorbereiten. Ihr war, als hätte sie zu viel Kraft, um wie andere Leute im Zimmer auf einem Stuhl zu sitzen. Ihr war, als müßte sie die Mauern des Hauses einreißen und wie ein mächtiger Riese durch die Straßen schreiten.
Schließlich holte sie ihre Privatschachtel unter dem Bett hervor. Sie legte sich auf den Bauch und blätterte in ihrem Notenheft. Es waren nun an die zwanzig Melodien, aber sie befriedigten sie nicht. Wenn sie doch eine Sinfonie schreiben könnte! Für volles Orchester – wie man das wohl schrieb? Manchmal spielten die Instrumente lauter verschiedene Töne – die Notenlinien mußten also sehr weite Zwischenräume haben. Auf einem großen Blatt Schreibpapier zog sie fünf Linien mit etwa zweieinhalb Zentimeter Zwischenraum. Wenn eine Note von der Violine, vom Cello oder von der Flöte gespielt werden sollte, wollte sie der Deutlichkeit halber immer den Namen des Instruments danebenschreiben. Und wenn alle zusammen denselben Ton spielten, wollte sie einen Kreis darum machen. An den Kopf der Seite schrieb sie in großen Buchstaben *Sinfonie* und darunter *Mick Kelly.* Weiter kam sie nicht.
Wenn sie bloß Musikstunden nehmen könnte!
Wenn sie bloß ein richtiges Klavier hätte!
Es dauerte lange, bis sie den Anfang fand. Sie hatte die Melodien im Kopf, brachte es aber nicht fertig, sie aufzuschreiben. Das war wohl das Allerschwerste auf der Welt. Sie probierte so lange herum, bis Etta und Hazel kamen, zu Bett gingen und sagten, es sei elf Uhr, und sie solle das Licht ausmachen.

Seit sechs Wochen wartete Portia auf Nachricht von William. Abend für Abend kam sie mit der gleichen Frage zu Doktor Copeland: »Hast du noch niemand gesehn, der einen Brief von Willie hat?« Und Abend für Abend mußte er ihr sagen, er habe nichts gehört.

Schließlich fragte sie nicht mehr. Sie kam ins Haus und sah ihn nur wortlos an. Sie trank. Oft kam sie mit halb zugeknöpfter Bluse und lose baumelnden Schuhbändern.

Der Februar kam. Es wurde milder, und dann wurde es richtig heiß. Die Sonne brannte unbarmherzig hernieder. In den kahlen Bäumen sangen die Vögel, und die Kinder spielten barfuß, mit entblößtem Oberkörper auf der Straße. Nachts herrschte eine Gluthitze wie im Hochsommer. Einige Tage später aber setzte wieder der Winter ein. Der freundliche Himmel über der Stadt bewölkte sich, ein eisiger Regen fiel, und die Luft wurde klamm und bitter kalt. Die Neger in der Stadt litten arge Not: das Heizmaterial war aufgebraucht; überall mußte man mühsam um ein wenig Wärme kämpfen. In den engen, nassen Straßen breitete sich die Lungenentzündung aus; Doktor Copeland konnte eine Woche lang nur stundenweise in Kleidern schlafen. Noch immer war kein Wort von William gekommen, obwohl Portia viermal und Doktor Copeland zweimal geschrieben hatten.

Er kam Tag und Nacht kaum zur Besinnung. Nur dann und wann fand er zu Hause ein paar ruhige Minuten. Dann saß er am Küchenherd, trank einen Topf Kaffee und hing einem tiefen Mißmut nach. Fünf seiner Patienten waren gestorben, darunter auch Augustus Benedict Mady Lewis, der kleine Taubstumme. Man hatte Doktor Copeland gebeten, bei der Beerdigungsfeier zu sprechen, er hatte aber abgelehnt, da er grundsätzlich nicht zu Beerdigungen ging. Die fünf Patienten waren nicht infolge irgendeiner Unachtsamkeit auf seiner Seite gestorben. Die langen Jahre der Not waren schuld daran: die magere Kost, die nur aus Maisbrot, Schweinebauch und Sirup bestand, und das Wohnen zu viert oder zu fünft in einem Raum. An ihrer Armut waren sie gestorben. Darüber grübelte er, während er seinen Kaffee trank, um wach zu bleiben. Er mußte nun oft sein Kinn mit der Hand festhalten, denn sobald er müde wurde, zuckten seine Halsnerven so, daß sein Kopf merklich zitterte.

In der vierten Februarwoche kam Portia eines Tages schon um

sechs Uhr früh zu ihm. Er saß am Herdfeuer und wärmte sich einen Topf Milch. Sie war völlig betrunken. Scharfer, süßlicher Gingeruch schlug ihm entgegen, so daß seine Nasenflügel sich vor Ekel blähten. Er gönnte ihr keinen Blick, sondern beschäftigte sich weiter mit seinem Frühstück. Er brockte Brot in eine Schüssel und goß heiße Milch darüber. Dann bereitete er den Kaffee und deckte den Tisch.

Als er beim Frühstück saß, warf er Portia einen strengen Blick zu. »Hast du schon gefrühstückt?«

»Ich will kein Frühstück«, sagte sie.

»Du mußt aber frühstücken. Sofern du die Absicht hast, heute zu arbeiten.«

»Ich will nicht arbeiten.«

Furcht beschlich ihn: er mochte nicht weiterfragen. Den Blick auf die Schüssel gesenkt, löffelte er mit zittriger Hand seine Milch. Als er fertig war, richtete er die Augen auf die Wand, genau über Portias Kopf. »Hast du die Sprache verloren?«

»Ich werd dir's erzählen. Wirst schon noch alles hören. Sobald ich reden kann, werd ich's erzählen.«

Portia saß regunglos auf dem Stuhl und blickte ruhelos von einer Zimmerecke zur anderen. Sie ließ die Arme hängen und hatte die Füße leicht übereinandergelegt. Er wandte sich ab und hatte dabei sekundenlang ein gefährliches Gefühl von Behagen und Freiheit; wie ein Stich durchfuhr ihn dieses Gefühl, denn er wußte, wie bald es zerstört sein würde.

Er versorgte das Feuer und wärmte sich die Hände. Dann drehte er sich eine Zigarette. Die Küche war tadellos sauber und aufgeräumt. Die Tiegel an der Wand blitzten im Feuerschein, und jeder Tiegel warf einen runden, schwarzen Schatten.

»Ist wegen Willie.«

»Ich hab mal erwähnt, daß dieser Buster Johnson mit Willie im Gefängnis ist. Wir kennen ihn von früher. Gestern ist er nach Haus gekommen.«

»Ich weiß.« Bedächtig die Zigarette zwischen den Handflächen rollend, sah er sich gierig um, als gälte es, die letzten süßen Freuden des Daseins zusammenzuraffen.

»So?«

»Buster ist ein Krüppel fürs Leben.«

Sein Kopf zitterte wieder. Er drückte die Hand ans Kinn, um sich zu beruhigen; aber dieses hartnäckige Zittern war schwer zu bändigen.

»Gestern abend sind Bekannte zu mir rumgekommen und haben gesagt, Buster ist zu Haus und will mir was von Willie sagen. Ich gleich hingerannt, und da hat er mir's gesagt.«

»Ja.«

»Sie waren zu dritt: Willie und Buster und noch einer. Sie waren Freunde. Dann ist diese Sache passiert.« Portia hielt inne. Sie leckte an ihrem Finger und befeuchtete damit ihre trockenen Lippen. »Hat was mit dem weißen Aufseher zu tun, der immer auf ihnen rumgehackt hat. Eines Tages, draußen beim Straßenbau, ist Buster frech geworden, und da wollte der andere ausreißen, in den Wald. Da haben sie alle drei ins Lager gebracht und in die eiskalte Zelle gesteckt.«

»Ja«, sagte er noch einmal, aber das Wort kam rasselnd aus seiner Kehle, und sein Kopf zitterte unaufhörlich.

»So vor sechs Wochen war das«, fuhr Portia fort. »Wie's so kalt war, weißt du noch? Da haben sie Willie und die andern in die eisigkalte Zelle gesteckt.«

Portias Worte flossen leise und pausenlos dahin, ohne daß der schmerzliche Ausdruck ihres Gesichtes sich milderte. Wie ein leiser Singsang war es. Sie redete, und er konnte es nicht verstehen. Die Stimme schlug deutlich an sein Ohr, aber was sie sagte, schien weder Form noch Sinn zu haben. Als wäre sein Kopf ein Schiffsschnabel, an dem die Worte sich wie Wasser brachen und weiterströmten. Als müßte er den Kopf wenden, um die verrauschten Worte hinter sich wiederzufinden.

». . . und ihre Füße sind angeschwollen, und sie haben sich am Boden gewälzt und geschrien. Und keiner ist gekommen.«

»Ich bin taub«, sagte Doktor Copeland. »Ich kann nichts verstehen.«

»Sie haben unsern Willie und die andern in die Eiszelle gesteckt. Und ein Strick hing von der Decke, und sie haben ihnen die Schuh ausgezogen und die nackten Füße an den Strick gebunden. So haben Willie und die andern da gelegen, den Rücken am Boden und die Füße in der Luft. Und ihre Füße sind angeschwollen, und sie haben da gelegen und sich gewälzt und geschrien. Eiskalt war es in der Zelle, und ihre Füße sind erfroren. Drei Nächte und drei Tage haben sie so gelegen, und keiner ist gekommen.«

Doktor Copeland preßte die Hände an den Kopf, aber das hartnäckige Zittern wollte nicht aufhören. »Ich kann nicht hören, was du sagst.«

»Dann endlich sind sie gekommen und haben sie geholt. Sie haben Willie und die andern schnell ins Lazarett geschafft, und ihre Beine waren ganz geschwollen und erfroren. Alles brandig. Buster Johnson hat einen Fuß verloren, und der andre Junge ist wieder gesund geworden. Aber unser Willie – der ist jetzt ein Krüppel fürs Leben. Beide Füße abgesägt.«

Portia hatte alles gesagt; sie fiel vornüber und schlug mit dem Kopf auf den Tisch. Sie weinte nicht, sie stöhnte nicht, sie schlug nur immer wieder mit dem Kopf auf die weißgescheuerte Tischplatte. Schüssel und Löffel klirrten; er räumte sie fort und tat sie in den Spülstein. In seinem Kopf war ein Gewirr von Wörtern, aber er gab sich keine Mühe, sie zusammenzufügen. Er spülte Schüssel und Löffel mit kochendem Wasser ab und wusch das Geschirrtuch aus. Er hob irgend etwas vom Boden auf und legte es irgendwohin.

»Ein Krüppel?« fragte er. »William?«

Portia schlug mit dem Kopf auf den Tisch, rhythmisch wie langsamer Trommelschlag, und sein Herz nahm diesen Rhythmus auf. Ganz allmählich gewannen die Wörter Leben und ergaben einen Sinn, den er verstand.

»Wann werden sie ihn nach Hause schicken?«

Portia ließ den Kopf auf den Arm sinken. »Buster weiß nicht. Die drei sind dann bald getrennt worden. Buster kam in ein andres Lager. Willie hat nur noch paar Monate, vielleicht kommt er jetzt bald nach Hause, sagt Buster.«

Sie tranken Kaffee, saßen lange da und sahen einander in die Augen. Die Tasse klirrte gegen seine Zähne. Sie goß ihren Kaffee in die Untertasse und verschüttete etwas auf ihren Schoß.

»William ...«, sagte Doktor Copeland. Bei diesem Namen gruben seine Zähne sich tief in die Zunge ein, und seine Kinnbacken bewegten sich nur mühsam. Sie saßen lange beieinander. Portia hielt seine Hand. Das fahle Morgenlicht stand grau in den Fenstern. Draußen regnete es immer noch.

»Wenn ich heut zur Arbeit will, werd ich jetzt lieber gehn«, sagte Portia.

Er folgte ihr durch die Diele und blieb an der Garderobe stehen, um Mantel und Schal anzulegen. Durch die offene Tür schlug ihnen naßkalte Luft entgegen. Highboy saß draußen auf der Bordkante, den Kopf zum Schutz gegen den Regen mit einer durchweichten Zeitung bedeckt. Den Gehsteig entlang lief ein Zaun, auf den Portia sich beim Gehen stützte. Doktor Copeland

ging ein paar Schritte hinter ihr; auch seine Hände tasteten, eine Stütze suchend, nach den Zaunlatten. Highboy folgte ihnen.
Er wartete auf die schwarze, fürchterliche Wut wie auf ein wildes Tier, das ihn aus dem Dunkel anspränge. Die Wut kam nicht. Er war inwendig schwer wie Blei; langsam ging er weiter, sich an Zäunen und naßkalten Mauern entlangtastend. Immer weiter, immer tiefer hinab, bis der tiefste Abgrund erreicht war. Dann stand er auf dem festen Boden der Verzweiflung, auf dem er zu Hause war.
Hier, wußte er, gab es eine Art starken, heiligen Frohsinn. Das Lachen der Verfolgten und das Lied, das der geprügelte schwarze Sklave seiner mißhandelten Seele singt. Auch in ihm sang es jetzt – keine Musik war es, nur ein Gefühl von Singen. Dieser dumpfe Friede machte seine Glieder schwer, so daß allein das starke, wahre Ziel ihn vorwärtstrieb. Warum ging er weiter? Warum ruhte er nicht aus und gab sich eine Weile damit zufrieden, hier auf dem Grunde der tiefsten Demütigung?
Er ging weiter.

»Onkelchen«, sagte Mick, »glaubst du, daß dir von heißem Kaffee besser wird?«
Doktor Copeland sah ihr ins Gesicht, gab aber durch nichts zu erkennen, daß er sie gehört hatte. Sie waren durch die ganze Stadt gegangen, bis sie schließlich in das Gäßchen hinter dem Kellyschen Hause gekommen waren. Portia ging zuerst hinein; er folgte ihr. Highboy setzte sich draußen auf die Stufen. Mick und ihre beiden kleinen Brüder waren bereits in der Küche. Portia erzählte von William. Doktor Copeland hörte nicht auf die Worte, aber ihre Stimme hatte einen bestimmten Rhythmus: Aufgesang – Mitte – Abgesang. Wenn sie zu Ende war, fing sie wieder von vorne an. Andere Leute kamen herein und hörten ihr zu.
Doktor Copeland saß auf einem Schemel in der Ecke. Sein Mantel und sein Schal hingen dampfend über einer Stuhllehne am Herd. Er hielt den Hut auf den Knien und drehte ihn nervös in seinen schmalen, dunklen Händen. Seine gelben Handflächen waren so feucht, daß er sie hin und wieder mit dem Taschentuch abwischen mußte. Sein Kopf zitterte; alle seine Muskeln waren ganz steif vor Anstrengung, ihn still zu halten.
Mr. Singer kam. Doktor Copeland hob den Kopf und sah ihn an. »Haben Sie es gehört?« fragte er. Mr. Singer nickte. In sei-

nem Blick lag weder Entsetzen noch Mitleid oder Haß. In allen anderen Augen hatte beim Anhören der Nachricht so etwas gelegen – nur in seinen nicht. Er allein verstand es.
»Wie heißt dein Vater?« flüsterte Mick Portia zu.
»Heißt Benedict Mady Copeland.«
Mick bückte sich zu Doktor Copeland und schrie ihm, als wäre er taub, ins Ohr: »Benedict, glaubst du, daß dir von heißem Kaffee bißchen besser wird?«
Doktor Copeland fuhr zurück.
»Hör auf mit Schreien«, sagte Portia. »Er hört so gut wie du.«
»Oh«, sagte Mick. Sie spülte den Kaffeesatz aus dem Topf und stellte frischen Kaffee auf.
Der Taubstumme stand an der Tür. Doktor Copeland sah ihn immer noch an: »Sie haben es gehört?«
»Was wird denn mit diesen Gefängnisaufsehern gemacht?« fragte Mick.
»Weiß nicht, Süße«, sagte Portia. »Weiß ich wirklich nicht.«
»Da müßte man doch was tun. Also bestimmt – da müßte man was tun.«
»Was wir tun können, ändert nichts. Wir halten am besten den Mund.«
»Die sollten genauso behandelt werden, wie sie Willie und die andern behandelt haben. Oder noch schlimmer. Wenn ich bloß ein paar Leute zusammenkriegte – ich würde die Kerle selber umbringen.«
»Das ist kein christliches Reden«, sagte Portia. »Wir können bloß still sein und wissen, daß sie in Ewigkeit von Satan auf Ofengabeln gespießt und gebraten werden.«
»Wenigstens Mundharmonika spielen kann Willie noch.«
»Mit zwei abgesägten Füßen ist das da wohl alles, was er kann.«
Das Haus war voller Unruhe und Lärm. Im Zimmer über der Küche wurden Möbel gerückt. Im Speisezimmer saßen die Untermieter. Mrs. Kelly eilte zwischen Frühstückstisch und Küche hin und her. Mr. Kelly wanderte in ausgebeulten Hosen und Bademantel herum. Die kleineren Kelly-Kinder frühstückten gierig in der Küche. Überall im Hause hörte man Stimmen und Türenschlagen.
Mick reichte Doktor Copeland eine Tasse Kaffee mit Magermilch, die dem Getränk eine bläulich-graue Farbe verlieh. Etwas Kaffee war auf die Untertasse geschwappt, so daß er zuerst

Untertasse und Tassenrand mit dem Taschentuch abtrocknen mußte. Er hatte gar keinen Kaffee haben wollen.
»Könnt sie doch umbringen«, sagte Mick.
Im Hause wurde es still. Das Speisezimmer leerte sich, die Leute gingen zur Arbeit. Mick und George machten sich auf den Schulweg, und das Baby wurde in eines der Vorderzimmer gesteckt. Mrs. Kelly band sich ein Handtuch um den Kopf und ging mit einem Besen nach oben.
Der Taubstumme stand immer noch an der Tür. Doktor Copeland sah zu ihm auf. »Wissen Sie es?« fragte er noch einmal. Die Worte erstickten in seiner Kehle und blieben tonlos, aber die Frage stand in seinen Augen. Dann war der Taubstumme fort.
Doktor Copeland war mit Portia allein. Er blieb noch eine Weile auf dem Schemel in der Ecke sitzen. Schließlich stand er auf.
»Setz dich wieder, Vater. Heut vormittag wollen wir zusammenbleiben. Ich muß Bratfisch und Kartoffeln und Eierspeise zum Mittagessen machen. Bleib hier, dann kriegst du eine gute warme Mahlzeit.«
»Du weißt doch, daß ich Besuche machen muß.«
»Laß doch, bloß diesen einen Tag. Bitte, Vater. Ich hab ein Gefühl, als müßt ich richtig zerspringen. Außerdem will ich nicht, daß du dich allein auf der Straße rumtreibst.«
Zögernd befühlte er seinen Mantelkragen, der noch sehr feucht war. »Es tut mir leid, meine Tochter. Du weißt, ich muß Besuche machen.«
Portia hielt seinen Schal über den Herd, bis die Wolle sich heiß anfühlte. Sie knöpfte ihm den Mantel zu und schlug seinen Kragen hoch. Er räusperte sich, spuckte in eines der Papiertaschentücher, die er stets bei sich trug, und warf es ins Herdfeuer. Draußen blieb er auf den Stufen bei Highboy stehen. Er schlug ihm vor, bei Portia zu bleiben, falls er Urlaub bekäme.
Draußen war es schneidend kalt. Unablässig rieselte ein Sprühregen vom tiefverhangenen, dunklen Himmel. Die Mülltonnen waren durchweicht, so daß es in dem Gäßchen widerlich nach nassen Abfällen roch. Doktor Copeland mußte sich beim Gehen am Zaun festhalten und die dunklen Augen auf seinen Weg richten.
Nachdem er die notwendigsten Besuche erledigt hatte, widmete er sich von zwölf bis zwei Uhr seinen Sprechstundenpatienten. Dann blieb er mit fest geballten Fäusten an seinem Schreibtisch

sitzen. Aber so sehr er sich bemühte, über diese Sache nachzudenken – es führte zu nichts.
Er wollte nie wieder das Gesicht eines Menschen sehen. Er konnte aber auch nicht allein im leeren Zimmer sitzen. Er zog seinen Mantel an und ging wieder auf die naßkalte Straße hinaus. In der Tasche hatte er einige Rezepte, die in der Apotheke abgegeben werden mußten. Aber er scheute sich vor einem Gespräch mit Marshall Nicolls. Er ging in die Apotheke und legte die Rezepte auf den Ladentisch. Der Apotheker ließ das Pulver, das er gerade abwog, liegen und streckte ihm beide Hände entgegen. Einen Augenblick arbeitete es um seine dicken Lippen, ohne daß er einen Ton herausbrachte; dann faßte er sich.
»Doktor«, sagte er feierlich. »Sie sollen wissen, daß uns allen – mir, den Kollegen und den Mitgliedern meiner Loge und meiner Kirche – Ihr Kummer tief zu Herzen geht; nehmen Sie den Ausdruck unserer wärmsten Anteilnahme entgegen.«
Doktor Copeland wandte sich brüsk ab und ging wortlos hinaus. Zu wenig war das. Er brauchte mehr: das starke, wahre Ziel, den Willen zur Gerechtigkeit. Die Arme an die Seiten gepreßt, ging er steifbeinig zur Hauptstraße. Er grübelte, ohne zu einem Ergebnis zu kommen. In der ganzen Stadt wußte er keinen einflußreichen Weißen, der nicht nur mutig, sondern auch rechtschaffen war. Er ging alle ihm bekannten Rechtsanwälte, Richter und Beamten durch – aber jeder Name weckte Bitterkeit in seinem Herzen. Schließlich entschied er sich für den Gerichtsvorsitzenden. Ohne zu zögern ging er rasch ins Gerichtsgebäude. Sein Entschluß stand fest: noch heute mußte er den Richter sprechen.
Die geräumige Halle war leer bis auf einige Müßiggänger, die vor den Türen der Amtszimmer herumstanden. Da er das Zimmer des Richters nicht kannte, durchwanderte er unsicher, auf den Türschildern nach dem Namen des Richters suchend, das ganze Gebäude. Schließlich gelangte er in einen schmalen Korridor, in dem drei Weiße im Gespräch standen und ihm den Weg versperrten. Er versuchte, sich an der Wand an ihnen vorbeizudrücken, aber der eine wandte sich um und hielt ihn an.
»Was wollen Sie?«
»Würden Sie mir bitte sagen, wo sich das Büro des Herrn Richters befindet?«
Der Weiße wies mit dem Daumen auf das andere Ende des

Ganges. Doktor Copeland erkannte ihn: ein stellvertretender Sheriff. Sie waren sich schon Dutzende von Malen begegnet, aber der Beamte schien sich nicht auf ihn zu besinnen. Für die Neger sahen sich alle Weißen gleich, aber die Neger bemühten sich, sie zu unterscheiden. Andererseits sahen für die Weißen alle Neger gleich aus, nur nahmen sie sich für gewöhnlich nicht die Mühe, sich das Gesicht eines Negers zu merken. Der Weiße sagte also: »Was wollen Sie, Ehrwürden?«
Dieser übliche Spottname brachte Doktor Copeland auf. »Ich bin kein Geistlicher«, antwortete er. »Ich bin Arzt und heiße Dr. med. Benedict Mady Copeland. Ich möchte den Herrn Richter umgehend in einer dringenden Angelegenheit sprechen.«
Der Sheriff geriet – wie viele Weiße – bei einer klaren und präzisen Aussage in Wut. »So – möchten Sie das?« höhnte er und zwinkerte seinen Freunden zu. »Dann möchte ich Ihnen sagen: ich bin Mister Wilson, stellvertretender Sheriff, und der Herr Richter hat keine Zeit. Kommen Sie ein andermal wieder.«
»Ich *muß* aber den Herrn Richter sprechen«, sagte Doktor Copeland. »Ich werde warten.«
Er setzte sich auf eine Bank am Ende des Korridors. Die drei Weißen nahmen ihr Gespräch wieder auf, aber er wußte, daß der Sheriff ihn nicht aus den Augen ließ. Er war fest entschlossen, nicht fortzugehen. Über eine halbe Stunde verging. Mehrere Weiße gingen unbehelligt durch den Korridor und kamen wieder zurück. Er spürte, wie der Beamte ihn beobachtete, und blieb unbeweglich, die Hände zwischen die Knie geklemmt, sitzen. Seine Vernunft riet ihm, zu gehen und später, wenn der Sheriff nicht hier war, wiederzukommen. Sein ganzes Leben lang war er im Umgang mit solchen Leuten vorsichtig gewesen. Jetzt aber verbot ihm eine innere Stimme jede Nachgiebigkeit.
»Kommen Sie mal her, Sie!« rief der Beamte schließlich.
Sein Kopf zitterte, und beim Aufstehen merkte er, wie unsicher er auf den Beinen war. »Ja?«
»Was sagten Sie? Weshalb wollen Sie den Richter sprechen?«
»Davon habe ich nichts gesagt«, erklärte Doktor Copeland. »Ich sagte lediglich: es handelt sich um eine dringende Angelegenheit.«
»Sie können ja nicht grade stehn. Wohl Schnaps getrunken, was? Man riecht's Ihnen an.«
»Das ist eine Lüge«, sagte Doktor Copeland. »Ich habe keinen ...«

Der Sheriff schlug ihm ins Gesicht. Doktor Copeland taumelte gegen die Wand. Zwei Weiße packten ihn bei den Armen und zerrten ihn die Stufen zum Hauptkorridor hinunter. Er wehrte sich nicht.
»Das ist das Schlimme in unserm Land«, sagte der Sheriff. »Diese verdammten aufgeblasenen Nigger wie der hier.«
Er sagte kein Wort, er ließ alles mit sich geschehen. Er wartete auf den schrecklichen Zorn und fühlte ihn in sich aufsteigen. Ihm wurde ganz schwach vor rasender Wut, so daß er stolperte. Sie stießen ihn ins Auto und gaben ihm zwei Mann als Bewachung mit. Er wurde zur Polizeiwache und dann ins Gefängnis gebracht. Erst als sie die Gefängnisschwelle überschritten, verlieh seine Wut ihm Kraft. Plötzlich riß er sich los. Sie trieben ihn in eine Ecke. Mit ihren Knüppeln schlugen sie ihn auf Kopf und Schultern. Eine herrliche Kraft durchströmte ihn, und während er mit ihnen kämpfte, hörte er sich laut lachen. Er schluchzte und lachte in eins. Er trat wild um sich, boxte mit den Fäusten und stieß sogar mit dem Kopf nach ihnen. Dann hatten sie ihn so fest umklammert, daß er sich nicht mehr rühren konnte. Schritt für Schritt schleiften sie ihn durch den Gefängnisflur. Eine Zellentür tat sich auf. Jemand trat ihn in die Leistengegend; er sackte in die Knie und fiel hin.

In dem engen Gelaß fand er fünf Häftlinge vor: drei Neger und zwei Weiße. Der eine Weiße war sehr alt und betrunken; er hockte am Boden und kratzte sich. Der andere Weiße war ein Junge von höchstens fünfzehn Jahren. Die drei Neger waren junge Leute. Als Doktor Copeland, auf der Pritsche liegend, zu ihnen aufsah, erkannte er einen von ihnen.
»Wie kommen Sie hierher?« fragte der junge Mann. »Sind Sie nicht Doktor Copeland?«
Er bestätigte es.
»Ich heiße Dary White. Voriges Jahr haben Sie meiner Schwester die Mandeln rausgenommen.«
In der eiskalten Zelle herrschte Fäulnisgestank. In der Ecke stand ein Kübel, der bis an den Rand mit Urin gefüllt war. An den Wänden krochen Kakerlaken. Er schloß die Augen, und er mußte sofort eingeschlafen sein, denn als er wieder aufsah, war das vergitterte kleine Fenster dunkel, und draußen im Flur brannte grelles Licht. Vier leere Blechteller standen am Boden. Seine Portion Kohl und Maisbrot stand neben ihm.

Er setzte sich auf die Pritsche und nieste mehrmals kräftig. Beim Atmen rasselte es in seiner Brust. Nach einer Weile mußte der junge Weiße ebenfalls niesen. Doktor Copeland hatte keine Papiertaschentücher mehr und benutzte Blätter aus seinem Taschennotizbuch. Der weiße Junge beugte sich in der Ecke über den Kübel und ließ den Schleim aus seiner Nase einfach auf sein Hemd fließen. Seine Augen waren krankhaft weit geöffnet, seine rosigen Wangen glühten. Er kauerte sich auf den Rand seiner Pritsche und stöhnte.

Bald darauf wurden sie zum Abort geführt, und danach legten sie sich schlafen. Sie mußten zu sechst mit vier Pritschen auskommen. Der alte Mann lag schnarchend auf dem Fußboden. Dary und ein anderer junger Neger hatten sich zusammen auf eine Pritsche gequetscht.

Die Stunden wurden ihm lang. Das aus dem Flur einfallende Licht tat seinen Augen weh, und der Gestank in der Zelle machte jeden Atemzug zur Qual. Er konnte nicht warm werden. Er klapperte vor Schüttelfrost mit den Zähnen. Er setzte sich auf und wiegte sich, in die schmutzige Decke gewickelt, hin und her. Zweimal langte er zu dem weißen Jungen hinüber, der murmelnd im Schlaf um sich schlug, und deckte ihn zu. Den Kopf in den Händen, wiegte er sich hin und her, und seiner Kehle entstieg ein klagender Singsang. Er konnte nicht an William denken, nicht einmal an das starke, wahre Ziel konnte er denken, um daraus Kraft zu schöpfen. Er konnte nur das Elend in seinem Inneren spüren. Dann schlug das Fieber um: wohlige Wärme durchströmte ihn. Er legte sich zurück, und ihm war, als sänke er in eine warme, rote, tröstliche Tiefe.

Am nächsten Morgen schien wieder die Sonne. Der merkwürdige südliche Winter war zu Ende. Doktor Copeland wurde freigelassen. Vor dem Gefängnis erwartete ihn eine kleine Schar: Mr. Singer, Portia, Highboy und Marshall Nicolls. Ihre Gesichter waren verschwommen und nicht recht zu erkennen. Die Sonne schien sehr hell.

»Vater, das ist kein Weg, unserm Willie zu helfen, weißt du das nicht? Was hast du im Gerichtshaus für Weiße zu suchen? Wir halten am besten den Mund und warten ab.«

Seine Ohren vernahmen ihre laute Stimme nur schwach. Sie nahmen ein Taxi. Zu Hause vergrub er sein Gesicht in das frische, weiße Kopfkissen.

11

Mick konnte in dieser Nacht keine Ruhe finden. Sie mußte im Wohnzimmer schlafen, weil Etta krank war, und das Sofa war ihr zu schmal und zu kurz. Sie hatte Alpträume, in denen Willie vorkam. Es war schon fast einen Monat her, daß Portia ihr erzählt hatte, was man ihm angetan hatte – aber sie mußte immer noch daran denken. In dieser Nacht hatte sie zweimal solch einen bösen Traum, und als sie aufwachte, lag sie auf dem Fußboden, mit einer Beule an der Stirn. Um sechs Uhr hörte sie dann, wie Bill in die Küche ging und sein Frühstück bereitete. Draußen war es taghell, aber im Zimmer herrschte wegen der heruntergelassenen Jalousien Halbdunkel. Ein verrücktes Gefühl, im Wohnzimmer aufzuwachen. Sehr unbehaglich. Sie hatte sich im Bettuch verheddert, das zur Hälfte auf den Fußboden herunterhing, und das Kopfkissen lag mitten im Zimmer. Sie stand auf und öffnete die Tür zur Diele. Auf der Treppe war niemand zu hören. Sie lief im Nachthemd ins Hinterzimmer.

»Rück ein bißchen, George.«

Der Kleine lag in der Mitte des Bettes – splitternackt wie ein junges Vögelchen, denn die Nacht war heiß gewesen. Er hatte die Fäuste geballt und kniff auch im Schlaf die Augen ein, als grübelte er über ein sehr schweres Problem nach. Sein Mund stand offen, und auf dem Kopfkissen war ein kleiner nasser Fleck. Sie stieß ihn an.

»Warte ...«, murmelte er halb im Schlaf.

»Rück ein Stückchen.«

»Warte ... ich will das bloß zu Ende träumen ... bloß das noch ...«

Sie wälzte ihn zur Seite und legte sich dicht neben ihn. Als sie die Augen wieder aufschlug, war es schon spät: die Sonne schien bereits durchs Hinterfenster. George war fort. Vom Hof hörte sie Kinderstimmen und Wassergeplätscher. Etta und Hazel unterhielten sich im Mittelzimmer. Während sie sich anzog, kam ihr plötzlich ein Gedanke. Sie lauschte an der Tür, aber das Gespräch war schwer zu verstehen. Um die beiden zu überrumpeln, riß sie mit einem Ruck die Tür auf.

Sie lasen in einem Filmmagazin. Etta lag noch im Bett. Sie hatte das Bild eines Schauspielers zur Hälfte mit der Hand bedeckt.

»Findest du nicht auch, daß er von hier ab an den Jungen erinnert, der immer mit ...«

»Wie geht's dir denn heute, Etta?« fragte Mick. Durch einen Blick unter das Bett überzeugte sie sich davon, daß ihre Privat-Schachtel noch unberührt an ihrem Platz stand.
»Was dich das schon interessiert«, sagte Etta.
»Mußt du denn gleich Streit anfangen?«
Ettas Gesicht war spitz geworden. Sie hatte schreckliche Bauchschmerzen, weil ihre Eierstöcke krank waren. Irgendwie hatte das mit dem Unwohlsein zu tun. Der Arzt sagte, ihre Eierstöcke müßten rausgeschnitten werden. Aber Paps meinte, sie müßten damit warten. Sie hatten kein Geld dafür.
»Was willst du nun eigentlich von mir?« fragte Mick. »Ich richte bloß eine höfliche Frage an dich – und gleich nörgelst du an mir rum. Mir tut's leid, daß du krank bist; du läßt mich aber einfach nicht anständig sein. Und da soll einer nicht wütend werden.« Ihre Haarsträhnen zurückwerfend näherte sie ihr Gesicht dem Spiegel. »Junge! Junge! Da hab ich mir aber 'ne Beule geholt! Bestimmt hab ich mir den Schädel gebrochen. Zweimal bin ich heut nacht runtergefallen, wahrscheinlich habe ich mich am Sofatisch geschlagen. Ich kann nicht im Wohnzimmer schlafen. Das Sofa da zieht mich ganz krumm – ich schlaf da nie wieder.«
»Schrei doch nicht so«, sagte Hazel.
Mick kniete sich hin und holte die große Schachtel vor. Sie unterzog die Verschnürung einer kritischen Musterung. »Sagt mal, hat eine von euch da dran rumgefummelt?«
»Ach du liebes bißchen!« sagte Etta. »Als ob wir mit deinem Krempel was anfangen können!«
»Wollt ich euch nicht geraten haben. Wer in meinen Privatsachen rumschnüffelt, den bring ich um.«
»Hör mal zu, Mick Kelly«, sagte Hazel. »Du bist wohl das selbstsüchtigste Geschöpf, das ich kenne. Du scherst dich nicht soviel um andre Leute, bloß ...«
»Ach Quatsch!« Sie knallte die Tür zu. Sie haßte die beiden. Schrecklich, so etwas zu denken – aber es war so.
Paps war in der Küche bei Portia. Er wanderte im Bademantel um den Küchentisch und trank eine Tasse Kaffee. Das Weiße seiner Augen war gerötet, und die Tasse in seinen Händen klapperte auf der Untertasse.
»Wie spät? Ist Mister Singer schon weg?«
»Schon weg, Süßes«, sagte Portia. »Ist ja gleich zehn.«
»Zehn! Du meine Güte! So lange hab ich noch nie geschlafen.«

»Was schleppst du denn in der großen Hutschachtel rum?«
Mick holte sich ein paar Brötchen aus der Ofenröhre. »Wer viel fragt, kriegt viel Antwort, und wer rumspioniert, nimmt ein böses Ende.«
»Wenn noch Milch übrig ist, könnt ich mir vielleicht Brot einbrocken«, sagte Paps. »Ein Krankensüppchen. Vielleicht tut das meinem Magen gut.«
Mick schnitt die Brötchen auf, belegte sie mit aufgebratener Polenta und setzte sich zum Frühstücken auf die Hintertreppe. Es war ein warmer, sonniger Vormittag. George spielte mit Spareribs und Sucker auf dem Hinterhof. Sucker war im Luftanzug, und die beiden anderen hatten nur ihre kurzen Höschen an. Sie bespritzten einander mit dem Wasserschlauch. Der Wasserstrahl glitzerte in der Sonne und zerstob im Winde zu einem Sprühregen, der in allen Regenbogenfarben schillerte. An einer Leine flatterte Wäsche – weiße Laken, Ralphs blaues Kleidchen, eine rote Bluse und Nachthemden; alles war naß und frischgewaschen und blähte sich unförmig im Winde. Es war fast wie an einem Sommertag. Kleine gelbe Wespen schwirrten wie trunken um die Geißblatthecke im Seitengäßchen.
»Sieh mal, ich halt's über den Kopf!« schrie George. »Sieh mal, wie das Wasser runterläuft!«
Sie platzte fast vor Energie, sie konnte nicht mehr stillsitzen. George hatte einen mit Erde gefüllten Mehlbeutel als Punching-Ball an einen Ast gehängt. Den begann sie jetzt zu boxen. Puck! Pock! Sie boxte im Takt zu der Melodie, die ihr seit dem Aufwachen durch den Kopf stieg. Zwischen die Erde im Beutel war ein spitzer Stein geraten, an dem sie sich die Knöchel stieß.
»Auah! Du hast mich ins Ohr gespritzt. Mein Trommelfell ist geplatzt. Ich kann gar nichts mehr hören.«
»Gib her. Laß mich mal spritzen.«
Wassertropfen wurden ihr ins Gesicht geweht, und einmal zielten die Kinder mit dem Schlauch auf ihre Beine. Sie fürchtete für ihre Schachtel und trug sie durchs Seitengäßchen zur Vorderveranda. Harry saß drüben auf seinen Verandastufen und las die Zeitung. Sie öffnete die Schachtel und nahm ihr Notenheft heraus. Aber es fiel ihr schwer, sich auf das Lied zu konzentrieren, das sie aufschreiben wollte. Harry sah zu ihr herüber und hinderte sie am Nachdenken.
In letzter Zeit hatte sie mit Harry über mancherlei gesprochen. Fast täglich redeten sie auf dem Heimweg nach der Schule über

Gott. Manchmal, wenn sie nachts aufwachte, graute es ihr vor dem, was sie gesagt hatten. Harry war Pantheist. Das war eine Religion, genauso wie baptistisch, katholisch oder jüdisch. Harry glaubte, wenn man tot und begraben war, dann würde man eine Pflanze oder Feuer, oder auch Erde, Wolke oder Wasser. Das konnte Jahrtausende so gehen, und zum Schluß war man ein Teilchen der großen Welt. Er sagte, er finde das schöner, als wenn man ein Engel würde. Na ja, besser als nichts war es jedenfalls.

Harry warf die Zeitung in die Diele und kam herüber. »Eine Hitze heut – wie im Sommer«, sagte er. »Dabei haben wir erst März.«

»Ja-a. Wenn wir doch schwimmen gehn könnten.«

»Könnten wir, wenn wir bloß wüßten, wohin.«

»Gibt nichts. Bloß das Schwimmbad im Landklub.«

»Ich möcht zu gern was unternehmen – mal raus, irgendwohin.«

»Ich auch«, sagte sie. »Wart mal! Ich weiß wohin. Draußen auf dem Land, an die fünfundzwanzig Kilometer weit. Ein tiefer, breiter Fluß im Wald. Im Sommer haben die Pfadfinderinnen da ihr Lager. Mrs. Wells ist voriges Jahr mal mit uns zum Schwimmen dahin gefahren, mit mir und George und Peter und Sucker.«

»Wenn du willst, besorg ich uns Räder, und wir können morgen hin. Einen Sonntag im Monat hab ich frei.«

»Ja, wir fahren raus und nehmen uns was zu essen mit«, sagte Mick.

»O. K. Ich borg mir die Räder.«

Es war Zeit für ihn, zur Arbeit zu gehen. Sie sah ihm nach, wie er, mit den Armen schlenkernd, die Straße hinunterging. Ein paar Häuser weiter stand ein Lorbeerbaum, dessen Äste tief herunterreichten. Harry nahm einen Anlauf, griff im Sprung nach einem Ast und machte einen Klimmzug. Ein Glücksgefühl überkam sie: wahrhaftig, richtig gute Freunde waren sie. Außerdem sah er gut aus. Morgen würde sie das seidene Kleid anziehen und sich Hazels blaue Halskette ausleihen. Und zum Mittagessen würden sie Geleebrötchen und Limonade mitnehmen. Vielleicht brachte Harry was Extrafeines mit, denn bei ihm zu Hause wurde koscher gegessen. Sie sah ihm nach, bis er um die Ecke bog. Wirklich: ein hübscher Bursche war er geworden.

Harry auf dem Lande war ein anderer als der ewig zeitunglesende und über Hitler nachgrübelnde Harry. Sie waren früh aufgebrochen. Die Räder, die er geborgt hatte, waren Herrenräder, mit einer Stange zwischen den Beinen. Sie schnallten Proviant und Badeanzug aufs Schutzblech und waren schon vor neun unterwegs. Ein heißer, sonniger Morgen war es. Nach einer Stunde lag die Stadt weit hinter ihnen. Sie fuhren auf einem roten Lehmweg zwischen frischgrünen Feldern dahin, und die Luft war voll würzigen Kieferndufts. Harry schwatzte sehr aufgeregt. Der warme Wind wehte ihnen ins Gesicht. Mick bekam einen ganz trockenen Mund und wurde allmählich hungrig.

»Siehst du das Haus da oben auf dem Hügel? Können wir da nicht haltmachen und uns Wasser geben lassen?«

»Nein, warten wir lieber noch. Von Brunnenwasser bekommt man Typhus.«

»Typhus hab ich schon gehabt. Und Lungenentzündung und ein gebrochenes Bein und Blutvergiftung am Fuß.«

»Ja, das weiß ich noch.«

»Ja-a«, sagte Mick. »Wie wir Typhus hatten, lagen Bill und ich im Vorderzimmer, und Pete Wells rannte immer mit zugehaltener Nase vorbei und sah zu unserm Fenster rauf. Bill war das sehr peinlich. Mir ging das Haar so aus, daß ich ganz kahl wurde.«

»Wetten, daß wir mindestens schon sechzehn Kilometer von der Stadt weg sind? Wir sind jetzt anderthalb Stunden unterwegs und fahren ziemlich schnell.«

»Ich hab solchen Durst«, sagte Mick. »Und Hunger. Was hast du denn zu essen mit?«

»Kalte Leberpastete und Brötchen mit Geflügelsalat und Kuchen.«

»Ein feines Picknick-Essen!« Sie schämte sich des armseligen Proviants, den sie mitbekommen hatte. »Ich hab zwei hartgekochte Eier – schon abgeschält –, dazu zwei Tütchen mit Salz und Pfeffer. Außerdem Brötchen mit Butter und Brombeergelee. Alles in Butterbrotpapier. Und Papierservietten.«

»Du solltest doch gar nichts mitbringen«, sagte Harry. »Meine Mutter hat für uns beide was zurechtgemacht. Ich hab dich doch zu dem Ausflug eingeladen. Wir sind bald an einem Laden, da kriegen wir was Kaltes zu trinken.«

Nach einer weiteren halben Stunde erreichten sie den Laden an der Tankstelle. Harry lehnte die Fahrräder an, und sie ging vor ihm hinein. Nach der Prallsonne draußen kam es ihr hier richtig dunkel vor.

Die Regale waren ganz vollgestopft mit Fleisch, Öldosen und Mehltüten. Um eine große, klebrige Bonbonbüchse summten die Fliegen.

»Was haben Sie zu trinken?« fragte Harry.

Der Verkäufer begann aufzuzählen. Mick öffnete den Eisschrank und blickte hinein. Es tat gut, die Hände ins kalte Wasser zu tauchen. »Ich möcht Limonade. Haben Sie welche?«

»Ich dito«, sagte Harry. »Zweimal also.«

»Nein, wart mal. Hier ist eiskaltes Bier. Ich möchte eine Flasche Bier, wenn du soviel ausgeben kannst.«

Harry bestellte sich auch eine Flasche Bier. Eigentlich hielt er es für eine Sünde, unter zwanzig Jahren Bier zu trinken – aber vielleicht wollte er sich nicht lumpen lassen. Er verzog beim ersten Schluck das Gesicht. Sie setzten sich auf die Stufen vor dem Laden. Mick hatte so müde Beine, daß ihrer Wadenmuskeln zuckten. Sie wischte den Flaschenhals mit der Hand ab und nahm einen langen, kalten Schluck. Jenseits der Straße erstreckte sich bis an den Rand des Kiefernwaldes eine große Wiese. Die Bäume zeigten alle Schattierungen, von leuchtendem Gelbgrün bis zu schwärzlichem Dunkelgrün. Der Himmel war strahlend blau.

»Bier trink ich gern«, sagte sie. »Früher hab ich immer die Bierreste von Paps mit Brot aufgetunkt. Wenn man dazu Salz aus der Hand leckt – das schmeckt gut. Das zweite Mal in meinem Leben, daß ich eine ganze Flasche Bier allein trink.«

»Der erste Schluck war bitter. Aber dann schmeckt's gut.«

Der Verkäufer sagte, sie seien über neunzehn Kilometer von der Stadt entfernt. Also hatten sie noch sechseinhalb Kilometer zu fahren. Harry zahlte, und dann waren sie wieder draußen in der heißen Sonne. Harry redete laut und lachte immerfort ohne jeden Grund.

»Himmel«, sagte er, »das Bier und die Hitze machen mich ganz schwindlig. Aber sonst geht's mir gut.«

»Ich kann's gar nicht erwarten, endlich ins Wasser zu kommen.«

Der Weg wurde sandig; sie mußten mit ihrem ganzen Gewicht auf die Pedale treten, um nicht steckenzubleiben. Harrys Hemd klebte schweißnaß am Rücken. Er redete ununterbrochen weiter. Nun hatten sie den Sand hinter sich: der Weg wurde lehmigrot. Ein langsames Negerlied ging ihr durch den Kopf – Portias Bruder hatte es immer auf der Mundharmonika gespielt. Sie trat im Takt dazu die Pedale.

Schließlich kamen sie an die Stelle, die sie gesucht hatten. »Hier ist es! Siehst du die Tafel da? PRIVAT-BESITZ. Wir müssen über den Drahtzaun klettern und dann dort langgehen – siehst du?«

Im Wald war es ganz still. Der Boden war glatt von Tannennadeln. Nach wenigen Minuten erreichten sie den Fluß. Das braune Wasser floß kühl und hurtig dahin. Kein Laut war zu hören, nur das Plätschern des Wassers und das Singen des Windes hoch oben in den Wipfeln der Kiefern. Wie eingeschüchtert von der tiefen Waldesstille gingen sie leise am Ufer entlang.

»Ist das nicht hübsch hier?«

Harry lachte. »Warum flüsterst du? Horch mal!« Er schlug sich mit der Hand auf den Mund und stieß einen langen Indianerschrei aus, den das Echo zurückwarf. »Komm. Wir wollen ins Wasser springen und uns abkühlen.«

»Hast du keinen Hunger?«

»Doch. Essen wir erst was. Jetzt die Hälfte, die andre nachher, wenn wir aus dem Wasser kommen.«

Sie packten die Geleebrötchen aus, und als sie mit Essen fertig waren, knüllte Harry das Papier zusammen und stopfte es sorgfältig in einem hohlen Baumstumpf. Dann nahm er seine Badehose und ging den Pfad hinunter. Sie entkleidete sich hinter einem Busch und zwängte sich in Hazels Badeanzug. Der Anzug war ihr zu klein und kniff zwischen den Beinen.

»Fertig?« rief Harry.

Sie hörte einen Platsch, und als sie ans Ufer kam, war Harry schon ein Stückweit geschwommen. »Keinen Kopfsprung!« rief er. »Muß erst sehn, ob hier Baumstümpfe sind oder seichte Stellen.« Sie sah seinen Kopf untertauchen. Sie hatte gar keinen Kopfsprung vorgehabt. Sie konnte ja nicht einmal schwimmen. Sie war bisher nur sehr selten zum Schwimmen gegangen – und dann hatte sie immer einen Schwimmgürtel umgehabt, oder sie war im Flachen geblieben, wo sie noch stehen konnte. Harry würde das sicher albern finden. Sie wußte nicht recht, was sie tun sollte, bis ihr ein Lügenmärchen einfiel.

»Ich kann nicht mehr tauchen. Früher – da bin ich immer gesprungen, von ganz hoch oben. Dabei hab ich mir mal den Kopf aufgeschlagen; seitdem kann ich nicht mehr springen.« Nach kurzem Nachdenken fuhr sie fort: »Ich machte einen doppelten Salto, und als ich wieder hochkam, war das ganze

Wasser rot von Blut. Ich dachte mir weiter nichts dabei, ich machte lauter Kunststücke im Wasser, bis die andern mir was zuschrien. Da merkte ich, woher das viele Blut im Wasser kam. Seitdem kann ich nicht mehr gut schwimmen.«
Harry krabbelte aus dem Wasser. »Mein Gott, das hab ich ja gar nicht gewußt.«
Sie wollte noch weiterlügen, damit es recht wahrscheinlich klänge; statt dessen verstummte sie und sah Harry an. Seine leicht gebräunte Haut war naß und glänzend, und an Brust und Beinen war er behaart. In der enganliegenden Badehose war er so gut wie nackt, und ohne Brille wirkte sein Gesicht mit den feuchten blauen Augen offener und hübscher. Er sah sie an, und plötzlich wurde sie irgendwie befangen. »Das Wasser ist ungefähr drei Meter tief, bloß drüben am andern Ufer ist's flacher.«
»Komm, gehn wir rein. Muß doch schön sein im kalten Wasser.«
Sie hatte keine Angst. Die gleiche eisige Ruhe überkam sie, als wenn sie sich im Wipfel eines sehr hohen Baumes verstiegen hätte und nichts weiter tun konnte, als möglichst geschickt abzusteigen. Sie ließ sich am Ufer hinunter und stand in dem eiskalten Wasser. Sie hielt sich an einer Wurzel fest, bis diese unter ihren Händen nachgab; denn begann sie zu schwimmen. Einmal schluckte sie Wasser und ging unter; sie schwamm aber weiter und ließ sich nichts anmerken. Sie schwamm bis ans andere Ufer, und als sie dort wieder Grund fühlte, war ihr großartig zumute. Sie planschte mit den Fäusten und schrie wie besessen, um das Echo zu wecken.
»Sieh mal!«
Harry hangelte an einem hochaufgeschossenen, dünnen Bäumchen hinauf. Als er oben war, neigte der biegsame Stamm sich über das Wasser, und Harry plumpste hinein.
»Laß mich auch mal! Paß auf, ich kann's auch!«
»Ein ganz junges Bäumchen.«
Sie konnte so gut klettern wie jeder andere. Sie machte es Harry nach und landete ebenfalls mit einem lauten Platsch im Wasser. Und nun konnte sie auch schwimmen. Sie konnte ganz richtig schwimmen, genau wie die anderen.
Sie haschten sich uferauf und uferab, auch durch das kalte, braune Wasser. Zwei Stunden vergingen unter Springen, Klettern und viel Geschrei. Dann standen sie am Ufer und sahen einander an; es schien ihnen nichts Neues einfallen zu wollen. Plötzlich fragte sie:

»Bist du schon mal nackt geschwommen?«
Es war ganz still im Walde; es dauerte eine ganze Weile, bis er antwortete. Er schien zu frieren. Seine Brustwarzen sahen hart und blaurot aus. Auch seine Lippen waren blaurot, und seine Zähne klapperten. »Ich ... nein, ich glaube nicht.«
Sie war so merkwürdig aufgeregt und sagte etwas, was sie gar nicht sagen wollte. »Ich mach's, wenn du's auch machst. Wetten?«
Harry strich sich die nassen, dunklen Haarsträhnen zurück. »O. K.«
Sie zogen ihre Badeanzüge aus. Harry drehte ihr den Rücken zu. Er hatte rote Ohren, und einmal stolperte er. Dann wandten sie sich einander zu. Eine halbe Stunde mochten sie so gestanden haben oder auch nur eine Minute – sie wußten es nicht.
Harry riß ein Blatt von einem Baum und zerzupfte es in kleine Stücke. »Wir wollen uns lieber anziehn.«
Während des Essens sprachen sie kein Wort. Sie breiteten ihren Proviant auf der Erde aus, und Harry teilte alles in gleiche Hälften. Der schläfrig-heiße Sommernachmittag umhüllte sie. Kein Laut drang aus der Tiefe des Waldes – nur das Wasser plätscherte langsam dahin, und die Vögel sangen. Harry hielt ein abgeschältes Ei in der Hand und zerquetschte das Dotter mit dem Daumen. Woran erinnerte sie das? Sie hörte ihren Atem.
Harry beugte sich über ihre Schultern und sah zu ihr auf. »Weißt du was, Mick? Ich finde dich hübsch. Früher hab ich das nicht so gemerkt. Ich hab nicht etwa gedacht, daß du häßlich bist – das mein ich nicht ... bloß ...«
Sie warf einen Kiefernzapfen ins Wasser. »Wir sollten vielleicht lieber aufbrechen, wenn wir vor Dunkelwerden zu Hause sein wollen.«
»Nein«, sagte er. »Wir wollen uns hinlegen. Bloß ein paar Minuten.«
Er trug Tannennadeln, Blätter und graues Moos zusammen. Sie lutschte an ihrem Knie und beobachtete ihn. Mit geballten Fäusten, von Kopf bis Fuß gespannt, saß sie da.
»So, jetzt schlafen wir, dann sind wir frisch für die Rückfahrt.«
Sie legten sich auf das weiche Lager und blickten in die himmelhoch ragenden, dunkelgrünen Baumkronen. Ein Vogel sang ganz rein ein trauriges Liedchen, wie sie es noch nie gehört hatte: erst ein hoher Ton wie von einer Oboe – dann fünf Töne tiefer der gleiche Ruf. Ein trauriges Lied wie eine Frage ohne Worte.

»Den Vogel mag ich zu gern«, sagte Harry. »Ein Grünfink, glaub ich.«
»Wenn wir doch an der See wären. Am Strand liegen, und weit draußen auf dem Wasser fahren Schiffe. Du warst doch im Sommer mal an der See – wie ist das eigentlich?«
Seine Stimme klang rauh und gedämpft. »Na ja – da sind die Wellen – manchmal blau, manchmal grün, und wenn die Sonne scheint, sehn sie aus wie Glas. Und im Sand, da kann man kleine Muscheln suchen. Weißt du, solche, wie wir in der Zigarrenkiste mitgebracht hatten. Und über dem Wasser fliegen weiße Möwen. Wir waren am Golf von Mexiko – da weht immer eine kühle Brise von der Bucht, da ist es nie so backheiß wie hier. Immer . . .«
»Schnee«, sagte Mick. »Das möcht ich mal erleben. Kalte, weiße Schneehaufen, wie man sie abgebildet sieht. Schneestürme. Weißen, kalten Schnee, der im Winter immerfort sachte herunterrieselt und nie, nie aufhört. Wie in Alaska.«
Sie wandten sich beide gleichzeitig einander zu. Sie lagen dicht aneinander gepreßt. Sie fühlte, wie er zitterte, und sie ballte die Fäuste so fest, daß sie knackten. »O Gott«, sagte er immer wieder, »o Gott.« Ihr war als hätte man ihren Kopf vom Körper abgetrennt und weggeworfen. Ihre Augen starrten in die blendende Sonne hinauf, während in ihrem Kopf ein Zählwerk zu arbeiten schien. Und dann geschah es. So also war das.

Sie schoben langsam die Räder über die Straße. Harry ließ Kopf und Schultern hängen. Ihre Schatten fielen im Spätnachmittagslicht lang und dunkel auf den staubigen Weg.
»Hör mal zu«, sagte er.
»Ja-a.«
»Wir müssen damit fertig werden. Wir müssen. Verstehst du – irgendwie?«
»Ich weiß nicht. Nein, ich glaub nicht.«
»Hör zu. Wir müssen was tun. Komm, wir wollen uns hinsetzen.«
Sie legten die Räder hin und setzten sich, weit voneinander getrennt, an den Straßengraben. Die Nachmittagssonne brannte auf ihre Köpfe; ringsum waren lauter krumige, braune Ameisenhaufen.
»Wir müssen damit fertig werden«, sagte Harry.
Er fing an zu weinen. Ganz still saß er da, während die Tränen

über sein blasses Gesicht rollten. Warum weinte er eigentlich? Eine Ameise stach sie in den Fußknöchel; sie nahm sie mit den Fingern auf und betrachtete sie genau.
»Die Sache ist die«, sagte er, »ich hab noch nie ein Mädchen auch nur geküßt.«
»Ich auch nicht. Ich hab noch keinen Jungen geküßt – bis auf die Familie.«
»Ich hab mir nie was andres gewünscht, als dieses eine Mädchen zu küssen. Wenn ich in der Schule saß, hab ich mir's ausgedacht, und nachts hab ich davon geträumt. Einmal hat sie sich mit mir verabredet, und ich hab genau gemerkt, daß sie geküßt werden wollte. Aber ich stand im Dunkeln vor ihr und hab sie bloß immer angesehn und konnte nicht. Immerzu hatte ich mir's ausgemalt – sie zu küssen, und dann war es soweit, und da konnte ich nicht.«
Sie bohrte mit dem Finger ein Loch in die Erde und begrub darin die tote Ameise.
»Ist alles meine Schuld. Unzucht ist eine schreckliche Sünde, wie du's auch nimmst. Außerdem bist du zwei Jahre jünger als ich und noch ein Kind.«
»Nein, bin ich nicht. Ich bin kein Kind mehr. Trotzdem – jetzt wollt ich, ich wär's.«
»Hör zu. Wenn du meinst, können wir heiraten – heimlich oder so.«
Mick schüttelte den Kopf. »Nein, das mag ich nicht. Ich will überhaupt niemand heiraten.«
»Ich werd auch nie heiraten. Das weiß ich. Das sag ich nicht bloß so – das stimmt wirklich.«
Sein Gesicht flößte ihr Angst ein. Seine Nase bebte, und die Unterlippe hatte er sich so zernagt, daß sie blutig gefleckt war. Seine feucht glänzenden Augen blickten finster, und sein Gesicht war so blaß, wie sie noch keines gesehen zu haben meinte. Sie wandte sich ab. Wenn er bloß mit Reden aufhörte – dann wäre schon alles besser. Langsam wanderten ihre Blicke von den rotweißen Lehmschichten im Graben über eine zerbrochene Whiskyflasche zu der Kiefer mit dem Schild, auf dem der Posten des Kreissheriffs ausgeschrieben war. Am liebsten wäre sie ruhig hier sitzen geblieben, ohne zu denken und ohne ein Wort zu sagen.
»Ich bleib nicht in der Stadt. Ich bin ein ganz guter Mechaniker, da find ich schon woanders Arbeit. Zu Hause – meine Mutter sieht mir's gleich an den Augen an.«

»Sag mal: wenn du mich ansiehst – seh ich irgendwie anders aus?«
Harry musterte eingehend ihr Gesicht und nickte. Er sagte:
»Noch eins. In ein oder zwei Monaten schick ich dir meine Adresse; dann schreibst du mir, damit ich weiß, ob bei dir alles in Ordnung ist.«
»Wie meinst du das?« fragte sie zögernd.
Er setzte es ihr auseinander. »Du brauchst bloß ›O. K.‹ zu schreiben, dann weiß ich Bescheid.«
Sie machten sich wieder, die Räder schiebend, auf den Heimweg. Ihre Schatten langten riesengroß über die Straße. Harry ging krumm wie ein alter Bettler und wischte sich immerfort mit dem Ärmel die Nase ab. Einmal war vorübergehend alles in goldene Glut getaucht; dann sank die Sonne hinter den Bäumen, und die Schatten auf der Straße vor ihnen waren verschwunden. Sie fühlte sich sehr alt und innerlich irgendwie sehr schwer. Nun war sie erwachsen – ob sie wollte oder nicht.
Nach einem Fußmarsch von fünfundzwanzig Kilometern kamen sie endlich in dem dunklen Gäßchen an. Gelbes Licht fiel aus dem Küchenfenster. Bei Harry war es dunkel – seine Mutter war noch nicht zu Hause. Sie arbeitete bei einem Schneider in einer Nebenstraße. Manchmal sogar sonntags. Durchs Schaufenster konnte man sie hinten sehen, über die Maschine gebeugt oder mit einer langen Nadel an schweren Kleidungsstücken nähend. Sie sah nie auf, wenn sie sich beobachtet fühlte. Abends kochte sie dann für Harry und sich diese koscheren Speisen.
»Hör mal . . .«, sagte er.
Sie stand im Dunkeln und wartete, aber er sagte nichts weiter. Sie gaben sich die Hand, und Harry ging durch das dunkle Gäßchen davon. Auf dem Gehsteig wandte er den Kopf und blickte über die Schulter zurück. Im Laternenschein sah sein Gesicht bleich und hart aus. Dann war er fort.

»Paß auf – ein Rätsel«, sagte George.
»Ich hör ja zu.«
»Zwei Indianer gingen hintereinander her. Der erste war der Sohn des zweiten, aber der zweite war nicht der Vater des ersten. Was war er?«
»Mal sehn. Sein Stiefvater.«
George grinste Portia an und zeigte seine eckigen, bläulichen Zähne.

»Dann sein Onkel.«
»Falsch, falsch! Seine Mutter! Das ist ja grad der Witz, daß man nicht drauf kommt, daß ein Indianer auch 'ne Dame sein kann.«
Sie stand in der Tür und sah sie alle an. Im Rahmen der Türöffnung wirkte in der Küche wie ein Bild. Behaglich und sauber war es da drin. Nur die Lampe am Spülstein brannte, der übrige Raum lag im Schatten. Bill und Hazel spielten am Tisch Schwarzer Peter, wobei sie Streichhölzer als Spielmarken benutzten. Hazel zupfte mit ihren dicklichen rosa Fingern an den Zöpfen herum, während Bill todernst, mit eingezogenen Backen, die Karten austeilte. Portia stand am Spülstein und trocknete mit einem sauberen karierten Tuch das Geschirr ab. Sie war dünn geworden; ihre Haut leuchtete goldgelb, und ihr ölglänzendes schwarzes Haar war glatt und ordentlich. Ralph saß still am Boden, während George ihm eine aus Christbaumketten gefertigte Pferdeleine umband.
»Noch ein Rätsel, Portia: Wenn der Uhrzeiger auf halb drei steht ...«
Sie trat ein. Eigentlich hatte sie erwartet, daß bei ihrem Anblick alle zurückweichen, in einem weiten Kreis um sie herumstehen und sie anstarren würden. Aber sie warfen ihr nur einen flüchtigen Blick zu. Sie setzte sich an den Tisch und wartete.
»Da kommst du also angeschlumpert, wenn alle fertig sind mit essen. Ich werd wohl nie mit meiner Arbeit fertig.«
Niemand beachtete sie. Sie aß eine große Portion Kohl und gekochten Lachs und hinterher dicke Milch, sie mußte an ihre Mama denken. Die Tür ging auf, Mama kam herein und sagte zu Portia, Miss Brown behaupte, in ihrem Zimmer eine Wanze gefunden zu haben; Portia solle das Zimmer ausräuchern.
»Nicht so die Stirn runzeln, Mick. In deinem Alter muß man ein bißchen auf sich halten und versuchen, möglichst nett auszusehn. Halt – renn doch nicht weg, wenn ich mit dir rede. Du kannst Ralph mal ordentlich mit dem Schwamm waschen, eh du ihn zu Bett bringst. Putz ihm Nase und Ohren richtig aus.«
Ralphs weiches Haar klebte von Hafergrütze. Sie fuhr ihm mit einem Wischtuch darüber und spülte ihm über dem Ausguß Gesicht und Hände ab. Bill und Hazel hörten auf zu spielen. Bills lange Fingernägel gaben ein kratzendes Geräusch auf dem Tisch, als er die Streichhölzer einsammelte. George trug Ralph ins Bett. Sie war mit Portia allein in der Küche.

»Du, hör mal! Sieh mich an. Seh ich irgendwie anders aus?«
»Klar, hab ich schon gemerkt, Süße.«
Portia setze ihren roten Hut auf und zog andere Schuhe an.
»Na und . . .?«
»Nimm einfach bißchen Fett und schmier dir das Gesicht ein. Deine Nase schält sich schon ganz böse. Fett soll das beste bei Sonnenbrand sein.«
Sie stand allein im dunklen Hinterhof und brach mit den Fingernägeln kleine Rindenstücke von dem Eichenstamm. So war es fast noch schlimmer. Vielleicht wäre ihr wohler, wenn sie's ihr angesehen und etwas gesagt hätten. Wenn sie es wüßten.
Von der Hintertreppe rief Paps: »Mick! Hallo, Mick!«
»Ja, was denn?«
»Ans Telefon!«
George drängelte sich heran und wollte mithören; sie stieß ihn fort. Sie hörte Mrs. Minowitz sehr laut und aufgeregt reden:
»Mein Harry müßte längst zu Hause sein. Weißt du, wo er steckt?«
»Nein, Ma'am.«
»Er sagte, ihr wolltet zusammen eine Radtour machen. Wo kann er denn jetzt stecken? Weißt du nicht, wo er ist?«
»Nein, Ma'am«, sagte Mick noch einmal.

12

Nun herrschte wieder sommerliche Hitze, und die Sunny Dixie Show war immer überfüllt. Der Märzwind legte sich. Die Bäume prangten in gelbgrünem Laub. Der Himmel war blau und wolkenlos, die Sonne begann heftiger zu brennen, und die Luft wurde drückend schwül. Jake Blount haßte dieses Wetter. Ihm schwindelte bei dem Gedanken an die langen, brennendheißen Sommermonate, die nun kamen. Er fühlte sich nicht wohl: neuerdings quälte ihn ein hartnäckiger Kopfschmerz. Er hatte erheblich zugenommen und einen kleinen Hängebauch bekommen, so daß er den obersten Hosenknopf nicht mehr zumachen konnte. Er wußte, der Alkohol war schuld daran, aber er trank trotzdem weiter. Der Schnaps half gegen die Kopfschmerzen. Schon nach einem Gläschen wurden sie besser. Ein Glas war jetzt für ihn soviel wie früher eine ganze Flasche. Nicht dieses eine Gläschen pulverte ihn auf – vielmehr aktivierte der erste Schluck den vielen Alkohol, den er im Laufe der letzten Monate in sein Blut gepumpt hatte. Schon ein Löffel Bier half gegen das Hämmern im Kopf, aber betrunken wurde er auch von einer ganzen Flasche Whisky nicht.

Er strich den Schnaps überhaupt und trank mehrere Tage lang nur Wasser und Orangensaft. Der Schmerz bohrte wie ein Wurm in seinem Kopf. Müde und unlustig verrichtete er an den langen Nachmittagen und Abenden seine Arbeit. Er konnte nicht schlafen, und das Lesen war eine Qual. Der feuchte, säuerliche Gestank in seinem Zimmer machte ihn rasend. Ruhelos wälzte er sich im Bett, und wenn er schließlich einschlief, war es schon hell.

Er wurde von einem Traum heimgesucht. Er wachte mit einem Schreck auf, konnte sich aber seltsamerweise nie darauf besinnen, was in diesem Traum vorgegangen war. Sobald er die Augen aufgeschlagen hatte, war nur noch dieses Gefühl da. Jedesmal erwachte er mit der gleichen Angst – zweifellos hatte er also stets auch den gleichen Traum gehabt. Er hatte immer viel geträumt – die grotesken Alpträume des Trinkers, die bis an die wirren Regionen des Irrsinns führen; aber am Morgen war die Nachwirkung jener wüsten Träume stets verwischt, er hatte sie vergessen.

Mit diesem inhaltlosen, hinterhältigen Traume war es anders. Er wachte auf und erinnerte sich an nichts. Nur ein Gefühl des Bedrohtseins hing ihm lange an. Eines Morgens jedoch erwachte er mit dem bekannten Angstgefühl, zugleich aber mit einer schwachen Erinnerung an das Finstere, das hinter ihm lag: er ging inmitten vieler Menschen und trug etwas im Arm. Das war aber auch das einzige, worauf er sich genau besinnen konnte. Hatte er gestohlen? Hatte er versucht, irgend etwas in Sicherheit zu bringen? Wurde er vielleicht von diesen Menschen verfolgt? Nein, das war es wohl nicht. Je länger er diesen einfachen Traum zu ergründen suchte, um so weniger verstand er ihn. Danach blieb der Traum eine Zeitlang aus.

Er lernte den Schreiber jener Botschaft kennen, die er im vergangenen November an einer Mauer gelesen hatte. Dieser Alte hing sich sofort an ihn wie ein böser Geist. Er hieß Simms und pflegte auf der Straße zu predigen. Die Winterkälte hatte ihn ins Haus verbannt, aber im Frühling trieb er sich den ganzen Tag über auf der Straße herum. Sein weiches, weißes Haar hing ihm zottig in den Nacken, und er schleppte stets eine mit Kreide-

stücken und Traktätchen gefüllte große seidene Damenhandtasche mit sich. Dieser Simms mit den irre glitzernden Augen wollte Jake bekehren.
»Du Kind des Unheils, ich wittere den sündigen Gestank des Bieres in deinem Atem. Und geraucht hast du auch! Wenn der Herr wollte, daß wir Zigaretten rauchen, dann hätte Er's in Seinem Buch gesagt. Deine Stirn ist vom Satan gezeichnet. Ich seh es wohl. Geh in dich! Laß dir durch mich den Weg zum Licht weisen.«
Jake blickte zum Himmel auf und schlug langsam das Kreuzeszeichen. Dann hielt er seine ölverschmierte Hand hin. »Nur du sollst davon wissen«, sagte er im Bühnenflüsterton. Simms starrte auf die Narbe in Jakes Handfläche. Jake beugte sich dicht zu ihm und flüsterte: »Ich trage auch das andre Mal. Du weißt, was ich meine. Ich bin damit geboren.«
Simms wich zurück und lehnte sich an den Zaun. Mit einer weibischen Bewegung griff er nach einer Silberlocke auf seiner Stirn und strich sie zurück, während er sich nervös die Mundwinkel leckte. Jake mußte lachen.
»Lästerer!« kreischte Simms. »Gott wird dich strafen. Dich und alle deinesgleichen. Gott vergißt die Spötter nicht. Ich steh in Gottes Hut. Wir alle stehn in Gottes Hut, vor allem aber ich. So wie Moses. Gott spricht zu mir in der Nacht. Gott wird dich strafen.«
Er traktierte den Alten in einer Eckkneipe mit Coca-Cola und Erdnußbutterkeksen. Wieder begann Simms ihn zu bearbeiten; und als Jake sich auf den Weg zum Rummelplatz machte, lief Simms hinter ihm her.
»Komm heut abend um sieben an diese Ecke. Jesus hat eine besondere Botschaft für dich.«
Die ersten Apriltage waren warm und windig. Weiße Wolken segelten am blauen Himmel. Der Wind brachte die Gerüche des Flusses mit und auch den reineren Duft der Wiesen am Stadtrand. Auf dem Rummelplatz herrschte täglich Hochbetrieb – von vier Uhr nachmittags bis Mitternacht. Die Menge war schwer zu bändigen. Jake spürte mit dem neuen Frühling überall eine untergründige Streitsucht.
Als er eines Abends den Mechanismus der Luftschaukel reparierte, wurde er plötzlich durch lautes Schimpfen aus seinem Grübeln gerissen.
Er drängte sich rasch durch die Menge. Am Billettschalter des

Karussells prügelten sich ein weißes Mädchen und eine Farbige. Er riß die beiden auseinander, aber sie wollten sich gleich wieder aufeinander stürzen. Die Umstehenden ergriffen Partei und tobten wie in einem Narrenhaus. Das weiße Mädchen war bucklig. Sie hielt etwas krampfhaft in der Hand.

»Ich hab's gesehn«, kreischte die Farbige. »Ich hau dir deinen Buckel runter. Jawohl!«

»Halt die Schnauze, du schwarzes Niggerweib!«

»Dreckige Fabrikschlumpe! Ich hab mein Geld bezahlt, und ich werd auch fahren. Weißer Mann, sie muß mir meine Karte wiedergeben.«

»Schwarze Niggerschlampe!«

Jake blickte von einer zur anderen. Die Menge rückte näher. Beide Parteien ließen brummend ihre Meinung hören.

»Ich hab gesehn, wie Lurie ihre Karte fallen läßt und die weiße Dame da sie aufhebt. Das ist die Wahrheit«, sagte ein junger Farbiger.

»Wehe, wenn das Niggerweib sich an dem weißen Mädchen vergreift ...«

»Laß das Schubsen. Ich hau wieder, egal ob du weiße Haut hast.«

Rücksichtslos drängte Jake sich durch die Menge. »Schon gut!« rief er. »Weitergehen – verkrümelt euch. Alle weitergehen, habt ihr gehört?« Vor seinen Riesenfäusten zogen die Leute sich grollend zurück. Jake wandte sich wieder den beiden Mädchen zu.

»Das ist nämlich so«, sagte das farbige Mädchen. »Ich bin eine von den paar Leuten, die bis Freitag abend fünfzig Cent gespart haben. Ich hab diese Woche für zwei gebügelt. Ich hab für die Karte bezahlt. Jetzt will ich auch fahren.«

Jake gelang es rasch, den Streit zu schlichten. Er ließ der Buckligen die umstrittene Karte und gab der Farbigen eine andere. Der Abend verlief ohne weitere Streitigkeiten. Aber Jake blieb wachsam. Er war unsicher und besorgt.

Außer ihm waren noch fünf Leute auf dem Rummelplatz beschäftigt: zwei Männer, welche die Luftschaukeln bedienten und die Karten kontrollierten, und drei Mädchen, die in den Buden verkauften. Nicht gerechnet der Unternehmer Patterson, der meist allein in seinem Wohnwagen saß und Patiencen legte. Seine Augen mit den verkleinerten Pupillen blickten matt, und sein gelblicher Hals hing in schlaffen Falten. Während der vergangenen Monate war Jakes Gehalt zweimal erhöht worden. Mitternacht mußte er Bericht erstatten und die Tageseinnahmen abliefern. Manchmal bemerkte Patterson ihn erst, wenn er schon mehrere Minuten lang neben ihm stand; stumpfsinnig saß er da und starrte seine Karten an. Die Luft im Wohnwagen war schwer von Speisendunst und dem Geruch des Rauschgifts. Er überprüfte die Abrechnung immer sehr gründlich.

Jake kam mit den Männern an der Luftschaukel in Streit. Die beiden hatten früher in einer Spinnerei gearbeitet. Anfangs hatte er mit ihnen ins Gespräch kommen wollen, um ihnen die Augen für die Wahrheit zu öffnen. Er hatte sie in eine Billardhalle zu einem Gläschen eingeladen. Aber ihnen war nicht zu helfen – sie waren zu dämlich. Bald darauf belauschte er zufällig ein Gespräch von ihnen, aus dem dann der Streit entstand. In der Nacht von Samstag zu Sonntag war's, gegen zwei Uhr morgens; er hatte gerade mit Patterson abgerechnet, und als er den Wohnwagen verließ, schien der Rummelplatz leer und verlassen zu sein. Der Mond schien hell. Er dachte an Singer und an den vor ihm liegenden freien Tag. Als er an der Luftschaukel vorbeikam, schlug ihm sein Name ans Ohr. Die beiden waren mit der Arbeit fertig und rauchten eine Zigarette. Jake lauschte.

»Also – so'n Roter – der ist mir noch widerwärtiger wie'n Nigger.«

»Ich find den bloß ulkig. Lohnt sich gar nicht, drüber nachzudenken. Wie der immer rumstolziert. So was von 'nem vermurksten Zwerg. Wie groß ist der überhaupt, was meinst du?«

»Na, vielleicht einsfünfzig. Bildet sich aber ein, er könnt hier groß angeben. Ins Kittchen gehört der. Jawohl, ins Kittchen. So'n roter Bolschewist.«

»Ich find den bloß ulkig. Wenn ich den anseh, muß ich schon lachen.«

»Soll bloß nicht so angeben.«

Jake sah ihnen nach, wie sie zur Weavers Lane hinübergingen. Sein erster Gedanke war, ihnen nachzustürzen und sie zu stellen; aber eine Art Scheu hielt ihn zurück. Mehrere Tage lang kochte es in ihm, ohne daß er darüber ein Wort verlor. Bis er eines Abends nach der Arbeit den beiden Männern mehrere Straßen weit folgte und ihnen an einer Ecke den Weg abschnitt.

»Ich hab alles gehört«, sagte er atemlos. »Zufällig hab ich jedes Wort gehört, das ihr vorigen Samstagabend geredet habt. Klar bin ich 'n Roter. Glaub wenigstens, daß ich's bin. Aber was seid ihr?« Sie standen unter einer Straßenlaterne. Die beiden Männer wichen vor ihm zurück. Die Gegend war menschenleer. »Ihr Pfannkuchengesichter, ihr Hosenscheißer, ihr krüppligen kleinen Ratten! Ich brauch ja bloß hinlangen und euch eure spindeldürren Hälse abdrücken – mit jeder Hand einen. Zwerg hin und Zwerg her – ich könnt euch hier aufs Pflaster schmeißen, daß sie euch mit der Müllschaufel zusammenkratzen müssen.«

Die beiden Männer warfen sich einen Blick zu und wollten weitergehen. Aber Jake ließ sie nicht vorbei. Mit höhnischer, wutverzerrter Miene ging er rückwärts vor ihnen her.

»Aber eins sag ich euch: in Zukunft kommt ihr gefälligst zu mir, wenn ihr an meiner Größe was auszusetzen habt, oder an meinem Gewicht, an meiner Aussprache, an meinem Benehmen, an meiner Ideologie. Was die letztere anbelangt, da versteh ich nämlich keinen Spaß – falls ihr das noch nicht wißt. Aber wenn ihr drüber diskutieren wollt – bitte schön!«

Von da an behandelte Jake die beiden Männer mit boshafter Verachtung. Hinter seinem Rücken machten sie sich lustig über ihn. Eines Nachmittags entdeckte er, daß das Triebwerk der Luftschaukel absichtlich beschädigt worden war; die Reparatur kostete ihn drei Überstunden. Fortwährend hatte er den Verdacht, jemand könnte über ihn lachen. Sobald er die Mädchen miteinander schwatzen hörte, richtete er sich kerzengerade auf und lachte laut und unbekümmert vor sich hin, als wäre ihm etwas Komisches eingefallen.

Warmer Südwestwind, beladen mit den Düften des Frühlings, wehte vom Golf von Mexiko her. Die Tage wurden länger, die Sonne brannte. Die träge Wärme lastete auf ihm. Er begann wieder zu trinken. Sobald er die Arbeit hinter sich hatte, ging er nach Hause und legte sich aufs Bett. Manchmal blieb er willenlos zwölf oder dreizehn Stunden so liegen, ohne sich auszuziehen. Noch vor wenigen Monaten hatte er vor lauter Ruhelosigkeit geschluchzt und die Nägel gebissen; das schien nun vorbei zu sein. Und doch – unter seiner Stumpfheit spürte Jake die alte Spannung. Unter allen Städten, die er kannte, war diese die einsamste. Oder sie wäre es ohne Singer. Nur sie beide, er und Singer, hatten die Wahrheit begriffen. Er, der Wissende, konnte die Nichtswisser nicht sehend machen. Das wäre gerade so, als wollte man versuchen, gegen die Finsternis zu kämpfen oder gegen die Hitze oder gegen einen Gestank in der Luft.

Verdrießlich starrte er aus dem Fenster. An der Ecke stand ein verkümmerter, rauchgeschwärzter Baum, der junge, giftig grüne Blätter getrieben hatte. Der Himmel strahlte unverändert in tiefem, grellem Blau. Der stinkige Fluß, an dem dieser Stadtteil lag, schickte sirrende Mückenschwärme bis in dieses Zimmer.
Er bekam die Krätze. Er bereitete sich eine Mixtur aus Schwefel und Schweinefett und rieb sich damit jeden Morgen ein. Er kratzte sich wund, aber nichts schien den Juckreiz beschwichtigen zu können. Eines Nachts, nachdem er viele Stunden allein gesessen hatte, kam es zu einem Ausbruch. Er hatte Gin mit Whisky gemischt und war sehr betrunken. Es war schon gegen Morgen. Er beugte sich aus dem Fenster und blickte die dunkle, stille Straße entlang. Die Menschen rings in den Häusern fielen ihm ein. Diese Schläfer! Diese Nichtswisser! Plötzlich brüllte er, so laut er konnte: »Hört zu – ich sag euch die Wahrheit! Ihr Hurensöhne wißt ja nichts. Nichts wißt ihr! Nichts, gar nichts!«
In der Straße wurde es lebendig, ärgerliche Stimmen wurden laut. Lichter flammten auf, man hörte verschlafenes Fluchen. Die Mitbewohner des Hauses rüttelten wütend an seiner Tür. An den Fenstern des Puffs gegenüber tauchten Mädchenköpfe auf.
»Ihr dämlichen dämlichen dämlichen dämlichen Hurensöhne. Ihr dämlichen dämlichen dämlichen dämlichen ...«
»Maul halten! Maul halten!«
Die Leute im Hausflur hämmerten an seine Tür. »Du besoffener Bulle! Paß auf, was du für'n dämliches Gesicht machst, wenn wir erst drin sind.«
»Wieviel seid ihr denn?« röhrte Jake. Er zerschmetterte eine leere Flasche auf dem Fensterbrett. »Kommt bloß her, ihr. Kommt bloß her, ihr. Ich mach euch fertig, immer drei auf einmal.«
»Hast ganz recht, Süßer«, rief eine Hure.
Die Tür gab nach. Jake sprang aus dem Fenster und rannte durch eine Seitengasse. »Hi-ho! Hi-ho!« grölte er mit betrunkener Stimme. Er war barfuß und ohne Hemd. Eine Stunde später torkelte er in Singers Zimmer. Er legte sich der Länge nach auf den Fußboden und lachte sich in Schlaf.
An einem Aprilmorgen stieß er auf die Leiche eines Ermordeten, eines jungen Negers. Jake fand ihn in einem Graben, etwa dreißig Meter vom Rummelplatz entfernt. Die Gurgel des Negers war durchgeschnitten, so daß der Kopf irrsinnig weit

nach hinten abgekippt war. Die Sonne brannte auf seine offenen, verglasten Augen nieder, ein Fliegenschwarm kreiste über dem geronnenen Blut auf seiner Brust. Die Hand des Toten hielt einen rot-gelben Stock mit einer Troddel, wie man ihn in der Wurstbude auf dem Rummelplatz zu kaufen bekam. Düster starrte Jake eine Zeitlang die Leiche an. Dann rief er die Polizei. Man fand keine Anhaltspunkte. Nach zwei Tagen verlangte die Familie vom Leichenschauhaus die Auslieferung der Leiche.
Auf dem Rummelplatz gab es häufig Streit und Schlägereien. Freunde, die eben noch Arm in Arm gelacht und getrunken hatten, konnten sich gleich darauf wutschnaubend bekämpfen. Jake lag ständig auf der Lauer. Hinter der bunten Ausgelassenheit des Rummelplatzes, hinter Lichterglanz und sorglosem Gelächter witterte er etwas Grollendes, Gefährliches.
In diesen wirr-benommenen Wochen folgte Simms ihm auf Schritt und Tritt. Der alte Mann brachte gern eine Seifenkiste und eine Bibel mit, stellte sich dann mitten im Gedränge auf die Kiste und fing an zu predigen. Er redete von der Wiederkunft Christi. Er sagte, der 2. Oktober 1951 wäre der Tag des Jüngsten Gerichts, und er suchte sich unter den Betrunkenen bestimmte Leute heraus und schrie sie mit seiner rauhen, brüchigen Stimme an. Vor Aufregung lief ihm das Wasser im Mund zusammen, so daß die Worte feucht und gurgelnd herauskamen. Wenn er sich einmal eingeschlichen und seine Kiste aufgestellt hatte, wurde man ihn durch keine Überredungskünste wieder los. Er schenkte Jake eine Gideon-Bibel und ermahnte ihn, jeden Abend eine Stunde lang auf den Knien zu beten und jedes angebotene Glas Bier und jede Zigarette mit Abscheu von sich zu weisen.
Sie machten einander die Mauern und Zäune streitig. Auch Jake trug nun immer Kreide in den Taschen. Er schrieb kurze Schlagzeilen an, die er möglichst so abfaßte, daß ein Vorübergehender stutzig werden und über ihren Sinn nachgrübeln mußte. Die Leute sollten sich wundern. Die Leute sollten einmal nachdenken. Außerdem verfaßte er Flugblätter, die er auf der Straße verteilte. Eins war sicher: wäre Singer nicht gewesen, er hätte die Stadt verlassen. Nur sonntags, wenn er bei seinem Freund sein konnte, kam er zur Ruhe. Manchmal gingen sie zusammen spazieren, manchmal spielten sie Schach – meistens aber saßen sie den ganzen Tag über still in Singers Zimmer. Wenn ihm nach Reden zumute war, hörte Singer stets aufmerksam zu. Saß er den

ganzen Tag mürrisch herum, so verstand der Taubstumme ganz selbstverständlich, was in ihm vorging. Singer schien jetzt der einzige Mensch zu sein, der ihm helfen konnte.

Als er eines Sonntags die Treppe hinaufging, sah er Singers Tür offenstehen. Das Zimmer war leer. Über zwei Stunden blieb er allein dort sitzen. Schließlich hörte er Singers Schritt auf der Treppe.

»Ich hab mir schon Gedanken gemacht. Wo warst du denn?«

Singer lächelte. Er staubte seinen Hut mit dem Taschentuch ab und legte ihn fort. Dann nahm er bedächtig seinen silbernen Bleistift aus der Tasche und beugte sich über den Kaminsims, um etwas aufzuschreiben.

»Was soll das heißen?« fragte Jake, als er es gelesen hatte. »Wem sind die Beine abgenommen?«

Singer nahm den Zettel wieder an sich und fügte noch einige Sätze hinzu.

»Ha!« sagte Jake. »Das wundert micht nicht weiter.«

Grübelnd starrte er auf das Stück Papier; dann zerknüllte er es. Die Gleichgültigkeit der letzten Monate war vorbei; er fühlte sich unbehaglich und voller Spannung. »Ha!« sagte er noch einmal.

Singer stellte einen Topf voll Kaffee auf und holte sein Schachbrett hervor. Jake riß den Zettel in kleine Stücke, die er zwischen seinen schweißigen Handflächen zerrieb.

»Aber man kann was dagegen tun«, sagte er nach einer Weile. »Das weißt du doch?«

Singer nickte unsicher.

»Ich möchte den Jungen sprechen und die ganze Geschichte hören. Wann kannst du mich mitnehmen?«

Singer überlegte. Dann schrieb er auf seinen Notizblock: »Heute abend.«

Jake legte die Hand an den Mund und begann ruhelos im Zimmer umherzuwandern. »Wir können etwas tun.«

13

Jake und Singer standen wartend auf der Vorveranda. Sie drückten auf den Klingelknopf, aber in dem verdunkelten Haus wurde kein Klingelzeichen laut. Jake klopfte ungeduldig und drückte die Nase an die Drahtgittertür. Singer stand unbeweglich neben ihm und lächelte; seine Wangen waren gerötet, da sie gemeinsam eine Flasche Gin ausgetrunken hatten. Es war ein stiller, dunkler Abend. Endlich sah Jake einen sanftgelben Lichtschimmer in der Diele: Portia öffnete ihnen die Tür.

»Ich hoffe, Sie haben nicht lange gewartet. So viele Leute sind gekommen, daß wir's für das klügste hielten, die Klingel abzustellen. Geben Sie mir nur Ihre Hüte, meine Herren. Vater ist mächtig krank gewesen.«

Jake folgte Singer schwerfällig auf Zehenspitzen durch die kahle, enge Diele. Auf der Schwelle zur Küche zögerte er einen Augenblick. Der Raum war überheizt und voller Menschen. In dem kleinen Herd brannte ein Holzfeuer, die Fenster waren fest geschlossen. In den beizenden Qualm mischte sich der typische Negergeruch. Der Raum wurde nur durch den Schein des Herdfeuers erhellt. Die tiefen Stimmen, die er in der Diele gehört hatte, waren verstummt.

»Da sind zwei weiße Herren, die wollen sich nach Vater erkundigen«, sagte Portia. »Vielleicht können Sie ihn sprechen, aber ich geh lieber erst rein und bereite ihn vor.«

Jake spielte an seiner dicken Unterlippe. Seine Nasenspitze zeigte noch den Abdruck des Türgitters. »Darum geht's nicht«, sagte er. »Ich wollte Ihren Bruder sprechen.«

Die anwesenden Neger waren aufgestanden. Singer bedeutete ihnen, sie möchten wieder Platz nehmen. Zwei grauhaarige alte Männer setzten sich auf eine Bank am Herd. Ein schlaksiger Mulatte lehnte am Fenster. Auf einem Feldbett in der Ecke lag ein junger Mann; er hatte keine Beine; seine Hosen waren hochgeschlagen und unter den Stümpfen festgesteckt.

»Guten Abend«, sagte Jake linkisch. »Sind Sie der junge Copeland?«

Der Junge bedeckte seine Beinstümpfe mit den Händen und zog sich scheu an die Wand zurück. »Ich bin Willie.«

»Liebchen, brauchst keine Angst zu haben«, sagte Portia. »Das ist Mr. Singer, du hast Vater von ihm sprechen gehört. Und der andere weiße Herr ist Mr. Blount, sehr guter Freund von Mr. Singer. Sie sind so gütig und wollen sich in unserm Unglück nach uns erkundigen.« Sie wandte sich an Jake und wies auf die drei Anwesenden. »Der da am Fenster ist auch mein Bruder. Heißt Buddy. Und die da am Herd sind zwei liebe Freunde von meinem Vater. Heißen Mr. Marshall Nicolls und Mr. John Roberts. Man weiß doch gern, wer alles im Zimmer ist.«

»Vielen Dank«, sagte Jake. Er wandte sich wieder zu Willie. »Ich möchte bloß, daß Sie mir mal alles erzählen, damit ich mir ein Bild von der Sache machen kann.«

»Das ist so«, sagte Willie. »Ich hab das Gefühl, als wenn meine Füße immer noch weh tun. Ich hab so schreckliche Schmerzen in den Zehen, aber da unten, wo meine Füße sein sollten, wenn sie noch an meinen B-B-beinen wären. Nicht da, wo meine Füße jetzt sind. Das ist so schwer zu verstehen. Meine Füße tun mir immer so schrecklich weh, und ich weiß nicht, wo sie sind. Sie haben sie mir nicht wiedergegeben. Die sind g-g-ganz wo anders, über hundert Meilen fort.«

»Ich meine: Wie ist das alles denn passiert?« fragte Jake.

Willie blickte unsicher zu seiner Schwester auf. »Ich w-w-weiß nicht mehr ...«

»Natürlich weißt du, Liebchen. Hast's uns ja schon so oft erzählt.«

»Ja ... wir waren alle draußen auf der Straße«, erzählte der Junge scheu und mürrisch, »und da hat der Buster zu dem Aufseher was gesagt. Da hat der w-w-weiße Mann einen Stock genommen und ihn gehauen. Dann will der andre da wegrennen. Und ich hinterher. Geht alles so schnell, ich weiß nicht mehr genau, wie das war. Dann haben sie uns zurück ins Lager gebracht und ...«

»Das übrige weiß ich«, sagte Jake. »Aber sagen Sie mir doch mal die Namen der Aufseher.«

»Hören Sie zu, weißer Mann. Mir scheint, Sie wollen mir Scherereien machen.«

»Scherereien!« fuhr Jake ihn an. »Was in Dreiteufelsnamen haben Sie denn *jetzt*?«

»Beruhigt euch doch«, sagte Portia nervös. »Mr. Blount, das ist so: sie haben Willie vor der Zeit aus dem Lager gelassen. Aber sie haben ihm auch eingeschärft, daß er nie ... ich glaub, Sie verstehn, was wir meinen. Natürlich hat Willie Angst. Natürlich müssen wir vorsichtig sein – was andres können wir nicht tun. Wir haben schon so genug Scherereien.«

»Was ist mit den Aufsehern geschehen?«

»D-d-die Weißen da haben sie rausgeschmissen. Hab ich gehört.«

»Und wo sind Ihre Freunde jetzt?«

»Was für Freunde?«

»Na, die beiden anderen.«

»Die ... n-n-nicht meine Freunde«, sagte Willie. »Wir haben uns verkracht.«
»Wieso?«
Portia zerrte derart an ihren Ohrringen, daß ihre Ohrläppchen sich wie Gummi dehnten. »Willie meint, daß sie in den drei Tagen, wo sie so schlimme Schmerzen hatten, Streit angefangen haben. Willie will keinen von denen wiedersehn. Darüber haben Vater und Willie schon hin- und hergeredet. Dieser Buster ...«
»Buster hat jetzt ein Holzbein«, sagte der junge Mann am Fenster. »Hab ihn heut auf der Straße gesehn.«
»Dieser Buster hat keine Familie, und Vater hat gedacht, er soll zu uns ziehn. Vater will, daß die Jungens zusammenhalten. Wie er sich vorstellt, daß wir sie füttern sollen, weiß ich nicht.«
»Ich bin dagegen. Außerdem waren wir nie gute Freunde.« Willie befühlte mit den dunklen, kräftigen Händen seine Beinstümpfe. »Wenn ich bloß wüßte, wo meine F-F-Füße sind. Das macht mir am meisten Sorge. Der Doktor hat sie mir nie wiedergegeben. Wenn ich bloß wüßte, wo die sind.«
Jake blickte benommen, mit ginumwölkten Augen um sich. Alles sah verschwommen und fremdartig aus. Die Hitze in der Küche machte ihn so schwindlig, daß ihm die Ohren klangen. Der Qualm benahm ihm den Atem. Das Licht der Deckenlampe war mit Zeitungspapier abgeblendet, so daß der Raum eigentlich nur durch den Feuerschein erhellt wurde, der durch die Herdritzen fiel. Die dunklen Gesichter ringsum waren in rötliche Glut getaucht. Jake fühlte sich unbehaglich und allein. Singer war zu Portias Vater gegangen. Wenn er doch wiederkäme, damit sie gehen könnten. Jake ging linkisch zur Herdbank hinüber und setzte sich zwischen Marshall Nicolls und John Roberts.
»Wo ist denn Portias Vater?« fragte er.
»Doktor Copeland liegt im Vorderzimmer, Sir«, sagte Roberts.
»Ach – ist er Doktor?«
»Ja, Sir. Er ist Arzt.«
Draußen auf den Stufen hörte man Schritte, und die Hintertür ging auf. Frische, milde Luft drang in den verqualmten Raum. Als erster trat ein hochgewachsener junger Mann in Leinenanzug und modisch verzierten Schuhen ein; er hielt einen Papierbeutel im Arm. Ihm folgte ein etwa siebzehnjähriger Junge.
»He, Highboy. Hallo, Lancy«, sagte Willie. »Was bringt ihr mir alles mit?«
Highboy verbeugte sich mit vollendeter Höflichkeit vor Jake

und setzte zwei Einmachgläser mit Wein auf den Tisch, neben die Lancy einen weiß verdeckten Teller stellte.
»Der Wein ist ein Geschenk vom Verein«, sagte Highboy. »Und die Pfirsichkuchen schickt Lancys Mutter.«
»Wie geht's dem Doktor, Miss Portia?« fragte Lancy.
»Ach, die letzten Tage ging's ihm sehr schlecht, Liebchen. Er ist so aufgeregt, das macht mir Sorge. Schlechtes Zeichen, wenn ein Kranker plötzlich so aufgeregt wird.« Zu Jake gewandt, fragte sie: »Ein schlechtes Zeichen, finden Sie nicht auch, Mr. Blount?«
Jake starrte sie benommen an. »Ich weiß nicht.«
Lancy warf Jake einen mürrischen Blick zu und zog seine zu kurzen Hemdmanschetten herunter. »Sagen Sie dem Doktor beste Empfehlungen von meiner Familie.«
»Wir sind Ihnen sehr dankbar«, sagte Portia. »Vater hat grad neulich von Ihnen gesprochen. Er hat ein Buch, das er Ihnen geben will. Warten Sie eine Minute, dann hol ich's und spül den Teller ab, daß Sie ihn Ihrer Mutter wiederbringen können. Zu gütig von ihr.«
Marshall Nicolls beugte sich zu Jake und schien ihm etwas sagen zu wollen. Der alte Mann trug dunkle Beinkleider mit Nadelstreifen, dazu einen Morgenrock mit einer Blume im Knopfloch. Er räusperte sich und sagte: »Verzeihung, Sir, aber es war nicht zu vermeiden, daß wir teilweise Zeugen Ihres Gesprächs mit Willie wurden, über das Unglück, das ihn betroffen hat. Wir haben *nicht verfehlt*, uns zu überlegen, was in der Sache zu unternehmen sei.«
»Sind Sie mit ihm verwandt oder der Geistliche seiner Kirche?«
»Nein, ich bin Apotheker. Und John Roberts links von Ihnen ist Beamter der staatlichen Post.«
»Briefträger«, bestätigte John Roberts.
»Gestatten Sie gütigst . . .« Marshall Nicolls zog ein gelbseidenes Taschentuch heraus und schnaubte sich umständlich die Nase. »Selbstverständlich haben wir die Angelegenheit *erschöpfend* diskutiert. Ich brauche nicht zu betonen, daß wir als Angehörige der farbigen Rasse hier im freien Amerika nichts sehnlicher wünschen, als zum Ausbau *freundschaftlicher* Beziehungen beizutragen.«
»Wir möchten immer das Rechte tun«, warf John Roberts ein.
»Es geziemt uns, behutsam vorzugehen und die bereits bestehenden freundschaftlichen Beziehungen nicht zu gefährden. Dann wird die *Gesamtlage* sich nach und nach bessern.«

Jake blickte von einem zum andern. »Ich glaube, ich kann Ihnen nicht ganz folgen.« Die Hitze drohte ihn zu ersticken. Er wollte hinaus. Seine Augen waren wie verschleiert, so daß er die Gesichter ringsum nur verschwommen wahrnahm.

In der anderen Zimmerecke spielte Willie Mundharmonika, während Buddy und Highboy ihm zuhörten. Es klang düster und traurig.

Als das Lied zu Ende war, putzte Willie das Instrument an seinem Hemd ab. »Ich bin so hungrig und durstig, daß die Töne in meiner Spucke ersaufen. Möcht gern mal von der Medizin da kosten. Was Gutes zu trinken ist das einzige, wobei ich diese Schmerzen vergessen kann. Wenn ich bloß wüßte, wo meine F-F-Füße jetzt sind, und wenn ich jeden Abend mein Glas Gin hätte, würd es mir nicht so viel ausmachen.«

»Nicht quengeln, Liebchen. Kriegst gleich was«, sagte Portia. »Mr. Blount, darf ich Ihnen einen Pfirsichkuchen und ein Glas Wein anbieten?«

»Vielen Dank«, sagte Jake. »Das wäre fein.«

Rasch legte Portia ein Tischtuch auf und stellte einen Teller mit einer Gabel hin. Sie goß ein großes Glas Wein ein. »Langen Sie nur zu, bitte. Und wenn Sie erlauben, bedien ich die andern.«

Die Einmachgläser gingen von Mund zu Mund. Highboy ließ sich, bevor er seines an Willie weiterreichte, Portias Lippenstift geben; mit dem zeichnete er an, wie weit Willie trinken dürfe. Beim Lachen und Glucksen der Trinkenden verzehrte Jake seinen Kuchen, um sich dann, das Glas in seiner Hand, wieder zwischen die beiden alten Männer zu setzen. Der selbstgekelterte Wein war würzig und stark wie Branntwein. Willie intonierte leise eine melancholische Melodie. Portia schnippte mit den Fingern und probierte ein paar schlurfende Tanzschritte.

Jake wandte sich zu Marshall Nicolls. »Portias Vater ist Arzt, sagen Sie?«

»Ja, Sir. Jawohl, das ist er. Sehr tüchtiger Arzt.«

»Was fehlt ihm denn?«

Die beiden Neger warfen sich einen wachsamen Blick zu.

»Er hatte einen Unfall«, sagte John Roberts.

»Was für einen Unfall?«

»Einen schweren, einen sehr bedauerlichen Unfall.«

Marshall Nicolls legte sein seidenes Taschentuch zusammen und entfaltete es wieder. »Wie wir vorhin schon bemerkten: es ist wichtig, diese freundschaftlichen Beziehungen nicht zu *schädigen*, sondern sie möglichst auf jedwede Weise zu fördern. Wir Angehörigen der farbigen Rasse müssen auf jede Weise bemüht sein, die Lage unserer Mitbürger zu verbessern. Der Doktor hat sich in jeder Weise bemüht. Aber manchmal schien es mir, als ob er gewisse wesentliche Faktoren der Rassenfrage und der Situation nicht voll erkannt habe.«

Ungeduldig spülte Jake den Rest seines Weines herunter. »Herrgott nochmal, Mann, drücken Sie sich doch verständlicher aus; von dem, was Sie da sagen, versteh ich kein Wort.«

Marshall Nicolls und John Roberts tauschten einen gekränkten Blick. Willie spielte immer noch Mundharmonika. Seine Lippen krochen wie dicke, schrumplige Raupen über die viereckigen Löcher des Instruments. Er hatte breite, kräftige Schultern. Seine Beinstümpfe zuckten im Takt der Musik. Highboy tanzte, während Buddy und Portia rhythmisch in die Hände klatschten.

Jake erhob sich; erst als er auf den Beinen stand, merkte er, wie betrunken er war. Er taumelte und sah sich schuldbewußt um; aber niemand schien es bemerkt zu haben. »Wo ist Singer?« fragte er Portia mit schwerer Zunge.

Die Musik brach ab. »Aber Mr. Blount, ich dachte, Sie wissen, daß er fort ist. Als Sie am Tisch saßen mit Ihrem Pfirsichkuchen, kam er zur Tür und hielt seine Uhr hoch, um zu zeigen, daß er gehen muß. Sie haben ihn direkt angesehen und den Kopf geschüttelt. Ich dachte, Sie wissen das.«

»Vielleicht war ich mit meinen Gedanken woanders.« Er wandte sich zu Willie und sagte gereizt: »Ich bin noch nicht mal dazu gekommen, Ihnen zu sagen, weswegen ich hier bin. Ich bin nicht gekommen, damit *Sie* was unternehmen. Ich will weiter nichts ... also folgendes: Sie und die anderen Jungens sollen bezeugen was passiert ist, und ich gebe dann die Erklärung dazu. Das *Warum* – das ist das einzig Wichtige – nicht *was*. Ich würde Sie im Wagen rumfahren und Sie würden Ihre Geschichte erzählen, und ich würde dann erklären, *warum*. Wer weiß – vielleicht wär das 'ne große Sache. Vielleicht ...«

Plötzlich merkte er, daß sie ihn auslachten. In seiner Verwirrung vergaß er, was er sagen wollte. Das Zimmer war voll von dunklen, fremden Gesichtern, und die dicke Luft benahm ihm den Atem. Er sah eine Tür, torkelte darauf zu und befand sich in einer dunklen Kammer, in der es nach Medikamenten roch. Dann drückte seine Hand eine andere Türklinke nieder.

Er stand auf der Schwelle eines kleinen weißen Zimmers, dessen

Einrichtung nur aus einer eisernen Bettstelle, einem Schrank und zwei Stühlen bestand. Im Bett lag der gräßliche Neger, mit dem er einmal auf der Treppe zu Singers Zimmer zusammengerannt war. Sein Gesicht wirkte auf den weißen, prallen Kissen pechschwarz. Seine dunklen Augen glühten vor Haß, aber der bläuliche, dicke Mund war beherrscht. Nur seine Nasenflügel blähten sich mit jedem Atemzug – sonst war sein Gesicht so starr wie eine schwarze Maske.
»Hinaus«, sagte der Neger.
»Augenblick ...«, sagte Jake hilflos. »Warum sagen Sie das?«
»Dies ist mein Haus.«
Jake konnte seinen Blick nicht von dem furchterregenden Gesicht des Negers losreißen.
»Aber ... warum denn?«
»Sie sind ein Weißer und ein Fremder.«
Jake ging nicht. Schwerfällig-behutsam bewegte er sich auf einen der steifen weißen Stühle zu. Er setzte sich. Der Neger fuhr unruhig mit den Händen auf der Bettdecke hin und her. Seine schwarzen Augen glänzten fiebrig. Jake sah ihn an. Beide warteten. Im Zimmer herrschte eine Spannung wie bei einer Verschwörung, eine Totenstille wie vor einer Explosion.

Mitternacht war längst vorüber. Die warme Luft des dunklen Frühlingsmorgens zerteilte die blauen Rauchschwaden im Zimmer. Auf dem Fußboden lag zerknülltes Papier, neben dem Stuhl stand eine halbleere Ginflasche, und die Bettdecke war voller Zigarettenasche.
Doktor Copeland ließ den Kopf ins Kissen sinken. Er hatte seinen Morgenrock ausgezogen und die Ärmel seines weißen Baumwollnachthemds bis zu den Ellenbogen aufgekrempelt. Jake saß vornübergebeugt auf dem Stuhl. Sein Schlipsknoten hatte sich gelöst, sein Hemdkragen war schweißnaß. In den vergangenen Stunden hatte sich zwischen ihnen ein langes, erschöpfendes Zwiegespräch entwickelt. Nun schwiegen sie.
»Also ist die Zeit reif ...«, fing Jake wieder an.
Doktor Copeland unterbrach ihn. »Vielleicht ist es jetzt notwendig, daß wir ...«, murmelte er heiser. Sie verstummten wieder, sahen einander in die Augen und warteten. »Verzeihung«, sagte Doktor Copeland.
»Entschuldigen Sie«, sagte Jake. »Sprechen Sie weiter.«
»Nein, fahren Sie fort.«

»Na ja ...«, sagte Jake. »Was ich eben anfing, will ich lieber nicht sagen. Statt dessen sollten wir ein letztes Wort über die Südstaaten sagen. Die unterdrückten Südstaaten. Die ruinierten Südstaaten. Die versklavten Südstaaten.«

»Und über das Negervolk.«

Jake nahm zur Stärkung einen langen, scharfen Schluck aus der Flasche, die neben ihm am Boden stand. Dann ging er bedächtig zum Schrank und nahm einen billigen, kleinen Globus zur Hand, der dort als Briefbeschwerer stand. Den ließ er langsam um die Achse kreisen. »Ich kann nur eins sagen: auf der ganzen Welt nichts wie Niedertracht und Bosheit. Ha! Auf drei Vierteln des Erdballs herrscht Krieg oder Unterdrückung. Die Lügner und Betrüger sind sich einig, aber die *Wissenden* stehen allein und sind wehrlos. Aber! Aber wenn Sie mich fragen: welches ist das verkommenste Stück Erde? – dann zeig ich bloß hierher ...«

»Geben Sie acht«, sagte Doktor Copeland. »Sie sind mitten im Ozean.«

Jake drehte weiter am Globus und drückte seinen schmutzigen, plumpen Daumen auf einen sorgfältig ausgewählten Fleck. »Hier. Diese dreizehn Staaten. Ich weiß Bescheid. Ich hab Bücher gelesen, ich bin weit rumgekommen. In jedem dieser gottverdammten dreizehn Staaten bin ich gewesen. In jedem einzelnen hab ich gearbeitet. Und warum ich jetzt so denke? Wir leben im reichsten Land der Welt. Bei uns gibt's alles in Hülle und Fülle – kein Mann, keine Frau, kein Kind brauchte bei uns Not zu leiden. Außerdem herrscht in unserem Land ein großes, wahres Prinzip – sollte es wenigstens! – nämlich Freiheit, Gleichheit und Menschenrecht. Und was ist daraus geworden? Auf der einen Seite milliardenschwere Konzerne – auf der andern Seite Hunderttausende, die nichts zu essen haben. Hier, in diesen dreizehn Staaten geht die Ausbeutung der Menschen so weit, daß ... also, das muß man mit eignen Augen gesehn haben. Dinge hab ich in meinem Leben gesehn, die einen wahnsinnig machen könnten. Mindestens ein Drittel aller Südstaatler lebt und stirbt nicht um einen Deut besser als der armseligste Bauer in einem europäischen Faschistenstaat. Der Durchschnittslohn eines Landarbeiters kommt auf dreiundsiebzig Dollar pro Jahr. Wohlgemerkt: der Durchschnittslohn! Die Löhne der Saisonarbeiter bewegen sich zwischen fünfunddreißig und neunzig Dollar pro Nase. Fünfunddreißig Dollar im Jahr – das heißt zehn Cent pro Arbeitstag. Überall herrscht Aussatz oder Anämie, oder sie haben den Hakenwurm. Und Hungersnot – richtige Hungersnot. Aber!« Jake rieb sich mit den schmutzigen Fingerknöcheln die Lippen. Der Schweiß trat ihm auf die Stirn. »Aber!« wiederholte er. »Das sind bloß die sichtbaren, die handgreiflichen Schäden. Da gibt's noch weit schlimmere. Ich meine die Art und Weise, wie sie die Leute beschwindeln. Was sie ihnen alles einreden, bloß damit sie nicht sehn, wie's wirklich ist. Wie sie sie mit ihren Lügen vergiften. Die Leute sollen einfach nichts wissen.«

»Und dann die Neger«, sagte Doktor Copeland. »Wenn Sie wissen wollen, wie es bei uns aussieht, dann müssen Sie ...«

Aber Jake war nicht zu halten. »Wem gehört denn der Süden?« unterbrach er ihn. »Drei Viertel der gesamten Südstaaten gehören irgendwelchen Konzernen in den Nordstaaten. Wie heißt es? Die alte Kuh grast alles ab – den Süden, Westen, Norden und Osten. Gemolken wird sie aber nur an einer Stelle. Immer wenn sie richtig voll ist, baumeln ihre alten Zitzen ausgerechnet über einem Fleck: über New York. Da wird sie gemolken – aber vollfressen tut sie sich überall. Nehmen Sie unsre Baumwollspinnereien, unsre Papiermühlen, unsre Leder- und Matratzenfabriken. Alles gehört den Unternehmern im Norden. Und was weiter?« Jakes Schnurrbart bebte vor Wut. »Ein Beispiel: Locale! Eine Fabriksiedlung nach dem großartigen, treusorgenden System der amerikanischen Industrie. Die Besitzer sitzen sonstwo. Der Ort besteht aus 'ner riesigen Ziegelei und aus vier- bis fünfhundert Bruchbuden. Häuser, in denen kein menschliches Wesen wohnen kann. Mehr noch: sie haben sie von Anfang an als Elendsquartiere gebaut. So 'ne Bude hat zwei, vielleicht drei Zimmer und 'nen Abtritt und ist nicht mal mit so viel Nachdenken gebaut wie'n Viehstall. Wahrhaftig – 'n Schweinekoben ist komfortabel dagegen. Denn in diesem System sind Schweine viel wertvoller als Menschen. Aus den ausgemergelten kleinen Fabrikarbeiterkindern kann man weder Schweinskoteletts noch Wurst machen. Von den Leuten da macht sich heute höchstens die Hälfte bezahlt. Ein Schwein dagegen ...«

»Halt!« sagte Doktor Copeland. »Sie schweifen ab. Außerdem haben Sie die besondere Bedeutung der Negerfrage nicht berücksichtigt. Ich komme überhaupt nicht mehr zu Wort. Das alles haben wir vorhin schon besprochen; man kann aber die Gesamtlage unmöglich richtig sehen, wenn man uns Neger außer acht läßt.«

»Bleiben wir bei unsrer Fabriksiedlung«, beharrte Jake. »Ein Jungarbeiter bekommt – sofern er Arbeit findet – den fabelhaften Anfangslohn von acht bis zehn Dollar die Woche. Er heiratet, und nach dem ersten Kind muß auch die Frau in die Fabrik gehn. Ihr Wochenlohn beträgt zusammen – na, sagen wir achtzehn Dollar – vorausgesetzt, daß beide Arbeit haben. Ein Viertel davon geht für die Bruchbude ab, die der Betrieb ihnen zur Verfügung stellt. Lebensmittel und Kleidung kaufen sie in einem Laden, der ganz oder teilweise dem Konzern gehört und in dem sie jedes Stück teurer bezahlen müssen als anderswo. Und wenn sie's auf drei oder vier Kinder gebracht haben, leben sie in solcher Unterdrückung, als lägen sie in Ketten. Was ist das? Leibeigenschaft, nichts anderes! Und dabei behaupten wir, freie Amerikaner zu sein, und das Allerkomischste ist: allen Landarbeitern und Fabrikarbeitern und allen andern haben sie das so lange eingebleut, daß die wirklich dran glauben. Aber sie haben 'ne ganz hübsche Portion zusammenlügen müssen, damit die nichts merken!«

»Es gibt nur einen Ausweg ...«, warf Doktor Copeland ein.

»Zwei Auswege. Das sind aber auch die einzigen. Es hat mal 'ne Zeit gegeben, da war unser Land im Aufstieg. Da glaubte jeder, er hätte 'ne Chance. Ha! Die Zeiten sind vorbei – für immer vorbei. Weniger als hundert Konzerne haben alles geschluckt, da ist nicht viel übriggeblieben. Diese Industrie hat die Leute bis aufs Blut ausgesaugt. Die guten alten Zeiten des Aufstiegs sind vorbei. Das ganze System der kapitalistischen Demokratie ist – faul und korrupt. Uns bleiben bloß zwei Wege: Faschismus oder radikale Neuordnung, und zwar eine revolutionäre, dauerhafte Neuordnung.«

»Und die Neger. Vergessen Sie die Neger nicht. Für mich und mein Volk sind die Südstaaten faschistisch, und sie sind es immer gewesen.«

»Ja–a.«

»Die Nazis berauben die Juden ihrer rechtlichen, wirtschaftlichen und kulturellen Lebensbasis. Bei den Negern hier ist das schon immer so gewesen. Und wenn man ihnen nicht in tragischer Weise – wie in Deutschland – ihr Hab und Gut in großem Maßstabe gestohlen hat, so liegt das lediglich daran, daß die Neger von Anfang an keinerlei Reichtum erwerben durften.«

»Das ist eben das System«, sagte Jake.

»Juden und Neger«, sagte Doktor Copeland bitter. »Die Geschichte meines Volkes hat viel Ähnlichkeit mit dem grenzenlosen Leidensweg der Juden – nur ist sie noch blutiger und noch gewalttätiger. Wie bei einer gewissen Art Seemöwen. Wenn man eine von ihnen fängt und ihr einen roten Faden ums Bein bindet, dann hacken die andern sie tot.«

Doktor Copeland nahm seine Brille ab, zog das Drähtchen an einem zerbrochenen Scharnier fest und putzte die Gläser an seinem Nachthemd. Er war so bewegt, daß seine Hände zitterten. »Mr. Singer ist Jude.«

»Nein, da irren Sie sich.«

»Ich weiß es genau. Schon der Name Singer. Gleich beim ersten Mal habe ich es ihm angesehn. An den Augen. Außerdem hat er mir es gesagt.«

»Nein, das ist unmöglich«, widersprach Jake. »Ich laß mich hängen, wenn der nicht reiner Angelsachse ist. Irisch und angelsächsisch.«

»Aber . . .«

»Weiß ich doch. Ganz bestimmt.«

»Nun gut«, sagte Doktor Copeland. »Wir wollen nicht streiten.«

Die Nachtluft draußen hatte sich abgekühlt; im Zimmer wurde es frostig. Kurz vor Tagesanbruch war es jetzt. Der seidige Frühhimmel war tiefblau, und der silberne Mond verblaßte. Ringsum war es still, nur ein Frühlingsvogel sang in der Dunkelheit sein einsames Lied. Trotz des schwachen Luftzugs vom Fenster her war die Luft im Zimmer dumpf und schal. Beide fühlten sich übermäßig angespannt und erschöpft. Doktor Copeland hatte sich vorgebeugt. Seine Augen waren gerötet, seine Hände umkrampften die Bettdecke. Das Nachthemd war ihm von der knochigen Schulter gerutscht. Jake hatte die Absätze auf die Querleiste des Stuhls gestellt und die Hände in einer kindlich-abwartenden Haltung zwischen den Knien gefaltet. Tiefe, schwarze Ringe lagen unter seinen Augen, und sein Haar war zerzaust. Sie sahen einander an und warteten. Je länger das Schweigen währte, um so unerträglicher wurde die Spannung zwischen ihnen.

Endlich räusperte sich Doktor Copeland und sagte: »Ich darf wohl annehmen, daß Sie nicht ohne eine bestimmte Absicht hierhergekommen sind. Wir haben doch wohl nicht zufällig die ganze Nacht über diese Dinge diskutiert. Alles haben wir besprochen, nur das Entscheidende nicht: den Ausweg. Das, was zu tun ist.«

Immer noch sahen sie einander an und warteten. Aus beiden Gesichtern sprach die Erwartung. Doktor Copeland saß kerzengerade vor seinen Kissen. Jake stützte das Kinn in die Hand und beugte sich vor. Das Schweigen zog sich in die Länge. Dann begannen sie gleichzeitig zögernd zu sprechen.
»Verzeihung«, sagte Jake. »Sie sind dran.«
»Nein, Sie. Sie fingen zuerst an.«
»Reden Sie nur weiter.«
»Nein, nein«, widersprach Doktor Copeland. »Fahren Sie fort.«
Jake starrte ihn mit geheimnisvoll umflorten Augen an. »So ist das. Ich seh das so: die einzige Lösung ist, daß die Menschen *wissend* werden. Wenn sie erst mal die Wahrheit wissen, kann man sie nicht länger unterdrücken. Wenn nur die Hälfte aller Menschen wissend wird, ist der Kampf schon gewonnen.«
»Ja, wenn sie erst einmal die Machenschaften dieser Gesellschaft durchschauen. Aber was schlagen Sie vor? Wie soll man ihnen das beibringen?«
»Hören Sie zu«, sagte Jake. »Sie kennen doch diese Kettenbriefe. Wenn einer an zehn Leute schreibt, und jeder von den zehn schreibt wieder an zehn Leute ... verstanden?« Er stockte. »Nicht daß ich Briefe schreiben will, aber die Idee ist die gleiche. Ich geh einfach rum und red mit den Leuten. Und wenn ich in einer Stadt bloß zehn Nichtwissern die Wahrheit beibringen kann, dann, find ich, ist schon was geschafft. Verstanden?«
Doktor Copeland blickte Jake überrascht an. Dann lachte er wegwerfend. »Seien Sie doch nicht kindisch. Sie können doch nicht einfach herumlaufen und reden. Kettenbriefe – du lieber Gott! Nichtswisser und Wissende!«
Jakes Lippen zitterten; er runzelte in aufwallendem Zorn die Stirn. »O. K. Was haben Sie zu bieten?«
»Zuerst möchte ich Ihnen sagen, daß ich über diese Frage früher ganz ähnlich gedacht habe. Ich habe aber lernen müssen, wie falsch diese Einstellung ist. Ein halbes Jahrhundert lang hielt ich Geduld für das klügste.«
»Von Geduld hab ich nicht geredet.«
»Auf Brutalität reagierte ich mit Vorsicht. Bei jeder Ungerechtigkeit blieb ich ruhig. Ich opferte das Erreichbare zugunsten eines hypothetischen großen Zieles. Ich glaubte an die Macht der Rede, nicht an die Macht der Faust. Ich lehrte, daß Geduld und der Glaube an die menschliche Seele die besten Waffen gegen die Unterdrückung wären. Heute weiß ich, wie sehr ich unrecht

hatte. Ich habe mich und mein Volk verraten. Unsinn ist das alles. Jetzt muß gehandelt werden, und zwar rasch. Hinterlist kann nur mit Hinterlist, Macht nur mit Macht bekämpft werden.«

»Aber wie?« fragte Jake. »Wie denn?«

»Indem wir hinausgehen und etwas tun. Indem wir die Massen aufrufen und Demonstrationen veranstalten.«

»Ha! Jetzt haben Sie sich verraten: ›Demonstrationen veranstalten.‹ Was ist damit schon gewonnen, wenn Sie gegen irgendwas demonstrieren und nicht *wissen*? Sie fangen ja mit dem Arsch an statt mit dem Kopf.«

»Solche ordinären Ausdrücke mag ich nicht«, sagte Doktor Copeland zimperlich.

»Herrgott nochmal! Ist mir doch scheißegal, ob Sie's mögen oder nicht.«

Doktor Copeland hob die Hand. »Nicht so hitzig«, sagte er. »Wir wollen doch versuchen, eine Übereinstimmung zu erzielen.«

»Mir sehr recht. Liegt mir gar nichts dran, mich mit Ihnen zu zanken.«

Sie schwiegen. Doktor Copelands Blick wanderte von einer Ecke der Zimmerdecke zur anderen. Er feuchtete mehrmals seine Lippen an, um etwas zu sagen, aber jedesmal blieb ihm das Wort im Halse stecken. Schließlich sagte er: »Ich rate Ihnen eines: versuchen Sie nicht, allein zu stehen.«

»Aber ...«

»Kein *Aber*«, sagte Doktor Copeland belehrend. »Das Verhängnisvollste, was ein Mensch tun kann, ist der Versuch, allein zu stehen.«

»Ich versteh schon, worauf Sie hinauswollen.«

Doktor Copeland zog sein Nachthemd über die knochige Schulter herauf und hielt es am Halse fest zusammen. »Glauben Sie an den Kampf meines Volkes für die Menschenrechte?«

Die innere Bewegung, die in der sanften, heiseren Frage des Doktors lag, trieb Jake plötzlich Tränen in die Augen. In einer Anwandlung von Liebe griff er nach der mageren schwarzen Hand auf der Bettdecke. »Aber gewiß«, sagte er.

»Glauben Sie, daß wir in höchster Not sind?«

»Ja.«

»Daß es für uns keine Gerechtigkeit gibt? Nur das bittere Messen mit zweierlei Maß?«

Doktor Copeland mußte husten und spuckte in ein Papiertaschentuch, das unter seinem Kopfkissen gelegen hatte. »Ich habe ein Programm. Einen ganz einfachen, eindeutigen Plan. Ich will mich nur auf dieses eine Ziel einstellen. Im August dieses Jahres werde ich über tausend Neger aus der Umgegend zu einem Marsch aufrufen – zum Marsch nach Washington. Wir alle – in einem geschlossenen Block. Dort im Schrank liegt ein Stapel Briefe, die ich in dieser Woche geschrieben habe und persönlich überbringen werde.« Doktor Copeland fuhr nervös mit den Händen über die Bettkanten. »Erinnern Sie sich, was ich eben gesagt habe? Denken Sie immer daran – ich kann Ihnen nur einen Rat geben: versuchen Sie nicht, allein zu stehen.«
»Hab's verstanden«, sagte Jake.
»Aber wenn Sie sich darauf einlassen, dann darf es für Sie nichts anderes mehr geben. Ihr Einundalles muß es sein. Ihre Arbeit heute und immerdar. Sie müssen sich selber aufgeben, ohne Vorbehalt, ohne Hoffnung auf einen persönlichen Nutzen, ohne Ruhe, ja – ohne jede Hoffnung auf Ruhe.«
»Für die Rechte der Neger in den Südstaaten.«
»In den Südstaaten und im ganzen Lande. Entweder alles oder nichts. Entweder Ja oder Nein.«
Doktor Copeland lehnte sich zurück. Nur in seinen Augen schien noch Leben zu sein. Sie brannten in seinem Gesicht wie glühende Kohlen. Das Fieber hatte seine Backenknochen grausig gerötet. Jake saß finster brütend da und preßte die Fingerknöchel an seinen wulstigen, zitternden Mund. Das Blut schoß ihm ins Gesicht. Draußen schimmerte schon das erste blasse Morgenlicht. Häßlich grell brannte die elektrische Birne an der Decke im Dämmerlicht.
Jake stand auf und blieb steif am Fußende des Bettes stehen. Tonlos sagte er: »Nein. Das ist nicht das Richtige, ganz und gar nicht. Das weiß ich todsicher. Erstens mal: Sie kommen ja nie aus der Stadt raus. Die lösen den Zug einfach auf und sagen, so was ist 'ne Bedrohung der Volksgesundheit oder sonst was Fadenscheiniges. Sie werden verhaftet, und bei der ganzen Sache kommt überhaupt nichts raus. Aber auch wenn ein Wunder geschieht, und Sie kommen bis Washington – trotzdem hat's keinen Zweck. Verrückte Idee das Ganze.«
In Doktor Copelands Kehle rasselte der Schleim. Seine Stimme war rauh. »Wenn Sie so rasch Hohn und Verachtung bei der Hand haben – was können Sie statt dessen bieten?«

»Ich habe Sie nicht verhöhnt«, sagte Jake. »Ich hab mir nur die Bemerkung erlaubt, daß Ihr Plan verrückt ist. Ich bin heut abend mit einer viel besseren Idee gekommen. Ich wollte Ihren Sohn Willie und die beiden andern dazu bringen, sich von mir im Wagen rumfahren zu lassen; sie sollten erzählen, was die mit ihnen gemacht haben, und hinterher wollt ich erzählen, *warum* sie das gemacht haben. Mit andern Worten: ich wollte über die Dialektik des Kapitalismus reden – und seine ganze Verlogenheit aufzeigen. Ich wollte erklären, *warum* den Jungens die Beine abgenommen wurden, damit jeder das begreift. Jeder, der die drei gesehn hat, soll *wissen.*«
»Pah! Und noch einmal pah!« rief Doktor Copeland wütend. »Sie haben wohl den Verstand verloren! Wenn ich mir nicht zu schade wäre, würde ich weiß Gott lachen. Noch nie ist mir ein derart hirnverbrannter Unsinn vorgekommen!«
In Wut und bitterer Enttäuschung starrten sie einander an. Draußen auf der Straße rasselte ein Wagen vorbei. Jake schluckte und biß sich auf die Lippen. »Ha!« sagte er schließlich. »Hier ist bloß einer verrückt – und zwar Sie! Sie stellen ja alles auf den Kopf. Die Negerfrage im kapitalistischen Staat kann überhaupt nur so gelöst werden, daß jeder einzelne von fünfzehn Millionen Schwarzen in den Staaten kastriert wird.«
»So – das verbirgt sich hinter Ihrem ganzen Gerede von Gerechtigkeit!«
»Ich hab nicht gesagt, daß man's machen *soll.* Ich hab bloß gesagt, Sie sehn den Wald vor Bäumen nicht.« Jake sprach jetzt langsam und gewählt. »Von Grund auf muß man anfangen. Die alten Traditionen müssen zertrümmert und durch neue ersetzt werden. Wir müssen eine völlig neue Welt schmieden. Wir müssen die Menschen zu Geschöpfen mit sozialem Bewußtsein erziehen, zu Menschen, die in einer geordneten, kontrollierten Gesellschaft leben, in der sie nicht gezwungen sind, aus Selbsterhaltungswillen unrecht zu tun. Eine soziale Tradition, in der ...«
Doktor Copeland applaudierte ironisch. »Ausgezeichnet!« rief er. »Aber erst muß man die Baumwolle pflücken, dann kann man den Stoff weben. Sie mit Ihren faulen, überspannten Theorien können ...«
»Scht! Wem liegt was dran, ob Sie und Ihre tausend Neger sich bis zu diesem stinkigen Jauchepfuhl namens Washington durchschlagen? Was ändert das schon? Was liegt an ein paar Menschen – an ein paar tausend Menschen, schwarzen oder weißen,

guten oder bösen? Wo doch unsre ganze Gesellschaft auf einem Fundament aus dreckigen Lügen steht...«

»Alles liegt daran!« keuchte Doktor Copeland. »Alles! Alles!«

»Nichts!«

»Die Seele des Niedrigsten und des Verworfensten auf dieser Erde ist im Lichte der Gerechtigkeit mehr wert als ...«

»Zum Teufel damit!« rief Jake. »Alles Quatsch!«

»Lästerer!« kreischte Doktor Copeland. »Elender Lästerer!«

Jake rüttelte an der eisernen Bettstelle. Seine Stirnader war zum Bersten geschwollen, und sein Gesicht war dunkelrot vor Zorn. »Kurzsichtiger Frömmler!«

»Weißer ...«, Doktor Copeland versagte die Stimme. Er rang vergeblich um einen Ton. Schließlich brachte er in ersticktem Flüstern heraus: »... Teufel.«

Im Fenster stand das goldene Morgenlicht. Doktor Copelands Kopf fiel aufs Kissen zurück. Sein Hals verdrehte sich, auf seinen Lippen stand blutiger Schaum. Jake sah ihn noch einmal an; dann stürzte er heftig schluchzend aus dem Zimmer.

14

Nun konnte sie es in der inneren Welt nicht aushalten. Sie mußte fortwährend unter Menschen sein, mußte ununterbrochen etwas zu tun haben. Wenn sie allein war, zählte oder rechnete sie. Sie zählte die Rosen auf der Wohnzimmertapete und berechnete den Rauminhalt des ganzen Hauses. Sie zählte die einzelnen Grashalme im Hinterhof oder die Blätter eines Strauches. Sobald sie sich nicht auf Zahlen konzentrierte, überkam sie diese entsetzliche Angst. Wenn sie an diesen Mainachmittagen von der Schule nach Hause ging, zwang sie sich dazu, an etwas Ermunterndes zu denken. An irgend etwas Schönes – an etwas recht Schönes. Etwa an eine rasende Jazzmusik. Oder an eine Schüssel mit Süßspeise, die sie zu Hause im Kühlschrank vorfinden würde. Oder sie nahm sich vor, hinter dem Kohlenschuppen eine Zigarette zu rauchen. Vielleicht versuchte sie auch, Zukunftspläne zu schmieden: sie wollte nach dem Norden fahren, um sich dort den Schnee anzusehen, oder sie wollte eine Auslandsreise unternehmen. Aber derartige Gedanken an schöne Dinge hielten nicht lange an. Binnen fünf Minuten war die Süßspeise aufgegessen, war die Zigarette geraucht. Was

dann? Die Zahlen in ihrem Kopf gerieten durcheinander, und bis zu Schnee und fremden Ländern war es noch lange, lange hin. Was blieb ihr also?
Nur Mister Singer. Am liebsten wäre sie ihm auf Schritt und Tritt nachgelaufen. Wenn er morgens zur Arbeit ging, paßte sie ihn ab und folgte ihm einige Straßen weit. Nachmittags nach der Schule lauerte sie ihm an der Straßenecke auf, neben der seine Werkstatt lag. Um vier Uhr kam er heraus, um eine Coca-Cola zu trinken. Sie sah ihn über die Straße in den Drugstore gehen und nach einer Weile wieder herauskommen. Sie folgte ihm auf seinem Heimweg, manchmal sogar auf seinen Spaziergängen, und hielt sich stets weit hinter ihm. Er bemerkte sie nicht.
Sie besuchte ihn in seinem Zimmer. Vorher schrubbte sie sich Gesicht und Hände und betupfte ihr Kleid mit Vanille. Sie ging nur zweimal wöchentlich zu ihm, um ihm nicht lästig zu werden. Wenn sie die Tür aufmachte, saß er fast ausnahmslos vor seinem schnurrigen, hübschen Schachspiel. Und dann war sie bei ihm.
»Mister Singer, haben Sie mal an einem Ort gewohnt, wo's im Winter schneit?«
Er kippte seinen Stuhl hinüber zur Wand und nickte. »In einem andern Land – im Ausland?«
Er nickte wieder und schrieb mit seinem silbernen Bleistift etwas auf. Einmal war er von Detroit über den Fluß nach Ontario in Kanada gefahren. Kanada lag so hoch im Norden, daß die Häuser bis zum Dach weiß eingeschneit waren. Kanada – da floß der St. Lorenz-Strom, und da hatte einmal eine Frau Fünflinge bekommen. Dort sprachen alle Leute auf der Straße Französisch. Und ganz oben im Norden gab es tiefe Wälder und weiße, vereiste Eskimohütten. Die Arktis mit ihrem herrlichen Nordlicht.
»Wie Sie in Kanada waren, haben Sie da frischgefallenen Schnee mit Sahne und Zucker gegessen? Ich hab mal gelesen, das schmeckt mächtig gut.«
Er drehte fragend den Kopf zur Seite; er hatte sie nicht verstanden. Sie mochte die Frage nicht wiederholen, weil sie ihr plötzlich albern vorkam. Sie sah ihn nur abwartend an. Hinter ihm, an der Wand zeichnete sich groß und schwarz der Schatten seines Kopfes ab. Der elektrische Ventilator brachte bei der drückenden Hitze ein wenig Kühlung. Es war ganz still. Als warteten sie darauf, einander Dinge zu sagen, die noch nie ein

Mund gesprochen hatte. Was sie zu sagen hatte, war entsetzlich und beängstigend. Er aber würde ihr die reine Wahrheit sagen und würde damit alles wieder zurechtrücken. Vielleicht ließ sich diese Wahrheit weder aussprechen noch aufschreiben. Vielleicht mußte er sie ihr auf andere Weise zu verstehen geben. Dieses Gefühl hatte sie bei ihm.

»Ich fragte bloß was wegen Kanada – war aber nicht so wichtig, Mister Singer.«

Unten bei der Familie gab es nichts wie Ärger. Etta war immer noch so krank, daß sie nicht zu dritt im Bett schlafen konnten. Die Jalousien waren heruntergelassen, und in dem dunklen Zimmer roch es abscheulich nach Krankenstube. Etta hatte ihre Stellung verloren; das bedeutete einen Ausfall von acht Dollar wöchentlich – von der Arztrechnung ganz zu schweigen. Ralph hatte sich in der Küche am heißen Herd verbrannt; nun juckten seine Hände unter dem Verband, man mußte ständig aufpassen, daß er sich die Brandblasen nicht aufkratzte. George hatte zum Geburtstag ein Fahrrad bekommen – ein kleines rotes Fahrrad mit einer Klingel und einem Korb an der Lenkstange. Die ganze Familie hatte dazu beigesteuert. Als nun Etta ihre Stellung verlor, konnten sie nicht weiter abzahlen, und als zwei Wochenraten überfällig waren, wurde das Rad wieder abgeholt. George stand dabei, als der Mann das Fahrrad die Verandastufen hinunterschob, und versetzte dem hinteren Schutzblech im Vorübergehen einen Tritt; dann schloß er sich im Kohlenschuppen ein.

Geld, Geld, Geld hieß es den ganzen Tag. Sie hatten Schulden beim Kaufmann, und die letzte Rate für die Möbel war auch nicht bezahlt. Seit das Haus ihnen nicht mehr gehörte, waren sie auch mit der Miete im Rückstand. Die sechs Zimmer standen nie leer, aber kein Pensionsgast zahlte pünktlich.

Eine Zeitlang ging Paps täglich auf Arbeitssuche. Zimmermannsarbeit kam für ihn nicht mehr in Frage, weil er Angstzustände bekam, wenn er höher als drei Meter hinaufsteigen mußte. Er bewarb sich um allerlei Stellungen, wurde aber nirgends angenommen. Da kam er schließlich auf diese Idee.

»Reklame – das ist's, Mick«, sagte er. »Ich bin zu dem Schluß gekommen, daß für meine Uhrenreparatur jetzt unbedingt etwas geschehen muß. Ich muß Reklame machen. Ich muß rumgehn und bekanntmachen, daß ich Uhren repariere, und zwar gut und preiswert. Du wirst schon sehn. Ich bau das Geschäft

so aus, daß ich in Zukunft die Familie gut ernähren kann. Bloß durch Reklame.«
Er kaufte ein Dutzend Blechtafeln und rote Farbe. Die ganze nächste Woche über war er emsig bei der Arbeit. Er schien das für eine verteufelt gute Idee zu halten. Der ganze Fußboden im Vorderzimmer war mit seinen Tafeln bedeckt. Er hockte auf allen vieren und malte peinlich akkurat Buchstaben für Buchstaben. Dabei pfiff er und wiegte im Takt den Kopf. Seit Monaten war er nicht so munter und vergnügt gewesen. Hin und wieder zog er seinen guten Anzug an und ging in die nächste Kneipe, um zur Beruhigung ein Glas Bier zu trinken. Auf den Tafeln stand zunächst:

WILBUR KELLY
Uhren-Reparaturwerkstatt
Preiswerte und fachmännische Bedienung

»Weißt du, Mick, das muß richtig ins Auge springen. Das muß beim ersten Blick auffallen.«
Sie half ihm, und er gab ihr fünfzehn Cent dafür. Anfangs waren die Schilder ganz O.K. Dann aber murkste er so lange daran herum, bis sie verdorben waren. Er wollte immer noch mehr unterbringen – oben und unten und in allen vier Ecken. Zum Schluß war alles vollgekleckst – ›Äußerst preiswert‹, ›Kommen Sie umgehend!‹ oder ›Jede Uhr wird wieder wie neu.‹
»Du hast so viel draufgemalt, daß die Leute jetzt gar nichts mehr lesen können«, hielt sie ihm vor.
Er kaufte noch mehr Bleche und überließ die Beschriftung ihr. Sie malte ganz einfach riesengroße Blockschrift und eine Uhr darauf. Bald war ein ganzer Stapel fertig. Ein Bekannter fuhr Paps vor die Stadt hinaus, wo er die Schilder an Bäume und Zaunpfähle nagelte. An beiden Enden ihrer Straße brachte er je ein Schild mit einer schwarzen Hand an, die auf ihr Haus hinwies. Auch über der Haustür hing ein Schild.
Am Tage nach diesem Reklamefeldzug wartete er im Vorderzimmer; er hatte ein frisches Hemd angezogen und sogar eine Krawatte umgebunden. Niemand kam. Nur der Uhrmacher, für den er überschüssige Reparaturarbeiten zum halben Preis machte, schickte zwei Uhren. Das war alles. Ein schwerer Schlag für Paps. Er sah sich nun auch nicht mehr anderweitig nach Arbeit um, suchte sich aber ständig irgendeine Beschäftigung im

Hause. Er hob die Türen aus und ölte die Angeln – ob sie's nötig hatten oder nicht. Er mischte die Margarine für Portia und scheuerte die Fußböden im Oberstock. Er konstruierte einen Apparat, der das Wasser aus dem Eiskasten durchs Küchenfenster ableitete, schnitzte wunderschöne Holzbuchstaben für Ralph und erfand eine kleine Einfädelmaschine. Die Reparatur der wenigen Uhren, die ihm gebracht wurden, führte er sehr sorgfältig und penibel aus.

Mick lief noch immer hinter Mister Singer her. Aber eigentlich wollte sie es nicht. Irgendwie kam es ihr wie ein Unrecht vor, daß sie ihm ohne sein Wissen folgte. Zwei oder drei Tage schwänzte sie die Schule, verfolgte ihn auf seinem Weg zur Arbeit und trieb sich den ganzen Tag über in der Nähe seines Ladens herum. Als er in Mister Brannons Lokal zu Mittag aß, ging sie ihm nach und kaufte sich für fünf Cent eine Tüte Erdnüsse. Auf seinen langen Abendspaziergängen lief sie im Dunkeln hinter ihm her – immer auf der anderen Straßenseite und einen Block weit hinter ihm. Wenn er stehenblieb, tat sie es auch, und wenn er seinen Schrittt beschleunigte, setzte sie sich in Trab, um ihn nicht aus dem Auge zu verlieren. Solange sie ihn sehen und in seiner Nähe sein konnte, war sie richtig glücklich. Manchmal aber beschlich sie dieses sonderbare Gefühl; dann wußte sie, daß sie etwas Unrechtes tat. Deshalb suchte sie sich zu Hause irgendwie zu beschäftigen.

Darin war sie nun genau wie Paps: sie mußte immerfort etwas zu tun haben. Sie war über alle Geschehnisse im Hause und in der Nachbarschaft auf dem laufenden. Spareribs' große Schwester hatte bei einer Filmveranstaltung fünfzig Dollar gewonnen. Baby Wilson trug keinen Kopfverband mehr, aber ihr Haar war kurzgeschoren wie bei einem Jungen. Da sie in diesem Jahr beim Schülerabend nicht mitwirken konnte, ging sie mit ihrer Mutter als Zuschauerin hin, und bei einer Nummer des Programms fing sie an zu schreien und zu toben. Man mußte sie mit Gewalt aus dem Opernhaus entfernen. Erst als Mrs. Wilson sie auf der Straße verhauen hatte, nahm Baby Vernunft an. Auch Mrs. Wilson hatte geweint. George haßte Baby. Wenn sie am Haus vorüberging, hielt er sich Nase und Ohren zu. Pete Wells rückte aus und blieb drei Wochen lang verschwunden. Barfuß und halb verhungert kam er schließlich zurück und prahlte, er wäre den ganzen Weg bis New Orleans zu Fuß gegangen.

Mick mußte Ettas wegen immer noch im Wohnzimmer schlafen.

Auf dem kurzen Sofa lag sie so verkrümmt, daß sie den versäumten Schlaf in der Schule nachholen mußte. Jede zweite Nacht tauschte sie mit Bill und schlief mit George zusammen. Dann trat eine glückliche Wendung ein: im Oberstock zog ein Mieter aus. Als sich nach einer Woche niemand auf die Zeitungsannonce gemeldet hatte, erlaubte Mama Bill, in das leerstehende Zimmer hinaufzuziehen. Bill fand es herrlich, abseits von der Familie ein Zimmer für sich allein zu haben. Mick schlief nun bei George. Er lag ruhig atmend wie ein warmes junges Kätzchen neben ihr.
Die Nacht gewann ein neues Gesicht für sie, ein anderes wie im letzten Sommer, als sie allein durch die Dunkelheit gelaufen war, Musik gehört und Pläne geschmiedet hatte. Sie lag im Bett und konnte nicht schlafen. Eine seltsame Angst überfiel sie, als ob die Zimmerdecke sich langsam auf ihr Gesicht herniedersenkte. Wenn nun das Haus einstürzte? Paps hatte einmal gesagt, das ganze Haus müßte dem Erdboden gleichgemacht werden. Meinte er vielleicht, eines Nachts, wenn sie alle schliefen, würden die Wände bersten? Und sie alle würden unter Schutt und Scherben und Möbeltrümmern begraben werden; So daß sie sich weder rühren noch atmen könnten? Schlaflos, mit verkrampften Muskeln lag sie im Bett. Irgendwo in der Nacht knarrte es. Ging da jemand – noch einer, der nicht schlafen konnte – vielleicht Mister Singer?
An Harry dachte sie nie. Sie hatte beschlossen, ihn zu vergessen, und sie vergaß ihn. Er schrieb, daß er in einer Garage in Birmingham Arbeit gefunden habe. Sie schickte ihm als Antwort eine Karte mit ›O. K.‹, so wie sie's verabredet hatten. Er schickte seiner Mutter jede Woche drei Dollar. Seit ihrem Ausflug in den Wald schien eine sehr lange Zeit vergangen zu sein.
Tagsüber nahm die äußere Welt sie in Anspruch. Nachts aber war sie allein im Dunkeln, da genügte das Rechnen nicht. Sie sehnte sich nach einem Menschen. Sie versuchte George wachzuhalten. »Wach bleiben und im Dunkeln schwatzen macht doch solchen Spaß. Komm, wir wollen uns was erzählen.«
Ein schläfriges Brummen war die Antwort.
»Sieh mal die Sterne draußen vorm Fenster. Kannst du dir vorstellen, daß jedes einzelne Sternchen ein Planet ist, so groß wie die Erde?«
»Woher weiß man das?«

»Das weiß man eben. Man kann's ausrechnen. Das ist eben Wissenschaft.«
»Glaub ich nicht.«
Sie versuchte Streit anzufangen und ihn in Wut zu bringen, damit er nicht einschliefe. Er ließ sie einfach reden und schien gar nicht zuzuhören. Nach einer Weile sagte er:
»Sieh mal, Mick! Der Ast da! Sieht der nicht aus wie so'n alter Pilgervater, der mit dem Gewehr in der Hand daliegt?«
»Ja, wirklich. Genau so. Und da die Flasche auf der Kommode: sieht die nicht aus wie'n komischer Mann mit einem Hut?«
»Nee«, sagte George. »Kein bißchen sieht sie so aus.«
Sie nahm einen Schluck Wasser aus dem Glas, das am Boden stand. »Wir wollen was spielen – das Namenspiel. Du darfst anfangen. Denk dir was aus – was du willst.«
Er zog die kleinen Fäuste hoch, und sein Atem ging ruhig und gleichmäßig: gleich würde er einschlafen.
»Komm, George!« sagte sie. »Macht doch Spaß. Ich bin jemand, der mit M anfängt. Rat mal – wer bin ich?«
George seufzte und fragte schläfrig: »Harpo Marx?«
»Nein. Überhaupt nicht vom Film.«
»Dann weiß ich nicht.«
»Bestimmt weißt du's. Ich fang mit M an und leb in Italien. Das mußt du raten.«
George drehte ihr den Rücken zu, rollte sich zusammen und antwortete nicht.
»Ich fange mit M an, aber manchmal nennen sie mich auch mit einem Namen, der mit D anfängt. In Italien. Das kannst du doch raten.«
Im Zimmer war es still und dunkel; George war eingeschlafen. Sie zwickte ihn und kniff ihn ins Ohr. Er brummte, wachte aber nicht auf. Sie drängte sich dicht an ihn und drückte ihr Gesicht an seine heiße, nackte kleine Schulter. Nun würde er die ganze Nacht durchschlafen, während sie im Kopf Dezimalaufgaben rechnete.
Ob Mister Singer in seinem Zimmer oben noch wach war? Kam das Knarren in der Decke daher, daß er leise auf und ab ging, während er kalte Orangeade trank und über die Schachfiguren auf seinem Tisch nachdachte? Ob der je diese schreckliche Angst gehabt hatte? Nein. Der hatte nie etwas Unrechtes getan. Nie hatte er unrecht getan, er brauchte zur Nachtzeit kein Herzklopfen zu haben. Aber verstehen würde er's trotzdem.

Wenn sie's ihm nur sagen könnte, dann wäre alles besser. Sie überlegte sich den Anfang: »Mister Singer – ich kenn da ein Mädchen, etwa so alt wie ich ... Mister Singer, ich weiß nicht, ob Sie so was verstehn werden – Mister Singer ... Mister Singer.« Wieder und wieder sagte sie seinen Namen vor sich hin. Sie liebte ihn mehr als irgendeinen von der Familie, sogar mehr als George oder Paps. Das war eine andere Liebe, mit nichts zu vergleichen, was sie im Leben empfunden hatte.
Morgens, beim gemeinsamen Anziehen, unterhielt sie sich mit George. Sie wünschte sich manchmal so sehr, ihm nahe zu sein. Er war gewachsen und sah blaß und spitz aus. Sein weiches, rötliches Haar hing ihm unordentlich über die kleinen Ohren. Immer kniff er seine scharfen Augen ein und bekam dadurch einen angestrengten Gesichtsausdruck. Seine zweiten Zähne kamen heraus, sie waren bläulich und standen ebenso weit auseinander wie seine Milchzähne. Oft verschob er das Kinn, weil er mit der Zunge den schmerzenden neuen Zahn befühlte.
»Du, George«, sagte sie. »Hast du mich lieb?«
»Klar hab ich dich lieb.«
Es war ein heißer, sonniger Morgen kurz vor den Sommerferien. George war schon angezogen, lag auf dem Fußboden und machte seine Rechenaufgaben. Mit seinen schmutzigen kleinen Fingern drückte er beim Schreiben so fest auf, daß die Bleistiftspitze mehrmals abbrach. Als er fertig war, nahm sie ihn bei den Schultern und sah ihn eindringlich fest an. »Ich meine: hast du mich sehr lieb? Ganz furchtbar sehr?«
»Laß mich doch. Klar hab ich dich lieb. Bist doch meine Schwester.«
»Weiß ich. Aber wenn ich nun nicht deine Schwester wär? Hättest du mich dann auch lieb?«
George suchte von ihr loszukommen. Seine Hemden waren alle in der Wäsche; er trug einen schmutzigen Pullover. An seinen mageren Handgelenken sah man die bläulichen Adern. In den ausgeweiteten Ärmeln des Pullovers wirkten seine Hände besonders klein.
»Wenn du nicht meine Schwester wärst, würd ich dich vielleicht nicht kennen und könnt dich auch nicht liebhaben.«
»Aber wenn du mich doch kenntest, und ich wär nicht deine Schwester?«
»Wieso sollt ich dich kennen? Das kannst du nicht beweisen.«
»Also, nimm doch mal an, du kenntest mich.«

»Wahrscheinlich hätt ich dich ganz gern. Aber das kannst du ja gar nicht beweisen ...«
»*Beweisen!* An dem Wort scheinst du 'nen Narren gefressen zu haben. *Beweisen* und *Kunststück*. Bei dir ist alles entweder 'n Kunststück, oder man muß es beweisen. Du bist unausstehlich, George Kelly. Ich hasse dich.«
»O.K. Dann kann ich dich auch nicht leiden.«
Er kroch unters Bett und suchte irgend etwas.
»Was hast du da zu suchen? Laß bloß die Finger von meinen Sachen. Wenn ich dich erwische, daß du in meiner Privatschachtel rumschnüffelst, dann hau ich dich mit dem Kopf an die Wand. Jawohl, mach ich. Und zermatsch dir das Gehirn.«
George kam mit seiner Fibel unterm Bett hervorgekrochen. Seine schmutzige kleine Hand suchte nach einem Loch in der Matratze, wo er seine Murmeln versteckt hatte. Der Junge war durch nichts zu erschüttern. Seelenruhig wählte er die drei braunen Achatkugeln aus, die er mitnehmen wollte. »Ach, gib nicht so an, Mick«, antwortete er. George war zu klein und zu herzlos. Es war sinnlos, ihn zu lieben. Er wußte noch weniger Bescheid als sie.
Dann begannen die Ferien. Mick hatte in allen Fächern bestanden – in manchen sehr gut, in manchen nur so gerade. Die Tage waren lang und heiß. Endlich konnte sie wieder tüchtig an ihrer Musik arbeiten. Sie begann, Stücke für Geige und Klavier zu schreiben. Außerdem Lieder. Die Musik beschäftigte sie ununterbrochen. Sie hörte Radio bei Mister Singer, und wenn sie dann im Hause herumwanderte, dachte sie an das, was sie gehört hatte.
»Was ist denn mit Mick los?« fragte Portia. »Ist sie auf ihren Mund gefallen? Läuft rum und sagt nicht ein Wort. Nicht mal verfressen ist sie wie früher. Sie wird noch eine richtige Dame werden.«
Es war, als wartete sie auf irgend etwas – aber sie wußte nicht, worauf. Die Sonne brannte grell und weißglühend auf die Straßen. Wenn sie sich nicht um die Kleinen kümmern mußte, arbeitete sie den ganzen Tag über eifrig an ihrer Musik. Und wartete. Manchmal fuhr sie hastig herum, und die panische Angst kam wieder über sie. Bis plötzlich gegen Ende Juni etwas geschah; etwas so Wichtiges, daß sich damit alles änderte.
An diesem Abend waren sie draußen auf der Veranda. Im Zwielicht sah alles weich und verschwommen aus. Das Abendessen

war bald fertig; aus der offenen Dielentür roch es nach Kohl. Die ganze Familie war da – bis auf Hazel, die noch nicht von der Arbeit gekommen war, und bis auf Etta, die immer noch krank im Bett lag. Paps lehnte im Stuhl und hatte die bestrumpften Füße auf die Brüstung gelegt. Bill hockte mit dem Kleinen auf den Stufen. Mama saß in der Hängematte und fächelte sich mit der Zeitung. Auf der anderen Straßenseite lief ein neu zugezogenes Mädchen mit einem einzelnen Rollschuh hin und her. In den umliegenden Häusern flammten die Lichter auf; weitweg hörte man eine Männerstimme rufen.
Dann kam Hazel nach Hause. Ihre hohen Absätze klapperten die Stufen herauf; sie lehnte sich träge an die Brüstung. Ihre weichen, dicklichen Hände, die nach dem Haarknoten am Hinterkopf griffen, schimmerten im Halbdunkel sehr weiß. »Wenn Etta doch arbeiten könnte«, sagte sie. »Ich hab heut rausgekriegt, daß da 'ne Stelle frei wird.«
»Was denn für eine?« fragte Paps. »Was für mich oder bloß für Mädchen?«
»Bloß für Mädchen. Eine Verkäuferin bei Woolworth heiratet nächste Woche.«
»Ach, das Warenhaus ...«, sagte Mick.
»Interessierst du dich dafür?«
Die Frage kam ihr völlig überraschend. Sie hatte nur an die Tüte grüne Bonbons gedacht, die sie gestern dort gekauft hatte. Vor Spannung wurde ihr ganz heiß. Sie strich sich die Haare aus der Stirn und zählte die ersten Sterne.
Paps warf seine Zigarette auf die Straße. »Nein«, sagte er. »Mick soll noch nicht zu viel Pflichten haben, solang sie noch so jung ist. Laßt sie erst mal richtig erwachsen werden.«
»Ganz meine Ansicht«, pflichtete Hazel bei. »Ich würd's wirklich für falsch halten, wenn Mick jetzt schon regelmäßig zur Arbeit müßte. Das wär nicht richtig.«
Bill nahm Ralph vom Schoß und stellte ihn auf die Erde. »Unter sechzehn sollte keiner arbeiten müssen. Mick soll noch die zwei Jahre bis zum Abschluß auf die höhere Schule gehn – falls wir uns das leisten können.«
»Und wenn wir das Haus aufgeben und ins Fabrikviertel ziehn«, meinte Mama. »Ich möchte Mick lieber noch eine Weile zu Hause haben.«
Sie hatte zunächst befürchtet, alle würden sie drängen, die Stellung anzunehmen. Dann hätte sie gesagt, sie würde von zu Hause

weglaufen. Aber diese Haltung von ihnen allen rührte sie. Sie wurde ganz aufgeregt. Alle sprachen von ihr – und so freundlich. Sie schämte sich ihrer ersten Befürchtungen. Ganz plötzlich liebte sie die ganze Familie so, daß es ihr die Kehle zusammenschnürte.

»Wieviel Geld kriegt man denn da?« fragte sie.

»Zehn Dollar.«

»Zehn Dollar in der Woche?«

»Na klar«, sagte Hazel. »Dachtest du im Monat?«

»Portia verdient noch nicht mal so viel.«

»Na ja – Farbige ...«, sagte Hazel.

Mick rieb sich den Schädel mit der Faust. »'ne Menge Geld. Ganz schön.«

»Nicht zu verachten«, sagte Bill. »Ich krieg auch nicht mehr.«

Micks Zunge fühlte sich trocken an. Sie bewegte sie im Mund hin und her, um genug Speichel zum Reden zu sammeln. »Für zehn Dollar in der Woche kann man ungefähr fünfzehn Brathühner kaufen. Oder fünf Paar Schuhe oder fünf Kleider. Oder ein Radio auf Abzahlung.« Sie dachte an ein Klavier, aber das sagte sie nicht.

»Es würde uns über den Berg helfen«, sagte Mama. »Aber nein, ich möchte Mick lieber noch eine Weile im Haus haben. Na ja, wenn Etta wieder ...«

»Halt!« Sie fühlte sich ganz bedenkenlos und begeistert. »Ich nehm die Stellung an. Ich werd's schon können. Ich weiß, daß ich's kann.«

»Hört nur unsre kleine Mick!« sagte Bill.

Paps stocherte mit einem Streichholz in den Zähnen und nahm die Füße von der Brüstung. »Na, wir wollen nichts überstürzen. Mick soll sich Zeit lassen und die Sache gründlich überlegen. Irgendwie kommen wir schon durch, auch wenn sie nicht arbeitet. Mit der Uhrmacherei werd ich sechzig Prozent mehr verdienen, sobald ...«

»Eins hab ich noch vergessen«, warf Hazel ein. »Soviel ich weiß, gibt's jedes Jahr 'ne Weihnachtsgratifikation.«

Mick runzelte die Stirn. »Zu Weihnachten würd ich aber nicht arbeiten. Dann wär ich wieder in der Schule. Ich will bloß die Ferien durch arbeiten und dann wieder in die Schule.«

»Na klar«, sagte Hazel hastig.

»Aber morgen geh ich mit dir hin, und wenn ich die Stellung kriegen kann, nehm ich sie.«

Es war, als wäre eine Sorgenlast von der Familie gewichen. Lachend und plaudernd saßen sie im Dunkeln. Paps zeigte George ein Kunststück mit einem Streichholz und einem Taschentuch. Dann ließ er den Jungen im Eckladen für fünfzig Cent Coca-Cola holen, das nach dem Essen getrunken werden sollte. Der Kohlgeruch in der Diele nahm zu, dazu kam der Duft von gebratenen Schweinskoteletts. Portia rief zum Essen. Die Pensionsgäste saßen schon wartend um den Tisch. Mick aß heute mit im Eßzimmer. Die Kohlblätter lagen so gelb und lappig auf ihrem Teller – sie brachte keinen Bissen herunter. Als sie nach dem Brot langte, stieß sie die Teekanne um, so daß der eisgekühlte Tee sich über den Tisch ergoß.

Später stand sie allein auf der Veranda und wartete auf Mister Singer. Sie sehnte sich verzweifelt danach, ihn zu sehen. Die Erregung von vorhin war abgeflaut, ihr war richtig übel. Sie würde im Warenhaus arbeiten – und das wollte sie doch gar nicht. Als ob sie in eine Falle geraten wäre. Diese Stellung würde nicht nur für den Sommer sein – nein, für lange Zeit, für so lange, wie sie überhaupt denken konnte. Wenn die sich erst einmal an das Geld, das sie verdiente, gewöhnt hatten, würden sie nie mehr ohne diesen Zuschuß auskommen. Das war's ja eben. Sie stand, an die Brüstung geklammert, im Dunkel. Eine lange Zeit verging, aber Mister Singer kam immer noch nicht. Um elf Uhr machte sie sich auf, um ihn zu suchen. Aber plötzlich fürchtete sie sich im Dunkeln und lief wieder nach Hause.

Am nächsten Morgen badete sie und kleidete sich sorgfältig an. Hazel und Etta borgten ihr etwas zum Anziehen und putzten sie nett heraus. Sie trug Hazels grünes Seidenkleid, einen grünen Hut, seidene Strümpfe und hochhackige Pumps. Die Schwestern bearbeiteten ihr Gesicht mit Rouge und Lippenstift und zupften ihr die Augenbrauen zurecht. Schließlich sah sie mindestens wie sechzehn aus.

Es war zu spät – jetzt konnte sie nicht mehr zurück. Sie war richtig erwachsen und bereit, ihren Unterhalt zu verdienen. Trotzdem – wenn sie zu Paps ging und ihm sagte, wie ihr zumute war, dann würde er sagen, sie solle noch ein Jahr warten. Und Hazel und Etta, Bill und Mama – sie alle würden auch jetzt noch sagen, sie brauche nicht hinzugehen. Das ging aber nicht. Damit hätte sie sich zuviel vergeben. Sie ging zu Mister Singer hinauf. Ihre Worte überstürzten sich:

»Hören Sie – ich werd diese Stellung sicher kriegen. Was meinen Sie? Halten Sie's für richtig? Finden Sie's in Ordnung, jetzt von der Schule abzugehen und zu arbeiten? Finden Sie das richtig?«

Zunächst verstand er sie nicht. Er hielt die grauen Augen halb geschlossen und die Hände tief in den Taschen vergraben. Wieder das alte Gefühl, als warteten sie darauf, einander Dinge zu sagen, die noch nie ein Mund gesprochen hatte. Was sie jetzt zu sagen hatte, war nicht viel. Aber was er zu sagen hätte – es würde richtig sein. Und wenn er sagte, es sei in Ordnung mit dieser Stellung, dann würde sie ein besseres Gefühl dabei haben. Langsam wiederholte sie ihre Worte und wartete.

»Finden Sie's richtig?«

Mister Singer überlegte. Dann nickte er.

Sie bekam die Stellung. Der Geschäftsführer führte sie und Hazel nach hinten in ein kleines Büro und redete mit ihnen. Hinterher wußte sie weder wie der Geschäftsführer aussah noch was sie miteinander besprochen hatten. Sie wurde eingestellt. Beim Hinausgehen kaufte sie für zehn Cent Schokolade und einen kleinen Plastilin-Kasten für George. Am fünften Juni sollte sie mit der Arbeit anfangen. Sie stand lange vor dem Fenster von Mister Singers Juwelierladen. Dann wartete sie an der Ecke auf ihn.

15

Für Singer war es nun wieder an der Zeit, zu Antonapoulos zu fahren. Obwohl die Freunde keine dreihundertfünfzig Kilometer voneinander entfernt waren, dauerte die Reise sehr lange: die vielfach gewundene Bahnstrecke berührte allerlei entlegene Orte, und der Nachtzug hielt auf manchen Stationen stundenlang. Wenn Singer nachmittags abreiste, kam er erst am frühen Morgen des nächsten Tages an. Seine Vorbereitungen hatte er, wie stets, schon längst getroffen. Diesmal wollte er eine ganze Woche bei seinem Freunde bleiben. Seine Anzüge waren gereinigt, sein Hut aufgebügelt, seine Koffer gepackt. Die Geschenke, die er mitzubringen hatte, waren in farbiges Seidenpapier verpackt; dazu kamen noch ein in Cellophan gehüllter Korb mit erlesenem Obst und ein Kistchen frischer Erdbeeren. Am Morgen vor der Abreise machte Singer sein Zimmer sauber. Im Eisschrank fand er ein Restchen Gänseleber, das er im Seitengäßchen für die Nachbarskatze hinlegte. Wie bei seinen frühe-

ren Reisen heftete er einen Zettel an seine Tür, des Inhalts, daß er sich für mehrere Tage auf einer Geschäftsreise befinde. Alle diese Vorbereitungen erledigte er in gemessener Ruhe; sein Gesicht mit den lebhaft geröteten Wangen war ernst und feierlich.
Endlich war die Zeit der Abfahrt gekommen. Mit Koffern und Geschenken beladen sah er auf dem Bahnsteig dem einfahrenden Zug entgegen. Er suchte sich einen Sitzplatz und verstaute seine Sachen im Gepäcknetz. Der Wagen war überfüllt, größtenteils von Müttern mit Kindern. Das grüne Plüschpolster roch nach Ruß. Die Wagenfenster waren schmutzig, und der Boden war mit Reiskörnern übersät, die einem Hochzeitspaar nachgeworfen worden waren. Singer lächelte seinen Mitreisenden freundlich zu; dann lehnte er sich in seinen Sitz zurück und schloß die Augen. Seine Wimpern lagen wie dunkle Bogen über den eingefallenen Wangen. Seine rechte Hand in der Tasche zuckte nervös.
Eine Zeitlang verweilten seine Gedanken noch in der Stadt, die hinter ihm lag. Die Gesichter von Mick und Doktor Copeland, von Jake Blount und Biff Brannon tauchten aus dem Dunkel auf und bedrängten ihn. Der Streit zwischen Blount und dem Neger fiel ihm ein. Worum es in diesem Streit gegangen war – das hatte sich in seinem Kopfe hoffnungslos verwirrt; jeder der beiden war mehrfach gegen den andern in einen erbitterten Wortschwall ausgebrochen. Er hatte abwechselnd beiden recht gegeben, obwohl er keine Ahnung hatte, was er eigentlich gutheißen sollte. Und Mick – die hatte ihn so flehend angesehen und hatte ihn mit Worten überschüttet, von denen er nicht das mindeste verstanden hatte. Dann dieser Biff Brannon im Café New York. Brannon mit dem stahlblau rasierten Kinn und mit den Luchsaugen. Und die fremden Leute, die ihm auf der Straße nachliefen und ihn aus unerfindlichen Gründen festhielten: der Türke in seinem Wäscheladen, der ihm mit den Händen vor dem Gesicht herumfuchtelte und ein Kauderwelsch hervorsprudelte, wie Singer es noch nie vernommen hatte; ein Vorarbeiter aus einer Fabrik und eine alte Negerin; ein Kaufmann in der Hauptstraße und ein kleiner Knirps, der Soldaten ansprach, um sie in ein Bordell unten am Fluß zu locken. Singer schüttelte sich voller Überdruß. Das Ruckeln des Zuges wiegte ihn sanft und behaglich ein. Der Kopf sank ihm auf die Schulter: er versank in einen kurzen Schlaf.
Als er die Augen wieder aufschlug, lag die Stadt schon weit zu-

rück: er hatte sie vergessen. Draußen, hinter dem schmutzigen Fenster, flog die strahlende Hochsommerlandschaft vorüber. Die Sonne brannte mit schrägen, bronzefarbenen Strahlen auf die frischgrünen Baumwollfelder hernieder. Dann kamen Tabakpflanzungen mit ihren üppig grünen Stauden, die wie unförmige Urwaldgewächse anmuteten, Pfirsichplantagen, deren Zwergbäume sich unter der Last saftiger Früchte bogen. Meilenweite Strecken von Weideland und noch weitere Strecken tauben Brachlandes, auf dem das Unkraut wucherte. Der Zug fuhr durch dichte, grüne Kiefernwälder, in denen der Boden glatt von braunen Nadeln war und die Baumkronen hoch und rein in den Himmel ragten. Weiter südlich dann Zypressensümpfe mit knorrig gekrümmtem Wurzelwerk im seichten Wasser, mit grauen, moosbehangenen Zweigen und tropischen Blumen im feuchten Dickicht. Dann ging es wieder hinaus ins freie Land, in die Sonne, unter den indigoblauen Himmel ...

Ernst und furchtsam saß Singer am Fenster und blickte hinaus. Der weite Raum, die starken, urwüchsigen Farben draußen waren fast zuviel für seine Augen. Dieser kaleidoskopartige Szenenwechsel, dieses Übermaß von üppigem Wachstum und Farbenpracht schienen irgendwie mit seinem Freund in Verbindung zu stehen. Seine Gedanken waren bei Antonapoulos, und die Wonne des bevorstehenden Wiedersehens drohte ihn zu ersticken. Die Nase wurde ihm zu eng, er atmete in raschen, kurzen Stößen durch den halbgeöffneten Mund.

Antonapoulos würde sich über sein Kommen freuen. Das frische Obst und die Geschenke würden ihm schon gefallen. Gewiß würde er nicht mehr im Krankensaal liegen, er würde mit ihm ins Kino gehen können und hinterher in das Hotel, in dem sie bei seinem ersten Besuch gegessen hatten. Viele Briefe hatte Singer an Antonapoulos geschrieben, er hatte sie aber nicht abgeschickt. Nun gab er sich ganz den Gedanken an seinen Freund hin.

Das halbe Jahr, das seit seinem letzten Besuch verstrichen war, erschien ihm weder kurz noch lang. In jedem wachen Augenblick war sein Freund um ihn gewesen. Diese untergründige Gemeinsamkeit mit Antonapoulos hatte allmählich eine Form und ein Ausmaß angenommen, als wären sie tatsächlich beisammen. Manchmal dachte er ehrfürchtig und demütig an Antonapoulos, zuweilen auch mit Stolz – immer aber mit einer kritiklosen, vom Willen unbeeinflußten Liebe. In seinen nächtlichen Träumen sah er immer wieder das Gesicht des Freundes vor sich – machtvoll, gütig und weise. Und im Wachen fühlte er sich auf ewig mit ihm verbunden. Langsam wurde es Abend. Die Sonne sank hinter den Spitzen einer fernen Baumreihe, der Himmel verblaßte, und ein schläfrig-mildes Zwielicht breitete sich aus. Während am Horizont noch flache Purpurwolken lagerten, stieg bleich der Vollmond auf. Erde und Bäume und die schlichten ländlichen Behausungen versanken langsam im Dunkel. Von Zeit zu Zeit zuckte fernes Wetterleuchten auf. Singer verfolgte das alles aufmerksam, bis es schließlich Nacht wurde und ihm aus dem Fensterglas sein eigenes Spiegelbild entgegensah.

Kinder stolperten durch den Wagengang, Papierbecher in der Hand, aus denen das Wasser schwappte. Singer gegenüber saß ein alter Mann im Overall, der hin und wieder einen Schluck Whisky aus einer Coca-Cola-Flasche nahm. Zwischen den einzelnen Schlucken verschloß er die Flasche sorgfältig mit einem Papierstöpsel. Ein kleines Mädchen rechts von Singer beschmierte sich das Haar mit einer klebrigen roten Zuckerstange. Freßpakete wurden aufgemacht, Tabletts mit Abendessen wurden aus dem Speisewagen gebracht. Singer aß nichts. Er saß zurückgelehnt auf seinem Platz und nahm seine Umgebung nur flüchtig wahr. Schließlich wurde es still im Wagen. Die Kinder lagen schlafend auf den breiten Plüschsitzen, während die Erwachsenen sich's mit Kissen möglichst bequem machten.

Singer fand keinen Schlaf. Das Gesicht dicht an die Fensterscheibe gedrückt, versuchte er angestrengt, in die Nacht hinauszusehen. Die Dunkelheit war wie schwerer Samt. Zuweilen glitt ein Flecken Mondlicht vorüber oder der Lichtschimmer aus einem Hause. Am Stande des Mondes erkannte er, daß der Zug nun nicht mehr südwärts, sondern nach Osten fuhr. Er war so voller Vorfreude, daß er kaum durch die Nase atmen konnte. Fast während der ganzen langen Nachtfahrt saß er so da, die glühenden Wangen an die kalte, rußige Fensterscheibe gepreßt.

Der Zug hatte über eine Stunde Verspätung, so daß es schon heller Morgen war, als sie ankamen. Singer ging unverzüglich ins Hotel – ein sehr gutes Hotel, in dem er ein Zimmer bestellt hatte. Er packte seine Koffer aus und legte die Geschenke für Antonapoulos auf dem Bett zurecht. Er ließ sich vom Hotelpagen die Speisekarte bringen und stellte ein opulentes Frühstück zusammen: gebratene Makrelen, Maisbrei, getoastetes Weißbrot und heißen schwarzen Kaffee. Nach dem Frühstück

legte er sich halb ausgezogen hin und ruhte sich im kühlen Luftzug des Ventilators aus. Gegen Mittag begann er sich anzuziehen. Er badete, rasierte sich und zog frische Wäsche an und seinen besten Leinenanzug. Die Besuchszeit in der Anstalt begann um drei Uhr. Es war Dienstag, der achtzehnte Juli.
In der Anstalt suchte er Antonapoulos zunächst auf der Krankenstation, wo er damals gelegen hatte. Aber schon in der Tür sah er, daß sein Freund hier nicht war. Dann fragte er sich durch die verschiedenen Korridore zu dem Büro durch, in das man ihn damals geführt hatte. Eine Karte mit der Frage nach Antonapoulos trug er bei sich. Hinter dem Schreibtisch saß nicht die Dame von damals, sondern ein sehr junger Mann mit einem kindlich-unfertigen Gesicht und dichtem, glattem Haar. Singer reichte ihm die Karte und blieb, wegen der Pakete in seinen Armen, etwas hintenübergelehnt stehen.
Der junge Mann schüttelte den Kopf, beugte sich über den Schreibtisch und kritzelte flüchtig etwas auf einen Block. Singer las – und mit einem Schlage wich alle Farbe aus seinen Wangen. Lange starrte er mit gesenktem Kopf auf das Geschriebene. Auf dem Zettel stand, daß Antonapoulos tot sei.
Auf dem Rückweg ins Hotel achtete er sorgfältig darauf, das mitgebrachte Obst nicht zu zerdrücken. Er brachte die Pakete in sein Zimmer und ging in den Salon hinunter. Dort stand hinter einer Topfpalme ein Spielautomat. Er warf ein Fünfcentstück ein, merkte aber, als er an dem Handgriff ziehen wollte, daß der Apparat abgesperrt war. Wegen dieses Zwischenfalls beschwerte er sich wütend beim Portier. Sein Gesicht war totenblaß, und er geriet derart außer sich, daß ihm die Tränen die Nase herunterrollten, daß er empört mit den Händen fuchtelte und einmal sogar mit seinem langen, schmalen, elegant beschuhten Fuß auf dem Plüschteppich stampfte. Auch als ihm seine Münze zurückerstattet wurde, gab er sich nicht zufrieden; er bestand darauf, sofort auszuziehen. Er packte seinen Koffer und drückte ihn unter Aufbietung aller Kräfte zu. Denn außer den Dingen, die er mitgebracht hatte, packte er noch drei Handtücher, zwei Stück Seife, einen Federhalter und eine Flasche Tinte, eine Rolle Toilettenpapier und eine Bibel hinein. Nachdem er die Rechnung bezahlt hatte, ging er zum Bahnhof, wo er sein Gepäck zur Aufbewahrung abgab. Der Zug fuhr erst um neun Uhr abends – er hatte noch den ganzen Nachmittag vor sich.
Diese Stadt war kleiner als sein Wohnort. Die beiden Geschäfts-

straßen kreuzten sich rechtwinklig. Den Geschäften sah man die Landkundschaft an: in den Schaufenstern waren vorwiegend Pferdegeschirre und Futtersäcke ausgestellt. Singer wanderte teilnahmslos durch die Straßen. Sein Hals fühlte sich geschwollen an, er hatte Schluckbeschwerden. Um das würgende Gefühl loszuwerden, ging er in einen Drugstore, um etwas zu trinken. Später saß er eine Weile beim Friseur herum und kaufte ein paar Kleinigkeiten in einem Warenhaus. Er sah niemandem ins Gesicht, und sein Kopf hing zur Seite wie bei einem kranken Tier.

Der Nachmittag neigte sich schon seinem Ende zu, als Singer ein merkwürdiges Erlebnis hatte. Er war langsam ziellos die Straße entlang gewandert. Der Himmel hatte sich bezogen, die Luft war feucht. Singer ging mit gesenktem Kopf; als er aber an der Billardhalle vorbeiging, bemerkte er mit halbem Auge etwas, das ihn aufstörte. Er ging weiter, blieb dann aber mitten auf der Straße stehen. Gleichgültig ging er zu dem Lokal zurück. Durch die offene Tür sah er drei Taubstumme, die sich in der Zeichensprache unterhielten. Alle drei waren hemdsärmlig, trugen steife Hüte und bunte Schlipse und hielten in der linken Hand ein Glas Bier. Irgendwie sahen sie sich ähnlich, als wären sie drei Brüder.

Singer trat ein. Eine Weile fiel es ihm schwer, die Hand aus der Tasche zu nehmen. Dann formte er unbeholfen eine Begrüßung. Sie klopften ihm auf die Schulter und bestellten ihm etwas Kaltes zu trinken. Sie drängten sich um ihn, und ihre Finger schossen wie kleine Kolben auf ihn los – so sehr bestürmten sie ihn mit Fragen.

Er nannte ihnen Namen und Wohnort. Sonst fiel ihm nichts ein, was er von sich hätte erzählen können. Er fragte, ob sie Spiros Antonapoulos gekannt hätten. Nein, sie kannten ihn nicht. Singer stand mit untätig hängenden Händen und seitwärts geneigtem Kopfe da und sah sie schief an. Er benahm sich so gleichgültig und kalt, daß die drei Taubstummen mit den steifen Hüten ihn argwöhnisch musterten. Nach einer Weile redeten sie ohne ihn weiter, und als sie die Bierrunden gezahlt hatten und aufbrachen, baten sie ihn nicht, sich ihnen anzuschließen.

Obwohl Singer den halben Tag lang ziellos in der Stadt umhergewandert war, versäumte er um ein Haar seinen Zug. Es war ihm unklar, wie das gekommen war und womit er all die Stunden verbracht hatte. Er erreichte den Bahnhof zwei Minuten

vor Abfahrt des Zuges und konnte gerade noch sein Gepäck holen und seinen Platz einnehmen. Er war in einen fast leeren Wagen gestiegen. Als er sich's bequem gemacht hatte, öffnete er das Erdbeerkistchen und zupfte die leuchtendroten Früchte mit peinlicher Sorgfalt ab. Riesige, vollreife Beeren waren es, so groß wie Walnüsse, und die grünen Keimblättchen nahmen sich wie winzige Sträußchen aus. Singer steckte eine Beere in den Mund und spürte durch die tolle, üppige Süße hindurch einen leichten Anflug von Fäulnis. Er aß so lange, bis ihm der Geschmack widerstand; dann wickelte er das Kistchen wieder ein und stellte es ins Gepäcknetz. Um Mitternacht zog er das Rouleau vors Fenster und legte sich zusammengerollt, das Jackett über den Kopf gezogen, auf das Polster. In dieser Stellung blieb er wie betäubt etwa zwölf Stunden liegen. Als sie am Ziel waren, mußte der Schaffner ihn wachrütteln.
Singer ließ sein Gepäck mitten in der Bahnhofshalle stehen und ging in seinen Laden. Den Juwelier, für den er gearbeitet hatte, begrüßte er mit einer gleichgültigen Handbewegung. Als er wieder hinausging, trug er etwas Schweres in der Tasche. Eine Weile irrte er mit gesenktem Kopf durch die Straßen, aber die Sonnenglut und die feuchte Schwüle machten ihn beklommen. Mit verschwollenen Augen und schmerzendem Kopf kam er schließlich in seinem Zimmer an. Nachdem er sich ausgeruht hatte, trank er ein Glas eisgekühlten Kaffee, dazu rauchte er eine Zigarette. Dann säuberte er Aschenbecher und Glas, zog die Pistole aus der Tasche und schoß sich eine Kugel ins Herz.

Dritter Teil

1

21. August 1939, morgens

»Ich will mich aber nicht beeilen«, sagte Doktor Copeland. »Laß mich doch. Vielleicht gestattest du gütigst, daß ich einen Augenblick hier ruhig sitzen bleibe.«

»Vater, wir wollen dich ja nicht hetzen, aber jetzt wird's Zeit, daß wir wegkommen.«

Doktor Copeland hatte seinen grauen Schal fest um die Schultern gezogen und wiegte sich eigensinnig im Schaukelstuhl. Trotz des schönen, warmen Morgens brannte im Herd ein kleines Holzfeuer. Die Küche war ausgeräumt – bis auf den Stuhl, auf dem er saß. Auch die anderen Räume standen leer. Die meisten Möbel waren in Portias Wohnung geschafft worden, den Rest hatten sie auf dem Auto draußen verstaut. Alles war bereit – nur er nicht. Wie aber konnte er aufbrechen, wenn er weder Anfang noch Ende, weder Wahrheit noch Ziel erkannte? Er hob die Hand, um seinen zitternden Kopf festzuhalten, und fuhr fort, langsam in dem knarrenden Stuhl zu schaukeln.

Durch die geschlossene Tür hörte er ihre Stimmen:

»Ich hab alles getan, was ich kann. Er hat sich's in den Kopf gesetzt, er will da sitzen bleiben, so lange es ihm paßt.«

»Buddy und ich haben die Porzellanteller eingepackt und ...«

»Wir sollten aufbrechen, bevor der Tau trocknet«, ließ sich die Stimme des Alten vernehmen. »Sonst überrascht uns die Dunkelheit auf dem Weg.«

Die Stimmen wurden leiser, und die Schritte entfernten sich durch den leeren Hausflur; er hörte sie nicht mehr. Neben ihm auf dem Fußboden stand eine Tasse. Er füllte sie aus dem Kaffeetopf, der auf dem Herd stand. Während er sich hin- und herwiegte und Kaffee trank, wärmte er sich am heißen Dampf die Finger. Nein, das konnte das Ende nicht sein. In seinem Herzen hörte er andere Stimmen, die ihn wortlos riefen: die Stimme Jesu und die Stimme John Browns; die Stimme des großen Spinoza und die Stimme von Karl Marx. Die fordernden Stimmen aller Kämpfer, deren Mission er hatte vollenden wollen. Die gequälten Stimmen seines Volkes. Auch die Stimme der

Toten: des taubstummen Singer, jenes rechtschaffenen Weißen, der ihn verstanden hatte. Die Stimmen der Schwachen und die Stimmen der Mächtigen. Die immer machtvoller anschwellende Stimme seines Volkes. Die Stimme des starken, wahren Ziels. Und als Antwort kamen ihm bebende Worte auf die Lippen – Worte, die wohl der eigentliche Quell menschlichen Schmerzes sind; fast vernehmlich flüsterte er: »Allmächtiger Herr der Heerscharen! Höchste Gewalt des Weltalls! Ich habe getan, was ich nicht hätte tun sollen, und alles, was ich tun sollte, blieb ungetan. Nein, das kann das Ende nicht sein.«

Mit der Geliebten seines Herzens war er in dieses Haus eingezogen, mit jener Daisy in Brautkleid und weißem Spitzenschleier. Ihre Haut hatte die schöne Farbe dunklen Honigs, und ihr Lachen klang süß. Nachts hatte er sich im hellerleuchteten Zimmer eingeschlossen, um allein zu arbeiten. Er hatte sich um konzentriertes Nachdenken, um disziplinierte Arbeit bemüht. Aber wenn Daisy ihm so nahe war, wurde sein Verlangen nach ihr zu stark, als daß er es durch geistige Arbeit hätte bezwingen können. So gab er nach – und dann wieder biß er die Zähne zusammen und saß die ganze Nacht über meditierend vor seinen Büchern. Später gab es dann Hamilton und Karl Marx, William und Portia. Sie alle hatte er verloren. Keiner war bei ihm geblieben.

Dann Madyben und Benny Mae, Benedine Madine und Mady Copeland. Die Kinder, die seinen Namen trugen. Dann jene, die er ermahnt hatte. Aber gab es unter den Tausenden einen einzigen, dem er beruhigt seine Mission anvertrauen konnte?

Sein Leben lang hatte er fest an diese Mission geglaubt. Er hatte gewußt, wofür er arbeitete, und war sicheren Herzens gewesen, denn Tag für Tag sah er sein Ziel vor sich. Er ging mit seiner Tasche von Haus zu Haus, redete mit ihnen über alles und klärte sie unermüdlich auf. Abends war er glücklich in dem Bewußtsein, einen sinnvollen Tag verbracht zu haben. Auch als Daisy und Hamilton, Karl Marx, William und Portia nicht mehr da waren, schöpfte er Freude aus diesem Bewußtsein, wenn er abends allein am Herd saß. Er trank einen Krug Rübenschnaps, aß ein Stück Maisbrot dazu und fühlte sich tief befriedigt, weil der Tag gut gewesen war.

Wie oft hatte er diese Befriedigung empfunden! Aber was bedeutete das schon? Von dieser jahrelangen Arbeit konnte er nichts nennen, was bleibenden Wert hätte.

Nach einer Weile ging die Tür zur Diele auf, und Portia kam herein. »Ich werd dich wohl anziehn müssen wie'n kleines Baby«, sagte sie. »Hier deine Schuh und Strümpfe. Komm, gib die Pantoffeln her, ich zieh dir die Schuh an. Wir müssen sehn, daß wir wegkommen.«

»Warum hast du mir das angetan?« fragte er bitter.

»Was hab ich dir jetzt angetan?«

»Du weißt sehr wohl, daß ich nicht fort will. Du hast mich so lange bedrängt, bis ich ja sagte, obwohl ich keiner Entscheidung fähig war. Ich will hier bleiben, wo ich immer war, das weißt du ganz genau.«

»Hör mal – so ein Benehmen!« sagte Portia ärgerlich. »Du hast so viel gebrummt, daß ich bald am Rand bin. So viel Hin und Her und Theater – muß mich wirklich schämen für dich.«

»Pah! Rede du nur – das macht mir nicht mehr aus als ein Mückenstich. Ich weiß, was ich will. Ich lasse mich nicht zu etwas drängen, was ich für falsch halte.«

Portia nahm ihm die Pantoffeln ab und entrollte ein Paar saubere schwarze Baumwollsocken. »Vater, wir wollen nicht mehr streiten. Wir haben alle unser Bestes getan, so gut wir können. Ist bestimmt das Beste für dich, daß du rausziehst zu Großpapa und Hamilton und Buddy. Sie werden gut für dich sorgen, und du wirst wieder gesund werden.«

»Nein, das werde ich nicht«, sagte Doktor Copeland. »Hier, nur hier, könnte ich mich erholen. Ich weiß das doch.«

»Und wer soll die Miete für das Haus hier zahlen, was denkst du? Wie sollen wir dich ernähren? Wer soll hier für dich sorgen?«

»Ich bin immer allein fertig geworden, ich werde auch jetzt fertig werden.«

»Du willst bloß widersprechen.«

»Pah! Macht mir nicht mehr aus als ein Mückenstich. Du bist Luft für mich.«

»Sehr nett, so mit mir zu reden, wenn ich dir Schuh und Strümpfe anziehn will.«

»Es tut mir leid. Vergib mir, meine Tochter.«

»Natürlich tut's dir leid«, sagte sie. »Natürlich tut's uns allen beiden leid. Wir können's uns nicht leisten zu streiten. Außerdem, wenn du erst mal eingelebt bist auf der Farm, wird's dir schon gefallen. Einen so hübschen Gemüsegarten haben sie da. Mir wässert richtig der Mund, wenn ich dran denk. Und Hühner und zwei Wurf Schweine und achtzehn Pfirsichbäume. Du wirst gar nicht weg wollen da. Wahrhaftig – ich wünsch mir, ich könnte dahin ziehen.«

»Das wünschte ich dir auch.«

»Warum willst du dich absolut grämen?«

»Ich habe nur das Gefühl, daß ich versagt habe.«

»Wie meinst du das: versagt?«

»Ich weiß nicht. Laß mich nur, meine Tochter. Laß mich nur noch einen Augenblick friedlich hier sitzen.«

»Gut. Aber dann müssen wir sehn, daß wir wegkommen.«

Er sehnte sich nach Stille. Ruhig schaukelnd im Stuhl sitzen dürfen, bis er noch einmal das Gefühl hatte, daß in seinem Innern Ordnung herrschte. Sein Kopf zitterte, und der Rücken tat ihm weh.

»Eins hoff ich wirklich«, sagte Portia. »Wenn ich tot und begraben bin, daß dann so viele Leute um mich trauern wie um Mr. Singer, das hoff ich. Ich wüßte zu gern, ob ich auch so ein trauriges Begräbnis haben werde und so viele Leute ...«

»Scht!« fuhr Doktor Copeland sie an. »Du redest zuviel.«

Im Grunde erfüllte der Tod jenes weißen Mannes sein Herz mit düsterem Kummer. Mit ihm hatte er reden können wie mit keinem anderen Weißen, ihm hatte er vertraut. Singers geheimnisvoller Selbstmord hatte ihn betroffen und hilflos zurückgelassen. Dieser Kummer hatte weder Anfang noch Ende. Unbegreiflich war das alles. Immer wieder kreisten seine Gedanken um jenen Weißen, den einzigen, der nicht unverschämt oder verächtlich, sondern gerecht gewesen war. Und wie konnten die Toten wirklich tot sein, wenn sie in den Seelen der Hinterbliebenen fortlebten? Aber an all das durfte er nicht denken. Das mußte er jetzt von sich tun.

Nun hieß es Disziplin üben. Während des letzten Monats war wieder das dunkle, schreckliche Gefühl in ihm aufgekommen, das seine Seele zu überwältigen drohte. Der Haß, der ihn tagelang in die Gefilde des Todes hinabgestoßen hatte. Nach dem Streit mit Mr. Blount, dem nächtlichen Gast, war nichts wie mörderische Finsternis in ihm gewesen. Noch jetzt konnte er sich nicht genau besinnen, wie sie in dieses Streitgespräch geraten waren. Und dann die andere Wut, die ihn beim Anblick von Willies Beinstümpfen überkam. Liebe und Haß bekriegten sich in seiner Seele: die Liebe zu seinem Volk und der Haß gegen die Unterdrücker seines Volkes, und dieser Kampf machte seine Seele erschöpft und krank.

»Gib mir Uhr und Mantel, meine Tochter«, sagte er. »Ich gehe jetzt.«
Auf die Armlehnen des Stuhls gestützt, stand er auf. Der Fußboden schien weit weg zu sein; nach der langen Zeit im Bett war er sehr schwach auf den Beinen. Einen Augenblick fürchtete er umzusinken. Benommen ging er durch den kalten Raum und lehnte sich an den Türpfosten. Er mußte husten und holte ein Papiertaschentuch aus der Tasche, um sich's vor den Mund zu halten.
»Hier dein Mantel«, sagte Portia. »Ist aber draußen so heiß, du wirst ihn gar nicht brauchen.«
Zum letztenmal ging er durch das leere Haus. Die Jalousien waren heruntergelassen, und in den verdunkelten Zimmern roch es nach Staub. Er lehnte sich im Hausflur an die Wand; dann ging er hinaus. Ein strahlender, warmer Morgen war es. Gestern abend und heute früh waren viele Freunde gekommen, um ihm Lebewohl zu sagen; jetzt aber war nur die Familie auf der Veranda versammelt. Der Wagen und das Auto standen vor dem Hause.
»Also, Benedict Mady«, sagte der Alte. »Vielleicht wirst du die ersten Tage bißchen Heimweh haben. Aber nicht lange.«
»Ich habe kein Heim. Warum sollte ich also Heimweh haben?«
Portia leckte sich nervös die Lippen: »Er kann ja immer wieder her, wenn er will. Buddy wird ihn gern mit dem Wagen zur Stadt fahren. Buddy freut sich, wenn er fahren darf.«
Auf den Trittbrettern des Autos wurden Bücherkisten festgebunden, und auf dem Rücksitz waren zwei Stühle und der Aktenschrank verstaut. Doktor Copelands Schreibtisch lag, die Füße nach oben, auf dem Verdeck. Das Auto war überlastet – der Wagen dagegen fast leer. Der Maulesel, dessen Zügel mit einem Ziegelstein beschwert waren, wartete geduldig.
»Karl Marx«, sagte Doktor Copeland. »Sieh noch einmal alles durch. Geh durchs Haus und vergewissere dich, daß nichts liegengeblieben ist. Bring auch die Tasse vom Fußboden mit und meinen Schaukelstuhl.«
»Wir müssen los. Ich möchte gern zum Abendessen zu Haus sein«, drängte Hamilton.
Schließlich war alles bereit. Highboy kurbelte das Auto an, Karl Marx setzte sich ans Steuer, und Portia, Highboy und William zwängten sich auf den Rücksitz.
»Vater, setz dich auf Highboys Schoß. Ich glaub, das ist bequemer als zwischen uns und den vielen Möbeln.«

»Nein, das wird zu voll. Ich möchte lieber mit dem Wagen fahren.«

»Aber du bist nicht dran gewöhnt«, meinte Karl Marx. »Wird ziemlich holprig werden und den ganzen Tag dauern.«

»Das macht nichts. Ist nicht das erstemal, daß ich mit einem Wagen fahre.«

»Sag Hamilton, er soll zu uns kommen. Bestimmt fährt er lieber im Auto.«

Großpapa hatte den Wagen am Tag zuvor in die Stadt kutschiert. Sie hatten allerlei Gartenerzeugnisse geladen – Pfirsiche, Kohl und Rüben –, die Hamilton in der Stadt verkaufen wollte. Bis auf einen Sack Pfirsiche waren sie alles losgeworden.

»Also, Benedict Mady, dann fährst du mit mir heim«, sagte der Alte.

Doktor Copeland setzte sich hinten auf den Wagen. Er war so müde, als hätte er Blei in den Knochen. Sein Kopf zitterte, und eine plötzliche krampfartige Übelkeit zwang ihn dazu, sich flach auf die nackten Bretter zu legen.

»Freut mich riesig, daß du kommst«, sagte Großpapa. »Du weißt: ich hab immer große Hochachtung für Gelehrte gehabt. Große Hochachtung, ja. Wenn ein Mann Gelehrter ist, kann ich 'ne ganze Menge übersehen und vergessen. Freut mich riesig, daß wir wieder 'nen gelehrten Mann wie du in der Familie haben.«

Quitschend setzten sich die Wagenräder in Bewegung. Sie fuhren. »Ich komme bald wieder«, sagte Doktor Copeland. »Höchstens ein bis zwei Monate, dann komme ich wieder.«

»Hamilton ist auch ein richtiger Gelehrter. Ich glaub, er schlägt bißchen dir nach. Er schreibt alle Rechnungen für mich, und er liest Zeitung. Und Whitman, der wird wohl mal 'n Gelehrter. Der kann schon jetzt die Bibel vorlesen. Und Kopfrechnen kann er auch. So ein kleines Kind. Ich hab immer große Hochachtung für Gelehrte gehabt.«

Das Holpern des Wagens tat ihm im Rücken weh. Er sah zu den Zweigen auf, unter denen sie dahinfuhren; als sie nicht mehr im Schatten fuhren, legte er sich das Taschentuch übers Gesicht, um seine Augen vor der Sonne zu schützen. Nein, unmöglich – das konnte das Ende nicht sein. Immer hatte er in sich das starke, wahre Ziel gefühlt. Vierzig Jahre lang waren seine Mission und sein Leben eins gewesen. Und doch: alles war noch zu tun, nichts war vollendet.

»Ja, Benedict Mady, ich freu mich riesig, daß wir dich wieder bei uns haben. Ich wollt dich schon immer fragen wegen dem komischen Gefühl in meinem rechten Fuß. Sonderbares Gefühl, als wär mein Fuß eingeschlafen. Hab schon Tropfen genommen und mit Liniment eingerieben. Hoffentlich findest du was Gutes für mich.«
»Ich werde mein möglichstes tun.«
»Ja, ich freu mich, daß du kommst. Ich finde, Verwandte müssen zusammenhalten – blutsverwandte und angeheiratete. Ich glaube, wir sollen uns zusammen durchschlagen und und aushelfen, und eines Tages werden wir im Jenseits belohnt.«
»Pah!« sagte Doktor Copeland bitter. »Ich glaube an die irdische Gerechtigkeit.«
»Was sagst du da? Du sprichst so heiser, ich kann dich nicht hören.«
»Ich glaube an eine Gerechtigkeit für uns. Gerechtigkeit für uns Neger.«
»Schon recht.«
Er fühlte es in seinem Innern brennen und konnte nicht still sein. Er wollte sich aufrichten und mit lauter Stimme weitersprechen – aber als er es versuchte, versagten ihm die Kräfte. Die Worte in seinem Herzen wurden lauter und lauter – sie ließen sich nicht zum Schweigen bringen. Aber der alte Mann hörte ihm nicht mehr zu, niemand war da, um ihm zuzuhören.
»Hü, Lee Jackson. Hü, mein Schätzchen. Heb deine Füße und laß das Bocken. Wir haben noch einen weiten Weg.«

2

nachmittags

Jake rannte. Plump und ungestüm stürzte er durch die Weavers Lane, schlug sich in ein Seitengäßchen, kletterte über einen Zaun und hastete weiter. Übelkeit stieg in ihm hoch, so daß er den Geschmack von Erbrochenem in der Kehle spürte. Ein Hund jagte kläffend neben ihm her; er blieb stehen und drohte ihm mit einem Stein. Dann rannte er mit entsetzensweiten Augen weiter, die Hand an den offenen Mund gepreßt.
Herrgott! Das also war das Ende. Eine Schlägerei. Ein Tumult. Ein Kampf aller gegen alle. Blutige Köpfe, von Flaschenscherben zerschnitten, und ausgelaufene Augen. Herrgott! Und über all

dem Getümmel die klimprige Karussellmusik. Auf der Erde Buletten und gesponnener Zucker, dazu die plärrenden Gören. Und er mitten drin. Blind vor Sonne und Staub, aber mitten drin, Hieb auf Hieb. Der scharfe Biß von Zähnen an seinen Fingerknöcheln. Und Gelächter. Herrgott! Das Gefühl, daß es in einem wilden, harten Rhythmus aus ihm herausbrach, in einem Rhythmus, der nicht zu bremsen war. Und wie er dann ganz nah in das tote schwarze Gesicht sah und gar nichts mehr wußte. Nicht einmal, ob er den umgelegt hatte oder ein anderer. Aber weiter! Herrgott! Das hätte keiner bremsen können.

Jake verlangsamte seinen Schritt und sah sich mit einer nervösen Kopfbewegung um. Niemand war in der Gasse zu sehen. Er erbrach sich und wischte sich Mund und Stirn mit dem Hemdärmel ab. Dann ruhte er sich eine Minute lang aus, bis ihm besser wurde. Etwa acht Blocks weit war er gerannt; wenn er abkürzte, hatte er noch etwa anderthalb Kilometer vor sich. In seinem benommenen Kopf wurde es nun klarer; er konnte sich im Wirrwarr der Gefühle an einzelne Tatsachen erinnern. Er lief weiter, nun in gleichmäßigem Trab.

Es war nicht zu bremsen gewesen. Während des ganzen Sommers hatte er es ausgetreten wie plötzlich aufflackerndes Feuer. Alles – bis auf heute. Und diese Schlägerei hätte niemand verhindern können. Sie schien aus dem Nichts aufzuflammen. Er hatte seine Arbeit am Mechanismus der Luftschaukel unterbrochen, um sich ein Glas Wasser zu holen. Auf dem Weg über den Rummelplatz sah er einen jungen Weißen und einen Neger, die umeinander herumschlichen. Beide waren betrunken. An diesem Nachmittag war die Hälfte aller Besucher betrunken, denn es war Samstag und die Fabriken hatten die Woche über voll gearbeitet. Heiß war es und sonnig zum Übelwerden, und die Luft war schwer von Gestank.

Er sah, wie die beiden Kampfhähne aufeinanderstürzten. Aber er wußte: eigentlich hatte es schon viel früher angefangen. Seit langem hatte er es gespürt, daß eine Massenschlägerei fällig war. Das Komische war nur, daß er noch Zeit fand, an all das zu denken. Etwa fünf Sekunden lang sah er sich die Sache an; dann stürzte er sich hinein. In dieser kurzen Zeit ging ihm allerlei durch den Kopf. Er dachte an Singer. Er dachte an die mißmutigen Sommernachmittage, an die dunklen, heißen Nächte, an alle Raufereien, die er verhindert, an alle Streitfälle, die er geschlichtet hatte.

Dann sah er in der Sonne ein Taschenmesser aufblitzen. Mit den Schultern zerteilte er ein Menschenknäuel und sprang dem Neger, der das Messer hielt, auf den Rücken. Sie fielen beide hin und lagen auf der Erde. Zusammen mit dem dicken Staub drang der Negergeruch in seine Lunge. Jemand trampelte, über seine Beine weg, ein anderer trat auf seinen Kopf. Als er wieder hochkam, war die allgemeine Schlägerei bereits im Gange. Neger gegen Weiße, Weiße gegen Neger. Er konnte alles haarscharf verfolgen, Sekunde für Sekunde. Der Weiße, mit dem es angefangen hatte, schien eine Art Anführer zu sein, das Haupt einer Bande, die häufig den Rummelplatz besuchte. Sechzehnjährige Burschen in weißen Leinenhosen und bunten kunstseidenen Polohemden. Die Neger verteidigten sich nach Kräften, manche mit Rasiermessern.

Er hörte sich Schreie ausstoßen: Ruhe! Hilfe! Polizei! Aber er hätte ebensogut gegen einen Dammbruch anbrüllen können. In seinen Ohren war ein grausiges Dröhnen – grausig, weil es von menschlichen Stimmen herrührte, aber nichts mehr mit menschlicher Sprache zu tun hatte. Es wurde zu einem Getöse, das ihn fast taub machte. Jemand versetzte ihm eins auf den Kopf. Er konnte nicht übersehen, was um ihn vorging. Er sah nur noch Augen, Münder, Fäuste – wilde und halbzugekniffene Augen, verbissene und triefend hängende Münder, schwarze und weiße Fäuste. Er riß ein Messer aus einer Hand und bekam eine erhobene Faust zu fassen. Dann war er von Staub und Sonne derart geblendet, daß er nur noch einen Gedanken hatte: hier herauszukommen, eine Telefonzelle zu suchen und Hilfe herbeizurufen.

Aber er konnte sich nicht freimachen. Ohne zu wissen, wann es geschehen war, hatte er sich selber mitten in den Kampf gestürzt. Er schlug mit den Fäusten zu und fühlte den weichen Brei feuchter Münder. Wie ein Wahnsinniger brüllend kämpfte er mit geschlossenen Augen und geducktem Kopf. Er schlug mit aller Kraft um sich und stieß mit dem Kopf zu wie ein wütender Stier. Sinnlose Worte fuhren ihm durch den Kopf, er hörte sich lachen. Er sah nicht, wen er traf, und wußte nicht, wer ihn traf. Er merkte nur, daß der Kampf ein anderes Gesicht angenommen hatte: nun kämpfte jeder für sich.

Dann war es plötzlich aus. Er stolperte und fiel hintenüber. Er war erledigt und wußte nicht, ob eine Minute oder viel mehr Zeit vergangen war, bis er wieder die Augen aufschlug. Ein paar Betrunkene machten noch weiter, aber zwei Schutzleute schafften bald Ordnung. Jetzt sah er, worüber er gestolpert war: er lag halb auf der Leiche eines jungen Negers. Beim ersten Blick sah er, daß er tot war. Sein Hals war an der Seite durchgeschnitten, aber es war schwer ersichtlich, wieso er so rasch gestorben war. Das Gesicht kam ihm bekannt vor, er konnte es aber nicht unterbringen. Der Junge lag mit offenem Mund und verwundert aufgerissenen Augen da. Alles war mit zerbrochenen Flaschen, Papier und zertrampelten Buletten übersät. Eine Verkaufsbude war eingefallen, und einem Karussellpferd war der Kopf eingeschlagen. Er setzte sich auf. Als er die Schutzleute bemerkte, rannte er in panischer Angst davon. Inzwischen hatten sie wohl seine Spur verloren.

Noch vier Blocks – dann war er in Sicherheit. Er keuchte vor Angst und rang nach Luft. Mit geballten Fäusten und geducktem Kopf trabte er weiter. Dann wurde er plötzlich langsamer, und schließlich blieb er stehen. Er befand sich in einer menschenleeren Gasse nahe der Hauptstraße. Auf der einen Seite stand ein Haus; keuchend sackte er gegen die Mauer; in seiner geschwollenen Stirnader hämmerte es. In seiner Verwirrung war er durch die ganze Stadt, auf Singers Haus zugerannt. Und Singer war tot. Er fing an zu weinen. Er schluchzte laut; die Tropfen aus seiner Nase näßten den Schnurrbart.

Eine Mauer, eine Treppe, dann eine Straße. Die Sonnenglut lastete wie ein eisernes Gewicht. Er ging langsam denselben Weg zurück, während er sich das nasse Gesicht mit dem schmutzigen Hemdärmel abwischte. Sein Mund wollte nicht aufhören zu zittern; er biß sich auf die Lippen, bis sie nach Blut schmeckten.

An der nächsten Straßenecke stieß er auf Simms. Der wunderliche alte Kauz saß, seine Bibel auf den Knien, auf einer Kiste, vor einem hohen Bretterzaun; auf den hatte er mit roter Kreide geschrieben:

Er starb, um Euch zu erlösen
Hört die Geschichte Seiner Liebe und Barmherzigkeit
Jeden Amd um 7 Uhr 15

Sonst war kein Mensch auf der Straße. Jake wollte auf die andere Seite hinübergehen, aber Simms ergriff ihn beim Arm.

»Kommt alle, die ihr mühselig und beladen seid. Legt eure Sün-

den und Nöte Ihm zu Füßen, Ihm, der starb, um euch zu erlösen. Wohin gehest du, Bruder Blount?«
»Nach Hause, mich besaufen«, sagte Jake. »Muß mich besaufen. Hat der Heiland vielleicht was dagegen?«
»Du Sünder! Der Herr vergißt keins deiner Vergehen. Der Herr hat noch heut abend eine Botschaft für dich.«
»Vergißt der Herr auch den Dollar nicht, den ich dir letzte Woche gegeben hab?«
»Jesus hat eine Botschaft für dich heute abend sieben Uhr fünfzehn. Sei pünktlich zur Stelle und vernimm Sein Wort!«
Jake leckte sich den Schnurrbart. »Bei dir ist jeden Abend so 'n Gedränge, daß ich nicht durchkomme.«
»Auch für die Spötter ist Platz. Außerdem hat mir der Heiland ein Zeichen gegeben, daß ich bald ein Haus für Ihn bauen soll. Ecke Eighteenth Avenue und Sixth Street. Ein Zelt für fünfhundert Menschen. Wartet nur, ihr Spötter! Der Herr bereitet mir einen Tisch im Angesicht meiner Feinde; er salbet mein Haupt mit Öl und schenkt mir voll ...«
»Ich kann dir heut abend 'ne Masse Leute anschleppen«, unterbrach ihn Jake.
»Wie denn?«
»Gib mir deine hübsche bunte Kreide. Verlaß dich drauf: 'ne Masse Leute.«
»Ich hab deine Inschriften gesehn«, sagte Simms. »›Arbeiter! Amerika ist das reichste Land der Welt, und trotzdem hungert ein Drittel unseres Volkes. Wann werden wir einig sein und unseren Anteil fordern?‹ Lauter solche Sachen. So was nenn ich radikal. Dafür geb ich meine Kreide nicht her.«
»Aber ich will ja nichts anschreiben.«
Simms blätterte mißtrauisch abwartend in seiner Bibel.
»Ich krieg 'ne schöne Masse Leute für dich zusammen. Ich mal dir nämlich an jeder Straßenecke 'n paar niedliche nackte Nutten aufs Pflaster. Schön bunt, und daneben 'nen Pfeil als Wegweiser. So'n paar süße, mollige Nackedeis ...«
»Die Hure Babylon!« kreischte der Alte. »Kind Sodoms! Gott wird es dir nicht vergessen.«
Jake ging über die Straße, weiter, zu seinem Haus. »Bis nachher, Bruder.«
»Du Sünder!« rief der Alte ihm nach. »Pünktlich um sieben Uhr fünfzehn bist du wieder hier. Höre Jesu Botschaft – sie wird dich im Glauben stärken. Höre den Erlöser!«

Singer war tot. Bei der ersten Nachricht von seinem Selbstmord war er nicht traurig, sondern böse gewesen. Er stand wie vor einer Mauer. Ihm fiel ein, daß er Singer seine geheimsten Gedanken anvertraut hatte; nun, da Singer tot war, schienen sie für immer verloren zu sein. Und warum hatte Singer seinem Leben ein Ende gemacht? Hatte er es vielleicht in geistiger Umnachtung getan? Wie auch immer – er war tot, tot, tot. Man konnte ihn nicht mehr besuchen, man konnte ihm nicht mehr die Hand geben oder mit ihm sprechen. Das Zimmer, in dem sie so viele Stunden miteinander gesessen hatten, war nun an eine Stenotypistin vermietet. Dorthin konnte er nicht mehr gehen. Er war allein. Eine Mauer, eine Treppe – dann eine Straße.

Jake schloß die Zimmertür hinter sich ab. Er war hungrig, aber es war nichts zu essen da. Er war durstig, aber der Krug auf dem Tisch enthielt nur noch ein paar Tropfen lauen Wassers. Das Bett war ungemacht, auf dem Fußboden häuften sich die Staubflocken. Das ganze Zimmer lag voller Papier, denn in letzter Zeit hatte er viele kurze Flugblätter verfaßt, um sie in der Stadt zu verteilen. Mißmutig starrte er auf eines der Blätter: ›Die GEWERKSCHAFT ist dein bester Freund‹, stand darauf. Manche Blätter enthielten nur einen Satz, andere etwas mehr. Auch ein Manifest von einer Seite war darunter mit dem Titel: ›Was hat unsere Demokratie mit dem Faschismus gemeinsam?‹

Einen Monat lang hatte er an diesen Flugblättern gearbeitet. Er hatte sie in der Arbeitszeit entworfen, dann im Café New York auf der Schreibmaschine mit Durchschlägen getippt und eigenhändig auf der Straße verteilt. Tag und Nacht hatte er an ihnen gearbeitet. Und wer las sie? Hatte auch nur eines von ihnen etwas genützt? Diese Stadt war zu groß für einen einzelnen. Und nun mußte er fort.

Wohin würde er diesmal gehen? Die Namen vieler Städte riefen ihn: Memphis, Wilmington, Gastonia, New Orleans. Irgendwohin würde er gehen. Aber nicht vom Süden fort. Die alte Ruhelosigkeit, der alte Hunger meldeten sich. Trotzdem – diesmal war es anders. Er sehnte sich nicht nach grenzenloser Weite und Freiheit – nein, diesmal war es gerade umgekehrt. Die Worte des Negers Copeland fielen ihm ein: »Versuchen Sie nicht, allein zu stehen.« In manchen Zeiten war das ein guter Rat.

Jake rückte das Bett beiseite, unter dem ein Koffer, ein Stoß Bücher und schmutzige Wäsche lagen. Ungeduldig begann er zu packen. Das Gesicht des alten Negers stand vor ihm, und Teile ihres Gesprächs fielen ihm wieder ein. Dieser Copeland war verrückt, ein richtiger Fanatiker; mit dem vernünftig reden zu wollen – das konnte einen rasend machen. Trotzdem – den furchtbaren Zorn, in den sie in jener Nacht geraten waren, konnte er hinterher kaum verstehen. Copeland war ein *Wissender.* Und die Wissenden waren ein Häuflein Soldaten, das nackt und bloß einem bewaffneten Bataillon gegenüberstand. Was aber hatten sie getan? Sie hatten sich verzankt. Copeland hatte unrecht – jawohl – er war verrückt. Aber schließlich und endlich: in manchen Punkten hätten sie zusammenarbeiten können. Sie durften eben nicht so viel reden. Er wollte ihn besuchen. Plötzlich hatte er es damit sehr eilig. Vielleicht war das überhaupt das beste. Vielleicht war es ein Zeichen, die Hand, auf die er so lange gewartet hatte.

Er nahm sich nicht die Zeit, den Schmutz von Gesicht und Händen zu waschen; er schnallte den Koffer zu und verließ das Zimmer. Draußen war es schwül, und die Straße war voll fauliger Dünste. Am Himmel waren Wolken aufgestiegen. In der reglosen Luft stieg der Rauch aus dem nahen Fabrikschornstein kerzengerade in die Höhe. Der Koffer war ihm im Wege und schlug ihm bei jedem Schritt gegen die Knie; immer wieder blickte er mit hastigem Kopfrucken hinter sich. Copeland wohnte am anderen Ende der Stadt, er mußte sich also beeilen. Die Wolken am Himmel ballten sich zusammen und ließen noch vor Dunkelwerden einen schweren Sommerregen erwarten.

Als er vor Copelands Haus stand, sah er, daß die Jalousien heruntergelassen waren. Er ging ums Haus und spähte durchs Fenster in die ausgeräumte Küche. Vor dumpfer, verzweifelter Enttäuschung stockte ihm das Herz, und seine Hände wurden feucht. Er ging zum Nebenhaus, aber dort war niemand zu Hause. Es blieb ihm nichts weiter übrig, als zum Kellyschen Hause zu gehen und Portia zu fragen.

Er haßte es, dieses Haus noch einmal betreten zu müssen. Ein unerträglicher Gedanke, die Dielengarderobe und die hohe Treppe wiederzusehen, die er so oft hinaufgegangen war. Langsam näherte er sich dem Haus durch das Seitengäßchen; er trat durch die Hintertür ein. Portia war mit dem kleinen Jungen in der Küche.

»Nein, Sir, Mr. Blount«, sagte Portia. »Ich weiß, Sie waren ein mächtig guter Freund von Mr. Singer, und Sie wissen, wieviel

Vater von ihm hielt. Aber wir haben Vater heute morgen raus aufs Land geschafft, und mein Herz verbietet mir, Ihnen genau zu sagen, wo er da ist. Nehmen Sie's nicht übel – aber ich rede lieber frei heraus und nicht drum herum.«

»Sie brauchen um nichts rumzureden«, sagte Jake. »Aber warum?«

»Nach dem Tag, wo Sie uns besucht haben, war Vater so krank, daß wir dachten, er stirbt. Hat lange gedauert, bis er wieder sitzen konnte. Jetzt geht's ihm ganz gut. Wird wieder kräftiger werden da, wo er jetzt ist. Aber ob Sie's verstehn oder nicht: er ist grad jetzt richtig bitter gegen die Weißen und sehr leicht aufgeregt. Und außerdem, wenn ich fragen darf: was wollen Sie überhaupt bei Vater?«

»Nichts«, sagte Jake. »Nichts, was Sie verstehen könnten.«

»Wir Farbigen haben Gefühle genau wie alle andern. Und ich steh zu dem, was ich gesagt habe, Mr. Blount. Vater ist bloß ein kranker alter Farbiger und hat schon genug Unglück gehabt. Wir müssen auf ihn aufpassen. Und er hat keine Sehnsucht nach Ihnen – das weiß ich.«

Auf der Straße sah er, daß die Wolken ein tiefes, böses Purpurrot angenommen hatten. In der stehenden Luft lag eine Vorahnung von Gewitter. Das krasse Grün der Bäume schien die Luft zu durchsetzen, so daß die ganze Straße in ein seltsam grünliches Licht getaucht war. Es herrschte eine derart lautlose Stille, daß Jake einen Augenblick stehenblieb, um sich schnuppernd umzusehen. Dann nahm er seinen Koffer unter den Arm und lief auf die schützenden Markisen der Hauptstraße zu. Er war aber nicht schnell genug. Ein metallischer Donnerschlag kühlte augenblicklich die Luft ab. Große, silbrige Regentropfen prasselten aufs Pflaster. Die Sturzflut machte ihn blind. Als er das Café New York erreichte, klebten ihm die Kleider naß und zerknüllt am Körper, und in seinen Schuhen quatschte das Wasser.

Brannon schob die Zeitung beiseite und stützte die Ellenbogen auf die Theke. »Das ist aber wirklich merkwürdig. Grade wie's draußen lospladderte, hatt ich so'n Gefühl, als würdest du kommen. Ich hab's in den Knochen gespürt, daß du unterwegs bist und daß du's nicht mehr schaffen wirst.« Er knetete seine Nase mit dem Daumen, bis sie ganz weiß und platt aussah. »Das ist ja'n Koffer?«

»Sieht so aus«, sagte Jake. »Fühlt sich auch so an. Wenn du also

glaubst, daß es wirklich Koffer gibt – dann wird's wohl einer sein.«
»Solltest nicht so lange rumstehn. Geh rauf und schmeiß mir deine nassen Sachen runter. Louis kann sie dir aufbügeln.«
Jake setzte sich in eine der hinteren Nischen und stützte den Kopf in die Hände. »Nein, danke. Ich will hier bloß ein bißchen verschnaufen.«
»Aber du hast ja ganz blaue Lippen. Siehst völlig erledigt aus.«
»Bin ganz in Ordnung. Was zu essen möcht ich.«
»Abendessen ist erst in 'ner halben Stunde fertig«, sagte Brannon geduldig.
»Paar alte Reste tun's auch. Leg mir irgendwas auf'n Teller. Braucht nicht erst aufgewärmt zu werden.«
Die Leere in seinem Innern tat weh. Er mochte weder zurück noch vorwärts blicken. Er ließ zwei seiner kurzen, klobigen Finger über die Tischplatte spazieren. Über ein Jahr war es her, seitdem er das erste Mal an diesem Tisch gesessen hatte. Und war er heute weiter als damals? Nein, keinen Schritt. Er hatte einen Freund gewonnen und hatte ihn wieder verloren – weiter war nichts geschehen. Er hatte Singer alles gegeben, und dann hatte der Mann sich das Leben genommen. Da saß er nun in der Patsche und konnte sehen, wie er allein wieder herauskam und wieder von vorn anfing. Bei diesem Gedanken ergriff ihn panische Angst. Er war müde. Er lehnte den Kopf an die Wand und legte die Füße auf den Stuhl neben sich.
»Hier«, sagte Brannon. »Das geht wohl zur Not.«
Er stellte ihm etwas Heißes zu trinken hin und einen Teller mit Hühnerpastete. Das Getränk duftete süß und würzig. Jake atmete den Dampf ein und schloß die Augen. »Was ist da drin?«
»Zitronenschale auf Zucker abgerieben, Rum und kochendes Wasser. Gute Sache.«
»Was bin ich dir schuldig?«
»Weiß ich nicht so auf Anhieb, aber ich rechne's aus, eh du gehst.«
Jake nahm einen langen Zug von dem Grog und spülte ihn vor dem Herunterschlucken im Munde herum. »Das Geld kriegst du nie«, sagte er. »Ich kann's dir nicht geben – auch wenn ich könnte, würd ich's wahrscheinlich nicht tun.«
»Na, hab ich denn gedrängelt? Hab ich dir je 'ne Rechnung ausgeschrieben und Geld von dir verlangt?«
»Nein«, sagte Jake. »Bist sehr vernünftig gewesen. Und weil

wir grad davon reden: du bist ’n richtig anständiger Kerl – das heißt: was das Persönliche betrifft.«
Brannon setzte sich ihm gegenüber an den Tisch. Ihm schien etwas durch den Kopf zu gehen. Er schob den Salzstreuer hin und her und strich sich immer wieder über das Haar. Er roch nach Parfum, und sein blaugestreiftes Hemd war frisch und sauber. Um die hochgerollten Ärmel trug er altmodische blaue Ärmelhalter.
Endlich räusperte er sich zögernd und sagte: »Ich hab grad mal in die Nachmittagszeitung gesehn, eh du kamst. Scheint heute ziemlichen Stunk bei euch gegeben zu haben.«
»Richtig. Was steht denn drin?«
»Warte mal. Ich hol’s.« Brannon holte die Zeitung von der Theke und lehnte sich an die Nischentrennwand. »Da steht auf der ersten Seite: bei der Sunny Dixie Show, da und da, kam es zu allgemeinen Unruhen. Zwei Neger wurden durch Messerstiche tödlich verletzt. Drei weitere Neger wurden leicht verletzt und zur Behandlung ins Krankenhaus eingeliefert. Bei den Toten handelt es sich um Jimmy Macy und Lancy Davis, bei den Verwundeten um den Weißen John Hamlin, wohnhaft Central Mill City, um den Neger Various Wilson und so weiter und so fort. Dann heißt’s wörtlich: ›Mehrere Verhaftungen wurden vorgenommen. Angeblich sollen die Unruhen durch Agitation unter der Arbeiterschaft entstanden sein, da am Tatort und in dessen näherer Umgebung Flugblätter umstürzlerischen Inhalts gefunden wurden. Weitere Verhaftungen sind in Kürze zu erwarten.‹« Brannon klappte die Zähne zusammen. »Diese Zeitung wird auch jeden Tag schlechter. ›Umstürzlerisch‹ mit tz und ›Verhaftung‹ mit zwei f.«
»Die sind aber schlau«, höhnte Jake. »›Durch Agitation unter der Arbeiterschaft entstanden.‹ Sehr beachtlich.«
»Jedenfalls ist die ganze Sache sehr bedauerlich.« Jake blickte, die Hand am Mund, auf seinen leeren Teller.
»Was hast du denn jetzt vor?«
»Mich dünnmachen. Muß heut nachmittag hier weg.«
Brannon polierte seine Nägel an der Handfläche. »Na ja, notwendig ist’s natürlich nicht – aber vielleicht ganz gut. Warum denn so Hals über Kopf? Hat doch keinen Sinn, daß du zu dieser Tageszeit aufbrichst.«
»Ist mir lieber so.«
»Hat schon was für sich, daß du neu anfangen willst. Anderer-

seits – wenn du auf mich hörst ... Ich – ich bin ja konservativ und find deine Ansichten natürlich radikal. Andererseits betrachte ich mir die Dinge gern von allen Seiten. Jedenfalls – mir liegt dran, daß du wieder in die Reihe kommst. Warum gehst du nicht irgendwohin, wo du 'n paar Leute findest, die mehr oder weniger von deiner Sorte sind? Und versuchst da Fuß zu fassen?«

Jake schob gereizt seinen Teller fort. »Ich weiß nicht, wohin ich geh. Laß mich in Ruhe, ich bin müde.«

Brannon zuckte die Achseln und ging wieder zur Theke.

Herrgott, wie müde er war! Der heiße Rum und das schwere Rauschen des Regens draußen machten ihn schläfrig. Gut war das, sicher in dieser Nische zu sitzen und was Ordentliches im Bauch zu haben. Eigentlich könnte er den Kopf auf den Tisch legen und ein Schläfchen machen – ein kurzes Schläfchen. Sein Kopf fühlte sich schon ganz dick und schwer an; da war es viel bequemer, die Augen zuzumachen. Aber nur ein kurzes Schläfchen, denn er mußte sehen, daß er bald hier wegkam.

»Wie lange will das noch so weiterregnen?«

Brannons Stimme klang schläfrig. »Kann man nicht wissen – bei so einem tropischen Wolkenbruch. Kann sich plötzlich aufklären – oder kann ein bißchen nachlassen und abends wieder einsetzen.«

Jake legte den Kopf auf die Arme. Das Rauschen des Regens klang wie brandende Meereswogen. Er hörte eine Uhr ticken und weit weg das Klappern von Geschirr. Allmählich entspannten sich seine Hände und lagen, die Handflächen nach oben gekehrt, auf dem Tisch.

Dann schüttelte Brannon ihn bei den Schultern und sah ihm ins Gesicht. Er war in einem gräßlichen Traum befangen. »Wach auf«, sagte Brannon. »Du hast schlecht geträumt. Ich sah hier rüber, da hattest du den Mund offen und stöhntest und scharrtest mit den Füßen. So was hab ich noch nicht erlebt.«

Er war noch ganz benommen von dem Traum. Wieder das alte Entsetzen, das ihn stets beim Erwachen überkam. Er schob Brannon fort und stand auf. »Brauchst du mir nicht zu erzählen, daß ich schlecht geträumt hab. Ich besinn mich noch drauf. Den Traum hab ich schon mindestens fünfzehnmal gehabt.«

Er erinnerte sich jetzt. Sonst war es ihm nie gelungen, sich im Wachzustand genau zu erinnern. Er war zwischen vielen, vielen Menschen gegangen – wie auf dem Rummelplatz. Aber die

Leute hatten etwas Östliches an sich. Die Sonne brannte fürchterlich, und die Leute waren halbnackt. Stumm und langsam bewegten sie sich vorwärts, und ihre Gesichter sahen verhungert aus. Kein Laut war zu hören – nur die Sonne und die schweigende Menschenmenge. Er ging in dieser Menge und trug auf seinen Armen einen riesengroßen, zugedeckten Korb. Er brachte den Korb irgendwohin, aber wohin – das fand er nie heraus. Das war das besonders Grauenhafte an diesem Traum: dieses ewige Wandern und Wandern zwischen all den Menschen und nicht wissen, wo er die Last absetzen sollte, die er schon so lange trug.

»Was war denn los?« fragte Brannon. »War der Teufel hinter dir her?«

Jake ging zum Spiegel hinter der Theke. Sein Gesicht war schmutzig und verschwitzt. Unter den Augen hatte er dunkle Ringe. Er feuchtete sein Taschentuch unter dem Wasserhahn an und wischte sich das Gesicht ab. Dann zog er einen Taschenkamm heraus und kämmte sich den Schnurrbart glatt.

»Ist weiter nichts dran an dem Traum. Das kann man bloß im Schlaf verstehn, warum das so ein Alpdruck war.«

Die Uhr zeigte fünf Uhr dreißig. Der Regen hatte fast aufgehört. Jake nahm seinen Koffer und ging zur Tür. »Wiedersehn. Vielleicht schreib ich dir mal 'ne Postkarte.«

»Warte doch«, sagte Brannon. »Jetzt kannst du noch nicht gehn. Es regnet immer noch ein bißchen.«

»Tröpfelt bloß von der Markise. Ich möcht lieber vor Dunkelwerden aus der Stadt raus sein.«

»Immer langsam! Hast du denn Geld? Genug, daß du's 'ne Woche aushältst?«

»Ich brauch kein Geld. Bin schon öfter pleite gewesen.«

Brannon hielt einen Briefumschlag mit zwei Zwanzigdollarscheinen bereit. Jake betrachtete sie von beiden Seiten und steckte sie dann in die Tasche. »Weiß der Himmel, warum du das tust. Die siehst du nie wieder. Aber vielen Dank. Das vergeß ich dir nicht.«

»Hals- und Beinbruch. Und laß mal von dir hören.«

»Adios.«

»Leb wohl.«

Die Tür fiel hinter ihm ins Schloß. Als er sich an der Ecke umsah, stand Brannon vor dem Haus und sah ihm nach. Er ging bis zu den Eisenbahnschienen. Beiderseits standen verfallene Zwei-

zimmerhäuschen, auf jedem der engen Hinterhöfe ein baufälliger Abort und eine Wäscheleine mit zerrissenen, rußigen Lumpen. Drei Kilometer weit nicht eine wohnliche, geräumige oder saubere Behausung. Sogar die Erde schien verdreckt und vernachlässigt zu sein. Hier und da die Spuren eines Gemüsebeetes, auf dem aber nur ein paar verkümmerte Kohlköpfe standen. Einige rußgeschwärzte Feigenbäume ohne Früchte. In diesem Dreck wimmelte es von Kindern, von denen die kleinsten splitternackt waren. Angesichts dieses grausamen und hoffnungslosen Elendsbildes ballte Jake knurrend die Fäuste.
Als er den Stadtrand erreicht hatte, ging er auf der Landstraße weiter. Wagen überholten ihn. Aber er hatte zu breite Schultern und zu lange Arme, er sah zu stark und zu häßlich aus, als daß ihn jemand hätte mitnehmen wollen. Vielleicht würde doch bald ein Lastwagen anhalten. Die Nachmittagssonne war wieder herausgekommen. Das nasse Pflaster dampfte in der Hitze. Jake schritt gleichmäßig aus. Sobald die Stadt hinter ihm lag, fühlte er sich von neuer Energie durchströmt. Aber was war das nun – Flucht oder Vormarsch? Nun, jedenfalls ging er. Alles mußte noch einmal von vorn anfangen. Die Straße führte nord-nordwestwärts. Aber allzu weit würde er nicht gehen. Er wollte im Süden bleiben, das stand fest. Er hatte noch Hoffnung – vielleicht sah er bald klarer, wohin die Reise ging.

3

abends

Wozu das alles? Das hätte sie gern gewußt. Wozu, in Teufels Namen? Wozu all die Pläne, und wozu die Musik? Wenn dabei nichts weiter herauskam als diese Falle: ins Geschäft, nach Hause zum Schlafen, dann wieder ins Geschäft. Die Uhr vor dem Laden, in dem Mister Singer gearbeitet hatte, zeigt auf sieben. Und sie kam jetzt erst aus dem Geschäft. Immer, wenn Überstunden gemacht werden mußten, bestimmte der Geschäftsführer sie dazu. Weil sie länger stehen und unermüdlicher arbeiten konnte als alle anderen Mädchen.
Nach dem Regenguß war der Himmel friedlich und blaßblau. Es begann zu dunkeln. Schon brannten überall die Lichter. Auf der Straße hupten die Autos, und die Zeitungsjungen riefen die Schlagzeilen aus. Sie hatte keine Lust, nach Hause zu gehen. Wenn sie jetzt nach Hause käme, würde sie sich aufs Bett legen

und schreien – so müde war sie. Wenn sie aber ins Café New York ginge und ein Eis äße, würde sie wieder in Ordnung kommen. Und rauchen und ein Weilchen allein sein.
Der vordere Teil des Cafés war überfüllt; sie ging zur letzten Nische. Die Müdigkeit saß vor allem im Kreuz und im Gesicht. ›Immer sich tummeln und immer lächeln‹ – das sollte ihr Wahlspruch im Geschäft sein. Wenn sie aus dem Laden heraus war, mußte sie immer eine ganze Weile eine böse Miene machen, damit ihre Gesichtszüge wieder natürlich wurden. Sogar die Ohren fühlten sich müde an. Die baumelnden grünen Ohrringe kniffen in die Ohrläppchen, sie nahm sie ab. Diese Ohrringe hatte sie sich vorige Woche gekauft, dazu einen silbernen Armreif. Anfangs hatte sie in der Abteilung Töpfe und Pfannen gearbeitet; jetzt war sie in die Abteilung Modeschmuck versetzt worden.
»Guten Abend, Mick«, sagte Mister Brannon. Er wischte ein Glas Wasser mit einer Serviette ab und stellte es auf den Tisch.
»Ich möcht ein Schokoladeneis und ein kleines Glas Bier vom Faß.«
»Zusammen?« Er legte die Speisekarte auf den Tisch und deutete mit dem kleinen Finger, an dem ein goldener Damenring steckte, auf verschiedene Speisen. »Sieh mal – es gibt sehr schönes Brathuhn oder auch Kalbsgulasch. Willst du nicht mit mir ein bißchen was zu Abend essen?«
»Nein, vielen Dank. Ich möchte bloß Eis und Bier. Beides recht kalt.«
Mick fuhr sich mit den Fingern durch das Stirnhaar. Ihr Mund stand offen, so daß ihre Wangen einfielen. Zwei Dinge gab es, die sie noch immer nicht glauben konnte: daß Mister Singer sich das Leben genommen hatte und tot war, und daß sie erwachsen war und bei Woolworth arbeiten mußte.
Sie hatte ihn gefunden. Als sie den Schuß hörten, glaubten sie, es wäre das Auspuffgeräusch eines Wagens; erst am nächsten Tag wußten sie, was es gewesen war. Sie ging hinein, um Radio zu hören. Sein Hals war blutüberströmt, und als Paps kam, schob er sie aus dem Zimmer. Sie war weggerannt. Nach diesem Schock konnte sie nicht still sein. Sie war in die Dunkelheit hinausgerannt und hatte sich selber mit Fäusten geschlagen. In der nächsten Nacht lag er im Wohnzimmer im Sarg. Der Mann vom Beerdigungsinstitut hatte sein Gesicht mit Rouge und Lippenstift zurechtgemacht, damit er natürlich aussähe. Er sah aber

nicht natürlich aus. Er war ganz tot. Durch den Blumenduft hindurch spürte sie diesen anderen Geruch, so daß sie nicht im Zimmer bleiben konnte. Aber sie hatte die ganzen Tage im Geschäft durchgehalten. Sie wickelte Päckchen ein, reichte sie über den Ladentisch und ließ das Geld in die Kasse klingeln. Sie ging, wenn sie gehen sollte, und sie aß, wenn sie sich zu Tisch setzte. Nur schlafen konnte sie in der ersten Zeit nicht, wenn sie abends zu Bett ging. Neuerdings aber schlief sie auch, wie sich's gehörte.

Mick setzte sich ein wenig seitlich und schlug die Beine übereinander. Sie hatte eine Laufmasche im Strumpf. Die hatte sie bemerkt, als sie zur Arbeit ging, und sie hatte etwas Spucke darauf getan. Später war die Masche weitergelaufen, da hatte sie sie mit einem Stückchen Kaugummi festgeklebt. Aber auch das half nichts. Nun würde sie den Strumpf zu Hause nähen müssen. Strümpfe waren ein schwieriges Problem. Sie zerriß sie so schnell. Wenn sie nicht Baumwollstrümpfe tragen wollte wie die gewöhnlichen Mädchen.

Sie hätte nicht hierhergehen sollen. Ihre Schuhsohlen waren völlig durch. Sie hätte sich die zwanzig Cent für ein Paar neue Sohlen aufheben sollen. Denn was würde passieren, wenn sie weiter den ganzen Tag in durchlöcherten Schuhen stand? Sie würde eine Blase am Fuß bekommen. Die müßte sie mit einer ausgeglühten Nadel aufstechen, sie müßte zu Hause bleiben, und Woolworth würde sie entlassen. Und was dann?

»Hier«, sagte Mister Brannon. »Aber so 'ne Zusammenstellung hab ich noch nie erlebt.«

Er stellte Eis und Bier auf den Tisch. Sie tat so, als machte sie die Fingernägel sauber; wenn sie ihn irgendwie beachtete, würde er ein Gespräch anfangen. Er war nicht mehr so brummig zu ihr, mußte also das Päckchen Kaugummi wohl vergessen haben.

Nun wollte er sich immerfort mit ihr unterhalten. Aber sie wollte Ruhe haben und allein sein. Das Eis war in Ordnung, mit viel Schokolade, Nüssen und Kirschen darauf. Und das Bier entspannte so schön. Nach dem Eis schmeckte es angenehm bitter; es machte sie betrunken. Nächst Musik war Bier das beste. Aber nun war keine Musik mehr in ihrem Kopf. Komisch. Als wäre sie aus ihrer inneren Welt ausgeschlossen. Manchmal kam eine kurze, kleine Melodie, kam und ging wieder – aber nie mehr zog sie sich wie früher mit der Musik in ihre innere Welt zurück. Vielleicht war sie zu aufgeregt dazu. Vielleicht brauchte sie auch ihre ganze Kraft und Zeit für das Geschäft. Woolworth war etwas anderes als die Schule. Wenn sie früher aus der Schule nach Hause kam, fühlte sie sich wohl und konnte gleich mit der Arbeit an ihrer Musik anfangen. Jetzt war sie immerzu müde. Zu Hause aß sie nur Abendbrot, schlief, frühstückte und machte sich wieder auf den Weg zum Geschäft. Vor zwei Monaten hatte sie in ihrem privaten Notenheft ein Lied angefangen – es war immer noch nicht vollendet. Sie wäre so gern in die innere Welt gegangen, aber sie wußte nicht wie. Es war, als wäre die innere Welt irgendwie für sie verriegelt. Sehr schwer zu verstehen war das.

Mick rieb mit dem Daumen an ihrem abgebrochenen Vorderzahn. Wenigstens hatte sie Mister Singers Radio. Die Raten waren noch nicht bezahlt gewesen, und sie hatte die Abzahlung übernommen. Es war gut, etwas zu haben, was ihm gehört hatte. Vielleicht würde sie auch eines Tages ein bißchen Geld beiseite legen können, um ein gebrauchtes Klavier zu kaufen. Etwa zwei Dollar die Woche. Aber auf ihrem Klavier durfte niemand spielen außer ihr – höchstens George würde sie ein paar kleine Stücke beibringen. Es müßte im Hinterzimmer stehen, und sie würde jeden Abend spielen. Und sonntags den ganzen Tag. Wenn sie aber einmal eine Woche die Rate nicht zahlen konnte – was dann? Würden sie es dann abholen wie das kleine rote Fahrrad? Und wenn sie sich's nicht wegnehmen ließ? Wenn sie das Klavier im Keller versteckte? Vielleicht würde sie ihnen auch an der Tür entgegentreten und ihr Klavier verteidigen. Sie würde die beiden Männer fertigmachen, so daß sie mit blau geschlagenen Augen und gebrochenen Nasen in der Diele liegenblieben.

Mick rieb sich mit der Faust die gerunzelte Stirn. So war das also. Die ganze Zeit hatte sie eine Art Wut in sich. Nicht so eine Wut, wie man sie als Kind hat, die schnell wieder verraucht – nein, eine andere Wut. Nur gab es eigentlich nichts, worüber man wütend sein konnte. Höchstens das Geschäft. Aber dort hatte sie ja keiner darum gebeten, die Stellung anzunehmen. Also gab es wirklich nichts, worüber man wütend sein konnte. Ihr war, als hätte man sie betrogen. Nur daß niemand sie betrogen hatte. Also konnte man auch seine Wut an niemandem auslassen. Und dennoch – trotz alledem hatte sie dieses Gefühl: betrogen.

Aber vielleicht würde es mit dem Klavier klappen, und dann

wäre alles in Ordnung. Vielleicht war es ihr schon bald möglich. Denn sonst – wozu, zum Teufel, sollte das alles gewesen sein? Daß sie so an der Musik hing? Und all die Pläne, die sie in der inneren Welt gemacht hatte? Das alles mußte doch für irgend etwas dagewesen sein, wenn es einen Sinn haben sollte. Und den mußte und mußte und mußte es haben. Ja, es hatte einen Sinn.

Na also!

O. K.

Einen Sinn.

4

nachts

Alles war friedlich. Während Biff sich Gesicht und Hände abtrocknete, klingelte im Luftzug der Glasbehang der kleinen japanischen Pagode auf dem Tisch. Biff war eben von einem Schläfchen aufgewacht und hatte seine Nachtzigarre geraucht. Er dachte an Blount und fragte sich, wie weit der wohl schon sein mochte. Auf dem Badezimmerregal stand eine Flasche Agua Florida; er betupfte sich mit dem Stöpsel die Schläfen. Er pfiff einen alten Schlager, und als er die schmale Treppe hinunterging, tönte ihm ein leicht verzerrtes Echo nach.

Eigentlich sollte Louis ihn an der Theke vertreten. Der hatte sich gedrückt, denn im Lokal war kein Mensch. Durch die offene Tür sah man auf die leere Straße hinaus. Die Wanduhr zeigte siebzehn Minuten vor zwölf. Das Radio war angestellt und brachte gerade einen Kommentar zu der Krise, die wegen Hitler und Danzig ausgebrochen war. Er ging nach hinten in die Küche und fand Louis schlafend auf einem Stuhl. Der Junge hatte die Schuhe ausgezogen und die Hose aufgeknöpft. Der Kopf war ihm auf die Brust gesunken. Ein langer, nasser Fleck auf seinem Hemd ließ darauf schließen, daß er schon eine ganze Weile schlief. Seine Arme hingen schlaff herunter, und es war ein Wunder, daß er nicht vornüber aufs Gesicht fiel. Er hatte einen gesunden Schlaf – wozu sollte er ihn wecken? Heute nacht würde nicht mehr viel los sein.

Biff ging auf Zehenspitzen durch die Küche zu einem Regal, auf dem ein Korb mit grünen Teeblättern und zwei Wasserkrüge mit Zinnien standen. Er trug die Blumen nach vorn ins Restaurant und nahm die mit Cellophan bedeckten Spezialplatten aus dem Schaufenster. Immer Eßwaren im Fenster – er konnte das nicht mehr sehen. Ein Fenster mit frischen Sommerblumen wäre das richtige. Mit geschlossenen Augen stellte er sich vor, wie er sie arrangieren wollte. Der Boden mit den kühlen, grünen Teeblättern bestreut, darauf der rote Tonkrug mit den farbenprächtigen Zinnien. Weiter gar nichts. Sorgfältig begann er das Fenster zu dekorieren. Er fand eine Mißbildung unter den Blumen: eine Zinnie mit sechs bronzefarbenen und zwei roten Blütenblättern. Er untersuchte das Unikum und legte es beiseite, um sich's aufzuheben. Als das Fenster fertig war, ging er auf die Straße, um sein Werk von außen zu betrachten. Die steifen Blütenstengel waren natürlich und locker arrangiert – gerade richtig. Die Farben kamen bei elektrischer Beleuchtung nicht recht zur Geltung; aber bei Tageslicht würde das Fenster sich sehr vorteilhaft ausnehmen. Geradezu künstlerisch.

Der schwarze, ausgestirnte Himmel schien sich dicht über der Erde zu wölben. Biff schlenderte den Gehsteig hinunter und blieb einmal stehen, um mit dem Fuß eine Orangenschale in den Rinnstein zu befördern. Weit weg, am Ende des nächsten Blocks, standen zwei Menschen Arm in Arm; von weitem wirkten sie klein und regungslos. Sonst war niemand zu sehen. Sein Lokal war das einzige in der Straße, das offen hatte und erleuchtet war.

Warum das? Was bewog ihn dazu, sein Café die ganze Nacht über offenzuhalten, wenn alle anderen Lokale der Stadt geschlossen waren? Er wurde häufig danach gefragt und konnte seine Antwort nie in Worte fassen. Es ging ihm nicht ums Geld. Hin und wieder kam wohl eine größere Gesellschaft, bestellte Bier und Rührei und machte eine Zeche von fünf bis zehn Dollar. Das kam aber selten vor. Die meisten kamen einzeln, verzehrten wenig und blieben lange. In manchen Nächten kam zwischen zwölf und fünf Uhr überhaupt kein Gast. Verdienen tat er daran nichts – das lag auf der Hand.

Aber solange er das Lokal führte, würde er nachts nie schließen. Die Nacht war seine Zeit. Da kamen welche, die er sonst nie zu Gesicht bekommen würde. Einige kamen regelmäßig mehrmals die Woche. Andere hatten das Lokal nur einmal besucht, hatten Coca-Cola getrunken und waren nie wieder gekommen.

Biff verschränkte die Arme über der Brust und ging langsamer. Unter dem Bogenlicht tauchte schwarz und eckig sein Schatten

auf. Er fühlte die friedliche Stille der Nacht in sich einströmen. Dies waren die Stunden der Ruhe und der Besinnung. Ging er vielleicht deshalb nicht schlafen? Blieb er deshalb unten im Lokal? Er blickte noch einmal aufmerksam die leere Straße entlang, dann ging er hinein.
Die Stimme am Radio redete immer noch von der Krise. Die Ventilatoren an der Decke surrten beruhigend. Aus der Küche hörte man Louis schnarchen. Plötzlich mußte er an den armen Willie denken, und er beschloß, ihm bald einmal eine Flasche Whisky zu schicken. Er wandte sich dem Kreuzworträtsel in der Zeitung zu. In der Mitte war ein Frauenbildnis, das man bestimmen sollte. Er erkannte es und schrieb in die erste freie Zeile: ›Mona Lisa‹. Nummer Eins senkrecht war ein Wort für Hauptstadt, fing mit M an und hatte neun Buchstaben. Metropole. Nummer Zwei waagrecht: ein Wort für Verdienst. Neun Buchstaben, der erste ein E. Einnahmen? Nein. Er probierte laut allerlei Buchstabenverbindungen; richtig: Einkommen. Aber er hatte das Interesse daran verloren. Es gab ohnehin genug Rätsel zu raten. Er faltete die Zeitung zusammen und legte sie fort. Er wollte später darauf zurückkommen.
Er untersuchte die Zinnie, die er aufbewahren wollte. Wie er sie so ans Licht hielt, war die Blüte doch kein sonderlich interessantes Exemplar. Nicht des Aufhebens wert. Er zupfte die weichen, bunten Blütenblätter ab: das letzte traf auf ›liebt mich‹. Aber wer? Wen sollte er jetzt wohl lieben? Keinen einzelnen. Jeden anständigen Gast von der Straße, der eine Stunde hier saß und ein Gläschen trank. Aber keinen einzelnen. Er hatte diese und jene Liebe gekannt, das war nun vorbei. Alice. Madeline und Gyp. Aus und vorbei. Sie hatten ihn im Guten oder im Bösen verlassen. Je nachdem wie man's nahm.
Und Mick. Mick, die in den letzten Monaten ein so seltsames Leben in seinem Herzen geführt hatte. War auch diese Liebe vorbei? Ja. Sie war zu Ende. Gegen Abend pflegte Mick hierherzukommen, um etwas Kaltes zu trinken oder ein Eis zu essen. Sie war älter geworden. Von ihrer spröden Kindlichkeit war fast nichts mehr zu spüren. Dafür hatte sie jetzt so etwas Elegant-Damenhaftes an sich – man konnte nicht sagen, woran es lag: an den Ohrringen, an den klimpernden Armbändern oder an der Art, wie sie neuerdings die Beine überschlug und den Rocksaum über die Knie herunterzog. Wenn er sie beobachtete, empfand er nur noch eine Art gütiger Zuneigung für sie. Seine früheren

Gefühle waren verschwunden. Ein Jahr lang hatte diese Liebe seltsame Blüten getrieben. Wohl hundertmal hatte er darüber nachgegrübelt und nie eine Antwort gefunden. Nun war sie vergangen – wie eine Sommerblume im September verblüht. Nein, er liebte niemand mehr.
Biff klopfte sich mit dem Zeigefinger an die Nase. Aus dem Radio drang jetzt eine ausländische Stimme. Er konnte nicht mit Sicherheit sagen, ob es Deutsch, Französisch oder Spanisch war. Aber es klang wie Tod und Verderben. Beim Zuhören lief es ihm kalt über den Rücken. Er drehte ab, und plötzlich herrschte tiefe, lautlose Stille. Er spürte die Nacht draußen. Die Einsamkeit packte ihn so, daß sein Atem schneller ging. Es war viel zu spät, um Lucile anzurufen und mit Baby zu plaudern. Auch Gäste würden schwerlich zu dieser Stunde kommen. Er ging zur Tür und blickte die Straße hinauf und hinunter. Leer und dunkel war alles.
»Louis!« rief er. »Bist du wach, Louis?«
Keine Antwort. Auf die Theke gelehnt, stützte er den Kopf in die Hände. Er drehte sein dunkel rasiertes Kinn hin und her und senkte langsam die gerunzelte Stirn.
Das Rätsel. Die Frage, die sich in ihm festgesetzt hatte und die ihm keine Ruhe ließ. Das Rätsel um Singer und um die anderen. Vor mehr als einem Jahr hatte das angefangen. Über ein Jahr war es her, daß Blount hier das erste Mal besoffen herumgesessen und den Taubstummen bemerkt hatte. Und daß Mick dem Taubstummen auf Schritt und Tritt folgte – auch das hatte damals angefangen. Nun war Singer schon einen Monat tot und begraben. Und immer noch war das Rätsel in ihm und ließ ihm keine Ruhe. An der ganzen Sache war irgend etwas Unnatürliches – so etwas wie ein böser Schabernack. Wenn er darüber nachdachte, überkam ihn ein unbehagliches Gefühl, eine unbekannte Angst.
Er hatte für die Beerdigung gesorgt. Sie hatten ihm alles überlassen. In Singers Angelegenheiten herrschte große Unordnung. Er hatte viele Schulden, auf die Ratenzahlungen fällig waren, und der Mann, auf dessen Namen seine Lebensversicherung abgeschlossen war, lebte nicht mehr. Der Nachlaß reichte gerade für das Begräbnis. Die Trauerfeier fand um die Mittagszeit statt. Die Sonne brannte unbändig heiß auf sie herab, als sie um das feucht-kalte, offene Grab standen. In der Sonnenglut schrumpften die Blumen ein und wurden braun. Mick weinte so bitter-

lich, daß sie einen Erstickungsanfall bekam und daß ihr Vater sie auf den Rücken klopfen mußte. Blount starrte finster brütend, die Faust am Mund, ins offene Grab. Der farbige Arzt, der irgendwie mit dem armen Willie verwandt war, stand im Hintergrund und stöhnte. Auch Fremde waren erschienen, von denen man bisher noch nie etwas gesehen oder gehört hatte. Weiß der Himmel, wo die alle herkamen und wieso sie überhaupt erschienen waren.
Im Raum herrschte eine Stille – tief wie die Nacht. Biff stand wie gebannt, in Grübelei versunken. Dann gab es ihm plötzlich einen Stoß. Sein Herz setzte aus; um nicht umzusinken, mußte er sich mit dem Rücken an die Theke lehnen. In blitzartiger Erleuchtung sah er plötzlich den Kampf und das Heldentum des Menschen. Den endlos flutenden Strom der Menschheit in der endlosen Zeit. Er sah ihre Mühsal und – ihre Liebe. Die Seele wurde ihm weit. Aber nur für einen Augenblick. Denn gleichzeitig verspürte er, schreckhaft wie einen Stich, in seinem Innern eine Warnung. Er schwebte zwischen zwei Welten. Er merkte, daß er sein eigenes Spiegelbild hinter der Theke anstarrte: Schweiß glänzte auf seinen Schläfen, sein Gesicht war verzerrt. Das eingekniffene linke Auge schien sich in die Vergangenheit zu bohren, während das rechte weit aufgerissen und erschrocken in eine Zukunft voller Finsternis, Irrtum und Zerstörung starrte. Und er schwebte zwischen Licht und Finsternis, zwischen Glauben und bitterer Ironie. Mit einem Ruck wandte er sich ab.
»Louis!« rief er. »Louis! Louis!«
Wieder keine Antwort. Aber – heilige Muttergottes! – hatte er seine fünf Sinne beisammen oder nicht? Wie konnte er sich so von Entsetzen würgen lassen – ohne jeden ersichtlichen Grund? Wollte er hier stehenbleiben wie ein hysterisches Weib? Oder wollte er sich endlich zusammenreißen und Vernunft annehmen? Schließlich hatte er ja noch seine fünf Sinne beisammen! Biff feuchtete unter dem Wasserhahn sein Taschentuch an und betupfte sich das krampfhaft verzerrte Gesicht. Dabei fiel ihm irgendwie ein, daß die Markise noch nicht hochgezogen war. Während er zur Tür ging, fühlte er sich wieder sicherer auf den Beinen, und als er ins Lokal zurückkam, war er wieder so weit, daß er nüchtern und gelassen dem neuen Tag entgegensah.

25 Jahre Diogenes Taschenbuch

25 Bücher aus 25 Jahren
in einmaligen Auflagen zum einmaligen Preis

- **Eric Ambler**
Die Maske des Dimitrios. Roman. Aus dem Englischen von Mary Brand und Walter Hertenstein

- **Alfred Andersch**
Die Rote. Roman

- **Ray Bradbury**
Fahrenheit 451. Roman. Aus dem Amerikanischen von Fritz Güttinger

- **Anton Čechov**
Die Dame mit dem Hündchen und andere Erzählungen.

- **Andrea De Carlo**
Vögel in Käfigen und Volieren. Roman. Aus dem Italienischen von Burkhart Kroeber

- **Philippe Dijan**
Betty Blue. 37,2° am Morgen. Roman. Aus dem Französischen von Michael Mosblech

- **Doris Dörrie**
»Was wollen Sie von mir?« Erzählungen

- **Friedrich Dürrenmatt**
Die Panne und andere Erzählungen

- **William Faulkner**
Griff in den Staub. Roman. Aus dem Amerikanischen von Harry Kahn

- **F. Scott Fitzgerald**
Der große Gatsby. Roman. Aus dem Amerikanischen von Walter Schürenberg

- **Erich Hackl**
Auroras Anlaß. Erzählung

- **Patricia Highsmith**
Der süße Wahn. Roman. Aus dem Amerikanischen von Christian Spiel

- **John Irving**
Das Hotel New Hampshire. Roman. Aus dem Amerikanischen von Hans Hermann

- **D.H. Lawrence**
Ein moderner Liebhaber und andere Erzählungen. Aus dem Englischen von Elisabeth Schnack

- **W. Somerset Maugham**
Der Menschen Hörigkeit. Roman. Aus dem Englischen von Mimi Zoff und Susanne Feigl

- **Carson McCullers**
Das Herz ist ein einsamer Jäger. Roman. Aus dem Amerikanischen von Susanna Rademacher

- **Ian McEwan**
Der Zementgarten. Roman.

- **Brian Moore**
Die Frau des Arztes. Roman. Aus dem Englischen von Jürgen Abel

- **Frank O'Connor**
Und freitags Fisch. Erzählungen. Aus dem Englischen von Elisabeth Schnack

- **George Orwell**
Mein Katalonien. Bericht aus dem Spanischen Bürgerkrieg. Aus dem Englischen von Wolfgang Rieger

- **Georges Simenon**
Die Fantome des Hutmachers. Roman. Aus dem Französischen von Eugen Helmlé

- **Muriel Spark**
Memento Mori. Roman. Aus dem Englischen von Peter Naujack

- **Patrick Süskind**
Der Kontrabaß

- **Andrzej Szczypiorski**
Die schöne Frau Seidenman. Roman. Aus dem Polnischen von Klaus Staemmler

- **Urs Widmer**
Liebesnacht. Erzählung

Carson McCullers im Diogenes Verlag

Das Herz ist ein einsamer Jäger

Roman. Aus dem Amerikanischen von Susanna Rademacher

»Der Roman spielt im Staat Georgia, in einer häßlichen heißen Industriestadt. Personen erfindet sie mit Hilfe der Erinnerung; ihr mitleidiges Engagement gilt den Sonderlingen, die in diesen öden merkantilen Städten geradezu als Mißgeburten gelten, weil sie nicht zu den anderen passen, nicht mitmachen in deren Alltag. Was simpel erscheinen mag, ist Methode: ohne Interpretation indirekt darzustellen. Daß angelsächsische Autoren erstaunlicherweise genau das erreichen, was sie beabsichtigt haben, bewies bereits mit ihrem ersten Buch Carson McCullers, von der V. S. Pritchett sagte: ›Wie alle genialen Dichter überzeugt sie uns davon, daß wir im Leben etwas übersehen haben, was ganz offenkundig vorhanden ist. Sie hat das unerschrockene „goldene Auge".‹«
Gabriele Wohmann

Spiegelbild im goldnen Auge

Roman. Deutsch von Richard Moering

»Es gibt in einem der Südstaaten ein Fort, wo vor einigen Jahren ein Mord geschah. An dieser unglücklichen Begebenheit waren beteiligt: zwei Offiziere, ein Soldat, zwei Frauen, ein Filipino und ein Pferd.«
Carson McCullers

»Carson McCullers geht an Čechovs Hand durch Georgia… Der scheinbare Report ist ein Sinnbild für die nüchterne Deskription seelischer Entblößungen; Sinnbild, das nicht für etwas anders steht, sondern auf es hinweist: auf die häßliche, gräßliche Realität und unsere Einsamkeit.« *Helmut M. Braem*

Frankie

Roman. Deutsch
von Richard Moering

Frankie ist die Geschichte eines Reifeprozesses und einer großen Sehnsucht. Es ist die Sehnsucht eines heranwachsenden Mädchens, dabeizusein. Dabei: beim Leben der Erwachsenen, im speziellen Falle auf der Hochzeit des Bruders, der unbegreiflicherweise entführt wird von einer fremden, nicht einmal viel älteren Frau. Frankies Ruf, der unerhört dem abreisenden Paar nachhallt, ist der Ruf des verzweifelten ›Nehmt mich mit!‹, den jedes alleingelassene Kind kennt.

»In diesem Kindmädchen verkörpert sich zweifellos die poetische Kernsubstanz des ganzen Werkes von Carson McCullers. Mit Recht hat man *Frankie* als ebenbürtig neben Salingers *Fänger im Roggen* gestellt...« *Gerd Fuchs*

»Sie ist ein Wanderer mit einem Rucksack voll selbsternannter Dämonen.« *Truman Capote*

Die Ballade vom traurigen Café

Novelle. Deutsch von
Elisabeth Schnack

»Alle Eigenheiten des Werks der Carson McCullers sind in der *Ballade* zur Vollendung entwickelt. Es ist, als habe ihre Dichtung nunmehr die wahre Gestalt gefunden. Die hitzegedörrte Kleinstadt, die kannibalische Sonne, die Baumwollspinnerei, die Café-Bar – all das erreicht hier die Kulmination. – Das tragische Dreieckgeschehen zwischen Miss Amalia, dem Buckligen und dem Zuchthäusler Marvin Macy rührt an die elementaren Bedingungen der menschlichen Existenz.« *Dieter Lattmann*

»In dieser Geschichte ist etwas von der Beschwörungs- und Verwandlungskraft der Poesie zurückgewonnen, die Beteiligung einfach erzwingt.« *Peter Kliemann*

Wunderkind

Erzählungen. Deutsch von Elisabeth Schnack

»Es gibt Schriftsteller, die erfinden große Grausamkeiten, um unseren Zustand zu schildern. Das gerät gern ins Schönliche. Carson McCullers verherrlicht nicht. Sie erfindet keine dekorativen Bestien. Sie lenkt nicht ab vom Befund. Sie zeigt: die großen Grausamkeiten sind die alltäglichen.« *Martin Walser*

Madame Zilensky und der König von Finnland

Erzählungen. Deutsch von Elisabeth Schnack

»Die McCullers vermittelt kein Anliegen, keine Moral, keine didaktischen Absichten; sie erzählt in einer subtilen, nuancenreichen Sprache vom Leben im amerikanischen Süden. Alle Probleme breitet sie vor uns aus, aber das geschieht unauffällig, menschlich, sie sind künstlerisch integriert. Nicht von Mitleid, von Mit-Leidensfähigkeit ist ihre Prosa durchtränkt, das überträgt sich auch auf den Leser, der sich diesem eigenartigen Zauber auch heute nicht entziehen kann. Mit ihren Augen sehen wir Amerika genauer.« *Horst Bienek*

»Das Land ihrer Kindheit mustert Carson McCullers nicht anders als am Anfang: protestierend.«
Der Spiegel, Hamburg

Uhr ohne Zeiger

Roman. Deutsch von Elisabeth Schnack

»Carson McCullers hat in ihrem letzten Roman versucht, den Tod gewissermaßen zu einer eigenen Angelegenheit zu machen, zu einer Wirklichkeit, die uns persönlich betrifft, zu einem unabwendbaren Vorgang, der für den einzelnen allgegenwärtig ist und zu einer übergreifenden Wahrheit wird, in der er sich wiederfindet. Dieser einzelne ist hier der Apotheker Malone, dem von seinem Arzt die Wahrheit eröffnet wird, daß sein durchschnittliches Dasein nur noch ein gutes Jahr dauern kann – ohne Zweifel eine naheliegende Modellsituation, in der man zur Bilanz eingeladen, angehalten wird. Wie nimmt Malone diese Eröffnung auf, wie reagiert er auf sie, wie erträgt er sie? Das ist das Thema dieses ruhigen, eindringlichen Romans... Das Außergewöhnliche wird am Gewöhnlichen dargestellt. Carson McCullers ist eine Autorin, die mit anscheinend müheloser Sicherheit die Hauptsache in der Nebensache findet. Dadurch kommt sie einer verdeckten Wirklichkeit in empfindlicher Weise nahe; sie macht Begebenheiten erfahrbar und erfaßbar, die sich tief unter der Oberfläche ereignen.« *Siegfried Lenz*

Meistererzählungen

Herausgegeben von Anton Friedrich
Deutsch von Elisabeth Schnack

»Für mich gehört ihr Werk zu den besten unserer Zeit.« *William Faulkner*

»Carson McCullers ist in meinen Augen die bedeutendste Autorin Amerikas, wenn nicht der Welt. Ich habe in ihrem Werk eine solche Dichte, einen solchen Adel des Geistes gefunden, wie es ihn seit Herman Melville in unserer Prosa nicht mehr gegeben hat.« *Tennessee Williams*